STEVE B

è un

Maestro dell'Avventura

Steve Berry è americano e vive in Georgia. Maestro nel combinare ricerca storica e suspense, con i suoi romanzi dedicati alle avventure di Cotton Malone (ex agente del dipartimento di Giustizia americano, ora libraio antiquario a Copenaghen) ha ottenuto un successo sempre più vasto e oggi è ospite fisso dei primi posti delle classifiche americane dei best seller.
steveberry.com

Dello stesso autore in edizione TEA:

Le avventure di Cotton Malone
L'ultima cospirazione
Le ceneri di Alessandria
L'ombra del Leone
La tomba di ghiaccio
Il tesoro dell'imperatore
L'esercito fantasma
Il sigillo dei traditori
Le chiavi del potere
La congiura del silenzio
Il patto dei giusti
Il giorno del giuramento
La chiave dell'inferno

Altri romanzi
Il terzo segreto
La profezia dei Romanov
Il sepolcro segreto
La stanza segreta dello zar

Steve Berry

L'ultima cospirazione

Romanzo

Traduzione di
Gianluigi Zuddas

TEA

Per informazioni sulle novità
del Gruppo editoriale Mauri Spagnol visita:
www.illibraio.it

TEA – Tascabili degli Editori Associati S.r.l., Milano
Gruppo editoriale Mauri Spagnol
www.tealibri.it

Titolo originale
The Templar Legacy

Prima edizione TEADUE settembre 2007
Nona ristampa TEADUE febbraio 2013
Prima edizione Best TEA luglio 2014
Prima ristampa Best TEA novembre 2016
Prima edizione TEA Più agosto 2019

L'ULTIMA COSPIRAZIONE

A Elizabeth,
sempre

« Gesù disse: 'Conosci ciò che hai davanti e ciò che è nascosto ti sarà rivelato. Giacché non vi è nulla di nascosto che non venga un giorno rivelato'. »

Vangelo di Tommaso

« Ci ha servito bene, questo mito di Cristo. »

PAPA LEONE X

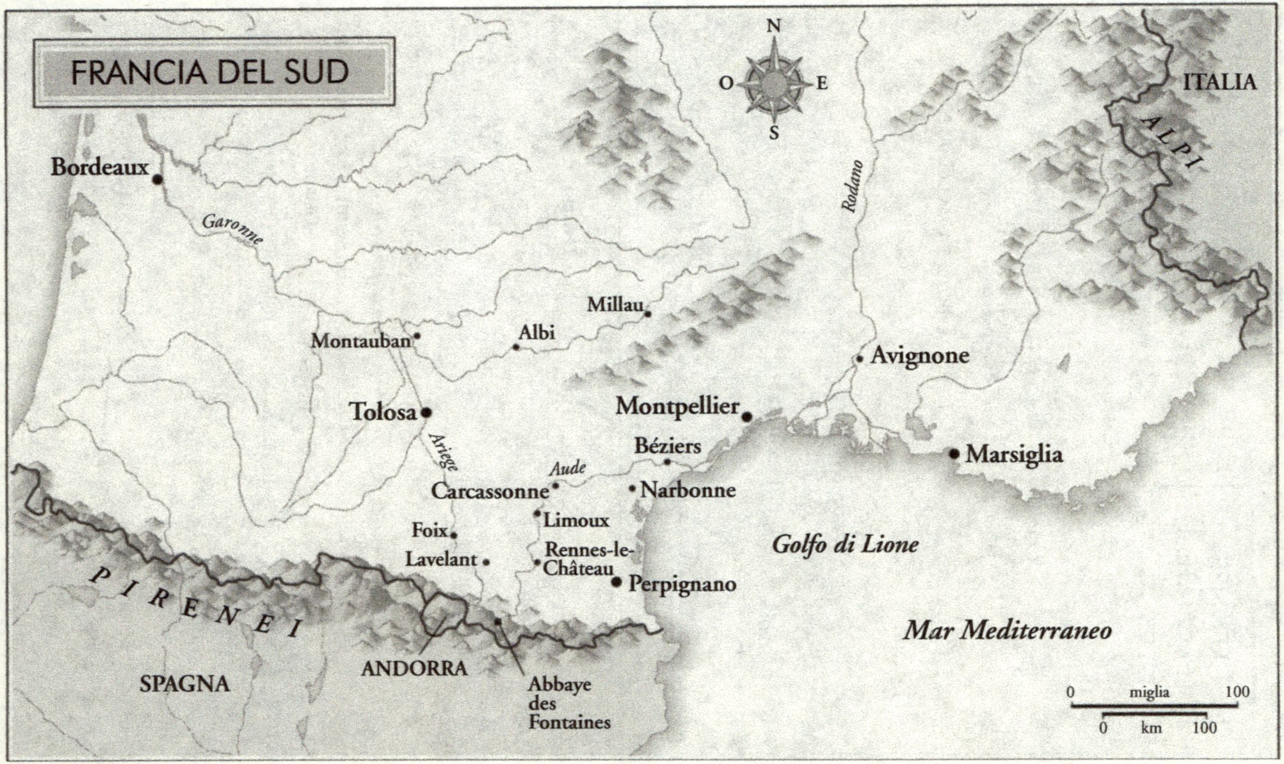
FRANCIA DEL SUD
N
O
E
S
ITALIA
ALPI
Bordeaux
Garonne
Rodano
Millau
Albi
Montauban
Avignone
Tolosa
Montpellier
Ariege
Béziers
Marsiglia
Aude
Carcassonne
Narbonne
Limoux
Foix
Rennes-le-Château
Lavelant
Perpignano
Golfo di Lione
PIRENEI
Mar Mediterraneo
ANDORRA
SPAGNA
Abbaye des Fontaines
0 miglia 100
0 km 100

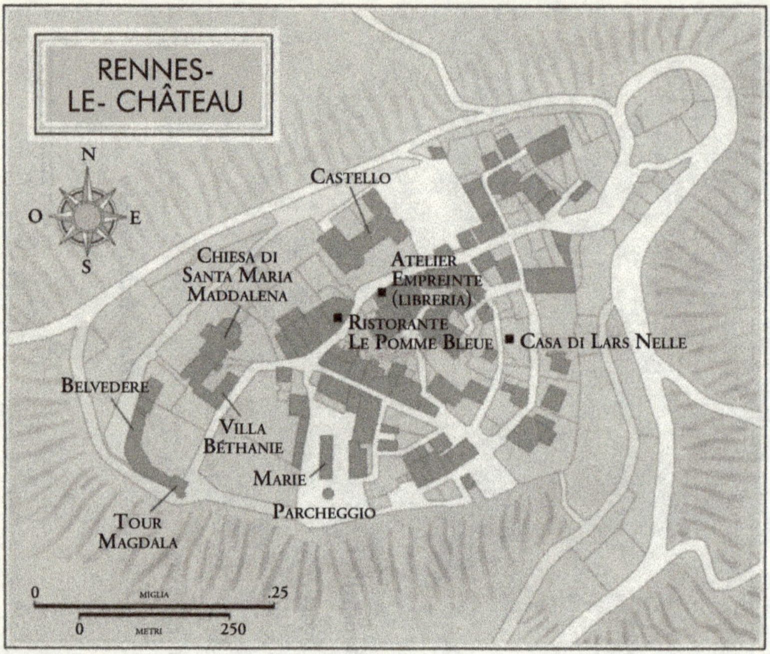
RENNES-
LE- CHÂTEAU
N
O
E
S
CASTELLO
CHIESA DI
SANTA MARIA
MADDALENA
ATELIER
EMPREINTE
(LIBRERIA)
RISTORANTE
LE POMME BLEUE
CASA DI LARS NELLE
BELVEDERE
VILLA
BÉTHANIE
MARIE
PARCHEGGIO
TOUR
MAGDALA
0
MIGLIA
.25
0
METRI
250

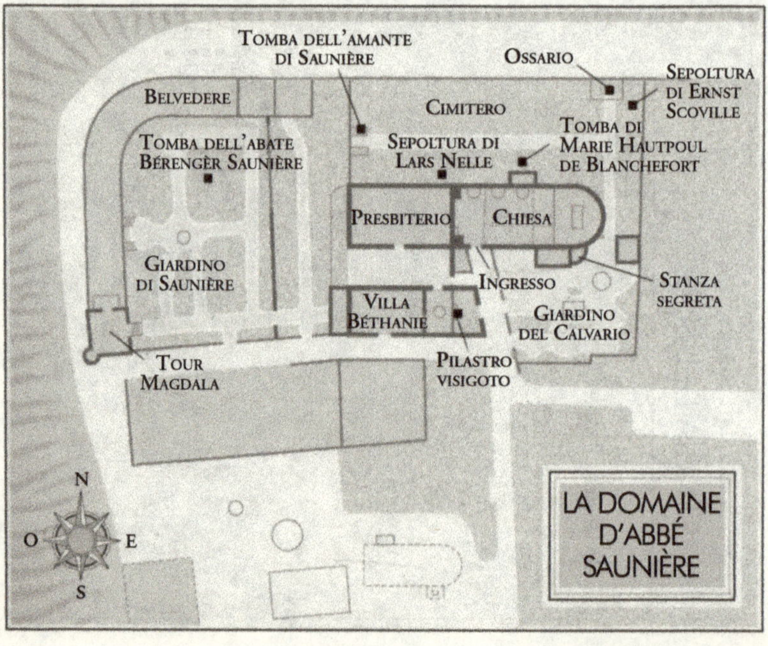
TOMBA DELL'AMANTE
DI SAUNIÈRE
OSSARIO
SEPOLTURA
DI ERNST
SCOVILLE
BELVEDERE
CIMITERO
TOMBA DI
MARIE HAUTPOUL
DE BLANCHEFORT
TOMBA DELL'ABATE
BÉRENGÈR SAUNIÈRE
SEPOLTURA DI
LARS NELLE
PRESBITERIO
CHIESA
GIARDINO
DI SAUNIÈRE
INGRESSO
STANZA
SEGRETA
VILLA
BÉTHANIE
GIARDINO
DEL CALVARIO
TOUR
MAGDALA
PILASTRO
VISIGOTO
N
O
E
S
LA DOMAINE
D'ABBÉ
SAUNIÈRE

PROLOGO

Parigi, Francia,
gennaio 1308

Jacques de Molay sapeva che la salvezza non gli sarebbe mai stata offerta, perciò anelava la morte. Era il ventiduesimo maestro dei Poveri Soldati di Cristo e del Tempio di Salomone, un ordine religioso al servizio di Dio da duecento anni. Ma da tre mesi lui, come altri cinquemila confratelli, era un prigioniero di Filippo IV, re di Francia.

« Alzatevi », ordinò Guillaume Imbert, dalla porta.

De Molay rimase sul letto.

« Siete arrogante persino dinanzi alla vostra dipartita », commentò Imbert.

« L'arroganza è tutto ciò che mi resta. »

Imbert era un individuo spietato. E de Molay aveva notato che la sua faccia da cavallo era sempre impassibile, come quella di una statua. Era il Grande Inquisitore di Francia, nonché confessore personale di Filippo IV, e ciò significava che il re gli dava ascolto.

De Molay si era più volte domandato cosa, a parte la sofferenza, desse piacere a quel domenicano. Tuttavia sapeva cosa lo *irritava*. « Non farò niente di ciò che voi desiderate. »

« Avete già fatto più di quanto crediate. »

Era vero. Per l'ennesima volta, de Molay deprecò la sua debolezza. Nei giorni successivi agli arresti avvenuti il 13 ottobre, le torture di Imbert erano state brutali e molti confratelli avevano « confessato ». De Molay si sentì stringere il cuore al ricordo delle sue stesse ammissioni: i nuovi accolti nell'Ordine rinnegavano il Signore Gesù Cristo e sputavano su una croce in segno di disprezzo nei Suoi confronti... Poi anche lui era crollato e aveva addirittura scritto una lettera in cui esortava i confratelli a confessare. Un numero considerevole di loro aveva obbedito.

Eppure, soltanto pochi giorni addietro, gli emissari di Sua Santità Clemente V erano infine arrivati a Parigi. Era ben noto che Clemente era un burattino nelle mani di Filippo e questo era il motivo per cui l'estate precedente, quand'era venuto in Francia, de Molay aveva portato con sé molti fiorini d'oro e dodici cavalli da soma carichi d'argento. Se le cose fossero andate male, quel denaro sarebbe stato usato per comprare il favore del sovrano. Ma de Molay aveva sottovalutato l'avidità di Filippo. Il re non si era accontentato di un semplice tributo: voleva tutto ciò che l'Ordine possedeva. Così era stata lanciata un'accusa di eresia e, in un solo giorno, migliaia di templari erano stati arrestati. De Molay aveva parlato delle torture agli emissari del papa e aveva pubblicamente ritrattato la sua confessione, pur sapendo che ciò avrebbe avuto gravi conseguenze per lui. Così disse: « Immagino che Filippo cominci a temere che il papa abbia una spina dorsale ».

« Non è saggio insultare le persone che vi tengono prigioniero », osservò Imbert.

« E cosa sarebbe saggio? »

« Fare ciò che noi vogliamo. »

« E poi cosa risponderò al mio Dio? »

« Il vostro Dio attende che voi, e tutti gli altri templari, rispondiate a noi », replicò Imbert, col suo solito tono metallico, che non tradiva la minima traccia d'emozione.

De Molay non voleva più discutere. Negli ultimi tre mesi aveva sopportato interrogatori continui, e gli era stato impedito di dormire. Era stato messo ai ferri, coi piedi unti di grasso e tenuti vicino alla fiamma, disteso su un traliccio. L'avevano perfino costretto ad assistere mentre carcerieri ubriachi torturavano altri templari, la maggioranza dei quali erano semplici fattori, diplomatici, contabili, artigiani, marinai e scrivani. Provava vergogna per ciò che era stato costretto a dire e non intendeva piegarsi ad altro. Giacque sul letto maleodorante e sperò che i suoi carcerieri se ne andassero.

L'altro fece un gesto. Due guardie entrarono nella stanza e tirarono in piedi de Molay.

« Portatelo nella cappella », ordinò Imbert.

De Molay era stato arrestato al Tempio di Parigi e lo tenevano lì dal mese di ottobre. L'alto edificio con quattro torrette d'angolo era un quartier generale dei templari – un centro finanziario – e non aveva camere di tortura. Imbert ne aveva improvvisato una, trasformando la cappella in un luogo di sofferenze inimmaginabili... Un luogo che de Molay aveva visitato spesso, negli ultimi tre mesi.

De Molay fu trascinato là e spinto al centro del pavimento in mattonelle bianche e nere. Molti confratelli erano stati accolti nell'Ordine sotto quel soffitto dipinto di stelle.

« Mi è stato riferito che qui dentro tenevate le vostre cerimonie più segrete », disse Imbert. Il domenicano, avvolto nella sua tonaca nera, si diresse verso un lato della lunga sala, accanto a una cassa cesellata che de Molay conosceva bene. « Ho esaminato il contenuto di questo sarcofago. Contiene un teschio umano, due omeri e un sudario funebre. Curioso, non trovate? »

De Molay non replicò, pensando alle parole che ogni postulante pronunciava quando veniva accolto nell'Ordine: *Io soffrirò tutto ciò che a Dio piacerà.*

« Molti vostri fratelli ci hanno rivelato come usavate questi macabri reperti. » Imbert scosse il capo. « Ecco a quali nefandezze si abbassa il vostro Ordine. »

« Noi rispondiamo solo al nostro papa, come servi a un servo di Dio », sbottò de Molay. « Lui solo può giudicarci. »

« Il vostro papa è un vassallo del mio signore. Lui non vi salverà. »

Era vero. Gli emissari del papa si erano impegnati a riferire che de Molay aveva ritrattato la sua confessione, ma dubitavano che ciò avrebbe potuto cambiare il destino dei templari.

« Spogliatelo », ordinò Imbert.

Il saio che de Molay indossava dal giorno del suo arresto gli fu strappato di dosso. Lui non fu troppo dispiaciuto di vederlo gettare via, perché la stoffa lurida puzzava di feci e di orina. Ma la regola proibiva ai fratelli di mostrarsi nudi. Sapeva che l'Inquisizione privava spesso le sue vittime degli indumenti per colpirle nell'orgoglio, così disse a se stesso che non si sarebbe lasciato avvilire dall'atto offensivo di Imbert. A cinquantasei anni, il suo fisico era ancora muscoloso. Come tutti i cavalieri suoi confratelli, si prendeva buona cura della sua salute. Si tenne eretto, facendo appello alla dignità, e con calma chiese: « Perché vengo umiliato in questo modo? »

« Cosa volete dire? » chiese Imbert di rimando, incredulo.

« Questa cappella è un luogo di devozione, ma voi mi spogliate e guardate la mia nudità, sapendo che ogni confratello depreca una tale esibizione. »

Imbert aprì il coperchio del sarcofago e ne estrasse un lungo drappo di stoffa ripiegato. « Contro il vostro prezioso Ordine sono state mosse dieci accuse. »

De Molay le conosceva tutte. Andavano dal disprezzo per i sacramenti all'adorazione di idoli pagani, dall'aver tratto profitto da atti immorali alla tolleranza dell'omosessualità.

« Quella che mi preoccupa di più è la vostra pretesa che ogni nuovo confratello rinneghi Cristo, Nostro Signore, e sputi sulla Santa Croce e la calpesti », disse Imbert. « Uno dei vostri confratelli ci ha perfino detto che alcuni orinavano sull'immagine di Nostro Signore Gesù in croce. È vero? »

« Domandatelo a quel confratello. »

« Sfortunatamente non è sopravvissuto all'interrogatorio. »

De Molay non replicò.

« Il mio re e Sua Santità sono stati addolorati più da questa accusa che da tutte le altre. Senza dubbio, come uomo cui è stata impartita l'educazione religiosa, sapevate quanto li avrebbe contrariati scoprire che rinnegate Cristo come Nostro Salvatore. »

« Preferisco parlare di questi argomenti soltanto col papa. »

Imbert fece un cenno e le guardie chiusero due bracciali di ferro intorno ai polsi di de Molay, poi si scostarono e gli fecero allargare le braccia, senza nessun riguardo per i suoi muscoli doloranti. Da sotto la tonaca, Imbert estrasse una frusta a molte corde. L'oggetto tintinnò, e de Molay vide che ogni corda aveva l'estremità d'osso.

L'inquisitore abbatté la frusta sulle braccia protese e sulla schiena nuda del prigioniero. Il dolore ottenebrò la mente di de Molay e poi si ritrasse, lasciando dietro di sé una lucidità in cui non c'era sofferenza. Prima che le sue carni avessero il tempo di riprendersi, arrivò un'altra frustata, poi un'altra ancora. Il templare non voleva dare soddisfazione a Imbert, ma il dolore lo sopraffece e lui lanciò un grido straziante.

«Non vi prenderete più gioco dell'Inquisizione.»

De Molay cercò di controllare le sue emozioni. Si vergognava di aver gridato. Guardò gli occhi scintillanti dell'inquisitore e attese ciò che sarebbe accaduto.

Imbert gli restituì lo sguardo. «Voi rinnegate il Nostro Salvatore, affermando che era solo un uomo e non il figlio di Dio? Voi commettete sacrilegio sulla Santa Croce? Molto bene. Ora vedrete cosa significa *sopportare* la croce.»

La frusta calò di nuovo sulla schiena, sulle natiche, sulle gambe. Le punte d'osso spaccavano la pelle e il sangue schizzava.

Il mondo si confuse in una nebbia.

Imbert interruppe la fustigazione. «Incoronate il maestro.»

De Molay alzò la testa e cercò di mettere a fuoco lo sguardo. Ciò che vide sembrava un anello di ferro nero. Dalla circonferenza interna spuntavano dei chiodi, con la punta piegata in alto e in basso.

Imbert si avvicinò. «Ora saprete cos'ha sopportato il Figlio di Dio. Il nostro Signore Gesù Cristo, che voi e i vostri confratelli avete dileggiato.»

La corona gli fu messa sulla testa e premuta con forza. I chiodi si conficcarono nel cuoio capelluto e il sangue sgorgò dalle ferite, inzuppandogli i capelli sporchi e sudati.

Imbert gettò da parte la frusta. «Conducetelo alla porta.»

De Molay fu trascinato attraverso la cappella fino all'alta porta di legno, solitamente aperta, che conduceva al suo alloggio privato. In quel momento era chiusa. Uno sgabello fu posato al suolo davanti a essa, e lui dovette salirci sopra. Una delle guardie lo tenne dritto, mentre un'altra stava pronta in caso il templare opponesse resistenza. Ma de Molay era troppo debole per provarci.

I bracciali di ferro gli furono tolti.

Imbert consegnò tre grossi chiodi a un'altra guardia. «Fategli alzare il braccio destro nel modo che abbiamo concordato.»

Il braccio gli fu sollevato sopra la testa. Quando la guardia si avvicinò, de Molay vide il martello.

E capì cosa intendevano fare.

Dio misericordioso.

Sentì una mano afferrargli il polso e la punta di un chiodo premere sulla carne sudata. Vide il martello sollevarsi. Poi udì il secco rumore del metallo contro il metallo.

Il chiodo gli trapassò il polso e lui gridò.

« Hai evitato le vene? » domandò Imbert alla guardia.

« Non le ho toccate. »

« Bene. Non deve morire dissanguato. »

Quand'era un giovane confratello, de Molay aveva combattuto in Terrasanta, nei mesi in cui l'Ordine aveva opposto l'ultima resistenza nella città di Acri. Ricordava la sensazione che si provava nel ricevere una spada nella carne. In profondità. Con durezza. A lungo. Ma restare appeso a un chiodo conficcato in un polso era assai peggiore.

Il suo braccio sinistro venne sollevato all'altezza della spalla e un altro chiodo gli fu martellato attraverso la carne del polso. Si morse la lingua, cercando di controllarsi, ma il dolore atroce gli fece stringere i denti con forza. Il sangue gli riempì la bocca e lui lo ingoiò.

Imbert spostò lo sgabello con un calcio e tutto il peso del corpo di de Molay, alto un metro e ottantacinque, fece forza sui polsi, in particolare su quello destro, perché l'angolazione del braccio sinistro gli mandava sotto sforzo l'altro braccio, fino al punto di rottura. Qualcosa schioccò nella spalla, e la sofferenza gli trafisse il cervello come una lama.

Una delle guardie gli afferrò il piede destro e ne studiò la carne. Evidentemente Imbert si era preso la briga di scegliere con cura i punti d'inserimento, in modo che fossero lontani dai vasi sanguigni. Il piede sinistro fu poi messo dietro il destro, ed entrambi vennero fissati alla porta con un solo chiodo.

De Molay non aveva più la forza di gridare.

Imbert ispezionò il lavoro. « Poco sangue. Ben fatto. » Indietreggiò di qualche passo. « Come ha sopportato il nostro Signore e Salvatore, così sopporterete voi. Con una sola differenza. »

Ora de Molay capì perché avevano chiuso la porta. Imbert tolse il catenaccio, aprì il battente facendo cigolare i cardini, e lo richiuse con un tonfo.

Il corpo di de Molay fu sbattuto da una parte e poi dall'altra, ondeggiando appeso ai chiodi e all'articolazione slogata della spalla destra. La sofferenza era indicibile.

« Come sul tavolo della stiratura alla ruota, dove il dolore può essere applicato per gradi, anche qui c'è un elemento di controllo », spiegò Imbert. « Potrei lasciarvi penzolare immobile. Oppure farvi ondeggiare avanti e indietro. O potrei sbattere la porta come avete appena visto, che è la cosa peggiore. »

Il mondo appariva e spariva, e de Molay respirava a stento. I crampi gli torturavano ogni muscolo. Il suo cuore batteva selvaggiamente. Il sudore gli scorreva sulla pelle e si sentiva come se avesse la febbre, con un'arsura che gli bloccava la gola.

« Adesso vi prendete ancora gioco dell'Inquisizione? » domandò Imbert.

Lui avrebbe voluto dirgli che odiava la Chiesa per ciò che gli veniva fatto. Un papa inetto, controllato da un monarca francese in bancarotta, aveva in qualche modo abbattuto la più grande organizzazione religiosa mai conosciuta dall'uomo. Quindicimila fratelli sparsi in tutta Europa. Novemila proprietà terriere. Un esercito di guerrieri che un tempo aveva dominato la Terrasanta e che esisteva da duecento anni. I Poveri Soldati di Cristo e del Tempio di Salomone avevano simboleggiato tutto ciò che era buono e giusto. Ma il successo aveva provocato l'invidia e, in qualità di maestro, lui si era reso conto della tempesta politica che infuriava intorno a loro. Avrebbero dovuto essere meno rigorosi, più ossequienti al potere politico, moderarsi nelle critiche. Grazie al cielo lui aveva previsto parte di ciò che era accaduto e perciò aveva preso alcune precauzioni. Filippo IV non avrebbe mai visto un'oncia dell'oro e dell'argento dei templari.

E non avrebbe mai messo le mani sul più grande di tutti i tesori.

De Molay ricorse alle sue ultime stille di energia e alzò la testa. Imbert si accorse che stava per parlare e si fece più vicino.

« Che tu sia maledetto all'inferno », sussurrò il prigioniero. « Maledetto te, e tutti quelli che ti hanno aiutato nella tua causa diabolica. »

La testa gli ricadde sul petto. Sentì il domenicano gridare alle guardie che facessero sbattere la porta, ma la sofferenza era così intensa e lo aggrediva da tante direzioni che tutto sfumò nel torpore.

Lo stavano tirando giù. Non sapeva quanto tempo fosse rimasto appeso, ma il rilasciarsi delle membra non gli portò sollievo, perché ogni muscolo era diventato insensibile. Fu portato di peso per qualche minuto e infine comprese di essere di nuovo nella sua stanza. I suoi carcerieri lo gettarono sul materasso, e intorno a lui ci fu di nuovo il familiare puzzo di escrementi. Gli misero la testa su un guanciale. Le sue braccia furono allargate ai lati.

« Mi è stato raccontato », disse con calma Imbert, « che, quando un nuovo fratello si presentava per essere accettato nel vostro Ordine, veniva avvolto in un sudario di lino. Questo simboleggiava la sua morte, prima di resuscitare a una nuova vita come templare. Anche voi ora avrete questo onore. Ho disteso sotto di voi il sudario che c'era nel sarcofago della cappella. » L'uomo prese la lunga pezza di stoffa, ai piedi di de Molay, e ne ripiegò l'altra metà sopra il suo corpo bagnato coprendogli anche il viso. « Mi è stato riferito che questo sudario era usato dall'Ordine in Terrasanta, e che fu portato qui per avvolgervi tutti gli iniziati, a Parigi. Ecco, ora siete resuscitato. Restate qui a meditare sui vostri peccati. Io tornerò. »

De Molay era troppo debole per replicare. Sapeva che molto probabilmente Imbert aveva ordinato di non ucciderlo, ma capiva anche che nessuno sarebbe venuto a prendersi cura di lui. Rimase a giacere immobile. Il torpore stava svanendo, sostituito da una sofferenza atroce. Il cuore batteva come un tamburo e il suo corpo stava perdendo un'impressionante quantità di liquido sotto forma di sudore. Disse a se stesso che doveva calmarsi, immaginarsi qualcosa di piacevole. Ma riuscì soltanto a pensare a ciò che i suoi carcerieri volevano più di ogni altra cosa. Lui era l'unico uomo vivente a sapere. Quella era la tradizione dell'Ordine. Ogni maestro passava quella conoscenza al suo successore, e gliela trasmetteva in un modo particolare, noto soltanto a loro. Sfortunatamente, a causa del suo improvviso arresto e dei decessi di molti confratelli, stavolta la trasmissione avrebbe dovuto avvenire con un altro sistema. Non avrebbe permesso a Filippo e alla Chiesa di trionfare: avrebbero appreso soltanto ciò che lui intendeva far loro sapere. Come recitavano i Salmi? *Che la tua lingua ferisca come una lama affilata, distribuendo inganni.*

Ma poi gli sovvenne un altro passaggio biblico, che portò un po' di torpido conforto alla sua anima straziata. E mentre giaceva lì, coperto dal sudario e perdendo sudore e sangue da tutto il corpo, pensò al Deuteronomio.

Lasciatemi solo, che io possa distruggerli.

PARTE PRIMA

1

Copenhagen, Danimarca,
giovedì 22 giugno, ore 14.50

Cotton Malone notò il coltello nello stesso momento in cui vide Stephanie Nelle. Sedeva a un tavolino all'esterno del Cafè Nikolaj, in una comoda sedia bianca. Il sole pomeridiano era gradevole e, distesa davanti a lui, la Højbro Plads, la famosa piazza danese, brulicava di gente. Nel locale c'era la solita clientela vivace, dall'umore febbrile, e lui si trovava lì da mezz'ora, in attesa di Stephanie.

Era una donna di piccola statura, sui sessanta, benché non avesse mai confermato la sua età e il fascicolo personale del dipartimento di Giustizia, che Malone aveva visto una volta, riportasse solo un ammiccante N/A nello spazio riservato alla data di nascita. I suoi capelli scuri erano striati d'argento, e negli occhi castani si intuiva sia lo sguardo comprensivo di una liberale sia la luce fiera di un pubblico ministero. Due presidenti avevano cercato di nominarla capo dell'ufficio legale governativo, ma entrambe le volte lei aveva declinato l'offerta. Un capo dell'ufficio legale aveva manovrato senza scrupoli per farla licenziare – soprattutto dopo che lei era stata incaricata dall'FBI d'indagare su di lui –, ma la Casa Bianca si era opposta, poiché, tra le altre cose, Stephanie Nelle era scrupolosamente onesta.

Per contrasto, l'uomo col coltello era basso e corpulento, con piccoli occhi ravvicinati e i capelli tagliati a spazzola. Nella sua faccia dai lineamenti dell'Est europeo c'era qualcosa di morboso: un'ansia che preoccupò Malone più della lama luccicante. Vestiva in stile casual con blue-jeans e una giacca a vento rosso sangue.

Malone si alzò, riportando lo sguardo su Stephanie. Pensò di gridarle un avvertimento, ma la donna era troppo lontana e tra loro c'erano troppi passanti rumorosi. Per qualche istante la perse di vista dietro una delle sculture moderne che costellavano Højbro Plads, quella di una femmina nuda oscenamente grassa distesa supina, con le natiche sporgenti simili a montagne gemelle. Quando Stephanie riapparve dall'altra parte della statua bronzea, l'uomo col coltello l'aveva affiancata e Malone non poté far altro che guardare, mentre recideva la tracolla della borsetta appesa alla spalla sinistra e poi gettava la donna al suolo con uno spintone.

Una passante gridò, e tra la gente dilagò l'agitazione alla vista di un borseggiatore che brandiva un coltello.

Giacca Rossa si allontanò a passi svelti, con la borsetta di Stephanie in mano, facendosi largo tra la folla a spallate. Alcuni lo inseguirono. Il ladro svoltò a sinistra dietro un'altra scultura di bronzo, e a quel punto cominciò a correre. Il suo obiettivo sembrava la Købmagergade, una strada riservata ai pedoni che da Højbro Plads serpeggiava verso nord, addentrandosi nel quartiere commerciale della città.

Malone si precipitò in quella direzione, deciso a bloccare il delinquente prima che svoltasse l'angolo, ma una fila di biciclette posteggiate gli sbarrò la strada. Le evitò continuando a correre, quindi aggirò una fontana e si lanciò addosso all'individuo in uno scontro frontale che li mandò entrambi a rotolare sul marciapiede.

Giacca Rossa sopportò bene la forza dell'impatto, e Malone notò subito che il suo avversario aveva una solida muscolatura. Per nulla scosso da quell'attacco, il delinquente girò su se stesso e gli assestò una ginocchiata allo stomaco.

Lui rimase senza fiato e si sentì contrarre le viscere.

Giacca Rossa balzò in piedi e fuggì lungo la Købmagergade.

Malone si alzò, ma fu costretto a piegarsi in due, con un rantolo.

Dannazione. Era fuori forma.

Si riprese e continuò l'inseguimento, distaccato di una ventina di metri dal borseggiatore. Non aveva visto il coltello durante la loro breve lotta, ma mentre correva lungo la strada costeggiata dai negozi notò che l'altro stringeva ancora la borsetta di pelle. Gli faceva male il petto, ma stava accorciando la distanza.

Giacca rossa afferrò il carretto di fiori di un vecchio ambulante dall'aspetto macilento, uno dei tanti carretti allineati su Højbro Plads e la Købmagergade. Malone detestava quegli ambulanti, che sembrava lo facessero apposta a bloccare l'ingresso della sua libreria, specialmente il sabato. Giacca Rossa spinse il carretto in direzione dell'inseguitore per ostacolarlo. Lui lo schivò, ma non poteva lasciarlo proseguire a ruota libera: c'era troppa gente sulla strada, compresi dei bambini. Così balzò sulla destra, lo prese per le stanghe e lo fermò.

Si girò e vide Stephanie che svoltava l'angolo della Købmagergade insieme con un poliziotto. La distanza tra loro era di una cinquantina di metri, e lui non poteva perdere tempo ad aspettarli.

Riprese a correre, chiedendosi dove stesse andando quell'individuo. Forse aveva un'auto nascosta da qualche parte, o un complice lo stava aspettando col motore acceso dove la Købmagergade sfociava in un'altra delle affollate piazze di Copenhagen, Hauser Plads. Si augurò di no. Usciti dallo Strøget, la zona pedonale che costituiva il paradiso dei commercianti, il traffico del centro era un incubo. Le gambe gli dolevano per quello sforzo fuori programma: la sua muscolatura non era più quella del tempo in cui faceva parte della Marina e del dipartimento di Giustizia. Dopo un anno dal congedo, il suo programma di allenamenti non avrebbe riscosso l'approvazione dei suoi ex superiori.

Più avanti, accanto alla chiesa della Trinità, si ergeva la Torre Rotonda. La tozza struttura cilindrica alta nove piani era stata costruita nel 1642 dal re danese Cristiano IV, e il simbolo del suo regno – un 4 d'oro racchiuso in una C – luccicava sul sobrio edificio di mattoni. Cinque strade s'irradiavano dalla Torre Rotonda, e Giacca Rossa poteva sceglierne una qualsiasi per la sua fuga.

Apparvero due auto della polizia. Una si fermò con uno stridore di freni sul lato sud della Torre Rotonda. L'altra sopraggiunse lungo la Købmagergade, chiudendo ogni possibilità di fuga verso nord. Giacca Rossa era adesso praticamente bloccato nella piazzetta che circondava la torre. L'individuo esitò, parve studiare in fretta la situazione, quindi deviò a destra e scomparve dentro la Torre Rotonda.

Cosa stava facendo, quell'idiota? Non c'erano vie d'uscita dall'edificio, oltre al portale d'ingresso. Ma forse Giacca Rossa questo non lo sapeva.

Malone conosceva l'addetto alla vendita dei biglietti. Era un norvegese con la passione della letteratura inglese, che passava ore nella sua libreria.

« Arnie, dov'è andato quell'uomo? » domandò in danese, cercando di riprendere fiato.

« È entrato senza pagare. »

« C'è qualcuno, di sopra? »

« Una coppia di anziani. »

Per salire non c'erano ascensori né le scale, ma soltanto una rampa a spirale che arrivava fino all'ultimo piano, il cui scopo originale era consentire che i pesanti strumenti a ruote degli astronomi del XVII secolo fossero trasportati sul tetto. L'aneddoto che le guide turistiche locali amavano raccontare era quello di Pietro il Grande che era salito lassù a cavallo, seguito dalla zarina a bordo di una carrozza.

Malone udì i passi che echeggiavano sulla pavimentazione di pietra, ai piani superiori. Scosse il capo, al pensiero di quello che lo aspettava. « Di' alla polizia che noi siamo di sopra. »

Ricominciò a correre.

A metà della rampa oltrepassò la porta che dava nella Sala Grande. La porta a vetri era chiusa, le luci spente. Sulle pareti esterne della torre c'erano finestre alte e strette, chiuse però da solide inferriate. Tese le orecchie e sentì ancora il rumore di passi, più in alto.

Continuò a salire, col respiro sempre più ansante e faticoso. Quando fu davanti al planetario medievale di bronzo che occupava una nicchia del muro, rallentò il passo. Sapeva che l'uscita sulla terrazza del tetto distava solo pochi metri, oltre l'ultima curva della rampa.

Non sentiva più il rumore di passi.

Accelerò l'andatura verso l'arcata e uscì all'aperto. L'osservatorio, a pianta ottagonale – non dell'epoca di Cristiano IV, ma alquanto più recente –, occupava il centro dell'ampia terrazza circolare. Sulla sinistra un'artistica balaustra di ferro circondava l'osservatorio, la cui porta d'ingresso era chiusa da una catena. Sulla destra un'altra complessa balaustra di ferro nero orlava l'intero perimetro della terrazza. Oltre la balaustra si estendeva il panorama dei tetti della città, in tegole rosse e lastre d'ardesia verdoline.

Malone corse sulla destra e per poco non inciampò sul corpo di un uomo steso al suolo. Dietro il corpo c'era Giacca Rossa, che stringeva a sé con un braccio una donna anziana e con l'altra mano le puntava il coltello alla gola. La donna stava cercando di gridare, ma la paura riduceva la sua voce a un sussurro appena udibile.

« Stia ferma », le disse Malone, in danese.

Studiò Giacca Rossa. Nei suoi occhi neri, morbosamente lucidi, c'era ancora quello sguardo ansioso. Sul suo viso alcune gocce di sudore luccicavano al sole. Malone sapeva che avrebbe fatto meglio a non avvicinarsi di un passo. Dal vano delle scale provenne uno scalpiccio: la polizia sarebbe arrivata entro pochi secondi.

« Che ne dici di calmarti un momento? » propose Malone all'individuo, parlandogli in inglese.

Vide subito che lui aveva capito, ma il coltello restò dov'era. Giacca Rossa gettava intorno sguardi concitati: alla porta, all'osservatorio, alla balaustra, al cielo. Sembrava che non sapesse cosa fare, e questo preoccupò Malone ancora di più. La gente disperata spesso commetteva azioni disperate.

« Metti giù il coltello. La polizia sarà qui a momenti. Non hai via d'uscita. »

Giacca Rossa guardò ancora il cielo, poi rimise gli occhi a fuoco su Malone. Quest'ultimo era altrettanto incerto. Cosa stava succedendo? Un borseggiatore che scappava nell'interno di una torre alta trentacinque metri, ficcandosi in trappola da solo?

La polizia era sempre più vicina.

« Stanno arrivando. »

Giacca Rossa indietreggiò verso la ringhiera di ferro, continuando a tenere stretta a sé la donna anziana. Malone pensò che solo la forza di un ultimatum poteva costringerlo a fare la scelta più ragionevole, così gli ripeté: «Non hai via d'uscita».

Giacca Rossa rinsaldò la presa sul torace della donna e indietreggiò ancora, fermandosi solo a contatto della balaustra di ferro. Dietro di lui e al suo ostaggio c'era adesso soltanto il vuoto.

A un tratto i suoi occhi persero la luce ansiosa, e sul volto gli scese una gran calma. Spinse l'anziana donna in avanti e Malone la afferrò prima che perdesse l'equilibrio. Giacca Rossa si fece il segno della croce e poi, con la borsetta di Stephanie in mano, balzò oltre la balaustra, gridando una parola: «*Beauseant*». Poi si affondò il coltello in gola e il suo corpo scomparve nel vuoto.

La donna urlò, mentre gli agenti irrompevano attraverso l'arcata. Malone la lasciò andare e corse alla balaustra.

Giacca Rossa giaceva sul selciato, trentacinque metri più in basso.

Si voltò e alzò lo sguardo al cielo, oltre il palo della bandiera sulla cima dell'osservatorio. Il Dannebrog danese – una croce bianca su fondo rosso – penzolava floscio nell'aria priva di vento.

Cos'aveva guardato, l'uomo? E perché era saltato giù?

Tornò a osservare la piazzetta e vide Stephanie che si faceva strada tra la gente riunita ai piedi della torre. La sua borsetta di pelle era a pochi passi dal cadavere. La donna la raccolse, mescolandosi poi di nuovo tra gli spettatori. Malone la seguì con lo sguardo mentre passava tra la gente e si allontanava lungo una delle strade che si dipartivano dalla Torre Rotonda, verso l'indaffarato Strøget, senza voltarsi indietro.

Scosse il capo, senza saper cosa pensare di quella rapida uscita di scena, mormorando: «Cosa diavolo...?»

2

Stephanie era scossa. Dopo ventisei anni alle dipendenze del dipartimento della Giustizia, di cui gli ultimi quindici trascorsi a dirigere la sezione Magellano, aveva imparato che se una cosa aveva quattro zampe, una proboscide e odorava di noccioline, era un elefante: non c'era bisogno che avesse un'insegna attaccata alla schiena. E questo significava che l'uomo con la giacca a vento rossa non era un borseggiatore.

Era qualcosa di completamente diverso.

Dunque qualcuno stava mettendo il naso nei suoi affari.

Aveva visto il ladro saltare giù dal tetto della torre... Era la prima volta che le accadeva di assistere a una morte violenta. Per anni aveva sentito i racconti dei suoi agenti, ma tra ricevere un rapporto e vedere coi propri occhi qualcuno morire c'era un abisso. Il corpo aveva sbattuto sull'asfalto con un tonfo scioccante. Era stato lui stesso a saltare? O Malone gli aveva dato una spinta? C'era stata una colluttazione? Aveva detto qualcosa, prima di precipitare nel vuoto?

Stephanie era giunta in Danimarca per un motivo ben preciso, ma già che si trovava lì aveva deciso di fare visita a Malone. Anni addietro lui era stato una delle dodici persone che lei aveva reclutato per la sezione Magellano. Conosceva il padre di Malone e aveva seguito la rapida carriera del figlio, perciò era stata molto soddisfatta quando lui aveva accettato la sua offerta, congedandosi dal Navy JAG per trasferirsi alla Giustizia. Alla fine era diventato il suo miglior agente, e le era dispiaciuto perderlo, l'anno addietro, quando lui aveva deciso di dare le dimissioni.

Da allora non lo aveva più visto, anche se si erano sentiti per telefono un paio di volte. Quando Malone si era gettato all'inseguimento del ladro, Stephanie aveva notato che era ancora in forma e che i suoi capelli erano come li ricordava, ondulati e castano scuro, un colore simile a quello della pietra dei vecchi edifici che aveva intorno. Nei dodici anni in cui aveva lavorato per lei, era sempre stato un tipo indipendente, dai modi franchi, il che ne faceva un ottimo agente operativo – uno del quale potersi fidare –, e tra loro si era creato un rapporto di simpatia. In realtà era stato più di un sottoposto.

Era stato un amico.

Ma questo non implicava che lei volesse metterlo a parte dei fatti suoi. Anzi, il fortuito coinvolgimento di Malone era un problema. Incontrarsi con lui adesso l'avrebbe costretta a sottoporsi a una serie di domande cui non aveva nessuna intenzione di rispondere.

La rimpatriata con un vecchio amico avrebbe dovuto aspettare un'altra occasione.

Malone uscì di corsa dalla Torre Rotonda per seguire Stephanie. Nel momento in cui stava scendendo dal tetto, erano arrivati due paramedici a prendersi cura della coppia d'anziani. L'uomo era stato stordito da un colpo alla testa, ma si sarebbe ripreso. La donna era in stato di shock ed era stata fatta salire a bordo dell'ambulanza.

Il corpo di Giacca Rossa era ancora sulla strada, sotto un lenzuolo giallo, e la polizia stava facendo sgombrare i curiosi. Facendosi largo tra la folla, Malone fece in tempo a vedere un agente che sollevava il lenzuolo per il fotografo della polizia. Il ladro si era tagliato la gola da una parte all'altra. Il coltello insanguinato era poco distante dal braccio destro, contorto a un'angolazione innaturale. Sull'asfalto si era formata una grande chiazza di sangue. Il cranio era fracassato, il torace deformato, e le gambe piegate come se non contenessero neppure un osso. I poliziotti avevano ordinato a Malone di non allontanarsi – avevano bisogno di una dichiarazione –, ma adesso lui voleva trovare Stephanie.

Nel lasciarsi alle spalle la folla, alzò lo sguardo al cielo dove il sole pomeridiano splendeva in tutta la sua gloria. Non c'era neanche una nuvola. Sarebbe stata una notte ideale per studiare le stelle, ma nessuno avrebbe comprato il biglietto per visitare il vecchio osservatorio sulla Torre Rotonda. Quel pomeriggio la polizia avrebbe chiuso l'accesso allo storico edificio, finché non fossero terminati i rilievi tecnici.

Ma perché l'uomo si era suicidato in quel modo?

I pensieri di Malone erano un groviglio di curiosità e di preoccupazione. Sapeva che la cosa più conveniente per lui sarebbe stata tornarsene subito alla sua libreria e dimenticarsi di Stephanie Nelle e il motivo per cui era venuta in Danimarca. Il lavoro della sezione Magellano non lo riguardava più. Tuttavia era perfettamente consapevole che non ne sarebbe stato capace.

Stava succedendo qualcosa, ed era qualcosa di poco chiaro.

Vide Stephanie cinquanta metri più avanti, sul marciapiede della Vestergade, un'altra delle lunghe arterie che attraversavano il caotico quartiere commerciale di Copenhagen. Il passo della donna era svelto, deciso. A un tratto svoltò a sinistra e scomparve in un negozio.

Lui si avvicinò e lesse l'insegna: HANSEN'S ANTIKVARIAT. Era una libreria, uno dei pochi negozi in città il cui proprietario non sarebbe stato lieto di veder entrare Malone. A Peter Hansen gli stranieri non piacevano, specialmente gli americani, e aveva perfino cercato di bloccare l'iscrizione di Malone all'Associazione Danese dei Librai Antiquari. Per fortuna l'ostilità di Hansen non si era rivelata contagiosa.

In lui si stavano risvegliando vecchi istinti, impulsi e sensazioni che erano andati in letargo fin dal suo ritiro, l'anno precedente. Sensazioni che non gli piacevano, ma che lo avevano sempre spinto ad agire.

Si fermò di fronte alla vetrina e vide Stephanie che parlava con Hansen. I due si allontanarono verso il fondo del negozio, che occupava il pianterreno di un edificio a due piani. Lui conosceva la pianta del locale, poiché prima di mettersi in quel genere di commercio aveva studiato le librerie di Copenhagen. Quasi tutte erano organizzate alla stessa maniera: grandi scaffali dedicati ai vari argomenti e i libri - posizionati con estrema cura - disposti in ordine alfabetico per autore. Hansen, tuttavia, era meno conformista. Il suo stile era un eclettico miscuglio di vecchio e nuovo: soprattutto nuovo, poiché non era il tipo disposto a pagare grosse cifre per acquistare pregiate collezioni private.

Malone entrò e scivolò tra i banchi cercando di non dare nell'occhio, nella speranza che nessuno dei commessi lo salutasse chiamandolo per nome. Una volta aveva cenato con la direttrice della libreria, ed era stato in quell'occasione che aveva appreso di non essere nelle grazie di Hansen. Per fortuna la donna non era in vista, e solo una decina di persone curiosavano tra gli scaffali. Si mosse in fretta verso il retro, dove, come sapeva, c'erano numerosi locali secondari anch'essi tappezzati di libri. Non si sentiva a suo agio lì – dopotutto, Stephanie si era limitata a telefonargli dicendo che sarebbe stata qualche ora in città e le sarebbe piaciuto salutarlo –, ma questo era stato prima dello scippo. E lui era dannatamente curioso di sapere cosa cercava Giacca Rossa, prima di darsi la morte.

Non avrebbe dovuto essere sorpreso dal comportamento di Stephanie. Lei era sempre stata molto avara nel mettere i suoi agenti a parte di ciò che sapeva. Troppo avara. Il che aveva generato dei malumori. Una cosa era starsene al sicuro in un ufficio di Atlanta davanti a un computer, un'altra era operare sul campo. Senza informazioni attendibili non si potevano prendere le decisioni giuste.

Notò che Stephanie e Hansen erano andati a parlare nella stanza priva di finestre che il libraio usava come ufficio. Malone era già stato lì, quando ancora pensava di poter avere rapporti cordiali con quell'idiota. Hansen era un uomo dal torace massiccio, con un lungo naso che campeggiava sopra i baffi grigi. Malone si piazzò dietro una fila di scaffali e prese un libro, fingendo di leggere.

« Perché questa faccenda l'ha spinta a fare un viaggio così lungo? » stava dicendo Hansen, con la sua voce lenta e pesante.

« Lei conosce la casa d'aste di Roskilde? »

Tipico di Stephanie rispondere a una domanda con un'altra domanda, quando non voleva rispondere.

« La frequento spesso. Ci sono molti libri in vendita. »

Anche Malone conosceva quella casa d'aste. Roskilde era una località distante mezz'ora di macchina, a ovest di Copenhagen. I commercianti di libri antichi della cittadina ogni tre mesi organizzavano un'asta che richiamava compratori da tutta Europa. Due mesi prima di aprire il suo negozio, Malone aveva ricavato quasi duecentomila euro vendendo quattro libri che era riuscito a trovare in un'oscura tenuta di campagna della Repubblica Ceca. Quel capitale gli era servito per passare da impiegato governativo salariato a commerciante di libri, mestiere assai meno stressante. Ma quell'affare aveva anche scatenato una certa invidia, e Peter Hansen non aveva nascosto il suo astio.

« Ho bisogno del libro di cui abbiamo parlato. Questa sera. Lei mi assicura che comprarlo non sarà un problema? » chiese Stephanie, nel tono di chi ha l'abitudine di dare ordini.

Hansen ridacchiò. « Americani. Tutti uguali. Il mondo gira intorno a voi. »

« Mio marito diceva che lei è un uomo capace di trovare l'introvabile. Il libro che voglio è già stato trovato. Basta solo acquistarlo. »

« Si prepari a pagare un prezzo molto elevato. »

Malone si accigliò. Stephanie non sapeva quanto fossero pericolose le acque in cui stava navigando. La prima regola nel mondo delle aste era non rivelare a nessuno quanto si desiderava un articolo.

« È un oscuro libro di cui non importa niente a nessuno », obiettò lei.

« Be', evidentemente a lei importa, e questo significa che anche altri fiuteranno un buon affare. »

« Assicuriamoci di fare l'offerta più alta. »

« Perché questo libro è così importante? Io non l'avevo mai sentito nominare. Il suo autore è un illustre sconosciuto. »

« Vuole discutere i motivi di mio marito? »

« Suo marito era molto più conciliante. »

« È morto. »

Benché in quelle parole non ci fosse la minima emozione, ci furono alcuni istanti di silenzio.

« Andremo a Roskilde insieme? » domandò Hansen, evidentemente rassegnato a non sapere altro da lei.

« Ci troveremo là. »

« Non vedo l'ora. »

Stephanie lasciò la stanza senza dir altro. Malone restò dietro gli scaffali, voltandosi di spalle mentre lei passava. Sentì chiudersi la porta dell'ufficio di Hansen e colse l'opportunità per avviarsi in fretta all'uscita.

Sul marciapiede, Stephanie girò a sinistra.

Malone attese qualche istante prima di uscire in strada, poi vide la sua ex direttrice allontanarsi tra la gente che affollava il quartiere commerciale, in direzione della Torre Rotonda.

Riprese subito a pedinarla.

Lei non si girò a guardare indietro una sola volta. Sembrava non preoccuparsi della possibilità che qualcuno fosse interessato a ciò che stava facendo. Era un comportamento molto strano, visto quello che era accaduto con Giacca Rossa. Lui si chiese perché avesse abbassato la guardia in quel modo. Certo, lei non era un agente operativo, ma non era neppure una sciocca.

Alla Torre Rotonda, invece di voltare a destra verso Højbro Plads, dove si trovava la libreria di Malone, la donna tirò diritto. Tre isolati più avanti scomparve nell'atrio dell'Hotel d'Angleterre.

Lui si fermò. Il fatto che lei fosse in Danimarca per acquistare un libro e non avesse chiesto il suo aiuto lo feriva. Evidentemente non voleva coinvolgerlo. Anzi, dopo quanto era accaduto alla Torre Rotonda, sembrava che non volesse più neppure parlargli.

Guardò l'orologio. Le tre passate da poco. L'asta cominciava alle sei del pomeriggio, e per arrivare a Roskilde occorreva mezz'ora di macchina. Quel giorno lui non aveva in programma di partecipare. Il catalogo che gli avevano mandato qualche settimana prima non conteneva nulla d'interessante. Stephanie si stava comportando stranamente, anche per una come lei. E una vocina familiare in fondo alla testa, la stessa che l'aveva mantenuto in vita per dodici anni di lavoro come agente operativo, gli stava dicendo che avrebbe avuto bisogno di lui.

3

Abbaye des Fontaines,
Pirenei francesi,
ore 17.00

Il siniscalco s'inginocchiò accanto al letto per confortare il suo maestro morente. Per settimane aveva pregato affinché quel momento non arrivasse. Ma presto, dopo aver saggiamente governato l'Ordine per ventotto anni, il vecchio disteso tra le coltri avrebbe avuto la meritata pace e raggiunto i suoi predecessori in cielo. Sulla terra, invece, per sfortuna del siniscalco, le traversie che l'Ordine stava attraversando sarebbero continuate, ed era una prospettiva che gli faceva paura.

La stanza era spaziosa, chiusa tra robuste pareti di pietra e legno ancora in ottimo stato, e solo il soffitto di pino martellato era annerito dall'età. Una finestra solitaria, simile a un occhio timoroso, si apriva nella parete esterna a incorniciare una cascata incantevole ai piedi di una montagna maestosa. Negli angoli della camera la penombra si stava infittendo ancora di più.

Il siniscalco prese una mano del vecchio. La sentì fredda e debole. « Maestro, riuscite a sentirmi? » domandò, in francese.

Gli stanchi occhi si aprirono. « Non sono ancora andato. Ma non manca molto. »

Lui aveva udito altri dire la stessa cosa negli ultimi momenti della loro esistenza terrena, e si chiese se quando il corpo si esauriva al punto che il cuore non aveva più la forza di battere e i polmoni di respirare, la morte avanzava a conquistare ciò che la vita aveva costruito. Strinse la mano più forte. « Sentirò la tua mancanza. »

Le labbra pallide si piegarono in un sorriso. « Tu mi hai servito bene, sapevo che l'avresti fatto. Per questo ti ho scelto. »

« Ci aspettano tempi di duri conflitti. »

« Sei pronto, ne sono sicuro. »

Lui era il siniscalco, secondo solo al maestro. Aveva fatto carriera in fretta nella gerarchia dell'Ordine, troppo in fretta secondo alcuni. Solo la mano ferma del maestro aveva placato gli scontenti, ma presto la morte avrebbe reclamato il suo protettore, e lui temeva che ci sarebbe stata un'aperta ribellione.

« Non è detto che sia io a succederti. »

« Ti sottovaluti. »

« Conosco il potere dei nostri avversari. »

Su di loro scese il silenzio, e gli unici rumori rimasero i cinguettii delle allodole e dei merli. Il siniscalco osservò il suo maestro. Il vecchio indossava una toga azzurra trapunta di stelle d'oro. Benché sul volto smunto si leggesse l'approssimarsi della morte, nella sua figura distesa restava l'apparenza del vigore di un tempo. La barba grigia era lunga, incolta, le articolazioni delle mani e dei piedi erano ingrossate dall'artrite, ma negli occhi c'era ancora una luce intensa. Il siniscalco sapeva che ventotto anni alla guida dell'Ordine avevano insegnato molto al vecchio. Forse la lezione che ora gli veniva più utile era come mostrare agli altri, anche di fronte alla morte, una maschera dignitosa e civile.

Il dottore aveva diagnosticato un cancro, alcuni mesi prima. Com'era prescritto dalla Regola, alla malattia era stato concesso di seguire il suo corso, accettando così le conseguenze naturali degli atti di Dio. Durante i secoli, migliaia di fratelli avevano sopportato lo stesso destino, ed era impensabile che il maestro avrebbe infranto quella tradizione.

« Vorrei poter sentire il profumo dell'aria umida presso la cascata », mormorò il vecchio.

Il siniscalco si voltò verso la finestra. Le imposte, risalenti al XVI secolo, erano aperte, e alle narici gli giungeva l'odore delle rocce bagnate e della vegetazione lussureggiante. In distanza si udiva lo scroscio della cascata.

« Qui si è a contatto con la natura. »

« È una delle ragioni per cui ho voluto diventare maestro. »

Lui sorrise, sapendo che il vecchio stava scherzando. Aveva letto le Cronache, e sapeva che il suo mentore aveva raggiunto quella posizione grazie alla geniale capacità di adattarsi nel modo migliore alla buona e alla cattiva sorte. Era rimasto in carica in un lungo periodo di pace, ma la situazione stava per cambiare.

«Pregherò per la tua anima», disse il siniscalco.

«È tardi per questo. Devi prepararti, piuttosto.»

«Per cosa?»

«Il conclave. Cerca di avere più voti possibile. Stai pronto. Non concedere ai nostri nemici il tempo di organizzarsi al meglio.» La voce del maestro era roca e ansante per la malattia, ma in quelle parole c'era una fermezza incrollabile.

«Non sono sicuro di voler essere il maestro.»

«Tu lo vuoi.»

Il suo protettore lo conosceva bene. La modestia richiedeva che si dichiarasse immeritevole di quell'onore, ma lui voleva essere il nuovo maestro più di ogni altra cosa.

Sentì un tremito nella mano che stringeva.

Il vecchio dovette trarre faticosi respiri prima di ritrovare il fiato per parlare. «Ho preparato il messaggio. È sulla scrivania.»

Il siniscalco sapeva che sarebbe stato dovere del nuovo maestro studiare quel testamento.

«Il compito dev'essere svolto», proseguì il vecchio. «Così com'è stato svolto fin dal Principio.»

Il siniscalco non voleva parlare dei suoi obblighi. In quel momento era troppa l'emozione che lo attanagliava. Girò lo sguardo sulla stanza, il cui solo arredamento era composto da un letto, un inginocchiatoio di fronte a un crocifisso di legno, tre sedie imbottite dall'aspetto antico, una scrivania e due vecchie statue di marmo poste dentro nicchie alle pareti. C'era stato un tempo in cui quella stanza era stata ornata con pannelli di cuoio spagnolo, porcellane orientali, mobili inglesi. Ma il lusso aveva ceduto il passo alla frugalità dell'Ordine.

E suo.

Il vecchio ansimò.

Il siniscalco riportò lo sguardo sul letto, sentendosi a disagio dinanzi alla sofferenza e alla malattia. Il maestro ritrovò il fiato, sbatté le palpebre un paio di volte e disse: «Non ancora, vecchio amico mio. Ma presto».

4

Roskilde,
ore 18.15

Prima di entrare in sala, Malone aspettò che l'asta fosse cominciata. Conosceva già il meccanismo dei preliminari, e sapeva che le offerte sarebbero iniziate solo verso le sei e venti, dopo che gli acquirenti si fossero registrati e che il banditore avesse terminato di verificare gli accordi coi venditori.

Roskilde era un'antica città annidata in un piccolo fiordo, sulla riva del mare. Fondata dai vichinghi, era stata la capitale della Danimarca fino al XV secolo, e continuava a dare un'impressione di grazia regale. L'asta si teneva nella città bassa, presso la Domkirke, in un edificio sulla Skomagergade che un tempo aveva ospitato una fabbrica di scarpe. La vendita di libri antichi era una forma d'arte, in Danimarca. L'intera nazione apprezzava la parola scritta, cosa che Malone, da sempre accanito bibliofilo, ammirava molto. I libri, un tempo nulla più di un hobby e un diversivo dalle tensioni di un lavoro pericoloso, erano adesso la sua vita.

Dopo aver notato che Peter Hansen e Stephanie avevano preso posto in seconda fila, andò a sedersi in fondo alla sala, dietro una delle colonne di pietra che sostenevano il soffitto a volta. Non aveva intenzione di fare offerte, perciò era poco importante che il banditore potesse vederlo o no.

Furono venduti diversi lotti di libri e volumi singoli, per somme abbastanza rispettabili in corone danesi. Ma Peter Hansen non se ne interessò, finché un inserviente depose una scatola sul tavolino accanto al leggìo e ne mostrò il contenuto.

« *Pierre Gravées du Languedoc* di Eugène Stüblein, stampato nel 1887 », annunciò il banditore. « Una storia della regione, cosa abbastanza comune per quell'epoca, di cui furono stampate soltanto poche centinaia di copie. Il volume faceva parte di un lotto da noi recentemente acquistato. È di manifattura molto fine, rilegato in pelle, senza difetti, con alcune stampe molto pregevoli, una delle quali è riprodotta sul nostro catalogo. Non è il genere di libro cui siamo soliti dare molto peso, ma questo è singolarmente bello, così abbiamo pensato che potrebbe essere di qualche interesse. Un'offerta di apertura, prego.»

Ce ne furono tre in rapida successione, tutte abbastanza basse, l'ultima di quattrocento corone. Malone fece il calcolo: sessanta dollari. Hansen offrì ottocento. Dagli altri potenziali concorrenti non ci furono offerte, ma uno dei rappresentanti che lavoravano col cellulare appiccicato all'orecchio per conto di compratori che non potevano intervenire di persona alzò la mano libera e disse: «Mille».

Hansen parve innervosito da quell'inaspettata sfida, soprattutto perché veniva da un acquirente che agiva a distanza, e offrì mille e cinquanta. L'uomo col cellulare replicò con duemila. Una donna seduta sulla sinistra attrasse l'attenzione del banditore e alzò ancora l'offerta. Alcuni acquirenti cominciarono a sospettare che in quel volume ci fosse qualcosa di più di quello che sembrava. Ma dopo un paio di minuti di continui rilanci la maggior parte dei partecipanti desistette di fronte a all'offerta di Hansen: ventiquattromila corone.

Più di quattromila dollari.

Malone sapeva che Stephanie guadagnava dai settanta agli ottantamila dollari l'anno. Suo marito era morto qualche anno addietro, lasciandole una modesta rendita, ma non era ricca, e non era neppure una collezionista di libri antichi, così si chiese per l'ennesima volta perché fosse disposta a pagare una somma del genere per un insignificante libro di storia regionale. Molti suoi clienti gli portavano scatole colme di opere dello stesso genere, per la maggior parte risalenti al XIX e ai primi anni del XX secolo, epoca in cui i racconti di viaggi in terre lontane erano assai popolari. Per la maggior parte avevano una prosa un po' troppo forbita ed erano, a tutti gli effetti, privi d'interesse.

Quello, evidentemente, era un'eccezione.

«Cinquantamila corone», rilanciò l'uomo col cellulare.

Più del doppio dell'ultima offerta di Hansen.

Molte teste si girarono, e Malone si ritrasse dietro la colonna quando Stephanie si voltò a guardare l'uomo col cellulare. Dopo qualche secondo sporse di nuovo la testa; Stephanie e Hansen si scambiarono qualche parola sottovoce, poi riportarono la loro attenzione sul banditore. Ci fu un momento di silenzio, durante il quale Hansen sembrò riflettere sul da farsi, ma era chiaro che stava aspettando una decisione di Stephanie.

La donna scosse il capo.

Il banditore controllò il resto dei presenti con uno sguardo, poi batté il martelletto. «L'articolo è aggiudicato per cinquantamila corone.»

Un commesso tolse il libro dal tavolino d'esposizione e fu annunciata una pausa di quindici minuti. Malone sapeva che il direttore della casa d'aste avrebbe fatto portare nel suo ufficio *Pierre Gravées du Languedoc* per vedere cosa ci fosse che valeva più di ottomila dollari. Nessuno ignorava che i partecipanti alle aste di Roskilde erano commercianti astuti e competenti, che non si sarebbero mai fatti sfuggire di mano un piccolo tesoro. Ma evidentemente stavolta la cosa li aveva colti impreparati.

Malone continuò a restare dietro la colonna, mentre Stephanie e Hansen, pur essendosi alzati per sgranchirsi le gambe, non si allontanavano troppo dalle loro sedie. In sala c'erano numerose facce note, e si augurò che nessuno lo riconoscesse. La maggior parte della gente si era spostata verso l'angolo anteriore destro, dove venivano offerti dei rinfreschi. Poi vide che due uomini si avvicinarono a Stephanie e si presentarono. Erano entrambi tipi robusti che vestivano completi di lana scura e camicie bianche. Mentre uno di loro si chinava leggermente per stringere la mano a Stephanie, Malone notò la sporgenza prodotta da una pistola infilata nella cintura, dietro la schiena.

Dopo un breve scambio di battute, i due se ne andarono. In apparenza era stata una chiacchierata amichevole. Poi, quando Hansen si allontanò per prendersi una birra al tavolo dei rinfreschi, Stephanie mormorò qualcosa a un impiegato della casa d'aste e questi la scortò a una porta laterale, da cui la donna lasciò la sala.

Malone si alzò e andò subito dallo stesso impiegato, un danese basso e magro che lui conosceva bene.

« Oh, Cotton, è un piacere vederti. »

« E continuerai a vedermi, Gregos, finché qui si faranno buoni affari. »

« Temo che oggi non ne troverai molti. »

« Be', sembra che l'ultimo articolo sia stato una sorpresa. »

Gregos sorrise. « Già. Pensavo che non avrebbe spuntato più di cinquecento corone. Ma cinquantamila... È stupefacente. »

« Qualche idea del perché? »

Gregos scosse il capo. « Nessuna. »

Malone accennò verso la porta laterale. « La donna con cui stavi parlando, dov'è andata? »

L'altro inarcò un sopracciglio. « Ti interessa? »

« Non in quel senso. Ma m'interessa, sì. »

Malone godeva di un trattamento speciale, da quando, pochi mesi prima, la casa d'aste aveva acquistato e messo in vendita tre volumi della prima edizione di *Jane Eyre,* del 1847, i quali erano poi risultati rubati. Quando la polizia aveva sequestrato i volumi al nuovo acquirente, la casa d'aste aveva dovuto restituirgli fino all'ultima corona, ma l'individuo che aveva venduto i tre *Jane Eyre* era già sparito dopo aver incassato l'assegno. In via di favore, Malone aveva rintracciato l'uomo in Inghilterra e ritrovato il denaro. Grazie a quella vicenda si era fatto dei nuovi e riconoscenti amici nella sua patria adottiva.

« Mi ha chiesto della Domkirke. Voleva sapere come ci si arriva da qui. In particolare, alla cappella di Cristiano IV. »

« Ti ha spiegato il perché? »

« Ha detto solo che voleva fare quattro passi. »

Lui gli strinse la mano e, con quel gesto, gli lasciò tra le dita una banconota da mille corone, ripiegata. Gregos apprezzò l'offerta e si fece scivolare in tasca la banconota con gesto furtivo. La casa d'aste non approvava le mance agli impiegati.

« Un'altra cosa », disse Malone. « Per caso sai chi è l'acquirente di quel libro? »

« Tu sai che questa è un'informazione strettamente riservata. »

« E *tu* sai che io odio le regole. Va bene, niente nomi. Dimmi solo se lo conosco. »

« È il proprietario dell'edificio dove paghi l'affitto, a Copenhagen. »

Malone represse un sorriso. Henrik Thorvaldsen. Avrebbe dovuto immaginarlo.

L'asta ricominciò. Mentre i partecipanti tornavano a sedersi, lui si avviò all'uscita e, voltandosi per dare un'ultima occhiata, vide che Peter Hansen riprendeva il suo posto in seconda fila. Quando uscì, prese una boccata della fresca aria serale di quell'estate danese. Benché fossero quasi le otto, il cielo era striato dei riflessi purpurei del sole non ancora del tutto tramontato. A diversi isolati da lì, i suoi raggi arrossavano la cattedrale di mattoni, la Domkirke, dove i reali danesi venivano sepolti fin dal XIII secolo.

Cosa stava facendo Stephanie?

Aveva iniziato a incamminarsi da quella parte, quando due uomini si avvicinarono.

Uno di essi gli premette qualcosa di duro nella schiena. « Stia zitto e fermo, Mr Malone, altrimenti le sparo qui dove siamo. »

Erano gli individui in completo scuro che avevano parlato con Stephanie nella casa d'aste. E sui loro volti lui vide la stessa espressione che aveva notato poche ore prima su quello di Giacca Rossa.

5

Stephanie entrò nella Domkirke. L'impiegato della casa d'aste le aveva detto che non ci avrebbe messo molto a trovarla e aveva avuto ragione. La poderosa cattedrale di mattoni, sproporzionata per la cittadina che aveva intorno, giganteggiava sullo sfondo del cielo crepuscolare.

All'interno del grandioso edificio si aprivano cappelle e porticati, il tutto sormontato dall'alto soffitto a volta e dalle maestose vetrate colorate che davano sfumature celestiali alle antiche mura. Stephanie notò subito che la cattedrale non era più cattolica - dalle decorazioni lei avrebbe detto luterana - e che lo stile architettonico le conferiva un aspetto nettamente francese.

Il mancato acquisto del libro l'aveva messa di malumore. Era convinta che l'avrebbe comprato per non più di trecento corone, circa cinquanta dollari. Invece un anonimo acquirente aveva voluto spendere più di ottomila dollari per un insignificante resoconto di un viaggio nella Francia meridionale.

Anche qui una cosa era chiara: qualcuno conosceva i suoi piani.

Si trattava della stessa persona che voleva incontrarla? I due uomini che l'avevano avvicinata nell'intervallo dell'asta avevano detto che tutto le sarebbe stato spiegato se fosse entrata nella cattedrale e avesse cercato la cappella di Cristiano IV. Lei aveva pensato che ci fosse poco da fidarsi, ma quale altra scelta le restava? Aveva poco tempo e doveva condurre a termine un affare importante.

Seguì le indicazioni che le erano state date e girò intorno al vestibolo. Davanti all'altare principale era in corso una funzione religiosa. Chine sugli inginocchiatoi c'erano circa cinquanta persone. La musica dell'organo echeggiava in quegli spazi interni con vibrazioni metalliche. Individuò la cappella di Cristiano IV, spinse l'elaborata cancellata in ferro nero ed entrò.

In sua attesa c'era un uomo di bassa statura, con capelli riccioluti grigio-ferro che gli stavano appiccicati al cranio come un berretto. Aveva un volto rude, ben rasato, un torace massiccio e indossava una blusa di pelle e pantaloni chiari di cotone. Stephanie notò subito lo sguardo dei suoi occhi scuri, uno sguardo che giudicò freddo e sospettoso.

L'uomo parve intuire la sua apprensione, perché l'espressione del volto si ammorbidì e a un tratto le rivolse un sorriso disarmante. « Ms Nelle, è un vero piacere incontrarla. »

« Come sa chi sono? »

« Conoscevo bene il lavoro di suo marito. Era un grande studioso, e si occupava di argomenti che mi affascinano. »

« Quali? Mio marito studiava le cose più disparate. »

« Ciò che soprattutto m'interessa è Rennes-le-Château: il suo lavoro sul cosiddetto grande segreto di quel paese e del territorio che lo circonda. »

« Lei è la persona che mi ha appena portato via quel libro con un'offerta esorbitante? »

Lui alzò le mani in segno di resa scherzosa. « Non sono il colpevole. E questo è il motivo per cui ho chiesto di parlarle. Anch'io ero in contatto con un rappresentante, in sala, e, come lei, sono rimasto stupefatto dall'offerta finale. »

Per prendersi qualche momento di riflessione, Stephanie fece il giro del sepolcro reale. Enormi dipinti chiusi in cornici molto elaborate ricoprivano quasi del tutto le pareti marmoree. Al centro, sotto l'enorme soffitto ad arco, campeggiavano cinque sarcofagi.

L'uomo le indicò la cappella intorno a loro. « Cristiano IV viene considerato il più grande sovrano della Danimarca. Un po' come Enrico VIII in Inghilterra, Francesco II in Francia e Pietro il Grande in Russia, lui ha cambiato dalle fondamenta questa terra. Ha lasciato il segno praticamente ovunque. »

A Stephanie non interessava una lezione di storia. « Cosa vuole? »

« Lasci che le mostri una cosa. »

L'uomo s'incamminò verso la cancellata all'ingresso della cappella. Lei lo seguì.

« La leggenda vuole che questa grata metallica sia stata creata dal diavolo in persona. La sua fattura è straordinaria. Su di essa possiamo trovare i monogrammi del re e della regina, e una moltitudine di creature favolose. Ma guardi da vicino.»

Stephanie vide alcune parole incise nel metallo, tra le decorazioni.

«Dicono: *Caspar Fincke bin icht genannt, dieser Arbeit bin icht bekannt*. 'Caspar Fincke è il mio nome, a questo lavoro io devo la mia fama.'»

«Cosa dovrei dedurne?»

«Sulla cima della Torre Rotonda, a Copenhagen, intorno al bordo, c'è un'altra inferriata. Fincke costruì anche quella. La fece bassa, affinché dal centro si vedessero bene i tetti della città, ma questo particolare rende facile scavalcarla con un salto.»

Stephanie afferrò il messaggio. «L'uomo che mi ha scippato lavorava per lei?»

Lui annuì.

«Perché ha scelto la morte?»

«I soldati di Cristo combattono la battaglia del Signore senza temere le ferite inferte dal nemico, né il dolore, né la morte.»

«Si è suicidato.»

«Quando è necessario dare la morte, o riceverla, in questo non c'è delitto, ma anzi una gloria maggiore.»

«Lei non sa come si fa a rispondere a una domanda.»

L'uomo sorrise. «Le stavo semplicemente citando un grande teologo, che scrisse queste parole ottocento anni fa. Bernardo di Chiaravalle.»

«Lei chi è?»

«Perché non mi chiama Bernardo?»

«Cosa vuole?»

«Due cose. La prima è il libro che entrambi abbiamo perduto all'asta, e riconosco che lei non può procurarmelo. La seconda, invece, lei ce l'ha. Le è stata mandata un mese fa.»

Stephanie si costrinse a restare impassibile. Quello era l'uomo che s'interessava dei fatti suoi. «E di che si tratta?»

«Ah, un esame con cui vuole stabilire la mia credibilità... Va bene. Il pacco che le è stato mandato conteneva un diario che un tempo apparteneva a suo marito. Un diario in cui egli scrisse tutto, fino alla sua prematura scomparsa. Sono stato promosso? »

Stephanie non replicò.

« Voglio quel diario. »

« Perché è così importante? »

« Molti dicevano che suo marito era un tipo strano. La comunità accademica lo vedeva come il fumo negli occhi dei creduloni e la stampa lo derideva. Ma io ho sempre pensato che fosse geniale. Lui vedeva cose che gli altri non notavano neppure. Fu lui a originare l'attuale interesse verso Rennes-le-Château. Il suo libro è stato il primo a svegliare il mondo alle meraviglie di quel luogo. Ha venduto cinque milioni di copie in tutto il mondo. Un successo notevole. »

« Mio marito ha pubblicato molti libri. »

« Quattordici, se non sbaglio, ma nessuno dell'importanza del primo: *The Treasure at Rennes-le-Château*. Grazie a lui, oggi esistono centinaia di altri libri scritti su questo argomento. »

« Cosa le fa pensare che io abbia il diario di mio marito? »

« Entrambi sappiamo che oggi lo avrei io, se non fosse stato per l'interferenza di un certo Cotton Malone. Credo che un tempo lavorasse per lei. »

« In quale veste? »

L'uomo sembrava divertirsi alle sue continue sfide. « Lei è un funzionario del dipartimento della Giustizia degli Stati Uniti, e dirige una branca chiamata sezione Magellano: dodici laureati in giurisprudenza, scelti con cura da lei stessa, che lavorano alle sue dipendenze e non devono rispondere a nessun altro, su questioni che potremmo definire 'delicate'. Cotton Malone ha lavorato per lei diversi anni. Ma l'anno scorso si è ritirato dal servizio e ha aperto una libreria a Copenhagen. Se non fosse stato per la sfortunata iniziativa del mio aiutante, lei si sarebbe goduta una leggera colazione con Mr Malone, gli avrebbe detto addio e sarebbe venuta qui per l'asta, che è il vero motivo per cui lei si trova in Danimarca. »

Era tempo di smetterla con le finzioni. « Per chi lavora? »

« Per me stesso. »

« Ne dubito. »

« Cosa la induce a dire questo? »

« Anni di esperienza. »

Lui sorrise ancora, cosa che stava cominciando a irritarla. « Il diario, se non le spiace. »

« Non ce l'ho. Dopo quello che è successo oggi, ho pensato che fosse meglio metterlo al sicuro. »

« L'ha dato a Peter Hansen? »

Lei non disse niente.

« Già. Immaginavo che non mi avrebbe risposto. »

« Io immagino che questa conversazione sia finita. » Stephanie gli voltò le spalle e uscì. Sulla destra, tra lei e il portone principale, vide due uomini dai capelli corti. Non erano gli stessi che l'avevano avvicinata nella casa d'aste, ma seppe subito da chi prendevano gli ordini.

Si voltò a guardare l'uomo il cui nome non era Bernardo.

« Come il mio aiutante oggi, alla Torre Rotonda, anche lei non ha via d'uscita. »

« Vada all'inferno », replicò Stephanie.

Girò a sinistra e fuggì verso l'interno della cattedrale.

6

Malone cercò di fare mente locale. Si trovava in un luogo pubblico, adiacente una strada affollata. C'era gente che entrava e usciva dalla casa d'aste, e altri stavano aspettando che gli inservienti portassero fuori le loro auto dal vicino parcheggio. Era chiaro che qualcuno l'aveva visto pedinare Stephanie. Imprecò contro se stesso per non essere stato più attento, ma decise che, nonostante le loro minacce, i due individui che lo affiancavano non avrebbero rischiato di esporsi in pubblico. La loro intenzione era di trattenerlo, non di eliminarlo. Forse avevano l'ordine di non farlo avvicinare a Stephanie mentre era dentro la cattedrale.

E questo significava che lui doveva agire.

Si accorse che altri acquirenti uscivano dalla casa d'aste. Uno di loro, un danese alto e magro, aveva una libreria nello Strøget, non lontana da quella di Peter Hansen. L'uomo si fermò sul marciapiede insieme con altre due persone, e quasi subito un inserviente gli portò l'auto.

« Ehi, Vagn », chiamò Malone, allontanandosi dalla pistola premuta sulla sua schiena.

« Cotton, come va? » lo salutò l'altro, in danese.

Lui s'incamminò tranquillamente verso l'auto e, dando una sbirciata dietro di sé, vide uno dei due individui dai capelli corti nascondere in fretta l'arma sotto la giacca. Quella mossa lo aveva colto di sorpresa, e questo confermava ciò che lui già sapeva. Quei tipi erano dilettanti. Inoltre era pronto a scommettere che non parlavano danese.

« Mi daresti un passaggio fino a Copenhagen? » domandò Malone.

« Sicuro, abbiamo posto anche per te. Sali a bordo. »

Malone aprì uno degli sportelli posteriori. « Grazie. La persona che mi ha portato qui deve trattenersi ancora, ma io devo tornare a casa. »

Dopo aver chiuso lo sportello alzò una mano per salutare i due uomini attraverso il vetro e, mentre l'auto si allontanava, li vide restare immobili, con aria confusa.

«Non hai trovato nulla d'interessante?» domandò Vagn.

«Non c'era niente che valesse la spesa.»

«Già, l'ho notato anch'io. Abbiamo deciso di non aspettare la fine e andarcene a cena.»

Malone salutò con un cenno la donna che sedeva sul retro con lui. L'altro uomo era salito davanti, accanto al conducente. La macchina si avviò lentamente tra le stradine di quel quartiere in direzione della periferia di Roskilde, dove si imboccava la statale per Copenhagen.

Malone non perse d'occhio i due campanili gemelli e il tetto di rame della cattedrale. «Vagn, scusa, puoi lasciarmi qui?»

«Ne sei sicuro?»

«Sì, grazie. Mi sono ricordato che devo fare una cosa.»

Stephanie corse lungo la navata, verso le profondità della cattedrale. Oltre le massicce colonne alla sua destra, la funzione serale era ancora in corso. I suoi tacchi bassi ticchettavano sulle lastre di pietra, ma grazie alla musica dell'organo soltanto lei poteva udirli. Il percorso che aveva davanti girava intorno all'altare principale, dove una serie di balaustre e monumenti commemorativi separava il camminamento dal coro.

Si voltò e vide l'uomo che aveva detto di chiamarsi Bernardo avanzare con calma e senza dare nell'occhio, ma gli altri due erano scomparsi. Comprese che proseguendo in quella direzione sarebbe tornata indietro verso l'ingresso della chiesa. Per la prima volta cominciò a capire cosa provavano gli agenti operativi nelle situazioni rischiose. Lei non aveva mai lavorato sul campo - non era parte dei suoi compiti -, ma quella non era una missione del dipartimento. Era una faccenda personale e, ufficialmente, lei era in ferie. Nessuno sapeva che si trovava in Danimarca... a parte Cotton Malone. E considerando il guaio in cui si stava mettendo, quella riservatezza rappresentava un problema.

Proseguì sul camminamento intorno al coro.

Il suo inseguitore non aveva fretta di accorciare le distanze, senza dubbio perché sapeva che lei non aveva via d'uscita. Stephanie oltrepassò una rampa di scale che scendeva in un'altra cappella laterale e vide gli altri due uomini apparire venti metri più avanti, sul retro della navata, per bloccarle l'attraversamento della chiesa. Dietro di lei Bernardo continuava ad avanzare a passi fermi. Sulla sinistra c'era un altro sepolcro, che una targhetta identificava come la Cappella dei Magi.

Si precipitò dentro.

Due tombe marmoree campeggiavano tra le pareti dipinte con scene a colori vivaci, entrambe provenienti da qualche antico tempio romano. Indietreggiò verso la più lontana. Poi un terrore istintivo e soverchiante le mozzò il fiato quando capì cosa aveva fatto.

Era in trappola.

Malone arrivò di corsa alla cattedrale ed entrò dall'ingresso principale. Notò subito i due uomini sulla destra, più avanti - robusti, capelli corti, sobriamente vestiti di scuro - non dissimili dalla coppia cui era appena sfuggito fuori della casa d'aste. Decise di non correre rischi e infilò la mano all'interno della giacca, estraendo dalla fondina la Beretta automatica in dotazione a tutti gli agenti della sezione Magellano. Quando si era ritirato aveva avuto il permesso di tenere l'arma, ed era riuscito a farla entrare di nascosto in Danimarca, dove possedere armi da fuoco era illegale.

Con un gesto indifferente abbassò la pistola e la tenne nascosta dietro la coscia, sul lato del corpo opposto alla navata. Non impugnava un'arma da più di un anno. Era una sensazione legata al suo passato e della quale non aveva sentito la mancanza. Ma vedere un uomo saltare nel vuoto con tanta indifferenza per la morte gli aveva dato presentimenti spiacevoli, perciò era venuto preparato. Quello era ciò che un buon agente doveva fare, ed era una delle ragioni per cui Malone era andato a riposo con le sue gambe, invece che sostenuto da quattro colleghi e coperto dalla bandiera americana. I due uomini gli voltavano le spalle e tenevano le braccia lungo i fianchi, ma avevano entrambi il gonfiore di una fondina alla cintura, sotto la giacca. La risonante musica dell'organo mascherò i suoi passi in avvicinamento. Si fermò dietro di loro e disse: « Buonasera, signori ».

I due si voltarono e lui mostrò la pistola per un breve momento. « Comportiamoci da persone civili. »

Oltre le spalle di quegli uomini, Malone vide un altro individuo, a circa trenta metri di distanza, che veniva verso di loro lungo la parete della navata con andatura tranquilla. A un tratto lo sconosciuto infilò una mano sotto la giacca di pelle. Lui non aspettò di vedere altro e si gettò a sinistra, dietro una fila di banchi vuoti. Uno schiocco echeggiò sopra la musica dell'organo e l'angolo superiore di un inginocchiatoio volò in schegge, a un palmo dalla sua testa.

I due uomini in completo scuro estrassero le armi.

Dalla sua posizione, in ginocchio sul pavimento, lui sparò due volte. I colpi riecheggiarono nella cattedrale, in una pausa tra gli accordi dell'organo. Uno dei due uomini cadde a terra, l'altro fuggì. Malone si trascinò più all'interno e udì altri tre spari. Le pallottole schiantarono via altri pezzi di legno a poca distanza da lui.

Si alzò e sparò due volte in direzione dell'uomo in giacca di pelle.

L'organo tacque.

La gente si era accorta di quello che stava succedendo. I fedeli radunati nella parte anteriore della navata cominciarono rumorosamente ad abbandonare i banchi, gridando e inciampando. Alcuni corsero verso la sacrestia, dove doveva esserci un'uscita posteriore, altri verso il portone principale. Lui sfruttò la confusione per sporgere la testa sopra gli inginocchiatoi e vide che l'uomo in giacca di pelle era fermo all'ingresso di una cappella laterale.

« Stephanie! » chiamò, alzando la voce sopra quel chiasso.

Non ebbe risposta.

« Stephanie, sono Cotton. Fammi sapere se stai bene. »

Di nuovo nessuna risposta.

Strisciò a quattro zampe, raggiunse il passaggio tra due file d'inginocchiatoi e si alzò. Da lì si poteva proseguire su un lato della navata e fare il giro della chiesa dietro l'altare. La fila di grosse colonne poteva renderlo un bersaglio difficile nella prima parte del percorso, e poi c'era il coro che lo avrebbe riparato completamente.

Iniziò a correre.

Stephanie sentì la voce di Malone che gridava il suo nome. Era una vera fortuna che fosse un ficcanaso, incapace di badare ai fatti suoi. Lei era ancora nella Cappella dei Magi, nascosta dietro una delle tombe marmoree. Udì degli spari e capì che Malone stava facendo quello che poteva, però era in inferiorità numerica, uno contro tre o forse più. Provò l'impulso di aiutarlo, tuttavia cos'avrebbe potuto fare? Non si era portata un'arma. Doveva almeno fargli sapere che non era ferita. Ma prima che potesse rispondergli, oltre l'artistica inferriata che separava la cappella dalla chiesa ci fu un movimento e apparve Bernardo, con una pistola in mano.

Lo spavento la bloccò e la sua mente fu raggelata da un panico a lei fino ad allora sconosciuto.

L'uomo entrò nella cappella.

Malone girò intorno al coro. La gente stava ancora scappando verso le uscite e la chiesa risuonava di voci isteriche. Probabilmente qualcuno aveva già chiamato la polizia. Lui doveva solo tenere occupati gli aggressori finché non fosse arrivato aiuto. Uscito dal camminamento semicircolare, vide uno degli uomini cui aveva sparato che aiutava l'altro a raggiungere l'uscita posteriore. Il terzo uomo, quello che aveva dato inizio alla sparatoria, non si vedeva da nessuna parte.

Brutto segno.

Rallentò il passo e tenne la pistola pronta.

Stephanie s'irrigidì. Bernardo era a non più di sei metri da lei.

« So che è qui », disse l'uomo, con voce gutturale. « È arrivato il suo salvatore, perciò non ho il tempo di occuparmi di lei. Ma ora sa quello che voglio. Ci rivedremo ancora.»

Non era una prospettiva affascinante.

«Anche suo marito non ha voluto essere ragionevole. Undici anni fa gli feci un'offerta simile per il suo diario, ma lui rifiutò.»

La donna fu colpita da quelle parole. Sapeva che sarebbe stato più prudente rimanere ferma e zitta, però adesso doveva fargli una domanda. «Che cosa sa di mio marito?»

«Ne so abbastanza. Tuttavia ora lasciamo le cose come stanno.»

Stephanie lo sentì allontanarsi.

Malone vide l'uomo uscire da una delle cappelle laterali. «Fermati!»

L'altro girò su se stesso e alzò la pistola. Malone imboccò una rampa di scale che scendeva verso la cripta, scivolò e rotolò per alcuni scalini.

Tre pallottole scheggiarono la parete sopra la sua testa.

Risalì fino ai primi gradini e rispose al fuoco, ma l'uomo dalla giacca di pelle era già a una trentina di metri di distanza e correva attraverso la navata in direzione dell'uscita posteriore.

Malone si rialzò e corse fuori. «Stephanie!»

«Sono qui, Cotton.»

Il suo ex superiore uscì da una cappella laterale. Nel venirgli incontro, la sua faccia si ricompose in un'espressione calma, imperscrutabile. All'esterno si udivano delle sirene.

«Sarà meglio andarcene di qui», propose Malone. «Ci farebbero un sacco di domande, e ho la sensazione che tu non voglia dare neppure una risposta.»

«Hai la sensazione giusta», replicò lei, passandogli accanto in fretta.

Malone stava per suggerirle di uscire dal retro, quando il portone principale si aprì e un gruppo di poliziotti in uniforme fece irruzione nella navata. Lui aveva ancora la pistola in mano, e gli agenti se ne accorsero subito. Numerose armi automatiche vennero puntate contro di loro.

Malone e Stephanie s'immobilizzarono.

« *Hen til den landskab. Nu* », fu l'ordine. « A terra, in ginocchio. Subito. »

« Cosa pensi che ci faranno? » domandò Stephanie.

Malone depose la pistola al suolo e cominciò a inginocchiarsi. « Niente di buono. »

7

Raymond de Roquefort era fuori della cattedrale, oltre il capannello dei curiosi, e assisteva alla conclusione di quegli eventi drammatici. Lui e i suoi due aiutanti si erano appartati tra le ombre degli alberi che costellavano la piazza della cattedrale. De Roquefort era riuscito a scivolare fuori da una porta laterale proprio mentre la polizia irrompeva dall'ingresso principale. Nessuno faceva caso a quelle tre persone. Per il momento le autorità si sarebbero concentrate su Stephanie Nelle e Cotton Malone. Sarebbe passato un po' di tempo prima che i testimoni rivelassero che all'interno della chiesa erano presenti altri uomini, armati. Lui aveva esperienza di situazioni di quel genere e sapeva che a prevalere era sempre chi riusciva a mantenere la calma. Così s'impose di rilassarsi. I suoi uomini dovevano convincersi che aveva tutto sotto controllo.

La facciata di mattoni della cattedrale era illuminata dal balenare delle luci stroboscopiche rosse e bianche. Arrivarono altri poliziotti, ed era curioso constatare che una cittadina come quella disponesse di tanti tutori dell'ordine. Stava affluendo gente anche dalla piazza principale. La scena aveva un aspetto caotico: proprio quello che ci voleva. Nel caos, si godeva sempre di una straordinaria libertà di movimento, purché si avesse modo di gestire la confusione.

«Sei ferito?» domandò de Roquefort all'uomo che era stato colpito da un colpo di pistola.

Questi aprì la giacca e mostrò come il giubbotto antiproiettile avesse fatto il suo lavoro. «Soltanto un livido.»

De Roquefort vide gli altri suoi due aiutanti, quelli che aveva mandato alla casa d'aste, farsi largo tra la folla. Erano stati loro a comunicargli telefonicamente che Stephanie Nelle non era riuscita ad acquistare il libro. D'impulso aveva ordinato loro di convincerla a incontrarlo, lasciandole intendere che a fare l'offerta più alta fosse stato lui. Pensava che avrebbe potuto intimidirla e persuaderla che le conveniva cedere, ma il suo piano non aveva funzionato. Peggio ancora, aveva attirato un'attenzione indesiderata. Ma quello era successo per colpa di Cotton Malone. I suoi uomini l'avevano notato alla casa d'aste e avevano avuto l'ordine di trattenerlo, mentre lui si occupava di Stephanie Nelle. Evidentemente, avevano fallito.

I due si avvicinarono e uno di loro disse: « Abbiamo perduto Malone ».

« L'ho trovato io. »

« È un tipo pieno di risorse. Un duro. »

Era vero. De Roquefort aveva fatto un controllo su Cotton Malone, dopo aver saputo che Stephanie Nelle intendeva approfittare del viaggio in Danimarca per fargli visita. Non potendo escludere che Malone fosse a parte di ciò che lei stava progettando, aveva voluto conoscere tutto il possibile su di lui.

Il suo nome di battesimo era Harold Earl Malone, aveva quarantasei anni ed era originario della Georgia. Sua madre era una donna del posto, suo padre era entrato in Marina dopo essersi laureato ad Annapolis, ed era arrivato fino al grado di comandante prima che il suo sommergibile affondasse. A quell'epoca, Malone aveva dieci anni. Il figlio aveva seguito le orme del padre e aveva frequentato la Naval Academy, diplomandosi tra i migliori tre del suo corso. Si era quindi iscritto alla scuola di volo della Marina, riportando voti abbastanza elevati da entrare nel corso di addestramento dei piloti da combattimento. Poi, cosa interessante, a metà del corso aveva rinunciato e si era iscritto alla facoltà di legge della Georgetown University. La Marina lo aveva trasferito al Pentagono, ma lui era riuscito ugualmente a portare a termine gli studi. Dopo la laurea era stato trasferito allo JAG (Judge General Corps), dove aveva prestato servizio per nove anni nello staff di avvocati militari. Infine lo avevano assegnato al dipartimento della Giustizia e alla sezione Magellano, appena costituita da Stephanie Nelle. Era rimasto là fino all'anno precedente, quando si era ritirato prematuramente in pensione, col grado di comandante.

Per quanto riguardava la sua vita privata, Malone aveva alle spalle un divorzio e un figlio di quattordici anni che viveva con la sua ex moglie, in Georgia. Subito dopo essersi ritirato, Malone aveva lasciato l'America per trasferirsi a Copenhagen. Era un appassionato bibliofilo e un cattolico, ma non si era mai mostrato troppo religioso. Aveva una discreta padronanza di varie lingue, non mostrava particolari fobie, né fanatiche convinzioni politiche o manie ossessive di qualsiasi genere. Disponeva di una memoria del tipo chiamato eidetico. Tutto sommato, dunque, era il genere d'uomo che de Roquefort avrebbe preferito avere sul *suo* libro paga, invece che contro di lui.

E l'ultima mezz'ora ne era stata la dimostrazione.

In precedenza, tuttavia, neppure il giovane aiutante di de Roquefort aveva mancato di lealtà e coraggio, anche se aveva avuto troppa fretta nel rubare la borsetta di Stephanie Nelle. Avrebbe dovuto agire *dopo* l'incontro con Malone, quando la donna fosse ritornata in albergo, da sola e vulnerabile. Forse era stato troppo ansioso di meritarsi un encomio, consapevole dell'importanza della sua missione. Forse la sua era stata semplice impazienza. Ma quand'era stato messo alle strette, sulla Torre Rotonda, aveva agito correttamente, scegliendo la morte invece della cattura. Un peccato, ma il processo di apprendimento era così. Chi aveva cervello e nervi faceva strada. Tutti gli altri venivano eliminati.

Si voltò verso uno degli aiutanti che erano stati alla casa d'aste. « Avete saputo l'identità dell'uomo che ha fatto l'offerta più alta? »

Il giovane annuì. « Far parlare l'impiegato ci è costato mille corone. »

A lui non interessava il prezzo della corruzione. « Il nome? »

« Henrik Thorvaldsen. »

Il cellulare che aveva in tasca vibrò. Il suo assistente sapeva che era occupato, perciò il motivo della chiamata doveva essere importante. Premette il pulsante per accettare la chiamata.

« Il tempo è vicino », disse la voce nel suo orecchio.

« Quanto vicino? »

« Questione di ore. »

Un vantaggio inaspettato.

« Ho un compito da assegnarti », disse de Roquefort. « C'è un uomo, un certo Henrik Thorvaldsen. È un danese piuttosto ricco, che abita nella zona settentrionale di Copenhagen. Io so qualcosa di lui, ma ho bisogno di informazioni molto più complete, entro un'ora. Chiamami non appena le avrai. » Intascò il cellulare e si rivolse ai subordinati. « Dobbiamo tornare in patria. Ma ci sono altre due cosette che bisogna portare a termine qui, prima dell'alba. »

8

Malone e Stephanie furono portati in un commissariato di polizia alla periferia di Roskilde. Nessuno dei due disse una parola durante il tragitto; erano abbastanza esperti da sapere che la cosa migliore era tenere la bocca chiusa. Malone aveva già capito che la presenza di Stephanie in Danimarca non aveva nessun rapporto con la sezione Magellano. Lei non lavorava mai sul campo. Si trovava al vertice della piramide: tutti le facevano rapporto, ad Atlanta. E, inoltre, quando lei lo aveva chiamato, la settimana addietro, per dirgli che sarebbe capitata da quelle parti e che voleva passare a trovarlo, gli aveva spiegato che veniva in Europa in vacanza. Be', davvero una bella vacanza, pensò lui, quando furono fatti entrare in una stanza senza finestre, illuminata da una luce abbagliante, e furono lasciati lì, da soli.

«Oh, a proposito, il caffè era ottimo, al Cafè Nikolaj», disse Malone. «Temo di essermi bevuto anche il tuo. Naturalmente questo è successo *dopo* che ho inseguito quel tipo che si è buttato dalla Torre Rotonda.»

Lei non replicò.

«Da lassù ho potuto vedere che recuperavi la tua borsetta, in strada. Per caso hai notato il cadavere spiaccicato lì accanto? Probabilmente no. Mi è parso che avessi una gran fretta.»

«D'accordo, Cotton, ora piantala», disse Stephanie, col tono che lui ben conosceva.

«Guarda che non lavoro più per te.»

«E allora cosa stai facendo qui?»

«Mi sono chiesto la stessa cosa, nella cattedrale. Poi tutte quelle pallottole mi hanno distratto.»

Prima che lei potesse dire altro, la porta si aprì ed entrò un uomo alto, con capelli biondo-rossicci e occhi castano pallido. Era l'ispettore che li aveva portati lì dalla cattedrale: aveva la Beretta di Malone.

«Ho fatto la telefonata che lei mi ha chiesto», disse l'ispettore a Stephanie. «L'ambasciata americana ha confermato la sua identità e il suo grado al dipartimento della Giustizia. Sto aspettando che il vostro dipartimento di Stato si metta in contatto con noi, prima di decidere cosa fare.» Si voltò. «Lei, Mr Malone, è un'altra faccenda. Lei è in Danimarca con un visto di residenza temporanea, come gestore di un piccolo commercio.» Sollevò la pistola. «Le nostre leggi non autorizzano i privati cittadini a portare armi, e tantomeno a usarle in una sparatoria all'interno di una cattedrale... Un patrimonio artistico di livello mondiale, inoltre.»

«Non ci sarebbe gusto nel violare luoghi di scarso valore», replicò lui, allargando le braccia.

«Io apprezzo l'umorismo, Mr Malone, ma questa è una faccenda seria. Non per me, ma per lei.»

«I testimoni hanno accennato al fatto che c'erano tre individui e che sono stati loro a cominciare a sparare?»

«Abbiamo le loro descrizioni, ma è improbabile che siano ancora nei dintorni. Lei, invece, è qui.»

«Ispettore», disse Stephanie, «la faccenda riguarda me, non quest'uomo. Mr Malone un tempo lavorava per me. È intervenuto solo perché pensava che avessi bisogno d'aiuto.»

«Vuol dire che la sparatoria non ci sarebbe stata, se Mr Malone non avesse interferito?»

«Niente affatto. Sono io che ho perso il controllo della situazione, e non per colpa di Mr Malone.»

L'ispettore considerò le parole della donna con evidente preoccupazione. Malone si chiese ancora cosa fosse venuta a fare Stephanie. Per quanto fosse esperta, mentire non era la sua specialità, ma lui non intendeva farle domande imbarazzanti in presenza del poliziotto.

«Lei si trovava nella cattedrale nelle sue vesti di funzionario del governo degli Stati Uniti?» volle sapere l'ispettore.

«Questo non posso dirlo», rispose Stephanie.

«Il suo lavoro riguarda attività segrete? Credevo che lei fosse un avvocato.»

«Infatti. Ma la mia sezione si occupa anche di indagini relative alla sicurezza nazionale. In effetti, è proprio questo il motivo della sua esistenza.»

L'ispettore non parve impressionato. «Perché è venuta in Danimarca, Ms Nelle?»

«Per incontrare Mr Malone. Non lo vedevo da più di un anno.»

«Questo è l'unico motivo?»

«Perché non aspetta la comunicazione del mio governo?»

«È un miracolo che nessuno sia rimasto ferito durante la sparatoria. Alcune opere d'arte sono state danneggiate, ma nessuno è stato ferito.»

«Io ho colpito uno degli aggressori», disse Malone.

«Se è stato ferito, non ha perso sangue.»

Quello significava che portavano giubbotti antiproiettile. Erano venuti preparati, ma con quale scopo?

«Quanto prevede di restare in Danimarca?» domandò l'ispettore a Stephanie.

«Parto domani.»

La porta si aprì e un agente in divisa consegnò un foglio all'ispettore.

L'uomo lesse, poi sospirò. «Sembra che lei abbia delle conoscenze altolocate, Ms Nelle. I miei superiori dicono di lasciarla andare senza farle domande.»

Stephanie si avviò alla porta e uscì.

Anche Malone si alzò. «Si parla anche di me, in quel foglio?»

«È libero di andarsene.»

Malone allungò una mano verso la pistola.

«Non ho avuto istruzioni di restituirle l'arma», affermò l'ispettore.

Decise di non discutere. Avrebbe potuto occuparsi in seguito della cosa. In quel momento aveva bisogno di parlare con Stephanie. Accelerò il passo e la raggiunse fuori del commissariato.

Lei si voltò a fronteggiarlo, con espressione dura. «Cotton, apprezzo quello che hai fatto per me. Ma ascoltami, e ascoltami bene. Non t'impicciare degli affari miei.»

«Tu non hai idea di quello che stai facendo. Nella cattedrale ti sei cacciata in una brutta situazione senza un minimo di preparazione. Quei tre volevano ucciderti. »

« Allora perché non l'hanno fatto? Ne hanno avuto la possibilità, prima che tu arrivassi. »

« Un'altra circostanza poco chiara, non trovi? »

« Non hai niente da fare nella tua libreria? »

« Fin troppo. »

« Allora occupati dei tuoi libri. L'anno scorso, quando te ne sei andato, hai chiarito che non ne potevi più di farti sparare addosso. Eri sicuro che il tuo nuovo benefattore danese ti offrisse il genere di vita che avevi sempre voluto. Perciò goditela. »

« Sei stata tu a telefonarmi, dicendo che mi volevi salutare. »

« Non è stata una buona idea. »

« Quelli di stasera non erano borseggiatori. »

« Tu restane fuori. »

« Mi devi qualcosa. Ti ho salvato la pelle. »

« Nessuno ti ha chiesto di farlo. »

« Stephanie... »

« Dannazione, Cotton, non farmelo ripetere ancora. Se insisti, non avrò altra scelta che prendere provvedimenti. »

« E cosa potresti fare? » chiese Malone, con tono irritato.

« Il tuo amico danese non ha le conoscenze che credi. Io invece posso muovere certe leve. »

« Fai pure », ribatté lui a denti stretti.

Stephanie non replicò. Gli voltò le spalle e si allontanò.

Lui avrebbe voluto seguirla e finire quello che avevano cominciato, ma decise che lei aveva ragione. Quelli non erano affari suoi. E aveva avuto anche troppi guai, per quel giorno.

Era tempo di tornarsene a casa.

9

Copenhagen,
ore 22.30

De Roquefort si avvicinò alla libreria. La strada, riservata al solo transito pedonale, era deserta. La maggior parte dei caffè e dei ristoranti distava alcuni isolati; in quella zona dello Strøget tutto era chiuso. De Roquefort doveva occuparsi ancora di un paio di faccende, prima di lasciare la Danimarca. I testimoni della cattedrale probabilmente avevano fornito la descrizione fisica sua e dei suoi due subordinati. Perciò era vitale non indugiare oltre lo stretto necessario.

Aveva portato con sé tutti e quattro i suoi aiutanti, e intendeva supervisionare ogni dettaglio della loro azione. Per un solo giorno c'erano state abbastanza improvvisazioni, una delle quali era costata la vita a uno dei suoi uomini, alla Torre Rotonda. Non voleva perderne altri. Due di loro stavano già ispezionando il retro del negozio. I restanti due si tenevano pronti, al suo fianco. All'ultimo piano dell'edificio erano ancora accese le luci.

Bene.

Era giunto il momento di fare quattro chiacchiere col proprietario.

Malone prese una Diet Pepsi dal frigorifero e scese quattro piani di scale, fino al piano terra. La libreria occupava l'intero edificio: il piano terra era riservato all'esposizione dei volumi, i due piani sovrastanti servivano da magazzino e al quarto c'era il piccolo appartamento che lui chiamava casa.

Ormai si era abituato a vivere in quello spazio ristretto, e ora gli piaceva più della casa di trecentocinquanta metri quadrati che aveva avuto un tempo, alla periferia nord di Atlanta.

L'affitto dell'edificio, che nell'anno appena trascorso gli era costato poco più di trecentomila dollari, lo aveva lasciato con sessantamila dollari da investire nella sua nuova vita, quella che gli era stata offerta dal suo - come lo aveva definito Stephanie - *benefattore danese*, uno strano, piccolo uomo di nome Henrik Thorvaldsen.

Fino a quattordici mesi prima uno sconosciuto, ora il suo migliore amico.

Avevano legato subito, perché l'uomo più anziano aveva visto nel giovane qualcosa - Malone non sapeva di preciso cosa - e il loro primo incontro ad Atlanta, in un piovoso giovedì sera, aveva unito il futuro di entrambi.

Qualche tempo addietro, lui aveva dovuto testimoniare a un processo tenuto a Città del Messico contro tre imputati - i capi d'accusa erano traffico di droga internazionale e l'omicidio, in stile esecuzione, di un agente della DEA, che era risultato essere un buon amico del presidente degli Stati Uniti - e durante il processo era stato coinvolto in una carneficina: rientrando in tribunale dopo la pausa del pranzo, Malone si era trovato in mezzo a una sparatoria originata dal tentativo di liberare un criminale trasferito dal carcere al tribunale per essere interrogato. La cosa non aveva niente a che fare col processo cui partecipava, ma lui si era ugualmente adoperato per aiutare la polizia, rimediando una pallottola nella spalla sinistra. Il bilancio finale della sparatoria era stato di sette morti e nove feriti. Tra le vittime c'era anche un giovane diplomatico danese, di nome Cai Thorvaldsen. In seguito, Stephanie gli aveva dato un mese di ferie, ed era stato in quel periodo che aveva ricevuto una visita.

« Prima di tornare in patria con la salma di mio figlio, ho voluto conoscerla personalmente e parlare con lei », disse Henrik Thorvaldsen.

I due erano seduti nel soggiorno di Malone. La spalla gli faceva un male d'inferno. Non gli importava di chiedere come aveva fatto il vecchio Thorvaldsen a trovarlo, né da chi aveva saputo che lui parlava danese. « Mio figlio era prezioso per me », continuò Thorvaldsen. « Quando entrò a far parte del nostro corpo diplomatico fui fiero di lui. Chiese subito di essere assegnato a Città del Messico. Era un appassionato studioso della storia degli Aztechi. Un giorno sarebbe diventato membro del nostro parlamento. Uno statista.»

Malone non sapeva cosa pensare di quell'uomo. Thorvaldsen era indubbiamente nato in una famiglia altolocata, e aveva un'aria di distinzione innata, sofisticata e franca al tempo stesso. Ma quei modi eleganti contrastavano col suo corpo deforme. Infatti aveva la colonna vertebrale grottescamente contorta in una vera e propria gobba. Il volto segnato da rughe profonde lasciava intuire una vita di scelte dure, ma c'era ancora energia in quelle mani simili ad artigli, percorse da vene pallide. I capelli color peltro erano folti e cespugliosi, e così anche le sopracciglia, che gli davano un'espressione ansiosa. Solo negli occhi si leggeva un appassionato attaccamento alla vita. Occhi grigi, che sembravano capaci di vedere nel futuro, benché uno di essi fosse offuscato da una cataratta a forma di stella.

« Volevo conoscere l'uomo che ha sparato agli assassini di mio figlio. »

« Perché? »

« Per ringraziarla. »

« Avrebbe potuto telefonarmi. »

« Preferisco guardare in faccia le persone. »

« In questo momento, io preferirei essere lasciato in pace. »

« Ho saputo che lei si è esposto molto, per fermare quei criminali. »

Malone scrollò le spalle.

« E ora sta per lasciare il suo lavoro. Ha chiesto di ritirarsi prematuramente e avrà solo la pensione della Marina. »

« Lei deve avere molte conoscenze. »

« Gli amici sono un lusso di cui non ho mai fatto a meno. »

Malone non si lasciò impressionare. « La ringrazio per essere venuto, ma in questi giorni il buco che ho nella spalla non mi fa dormire bene. Se non le spiace, ora che ha fatto ciò che sentiva di dover fare, vorrei tornare a letto. »

Thorvaldsen non si mosse dal divano. Si guardò intorno, esaminando il soggiorno e lo studio adiacente, visibile oltre un'arcata. Le pareti erano letteralmente tappezzate di libri. Sia quelle stanze che altre, in tutta la casa, erano occupate da scaffali alti fino al soffitto.

« Anch'io amo i libri », disse l'ospite. « La mia casa ne è piena, come la sua. Sono un collezionista. »

Malone intuì che quell'uomo, di qualche anno sopra i sessanta, era abituato ad agire in grande stile. Aprendogli la porta aveva notato che era arrivato con una limousine. Così si decise a domandargli: « Come ha saputo che parlo danese? »

« Lei parla parecchie lingue. Mi lusinga che tra esse ci sia quella della mia patria. »

Non era una risposta, pensò Malone, ma se n'era davvero aspettato una?

« La sua memoria eidetica dev'essere una benedizione. La mia se n'è andata, con l'età. Mi è difficile ricordare le cose. »

Malone ne dubitava. « Cosa vuole chiedermi? »

« Ha già pensato al suo futuro? »

Lui fece un gesto verso gli scaffali. « Pensavo di aprire un negozio di libri antichi. Ne ho molti da vendere. »

« Eccellente idea. Tra le altre cose, io possiedo un libreria, attualmente in vendita, se le interessa. »

Malone decise di dargli spago. Diavolo, perché no? Ma c'era qualcosa negli occhi del vecchio da cui capì che non stava parlando per pura cortesia.

Le mani segnate dall'artrite frugarono in una tasca interna del soprabito, e Thorvaldsen depose sul divano un biglietto da visita. « Il mio numero privato. Se le interessa, mi chiami. »

Il vecchio si alzò.

Malone rimase seduto. « Cosa le fa pensare che sia interessato? »

« Ne sono sicuro. »

Quell'affermazione così netta lo irritò un poco, soprattutto perché Thorvaldsen aveva visto giusto. Il suo ospite si diresse verso la porta.

« Dov'è questa libreria? » domandò Malone, imprecando contro se stesso per non aver saputo trattenersi.

« A Copenhagen. Dove, altrimenti? »

Malone ricordava di aver aspettato tre giorni prima di telefonargli. La prospettiva di vivere in Europa lo aveva sempre allettato. Thorvaldsen era informato anche di quello? In realtà lui non aveva mai pensato veramente di trasferirsi oltreoceano. Era un dipendente del governo. Un americano fatto e finito. Ma questo era prima di Città del Messico. Prima di quei sette morti e nove feriti.

Gli sembrava ancora di rivedere il viso indifferente di sua moglie, il giorno successivo a quella telefonata a Copenhagen.

« Sono d'accordo. La separazione è durata anche troppo, Cotton. È tempo di divorziare », disse lei in tono pratico, come c'era da aspettarsi da una professionista interessata solo al suo lavoro. Era un avvocato.

« C'è un altro uomo? » domandò lui, altrettanto indifferente.

« Non che questo debba interessarti, ma sì. Diavolo, Cotton, siamo separati da cinque anni. Sono sicura che tu non hai fatto il monaco, in questo tempo. »

« Hai ragione. È ora di divorziare. »

« Pensi davvero di chiedere il pensionamento anticipato? »

« L'ho già fatto. È effettivo da ieri. »

Lei scosse il capo, come faceva ogni volta che Gary aveva bisogno del consiglio materno. « Non sarai mai soddisfatto? La Marina, la scuola di volo, la facoltà di legge, lo JAG, la sezione Magellano. Ora quest'improvviso pensionamento. E poi cos'altro? »

Quel suo tono condiscendente non gli era mai piaciuto. « Sto per trasferirmi in Danimarca. »

Lei rimase impassibile. Avrebbe potuto dirle che stava per andare dietro l'angolo, oppure sulla luna. « Cosa vai cercando? »

« Sono stanco di farmi sparare addosso. »

« E da quando? Tu sei innamorato della sezione. »

« È tempo di crescere. »

Lei sorrise. « Così, pensi che trasferendoti in Danimarca sistemerai tutto? »

Malone non aveva voglia di spiegarsi meglio. A lei non interessava. E lui non ci teneva che s'interessasse. « È necessario che io ne parli con Gary. »

« Perché? »

« Voglio sapere se a lui sta bene. »

« Da quando t'importa di quello che pensa? »

« È anche per lui che me ne vado. Io volevo che avesse un padre da cui... »

« Queste sono balle, Cotton. Te ne vai perché hai i tuoi motivi. Non usare il ragazzo come scusa. Qualunque cosa stia progettando, lo fai per te, non per lui. »

« Non ho bisogno che tu mi dica quello che penso. »

« E allora chi te lo dirà? Siamo stati sposati a lungo. Credi che sia facile stare ad aspettare che tu torni da nessuno-sa-mai-dove? Chiedendosi se tornerai dentro un sacco di plastica? Io ho pagato quel prezzo, Cotton. Anche Gary l'ha pagato. Ma nostro figlio ti vuol bene. Anzi ti adora, incondizionatamente. Sappiamo bene cosa ti direbbe, perché ha la testa a posto più di te e di me. Con tutti i nostri fallimenti, lui è stato un successo. »

Anche in questo lei aveva ragione.

« Senti, Cotton, il motivo per cui te ne vai è affar tuo. Ma se questo ti rende felice, allora fallo. Però non usare Gary come scusa. L'ultima cosa che gli serve è avere intorno un padre insoddisfatto che cerca di rimediare alla sua infanzia infelice. »

« Ti diverti a offendermi? »

« Non esattamente. Ma la verità è questa, e tu lo sai. »

Malone si guardò intorno nella penombra del negozio. Pensare a Pam non lo metteva mai nelle migliori condizioni di spirito. La sua animosità verso di lui aveva radici profonde: risaliva a quindici anni addietro, quando lui era un inquieto neo laureato. Non le era stato fedele, e lei lo sapeva. Si erano rivolti a un consulente matrimoniale e avevano deciso di far funzionare la loro relazione, ma dieci anni dopo lui era tornato a casa da una missione e aveva scoperto che lei se n'era andata. Pam aveva affittato una casa dall'altra parte di Atlanta per lei e Gary, portandosi dietro solo ciò di cui avevano bisogno. Un biglietto lo aveva informato del loro nuovo indirizzo e del fatto che il matrimonio era finito. Fredda e pragmatica, ecco com'era Pam. La cosa interessante, tuttavia, era che lei non aveva chiesto subito il divorzio. Così si erano limitati a vivere separati, comportandosi da persone civili e parlandosi solo quand'era necessario per ciò che riguardava Gary.

Ma alla fine era venuto il momento di prendere una decisione, seduti davanti alla scrivania di un giudice. Così lui aveva dato le dimissioni, chiesto il pensionamento anticipato, messo termine al suo matrimonio, venduto la casa e lasciato l'America, in quell'ordine. Il tutto nello spazio di una lunga, terribile, solitaria e faticosa, ma soddisfacente, settimana.

Guardò l'orologio. Doveva proprio mandare una e-mail a Gary. Comunicavano in quel modo almeno una volta al giorno, e ad Atlanta era ancora tardo pomeriggio. Suo figlio avrebbe dovuto venire a Copenhagen di lì a tre settimane, per trascorrere un mese con lui. Aveva fatto la stessa cosa l'estate precedente, e Malone non vedeva l'ora di trascorrere un altro po' di tempo insieme.

La discussione con Stephanie lo preoccupava ancora. Aveva visto comportamenti ingenui dello stesso genere in agenti che, pur consapevoli dei rischi, si limitavano a ignorarli. Cosa gli ripeteva, un tempo? *Dille, scrivile, gridale, cantale, ma mai, assolutamente mai, credere nelle tue stesse balle.* Un buon consiglio che avrebbe fatto bene a seguire lei per prima. Quella donna non aveva idea di cosa stava facendo. Ma lui, allora? La comprensione delle donne non era il suo forte. Sebbene avesse trascorso metà della sua vita con Pam, non si era mai preso davvero il disturbo di conoscerla. Così, come poteva capire Stephanie? Gli conveniva restarne fuori. Dopotutto, la sua vita riguardava *lei*.

Ma qualcosa continuava a innervosirlo.

Aveva dodici anni quando si era reso conto di avere una memoria eidetica. Non fotografica, come certi esempi che si trovavano nei romanzi e nei film, ma solo un eccellente ricordo dei particolari, quelli che di solito la gente dimentica. Questo lo aveva senza dubbio aiutato negli studi, soprattutto per ciò che riguardava le lingue, ma ripescare un dettaglio tra tutti quelli che gli rimanevano nella memoria poteva, qualche volta, risultargli difficile.

Come in quel momento.

10

De Roquefort usò un grimaldello per aprire la serratura ed entrare nella libreria. Due dei suoi uomini lo seguirono. Gli altri due rimasero fuori a controllare la strada.

Passarono tra gli scaffali immersi nel buio e raggiunsero il retro del negozio, dove c'erano le scale. Nessun rumore tradì la loro presenza. Giunti al secondo piano, de Roquefort aprì un'altra porta e fece il suo ingresso in un appartamento ben illuminato. Peter Hansen sedeva in poltrona e stava leggendo. Sul tavolino accanto a lui c'erano una birra e una sigaretta accesa in un portacenere.

L'uomo sussultò nel sentire lo scatto della maniglia e impallidì per la sorpresa. « Cosa ci fate qui? » domandò, in francese.

« Avevamo un accordo. »

Il commerciante si alzò. « Qualcuno ha alzato l'offerta oltre le nostre possibilità. Cos'avrei dovuto fare? »

« Lei mi aveva assicurato che non ci sarebbero stati problemi. » Gli aiutanti di de Roquefort si spostarono sull'altro lato della stanza, accanto alle finestre. Lui rimase sulla porta.

« Quel libro è stato aggiudicato per cinquantamila corone. Un prezzo assurdo », disse Hansen.

« Chi ha fatto quell'offerta? »

« La casa d'aste non rivela queste informazioni riservate. »

De Roquefort si chiese se Hansen lo prendeva per un idiota. « Lei è stato pagato perché il libro andasse a Stephanie Nelle. »

« E ci ho provato. Ma nessuno mi aveva detto che quell'articolo avrebbe raggiunto un prezzo così elevato. A ogni modo, avrei continuato a rilanciare a ogni offerta, ma lei mi ha ordinato di rinunciare. »

« Io avrei pagato qualunque cifra. »

« Lei non c'era, e l'americana non era altrettanto determinata. » Hansen si era ripreso dalla sorpresa e sul suo viso c'era un'espressione sprezzante e seccata che de Roquefort trovò difficile ignorare. « Comunque, cosa c'è in quel libro da renderlo così prezioso? »

L'altro girò lo sguardo su quel soggiorno che odorava di alcol e nicotina. C'erano centinaia di libri ammucchiati anche sul pavimento, tra pile di riviste e quotidiani. Si domandò come si potesse vivere in quel disordine. « Me lo dica lei. »

Hansen scrollò le spalle. « Non ne ho idea. L'americana non ha voluto dirmi perché le serviva. »

La pazienza di de Roquefort si stava esaurendo. « Io ho saputo chi si è aggiudicato il libro. »

« Come ci è riuscito? »

« Lei sa bene che gli impiegati della casa d'aste si lasciano corrompere. Ms Nelle si è messa in contatto con lei perché le occorreva l'aiuto di una persona dell'ambiente. E io sono venuto qui subito dopo averla vista uscire, per assicurarmi che lei mi facesse delle fotocopie di ogni pagina del libro, prima di consegnarlo a Ms Nelle. Ma poi lei si è messo d'accordo con un altro acquirente, affinché costui facesse delle offerte per telefono. »

Hansen sorrise. « Ci ha messo un bel po', per capirlo. »

« In realtà mi è bastato conoscere il nome di quella persona. »

« Ebbene, visto che ora ho il controllo del libro, e che Stephanie Nelle è fuori del gioco, lei quanto è disposto a pagare per averlo? »

De Roquefort sapeva già quale sarebbe stata la sua linea di condotta. « La domanda è: quanto vale il libro per lei? »

« Per me non significa niente. »

Lui fece un gesto ai suoi aiutanti, che afferrarono Hansen per le braccia. Poi affondò un pugno nello stomaco del commerciante di libri, che si piegò in due con un rantolo, mentre gli altri lo reggevano perché non cadesse. Uno strattone lo fece raddrizzare.

« Io volevo che Stephanie Nelle ottenesse il libro, dopo che lei me ne avesse fatto una copia », ripeté de Roquefort. « È per questo che è stato pagato. Né più, né meno. Prima lei poteva essermi utile. Ora non è più così. »

« Io... ho... il libro. »

Lui scosse il capo. « Non è vero. So esattamente dove si trova il libro. »

Hansen sbatté le palpebre. « Lei non... lo avrà. »

« Si sbaglia. Anzi, sarà cosa facile. »

Malone accese le luci sopra la sezione di storia. Sugli scaffali laccati in nero c'erano libri di ogni tipo, dimensione e colore. Quello che cercava era un volume che ricordava di aver sfogliato qualche settimana prima. L'aveva appena acquistato insieme a parecchi altri libri di storia dei primi decenni del XX secolo, da un italiano convinto che il loro valore fosse molto superiore alla cifra che Malone era disposto a pagare. La maggior parte dei venditori non professionisti non capiva che il valore di un oggetto era calcolabile soprattutto in base a tre componenti: la rarità, la richiesta dei collezionisti e il pregio tecnico. L'età non era necessariamente importante, almeno per il materiale prodotto negli ultimi due secoli. Nel XIX secolo era stata stampata moltissima spazzatura, come nel XX e XXI.

Negli ultimi giorni aveva venduto alcuni libri di quel lotto, ma sperava che uno di essi fosse ancora lì. Non gli sembrava di aver visto uno dei suoi commessi consegnarlo a un cliente, anche se non poteva escludere che ciò fosse accaduto in sua assenza. Quindi fu lieto di vedere che il libro era rimasto nella seconda fila dal fondo, esattamente dove lui l'aveva sistemato.

Nessun rivestimento antipolvere proteggeva la copertina, il cui colore verde, una volta brillante, era sbiadito in una tonalità verde-limo. Le pagine erano in carta sottile, incorniciate con una fine linea rossa, stampate in bei caratteri gotici. Il titolo, in lettere d'oro, appariva un po' consunto: *I Cavalieri del Tempio di Salomone.*

La data di stampa era il 1922, e al momento dell'acquisto Malone lo aveva giudicato di un certo interesse, poiché i templari erano un soggetto su cui era stato scritto poco. Sapeva che non si trattava di monaci, ma piuttosto di guerrieri religiosi, una specie di esercito spiritualizzato, ma nella sua ignoranza li immaginava come militi medievali abbigliati con una gualdrappa bianca ornata da una vistosa croce rossa. Uno stereotipo hollywoodiano, senza dubbio. E ricordava che il suo interesse si era accentuato quando aveva sfogliato le pagine leggendo una parola qua e là.

Portò il libro a uno dei numerosi tavolini da lettura disposti nel negozio, sedette sulla sedia imbottita e cominciò a leggere. L'introduzione era una sorta di sommario del contenuto.

Nell'anno 1118 i cristiani avevano riconquistato il controllo della Terrasanta. Le prime crociate erano state un esaltante successo. Ma sebbene i musulmani fossero stati sconfitti, le loro terre confiscate e le loro città occupate, essi non erano svaniti. Al contrario, premevano sui confini del nuovo regno cristiano, aggredendo con ferocia tutti coloro che si avventuravano in Terrasanta.

Permettere il pellegrinaggio ai luoghi santi era stata una delle ragioni delle crociate, e le tasse di pedaggio sulle strade erano la principale fonte di introiti del nuovo Regno Cristiano di Gerusalemme. I pellegrini affluivano numerosi ogni giorno, arrivandovi da soli, in coppia, in gruppi e, talora, in intere comunità che intendevano stabilirsi laggiù. Sfortunatamente le strade non erano sicure. I banditi le infestavano senza che nessuno li ostacolasse, i musulmani erano sempre in agguato e perfino i soldati cristiani erano una minaccia, poiché taglieggiare i viaggiatori era per loro un metodo usuale per rifornirsi.

Le cose stavano in questo modo quando un cavaliere della Champagne, Hugh de Payens, fondò un nuovo ordine, che consisteva in lui stesso e altri otto uomini: un ordine monastico di fratelli combattenti il cui scopo era garantire un passaggio sicuro ai pellegrini. Quel progetto incontrò l'approvazione generale. Baldovino II, che governava Gerusalemme, offrì alla confraternita una sede nella moschea di Aqsa, luogo che i cristiani credevano essere stato in origine il Tempio di Salomone, e fu così che l'Ordine prese il nome di Poveri Soldati di Cristo e del Tempio di Salomone a Gerusalemme.

La confraternita, inizialmente, rimase poco numerosa. Ogni cavaliere faceva voto di povertà, castità e obbedienza. Essi non possedevano nulla, individualmente. Tutti i loro beni terreni diventavano proprietà dell'Ordine. Vivevano insieme e consumavano i pasti in silenzio. Si tagliavano i capelli, ma si lasciavano crescere la barba. Per avere cibo e vestiario si affidavano alla carità pubblica. L'emblema del-

l'Ordine era particolarmente simbolico: due cavalieri in arcioni a un solo cavallo, chiaro riferimento ai giorni in cui l'Ordine non poteva permettersi l'acquisto di cavalli.

Un ordine religioso di combattenti non era, nella mentalità medievale, una contraddizione. Anzi, la confraternita faceva appello al fervore religioso e alle capacità marziali. La sua creazione risolse inoltre un altro problema, quello della manodopera, dal momento che adesso esisteva la costante presenza protettrice di combattenti fidati.

Nel 1128 la confraternita si era ingrandita, grazie agli appoggi politici di nazioni potenti. I principi e i prelati europei donavano terre, denaro e rifornimenti. Il papa finì per dare all'Ordine una veste ufficiale, e ben presto i Cavalieri Templari divennero il solo esercito stabile della Terrasanta.

Una ferrea Regola, formata da 686 leggi, li governava. La caccia era proibita, e così anche il gioco, la falconeria e i tornei. Il loro modo di esprimersi era parco, non ridevano né scherzavano. Gli ornamenti erano banditi. Essi dormivano con le luci accese, vestiti con tonache e calzoni, pronti per la battaglia.

Il maestro era il governante indiscusso. Sotto di lui c'erano i siniscalchi, che agivano come suoi rappresentanti e consiglieri. I marescialli comandavano le truppe durante gli scontri armati. I servientes, *parola latina che diventò* sergents *in francese, erano gli artigiani, i lavoratori e gli attendenti che formavano l'ossatura dell'Ordine. Un decreto papale del 1148 stabilì che i cavalieri indossassero un mantello bianco ornato della croce rossa, fatta di quattro braccia uguali svasate verso le estremità. Essi erano il primo esercito disciplinato, equipaggiato e organizzato stabilmente che si vedesse dai tempi dell'Impero Romano. I fratelli cavalieri presero parte a tutte le successive crociate. Erano i più solerti a gettarsi all'attacco, gli ultimi a ritirarsi e, se presi prigionieri, non venivano mai riscattati. Essi credevano che il servizio nell'Ordine garantisse loro l'ingresso in paradiso e, nel corso di duecento anni di continue guerre, ventimila templari si guadagnarono il titolo di martiri morendo in battaglia.*

Nel 1139 un decreto papale pose l'Ordine sotto l'esclusivo controllo del papa, che permise ai templari di operare liberamente in tutta la cristianità, senza dipendere dai monarchi. Era un atto senza precedenti e, grazie a ciò, mentre otteneva forza economica e politica, l'Ordine accumulò grandi ricchezze. I re e i patriarchi gli lasciavano in eredità ingenti somme. Baroni e mercanti inserivano nei testamenti la promessa che le loro case, le terre, i vigneti e gli orti sarebbero passati all'Ordine dopo la loro morte. I pellegrini che avevano ottenuto protezione durante i loro viaggi in Terrasanta contribuivano con generose donazioni. All'inizio del XIV secolo, i templari rivaleggiavano coi genovesi, i fiorentini e perfino con gli ebrei come controllori del sistema monetario. I re di Francia e di Inghilterra tenevano i loro tesori in denaro coniato dell'Ordine. Perfino i musulmani usavano quella moneta.

L'Ordine del Tempio di Parigi diventò il centro del mercato mondiale del denaro. Lentamente la confraternita si sviluppò sia dal lato finanziario sia militare. Alla fine le proprietà terriere dei templari, circa 9000 tenute, furono dichiarate del tutto esenti da tasse, e quella posizione unica diede origine a conflitti col clero locale, poiché le loro chiese stentavano mentre le terre dei templari si arricchivano. La competizione con altri ordini, soprattutto i Cavalieri Ospitalieri, ottenne solo di aumentare le tensioni sociali.

Durante il XII e il XIII secolo il controllo della Terrasanta passò più volte dai cristiani agli infedeli. L'ascesa al potere del Saladino, come governante dei musulmani, fornì agli arabi il loro primo grande capo militare, e la Gerusalemme cristiana infine cadde, nel 1187. Nel caos che seguì il disastro, i templari confinarono la loro attività ad Acri, una città fortificata presso il Mediterraneo. Nei successivi cento anni essi languirono in Terrasanta, ma prosperarono in Europa, dove stabilirono un'estesa rete di chiese, abbazie e altre tenute. Quando Acri cadde, nel 1291, l'Ordine perse sia la sua base in Terrasanta sia lo scopo della sua esistenza.

La sua rigida aderenza alla segretezza, che inizialmente l'aveva aiutato a mantenersi indipendente dal potere politico, alla fine diede origine a pettegolezzi e calunnie. Nel 1307 Filippo IV di Francia, che aveva messo gli occhi sulle grandi proprietà dei templari, arrestò molti fratelli. Altri monarchi imitarono il suo esempio. Ne seguirono sette anni di accuse e processi. Nel 1312 Clemente V sciolse ufficialmente l'Ordine. Il colpo finale giunse il 18 marzo 1314, quando l'ultimo maestro, Jacques de Molay, fu condannato al rogo.

Malone continuò a leggere. C'era ancora quella vocina in fondo alla sua mente: qualcosa che aveva letto sfogliando quel libro poche settimane prima. Nelle pagine seguenti apprese che, prima del 1312, l'Ordine si occupava con successo di trasporti marittimi, dello sviluppo di proprietà terriere, dell'allevamento di bestiame, di agricoltura e, cosa più importante, di finanza. Mentre la Chiesa proibiva lo sviluppo scientifico, i templari avevano imparato dai loro nemici, gli arabi, la cui cultura incoraggiava il pensiero indipendente.

I templari mettevano al sicuro il loro denaro in luoghi segreti e ben protetti, proprio come le banche moderne nei loro sotterranei rinforzati. C'era perfino una ballata medievale, che parlava delle grandi ricchezze dei templari e della loro improvvisa scomparsa.

I maestri del Tempio, i fratelli,
erano diventati ricchi possidenti.
D'argento e seta, d'oro e di gioielli,
e di soldi nascosti ne avean tanti.
Ma dove son finiti quei denari?
Nessuno mai sfidare aveva osato.
Né derubar chi avea tanti poteri;
avean sempre comprato, mai venduto.

La storia non era stata indulgente coi membri dell'Ordine. Benché avessero stimolato l'immaginazione di poeti e cantastorie – i Cavalieri del Graal, nel *Parsifal*, erano templari, così come i demoniaci antieroi di *Ivanhoe* –, quando le crociate avevano cominciato a rivelare l'aggressività di alcuni governanti europei, i templari erano stati associati a quegli episodi di fanatismo brutale.

Malone continuò a sfogliare il libro e finalmente trovò il brano che ricordava di aver già letto. La sua memoria non lo ingannava mai. In esso si parlava di come, sul campo di battaglia, i templari dispiegassero sempre uno stendardo verticale diviso in due parti: una nera, a rappresentare il peccato che i fratelli si lasciavano alle spalle, e una bianca, che simboleggiava la loro nuova vita all'interno dell'Ordine. Lo stendardo aveva un nome francese. Tradotto, significava una condizione personale di nobiltà e di gloria. E quella parola era diventata il grido di battaglia dei templari.

Beauseant. Sii glorioso.

Proprio la parola che Giacca Rossa aveva gridato mentre si gettava nel vuoto dalla Torre Rotonda.

Cosa stava succedendo?

Vecchie sensazioni, che credeva si fossero spente a un anno dal ritiro, si fecero vive dentro di lui. I buoni agenti erano curiosi, ma cauti. Dare la prevalenza all'uno o all'altro di quelle caratteristiche portava inevitabilmente a sorvolare su qualcosa, e ciò poteva essere disastroso. Lui aveva fatto quell'errore anni prima, durante la sua prima missione, e la sua irruenza era costata la vita a un suo collega. Non era stata l'ultima persona della cui morte si sentiva responsabile, ma era stata la prima, e lui non avrebbe mai dimenticato la sua trascuratezza.

Stephanie era nei guai, nessun dubbio su quello. Gli aveva ordinato di badare agli affari suoi, perciò parlarle sarebbe stato inutile, ma forse Peter Hansen avrebbe accettato di fornirgli qualche informazione.

Guardò l'orologio. Era tardi, ma Hansen aveva fama di essere un vecchio gufo, e doveva essere ancora in piedi. Se così non era, lo avrebbe svegliato.

Richiuse il libro e andò alla porta.

11

« Dov'è il diario di Lars Nelle? » domandò de Roquefort.

Imprigionato nella stretta dei due uomini, Peter Hansen lo guardò. De Roquefort sapeva che un tempo l'uomo era stato assai vicino a Lars Nelle. Quando aveva scoperto che Stephanie Nelle intendeva venire in Danimarca per partecipare a un'asta a Roskilde, gli era stato facile immaginare che si sarebbe messa in contatto con Hansen.

« Senza dubbio Ms Nelle le ha parlato del diario di suo marito. È così? »

Hansen scosse il capo. « No. Neanche una parola. »

« Quando era ancora vivo, Lars Nelle le ha detto che teneva un diario? »

« Mai. »

« Lei capisce la sua situazione? Non ha fatto ciò che io volevo e, peggio ancora, mi ha ingannato. »

Hansen sospirò, rassegnato. « So che Lars teneva delle annotazioni molto particolareggiate. »

« Mi dica qualcosa di più. »

Il commerciante parve farsi forza. « Quando sarò stato rilasciato. »

De Roquefort concesse a quello sciocco una vittoria. Fece cenno ai suoi uomini di lasciare la presa. Hansen andò subito a bere un sorso di birra, poi rimise il boccale sul tavolo. « Lars scrisse molti libri su Rennes-le-Château. Tutta la solita paccottiglia commerciale sulle pergamene perdute, le geometrie nascoste, enigmi e indovinelli. » Il commerciante sembrava essersi ripreso. « Alluse a tutti i tesori che poteva immaginare. L'oro dei Visigoti, le ricchezze dei templari, il saccheggio dei Catari. 'Prendi uno spunto e costruisci una trama', era ciò che amava dire. »

De Roquefort sapeva tutto di Rennes-le-Château, un piccolo borgo della Francia meridionale che esisteva fin dal tempo dei romani. Negli ultimi anni del XIX secolo, un prete aveva speso un'enorme somma di denaro per ricostruire la chiesa locale. Qualche decennio più tardi era circolata la voce che il prete avesse potuto finanziare quell'opera perché aveva trovato un grande tesoro. Lars Nelle aveva saputo di quell'interessante mistero trent'anni addietro e aveva scritto sulla vicenda un libro, che era diventato un bestseller internazionale.

« Allora mi dica cosa registrava in quelle note », insisté de Roquefort. « C'erano informazioni diverse da quelle pubblicate nei libri? »

« L'ho già detto, io non so niente di un diario. » Hansen afferrò il boccale e buttò giù un altro sorso. « Ma conoscendo Lars, dubito che abbia rivelato al mondo tutto ciò che sapeva. »

« E cosa tenne nascosto? »

Un sorrisetto piegò le labbra del danese. « Come se lei non lo sapesse. Ma, glielo assicuro, non so niente. *Io* so solo ciò che ho letto nei suoi libri. »

« Non farei certe insinuazioni, se fossi in lei. »

Hansen parve non far caso a quelle parole. « Allora, mi dica, cosa c'è di tanto importante nel libro di stasera? Non riguarda Rennes-le-Château neppure di sfuggita. »

« È la chiave di tutto. »

« Come può un libercolo insignificante scritto più di centocinquant'anni fa essere la chiave di tutto? »

« A volte sono le cose più semplici a rivelarsi le più importanti. »

Hansen riprese la sigaretta dal portacenere. « Lars era un uomo strano. Non ho mai capito cosa gli passasse per la testa. Era ossessionato da questa storia di Rennes. Amava quel posto. Comprò perfino una casa, laggiù. Una volta ci sono andato. Mi dava i brividi. »

« Lars le ha mai detto se aveva trovato qualcosa? »

Hansen lo scrutò con aria sospettosa. « Di che genere? »

« Non faccia il finto tonto. Non sono dell'umore adatto. »

« Lei deve sapere qualcosa, altrimenti non sarebbe qui. » Hansen si chinò a deporre la sigaretta in equilibrio sul portacenere. Ma la sua mano continuò a muoversi e s'infilò dritta in un cassetto del tavolino. Ne uscì con una rivoltella in pugno. Uno degli uomini di de Roquefort gliela fece volare via dalle dita con un calcio.

« Questo è stato molto sciocco da parte sua », commentò de Roquefort.

« Andate a farvi fottere », sbottò Hansen, massaggiandosi la mano.

La radio applicata alla cintura di de Roquefort emise un ronzio e lui si premette l'auricolare nell'orecchio destro.

« Un uomo si sta avvicinando ». Una pausa. « È Malone. Sta venendo qui. »

De Roquefort non si aspettava quella mossa, ma forse era il momento di far capire a Malone che ficcare il naso nei suoi affari era un grave errore. Con un gesto richiamò l'attenzione dei suoi subordinati. I due si fecero avanti e afferrarono ancora Hansen per le braccia.

« Il tradimento ha un prezzo », sentenziò de Roquefort.

« Lei chi diavolo è? »

« Uno con cui non avrebbe dovuto barare. » De Roquefort si fece il segno della croce. « Possa il Signore avere pietà di lei. »

Malone notò che le luci alle finestre del secondo piano erano accese. La strada di fronte alla libreria di Hansen era deserta. Sul selciato scuro erano parcheggiate solo poche auto che, come lui sapeva, il mattino dopo sarebbero scomparse, quando la gente avrebbe di nuovo invaso la zona dello Strøget riservata ai pedoni.

Cos'aveva detto Stephanie, il giorno prima, mentre parlava con Hansen nel suo ufficio? *Mio marito diceva che lei è un uomo capace di trovare l'introvabile.* Dunque Peter Hansen era stato un collaboratore di Lars Nelle, e questo spiegava perché Stephanie si era rivolta al suo concorrente, invece di venire da lui. Ma non rispondeva a una moltitudine di altre domande che Malone si stava facendo.

Non aveva mai conosciuto Lars Nelle. Aveva saputo della sua morte un anno dopo essere entrato a far parte della sezione Magellano, quando lui e Stephanie stavano appena cominciando a conoscersi meglio. In seguito aveva però letto tutti i libri di Nelle, trovandovi un miscuglio di storia, congetture, fatti accaduti e singolari coincidenze. Lars era stato uno scrittore eclettico, convinto che nella regione meridionale della Francia conosciuta come Linguadoca fosse nascosto un grande tesoro. Era un'ipotesi in parte comprensibile. Quella era stata per molti secoli una terra piena di castelli, legata alle crociate e abitata da molti personaggi che avevano ispirato i cantastorie. Le prime leggende sul Santo Graal erano nate lì. Sfortunatamente per Lars Nelle, il suo lavoro non aveva mai generato nessuna seria ricerca scientifica. Le sue teorie avevano soltanto stimolato l'interesse di numerosi altri scrittori e indotto qualche regista a girare film pseudo-storici, dove certe sue idee venivano sviluppate oltre il credibile tirando in ballo perfino gli extraterrestri o gli antichi romani, o una supposta origine segreta della stessa cristianità. Niente, naturalmente, era mai stato trovato o dimostrato vero. Tuttavia Malone non dubitava che l'industria turistica francese avesse gradito quelle speculazioni.

Il libro che Stephanie aveva cercato di comprare all'asta di Roskilde era intitolato *Pierres Gravées du Languedoc*. Pietre incise della Linguadoca. Un titolo inusuale per un libro di storia regionale, com'era stato presentato dalla casa d'aste, e riguardante un soggetto ancora più strano. Che importanza poteva avere? Lui sapeva che Stephanie non aveva mai avuto interesse per il lavoro del marito. Anzi, era stato il problema principale del loro matrimonio e, alla fine, li aveva portati alla separazione: Lars si era trasferito in Francia, lei era rimasta in America. Perciò cosa stava facendo lì, in Danimarca, undici anni dopo la sua morte? E perché c'era gente che interferiva coi suoi scopi... addirittura al punto di suicidarsi?

Mentre camminava sul marciapiede cercò di mettere ordine nei suoi pensieri. Sapeva che Peter Hansen non sarebbe stato lieto di vederlo, perciò gli conveniva scegliere le parole con cura. Doveva placare l'idiota e cercare di fargli uscire qualche informazione di bocca. Era disposto a pagarlo, se non ci fosse stato altro mezzo.

Qualcosa venne gettato fuori della finestra del secondo piano della casa di Hansen.

Malone alzò lo sguardo e vide un corpo umano roteare nell'aria e precipitare con un tonfo sul tettuccio di un'auto in sosta.

Corse verso la macchina e riconobbe Peter Hansen. Gli afferrò un polso per cercare le pulsazioni. Deboli.

Con suo stupore, lo sventurato aprì gli occhi.

« Hansen, mi sente? » gli domandò.

Non ebbe risposta.

Qualcosa sibilò a un palmo dalla sua testa e il torace di Hansen ebbe un sussulto. Un altro sibilo, e sul cranio di Hansen si aprì uno squarcio orribile. Sangue e cervella schizzarono sulla giacca di Malone.

Lui si girò di scatto.

Dall'intelaiatura fracassata della finestra, due piani più in alto, si sporgeva un uomo armato di pistola. Lo stesso individuo in giacca di pelle che aveva dato inizio alla sparatoria nella cattedrale. Nello stesso momento in cui l'uomo prendeva la mira, Malone si gettò dietro la macchina.

Altre pallottole piovvero dall'alto.

I colpi erano attutiti, come dita che schioccassero. Un'arma col silenziatore. Una pallottola forò il tettuccio accanto al corpo di Hansen. Un'altra spaccò il parabrezza.

« Mr Malone, questo è un affare che non la riguarda », disse l'uomo, dalla finestra.

« Ora sembra di sì. »

Non era sua intenzione restare lì a discutere su quel particolare. Si tenne più basso che poté e, usando le auto parcheggiate come scudo, si allontanò lungo la strada.

Altri colpi attutiti lo seguirono lungo quel percorso, cercando di arrivare a lui attraverso il metallo e il vetro.

Una ventina di metri più avanti, Malone si voltò. Vide la testa dell'uomo sparire dentro la finestra. Si alzò e corse via, girando al primo angolo. Ne svoltò un altro, cercando di sfruttare il labirinto di stradine a suo vantaggio per mettere più edifici possibile tra lui e i suoi inseguitori. Il sangue gli pulsava nelle tempie. Il cuore batteva con forza. Dannazione. Era del tutto fuori forma.

Si fermò un momento per riprendere fiato.

Dei passi in corsa stavano arrivando alle sue spalle. Si domandò se i suoi inseguitori sapessero orientarsi nello Strøget. Doveva supporre di sì. Girò un altro angolo, ma intorno a lui c'erano soltanto vetrine buie e saracinesche abbassate. La tensione gli attanagliava lo stomaco. Cominciava ad avere poche vie di fuga. Più avanti c'era una delle numerose piazze del quartiere, con al centro una fontana gorgogliante. Tutti i locali pubblici della zona erano chiusi per la notte. In giro non c'era anima viva. I posti per nascondersi erano quasi inesistenti.

Dall'altra parte della piazza si ergeva una chiesa. Una debole luminescenza trapelava all'esterno dai vetri colorati. D'estate, le chiese di Copenhagen restavano aperte fino a mezzanotte. Lui aveva bisogno di un posto dove nascondersi, almeno per un po', così attraversò di corsa il sagrato fino al portone incorniciato di marmi.

La maniglia cedette con un *clic*.

Malone spinse il battente piombato ed entrò, poi lo richiuse senza far rumore, augurandosi che i suoi inseguitori non lo avessero notato.

Poche candele erano sparse all'interno della chiesa, completamente deserta. Un altare massiccio e alcune statue campeggiavano come spettri nell'aria gelida. Scrutò verso l'altare, nella penombra, e vide che lì accanto c'era l'ingresso di una cripta sotterranea illuminata. Corse alla scala e scese, con le orecchie tese ai rumori esterni.

Sul fondo, un cancello di ferro si apriva su un ampio spazio formato da tre navate parallele col soffitto a volta. Al centro campeggiavano due sarcofagi cesellati coperti da enormi lastre di granito. La luce che lui aveva visto proveniva da una lampada color ambra, a lato di un piccolo altare. Sembrava un buon posto in cui rimanere nascosto per un po'. Tornare alla sua libreria era da escludere. Senza dubbio quegli uomini sapevano dove abitava.

Si stava quasi calmando, quando da sopra provenne il rumore di una porta che si chiudeva. D'impulso alzò lo sguardo al soffitto, alto meno di un metro dalla sua testa.

I passi di due uomini si avvicinarono.

Malone si spostò nell'angolo più oscuro della cripta. La paura e la tensione che gli riempivano la mente erano emozioni familiari; le soppresse con uno sforzo di volontà e cercò di ragionare. Aveva bisogno di qualcosa per difendersi. In una nicchia a cinque o sei metri di distanza vide un grosso candelabro d'ottone.

Corse da quella parte.

Il candelabro era alto circa un metro e settanta, e sosteneva un cero del diametro di una dozzina di centimetri. Lui tolse il cero e soppesò il cilindro metallico. Era pesante. Col candelabro tra le mani attraversò la cripta in punta di piedi e prese posizione vicino all'ingresso, dietro una colonna.

Qualcuno cominciò a scendere la scala.

Malone aguzzò lo sguardo nella penombra. Il suo corpo vibrava di un'energia che sempre, in passato, lo aveva aiutato a rimanere lucido.

La forma scura di un uomo giunse in fondo alla scala. Nonostante il buio, lui vide che aveva una pistola, con la canna prolungata dal cilindro di un silenziatore. Strinse bene tra le mani il candelabro e piegò le braccia. L'uomo si stava muovendo verso di lui.

Malone tese i muscoli. In silenzio contò fino a cinque, poi strinse i denti e sferrò il colpo, centrando l'uomo in mezzo al petto e facendolo vacillare contro una delle tombe.

Prima che l'altro si riavesse, lasciò cadere il candelabro e gli vibrò un pugno alla mandibola. L'uomo si afflosciò privo di sensi e la pistola rotolò sul pavimento.

Malone corse a raccoglierla, mentre i passi dell'altro aggressore si precipitavano verso la cripta. Afferrò l'arma e si voltò verso la scala.

Due colpi furono sparati nella sua direzione.

Dal soffitto, dove le pallottole avevano sgretolato la pietra, cadde una pioggia di detriti. Malone si spostò verso la colonna più vicina e rispose al fuoco: gli schiocchi soffocati della sua pistola risuonarono nella cripta.

Il secondo aggressore corse ad appostarsi dietro il sarcofago più lontano.

Malone imprecò tra i denti. Era in trappola.

Il fatto di avere una pistola gli offriva qualche possibilità in più, ma tra lui e l'unica uscita c'era un uomo armato. Inoltre, il primo aggressore si era ripreso e tentava di alzarsi.

Lui restò dov'era, nella semioscurità della cripta, e decise di lasciare l'iniziativa agli avversari. All'improvviso, l'uomo che aveva ripreso i sensi rovinò di nuovo sul pavimento.

Trascorsero alcuni secondi.

Silenzio.

Da sopra echeggiarono i passi di un uomo. Poi la porta della chiesa si aprì e subito si richiuse. Malone non si mosse, sebbene quella situazione fosse snervante. Il suo sguardo frugò tra le ombre. Non ci fu nessun movimento.

Decise di rischiare e scivolò in avanti.

Il primo aggressore era disteso al suolo. Anche l'altro giaceva immobile a pancia sotto. Controllò le pulsazioni dei due uomini. C'erano, ma deboli. Poi notò qualcosa dietro il collo di uno di loro. Si chinò e gli estrasse dalla carne un piccolo dardo, la cui estremità era un ago lungo un centimetro e mezzo.

Il suo salvatore faceva uso di un equipaggiamento sofisticato.

I due individui riversi al suolo erano quelli che l'avevano avvicinato alla casa d'aste. Ma chi li aveva messi fuori combattimento? Si chinò a recuperare le loro armi, poi li perquisì. Nessuno dei due aveva documenti. Uno portava una radio sotto la giacca.

Malone prese l'apparecchio, con l'auricolare e il microfono. « C'è qualcuno in ascolto? »

« Chi sta parlando? »

« Lei è lo stesso uomo che era nella cattedrale? Quello che ha ucciso Peter Hansen? »

« Quasi esatto. »

Malone capì che nessuno avrebbe detto molto su una frequenza aperta, ma il messaggio era chiaro. « I suoi uomini sono fuori combattimento. »

« È stato lei? »

« Non proprio. Adesso mi dica chi è. »

«Questo non è importante.»

«Perché ha eliminato Hansen?»

«Detesto quelli che mi ingannano.»

«È ovvio. Ma qualcuno ha appena colto di sorpresa i suoi uomini. Non so di chi si tratti, però è stato molto gentile a intervenire.»

Non ci fu risposta. Malone attese ancora un momento, e stava per parlare quando la radio crepitò. «Mi auguro che lei tragga un buon insegnamento dalla fortuna che ha avuto e torni a vendere libri.»

L'altra radio fu spenta.

12

Abbaye des Fontaines,
ore 23.30

Il siniscalco si svegliò. Si era appisolato su una sedia, accanto al letto. Una rapida occhiata all'orologio sul comodino lo informò che aveva dormito circa un'ora. Guardò il suo maestro ammalato. Il familiare ansito affaticato del respiro non si udiva più. Nel debole riflesso della luce artificiale che entrava dall'esterno dell'abbazia, vide che sugli occhi del vecchio era sceso il velo opaco della morte.

Gli controllò le pulsazioni.

Il maestro era spirato.

Il coraggio lo abbandonò mentre s'inginocchiava a pregare per il suo defunto protettore. Il cancro aveva vinto. La battaglia era finita. Ma un altro conflitto di diverse dimensioni sarebbe presto cominciato. Supplicò il Signore di accogliere l'anima del vecchio in paradiso. Nessuno aveva tanto meritato la salvezza. Lui aveva imparato molto dal maestro da quando, tanto tempo addietro, i fallimenti personali e la solitudine emotiva l'avevano portato ad affidarsi totalmente a quell'uomo. La sua era stata un'educazione rapida, e aveva cercato di non deludere mai il suo mentore.

Gli errori sono tollerabili, purché non si ripetano, gli era stato detto: soltanto una volta, perché il maestro non ripeteva mai le cose due volte.

Molti fratelli avevano scambiato quella franchezza per arroganza. Altri si risentivano per quello che credevano un atteggiamento paternalistico. Ma nessuno aveva mai messo in discussione l'autorità del maestro. Un fratello doveva obbedire. Il tempo per le discussioni si apriva solo durante la scelta di un nuovo maestro.

E questo era ciò che sarebbe accaduto il giorno successivo.

Per la sessantasettesima volta dal Principio, evento che datava nella prima metà del XII secolo, un altro uomo sarebbe stato scelto come maestro. I sessantasei precedenti avevano governato per una media di diciott'anni ciascuno, e il loro operato variava da insignificante a superlativo. Ogni maestro, comunque, aveva servito l'Ordine fino alla morte. Alcuni erano periti in battaglia, ma i giorni delle guerre aperte erano finiti da molto tempo. La loro missione, nell'epoca attuale, era assai più sottile, e si svolgeva su moderni campi di battaglia che i Padri non avrebbero mai immaginato. I tribunali, internet, i libri, le riviste, i quotidiani, erano tutti terreni che l'Ordine controllava regolarmente, per assicurarsi che i suoi segreti fossero al sicuro e la sua esistenza passasse inosservata. E ogni maestro, per quanto inetto fosse stato, aveva avuto successo in quel compito singolare. Ma il siniscalco temeva che la prossima elezione sarebbe stata di un'importanza decisiva. C'era il pericolo che scoppiasse una guerra intestina, uno sviluppo che l'uomo disteso senza vita davanti a lui aveva tenuto sotto controllo con la sua eccezionale abilità nel prevedere le mosse degli avversari.

Nel silenzio che lo avvolgeva, il rumore dell'acqua all'esterno sembrava più vicino. Durante l'estate i fratelli andavano spesso alla cascata, per godersi una nuotata nell'acqua fresca, e lui avrebbe desiderato quel refrigerio, ma sapeva che presto non ci sarebbe stato più il tempo di riposarsi. Decise di non informare la confraternita della morte del maestro fino alla preghiera della Prima, cui mancavano ancora cinque ore. In passato usavano riunirsi tutti dopo mezzanotte per il Mattutino, ma quelle devozioni notturne non facevano più parte della Regola da molti anni. Ora si seguiva un programma di lavoro moderno che riconosceva l'importanza del sonno, tarato sulle necessità pratiche del XXI invece che del XIII secolo.

Sapeva che nessuno avrebbe osato entrare nella camera del maestro. Soltanto lui, come siniscalco, aveva quel privilegio, soprattutto mentre il maestro giaceva malato. Così mise a posto le coltri e tirò il lenzuolo sul volto senza vita del vecchio.

Alcuni pensieri si agitavano in lui. La Regola, se non altro, instillava un senso di disciplina, e lui era orgoglioso di non aver mai commesso consapevolmente nessuna infrazione. Ma adesso ce n'erano alcune che lo stavano tentando. Ci aveva pensato tutto il giorno, mentre guardava il suo protettore morire. Se la fine del maestro fosse giunta quando l'abbazia era ancora in piena attività, sarebbe stato impossibile compiere ciò che ora lui stava meditando di fare. Ma a quell'ora avrebbe avuto mano libera e, a seconda di ciò che sarebbe accaduto il giorno seguente, quella poteva essere la sua unica opportunità.

Così si chinò, scostò il lenzuolo e aprì la toga azzurra, scoprendo il torace del vecchio. La collana era ancora lì, proprio dove avrebbe dovuto essere, e lui sfilò dalla testa le maglie dorate.

Dal monile pendeva una chiave d'argento.

« Perdonatemi », mormorò, mentre rimetteva a posto il lenzuolo.

Attraversò in fretta la stanza verso un armadio rinascimentale scurito da innumerevoli lucidature a cera. All'interno c'era un contenitore di bronzo ornato da un bordo d'argento. Solo il siniscalco sapeva della sua esistenza: aveva visto il maestro aprirlo molte volte, benché non gli fosse mai stato permesso di esaminarne il contenuto. Portò il forziere sulla scrivania, vi inserì la chiave e ancora una volta pregò di essere perdonato.

Ciò che stava cercando era un libretto rilegato in pelle che il maestro possedeva da parecchi anni. Sapeva che doveva essere in quel forziere – il maestro lo aveva messo lì in sua presenza –, ma quando aprì il coperchio vide soltanto un rosario, alcuni documenti e un messale. Nessun libretto.

La sua paura adesso era concreta. Se prima aveva avuto solo dei sospetti, ora sapeva.

Rimise il pesante contenitore nell'armadio e uscì dalla camera da letto. L'abbazia era un labirinto di ali a molti piani, ciascuna aggiunta in un diverso secolo, e quel miscuglio di architetture diverse aveva originato un complesso caotico che attualmente ospitava quattrocento fratelli. C'erano la chiesa, un chiostro cinto da maestose colonne, officine artigianali, uffici, una palestra, servizi igienici in comune, locali dove si poteva trascorrere il tempo con moderni divertimenti, un refettorio, una casa capitolare, un'infermeria e un'impressionante biblioteca. La camera da letto del maestro era situata in una sezione costruita nel XV secolo, di fronte a un'alta parete rocciosa che torreggiava su una stretta valle. Lì accanto c'erano gli alloggi dei fratelli. Il siniscalco attraversò la porta ad arco che dava nel dormitorio, dove c'era sempre qualche luce accesa, poiché la Regola proibiva che quella camera fosse tenuta nel buio completo. Non notò movimenti e non sentì nulla salvo un russare intermittente. Qualche secolo addietro alla porta ci sarebbe stata una sentinella, e lui si chiese se nei giorni che li attendevano avrebbero dovuto ripristinare quell'usanza.

S'incamminò in silenzio per un lungo corridoio, seguendo la passatoia rossa disposta sulle rozze lastre di pietra. Su entrambi i lati, dipinti, statue e piccoli monumenti ricordavano il passato dell'abbazia. A differenza degli altri monasteri dei Pirenei, lì non c'erano stati saccheggi durante la Rivoluzione Francese: le opere d'arte e i documenti erano rimasti intatti.

Giunse allo scalone principale e scese al pianterreno. Dopo aver percorso altri corridoi dal soffitto ad arco, attraversò la zona dove i visitatori venivano istruiti sugli usi della vita monastica. Gli invitati non erano molti, poche migliaia ogni anno, e gli introiti rappresentavano un modesto supplemento al fondo delle spese annuali, ma i visitatori erano abbastanza numerosi da giustificare le misure prese per tutelare l'intimità dei fratelli.

Il luogo in cui si stava dirigendo era in fondo a un altro corridoio. La porta, rafforzata da listelli di ferro in stile medievale, era come sempre spalancata.

Entrò nella biblioteca.

Poche collezioni potevano vantarsi di non essere mai state danneggiate o razziate nel corso di sette secoli. Formata in origine da pochi tomi, la biblioteca aveva continuato a crescere grazie a donazioni, acquisti, lasciti ereditari e, soprattutto, alla produzione degli scrivani che lavoravano giorno e notte. Gli argomenti di quei libri erano molti e diversi, con una prevalenza di testi di teologia, filosofia, logica, storia, legge, scienza e musica. La frase latina scolpita sulla targa marmorea della porta principale era più che mai attuale: CLAUSTRUM SINE AR-

MARIO EST QUASI CASTRUM SINE ARMAMENTARIO. Un monastero senza una biblioteca è come un castello senza un'armeria.

Si fermò ad ascoltare.

Nei dintorni non c'era nessuno.

La sicurezza non era un vero problema, poiché ottocento anni di Regola si erano dimostrati più che sufficienti per la protezione dei volumi. Nessun fratello avrebbe osato entrare senza permesso. Ma lui non era un fratello. Era il siniscalco. Ancora per un giorno, almeno.

Passando tra gli scaffali, si avviò verso il retro del vasto salone, per poi fermarsi davanti a una porta metallica nera. Passò una carta elettronica nella fessura dello scanner fissato alla parete. Soltanto il maestro, il maresciallo, l'archivista e lui stesso avevano quelle carte. Per avere accesso ai volumi occorreva l'esplicito consenso del maestro. Perfino l'archivista doveva ottenere il permesso, prima di entrare. In quel magazzino erano custoditi numerosi libri preziosi, antichi documenti, contratti e titoli azionari, un registro dei membri e, cosa ancor più importante, le Cronache in cui erano riportarti i successi e i fallimenti dell'Ordine. I volumi antichi erano ancora conservati – nonostante le copertine ormai fragili sotto le serrature d'ottone, ciascuno simile a un mattone sottile –, ma il loro contenuto era stato digitalizzato per rendere più facili le ricerche tra i documenti accumulati per secoli dall'Ordine.

Il siniscalco passò tra gli scaffali immersi nella penombra e trovò il codice nel posto a esso riservato. Il piccolo volume quadrato era largo una ventina di centimetri e alto due e mezzo. L'aveva scoperto due anni prima. Le sue pagine in pelle liscia erano incorniciate da sottili listelli di legno. Non si trattava di un libro vero e proprio, ma di un antenato del libro: un primo tentativo, che sostituiva i rotoli di pergamena e consentiva di scrivere il testo sui due lati di ogni pagina.

Il siniscalco aprì con delicatezza la copertina.

Non c'era frontespizio. La scrittura latina era circondata da un bordo luccicante rosso scuro, verde e oro. La maggior parte degli antichi codici aveva fatto una brutta fine; la pergamena era stata usata per rivestire altri libri, coprire giare o semplicemente accendere il fuoco. Grazie al cielo quello era sopravvissuto. Le informazioni che conteneva erano senza prezzo. Lui non aveva mai parlato con nessuno di ciò che aveva trovato nel codice, neppure col maestro, e poiché quei dati gli servivano e non avrebbe avuto opportunità migliore di quella, si fece scivolare il libro in una tasca della giacca. Andò a uno scaffale adiacente e prese un altro volume, anch'esso composto a mano, ma risalente alla fine del XIX secolo. Non si trattava di un libro scritto per il pubblico, bensì per conservare ricordi personali. Anche quello avrebbe potuto servirgli, così lo mise in un'altra tasca della giacca.

Uscì dalla biblioteca, sapendo che il computer che controllava la porta di sicurezza aveva registrato l'ora della sua visita. Le strisce magnetiche fissate a ciascuno dei due volumi avrebbero segnalato che entrambi erano stati asportati. Poiché non c'era altra via d'uscita che quella munita di sensori e che rimuovere le strisce avrebbe potuto danneggiare i libri, era improbabile che la sua azione passasse inosservata. Poteva solo sperare che, nella confusione dei giorni che li attendevano, nessuno si prendesse la briga di esaminare le registrazioni del computer.

La Regola era chiara.

Chi rubava le proprietà dell'Ordine era punito con la messa al bando.

Ma quello era un rischio che lui doveva correre.

13

Ore 23.30

Per sicurezza, Malone lasciò la chiesa da un'uscita posteriore, oltre la sacrestia. Non poteva preoccuparsi dei due uomini privi di sensi. In quel momento aveva bisogno di trovare Stephanie. Senza dubbio, anche l'uomo che aveva ucciso Peter Hansen aveva i suoi nemici. Qualcuno aveva messo fuori combattimento i suoi accoliti. Malone non aveva idea di chi fosse e del perché l'avesse fatto, ma gliene era grato, perché uscire vivo da quella cripta non sarebbe stato facile. Ancora una volta imprecò contro se stesso per essersi impicciato di quella faccenda, ma ormai era troppo tardi per tirarsene fuori. C'era dentro fino al collo, che gli piacesse o no.

Imboccò una strada che girava intorno allo Strøget e poi si avviò verso la Kongens Nytorv, una piazza molto frequentata, chiusa tra edifici imponenti. Ogni tanto gettava rapide occhiate alle sue spalle, ma nessuno lo stava seguendo. A quell'ora tarda, il traffico era scarso. La Nyhavn, col suo pittoresco lungomare dove si allineavano facciate di edifici dai colori vivaci, come sempre era affollata da gente che cenava ai tavolini all'aperto, a suon di musica.

Malone si diresse verso un elegante edificio di sei piani che si affacciava sul porto. L'Hotel d'Angleterre era stato costruito nel XVIII secolo, e le sue stanze avevano ospitato monarchi e presidenti.

Entrò, si fermò alla reception e chiese che gli venisse chiamata la stanza di Stephanie Nelle. Alcuni clienti uscirono dal salone principale, da cui proveniva una musica soffusa. Dovette attendere tre squilli prima che la donna alzasse il ricevitore.

«Svegliati», esordì lui.

«Credevo di essere stata sufficientemente chiara, Cotton.»

La sua voce aveva ancora lo stesso tono di Roskilde: tra seccato e indifferente.

«Peter Hansen è morto.»

Ci fu un momento di silenzio.

«Sono alla 610.»

Stephanie indossava un accappatoio col monogramma dell'albergo. Malone le riferì tutto ciò che era appena successo. Lei lo ascoltò in silenzio, proprio come negli anni passati, quando le faceva rapporto. Ma, nell'espressione della donna, lesse un senso di disfatta, e si augurò che preludesse a un atteggiamento più ragionevole.

«Mi permetterai di aiutarti, adesso?» le domandò.

Lei lo studiò con quegli occhi che, come Malone aveva notato spesso, cambiavano tonalità a seconda del suo umore. Per certi versi gli ricordava sua madre, benché Stephanie fosse soltanto una dozzina di anni più anziana di lui. Dato il personaggio, la sua rabbia di quel pomeriggio era giustificabile. Commettere errori non le piaceva, e odiava che qualcuno glieli facesse notare. Il lavoro di Stephanie non consisteva nel procurarsi le informazioni, ma nell'analizzarle e giungere a conclusioni. Era un'organizzatrice meticolosa, che pianificava le sue mosse con grande astuzia. Malone l'aveva vista molte volte prendere decisioni senza esitare – sia gli avvocati della procura sia il presidente la giudicavano una persona estremamente affidabile –, perciò era meravigliato dall'incertezza di cui sembrava preda la donna e dagli strani effetti che quella perplessità aveva sulla sua capacità di giudizio.

«Li ho guidati io da Hansen», mormorò Stephanie. «Nella cattedrale di Roskilde, quando quell'uomo ha ipotizzato che fosse Hansen ad avere il diario di Lars, non ho ribattuto.» Poi gli riferì la conversazione.

Dopo che gli ebbe descritto l'uomo, Malone disse: «È lo stesso individuo che ha sparato a Hansen».

«Il tizio che si è gettato dalla Torre Rotonda lavorava per lui. Mi aveva rubato la borsetta perché dentro c'era il diario di Lars.»

«Allora questo individuo ha partecipato all'asta sapendo che tu saresti stata là. Chi era a conoscenza che volevi andarci?»

«Soltanto Hansen. Ufficialmente sono in vacanza. Ho il mio telefono internazionale, ma in ufficio ho lasciato detto di contattarmi solo in caso d'emergenza.»

«Come hai saputo dell'asta?»

«Tre settimane fa mi è arrivato un pacco per posta da Avignone, in Francia. Dentro c'erano un biglietto e il diario di Lars.» Stephanie fece una pausa. «Non vedevo quel quaderno da anni.»

Malone sapeva che quello era un argomento estremamente delicato. Lars Nelle si era tolto la vita undici anni prima: era stato trovato impiccato sotto un ponte nella Francia meridionale, con in tasca un biglietto che diceva soltanto: *Addio Stephanie.* Da parte di uno studioso autore di decine di libri, un commiato così laconico suonava quasi come un insulto. Benché a quell'epoca lei e il marito fossero separati, Stephanie aveva sofferto molto, e Malone ricordava quanto erano stati difficili i mesi successivi. Non avevano mai parlato della sua morte, e il fatto che lei vi accennasse era insolito.

«Che genere di diario è?» le domandò.

«Lars era affascinato dai segreti di Rennes-le-Château...»

«Lo so, ho letto i suoi libri.»

«Non me l'avevi mai detto.»

«Tu non me l'hai mai chiesto.»

Stephanie percepì la sua irritazione. Stavano accadendo molte cose, e nessuno dei due aveva il tempo di perdersi in chiacchiere.

«Lars si guadagnava da vivere commentando le teorie sul fantomatico tesoro nascosto a Rennes-le-Château», spiegò lei. «Ma molte riflessioni private e ipotesi le annotava nel diario, che portava sempre con sé. Credevo che dopo la sua morte fosse andato a Mark.»

Un altro argomento delicato. Mark Nelle si era laureato a Oxford in Storia medievale e aveva insegnato all'università di Tolosa. Cinque anni prima era scomparso nei Pirenei. Una valanga. Il suo corpo non era mai stato recuperato. Malone sapeva che per Stephanie il ricordo della tragedia era reso ancor più doloroso dal fatto che lei e suo figlio non erano stati molto vicini. Tra i membri della famiglia Nelle non era mai corso buon sangue, ma questi fatti non lo riguardavano.

«Questo dannato diario è come uno spettro del passato tornato a tormentarmi», proseguì lei. «Il biglietto mi ha informato dell'asta e del fatto che era possibile acquistare quel libro. Lars me ne aveva parlato e nel diario c'era un riferimento a esso, così sono venuta a comprarlo.»

«E non hai pensato che sarebbe potuto essere pericoloso?»

«Perché avrei dovuto? Mio marito non era coinvolto nel mio lavoro. La sua era un'innocua ricerca di qualcosa che non esiste. Come potevo immaginare che in questa faccenda c'era dentro gente disposta a uccidere?»

«L'uomo saltato giù dalla torre era un segnale chiaro. Avresti dovuto rivolgerti a me fin da allora.»

«Devo fare questa cosa da sola.»

«Ma di che si tratta?»

«Non lo so, Cotton.»

«Perché questo libro è così importante? Alla casa d'aste ho saputo che è un'opera del tutto irrilevante. Il banditore è stato il primo a sorprendersi nel veder salire tanto le offerte.»

«Non ne ho idea.» Il tono di Stephanie era di nuovo esasperato. «Sul serio, non lo so. Due settimane fa ho letto il diario di Lars e devo riconoscere di esserne rimasta affascinata. Mi vergogno ad ammettere di non averlo mai aperto fino a quel giorno. Quando l'ho fatto, ho cominciato a sentirmi male al ricordo del mio atteggiamento verso di lui. Undici anni cambiano molto la prospettiva delle cose.»

«E allora cos'hai pensato di fare?»

«Non lo so. Volevo soltanto acquistare il libro, leggerlo e vedere cosa sarebbe successo. Visto che dovevo venire in Europa, avevo progettato di andare in Francia per trascorrere qualche giorno nella casa di Lars. È un sacco di tempo che non ci vado.»

Evidentemente stava cercando di mettersi in pace coi suoi demoni personali, ma c'era un'altra realtà da considerare. «Hai bisogno di aiuto, Stephanie. Qui stanno succedendo troppe cose strane, e faccende come questa rientrano nella mia esperienza professionale. »

« Non hai una libreria da mandare avanti? »

« Per qualche giorno possono occuparsene i miei commessi. »

Lei esitò, come se riflettesse sulla sua proposta. « Tu sei stato il migliore dei miei agenti. Sono ancora incavolata per il tuo ritiro. »

« Era una cosa che dovevo fare. »

Stephanie scosse la testa. « Il fatto che sia stato Henrik Thorvaldsen a portarti via ha aggiunto la beffa al danno. »

L'anno addietro, quando lui era andato in pensione e le aveva detto che stava per trasferirsi in Europa, Stephanie era stata felice per lui, finché non aveva saputo del coinvolgimento di Thorvaldsen. Ovviamente lei non gli aveva mai spiegato il motivo della sua irritazione, e lui la conosceva troppo bene per chiederglielo.

« Ho un'altra brutta notizia per te », disse Malone. « Sai l'uomo che si è aggiudicato il libro? È Henrik. »

Lei lo guardò con aria sdegnata.

« Lavorava con Peter Hansen », aggiunse Malone.

« Cosa te lo fa credere? »

Lui le rivelò ciò che aveva saputo alla casa d'aste e ciò che gli era stato detto per radio dall'uomo con la giacca di pelle. *Io detesto chi mi inganna.* « Evidentemente Hansen teneva i piedi in due staffe, ma solo uno dei due poteva vincere. »

« Aspetta fuori », disse lei.

« È per questo che sono venuto. Tu e Henrik dovete parlare. Ma bisogna uscire di qui con cautela. Fuori potrebbero esserci ancora quegli uomini. »

« Devo vestirmi. »

Lui si avviò alla porta. « Dov'è il diario di Lars? »

Lei gli indicò la cassaforte a muro.

« Portalo con te. »

« Non mi sembra una mossa prudente. »

« La polizia troverà il corpo di Hansen e non ci metterà molto a fare i collegamenti. Dobbiamo stare pronti a muoverci. »

« Con la polizia posso cavarmela. »

Lui si voltò. « Washington ti ha tirato fuori da Roskilde perché non sapeva cosa stavi facendo. Scommetto che in questo momento qualcuno, al dipartimento della Giustizia, sta cercando di scoprirlo. Tu detesti le domande, ma quando il procuratore generale ti chiamerà non potrai dirgli di andare all'inferno. Ancora non ho capito qual è il tuo scopo, ma una cosa la so: non hai voglia di parlarne. Perciò fai i bagagli. »

« Non ho sentito la mancanza della tua arroganza. »

« E la tua luminosa personalità ha lasciato un vuoto nella mia vita. Per una volta non potresti fare ciò che ti chiedo? Lavorare sul campo è già abbastanza duro quando non si fanno stupidaggini. »

« Non ho bisogno di sentirmelo ricordare. »

« Ti sbagli », concluse Malone. E uscì.

14

Venerdì 23 giugno,
ore 01.30

Malone e Stephanie uscirono da Copenhagen e imboccarono la statale 142. Sebbene fosse andato in macchina da Rio de Janeiro a Petropolis, e fosse stato sulla costiera amalfitana, Malone pensava che il tratto di strada a nord della capitale fino a Elsinore, sulla rocciosa costa orientale della Danimarca, fosse di gran lunga il più affascinante tra i percorsi rivieraschi. Villaggi di pescatori, boschi di faggi, ville estive e la grigia distesa priva di maree dell'Øresund offrivano uno splendido spettacolo.

Il tempo era quello tipico. La pioggia frustava il parabrezza, spinta dalle raffiche di un forte vento. Dietro uno dei più piccoli alberghi della costa, chiuso per la notte, la strada girava verso l'interno e spariva in una foresta. Malone si lasciò alle spalle due ville bianche, attraversò un cancello aperto su una stradicciola erbosa e parcheggiò in un piazzale lastricato in ciottoli. La casa davanti alla quale si erano fermati era un esempio di autentico barocco danese: a due piani, costruita in mattoni e pietra arenaria e con un grazioso tetto ricurvo in lastre di rame. Un'ala era rivolta verso l'entroterra, l'altra guardava il mare.

Malone conosceva la sua storia. La dimora, chiamata Christiangate, era stata costruita tre secoli prima da un sagace antenato dei Thorvaldsen, arricchitosi convertendo tonnellate di torba da poco prezzo in carburante per produrre la porcellana. Nel 1800 la regina di Danimarca aveva decretato che la sua vetreria fosse fornitrice ufficiale di corte, e da allora la Adelgate Glasvaerker, col suo famoso stemma di due cerchi separati da una linea, occupava una posizione di prestigio in Danimarca e in Europa. L'attuale presidente della società era il patriarca della famiglia, Henrik Thorvaldsen.

La porta della villa fu aperta da un maggiordomo che non mostrò la minima sorpresa nel vederli. Interessante, considerando che era mezzanotte passata e Henrik viveva lì da solo come un gufo. Furono scortati in una sala da pranzo dove le travi di quercia, le armature e i ritratti a olio dimostravano la discendenza da una nobile schiatta. La stanza era dominata da un lungo tavolo d'acero scuro – vecchio di quattrocento anni – la cui superficie aveva una lucentezza dovuta a secoli di attente cure. Thorvaldsen era seduto a capotavola, con davanti a sé una torta all'arancia e un samovar fumante.

« Prego, entrate. Accomodatevi pure. »

Thorvaldsen si alzò con uno sforzo evidente e rivolse loro un sorriso. La sua figura curva e artritica non superava il metro e sessanta, e una giacca da camera norvegese di qualche misura troppo larga mascherava a stento la protuberanza della sua schiena. Malone notò il lampo che aveva negli occhi. L'amico stava meditando qualcosa.

Malone indicò la torta. « Eri così sicuro del nostro arrivo che hai fatto preparare un dolce? »

« Non ero certo che sareste venuti tutti e due, ma sapevo che tu l'avresti fatto. »

« Posso conoscere il perché? »

« Quando ho saputo che avevi seguito l'asta, ho capito che saresti risalito a me. Era solo questione di tempo. »

Stephanie si fece avanti. « Voglio il mio libro. »

Thorvaldsen la guardò con fermezza. « Nessun 'buonasera'? 'Lieta di conoscerla'? Solo 'voglio il mio libro'. »

« Lei non mi piace. »

Thorvaldsen tornò a sedersi a capotavola. Malone decise che la torta aveva un aspetto appetitoso, così sedette e se ne tagliò una fetta.

« Io non le piaccio? » ripeté Thorvaldsen. « Strano, considerando che non ci siano mai incontrati. »

« La conosco. »

« Questo significa che la sezione Magellano ha un fascicolo su di me? »

« Il suo nome viene fuori nei posti più impensati. Noi chiamiamo quelli come lei *persone d'interesse internazionale.* »

Il viso di Thorvaldsen si contrasse, come sotto un dolore atroce. « Lei mi prende per un terrorista o per un criminale. »

« E quale dei due sceglierebbe? »

Il danese la scrutò con improvvisa curiosità. « Mi è stato detto che lei ha una grande capacità di pianificazione e un ottimo intuito. È strano che, nonostante le sue doti, abbia fallito come moglie e come madre. »

All'istante gli occhi di Stephanie si riempirono d'indignazione. « Lei non sa niente di me. »

« So che lei e Lars eravate separati da anni, prima della sua morte. E so che lei e suo figlio eravate due estranei. »

Un afflusso di rabbia colorì le guance di Stephanie. « Vada all'inferno. »

Thorvaldsen sembrò non accorgersi dell'insulto. « Lei si sbaglia, Ms Nelle. »

« Su cosa? »

« Su molte cose. Ed è tempo che sappia la verità. »

De Roquefort trovò la villa senza grandi difficoltà. Quando era venuto a sapere chi aveva collaborato con Peter Hansen per acquistare il libro, ai suoi assistenti era bastata mezz'ora per compilare un dossier. Ora che vedeva l'imponente dimora dell'uomo che aveva fatto l'offerta più alta, tutto assumeva un significato.

Thorvaldsen era uno degli uomini più ricchi di Danimarca, e le origini della sua famiglia risalivano ai vichinghi. Controllava un numero impressionante di società. Oltre a possedere la Adelgate Glasvaerker, aveva interessi in banche inglesi, miniere polacche, fabbriche tedesche e ditte di trasporti europee. Era un uomo strano, un introverso che si allontanava raramente da casa. I suoi contributi alle società assistenziali erano leggendari, soprattutto ai sopravvissuti dell'Olocausto, alle organizzazioni anticomuniste e alla ricerca medica internazionale.

Aveva sessantadue anni e frequentava abitualmente la famiglia reale danese, specialmente la regina. Sua moglie e suo figlio erano morti: la moglie di cancro, il figlio vittima di una sparatoria mentre lavorava per l'ambasciata danese a

Città del Messico. L'uomo che aveva ucciso uno dei killer era un agente americano laureato in legge di nome Cotton Malone. Aveva anche un legame con Lars Nelle, benché non positivo, poiché gli si accreditavano commenti pubblici poco lusinghieri sulle ricerche dello scrittore. Uno sgradevole episodio risalente a quindici anni addietro, durante il quale i due erano venuti a male parole nella Bibliothèque Sainte-Geneviève, a Parigi, era stato riportato dalla stampa francese. Quello poteva spiegare, almeno parzialmente, perché Henrik Thorvaldsen aveva accettato di collaborare con Hansen.

Ma de Roquefort aveva bisogno di saperne di più.

Un salubre vento di mare soffiava a raffiche dalle acque scure dell'Øresund, e la pioggia si era trasformata in acquerugiola. Con lui c'erano due suoi aiutanti. Gli altri due erano rimasti nell'auto, parcheggiata fuori della tenuta, perché erano ancora storditi dalla droga – o qualunque cosa fosse – grazie alla quale una mano ignota li aveva messi fuori combattimento. De Roquefort era ancora sbalordito per quell'interferenza. Non si era affatto accorto di essere sorvegliato, quel giorno, tuttavia i suoi movimenti erano stati spiati da qualcuno munito di un'arma sofisticata che lanciava dardi carichi di tranquillante.

Ma prima le cose più importanti. De Roquefort precedette i suoi uomini attraverso un cortile pieno di pozzanghere fino a una lunga siepe, davanti all'elegante dimora. Le luci erano accese in una sala del pianterreno che, di giorno, doveva godere di una spettacolare vista sul mare. Lui non aveva trovato guardie, né cani, né sistemi d'allarme. Strano, ma non sorprendente.

Si avvicinò alla finestra illuminata. Aveva notato l'auto parcheggiata sul vialetto d'ingresso e si domandò se la sua fortuna stesse per cambiare. Sbirciò all'interno con cautela: vide Stephanie Nelle e Cotton Malone che parlavano con un uomo anziano.

Sorrise. La sua fortuna stava proprio cambiando.

Fece un cenno a uno dei suoi uomini e questi estrasse dalla tasca una sacchetta di nylon. Lui aprì la cerniera e prese un microfono. Con cura applicò la ventosa dello strumento a un angolo del vetro bagnato di pioggia. Il ricevitore contenuto nella borsa di nylon adesso poteva captare ogni parola.

De Roquefort si applicò il piccolo auricolare a un orecchio.

Prima di ammazzarli voleva ascoltare.

«Perché non si siede?» chiese Thorvaldsen.

«Gentile da parte sua, *herr* Thorvaldsen, ma preferisco stare in piedi», stabilì Stephanie, con voce sprezzante.

Lui si riempì la tazzina di caffè. «Vorrei suggerirle di chiamarmi in qualsiasi modo, fuorché *herr*. Detesto tutto ciò che è anche lontanamente tedesco.»

Malone notò che Stephanie aveva incassato il colpo. Senza dubbio, se per la sezione Magellano quel vecchio era una *persona d'interesse internazionale,* lei doveva sapere che il nonno, gli zii, le zie e i cugini di Thorvaldsen erano caduti vittima dei nazisti durante l'occupazione della Danimarca.

Nonostante ciò, si aspettava che lei replicasse per le rime, invece il suo volto si ammorbidì. «Solo Henrik, allora.»

Thorvaldsen mise una zolletta di zucchero nella tazzina. «Il suo senso dell'umorismo è noto.» Mescolò il caffè. «Molto tempo fa ho capito che tutto può essere appianato grazie a una tazza di caffè. Una persona vi dirà di più sulla sua vita privata dopo aver bevuto un buon caffè che dopo aver sorseggiato un calice di champagne o un bicchiere di porto.»

Malone sapeva che a Thorvaldsen piaceva mettere a loro agio i suoi interlocutori dicendo qualche sciocchezza, mentre rifletteva sulla situazione.

Il vecchio bevve dalla tazzina fumante. «Come le ho detto, Stephanie, è tempo che lei sappia la verità.»

Lei si accostò al tavolo e sedette di fronte a Malone. «Quand'è così, provi a distruggere i miei preconcetti su di lei.»

«E quali sarebbero?»

«Potrei fargliene una lunga lista. Mi limiterò ai principali: tre anni fa ha avuto a che fare con un cartello di ladri d'opere d'arte, collegato con gli oppositori del governo israeliano, e l'anno scorso ha interferito nelle elezioni politiche tedesche, inviando illegalmente fondi a certi candidati. Per qualche ragione, tuttavia, sia la Germania sia Israele hanno preferito non perseguirla.»

Thorvaldsen fece un impaziente cenno d'assenso. «Colpevole di entrambi i capi d'accusa. Gli 'oppositori israeliani', come lei li chiama, erano coloni che rifiutavano di abbandonare le loro case per colpa di un governo corrotto. Per aiutarli, ci siamo procurati i fondi necessari da ricchi arabi che trafficavano in opere d'arte, col semplice espediente di rubare quegli oggetti ai ladri. Forse nel vostro fascicolo è annotato che le opere in questione sono state restituite ai legittimi proprietari.»

«Previo pagamento...»

«Che ogni investigatore privato esperto in opere d'arte rubate avrebbe chiesto. Abbiamo usato quel denaro per una causa degna d'attenzione. Credo che ci sia stata una certa giustizia in quell'operazione. Per quanto riguarda le elezioni tedesche, ho finanziato parecchi candidati che contrastavano la crescente popolarità della destra radicale. Col mio aiuto, hanno vinto. Non vedo ragioni di permettere al fascismo di fare un passo avanti. E lei?»

«Ciò che ha fatto era illegale e ha causato un bel po' di problemi.»

«In realtà, ho risolto un problema. Il che è più di quanto abbiano fatto gli americani.»

Stephanie non parve impressionata. «Perché si sta occupando dei miei affari?»

«Cosa le fa pensare che questo sia un suo affare?»

«Riguarda il lavoro di mio marito.»

Il volto di Thorvaldsen s'irrigidì. «Non ricordo che lei avesse qualche interesse nel lavoro di Lars, quand'era vivo.»

Malone notò che aveva detto: *Non ricordo*. Era chiaro che il vecchio sapeva molte cose su Lars Nelle.

Cosa insolita per lei, Stephanie sembrava non ascoltare ciò che l'altro diceva. «Non intendo discutere della mia vita privata. Mi dica perché ha comprato quel libro.»

«Peter Hansen mi ha informato che lei era interessata ad acquistarlo. Mi ha anche detto che un altro uomo voleva che lei lo avesse, ma non prima che gliene fosse stata fatta una copia. Quest'uomo ha pagato Hansen per assicurarsi che le cose andassero così.»

«Le ha detto il nome?»

Thorvaldsen scosse il capo.

«Hansen è morto», disse Malone.

«Non me ne stupisco.» Nella voce di Thorvaldsen non trasparì nessuna emozione.

Malone gli raccontò quello che era successo.

«Hansen è stato avido», commentò il danese. «Credeva che il libro avesse un gran valore, così mi ha chiesto di acquistarlo in segreto, per poterlo offrire all'altro uomo, per una certa somma...»

«E lei si è detto d'accordo, essendo un generoso mecenate.» Evidentemente Stephanie non gliene voleva perdonare una.

«Hansen e io abbiamo fatto molti affari insieme. Lui mi ha illustrato la situazione e io mi sono offerto di aiutarlo. Ero preoccupato all'idea che andasse a cercare qualche altro acquirente anonimo. Anch'io volevo che lei avesse quel libro, così mi sono accordato con lui, ma non intendevo affatto consegnare il libro a Hansen.»

«Lei non penserà davvero...»

«Com'è la torta?» domandò Thorvaldsen.

Malone intuì che l'amico cercava di riprendere il controllo della conversazione. «Eccellente.»

«Venga al punto», disse Stephanie. «Quella verità che io dovrei conoscere.»

«Suo marito e io eravamo buoni amici.»

Il viso di Stephanie assunse un'aria disgustata. «Lars non mi ha mai detto una parola a riguardo.»

«Dati i vostri rapporti, è comprensibile. Ma, in ogni caso, come nella sua professione, anche in quella di suo marito c'erano dei segreti.»

Malone finì la fetta di torta, mentre Stephanie rifletteva su quella rivelazione. Era evidente che non ci credeva.

«Lei è un bugiardo», dichiarò infine la donna.

«Posso mostrarle la corrispondenza che conferma ciò che sto dicendo. Lars e io comunicavamo spesso. Il nostro era un rapporto di collaborazione. Io finanziai le sue ricerche iniziali e lo aiutai nei momenti difficili. Pagai la sua casa a Rennes-le-Château. Condividevo la sua passione, ed ero felice di dargli una mano.»

«Quale passione?» domandò lei.

Thorvaldsen le rivolse uno sguardo neutro. «Lei sa molto poco di lui. Dev'essere tormentata dal rimorso.»

«Non ho bisogno di un'analista.»

«Davvero? È venuta in Danimarca per acquistare un libro di cui non sa niente, salvo che è in relazione col lavoro di un uomo morto da oltre un decennio... E sostiene di non avere rimorsi?»

«Mi stia a sentire, vecchio presuntuoso, io voglio quel libro.»

«Prima deve ascoltare ciò che ho da dire.»

«Si sbrighi.»

«Il primo libro di Lars fu un successo eclatante. Ha venduto parecchi milioni di copie in tutto il mondo, benché in America le vendite non siano andate altrettanto bene. I libri successivi non ricevettero la stessa accoglienza, ma vendettero abbastanza da finanziare le sue ricerche. Lars pensava che il confronto con punti di vista opposti avrebbe potuto rendere più popolare la leggenda di Rennes-le-Château. Così io sponsorizzai parecchi autori che scrissero libri che confutavano le sue teorie ed evidenziavano i suoi errori. Ogni libro rimandava a un altro e a un altro ancora. Alcuni buoni, altri scadenti. Io stesso feci delle pubbliche dichiarazioni poco lusinghiere su Lars. E, ben presto, come lui desiderava, nacque un genere letterario.»

Gli occhi di lei fiammeggiavano. «Ma che sta dicendo?»

«Le controversie generano pubblicità. Lars non scriveva per il grande pubblico, così doveva provvedere a farsi pubblicità da solo. Dopo un po', tuttavia, la cosa prese una vita sua. Rennes-le-Château divenne famosa. Furono girati servizi televisivi, molte riviste si occuparono dell'argomento, su internet si moltiplicarono i siti dedicati a quel mistero. Il turismo è la prima fonte d'introiti della regione. Grazie a Lars, la cittadina stessa è oggi diventata un'industria.»

Malone sapeva che su Rennes erano stati scritti centinaia di libri. Nel suo negozio, diversi scaffali erano pieni di volumi su quell'argomento. Ma c'era una cosa che doveva sapere. « Henrik, oggi sono morti due uomini. Uno è saltato giù dalla Torre Rotonda, tagliandosi la gola prima di suicidarsi. L'altro è stato gettato fuori da una finestra. Questa non è una campagna pubblicitaria. »

« Secondo me, oggi, alla Torre Rotonda, ti sei trovato a faccia a faccia con un fratello dei Cavalieri Templari. »

« In un'altra circostanza penserei che ti sei rimbecillito, ma in effetti l'uomo ha gridato una parola prima di saltare: *Beauseant.* »

Thorvaldsen annuì. « Il grido di battaglia dei templari. Echeggiando dalla bocca di una massa di cavalieri alla carica, quella parola era sufficiente a instillare nel nemico un terrore assoluto. »

« I templari sono stati sciolti nel 1307. Non c'è nessun cavaliere », affermò Malone.

« Non è esatto, Cotton. Fu fatto un tentativo di eliminarli, ma il papa cambiò idea. L'Editto di Chinon assolse i templari da ogni accusa di eresia. Lo stesso Clemente V compilò quella pergamena in segreto, nel 1308. Molti pensavano che il documento fosse andato perso quando Napoleone saccheggiò il Vaticano, ma di recente è stato ritrovato. No. Lars era convinto che l'Ordine esiste ancora, e anch'io la penso così. »

« Nei libri di Lars ci sono molti riferimenti ai templari », disse Malone, « ma non ricordo che abbia scritto che esistono ancora. »

Thorvaldsen annuì. « Lo ha fatto intenzionalmente. Essi erano, e sono, una grande contraddizione. Poveri per voto, ma ricchi in quanto a beni materiali e conoscenze. Introspettivi, ma abili nelle cose pratiche del mondo. Monaci e guerrieri. Lo stereotipo di Hollywood e il vero templare sono due creature diverse. Non abbandoniamoci al romanticismo. Erano una confraternita brutale. »

Malone non fu molto colpito da quelle parole. « E come sarebbero vissuti per settecento anni senza che nessuno ne sapesse niente? »

«Come vivono gli insetti e gli animali nei boschi senza che nessuno li noti? Ogni giorno si scoprono nuove specie.»

Buona obiezione, pensò Malone, ma non era ancora convinto. «Dunque, cosa significa tutto questo?»

Thorvaldsen si appoggiò allo schienale della sedia. «Lars stava cercando il tesoro dei Cavalieri Templari.»

«Quale tesoro?»

«Nei primi anni del suo regno, Filippo IV svalutò la moneta francese come espediente per stimolare l'economia. La sua decisione fu così impopolare che una folla si radunò per ucciderlo. Lui fuggì dal palazzo e si rifugiò nel Tempio di Parigi, per avere la protezione dei templari. Fu allora che si accorse per la prima volta delle ricchezze dell'Ordine. Anni dopo, quand'era disperatamente alla ricerca di fondi, architettò un piano per accusare l'Ordine di eresia. Come saprete, ogni bene materiale dell'eretico diventava proprietà dello Stato. Tuttavia, dopo gli arresti del 1307, Filippo scoprì che non solo la cripta del Tempio di Parigi ma quelle di tutti i templi della Francia erano vuote. Non fu mai trovata neppure un'oncia dell'oro dei templari.»

«E Lars pensava che il tesoro fosse a Rennes-le-Château?» domandò Malone.

«Non necessariamente lì, ma da qualche parte nella Linguadoca», rispose Henrik. «Ci sono indizi sufficienti per trarre questa conclusione. Ma i templari hanno reso difficile localizzare il tesoro.»

«Ma cosa c'entra il libro che hai comprato oggi pomeriggio?» domandò Malone.

«Eugène Stüblein era il sindaco di Fa, un paese vicino a Rennes. Dapprima scrisse un libro di viaggi sulla regione, poi compose *Pierre Gravées du Languedoc*. Un libro insolito, in cui erano raffigurate lapidi tombali di Rennes e dintorni. Uno strano interesse, certo, ma non senza precedenti. Il sud della Francia è noto per le sue tombe singolari. Nel libro c'è il disegno di una lapide che attrasse l'attenzione di Stüblein. Quel disegno è importante, perché la lapide non esiste più.»

«Posso vedere di cosa stai parlando?» chiese Malone.

Thorvaldsen si alzò dal tavolo e andò ad aprire il cassetto

di un tavolino. Quando tornò indietro aveva in mano il libro acquistato all'asta. «Mi è stato recapitato un'ora fa.»

Malone aprì le pagine in corrispondenza di un segnalibro ed esaminò l'illustrazione.

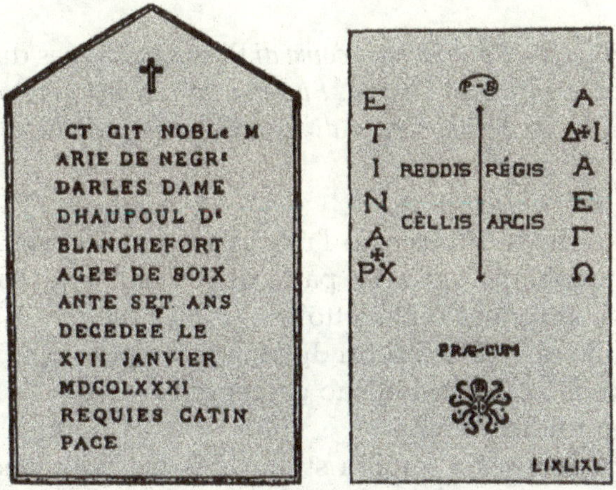

«Presumendo che il disegno di Stüblein sia accurato, Lars credeva che la lapide contenesse un indizio per arrivare al tesoro. Ha cercato questo libro per molti anni. Una copia avrebbe dovuto essere a Parigi, poiché la Bibliothèque Nationale conserva un esemplare di ogni libro stampato in Francia, ma, sebbene ne sia stata catalogata una, là non c'è nessuna copia.»

«Lars era il solo a sapere di questo libro?» domandò Malone.

«Non ne ho idea. Molti credono che il libro non esista.»

«Questo dov'è stato trovato?»

«Ho parlato con la casa d'aste. Apparteneva all'ingegnere delle ferrovie che costruì la linea tra Carcassonne e il sud dei Pirenei. L'ingegnere andò in pensione nel 1927 e morì nel 1946. Il libro era tra i beni di sua figlia, morta di recente. Il nipote li ha ceduti alla casa d'aste. L'ingegnere era interessato alla Linguadoca, specialmente a Rennes, e teneva lui stesso un inventario delle iscrizioni tombali.»

Malone non fu soddisfatto di quella spiegazione. «Chi ha informato Stephanie dell'asta?»

«Questa è la domanda del giorno», rispose Thorvaldsen.

Malone si rivolse alla donna. « All'albergo mi hai detto che insieme col diario hai ricevuto un biglietto. Ce l'hai? »

Lei aprì la borsetta e ne estrasse una malridotta agenda rilegata in pelle. Tra le sue pagine c'era un foglio di carta gialla piegato in quattro. Lo porse a Malone. Era scritto in francese.

> *Il 22 giugno a Roskilde una copia di* Pierres Gravées du Languedoc *sarà messa all'asta. Suo marito cercava questo libro. Adesso lei ha l'opportunità di riuscire dove lui fallì.* Le bon Dieu soit loué.

Malone tradusse in silenzio l'ultima frase: « Dio sia lodato ». Guardò Stephanie dall'altra parte del tavolo. « Da dove credi che sia venuto questo biglietto? »

« Da uno dei collaboratori di Lars. Forse questo tizio credeva che fossi interessata al suo contenuto. »

« Dopo undici anni? »

« Sono d'accordo, sembra strano. Ma tre settimane fa non sono stata a rifletterci troppo. Come ho detto, ho sempre pensato che le ricerche di Lars fossero innocue. »

« Allora perché è venuta qui? » volle sapere Thorvaldsen.

« Come ha detto, Henrik, ho dei rimorsi. »

« E io non voglio aggravarli. Non la conosco, ma conoscevo Lars. Era un brav'uomo, e la sua ricerca era, come ha detto, innocua. Nonostante ciò era importante. La sua morte mi ha rattristato. Mi sono sempre chiesto se sia stato un suicidio. »

« Anch'io », disse lei, in un sussurro. « Ho cercato di dare la colpa a diverse cose, per razionalizzare, ma dentro di me non ho mai accettato l'idea che Lars si sia dato la morte. »

« Il che spiega più di ogni altra cosa perché lei è qui », commentò Henrik.

Malone si accorse che la donna era a disagio, così le offrì una via d'uscita. « Mi faresti vedere il diario? »

Lei gli consegnò il quaderno e Malone sfogliò le pagine, un centinaio in tutto. Notò una quantità di numeri, disegni, simboli e molti brani di testo manoscritto. Poi esaminò la rilegatura con l'occhio esperto del bibliofilo e un particolare attirò la sua attenzione. « Mancano delle pagine. »

« Come? »

Lui le mostrò il dorso superiore. « Guarda qui. Ci sono dei piccoli spazi. » Riaprì il quaderno: della pagina asportata restava solo una striscia sottile incollata alla rilegatura. « Tagliata con un rasoio. Io cerco continuamente dettagli del genere. Niente abbassa il valore di un libro come le pagine mancanti. » Studiò di nuovo la rilegatura e stabilì che otto pagine erano scomparse.

« Io non l'avevo notato », ammise Stephanie.

« Sono molte le cose che non hai notato. »

La donna arrossì. « Va bene, confesso di avere fatto qualche errore. »

« Dietro questa faccenda potrebbe esserci qualcosa di grosso », disse Thorvaldsen. « Probabilmente si tratta dell'archivio dei templari. Quello originale dell'Ordine era conservato a Gerusalemme, poi fu trasferito ad Acri e infine a Cipro. Pare che dopo il 1312 l'archivio passò ai Cavalieri Ospitalieri, però non ci sono prove che ciò sia successo. Dal 1312 al 1314 Filippo IV lo cercò, ma senza risultati. Molti dicono che fosse una delle più grandi collezioni di documenti del mondo medievale. Immagina cosa significherebbe riuscire a recuperarlo. »

« Potrebbe essere il più grande ritrovamento di libri antichi della storia moderna. »

« Manoscritti che nessuno ha più visto dopo il XIV secolo, molti dei quali sicuramente a noi sconosciuti. La prospettiva di trovare opere così preziose, per quanto remota, merita ogni attenzione. » Thorvaldsen si rivolse a Stephanie. « Che ne dice di una tregua? Per Lars. Sono certo che la sua sezione lavora con molte 'persone d'interesse internazionale' per raggiungere scopi reciprocamente vantaggiosi. Pensa che potremmo farlo anche noi? »

« Voglio vedere quella corrispondenza tra lei e Lars. »

« Va bene. »

Stephanie cercò lo sguardo di Malone. « Hai ragione. Ho bisogno di un po' d'aiuto. Mi spiace di aver usato quel tono, con te. Pensavo che avrei potuto sbrigarmela da sola. Ma visto che ora siamo diventati compagni di squadra, tu e io andremo in Francia a vedere cosa c'è in casa di Lars. È molto che non ci vado. Inoltre, a Rennes-le-Château ci sono alcune persone con cui potremo parlare. Gente che lavorava con Lars. Poi cercheremo di approfondire quello che scopriremo là. »

« Immagino che verranno anche le tue ombre », borbottò lui.

Lei sorrise. « Per fortuna, ci sei tu. »

« Se non vi spiace, vorrei venire con voi », annunciò Thorvaldsen.

Malone era sbalordito. Henrik lasciava raramente la Danimarca. « Per quale motivo vuoi farci l'onore della tua compagnia? »

« So qualcosa delle ricerche di Lars. Queste informazioni potrebbero rivelarsi utili. »

« Per me va bene », replicò Malone.

« Okay, Henrik », disse Stephanie. « Così ci potremo conoscere meglio. Evidentemente, come lei ha detto, ho qualcosa da imparare. »

« Come tutti noi, Stephanie. Come tutti noi. »

De Roquefort stentava a trattenersi. I suoi sospetti erano adesso confermati. Stephanie Nelle stava seguendo le orme del marito. Con sé aveva anche il suo diario, oltre a una copia di *Pierre Gravées du Languedoc,* forse l'unica ancora esistente. Quello era il guaio con Lars Nelle. Era stato abile. Troppo abile. E ora la sua vedova disponeva degli stessi indizi. De Roquefort aveva sbagliato a fidarsi di Peter Hansen, ma in quel momento avvicinarlo era sembrata la cosa giusta. Non avrebbe fatto due volte lo stesso errore. La posta in gioco era troppo alta per affidarsi a qualche estraneo.

Continuò ad ascoltare ciò che i tre pensavano di fare una volta giunti a Rennes-le-Château. Malone e Stephanie sarebbero partiti l'indomani. Thorvaldsen li avrebbe raggiunti dopo qualche giorno. Quando ebbe udito abbastanza, de Roquefort staccò il microfono dalla finestra e si appartò coi due aiutanti all'ombra di alcuni alberi.

Quella notte non ci sarebbero stati altri omicidi.

Mancano delle pagine.

Lui aveva bisogno delle informazioni asportate dal diario di Lars Nelle. Chi aveva inviato quel taccuino era stato astuto. Separare gli indizi preveniva atti sconsiderati. Evidentemente in quel complesso puzzle c'era più di quello che lui sapeva... E lui stava giocando contro il tempo.

Ma non importava. Quando tutti i giocatori sarebbero stati in Francia, avrebbe potuto disporre facilmente di loro.

PARTE SECONDA

15

Abbaye des Fontaines,
ore 8.00

In piedi davanti all'altare, il siniscalco fissava la bara di quercia. I canti dei fratelli che entravano nella cappella si alzavano in un coro solenne. Il loro era un canto antico, che aveva accompagnato il funerale di ogni maestro fin dal Principio. I versi latini parlavano di perdita, di tristezza e di dolore. Della successione non si sarebbe discusso che verso sera, quando il conclave si sarebbe riunito per scegliere tra i candidati. La Regola era chiara. Due soli non dovevano tramontare senza un maestro e, come siniscalco, lui aveva il compito di assicurarsi che la tradizione fosse rispettata.

Attese che tutti i fratelli fossero entrati e avessero preso posto dinanzi ai lucidi inginocchiatoi di quercia. Ognuno indossava un saio di tessuto rustico, con la testa nascosta da un cappuccio, e soltanto le mani giunte in preghiera erano visibili.

La cappella aveva la forma di una croce latina, con una sola navata e due ali. C'erano poche decorazioni, affinché nulla distraesse la mente dalla contemplazione dei misteri del cielo, tuttavia aveva un aspetto maestoso, e le colonne e i capitelli proiettavano un'impressione di forza. I fratelli si erano dati convegno in quella cappella per la prima volta dopo gli arresti del 1307: almeno quelli che erano sfuggiti alle grinfie di Filippo IV nascondendosi nelle campagne e riparando al Sud. Alla fine si erano riuniti lì, al sicuro in una fortezza tra le montagne, per mescolarsi al tessuto della società religiosa, facendo piani e riorganizzando la loro struttura, senza dimenticare mai.

Il siniscalco chiuse gli occhi e lasciò che il canto lo compenetrasse. Nessuno scampanellio d'accompagnamento, nessun organo, niente. Soltanto la voce umana, intonata e vibrante.

Quella musica gli diede energia e lo aiutò a prepararsi alle ore che lo attendevano.

Il canto terminò. Lui attese che trascorresse un minuto di silenzio, poi si avvicinò alla bara.

« Il nostro eccellentissimo e riverito maestro ha lasciato la vita terrena. Egli ha governato questo Ordine con saggezza e giustizia, secondo la Regola, per ventotto anni. Ora va inserito al posto che gli compete, nelle Cronache. »

Uno dei presenti gettò indietro il cappuccio. « Questo io lo contesto. »

Il siniscalco fu percorso da un fremito. La Regola garantiva a ogni fratello il diritto di contestare. Lui si era aspettato battaglia più tardi, nel conclave, non durante il funerale. Si voltò verso la prima fila e guardò il fratello che aveva parlato.

Raymond de Roquefort.

Un uomo tozzo, con una faccia inespressiva e una personalità che il siniscalco aveva sempre giudicato cauta. Apparteneva alla confraternita da trent'anni ed era salito fino al rango di maresciallo, che lo poneva al terzo posto nella catena di comando. Al Principio, secoli addietro, il maresciallo era il comandante militare dell'Ordine, colui che guidava i cavalieri in battaglia. Adesso era il ministro della sicurezza, incaricato di assicurarsi che l'Ordine non corresse pericoli. De Roquefort deteneva quella carica da quasi due decenni. Il maresciallo e i fratelli che lavoravano sotto di lui avevano il privilegio di andare e venire dall'abbazia a loro piacimento, senza rispondere del loro operato a nessuno fuorché al maestro, e de Roquefort non aveva mai nascosto il disprezzo che provava per il suo superiore.

« Pronuncia la tua contestazione », disse il siniscalco.

« Il nostro defunto maestro ha indebolito l'Ordine. La sua politica mancava di coraggio. È venuto il tempo di muoversi in una direzione diversa. »

Nelle parole di de Roquefort non c'era la minima traccia di emotività, e il siniscalco sapeva con quale eloquenza quell'uomo sapeva rimarcare gli errori altrui. De Roquefort era un fanatico. Uomini come lui avevano mantenuto forte l'Ordine per secoli, ma il maestro aveva più volte osservato che la loro utilità stava diminuendo. Altri non erano stati d'accordo, ed erano emerse due fazioni: una capeggiata da de Roquefort, l'altra dal maestro. La maggior parte dei fratelli aveva tenuto per sé le proprie preferenze, ma l'interregno era il tempo dei dibattiti. La libera discussione era il sistema con cui la collettività decideva quale strada era giusto seguire.

« È questo l'argomento della tua contestazione? » domandò il siniscalco.

« Per troppo tempo i fratelli sono stati esclusi dal processo decisionale. Noi non siamo mai stati consultati, né abbiamo visto accogliere i consigli da noi offerti. »

« Questa non è una democrazia », replicò il siniscalco.

« E neppure voglio che lo sia. Ma è una confraternita. Basata sulle comuni necessità e i comuni scopi. Ciascuno di noi ha offerto la sua vita e i suoi beni. Non meritiamo di essere ignorati. »

La voce di de Roquefort aveva un effetto esplosivo ben calcolato. Il siniscalco notò che nessuno dei presenti sembrava disturbato dalla scelta del momento di quella contestazione, e per un istante la santità della cappella gli parve corrotta. Aveva l'impressione di essere circondato da uomini dalla mentalità e dagli scopi diversi dai suoi. Una parola continuava a risuonargli nella testa: rivolta.

« Cosa vorresti che facessimo? » domandò il siniscalco.

« Il nostro maestro non merita il rispetto tradizionale. »

Lui rimase rigido e pose la domanda di rito. « Chiedi una votazione? »

« Sì. »

La Regola prevedeva che, in caso di contrasto, si votasse su tutti gli argomenti in causa durante un interregno. Senza il maestro, il governo era responsabilità di tutti.

Sebbene non potesse vedere le loro facce, agli altri fratelli il siniscalco disse: « Alzi la mano chi vuole negare al nostro maestro il posto che gli compete nelle Cronache ».

Alcune braccia si alzarono subito. Altre esitarono. Lui concesse loro i due minuti richiesti dalla Regola per prendere una decisione. Poi contò.

Duecentonovantuno mani puntate verso il cielo.

« Una percentuale maggiore del richiesto settanta per cento è favorevole alla contestazione. » Il siniscalco represse la sua ira. « Al nostro maestro saranno negate le Cronache. » Non riusciva a credere di aver pronunciato quelle parole. Chiese perdono al suo mentore. Si allontanò dalla bara e tornò verso l'altare. « Dato che voi non volete prestare rispetto al nostro defunto capo, potete andare. Per coloro che desiderano partecipare, tra un'ora io sarò nella Sala dei Padri. »

I fratelli sfilarono fuori in silenzio, finché rimase soltanto de Roquefort. Il francese si avvicinò alla bara. Il suo volto rude aveva un'espressione soddisfatta. « Questo è il prezzo che paga per la sua codardia. »

Non c'era più bisogno di rispettare le formalità. « Ti pentirai di ciò che hai fatto. »

« Lo studente si crede già maestro? Vedremo quello che accadrà al conclave. »

« Tu ci distruggerai. »

« Io resusciterò l'Ordine. Il mondo ha bisogno di sapere la verità. Ciò che è successo molti secoli fa ci ha fatto torto, ed è tempo di riparare a quel torto. »

Il siniscalco non espresse disaccordo per quella dichiarazione, ma il punto era un altro. « Non era necessario offendere la memoria di un uomo buono. »

« Buono per chi? Per te? Io sono stato trattato con disprezzo. »

« È già più di quello che meritavi. »

Sul volto pallido di de Roquefort si dipinse un sorriso truce. « Il tuo protettore non c'è più. Ora ci siamo solo tu e io. »

« Mi aspettavo che ci sarebbe stata battaglia. »

« Anch'io. » De Roquefort fece una pausa. « Il trenta per cento dei fratelli non mi sostiene, così lascerò che siate tu e loro a dire addio al nostro maestro. »

Il suo avversario si voltò e uscì a passi fermi dalla cappella. Il siniscalco attese finché la porta fu chiusa, poi appoggiò sulla bara una mano tremante. Una rete di odio, di tradimenti e di fanatismo si stava chiudendo intorno a lui. Risentì le parole che lui stesso aveva detto al maestro il giorno precedente: *Conosco il potere dei nostri avversari.*

Aveva appena incrociato le armi e perduto contro il suo avversario.

E ciò non faceva presagire nulla di buono per le ore successive.

16

Rennes-le-Château, Francia,
ore 11.30

Appena fuori Couiza, Malone uscì dalla statale e l'auto a noleggio s'inerpicò lungo un percorso serpeggiante. La strada saliva tra un sorprendente panorama di colline rossicce, dove crescevano fitte macchie di rose selvatiche estive, cespugli di lavanda e di timo. In distanza apparvero le orgogliose rovine di un forte, le cui mura corrose si alzavano come dita adunche.

Il territorio, fin dove l'occhio poteva vedere, richiamava romanzesche immagini del tempo in cui bellicosi cavalieri scendevano come aquile dai loro castelli sui nemici da depredare.

Malone e Stephanie erano partiti in aereo da Copenhagen alle quattro di mattina, e dall'aeroporto di Parigi avevano proseguito in volo per Tolosa, dov'erano arrivati un'ora dopo. Da lì avevano affittato una macchina dirigendosi a sud-ovest, nella regione chiamata Linguadoca. I primi ad abitare quelle colline che dominavano la vasta valle del fiume Aude erano stati i galli, ma andava ai visigoti, nel V secolo, il merito di aver costruito un paese fortificato cui era stato dato l'antico nome celtico di Rhedae, che significava « carro da guerra ». In seguito il paese era diventato un importante snodo commerciale. Duecento anni dopo, quando i visigoti erano stati scacciati a sud, in Spagna, i franchi avevano trasformato Rhedae in una città del re. Nel XIII secolo, tuttavia, la città era decaduta, e verso la fine della crociata contro gli albigesi era stata rasa al suolo. La proprietà di quelle terre era passata attraverso parecchi ricchi casati di Francia e di Spagna, e poi era finita a un certo tenente Simon de Monforts, che aveva fondato una baronia. La sua famiglia aveva costruito un castello intorno al quale era cresciuto un piccolo agglomerato urbano, e il nome era cambiato da Rhedae a Rennes-le-Château. I baroni avevano governato la terra e il centro abitato fino al 1781, quand'era morta l'ultima erede, Marie d'Hautpoul de Blanchefort.

«Si dice che prima di morire abbia trasmesso un grande segreto», aveva riferito Stephanie a Malone. «Un segreto che la sua famiglia aveva mantenuto per secoli. La baronessa non aveva figli, e suo marito era morto prima di lei, così, non avendo nessun altro, rivelò il segreto al suo confessore, l'abate Antoine Bigou, che era il parroco di Rennes.»

Con lo sguardo fisso sulla stretta strada, Malone cercò d'immaginare come poteva essere la vita in un posto così fuori mano. Quelle valli isolate costituivano un rifugio ideale per fuggiaschi di ogni sorta e persone in cerca di solitudine. Non ci voleva molto a capire perché una zona di quel genere avesse stimolato la fantasia di cercatori di misteri e fondatori di sette bislacche. Era un posto su cui uno scrittore di libri esoterici poteva costruirsi una reputazione.

Come Lars Nelle.

In lontananza apparvero i primi edifici del paese. Malone rallentò, mentre la strada passava sotto un'arcata sorretta da colonne di pietra. Un cartello avvertiva FOUILLES INTERDITES. Vietati gli scavi.

«Hanno dovuto mettere un cartello?» domandò.

Stephanie annuì. «Anni fa, la gente andava ad affondare il piccone in tutti gli angoli alla ricerca del tesoro. Usavano perfino la dinamite. Bisognava interrompere quello scempio.»

La luce del giorno si era affievolita quando giunsero all'ingresso del paese. Gli edifici, in pietra arenaria, erano stretti uno all'altro come libri su uno scaffale. Avevano tetti inclinati, porte robuste e terrazzi con balaustre di ferro arrugginito. Una stretta via pavimentata in ciottoli girava su per una breve salita. Sui marciapiedi c'era gente con zaini sulla schiena e Guide Michelin in mano che andava in entrambe le direzioni, in fila indiana. Malone vide un paio di negozi, una libreria e un ristorante. Vie traverse conducevano dalla strada principale ad altri gruppi di edifici, ma non ce n'erano molti. L'intero paese non era largo più di cinquecento metri.

«La popolazione si aggira sulle cento anime», disse Stephanie. « Anche se ci sono più di cinquantamila visitatori all'anno. »

« Le teorie di Lars hanno avuto un grande effetto. »

« Più di quanto avrei mai creduto. »

Stephanie gli disse di continuare diritto e poi di svoltare a sinistra. Oltrepassarono chioschi dove si vendevano rosari, medaglioni, quadri a olio e altri oggetti per i turisti muniti di macchine fotografiche.

« Arrivano a bordo di pullman stracarichi », spiegò Stephanie. « Disposti a credere all'impossibile. »

Percorsero un'altra salita e parcheggiarono la Peugeot su uno spiazzo di terra battuta. C'erano due pullman, i cui conducenti girellavano qua e là, fumando. Su un lato si alzava la torre dell'acquedotto, in pietre sbrecciate su cui erano dipinti i segni dello zodiaco.

« La gente arriva qui già alle prime ore del mattino », proseguì Stephanie, mentre scendevano. « Vogliono vedere la *domaine d'abbé Saunière*. La casa del prete. Quella che, secondo la leggenda, costruì grazie al ritrovamento del misterioso tesoro. »

Malone si avvicinò a un muretto di sassi, alto circa un metro. Il panorama, più in basso, fatto di campi e boschi, vallate e rocce, si estendeva per chilometri. Le colline verde-argento erano punteggiate di querce e castagni. Controllò gli immediati dintorni. La grande muraglia dei Pirenei, spruzzata di neve, chiudeva l'orizzonte a sud. Da ovest soffiava un vento piuttosto forte, fortunatamente scaldato dal sole pomeridiano.

Malone guardò verso destra. A una trentina di metri di distanza c'era la torre neo-gotica dal tetto crenellato, fornita di una torretta rotonda laterale, che aveva ornato le copertine di molti libri e opuscoli per turisti. Sorgeva sull'orlo di un burrone, con un'aria di truce sfida, come aggrappata alla roccia. Sul suo lato più lontano si estendeva una breve strada panoramica che curvava verso una serra, e, più oltre, c'era un altro gruppo di edifici dai tetti in tegole color arancio. La gente andava su e giù per le rampe, con in mano le macchine fotografiche, ammirando le piccole valli più in basso.

« È la Tour Magdala. Piuttosto notevole, non trovi? » disse Stephanie.

« Sembra fuori posto. »

« L'ho sempre pensato anch'io. »

A destra della Magdala, un giardino ornamentale circondava un edificio compatto, che sembrava anch'esso appartenere a un altro mondo.

« La Villa Béthanie », disse lei. « Saunière costruì anche quella. »

Malone fu incuriosito dal nome: Betania. « È un nome biblico, della Terrasanta. Significa 'casa con una risposta'. »

Lei annuì. « Saunière era bravo coi nomi. » Indicò gli edifici dietro di loro. « La casa di Lars è giù lungo quella strada. Prima di andarci, però, devo fare una cosa. Mentre camminiamo ti dirò quello che successe qui nel 1891. L'ho riletto la settimana scorsa. Ciò che portò questo paese fuori dell'oscurità. »

L'abate Bérengèr Saunière rifletté sull'impressionante lavoro che lo attendeva. La chiesa di Maria Maddalena era stata costruita sulle macerie di un edificio visigoto e consacrata nel 1059. Ora, dopo otto secoli, l'interno era in rovina, a causa di un tetto che faceva acqua come se non ci fosse. Gli stessi muri si stavano sgretolando, e le fondamenta scivolavano via. Sarebbero occorsi pazienza e fatica per riparare i danni, ma lui era convinto di farcela.

Era un uomo rude, muscoloso, con spalle larghe e una fitta capigliatura nera. Uno dei lineamenti più apprezzabili, che usava a suo vantaggio, era la fessura del mento. Aggiungeva un'aria pensosa alla rigida riservatezza degli occhi scuri ombreggiati da folte sopracciglia. Nato e cresciuto a pochi chilometri da lì, nel villaggio di Montazel, conosceva bene la geografia dei Corbières. Fin da bambino frequentava Rennes-le-Château. La sua chiesa, dedicata a santa Maria Maddalena, da decenni veniva usata raramente, e lui non aveva mai immaginato che un giorno avrebbe dovuto farsi carico di tutti quei problemi.

« È un rudere », sentenziò il muratore, di nome Rousset.

« Sono d'accordo », replicò l'abate.

Un altro muratore, Babou, stava puntellando un muro. L'architetto governativo della regione aveva di recente raccomandato che l'edificio fosse abbattuto, ma Saunière non intendeva permettere che ciò accadesse. Nella vecchia chiesa c'era qualcosa che sembrava chiedere di essere salvato.

« Ci vorrà molto denaro per completare le riparazioni », disse Rousset.

« Un'enormità di denaro. » Saunière sorrise, per far capire all'uomo più anziano che si rendeva conto di quella sfida. « Ma renderemo di nuovo questa casa meritevole di ospitare il Signore. »

Ciò che non disse era che aveva già provveduto ad assicurarsi una somma rilevante. Uno dei suoi predecessori aveva lasciato un'eredità di seicento franchi per la ristrutturazione della chiesa. E lui era riuscito a convincere il consiglio del paese ad assegnargli altri millequattrocento franchi. Ma la maggior parte del denaro gli era arrivata in segreto cinque anni prima. Tremila franchi gli erano stati donati dalla contessa di Chambord, la vedova di Henri, l'ultimo Borbone, che reclamava la sovranità sullo scomparso regno di Francia. A quell'epoca Saunière aveva fatto in modo d'attirare molta attenzione su di sé coi suoi sermoni anti-repubblicani, studiati per risvegliare i sentimenti monarchici dei suoi parrocchiani. Il governo gli aveva bloccato lo stipendio, chiedendo inoltre alle autorità religiose di allontanarlo. Il vescovo, invece, lo aveva soltanto sospeso per nove mesi. Ma la sua attività era giunta gradita alla contessa, che si era messa in contatto con lui tramite un intermediario.

« Da dove cominciamo? » domandò Rousset.

Saunière aveva già riflettuto a lungo su quel particolare. Le vetrate colorate erano già state sostituite e il nuovo porticato, fuori dell'ingresso principale, sarebbe stato finito entro poco tempo. Il muro settentrionale, dove stava lavorando Babou, andava senza dubbio riparato, e bisognava installare un altro pulpito. Poi c'era da ricostruire il tetto. Ma lui sapeva dove dovevano mettere mano subito.

« Cominceremo con l'altare. »

Sul volto di Rousset apparve un'espressione incuriosita.

« Il centro dell'attenzione della gente è là », spiegò Saunière.

« Come volete voi, abate. »

Lui apprezzava molto il rispetto che i suoi parrocchiani gli mostravano, benché avesse solo trentotto anni. Negli ultimi cinque anni, Rennes-le-Château aveva finito per piacergli. Era poco distante da casa sua e gli offriva molte opportunità di studiare le Scritture, di perfezionarsi nel latino, nel greco e nell'ebraico. Inoltre amava passeggia-

re, andare a pesca e a caccia. Ma era venuto il tempo di fare qualcosa di costruttivo.

Si avvicinò all'altare. La parte superiore era di marmo bianco, consumato dall'acqua che per secoli era piovuta dai buchi nel soffitto. Il massiccio lastrone era sostenuto da due grossi pilastri, scolpiti tutto intorno con croci visigote e lettere greche.

« Sostituiremo la parte superiore e i pilastri », dichiarò.

« E come, abate? » domandò Rousset. « Non c'è modo di sollevare tutto quel peso. »

Saunière indicò il punto dove lavorava Babou. « Usate quella mazza da spaccapietre. Non c'è bisogno di delicatezza. »

Babou portò il pesante attrezzo e studiò la situazione. Poi, con grande sforzo, l'uomo sollevò la mazza e l'abbatté sul centro dell'altare. Apparve una crepatura, ma il lastrone non si mosse.

« È solido », affermò Babou.

« Riprova », lo invitò Saunière con un gesto espressivo.

Sotto il colpo successivo, il lastrone si spaccò del tutto, e le due metà collassarono una sull'altra nello spazio tra i massicci pilastri.

« Finisci », disse l'abate.

I due pezzi furono rapidamente ridotti in frammenti più piccoli.

Saunière si chinò. « Portiamo via questi scarti. »

« Ci pensiamo noi, abate », disse Babou. « Voi intanto trascinateli da parte. »

I due uomini sollevarono i pezzi più grossi e si avviarono alla porta.

« Portateli nel cimitero e ammucchiateli là. Potranno venirci utili », disse l'abate.

Mentre i muratori uscivano, Saunière notò che entrambi i pilastri erano ancora intatti. Con una scopa tolse i detriti dalla sommità piatta di uno di essi. Sull'altro era rimasto un frammento di marmo, e, quando lui l'ebbe gettato sopra gli altri, notò che era stato messo lì per coprire un foro non più largo della sua mano sulla cima del pilastro. Sicuramente serviva a bloccare il fermo del lastrone orizzontale, ma dentro quella cavità Saunière notò un luccichio.

Si chinò e con cura tolse la polvere.

Sì, all'interno c'era qualcosa.

Una fiala di vetro.

Era lunga quanto il suo dito indice e poco più larga, con l'apertura sigillata da ceralacca rossa. Guardò meglio e vide che nel contenitore c'era un rotolo di carta. Si chiese da quanto si trovasse lì. Non gli risultava che di recente fossero stati fatti dei lavori sull'altare, perciò doveva essere stato riposto lì molto tempo prima.

Tolse l'oggetto dal suo nascondiglio.

« Quella fiala è stata l'inizio di tutto », disse Stephanie.

Malone annuì. « Anch'io ho letto i libri di Lars. Ma credevo che si supponesse che nel pilastro Saunière avesse trovato tre pergamene, con una sorta di messaggio in codice. »

« Questo è tutto parte del mito che altri aggiunsero alla storia. Lars e io ne parlammo. Molte di queste falsità furono inventate negli anni '50 da un locandiere di Rennes che voleva incrementare gli affari. Ogni bugia ne generò un'altra. Lars non accettava l'idea che quelle pergamene esistessero davvero. Il loro fantomatico contenuto è stato pubblicato in innumerevoli libri, ma nessuno ha mai visto gli originali. »

« Allora perché Lars le menzionò nei suoi libri? »

« Per vendere più copie. L'idea non gli piaceva, ma lo fece ugualmente. Diceva sempre che qualunque cosa Saunière trovò nel 1891 in quella fiala avrebbe potuto essere rintracciata. Ma era il solo a crederci. » Stephanie indicò una costruzione in pietra. « Quello è il presbiterio, dove abitava Saunière. Adesso è un museo dedicato a lui. Il pilastro col piccolo foro è lì, perché tutti lo possano vedere. »

Oltrepassarono un chiosco affollato dai turisti e proseguirono sulla strada rozzamente pavimentata.

« La chiesa di Maria Maddalena », proseguì la donna, indicando un edificio in stile romanico. « Un tempo era la cappella dei baroni del posto. Ora, per pochi euro, si può vedere la grande creazione dell'abate Saunière. »

« Mi sembra di capire che non approvi questa sorta di spettacolarizzazione. »

« Esatto. »

Sulla destra Malone vide i resti di un castello. « Quella era la dimora degli Hautpoul », spiegò Stephanie. « Andò distrutta durante la Rivoluzione, e da allora è un mucchio di macerie. »

Girarono dietro l'ala più lontana della chiesa e passarono sotto un'arcata in pietra su cui erano incisi quelli che sembravano un teschio e delle ossa incrociate. Lui ricordava di aver letto sul libro sfogliato la sera precedente che quel simbolo appariva su molte tombe dei templari.

Il terreno oltre l'ingresso era cosparso di ghiaia. Malone sapeva come i francesi chiamavano quello spazio: *enclos paroissiaux,* « chiostro parrocchiale ». E il cimitero sembrava tipico. Un lato delimitato da un basso muro, l'altro dalla chiesa stessa, con l'ingresso simile a un piccolo arco di trionfo. Il camposanto ospitava una profusione di pietre tombali, lapidi e monumenti. Su alcune tombe c'erano dei fiori, e su molte era incastonata la fotografia dei deceduti.

Stephanie s'incamminò verso una tomba su cui non c'erano fiori né immagini. Malone la lasciò andare avanti. Sapeva che Lars Nelle era stato così amato dagli abitanti del paese, che gli avevano concesso il privilegio di essere sepolto nel loro cimitero.

La lapide era semplice e riportava solo il nome, le date di nascita e morte, e un epitaffio: MARITO, PADRE, STUDIOSO.

Malone si fermò accanto alla donna.

« Non hanno avuto nessuna esitazione nel seppellirlo qui », mormorò Stephanie.

Lui sapeva cosa intendeva dire. In terra consacrata.

« Il sindaco, a quel tempo, disse che non c'era nessuna prova certa che si fosse suicidato. Lui e Lars si conoscevano bene, e volle che il suo amico fosse sepolto qui. »

« È il posto più adatto », replicò Malone.

Stephanie stava soffrendo, lui se ne accorse, ma riconoscere quel dolore sarebbe stata un'invasione della sua intimità.

« Ho fatto molti sbagli con Lars », disse lei. « Che alla fine mi sono costati anche Mark. »

« Il matrimonio non è tutto rose e fiori. » Anche il suo era fallito, per colpa dell'egoismo. « E non lo è neppure il mestiere di madre. »

« Ho sempre pensato che la passione di Lars fosse stupida. Io ero una funzionaria del governo e facevo cose importanti, lui cercava l'impossibile. »

« Allora perché sei qui? »

Lo sguardo della donna restò sulla tomba. « Sono arrivata a capire che gli devo qualcosa. »

« O devi qualcosa a te stessa? »

Stephanie volse le spalle alla tomba. « Forse devo qualcosa a entrambi. »

Lui lasciò cadere l'argomento.

Stephanie indicò l'angolo più lontano. « La donna di Saunière è sepolta là. »

Malone sapeva a chi si riferiva dai libri di Lars. Era sedici anni più giovane di Saunière, appena una diciottenne, quando aveva lasciato il suo lavoro in una manifattura di cappelli ed era diventata la governante dell'abate. Gli era rimasta accanto per trentun anni, fino alla morte di lui nel 1917. Tutto ciò che Saunière aveva acquistato era stato intestato a lei, comprese le terre e i depositi bancari, cosa che in seguito aveva reso impossibile a ogni altro, inclusa la Chiesa, di reclamare quei beni. Lei aveva continuato a vivere a Rennes, vestendosi di sobri abiti scuri e comportandosi stranamente come quando il suo amante era vivo, fino alla sua morte, nel 1953.

« Era una donna bizzarra », disse Stephanie. « Fece una dichiarazione, molto dopo la morte di Saunière, sul fatto che con quanto lui le aveva lasciato si sarebbe potuto mantenere tutto il paese per cent'anni. Ma lei visse in povertà fino al giorno della sua morte. »

« Qualcuno ha mai saputo perché? »

« La sola cosa che disse in merito fu: *Io non posso toccarlo.* »

« Credevo che tu non sapessi molto di queste vicende. »

« Infatti, fino alla settimana scorsa. I libri e il diario erano pieni d'informazioni. Lars trascorse diverso tempo interrogando la gente del posto. »

« Dunque deve essersi sentito raccontare le stesse cose anche due o tre volte. »

« Per quanto riguarda Saunière, è così. Ma la sua donna visse fin negli anni '50, così negli anni '70 e '80 c'era ancora in giro molta gente che l'aveva conosciuta. Vendette Villa Béthanie nel 1946 a un uomo di nome Noël Corbu. Fu lui a convertirla in un albergo: è il locandiere cui ho accennato, quello che mise in giro false informazioni su Rennes. La donna promise a Corbu che gli avrebbe rivelato il grande segreto di Saunière, ma verso la fine della sua vita ebbe un colpo apoplettico e perse la capacità di comunicare. »

S'incamminarono attraverso il cimitero, con la ghiaia che crepitava sotto i loro piedi a ogni passo.

« Una volta anche Saunière era sepolto qui, accanto a lei, ma il sindaco disse che la tomba era in pericolo, a causa dei cercatori di tesori. » Stephanie scosse il capo. « Così, alcuni anni fa, tirarono fuori la bara e la spostarono in una tomba monumentale, nel giardino. Ora vedere la tomba costa tre euro... L'assicurazione del cadavere, suppongo. »

Malone notò il suo sarcasmo.

Lei gli indicò le due tombe. « Sono già venuta in questo cimitero, anni fa. Quando Lars capitò qui per la prima volta, verso la fine degli anni '60, sulle tombe c'erano soltanto due croci corrose, sopraffatte dalle erbacce. Nessuno le accudiva. Saunière e la sua amante erano stati del tutto dimenticati. »

Una catena di ferro circondava le tombe e nei vasetti di cemento c'erano dei fiori freschi. Malone lesse l'epitaffio su una di esse.

QUI GIACE BÉRENGÈR SAUNIÈRE
PARROCO DI RENNES-LE-CHÂTEAU
1853-1917
MORÌ IL 22 GENNAIO 1917 A 64 ANNI

« Ho letto da qualche parte che la lapide era troppo fragile per spostarla », disse lei, « così la lasciarono qui. Più roba da vedere per i turisti. »

Malone guardò la tomba della donna. « Lei non era un bersaglio per i cacciatori di tesori? »

« Evidentemente no, visto che l'hanno lasciata qui. »

« La loro relazione non fu uno scandalo? »

Lei scrollò le spalle. « Qualunque fosse la ricchezza di cui Saunière era venuto in possesso, la usò bene. Hai notato la torre dell'acquedotto in fondo al parcheggio? La fece costruire per il paese. Inoltre pavimentò strade, riparò case, prestò soldi a chi era in difficoltà. Così fu perdonato, quali che fossero le sue debolezze. E non era insolito che un prete, a quell'epoca, avesse una governante che gli teneva la casa. O, almeno, questo è ciò che ha scritto Lars in uno dei suoi libri.»

Un gruppo di visitatori girò l'angolo, dietro di loro, e fece rotta verso le tombe.

«Qui la gente viene a curiosare», disse Stephanie, con un filo di disprezzo nella voce. «Mi chiedo se agirebbero così anche a casa loro, nei cimiteri dove sono sepolti i loro cari.»

La frotta vociante si avvicinò e la guida cominciò a parlare della donna di Saunière. Stephanie si allontanò, e Malone la seguì.

«Per loro questa è soltanto un'attrazione», proseguì Stephanie sottovoce. «Vengono a esaminare la chiesa e le decorazioni, nell'ipotesi che Saunière abbia lasciato da qualche parte indizi che conducano al supposto tesoro. Non riesco a immaginare come si possa credere a certe frottole.»

«Non era di questo che scriveva Lars?»

«In un certo senso. Ma pensaci, Cotton: anche se il prete avesse scoperto un tesoro, perché lasciare una mappa affinché qualcun altro lo possa trovare? Costruì tutto questo durante la vita. L'ultima cosa che avrebbe voluto era che qualche estraneo arraffasse ciò che era suo.» Stephanie scosse il capo. «Tutto questo fa salire le vendite di un libro, ma non è logica.»

Malone stava per farle altre domande, quando notò che lei stava guardando un altro angolo del cimitero, oltre una scala di pietra che scendeva verso una quercia sotto cui c'erano altre lapidi. Nell'ombra, vide una tomba recente, decorata con bouquet di fiori colorati. Le lettere dai riflessi argentei luccicavano sul grigio e opaco granito della lapide.

Stephanie si avviò da quella parte e lui la seguì.

«Oh, santo cielo», disse lei, con espressione preoccupata.

Malone lesse il nome. ERNST SCOVILLE. Poi guardò le date e fece il calcolo. L'uomo aveva settantatré anni al momento della morte.

Avvenuta la settimana precedente.

«Lo conoscevi?» le domandò.

«Ho parlato con lui tre settimane fa. Giusto dopo aver ricevuto il diario di Lars.» I suoi occhi erano inchiodati sulla tomba. «Era una delle persone che collaboravano con Lars e con cui intendevo parlare.»

«Gli hai detto cosa progettavi di fare?»

Stephanie annuì lentamente. «Gli ho parlato dell'asta, del libro e del fatto che stavo per venire in Europa.»

Malone non riusciva a credere alle sue orecchie. «Ma ieri sera hai detto che nessuno sapeva niente!»

«Ho mentito.»

17

Abbaye des Fontaines,
ore 13.00

De Roquefort era compiaciuto. Il suo primo confronto col siniscalco si era concluso con una risonante vittoria. Soltanto sei maestri erano stati contestati con successo nella storia dell'Ordine: i peccati di quegli uomini erano stati furto, codardia o passione per una donna. Ma quei casi erano tutti avvenuti nei decenni successivi al 1307, la data della condanna per eresia, quando la confraternita era debole e in preda al caos. Sfortunatamente la pena comminata in seguito a una contestazione era più simbolica che punitiva. Il periodo in cui il maestro era rimasto in carica sarebbe stato comunque scritto nelle Cronache, i suoi fallimenti e i suoi successi registrati con scrupolo, ma una nota avrebbe proclamato che i fratelli l'avevano giudicato *immeritevole di memoria*.

Nelle ultime settimane i suoi sottotenenti si erano assicurati che la percentuale richiesta dei fratelli, i due terzi, avrebbe votato a favore e mandato così un messaggio al siniscalco. Quello stupido presuntuoso doveva sapere quanto sarebbe stata difficile la battaglia che lo attendeva. Vero, l'offesa di essere stato contestato non significava niente per il maestro. Sarebbe stato sepolto insieme coi suoi predecessori in ogni caso. No, quella mossa aveva avuto soprattutto lo scopo di far abbassare la cresta al suo supposto successore... e di motivare gli alleati. Era una pratica antica, inserita nella Regola in un'epoca in cui l'onore e la memoria avevano ancora un significato. Adesso lui l'aveva usata come uno strumento: la salva d'apertura nella battaglia che sarebbe cominciata al tramonto.

Sarebbe stato lui il prossimo maestro.

I Poveri Soldati di Cristo e del Tempio di Salomone esistevano dal 1118. Filippo IV di Francia, che era stato investito del deprecabile soprannome di Filippo il Bello, aveva cercato di sterminarli nel 1307. Ma come il siniscalco, anche lui aveva sottovalutato i suoi avversari, ed era soltanto riuscito a far passare l'Ordine nella clandestinità.

Una volta, decine di migliaia di fratelli dirigevano truppe, templi e castelli in novemila tenute sparse per l'Europa e la Terrasanta. La sola vista di un cavaliere vestito di bianco e col simbolo della croce rossa spargeva la paura tra i nemici. Ai fratelli era garantita l'immunità dalla scomunica e non veniva loro chiesto il pagamento delle tasse feudali. L'Ordine poteva tenere il suo bottino di guerra. Sottoposti solo al papa, i Cavalieri Templari erano una nazione a sé stante.

Ma per settecento anni non era stata combattuta nessuna battaglia. L'Ordine si era invece ritirato in un'abbazia tra i Pirenei, comportandosi come una semplice comunità monastica. Erano stati mantenuti i contatti coi vescovi di Perpignano e svolti tutti i doveri verso la Chiesa Romana. Non era accaduto niente che potesse attirare l'attenzione su di loro, disturbare la vita dell'abbazia o indurre qualcuno a indagare su ciò che accadeva tra quelle mura. Tutti i fratelli facevano due voti. Uno alla Chiesa, per necessità. L'altro alla confraternita. Gli antichi riti venivano ancora ufficiati, anche se con la protezione delle tenebre, dietro spesse mura, con le porte dell'abbazia chiuse.

E tutto per la Grande Eredità.

La paradossale futilità di quel dovere lo disgustava. L'Ordine esisteva per sorvegliare l'Eredità, ma l'Eredità non sarebbe esistita se non fosse stato per l'Ordine.

Una contraddizione, senza dubbio. E tuttavia un dovere.

La sua intera vita era stata solo il preludio alle ore successive. Abbandonato dai genitori, era stato allevato dai gesuiti in un istituto religioso presso Bordeaux. Al Principio, i fratelli erano per la maggior parte criminali pentiti, amanti delusi, disadattati. Adesso provenivano da ogni strato sociale. Il mondo secolare forniva la maggior parte delle reclute, ma i veri capi erano prodotti della società religiosa. Gli ultimi dieci maestri avevano vantato tutti un'educazione clericale. La sua era cominciata all'università, a Parigi, per completarsi infine al seminario di Avignone. Era rimasto là a insegnare per tre anni, prima che l'Ordine lo avvicinasse. Poi aveva abbracciato la Regola con incrollabile entusiasmo.

Nei suoi cinquantasei anni di vita, de Roquefort non aveva mai conosciuto la carne di una donna, né era stato tentato da un uomo. Sapeva che il maestro lo aveva promosso maresciallo per placare le sue ambizioni, forse anche per tendergli una trappola, perché poteva procurargli abbastanza nemici da rendere impossibili altri avanzamenti. Ma lui aveva usato la sua posizione con saggezza, facendosi degli amici e costruendo una fitta rete di contatti. La vita monastica gli si adattava. Negli ultimi dieci anni aveva studiato a fondo le Cronache, e adesso era esperto in ogni aspetto - buono e cattivo - della storia dell'Ordine. Non avrebbe ripetuto gli errori del passato. Credeva con fervore che al Principio l'isolamento autoimposto della confraternita fosse ciò che aveva accelerato la sua caduta. La segretezza portava con sé un'aura di sospetto, che spesso induceva alla paura. Quel sistema doveva finire e il silenzio di settecento anni doveva essere interrotto.

Il suo momento era venuto.

La Regola era chiara.

È stabilito che, quando qualsiasi cosa sarà ordinata dal maestro, non dovranno esserci esitazioni e la cosa dovrà essere fatta senza ritardo, come se fosse ordinata dal Cielo.

Il telefono sulla sua scrivania emise una nota bassa e lui alzò il ricevitore.

Era il vice maresciallo. « I nostri due fratelli a Rennes-le-Château hanno riferito che Stephanie Nelle e Cotton Malone sono là. Come lei aveva previsto, la donna è andata subito al cimitero e ha trovato la tomba di Ernst Scoville. »

Era un bene conoscere i propri nemici. « I nostri fratelli dovranno limitarsi a osservare, ma che si tengano pronti ad agire. »

« Circa l'altra faccenda su cui ha chiesto di indagare, non abbiamo ancora la minima idea di chi abbia aggredito i fratelli a Copenhagen. »

Lui odiava sentire rapporti di fallimenti. « Tutto è pronto per questa sera? »

« Certo. »

«In quanti si sono uniti al siniscalco nella Sala dei Padri?»

«In trentaquattro.»

«Tutti identificati?»

«Tutti.»

«A ciascuno di loro darete una possibilità di unirsi a noi. Se non accettassero, sapete cosa fare. Assicuratevi, però, che la maggior parte accetti. Questo non dovrebbe essere un problema. A pochi piace schierarsi dalla parte perdente.»

«Il concistoro comincerà alle sei della sera.»

Il siniscalco, se non altro, ottemperava ai suoi doveri, convocando l'assemblea dei fratelli prima del tramonto. Il concistoro, una procedura studiata apposta per prevenire le manipolazioni, era l'unica variabile pericolosa in quella situazione, ma de Roquefort si era preparato anche per quell'occasione.

«Siate pronti», disse. «Il siniscalco cercherà di accelerare i tempi per creare confusione. È così che il suo maestro riuscì a farsi eleggere.»

«Non prenderà bene la sconfitta.»

«Non mi aspetto che lo faccia. È per questo che ho una sorpresa per lui.»

18

Rennes-le-Château,
ore 13.30

Malone e Stephanie s'incamminarono nel piccolo paese affollato. L'ennesimo pullman girò per la via centrale e si fece strada verso il parcheggio. A metà della via, Stephanie entrò in un ristorante e parlò col proprietario. Malone adocchiò dei pesci dall'aspetto appetitoso che alcuni clienti stavano degustando, ma sapeva che il pranzo avrebbe dovuto aspettare.

Era ancora irritato per la menzogna di Stephanie. O lei non gradiva il suo aiuto o non capiva la gravità della situazione. Degli individui determinati, capaci di uccidere e di morire per ciò in cui credevano, stavano cercando qualcosa. Lui aveva già dovuto confrontarsi con persone di quel genere, e più informazioni possedeva migliori sarebbero state le possibilità di successo. Era già abbastanza difficile trattare con un avversario, ma doversi preoccupare anche di un alleato complicava la situazione.

Mentre si allontanavano dal ristorante, Stephanie disse: « Ernst Scoville è stato investito da un'auto la settimana scorsa, mentre faceva la sua passeggiata quotidiana fuori delle mura. Era benvoluto da tutti. Abitava qui da molto tempo ».

« Si sa qualcosa di quell'auto? »

« Non ci sono testimoni. Niente su cui indagare. »

« Conoscevi Scoville? »

« Sì, ma non gli ero molto simpatica. Ci siamo parlati poche volte. Nelle discussioni prendeva le parti di Lars. »

« Allora perché hai telefonato a lui? »

« Era l'unico cui potevo chiedere qualcosa sul diario di Lars. È stato cortese, considerando che non ci parlavamo da anni. Voleva vedere il diario. Così ho pensato di riallacciare un po' i nostri rapporti, già che venivo qui. »

Malone si chiese cosa le passasse per la testa. Cattivo sangue col marito, col figlio e con gli amici del marito. L'origine del suo senso di colpa era chiara, ma ciò che pensava di fare per rimediare restava un mistero.

Stephanie gli accennò di seguirla. « Voglio controllare la casa di Ernst. Aveva una discreta biblioteca. Mi piacerebbe vedere se i suoi libri sono ancora al loro posto. »

« Aveva una moglie? »

« No, era un tipo solitario. Se fosse vissuto in un'altra epoca, forse sarebbe stato un eremita. »

Si avviarono giù per una strada laterale, tra file di edifici costruiti per gente morta da secoli.

« Credi davvero che ci sia un tesoro nascosto da qualche parte? » domandò Malone.

« Difficile dirlo. Lars sosteneva che il novanta per cento della storia su Saunière fosse fantasia. Io lo rimproveravo perché perdeva tempo con una stupidaggine di questo genere. Ma lui replicava sempre che restava un dieci per cento di verità. Era questo ad affascinarlo, e attraeva non poco anche Mark. Evidentemente qui sono accadute delle strane cose, un centinaio d'anni fa. »

« Ti riferisci ancora a Saunière? »

Lei annuì.

« Aiutami a capire. »

« In realtà anch'io avrei bisogno di essere aiutata a capire. Ma posso dirti quello che so di Bérengèr Saunière. »

« Non posso lasciare una parrocchia alla quale sono profondamente legato », disse Saunière al vescovo. Era di fronte all'anziano uomo di Chiesa, nel palazzo episcopale di Carcassonne, trenta chilometri a nord di Rennes-le-Château.

Aveva evitato quel colloquio per mesi, servendosi delle certificazioni del suo medico che l'aveva dichiarato malato e impossibilitato a viaggiare.

Ma il vescovo era stato insistente, e l'ultima richiesta di presentarsi a lui gli era stata portata da una guardia municipale che aveva l'ordine di tornare indietro in sua compagnia.

« Il vostro stile di vita si potrebbe definire grandioso », insinuò il vescovo. « Vorrei avere un preciso resoconto delle vostre risorse monetarie, che si direbbero tanto notevoli quanto improvvise. »

« Ahimè, monsignore, voi mi chiedete la sola cosa che non mi è dato rivelare. Somme considerevoli mi sono state donate da molti peccatori ai quali, con l'aiuto di Dio, ho mostrato la via del pentimento. Non posso tradire il segreto del confessionale rivelandovi i loro nomi. »

Il vescovo parve considerare l'argomento. Era valido, e poteva funzionare. « Allora parliamo del vostro stile di vita. Questo non è protetto dal segreto del confessionale. »

Saunière finse un ingenuo stupore. « Il mio stile di vita è abbastanza modesto. »

« Non è quello che mi hanno riferito. »

« Le vostre informazioni devono essere lacunose. »

« Vediamo. » Il vescovo aprì un grosso registro posto sulla sua scrivania. « Ho fatto eseguire un inventario, ed è piuttosto interessante. »

A Saunière non piacque il tono di quelle parole. I suoi rapporti col vescovo precedente erano stati vaghi e cordiali, e lui aveva sfruttato quella libertà. Il nuovo vescovo si comportava in maniera diversa.

« Nel 1891 avete cominciato a rinnovare la chiesa parrocchiale. A quel tempo faceste sostituire le finestre, costruire un portico, installare un altare e un pulpito nuovi, e riparare il tetto. Per una spesa di circa duemiladuecento franchi. L'anno seguente ricostruiste i muri esterni e faceste sostituire il pavimento. Poi venne un nuovo confessionale, costato settecento franchi, alcune statue e un crocifisso scolpiti a Tolosa da Giscard pagati tremiladuecento franchi. Nel 1898 fu aggiunto un mezzobusto di marmo, quattrocento franchi. Poi, nel 1900, un bassorilievo di Maria Maddalena, mi si dice molto elaborato, installato sulla parte anteriore dell'altare. »

Saunière si limitava ad ascoltare. Ovviamente il vescovo si era informato sulle spese della parrocchia. Il precedente tesoriere aveva dato le dimissioni qualche anno prima, dichiarando che i suoi doveri erano contrari alla sua fede. Era chiaro che qualcuno aveva indagato.

« Io sono subentrato in questa sede nel 1902 », proseguì il vescovo. « Nei successivi otto anni ho cercato – invano, potrei aggiungere – di convocarvi alla mia presenza per rispondere alle mie preoccupazioni.

E durante questo periodo voi avete fatto costruire Villa Béthanie, accanto alla chiesa. Mi è stato detto che si tratta di un edificio borghese, un miscuglio di stili, tutto in pietra tagliata. Ci sono finestre con vetrate decorate, una sala da pranzo, un salotto e camere da letto per gli ospiti. Pochi ospiti scelti, mi si dice. Ed è là che li intrattenete.»

Quel commento era senza dubbio inteso a sollecitare una risposta, ma Saunière non replicò.

« Poi c'è la Tour Magdala, con la vostra follia di una biblioteca da cui si gode il panorama della vallata. Mi si riferisce che alle pareti ci sono dei pregiatissimi lavori in legno. A ciò si aggiunge la vostra collezione di stampe e francobolli, che è enorme, senza considerare quella di animali esotici. Il tutto per un costo di molte migliaia di franchi.» Il vescovo chiuse il registro. « Il vostro stipendio di parroco non supera i duecentocinquanta franchi l'anno. Com'è stato possibile accumulare tutti questi beni? »

« Come ho detto, monsignore, sono stato oggetto di molte donazioni private, da parte di anime che desideravano veder prosperare la mia parrocchia.»

« Voi avete venduto delle messe », dichiarò il vescovo. « Avete posto in vendita i sacramenti. La simonia è il crimine da voi commesso.»

Saunière era stato avvertito che gli sarebbe stata elevata quell'imputazione. « Perché mi rimproverate? La mia parrocchia, quando vi giunsi, era in uno stato miserevole. Dopotutto è dovere dei miei superiori assicurare a Rennes-le-Château una chiesa degna dei fedeli e un'abitazione decente per il pastore. Ma per un quarto di secolo io ho lavorato per ricostruire e abbellire la chiesa senza chiedere un centesimo alla diocesi. Credo di meritare le vostre congratulazioni, invece di un'accusa.»

« Quanto dichiarate di aver speso in tutti questi anni? »

« Centonovantatremila franchi.»

Il vescovo rise. « Abate, con questa somma non avreste comprato neanche i mobili, le statue e i vetri istoriati. Secondo i miei calcoli, avete speso oltre settecentomila franchi.»

« Io non sono pratico di fatturazioni, così non posso dire quali sono stati i costi. Tutto ciò che so è che i fedeli di Rennes-le-Château amano la loro chiesa.»

« Le autorità riferiscono che voi ricevete da cento a centocinquanta

vaglia postali al giorno. Provengono dal Belgio, dall'Italia, dalla Renania, dalla Svizzera e da tutta la Francia. Vanno dai cinque ai quaranta franchi ciascuno. Poi andate alla banca di Couiza, dove vengono convertiti in denaro liquido. Come lo spiegate?»

« Tutta la mia corrispondenza è curata dalla mia governante. Lei apre le lettere e risponde alle richieste. La vostra domanda dovrebbe essere rivolta a lei.»

« Siete voi quello che si presenta alla banca.»

« Le ripeto che dovreste chiedere spiegazioni alla mia governante.»

« Sfortunatamente lei non è sottoposta alla mia autorità.»

Saunière si strinse nelle spalle.

« Abate, voi trafficate in messe. È chiaro, almeno a me, che tutte le lettere recapitate alla vostra parrocchia non sono biglietti d'auguri. Ma c'è qualcos'altro, ancora più preoccupante.»

Saunière mantenne il silenzio.

« Ho fatto un calcolo. A meno che non veniate pagato una somma esorbitante per ogni messa – e l'ultima volta che mi sono informato, il prezzo richiesto era di cinquanta centesimi –, voi dovreste aver detto messa ventiquattr'ore al giorno per trecento anni, per accumulare le somme che avete speso. No, abate, il traffico di messe è una facciata, un espediente da voi escogitato per mascherare la vera origine della vostra fortuna.»

Quell'uomo era più intelligente di quello che sembrava.

« Avete una risposta?»

« No, monsignore.»

« Allora siete sollevato dal vostro incarico a Rennes e vi metterete immediatamente a disposizione della parrocchia di Coustouge. Inoltre siete sospeso, senza il diritto di dire messa o amministrare i sacramenti, fino a nuovo ordine.»

« E quanto durerà questa sospensione?» domandò Saunière con calma.

« Finché la Corte Ecclesiastica deciderà sul vostro appello, che sono certo presenterete il prima possibile.»

« Saunière fece appello », disse Stephanie. « Però morì nel 1917 senza aver avuto soddisfazione. Ciò che fece, tuttavia, fu di abbandonare la Chiesa per non andarsene da Rennes. Celebrava la messa a Villa Béthanie, e gli abitanti del paese, che gli volevano bene, boicottarono il nuovo abate. Non dimenticare che tutte le terre intorno alla chiesa, compresa la villa, erano intestate alla donna di Saunière. In questo fu astuto. Perciò la diocesi non poté fargli niente.»

«Ma come pagò tutte quelle opere?»

Stephanie sorrise. «Questa è la domanda cui molti hanno cercato la risposta, incluso mio marito.» Svoltarono lungo un'altra strada, chiusa tra altre case malinconiche il cui colore era quello del legno scortecciato e morto. «Ernst abitava lassù.»

Si avvicinarono a un edificio ancor più vecchio degli altri, rallegrato da tralci di rose che si arrampicavano su una pergola in ferro. Tre gradini conducevano alla porta, in una rientranza.

Malone salì, guardò dentro attraverso i vetri della porta e non vide nessun segno di abbandono. «Il posto sembra in ordine.»

«Ernst era maniaco della precisione.»

Malone provò ad aprire la porta, ma era chiusa.

«Mi piacerebbe entrare», disse Stephanie, dalla strada.

Lui si guardò intorno. Cinque o sei metri più a sinistra la strada terminava contro un muro. Più in alto, splendeva un cielo azzurro punteggiato di nuvole. Non si vedeva nessuno. Si voltò e con un gomito sfondò un vetro, poi infilò una mano dentro e aprì la serratura.

«Dopo di te», disse a Stephanie.

19

Abbaye des Fontaines,
ore 14.00

Il siniscalco aprì la cancellata e precedette il corteo oltre l'antica arcata. L'ingresso al sotterraneo della Sala dei Padri era situato entro le mura dall'abbazia, al termine di un lungo corridoio, dove uno degli edifici più vecchi arrivava a contatto della roccia. Millecinquecento anni prima, alcuni monaci avevano cominciato ad abitare nelle caverne naturali, occupandone i lugubri recessi. Più tardi, man mano che altri penitenti si univano ai monaci, erano stati costruiti degli edifici e nei secoli l'abbazia aveva visto un proliferare di costruzioni che era continuato anche sotto i Cavalieri Templari, sopravvenuti in incognito come proprietari alla fine del XIII secolo. La casa madre dell'Ordine – la *maison chévetaine*, come la chiamava la Regola – era stata dapprima a Gerusalemme, poi ad Acri, quindi a Cipro e, da ultimo, lì, dopo lo scioglimento dell'Ordine nel 1307. Il complesso era stato infine circondato con bastioni e torri, e l'abbazia era diventata uno degli edifici più grandi d'Europa, isolata e inaccessibile grazie sia ai Pirenei sia alla Regola. Era stata battezzata così per via del vicino fiume, delle cascate e dell'abbondanza di sorgenti sotterranee. Abbaye des Fontaines. Abbazia delle Fontane.

Il siniscalco scese gli stretti scalini scavati nella roccia. Le suole dei suoi sandali di corda scivolavano sull'umida pietra. Dove una volta c'erano state torce a bitume, ora lampadine elettriche illuminavano il percorso. Alle sue spalle venivano i trentaquattro confratelli che avevano deciso di unirsi a lui. In fondo alle scale proseguirono finché il tunnel non si aprì in un locale dal soffitto a volta. Al centro campeggiava una colonna, come il tronco di un albero antico.

I fratelli si radunarono lentamente intorno alla bara di quercia, che era già stata portata lì e deposta su un catafalco di pietra. Il loro canto si levava malinconico attraverso nuvole d'incenso.

Il siniscalco si fece avanti e il canto tacque. «Siamo qui per onorarlo. Preghiamo», disse in francese.

Gli altri obbedirono, poi fu cantato un inno: «Il nostro maestro ci ha guidato bene. Tu che sei fedele alla sua memoria, rincuorati. Lui sarebbe stato orgoglioso».

Trascorsero alcuni secondi di silenzio.

«Cosa ci attende?» domandò con calma uno dei confratelli.

Parlare di politica nella Sala dei Padri non era appropriato, ma vista l'atmosfera d'apprensione il siniscalco si concesse uno strappo alla tradizione. «Incertezza. Il confratello de Roquefort è pronto a prendere il potere. Quelli di voi che sono stati scelti per il conclave dovranno lavorare duramente per fermarlo.»

«Lui sarà la nostra rovina», mormorò un altro confratello.

«Anch'io sono di questo parere», disse il siniscalco. «Lui pensa che dovremmo in qualche modo vendicare torti vecchi di settecento anni. Anche se potessimo, a che scopo? Noi siamo sopravvissuti.»

«I suoi seguaci stanno facendo pressione con molta durezza. Chi gli si oppone viene punito.»

Il siniscalco sapeva che era per questo se così pochi l'avevano seguito nella Sala. «I nostri antenati fronteggiarono molti nemici. In Terrasanta combatterono i saraceni e morirono con onore. Qui sopportarono le torture dell'Inquisizione. Il nostro maestro, de Molay, fu messo al rogo. Il nostro compito è di restare fedeli.» Parole deboli, lo sapeva, ma dovevano essere dette.

«De Roquefort vuole la guerra contro i nostri nemici. Uno dei suoi seguaci mi ha detto che intende perfino riprendersi la sindone.»

Il siniscalco fece una smorfia. Altri fratelli avevano già proposto quel genere di sfida, ma ogni maestro aveva respinto l'iniziativa. «Dobbiamo fermarlo nel conclave. Fortunatamente lui non può controllare il procedimento di selezione.»

«Quell'uomo mi spaventa», affermò un fratello, e il silenzio che seguì indicò che anche gli altri la pensavano allo stesso modo.

Dopo un'ora di preghiera, il siniscalco diede il segnale. Quattro portatori vestiti con tonache scarlatte sollevarono la bara del maestro.

Il siniscalco si avviò verso le due colonne di porfido rosso tra le quali c'era la Porta d'Oro. Quel nome non aveva origine dalla sua composizione, ma da ciò che una volta era conservato dietro di essa.

Quarantatré maestri giacevano nei loro *loculi* sotto un soffitto di roccia liscia dipinto di blu, sul quale una miriade di stelle dorate rifletteva la luce. I corpi erano da tempo diventati polvere. I resti erano conservati in piccoli ossari su ciascuno dei quali c'era il nome del maestro e la data in cui aveva prestato servizio. Sulla destra c'erano delle nicchie vuote, una delle quali avrebbe ospitato la salma del maestro durante l'anno successivo. In seguito un fratello sarebbe venuto a trasferire le ossa in un ossario. Quell'usanza, che l'Ordine rispettava da sempre, derivava dalle pratiche funebri degli ebrei in Terrasanta, al tempo di Cristo.

I portatori deposero la bara nella cavità assegnata. Nella penombra regnava una profonda tranquillità.

Nella mente del siniscalco lampeggiavano ricordi del suo mentore. Il maestro era il figlio più giovane di un ricco commerciante belga. Si era avvicinato alla Chiesa senza una ragione precisa, ma soltanto perché aveva capito di doverlo fare. Era stato reclutato da uno dei molti viaggiatori dell'Ordine, fratelli sparsi in ogni angolo del globo i quali erano benedetti dal dono di riconoscere i proseliti. Il maestro si era ben adattato alla vita monastica. E, sebbene non fosse di elevati natali, dopo la morte del suo predecessore i fratelli riuniti in conclave avevano gridato all'unisono: « Che egli sia il maestro ». Così aveva prestato giuramento: *Io offro me stesso a Dio onnipotente e alla Vergine Maria per la salvezza della mia anima, e così rimarrò per tutti i giorni della mia vita consacrata, fino al mio ultimo respiro.*

Il siniscalco aveva fatto lo stesso voto. Concesse ai suoi pensieri di tornare al Principio dell'Ordine: le grida di guerra, i gemiti dei fratelli feriti o morenti, i lamenti angosciati di coloro che seppellivano chi non era sopravvissuto alla battaglia. Quella era stata la vita dei templari. Primi a scendere in campo, ultimi a ritirarsi. Raymond de Roquefort apparteneva a quell'epoca. Ma perché? Nel 1307, quando la Chiesa e lo Stato si erano rivoltati contro i templari, lo avevano fatto senza mostrare nessun riguardo per i loro duecento anni di fedele servizio. Molti fratelli erano stati messi al rogo, altri torturati e menomati per la vita, e tutto per semplice avidità. Per il mondo moderno i templari erano una leggenda, un ricordo del lontano passato. A nessuno importava che esistessero, così, raddrizzare ogni ingiustizia sembrava senza speranza.

I morti dovevano restare tali.

Il siniscalco guardò ancora i contenitori di pietra, poi congedò i fratelli, salvo uno. Il suo assistente. Aveva bisogno di parlargli da solo. Il giovane si avvicinò.

« Dimmi, Geoffrey », domandò il siniscalco, « tu e il maestro avete complottato? »

Gli occhi scuri dell'altro lampeggiarono di sorpresa. « Che cosa intendi? »

« Prima di morire, il maestro ti ha chiesto di fare qualcosa? Andiamo, su, non mentirmi. Lui se n'è andato, mentre io sono qui. » Pensava che far pesare il suo rango gli avrebbe reso più facile sapere la verità.

« Sì, siniscalco. Ho spedito due cose per lui. »

« Dimmi della prima. »

« Un pacchetto solido e pesante, come un libro. L'ho portato alle poste quand'ero ad Avignone, più di un mese fa. »

« E la seconda? »

« L'ho spedita domenica da Perpignano. Una lettera. »

« A chi era indirizzata? »

« Ernst Scoville, a Rennes-le-Château. »

Il fratello più giovane si accigliò, e il siniscalco vide la sua espressione farsi perplessa e insospettita. « Qualcosa non va? »

« Il maestro era sicuro che mi avresti fatto queste domande. »

Quella notizia intensificò l'attenzione del siniscalco.

« Ha detto che, quando me le avessi fatte, io avrei dovuto dirti la verità. Ma mi ha ordinato anche di metterti in guardia. Coloro che hanno camminato lungo il sentiero che tu stai per intraprendere sono stati molti, ma nessuno di loro ha avuto successo. Ha detto che ti augurava ogni bene e che Dio fosse con te. »

Il suo mentore era stato un uomo intelligente, ed evidentemente sapeva più di quanto avesse lasciato intendere.

« Ha detto anche che tu dovrai finire la ricerca. È il tuo destino. Che tu l'abbia capito o no. »

Il siniscalco aveva sentito abbastanza. Lo scrigno di legno vuoto, in camera del maestro, adesso si spiegava. Il maestro aveva spedito il libro. Con un cenno gentile della mano congedò l'assistente. Geoffrey s'inchinò, poi si affrettò verso la Porta d'Oro.

« Aspetta », lo fermò il siniscalco. « Non mi hai detto a chi è stato spedito il primo pacco, il libro. »

Geoffrey si fermò e si girò verso di lui, ma non disse niente.

« Perché non rispondi? »

« Non è giusto parlare di questo. Non qui, con lui così vicino. » Lo sguardo del giovane si spostò sulla bara.

« Hai affermato che il maestro voleva che io sapessi. »

Gli occhi dell'altro erano pieni d'ansia.

Benché avesse capito, aveva bisogno di sentire le parole. « Dimmi dov'è stato spedito il libro. »

« In America. A una donna di nome Stephanie Nelle. »

20

Rennes-le-Château,
ore 14.30

Malone esaminò l'interno della modesta dimora di Ernst Scoville. L'arredamento era un eclettico miscuglio di stili inglesi antichi, arte spagnola del XII secolo e dipinti francesi di scarsissimo valore. Calcolò che intorno a lui ci fossero circa mille libri, tra ingiallite edizioni economiche e volumi rilegati. Gli scaffali rivestivano tutte le pareti, e i libri erano meticolosamente ordinati per argomento e dimensioni. I giornali vecchi erano suddivisi anno per anno, in ordine cronologico, e così anche i periodici. Tutto quel materiale trattava di Rennes, di Saunière, di storia francese, della Chiesa, dei templari e di Gesù Cristo.

«Sembra che Scoville fosse un esperto della Bibbia», commentò, indicando file di volumi d'esegesi.

«Trascorreva la vita studiando il Nuovo Testamento. Era l'esperto biblico di Lars.»

«Non sembra che abbiano perquisito la casa.»

«Potrebbero averlo fatto con discrezione.»

«Vero. Ma cosa sarebbero venuti a cercare? Noi cosa stiamo cercando?»

«Non ne ho idea. Tutto quello che so è che ho parlato con Scoville e che dopo due settimane è morto.»

«Cosa può aver saputo per cui è stato necessario eleminarlo?»

Stephanie si strinse nelle spalle. «La nostra conversazione è stata amichevole. Pensavo che fosse stato lui a spedirmi il diario, ma Ernst non sapeva neppure che mi fosse stato mandato. Anzi mi ha chiesto di poterlo esaminare.» Scosse il capo. «Guarda tutta questa roba. Era un fissato. Come Lars, è per questo che litigammo. Ero convinta che sprecasse le sue capacità di studioso. Era un bravo storico e avrebbe potuto fare carriera insegnando in un'università e pubblicando ricerche credibili. Invece vagabondava in giro per il mondo a caccia di ombre.»

«Era un autore di bestseller.»

«Solo il suo primo libro lo è stato. Il denaro era un altro dei nostri costanti motivi di disaccordo.»

«Certo che ne avevate di problemi.»

«E tu non ne avevi? Se non sbaglio hai preso male il divorzio da Pam.»

«A nessuno piace fallire.»

«Perlomeno tua moglie non si è ammazzata.»

Aveva ragione. «Mentre venivamo qui, mi hai detto che, secondo Lars, Saunière trovò un messaggio in quella fiala di vetro nascosta nel pilastro. Chi ne era l'autore?»

«Nel suo libro, Lars scrisse che probabilmente si trattava di uno dei predecessori di Saunière, Antoine Bigou, che fu parroco di Rennes nell'ultima parte del XVIII secolo, durante la Rivoluzione Francese. Te l'ho nominato, in macchina. Era il prete cui Marie d'Hautpoul de Blanchefort parlò del suo segreto di famiglia prima di morire.»

«Così Lars pensava che nella fiala ci fosse questo segreto?»

«Non è così semplice. C'è dell'altro, in questa storia. Marie d'Hautpoul sposò l'ultimo marchese de Blanchefort nel 1732. La stirpe dei de Blanchefort vanta antenati fin dall'epoca dei templari. La famiglia prese parte a entrambe le crociate e allo sterminio dei catari. Uno di loro fu perfino maestro dei templari alla metà del XII secolo, e la famiglia controllò il paese di Rennes e il territorio circostante per secoli. Quando i templari furono arrestati, nel 1307, i de Blanchefort diedero rifugio a molti fuggiaschi ricercati dagli uomini di Filippo IV. Si dice, benché nessuno lo sappia per certo, che dopo quei fatti i discendenti dei de Blanchefort furono sempre membri dell'Ordine dei Templari.»

«Parli come Henrik. Credi davvero che i templari esistano ancora?»

«Non lo so. Ma quello che ha detto l'uomo che mi aspettava nella cattedrale continua a tornarmi in mente. Ha citato san

Bernardo, il monaco che fu decisivo per l'ascesa al potere dei templari. Io ho finto di non sapere di cosa stesse parlando, ma Lars scrisse molto su di lui.»

Anche Malone ricordava di aver letto qualcosa nel libro che aveva esaminato a Copenhagen. Bernardo de Fontaines era un monaco cistercense del XII secolo, il fondatore del monastero di Clairvaux. Era un pensatore, una guida che esercitava grande influenza all'interno della Chiesa, e diventò il consigliere più stretto di papa Innocenzo II. Suo zio era uno dei nove templari originali, e fu Bernardo a convincere Innocenzo II a riconoscere i templari e la loro Regola.

«L'uomo della cattedrale conosceva mio marito», proseguì Stephanie. «Lo conosceva così intimamente da chiedergli il suo diario, ma non è stato accontentato. L'uomo della Torre Rotonda lavorava per lui, e prima di gettarsi nel vuoto quell'uomo ha lanciato il grido di battaglia dei templari.»

«Potrebbe essere tutto un bluff per raggirarti.»

«Comincio a dubitarne.»

Malone era d'accordo, specialmente dopo quello che aveva notato quando avevano lasciato il cimitero. Ma per il momento non rivelò niente a Stephanie.

«Nel diario, Lars parla del segreto dei de Blanchefort, che si presume abbia avuto inizio nel 1307, l'anno dell'arresto dei templari. In molti documenti dell'epoca si cita questo misterioso dovere di famiglia, ma non ci sono particolari. Evidentemente Lars aveva trascorso un bel po' di tempo nei monasteri locali, esaminando antichi manoscritti. Tuttavia è la tomba di Marie la chiave del mistero, è quella la lapide disegnata nel libro acquistato da Thorvaldsen. Marie morì nel 1781, ma fu soltanto nel 1791 che l'abate Bigou fece sistemare una lapide sul luogo della sua sepoltura. Fai attenzione alla data: la Rivoluzione Francese stava infuriando e le chiese cattoliche venivano abbattute. Bigou era un anti-repubblicano, così fuggì in Spagna nel 1793, dove morì due anni dopo, senza essere più tornato a Rennes-le-Château.»

«E Lars cosa pensava che Bigou avesse nascosto in quella fiala di vetro?»

«Probabilmente non il vero segreto dei de Blanchefort, ma

piuttosto un metodo per venirne a sapere di più. Nel suo diario, Lars scrisse di credere fermamente che la tomba di Marie fosse la chiave del segreto.»

Malone stava cominciando a capire. «Ecco perché quel libro è così importante.»

«Esatto. Saunière svuotò la maggior parte delle tombe del cimitero e creò un ossario che si trova ancora dietro la chiesa. Secondo Lars, questo spiega perché ora non ci sono tombe datate prima del 1885. Gli abitanti del paese protestarono per ciò che stava facendo e il consiglio comunale gli ordinò di fermarsi. La tomba di Marie de Blanchefort non fu toccata, ma tutte le lettere e i simboli della lapide furono cancellati da Saunière. A sua insaputa, però, esisteva un disegno della lapide, eseguito dal sindaco di un paese vicino, Eugène Stüblein. Lars era a conoscenza dell'esistenza di quel disegno, ma non trovò mai una copia del libro.»

«E come riuscì a sapere che Saunière aveva cancellato la lapide?»

«A quell'epoca, l'articolo di un giornale locale riferì di un atto di vandalismo ai danni della tomba di Marie. Nessuno diede alla cosa un particolare significato, ma chi poteva essere stato se non Saunière?»

«E Lars pensava che la lapide lo avrebbe condotto al tesoro?»

«Scrisse nel suo diario che credeva che Saunière fosse riuscito a decifrare il messaggio lasciato dall'abate Bigou e che avesse trovato il nascondiglio dei templari, parlandone poi soltanto con la sua donna, la quale morì senza dirlo a nessuno.»

«E tu cosa volevi fare? Usare il diario e il libro per ritrovare il tesoro?»

«Non so cos'avrei fatto. Posso solo dire che qualcosa mi ha spinto ad andare in Danimarca per acquistare il libro.» Stephanie fece una pausa. «Era anche un modo per venire qui, restare qualche giorno in casa di Lars e pensare al passato.»

Malone poteva capirla. «Perché hai coinvolto Peter Hansen? Non potevi andare a comprare il libro da sola?»

«Io lavoro per il governo degli Stati Uniti. Pensavo che

Hansen sarebbe stato una buona copertura. Così il mio nome non sarebbe apparso da nessuna parte. Naturalmente non avevo idea delle conseguenze.»

«Così Lars stava seguendo le tracce di Saunière, proprio come Saunière aveva seguito quelle di Bigou.»

Stephanie annuì. «E sembra che anche qualcun altro fosse sulle stesse tracce.»

Malone guardò ancora la stanza. «Dovremo esaminare tutto questo materiale con molta cura, per avere una speranza di capirci qualche cosa.» Poi indirizzò lo sguardo verso la porta d'ingresso. Quando erano entrati, il battente aveva spazzato contro il muro alcune buste che si trovavano sul pavimento. Era corrispondenza che il postino aveva infilato in quei giorni dalla fessura per le lettere. Andò a raccogliere le buste.

«Fammi vedere questa», disse Stephanie.

Malone le porse una busta marrone con l'indirizzo in nero.

«La nota che mi è arrivata col diario di Lars è scritta su un foglio di questo colore, e anche la calligrafia è simile», commentò Stephanie. Cercò la pagina nella borsetta e confrontò la calligrafia. «È identica.»

«Sono certo che a Scoville non importerà.» Malone aprì la busta.

Conteneva nove fogli di carta. Uno era un messaggio scritto a penna: l'inchiostro e la calligrafia erano uguali a quelli della nota ricevuta da Stephanie.

Lei verrà. Non essere sgarbato. Hai cercato a lungo e meriti di vedere. Insieme, sarà possibile. Ad Avignone cerca Claridon. Lui può indicare la strada. Ma prend garde l'Ingénieur.

Malone lesse di nuovo l'ultima frase: *prend garde l'Ingénieur.* «'Attento all'ingegnere'... Che significa?»

«Buona domanda.»

«Nel diario si parla di qualche ingegnere?»

«Neanche una parola.»

«*Non essere sgarbato.* Dunque chi ha scritto questo messaggio sapeva che tu e Scoville non eravate in buoni rapporti.»

« Non credevo che qualcuno lo sapesse. Questa situazione è snervante. »

Malone esaminò gli altri otto fogli. « Questi provengono dal diario di Lars. Sono le pagine mancanti. » Controllò il timbro sulla busta. Imbucata a Perpignano, sulla costa francese, cinque giorni prima. « Scoville non l'ha mai ricevuta. È arrivata troppo tardi. »

« Ernst è stato ucciso, Cotton. Ora non ci sono dubbi. »

Malone era d'accordo, ma qualcos'altro lo preoccupava. Socchiuse la finestra e con cautela guardò fuori.

« Dobbiamo andare ad Avignone », disse Stephanie.

Malone annuì, ma disse: « Dopo che ci saremo occupati di un'altra faccenda ».

21

Abbaye des Fontaines,
ore 18.00

De Roquefort studiò i presenti. Di rado i fratelli indossavano le vesti cerimoniali. La Regola richiedeva che, in genere, si vestissero *senza ostentazione e ornamenti superflui*. Ma un conclave era un'occasione formale, e ogni membro era tenuto a indossare i paramenti del proprio rango.

Lo spettacolo era impressionante. I fratelli cavalieri esibivano nivei mantelli di lana sopra candide casacche ornate di ricami cremisi. Le gambe erano inguainate in calzoni argentei e la testa era coperta da un cappuccio bianco. Le croci rosse dai bracci uguali, svasati alle estremità, brillavano sui loro petti. Avevano intorno ai fianchi cinture cremisi e, dove un tempo era appesa la spada, ora solo una fusciacca distingueva i cavalieri dagli artigiani, dai contadini, dai carpentieri, dagli impiegati, dai preti e dagli aiutanti, che portavano un ornamento simile, ma in varie tonalità di verde, marrone e nero, mentre i clerici si riconoscevano per i guanti bianchi.

La Regola prescriveva che il concistoro fosse presieduto dal maresciallo. Era un modo per controbilanciare l'influenza del siniscalco, il quale, essendo il secondo nella gerarchia di comando, avrebbe potuto facilmente dominare l'assemblea.

« Fratelli miei », esordì de Roquefort. La sala si fece perfettamente silenziosa. « È giunto il tempo del rinnovamento. Dobbiamo scegliere un nuovo maestro. Prima di cominciare, chiediamo al Signore di guidarci durante le ore che ci aspettano. »

Nel bagliore dei candelieri di bronzo, de Roquefort vide i quattrocentottantotto fratelli chinare il capo. La convocazione era stata emessa subito dopo l'alba, e quasi tutti quelli che servivano fuori dell'abbazia erano rientrati in sede. Si erano riuniti nella sala superiore del *palais*, un massiccio edificio del XVI secolo, alto trentacinque metri e del diametro di venticinque, con le mura spesse oltre un metro. Un tempo era considerato l'ultima linea difensiva dell'abbazia nell'eventualità di un attacco, ma poi si era trasformato in un elaborato centro cerimoniale. Le feritoie erano ornate da vetri colorati e l'intonaco giallo era affrescato con immagini di san Martino, di Carlo Magno e della Vergine Maria. La sala circolare, con le sue due balconate cinte da balaustre metalliche, poteva ospitare comodamente i quasi cinquecento intervenuti ed era dotata di un'acustica pressoché perfetta.

De Roquefort alzò la testa e stabilì un contatto visivo con gli altri quattro officianti. Il comandante, che svolgeva le funzioni di quartiermastro e tesoriere, era un amico. Il maresciallo aveva impiegato anni per coltivare un buon rapporto con quell'individuo freddo e distaccato, e ora si augurava che i suoi sforzi sarebbero stati ripagati. Il guardarobiere, che si occupava degli abiti e degli arredi dell'ordine, era senza dubbio dalla sua parte. Il cappellano, che sovrintendeva a tutti gli aspetti spirituali, invece era un problema. De Roquefort non era mai riuscito a ottenere qualcosa di concreto da quel veneziano, a parte vaghe dichiarazioni generiche. Poi c'era il siniscalco, in piedi, che sosteneva il *beauseant*, il venerato stendardo bianco e nero dell'Ordine. Sembrava a suo agio nel saio bianco col cappuccio, ornato sulla spalla sinistra dal ricamo che indicava il suo alto rango. Solo al vederlo de Roquefort si sentì contrarre lo stomaco. Quell'uomo non aveva il diritto di portare emblemi così preziosi.

«Fratelli, è tempo di nominare il conclave», annunciò il maresciallo.

La procedura era ingannevolmente semplice. Dall'urna che conteneva tutti i nomi dei fratelli, veniva estratto un nome. L'interessato si guardava intorno nell'assemblea e sceglieva a voce un altro. Poi si tornava all'estrazione, cui seguiva un'altra scelta a voce, finché venivano designati dieci fratelli. Quel metodo mescolava il fattore casuale al coinvolgimento personale, col risultato di neutralizzare eventuali accordi preliminari. De Roquefort, nella funzione di maresciallo, e il siniscalco erano inclusi automaticamente, portando il numero a dodici. Per convalidare l'elezione occorreva una maggioranza di due terzi.

De Roquefort attese lo svolgimento della procedura. Alla fine vennero scelti quattro cavalieri, un prete, un impiegato, un agricoltore, due artigiani e un carpentiere. Per la maggior parte erano suoi seguaci, tuttavia quel dannato sistema aveva consentito l'inclusione di diversi fratelli la cui affidabilità era quantomeno discutibile.

I dieci uomini vennero avanti e si disposero a semicerchio.

« Le scelte sono state fatte », dichiarò de Roquefort. « Il concistoro è concluso. Diamo inizio al conclave. »

Ogni fratello scostò il cappuccio, segnalando così che il dibattito poteva cominciare. Il conclave non era una procedura segreta, anzi le proposte di nomina, le discussioni e la votazione sarebbero avvenute dinanzi all'intera confraternita. Ma la Regola prescriveva che gli spettatori non potessero intervenire.

Il siniscalco e De Roquefort presero posto con gli altri. Quest'ultimo non era più il presidente: nel conclave ogni fratello era uguale. Un cavaliere anziano con una folta barba grigia disse: « Il nostro maresciallo, un uomo che ha protetto l'Ordine per molti anni, dovrebbe essere il nuovo maestro. Io lo propongo come candidato ».

Altri due diedero il loro consenso. Coi tre voti richiesti, la candidatura fu ammessa.

Un altro dei dodici, un artigiano che fabbricava armi, si fece avanti. « Io non approvo ciò che è stato fatto al maestro. Era un brav'uomo che amava l'Ordine. Non avrebbe dovuto essere contestato. Propongo il siniscalco come candidato. »

Altri due diedero il loro consenso.

De Roquefort s'irrigidì. Gli schieramenti in campo erano delineati.

Che la battaglia avesse inizio.

Il dibattito stava entrando nella seconda ora. La Regola non poneva limiti al conclave, ma richiedeva che tutti i partecipanti stessero in piedi, in modo che la durata della procedura fosse limitata dalla resistenza fisica dei partecipanti. Non era ancora stata indetta una votazione. Ognuno dei dodici avrebbe avuto il diritto di richiederla, ma nessuno voleva rischiare un pareggio – sarebbe stato un segno di debolezza, davanti all'assemblea –, così per passare ai voti ciascuno aspettava di essere sicuro che avrebbe avuto la maggioranza.

« Il tuo programma non mi convince », disse uno dei membri del conclave, il prete, rivolgendosi al siniscalco.

« Non sapevo di avere un programma. »

« Tu continuerai la politica del maestro. La politica del passato. È vero o no? »

« Io resterò fedele al mio giuramento, fratello, come tu pure dovresti. »

« Il mio giuramento non mi obbliga a essere debole », replicò il prete. « Non richiede che io mi compiaccia se il mondo langue nell'ignoranza. »

« Noi abbiamo vegliato la nostra conoscenza per secoli. Perché vorresti un cambiamento? »

Un altro membro del conclave fece un passo avanti. « Sono stanco dell'ipocrisia. Siamo stati quasi sterminati per avidità e ignoranza. È tempo di restituire il favore. »

« A quale scopo? » domandò il siniscalco. « Cosa ci guadagneremmo? »

« Giustizia », esclamò un cavaliere, e parecchi altri membri del conclave si dissero d'accordo.

De Roquefort decise che era tempo d'intervenire. « Il Vangelo di Tommaso dice: 'Colui che cerca non cessi dal cercare, finché non trova, e quando troverà sarà commosso, e quando sarà stato commosso contemplerà e regnerà sul Tutto'. »

Il siniscalco si voltò verso di lui. « Tommaso dice anche: 'Se coloro che vi guidano vi dicono: "Ecco! Il Regno è nel Cielo", allora gli uccelli del cielo vi saranno prima di voi. Se essi vi dicono: "Il Regno è nel mare", allora i pesci vi saranno prima di voi'. »

« Non arriveremo da nessuna parte, se continueremo con la politica attuale », affermò de Roquefort. Varie teste annuirono con enfasi, ma non era sufficiente per chiedere una votazione.

Il siniscalco esitò un momento, poi disse: « Io ti chiedo, maresciallo: dove sono *i tuoi* programmi, se sarai eletto? Puoi dirceli? O farai come Gesù, rivelando i tuoi misteri solo a coloro che meriteranno quei misteri, senza mai lasciare che la mano destra sappia ciò che fa la sinistra?»

De Roquefort colse quell'opportunità per anticipare alla confraternita ciò che progettava. «Gesù disse anche: 'Non vi è nulla di nascosto che non venga un giorno rivelato'.»

«Allora, cosa vorresti fare?»

De Roquefort guardò la sala, dal pianterreno alla galleria. Quello era il suo momento. «Pensate al passato, al Principio, quando migliaia di fratelli prendevano i voti. Essi erano uomini coraggiosi, che conquistarono la Terrasanta. Nelle Cronache si narra di una guarnigione che fu sconfitta e catturata dai saraceni. Dopo la battaglia, a duecento di quei cavalieri fu offerta salva la vita se avessero abbandonato Cristo per unirsi a Maometto. Tutti scelsero d'inginocchiarsi davanti ai musulmani e perdere la testa. Questa è la nostra eredità. Le crociate erano la *nostra* crociata.» Fece una breve pausa a effetto, quindi riprese: «Veniamo a quel venerdì 13 ottobre 1307. Un giorno così infame, così deprecabile, che la civiltà occidentale continua ad associarlo alla sfortuna. Migliaia di nostri fratelli furono ingiustamente arrestati. Il giorno prima erano i Poveri Soldati di Cristo e del Tempio di Salomone, il simbolo di tutto ciò che era buono, uomini disposti a morire per la loro Chiesa, il loro papa, il loro Dio. Il giorno dopo venivano accusati di eresia. E con quali imputazioni? Di aver sputato sulla croce, scambiato baci osceni, tenuto adunanze segrete, adorato un gatto, praticato la sodomia, venerato qualche testa di uomo barbuto». Fece un'altra pausa. «Non c'era una parola di vero in quello. Tuttavia i nostri fratelli furono torturati e molti soccombettero, confessando il falso. Centoventi di loro bruciarono legati al palo. La nostra è un'eredità di vergogna e siamo ricordati dalla storia soltanto con sospetto.»

«E tu cosa vorresti rivelare al mondo?» domandò il siniscalco con voce calma.

«La verità.»

«E perché tutti dovrebbero crederti?»

«Non avranno scelta.»

«Per quale motivo?»

«Io avrò la prova.»

«Hai localizzato la nostra Grande Eredità?» Il siniscalco stava toccando un punto delicato, ma non poteva mostrarsi indeciso.

«È alla mia portata.»

La sala sembrò vibrare.

Il viso del siniscalco rimase rigido. «Stai dicendo di aver trovato i nostri archivi perduti, scomparsi sette secoli fa? Hai trovato anche il tesoro che Filippo il Bello cercò invano?»

«Anche questo è alla mia portata.»

«Parole baldanzose, maresciallo.»

De Roquefort guardò i fratelli. «Per dieci anni ho svolto ricerche. Gli indizi sono difficili a trovarsi. Ma presto avrò la prova che il mondo non potrà negare. Che la mentalità sia cambiata è irrilevante. Noi otterremo la vittoria dimostrando che i nostri fratelli non erano eretici. Ognuno di loro, invece, era un santo.» Dalla folla esplose un applauso. «La Chiesa Romana ha sciolto il nostro Ordine, dichiarando che eravamo adoratori di idoli, ma la stessa Chiesa venera i suoi idoli in pompa magna.» Tacque un istante, poi a voce più alta disse: «Io riprenderò la sindone».

Altri applausi. Era una violazione della Regola, ma nessuno sembrò curarsene.

«La Chiesa non ha nessun diritto sulla *nostra* sindone», gridò de Roquefort sopra gli applausi. «Il nostro maestro, Jacques de Molay, fu torturato, brutalizzato e messo al rogo. E il suo crimine? Essere un servo fedele di Dio e del suo papa. La sua eredità non è la *loro* eredità. È la *nostra* eredità. Noi abbiamo i mezzi per ottenere questo scopo. Sarà così, sotto la mia guida.»

Il siniscalco consegnò il *beauseant* all'uomo più vicino, si portò accanto a de Roquefort e attese che l'applauso si smorzasse. «Cosa ne sarà di quelli che non la pensano come te?»

«'Chi cerca trova, e sarà aperto a chi bussa.'»

«E quelli che non lo faranno?»

«Il Vangelo è chiaro anche su questo: 'Guai a chi agisce in nome del demonio'.»

«Sei un uomo pericoloso.»

«No, siniscalco. Il pericolo sei tu. Vuoi renderci esitanti e deboli di cuore. Non hai la minima idea delle nostre ambizioni, ma solo di ciò che tu e il tuo maestro pensavate fossero i nostri scopi. Io ho dedicato la vita a questo Ordine. Nessuno, a parte te, ha mai criticato le mie capacità. Ho sempre aderito a un ideale che dice: mi spezzo, ma non mi piego.» Diede le spalle all'avversario e si volse al conclave. «Basta così. Chiedo la votazione.»

La Regola stabiliva che il dibattito si concludesse.

«Io voterò per primo», proseguì de Roquefort. «Per me stesso. Tutti quelli che sono d'accordo, facciano lo stesso.»

Detto questo, attese, mentre gli altri dieci uomini prendevano la loro decisione. Durante il confronto col siniscalco, essi erano rimasti in silenzio, ma ogni membro aveva ascoltato con un'intensità che indicava comprensione. Gli occhi di de Roquefort scrutarono il gruppo e lampeggiarono incontrando quelli dei pochi che considerava assolutamente fedeli.

Le mani cominciarono ad alzarsi.

Una. Tre. Quattro. Sei.

Sette.

Aveva la maggioranza richiesta, ma voleva di più, così prima di dichiararsi vincitore attese ancora.

Tutti e dieci votarono per lui.

La sala si riempì di esclamazioni eccitate.

Nei tempi antichi, lo avrebbero sollevato sulle loro teste e portato in chiesa, dove una messa sarebbe stata celebrata in suo onore. Più tardi si sarebbe tenuta una cerimonia, una delle rare volte in cui l'Ordine avrebbe festeggiato. Ma quella tradizione ormai si era persa da secoli. Molti cominciarono invece a scandire il suo nome, e i fratelli, che normalmente vivevano in un mondo dove le emozioni erano represse, mostrarono la loro approvazione battendo le mani. L'applauso si trasformò in un grido: *beauseant*, e quella parola riecheggiò nella sala.

Sii glorioso.

Mentre il canto continuava, de Roquefort si girò verso il siniscalco, che era rimasto lì accanto. I loro occhi s'incontrarono, e con lo sguardo il nuovo maestro gli comunicò non solo che il siniscalco aveva perso la battaglia, ma che adesso era in pericolo mortale.

22

Rennes-le-Château,
ore 21.30

Stephanie si aggirava nella casa del suo defunto marito.

L'arredamento era tipico della regione. Rustici pavimenti di legno, soffitto a travi, caminetto di pietra e semplici mobili di pino. La casa non era molto spaziosa, ma abbastanza per due camere da letto, uno studio, il bagno, la cucina e una stanza da lavoro. A Lars era sempre piaciuto lavorare il legno, e poco prima lei aveva notato che i torni, i punteruoli, i ceselli e le sgorbie erano ancora là, ogni oggetto appeso al pannello porta-utensili e coperto da un sottile strato di polvere. Suo marito aveva avuto un talento per i lavori al tornio. Stephanie possedeva ancora tazze, scatole e candelabri fatti da lui col legno del posto.

Durante il loro matrimonio, Stephanie era andata lì solo poche volte. Lei e Mark avevano abitato a Washington, poi ad Atlanta. Lars era rimasto quasi sempre in Europa, e negli ultimi dieci anni si era stabilito a Rennes. Nessuno di loro aveva mai violato lo spazio dell'altro senza permesso. Benché non andassero d'accordo su molte cose, erano sempre stati corretti. Forse troppo, aveva pensato lei talvolta.

Era sempre stata convinta che Lars avesse acquistato quella casa coi proventi del suo primo libro, ma ora sapeva che Henrik Thorvaldsen lo aveva finanziato. Questo era tipico di Lars. Non aveva mai avuto il senso del denaro, spendeva tutto ciò che guadagnava in viaggi e per le sue ossessioni, e il compito di assicurarsi che i conti della famiglia fossero pagati spettava a lei. Solo di recente Stephanie aveva finito di pagare un mutuo acceso per mantenere Mark al college. Suo figlio aveva chiesto più volte di assumersi quel debito, specialmente dopo che avevano smesso di vivere insieme, ma lei aveva sempre rifiutato. I genitori avevano il compito di educare e sostenere i figli, e lei prendeva sul serio i suoi doveri. Forse troppo, stava cominciando a pensare.

Lei e Lars non si erano parlati neppure una volta nei mesi precedenti alla sua morte. Il loro ultimo incontro era stato sgradevole, un'altra discussione sul denaro, le responsabilità e la famiglia. Il suo tentativo di difenderlo, il giorno prima, parlando con Henrik Thorvaldsen, era suonato poco convincente, ma lei non si era mai resa conto che qualcun altro sapeva la verità sui motivi della loro separazione. Evidentemente, però, Thorvaldsen la conosceva. Probabilmente lui e Lars erano stati amici. Purtroppo lei non ne era mai stata al corrente. Quello era il dramma del suicidio: mettendo fine alle proprie sofferenze, chi si uccideva acuiva quelle di chi si doveva confrontare solo coi ricordi. Lei avrebbe desiderato potersi liberare di quella sensazione sgradevole e oppressiva: il dolore del fallimento, l'aveva chiamata uno scrittore.

Finito il suo giro, tornò nello studio e si mise a sedere davanti a Malone, che dopo aver cenato stava leggendo il diario di Lars.

«Tuo marito era un ricercatore meticoloso.»

«Molti dei suoi scritti sono incomprensibili. Un po' come l'uomo.»

Malone sembrò capire la sua frustrazione. «Pensi di potermi dire perché ti senti responsabile del suo suicidio?»

Stephanie non tentò di evitare quel discorso. Aveva bisogno di parlarne. «Non mi sento responsabile, è solo che me ne sento parte. Entrambi eravamo orgogliosi. Testardi, forse. Mark ormai era cresciuto, io ero entrata nel dipartimento della Giustizia ed era probabile che mi offrissero di dirigere una sezione, così mi concentrai su ciò che pensavo fosse importante. Lars fece lo stesso. Sfortunatamente, nessuno dei due apprezzava il lavoro dell'altro.»

«Facile capirlo ora, dopo anni. Impossibile intuirlo allora.»

«Il problema è questo, Cotton: io sono qui, lui no.» Parlare di se stessa la metteva a disagio, ma le cose andavano dette. «Lars era uno scrittore dotato e un ottimo studioso. Tutta quella roba che ti ho detto di Saunière e di questa città, che interesse ha? Se avessi prestato un po' di attenzione a queste cose quando lui era vivo, forse oggi sarebbe ancora qui.» Esitò. «Aveva un carattere molto pacato. Non alzava mai la voce. Mai un'offesa. La sua arma era il silenzio. Poteva andare avanti settimane senza dirmi una parola. Questo mi faceva infuriare.»

«Sì, ti capisco.» E Malone aggiunse un sorriso.

«Lo so. Il mio temperamento irascibile. Anche Lars non poteva sopportarlo. Alla fine, decidemmo che la cosa migliore era che lui andasse per la sua strada, e io per la mia. Nessuno dei due voleva divorziare.»

«Il che la dice lunga su ciò che pensava di te. Nel profondo.»

«Io non l'ho mai vista in questo modo. Tutto ciò che vedevo era Mark. Mio figlio subiva il fascino di Lars. Ebbi un brutto periodo dal lato emotivo. Lars non era così. E Mark aveva la stessa curiosità di suo padre. Erano molto simili. Mio figlio scelse suo padre invece di me, ma fui io a spingerlo a quella scelta. Thorvaldsen ha ragione. Per essere una donna così attenta col lavoro, sono stata un'inetta nella conduzione della mia vita. Prima che mio figlio restasse ucciso, erano tre anni che non gli parlavo.» Il dolore di quella realtà le torturava l'animo. «Riesci a immaginarlo, Cotton? Mio figlio e io abbiamo trascorso tre anni senza dirci una parola...»

«Perché?»

«Prese le parti di suo padre. Mark si trasferì qui, in Francia. Io rimasi in America. Dopo un po' diventò facile ignorarlo. Non lasciare mai che succeda tra te e Gary. Fai quello che devi fare, ma non lasciare che succeda.»

«Io mi sono soltanto spostato di settemila chilometri.»

«Ma tuo figlio ti adora. La distanza conta poco.»

«Mi sono domandato molte volte se ho fatto la cosa giusta.»

«Tu hai la tua vita da vivere, Cotton. Tuo figlio sembra rispettare questo fatto, anche se è giovane. Il mio era molto più grande, allora, e molto più severo con me.»

Malone guardò l'orologio. «Il sole è tramontato da venti minuti. È quasi il momento.»

«Quando ti sei accorto che ci pedinavano?»

« Subito dopo il nostro arrivo. Due uomini. Tipo quelli della cattedrale. Ci hanno seguito al cimitero e in giro per il paese. Adesso sono qui fuori. »

« Non c'è pericolo che facciano irruzione? »

Malone scosse il capo. « Sono qui solo per spiare. »

« Ora capisco perché hai lasciato la sezione. L'ansia. È dura, non si può mai abbassare la guardia. Avevi ragione, a Copenhagen. Non sono un agente operativo. »

« Il guaio è stato quando il pericolo ha cominciato a piacermi. È questo che ti fa finire in una bara. »

« Tutti noi viviamo una vita abbastanza tranquilla. Ma avere gente che segue ogni tua mossa, magari con lo scopo di ucciderti... Avevi ragione: alla fine, hai dovuto tirartene fuori. »

« L'addestramento serve proprio a questo. S'impara come comportarsi nelle incertezze. Ma tu sei stata addestrata solo a dirigere. »

« Voglio che tu sappia che non volevo coinvolgerti in questa storia. »

« Hai chiarito fin troppo questo punto. »

« Tuttavia sono contenta che tu sia qui. »

« Non ti avrei lasciata sola per nulla al mondo. »

Stephanie sorrise. « Eri il miglior agente che abbia avuto. »

« Ero solo il più fortunato. E ho avuto abbastanza buonsenso da capire quando smettere. »

« Peter Hansen ed Ernst Scoville sono stati entrambi uccisi. » Stephanie fece una pausa e alla fine ammise ciò che ormai le era chiaro. « Forse anche Lars. L'uomo nella cattedrale voleva che io lo sapessi. Era il suo modo di mandare un messaggio. »

« Non puoi esserne sicura. »

« Lo so. Non ci sono prove. Ma ho una sensazione e, anche se non sono un agente operativo, sto imparando a fidarmi delle mie intuizioni. Comunque hai ragione, niente conclusioni basate su supposizioni. Restiamo ai fatti. L'intera faccenda è quantomeno bizzarra. »

« Sicuramente. Cavalieri Templari, segreti nascosti nelle tombe, preti che trovano tesori perduti. »

Stephanie gettò uno sguardo a una foto di Mark, scattata

qualche mese prima della morte. Lars era in ogni particolare di quel giovane viso. Lo stesso mento con la fessura, gli occhi brillanti, la pelle abbronzata. Perché lei aveva lasciato che le cose andassero a rotoli?

« Strano che sia qui », disse Malone, notando il suo interesse.

« L'ho portata io, l'ultima volta che sono venuta, cinque anni fa. Subito dopo la valanga. » Era duro pensare che il suo unico figlio fosse morto. I figli non dovrebbero morire credendo che i genitori non li amino. A differenza del marito separato, che aveva una tomba, Mark giaceva sotto i ghiacci dei Pirenei, cinquanta chilometri più a sud. « Devo risolvere questa faccenda », mormorò alla foto, con voce incerta.

« Purtroppo non ho ancora capito di che *faccenda* si tratti. »

Non lo sapeva neppure lei.

Malone le mostrò il diario. « Almeno sappiamo dove trovare questo Claridon, ad Avignone. Il nome completo è Royce Claridon. Nel diario c'è una nota e un indirizzo. Era un amico di Lars. »

« Mi chiedevo quando l'avresti scoperto. »

« C'è altro che ancora non so? »

« Difficile dire cosa sia importante in mezzo a tutte quelle annotazioni. »

« Devi smettere di mentirmi. »

Stephanie si era aspettata quel rimprovero. « Lo so. »

« Non posso aiutarti, se mi nascondi le cose. »

« Cosa mi dici delle pagine mancanti spedite a Scoville? C'è qualcosa, lì? »

« Dimmelo tu. » Malone le porse gli otto fogli.

Per non continuare a pensare a Mark e Lars, Stephanie diede una scorsa ai brani scritti a mano. Molti erano insignificanti, ma c'erano parti che le diedero una stretta al cuore.

Ovviamente, Saunière teneva molto alla sua donna. Era venuta a vivere con lui quando la sua famiglia si era trasferita a Rennes. Il padre e il fratello erano abili artigiani, mentre la madre faceva le pulizie nel presbiterio della parrocchia. Questo accadeva nel 1892. Un anno dopo, Saunière scoprì molte cose. Quando la sua famiglia ripartì da Rennes per andare a lavorare in una fattoria poco distante, lei rimase con l'abate: non lo avrebbe più lasciato. A un certo punto, Saunière intestò a nome di questa donna ogni proprietà da lui acquistata, cosa che rivela la sua indiscussa fiducia in lei. La donna ripagò quella fiducia, al punto di mantenere i suoi segreti per altri trentasei anni, finché anche lei morì. Invidio Saunière. Era un uomo che conobbe l'amore incondizionato di una donna e lo ricambiò. Era sotto ogni aspetto un uomo difficile con cui vivere, un uomo dedito alla realizzazione di opere grazie alle quali la gente lo avrebbe ricordato. La costruzione di una chiesa come quella dedicata a Maria Maddalena ne è la dimostrazione. Non c'è nessuna registrazione da cui si deduca che la sua amante abbia mai dato voce a qualche forma di critica verso ciò che lui stava facendo. Ogni testimonianza conferma che lei gli era devota e che sosteneva il suo benefattore in tutto e per tutto. Senza dubbio avranno avuto qualche disaccordo, ma alla prova dei fatti restò vicina a Saunière fino alla morte di lui e anche dopo, per quasi quattro decenni. Una simile devozione è molto importante. Un uomo può realizzare grandi cose se la donna da lui amata lo sostiene, anche se lei crede che siano sciocchezze. L'amante di Saunière deve aver scosso la testa più di una volta davanti all'assurdità delle sue creazioni. Sia Villa Béthanie sia la Tour Magdala erano ridicole per quei tempi. Ma lei non gettò mai una goccia d'acqua sul suo fuoco. E il risultato si vede oggi, con le migliaia di persone che vengono a Rennes ogni anno. Questa è l'eredità di Saunière. E quella di lei è che tutto ciò esista ancora.

«Perché mi hai fatto leggere questo brano?» domandò a Malone, quand'ebbe finito.

«Ne avevi bisogno.»

Da dove venivano tutti quei fantasmi? Forse a Rennes-le-Château non c'erano tesori, ma quel luogo ospitava demoni pronti a tormentarla.

«Quando ho ricevuto per posta questo diario e l'ho letto, mi sono resa conto di non essere stata giusta con Lars e con Mark. Loro credevano in ciò che facevano, come io credevo nel mio lavoro.» Fece una pausa, come nella speranza che i fantasmi la stessero ascoltando. «Ho capito di aver sbagliato quando ho sfogliato questo quaderno. Qualunque cosa Lars cercasse, era importante per lui, perciò avrebbe dovuto essere importante anche per me. Questo è il vero motivo per cui sono venuta qui, Cotton. Lo dovevo a loro due. » Lo guardò con occhi stanchi. « Dio sa che glielo dovevo. Ma non avevo mai intuito che la posta in gioco fosse così alta. »

Malone guardò ancora l'orologio, poi si voltò verso le finestre buie. « È ora di scoprire quanto è alta. Sei pronta a rimanere qui da sola? »

Lei si fece forza e annuì. « Mi terrò occupata. Tu fai attenzione. »

23

Malone uscì dalla porta principale, senza fare nessun tentativo di nascondersi. I due uomini erano appostati all'estremità più lontana della strada, dietro l'angolo di un muro da cui potevano tener d'occhio la casa di Lars Nelle. Se volevano seguirlo, avrebbero dovuto percorrere l'intera strada, che a quell'ora era deserta. Dilettanti. Dei professionisti si sarebbero divisi. Uno a ogni estremità, pronti a muoversi in qualunque direzione. Proprio come a Roskilde, quella constatazione lo rassicurò. Tuttavia rimase concentrato, e si domandò ancora chi fosse così interessato all'attività di Stephanie.

Possibile che fossero davvero i Cavalieri Templari dell'epoca moderna?

Poco prima, in casa, la sofferenza di Stephanie gli aveva riportato alla mente Gary. La morte di un figlio era qualcosa di cui sembrava impossibile parlare. Malone non poteva immaginare quel genere di dolore. Forse, dopo aver lasciato il lavoro, avrebbe dovuto restare in Georgia, ma Gary non ne aveva voluto sapere.

« Non preoccuparti di me », gli aveva detto il ragazzo. « Verrò io a trovarti ».

Quattordici anni e aveva già un carattere pratico. Però quella decisione gli pesava, specialmente ora che stava di nuovo rischiando il collo per la causa di qualcun altro. Anche suo padre, morto quando il sommergibile che comandava era affondato durante un'esercitazione nel Nord Atlantico, si era comportato in quel modo. A quell'epoca lui aveva dieci anni, e ricordava che sua madre non aveva voluto accettare quella disgrazia. Al servizio funebre aveva perfino rifiutato la bandiera ripiegata offertale dalla guardia d'onore. Era stato lui ad accettarla e, da allora, quel fagottello rosso, bianco e blu non lo aveva più lasciato. Senza una tomba da visitare, quella bandiera

era l'unico ricordo concreto di un uomo che aveva conosciuto appena.

Arrivò alla fine della strada. Non doveva guardarsi indietro per sapere che uno dei due sconosciuti lo stava seguendo, mentre l'altro era rimasto presso la casa a sorvegliare Stephanie.

Svoltò a destra e s'incamminò verso le vecchie proprietà di Saunière.

Rennes non era certo un posto dove si facesse vita notturna. La via principale era un susseguirsi di porte serrate e finestre sbarrate. Il ristorante, la libreria e i chioschi erano chiusi. La notte riempiva ogni traversa di ombre impenetrabili e il vento mugolava tra i tetti come un'anima in pena. In quell'ambiente c'era qualcosa dei romanzi di Dumas, come se lì la vita parlasse solo a sussurri.

Malone imboccò la salita verso la chiesa. Villa Béthanie e il presbiterio erano sbarrati, e gli alberi dell'orto erano illuminati solo dal debole chiarore della luna, che a tratti scompariva tra le nuvole.

Il cancello del cimitero, invece, era aperto, come gli aveva detto Stephanie. Si diresse da quella parte, sapendo che il suo pedinatore l'avrebbe seguito. Quando entrò, sfruttò il buio più fitto per scivolare dietro un grosso olmo. Sbirciò verso l'ingresso e vide un'ombra avanzare a passi svelti. Mentre l'individuo oltrepassava l'albero, Malone girò su se stesso e gli affondò un pugno nel plesso solare. Per fortuna quel tizio non indossava un giubbotto antiproiettile. Col secondo pugno lo colpì alla mandibola, facendolo rotolare a terra, poi gli saltò addosso.

Era un uomo più giovane di lui, basso e muscoloso, coi capelli tagliati corti e col viso ben rasato. Per qualche istante mugolò stordito, mentre Malone lo perquisiva in cerca di un arma. Aveva una pistola nella fondina sotto l'ascella. Gli infilò una mano sotto la giacca e la estrasse. Una Beretta Bobcat, una piccola semiautomatica. Una volta ne aveva avuto una anche lui. Appoggiò la canna al collo dell'uomo, lo fece rialzare e lo spinse con la schiena contro l'albero.

«Dimmi chi ti manda.»

Nessuna risposta.

« Capisci l'inglese? »

L'uomo scosse il capo, ancora stordito.

« Non hai capito la domanda, eh? E questo lo capisci? » Tirò indietro il percussore della pistola.

Il giovane s'irrigidì, segno che aveva afferrato il messaggio.

« Il tuo capo. »

Risuonò uno sparo e una pallottola si piantò nel tronco poco più in alto delle loro teste. Malone si voltò di scatto e vide una figura sul muretto a circa trenta metri da lì, al confine tra la terrazza e il cimitero. Imbracciava un fucile.

Ci fu un altro sparo e la pallottola fece schizzare via la ghiaia a pochi centimetri dai suoi piedi. Malone si scostò dall'uomo, che subito ne approfittò per allontanarsi con un balzo.

Malone era molto più preoccupato del misterioso cecchino. Vide la figura lasciare la terrazza e sparire verso la strada panoramica. Con la pistola in mano uscì dal cimitero e corse verso lo stretto passaggio tra Villa Béthanie e la chiesa. Nella precedente visita aveva memorizzato la geografia del posto. Più avanti c'era l'orto col frutteto, chiuso dalla terrazza soprelevata e dalla panoramica che girava a U verso la Tour Magdala.

Attraversò l'orto e vide la figura che correva sulla panoramica. L'unico modo per raggiungerlo era salire una breve scala di pietra. Lui l'affrontò tre gradini alla volta. Quando fu sulla sommità, il vento lo investì con tutta la sua forza, riempiendogli i polmoni e rallentando la sua velocità.

Il suo aggressore fuggiva dritto verso la Tour Magdala. Malone alzò il braccio per prendere la mira, ma un'improvvisa raffica di vento glielo spostò, come ad avvertirlo che sarebbe stato inutile. Si chiese dove fosse diretto quell'individuo. Non c'erano altre scale che scendevano di là, e la Tour Magdala era sicuramente chiusa per la notte. Sulla sua sinistra c'era una balaustra di ferro, oltre la quale un salto di tre metri divideva la panoramica dall'orto. Sulla destra era un muretto di pietra a separare la strada dal precipizio, profondo una cinquantina di metri. Prima o poi, il fuggiasco avrebbe dovuto scegliere tra l'uno e l'altro.

Malone aggirò la terrazza, attraversò una serra di vetro con l'intelaiatura d'acciaio e vide l'uomo entrare nella Tour Magdala.

Si fermò.

Non aveva calcolato quella mossa.

Ripensò alla descrizione dell'edificio che gli aveva fatto Stephanie. Era a pianta quadrata, sei metri per lato, con una torretta rotonda che racchiudeva una scala a chiocciola tramite la quale si saliva al tetto crenellato. Una volta Saunière teneva la sua biblioteca privata in quell'edificio.

Non aveva scelta. Malone raggiunse la porta, notò che era aperta e si piazzò di lato. Poi, con un calcio spalancò il pesante battente verso l'interno e aspettò lo sparo.

Niente.

Malone si sporse per dare un'occhiata e vide che la stanza era vuota. C'erano finestre su due pareti. Nessun mobile. Nessun libro. Solo scaffali di legno vuoti e due panche imbottite. Il caminetto di mattoni era freddo e buio. Poi capì.

Il tetto.

Si diresse verso la scala a chiocciola. Gli scalini di pietra erano corti e stretti. Salì lungo la spirale fino a una porta di ferro e provò la maniglia. Niente. Spinse più forte. La serratura era chiusa dall'esterno.

Al pianterreno la porta si chiuse con un tonfo.

Malone scese la scala e scoprì che adesso anche l'ingresso principale era chiuso dall'esterno. Corse a una delle due finestre che guardavano verso l'orto e vide la figura scura saltare giù dalla terrazza, afferrarsi al ramo di un albero e poi calarsi sul terreno con sorprendente agilità. L'uomo corse via tra gli alberi in direzione del parcheggio, distante una trentina di metri, lo stesso dove lui aveva lasciato la Peugeot.

Malone fece un passo indietro e sparò tre colpi sul lato sinistro della finestra. I doppi vetri piombati si frantumarono. Usò la pistola per spaccare via le schegge, poi salì su una panca e s'insinuò nello squarcio della finestra. Saltò fuori e poi corse verso il parcheggio.

Mentre usciva dall'orto sentì il rombo di un motore e vide la figura scura in sella a una motocicletta. L'individuo partì facendo schizzare la ghiaia e sfrecciò lungo uno dei sentieri laterali che portavano verso le case.

Malone non si arrese. Corse lungo uno stretto sentiero sterrato, uscì su una traversa e proseguì fino a sbucare sulla strada principale. Il percorso quasi tutto in discesa lo aiutò e, quando udì la motocicletta che si avvicinava sulla destra, comprese di avercela fatta. Avrebbe avuto soltanto un'opportunità, così rallentò il passo e alzò la pistola.

Nel momento in cui il motociclista sbucò dall'incrocio, Malone sparò due volte.

Il primo colpo andò a vuoto, ma l'altra pallottola colpì qualcosa sollevando una vampa di scintille.

La motocicletta fuggì verso l'uscita del paese.

Le finestre cominciarono a illuminarsi. I colpi di pistola ovviamente erano un rumore insolito da quelle parti. Malone s'infilò la pistola in una tasca interna della giacca e si allontanò in fretta per una traversa, in direzione della casa di Lars Nelle. Dietro di lui udì delle voci. La gente stava uscendo per capire cosa fosse successo.

Ancora pochi metri, e Malone sarebbe stato di nuovo al sicuro. Dubitava che gli altri due uomini fossero ancora nelle vicinanze...

Ma una cosa gli dava da pensare.

Aveva colto un particolare importante, guardando la figura saltare giù dalla terrazza e correre via. Qualcosa nei suoi movimenti.

Difficile dirlo con sicurezza, ma gli era bastato.

Il suo aggressore era una donna.

24

Abbaye des Fontaines,
ore 22.00

Alla fine il siniscalco trovò Geoffrey. Stava cercando il suo assistente da quando il conclave si era sciolto, poi l'avevano informato che il giovane si era ritirato in una delle cappelle minori dell'ala ovest, oltre la biblioteca, uno dei tanti luoghi di riposo che l'abbazia offriva.

Entrò nella stanza illuminata solo da qualche candela e vide Geoffrey disteso sul pavimento. Non era raro che i fratelli si sdraiassero bocconi dinanzi all'altare di Dio. Durante l'investitura quell'atto simboleggiava umiltà, era una dimostrazione d'insignificanza al cospetto del cielo, e ripeterlo serviva come memento.

« Dobbiamo parlare », disse il siniscalco a bassa voce.

Il giovane rimase immobile ancora qualche secondo, poi si mise in ginocchio, si fece il segno della croce e si alzò.

« Dimmi con precisione cos'avete fatto, tu e il maestro. » Il siniscalco non era dell'umore più conciliante, ma per fortuna Geoffrey sembrava più calmo e rilassato di quando avevano parlato nella Sala dei Padri.

« Voleva assicurarsi che spedissi quelle due buste. »

« Ti ha detto per quale motivo? »

« Perché avrebbe dovuto? Lui era il maestro e io sono soltanto un fratello minore. »

« Evidentemente si fidava di te abbastanza da chiedere il tuo aiuto. »

« Mi ha avvisato che tu avresti potuto risentirti. »

« Non sono così meschino. » Il siniscalco intuiva che il giovane sapeva di più.

« Non posso dirti di più. »

« Perché? »

« Il maestro mi ha ordinato di rispondere alle tue domande sulla posta. Ma io non ti dirò altro... finché non succederà qualcosa. »

« Geoffrey, cos'altro dovrebbe succedere? De Roquefort ha preso il comando. Tu e io siamo praticamente soli. I fratelli si stanno allineando con de Roquefort. C'è bisogno che succeda altro? »

« Questo non sta a me deciderlo. »

« De Roquefort non può avere il successo che spera senza la Grande Eredità. Hai visto la reazione del conclave. I fratelli lo abbandoneranno, se non riuscirà a trovarla. È di questo che tu e il maestro avete parlato? Il maestro sapeva più di quello che mi ha detto? »

Geoffrey mantenne il silenzio e, all'improvviso, il siniscalco constatò nel suo assistente una maturità che prima non aveva notato. « Mi spiace, ma il maestro aveva previsto che il maresciallo ti avrebbe sconfitto, nel conclave. »

« Cos'altro ha detto? »

« Niente che per il momento io possa rivelare. »

Quell'evasività era irritante. « Il nostro maestro era intelligente. Come hai detto, lui ha previsto quello che è successo. Evidentemente ne sapeva abbastanza da fare di te il suo oracolo. Dimmi, cosa devo fare? » Il suo tono di supplica non poté essere mascherato.

« Mi ha ordinato di rispondere così a questa domanda: 'Chi non odia, come me, suo padre e sua madre non potrà essere mio discepolo'. »

Era una citazione dal Vangelo di Tommaso. Ma cosa significava, in quel contesto? Il siniscalco pensò a un'altra affermazione lasciata da Tommaso: « Chi non *ama*, come me, suo padre e sua madre non potrà essere mio discepolo ».

« Voleva anche che ti ricordassi che Gesù disse: 'Colui che cerca non cessi dal cercare, finché non trova...' »

« 'E quando troverà sarà commosso, e quando sarà stato commosso contemplerà e regnerà sul Tutto' », concluse in fretta il siniscalco. « Cosa sono, indovinelli? »

Geoffrey non rispose. Il grado del giovane era molto inferiore a quello del siniscalco: si trovava solo all'inizio della strada della conoscenza. I membri dell'Ordine progredivano verso la piena comprensione gnostica grazie a un percorso che di norma richiedeva tre anni. Geoffrey si era unito all'Ordine soltanto diciotto mesi prima, dopo essere stato in un istituto dove i gesuiti allevavano i bambini abbandonati dai genitori. Il maestro si era subito interessato a lui e aveva voluto che fosse incluso nel gruppo esecutivo. Il siniscalco gli aveva chiesto il perché di quella decisione frettolosa, ma il vecchio si era limitato a sorridere, rispondendo: « Mi sono comportato alla stessa maniera con te ».

Il siniscalco posò una mano su una spalla del suo assistente. « Se il maestro ha voluto il tuo aiuto, sicuramente aveva un'alta opinione delle tue capacità. »

Un'espressione risoluta apparve sul volto pallido del giovane. « E io non lo deluderò. »

Non tutti i fratelli prendevano la stessa strada. Alcuni erano portati per l'amministrazione, altri diventavano artigiani. Molti s'inserivano nel sistema autosufficiente dell'abbazia come carpentieri o agricoltori. Pochi si dedicavano soltanto alla religione. Appena un terzo erano scelti come cavalieri. Geoffrey era destinato a diventare un cavaliere nell'arco di cinque anni circa. Aveva già svolto il suo apprendistato e completato l'addestramento base. Lo attendeva un anno di Scritture, prima di poter pronunciare il primo giuramento di fedeltà. Era una vergogna, pensò il siniscalco, che ora rischiasse di perdere tutto ciò per cui aveva lavorato.

« Siniscalco, e la Grande Eredità? È vero che può essere ritrovata, come dice il maresciallo? »

« Questa è la nostra sola speranza di salvezza. De Roquefort non ce l'ha, ma probabilmente pensa che noi sappiamo dov'è. È così? »

« Il maestro me ne ha parlato », rispose l'altro d'impulso, come se quelle parole gli fossero scappate di bocca.

Il siniscalco attese che continuasse.

« Mi ha detto che un uomo di nome Lars Nelle ci è andato più vicino di altri. Ha detto che la pista di Nelle era quella giusta. » Sul pallido volto di Geoffrey si rincorrevano l'eccitazione e il nervosismo.

Il siniscalco e il maestro avevano parlato molte volte della Grande Eredità. Le sue origini risalivano a un periodo precedente il 1307, ma poi era stata nascosta per privare Filippo IV delle ricchezze e delle conoscenze dei templari. Nei mesi che avevano preceduto il 17 ottobre, Jacques de Molay aveva nascosto tutto ciò che era prezioso per l'Ordine. Sfortunatamente non era stata messa per iscritto nessuna indicazione sulla località scelta e, pochi anni dopo, la Morte Nera aveva eliminato tutte le persone che avevano delle informazioni sulla sua ubicazione. L'unico indizio veniva da un passaggio delle Cronache, datato 4 giugno 1307: *Qual è il posto migliore per nascondere un sasso?* I maestri successivi avevano cercato di rispondere a quella domanda, facendo ricerche finché ogni ulteriore tentativo non era parso del tutto inutile. Soltanto nel XIX secolo altri indizi erano venuti alla luce. Non grazie all'Ordine, bensì a due preti, parroci di Rennes-le-Château. Gli abati Antoine Bigou e Bérenger Saunière. Il siniscalco sapeva che Lars Nelle aveva studiato gli stupefacenti resoconti di quell'epoca e scritto un libro, negli anni '70, in cui rivelava al mondo l'importanza di quel paese francese e i suoi supposti significati mistici. Ora, apprendere che lui ci era *andato più vicino di altri* e che *la pista di Nelle era quella giusta* gli appariva quasi surreale.

Il siniscalco stava per fare altre domande, quando sentì avvicinarsi degli uomini. Si voltò e vide quattro cavalieri entrare nella cappella a passo di marcia. Dietro di loro veniva de Roquefort, che indossava il saio bianco da maestro.

«Complotti, siniscalco?» domandò de Roquefort, con un lampo negli occhi.

«Non più.» Il siniscalco si chiese cosa significava quello spiegamento di forze. «Hai bisogno di un pubblico?»

«Loro sono qui per te. Anche se spero che la cosa possa essere conclusa civilmente. Sei in arresto.»

«Con quale accusa?» chiese il siniscalco, senza rivelare un barlume di preoccupazione.

«Violazione del nostro giuramento.»

«Intendi spiegarti meglio?»

«Lo farò nel luogo opportuno. Questi fratelli sono qui per accompagnarti nelle tue stanze, dove trascorrerai la notte. Domani ti troverò una sistemazione più appropriata. Il tuo sostituto, per allora, avrà bisogno del tuo alloggio.»

«È gentile da parte tua.»

«Lo penso anch'io. Ma consolati. Già molto tempo fa avresti dovuto alloggiare in una cella penitenziaria.»

Il siniscalco conosceva quelle celle. Erano delle scatole di ferro, troppo basse per poterci stare dentro in piedi, troppo corte per poter stare sdraiati. I prigionieri dovevano restare piegati in due, e la privazione di cibo e di acqua rendeva ancora peggiore la detenzione. «Pensi di rimettere in uso quelle celle?»

Il francese si limitò a sorridere. Di rado la sua faccia demoniaca si rilassava in un sorriso. «I miei seguaci, a differenza di te, sono fedeli al loro giuramento. Non ci sarà bisogno di simili misure.»

«Potrei perfino pensare che tu ci creda.»

«Vedi, questa tua insolenza è la ragione per cui mi sono opposto a te. Quelli di noi che sono stati addestrati alla disciplina e alla devozione non si rivolgerebbero mai a un altro con modi così irrispettosi. Ma gli uomini come te, provenienti dal mondo secolare, credono che la loro arroganza sia tollerabile.»

«E negare al nostro maestro gli onori funebri è stata una dimostrazione di rispetto?»

«Questo è il prezzo che ha pagato per la *sua* arroganza.»

«Lui aveva avuto un'educazione religiosa, come te.»

«Questo conferma che anche noi siamo capaci di sbagliare.»

Il siniscalco era stanco di de Roquefort, così raddrizzò le spalle. «Chiedo di essere giudicato da un tribunale, com'è mio diritto.»

«Avrai i tuoi diritti. Nel frattempo sarai confinato.»

De Roquefort fece un gesto. I quattro fratelli si fecero avanti e, sebbene avesse paura, il siniscalco decise di comportarsi con dignità.

Lasciò la cappella circondato dalle quattro guardie, ma sulla porta esitò un momento e si girò per gettare un ultimo sguardo a Geoffrey. Il giovane era rimasto in silenzio durante il colloquio tra lui e de Roquefort. Com'era prevedibile, il nuovo maestro non aveva prestato la minima attenzione a uno così giovane. Sarebbero occorsi molti anni prima che Geoffrey potesse diventare una minaccia. Tuttavia il siniscalco si chiese se fosse davvero così.

Non un'ombra di paura, di vergogna o di apprensione scuriva il volto di Geoffrey. Al contrario, nei suoi occhi c'era una luce ferma e decisa.

25

Rennes-le-Château,
sabato 24 giugno, ore 9.30

Malone si piegò per entrare nella Peugeot.

Stephanie era già seduta nell'auto. « Visto nessuno? »

« I nostri due amici di ieri notte ci stanno dietro. Poppanti testardi. »

« Nessun segno della ragazza in motocicletta? »

« No, e neppure me lo aspettavo. »

« Dove sono i due simpaticoni? »

« In una Renault rossa in fondo alla strada, oltre l'acquedotto. Non voltare la testa, altrimenti li spaventiamo. »

Malone orientò il retrovisore per tenere d'occhio la Renault. Alcuni pullman di turisti e una dozzina di automobili occupavano il parcheggio. Il tempo sereno del giorno precedente era stato sostituito da pesanti nuvole temporalesche che gremivano il cielo. Presto avrebbe iniziato a piovere.

Malone e Stephanie stavano andando ad Avignone, lontana circa centocinquanta chilometri, per cercare Royce Claridon.

Malone aveva già studiato la carta stradale e stabilito il percorso migliore per liberarsi dei pedinatori. Avviò il motore e uscì dal parcheggio. Quand'ebbero oltrepassato l'arcata d'ingresso del centro abitato e furono scesi in pianura, notò che la Renault si teneva a distanza da loro.

« Come pensi di seminarli? »

Lui sorrise. « Nel solito, vecchio modo. »

« Progettare sempre con buon anticipo, giusto? »

« Me l'ha insegnato una persona per cui lavoravo una volta. »

Imboccarono la statale D118 verso nord. Secondo la carta, c'erano trentadue chilometri da lì alla A61, l'autostrada che passava a sud di Carcassonne e girava a nord-est verso Avignone. Circa dieci chilometri più avanti, a Limoux, la statale si biforcava: un ramo attraversava il fiume Aude fino a Limoux, l'altro proseguiva verso nord. Quello sarebbe stato il momento giusto.

Cominciò a piovere, dapprima qualche goccia, poi a rovesci.

Malone azionò sia il tergicristallo anteriore sia quello posteriore. La strada era sgombra. Il sabato mattina, evidentemente, la maggior parte delle persone restava a casa.

La Renault, coi fari antinebbia accesi sotto la pioggia, cominciò ad accorciare le distanze. Nel retrovisore Malone la vide sorpassare l'auto che stava giusto dietro di loro e poi, invece di rientrare nella corsia di marcia, dare gas e affiancare la Peugeot sulla corsia di sinistra.

Il finestrino posteriore si abbassò e apparve una pistola.

« Reggiti forte », avvertì Malone.

Schiacciò il pedale del gas e subito dopo girò a destra lungo un'ampia curva, continuando ad accelerare. La Renault restò indietro e tornò sulla corsia di destra.

« Sembra che ci sia un cambiamento nei piani. Le nostre ombre sono diventate aggressive. Chinati e tieni giù la testa. »

« Non preoccuparti per me e pensa a guidare. »

Senza rallentare, Malone affrontò un'altra curva, ma la Renault si stava avvicinando. Usare i freni su quella strada era rischioso. Sull'asfalto si era formato uno strato d'acqua molto insidioso. Non c'era la linea gialla della corsia di emergenza e ai lati della strada si stavano formando pozzanghere così lunghe che avrebbero potuto far perdere aderenza alla macchina.

Una pallottola sfondò il lunotto posteriore. Il vetro temprato non esplose, ma senza dubbio un altro colpo lo avrebbe ridotto in pezzi.

Malone cominciò a zigzagare, poi si accorse che un'auto veniva verso di loro e tornò sulla corsia di destra.

« Sai usare una pistola? » domandò, senza togliere gli occhi dalla strada.

« Dov'è? »

« Sotto il sedile. L'ho presa a uno di quei due, ieri sera. È carica. Spara qualche colpo, così li teniamo lontani. »

Stephanie trovò la pistola, abbassò il finestrino, sporse fuori il braccio con l'arma puntata all'indietro ed esplose cinque colpi.

Quella mossa deterrente ebbe l'effetto desiderato. La Renault si allontanò, ma non smise d'inseguirli. Malone prese un'altra curva a gran velocità, lavorando coi freni e col gas com'era stato addestrato a fare anni addietro.

Ne aveva abbastanza di essere la preda.

Svoltò nella biforcazione diretta a sud e inchiodò. I pneumatici stridettero sull'asfalto. La Renault li superò di slancio sull'altro ramo della statale, verso nord. Malone ingranò la retromarcia, ritornò sulla statale e schiacciò a tavoletta il pedale del gas.

I pneumatici urlarono ancora e l'auto schizzò avanti.

Cambiò marcia rapidamente e in pochi secondi fu di nuovo in quinta.

Adesso la Renault era davanti a loro. Malone non smise di accelerare: cento, centodieci, centoventi all'ora.

Quell'inseguimento lo stava eccitando. Era un bel po' di tempo che non si trovava in una situazione del genere.

Accelerò fino ad affiancare sulla destra la Renault, che stava andando contromano.

Entrambe le auto stavano filando a centotrenta all'ora, su un tratto di strada relativamente dritto e sgombro di traffico. All'improvviso superarono una cunetta, persero contatto col suolo e dopo un piccolo salto ricaddero con un gran tonfo sull'asfalto bagnato. Malone strinse i denti, imprecando, quando la cintura di sicurezza gli si piantò nel petto.

«Questo è stato divertente», commentò Stephanie. A destra e a sinistra si allargavano campi verdi. La pianura era un mare di lavanda, asparagi e uva. La Renault ruggiva accanto a loro, sempre oltre la linea bianca continua che delimitava le due corsie.

Malone scoccò un'occhiata all'altra macchina. Uno dei due tipi dai capelli corti si era sporto con tutto il busto fuori del finestrino del passeggero per prenderli meglio di mira.

«Sporgiti da questa parte e spara ai pneumatici», ordinò a Stephanie.

Lei si stava preparando a far fuoco, quando apparve un camion che veniva dalla parte opposta alla loro, più avanti, sulla corsia occupata dalla Renault. Malone aveva guidato abbastanza sulle strette statali europee a due corsie per sapere che i camionisti procedevano molto lentamente. Aveva sperato di trovarne uno più vicino a Limoux, ma le opportunità andavano colte dove si presentavano. Il camion era a meno di duecento metri da loro. Gli sarebbero stati addosso entro pochi istanti e, per fortuna, la corsia su cui si trovavano loro era libera.

« Aspetta », disse a Stephanie.

Si tenne parallelo alla Renault e non le permise di tornare sulla destra. L'altro guidatore aveva solo tre scelte: inchiodare, andare allo scontro frontale col camion oppure buttarsi nei campi sulla sinistra. Malone si augurò che il camionista restasse nella corsia su cui viaggiava, altrimenti sarebbe stato lui a dover uscire di strada.

Il conducente della Renault rossa evidentemente considerò quelle tre ipotesi e scelse di uscire fuori strada.

Il camion rombò accanto a loro e si allontanò verso sud.

Un'occhiata nel retrovisore confermò a Malone che i loro inseguitori erano impantanati nella melma. Lui si tenne nella corsia di marcia diretta a nord e si rilassò un poco, ma non alzò il piede dal pedale del gas. Lasciò la statale soltanto quando furono all'altezza di Limoux, come previsto.

Arrivarono ad Avignone poco dopo le undici di mattina. La pioggia si era fermata ottanta chilometri più a sud. Adesso, i vividi raggi del sole inondavano territori boscosi e colline dorate simili alle pagine di un antico manoscritto. La città, che un tempo era stata la capitale della cristianità per quasi cent'anni, era racchiusa dentro una cerchia di mura medievali fornite di torrette.

Malone guidò attraverso un labirinto di stradine fino a un parcheggio sotterraneo. Quando lasciarono la macchina e risalirono al livello del suolo, subito Malone notò le chiese romaniche strette tra edifici cotti dal sole, coi tetti e i muri del colore della sabbia sporca. Poiché era sabato, i turisti si aggiravano a migliaia, e i platani e gli ombrelloni multicolori in Place de l'Horloge davano ombra a una rumorosa folla seduta a pranzare all'aperto.

Mentre camminavano per raggiungere l'indirizzo segnato nel diario di Lars Nelle, Malone ripensò al XIV secolo, quando i papi, dopo aver abbandonato il Tevere per il Rodano, occupavano il grande palazzo sulla collina. Paradossalmente, Avignone era diventata una città di peccatori. Gli ebrei compravano la tolleranza pagando una modesta tassa, i criminali vivevano indisturbati, le case da gioco e i bordelli prosperavano. Il servizio di ronda era approssimativo e uscendo di casa dopo il tramonto si rischiava la vita. Cos'aveva scritto Petrarca? *Un luogo di tristezza, dove tutto respira menzogna.* Malone si augurò che in seicento anni le cose fossero cambiate.

L'indirizzo di Royce Claridon era un negozio di antiquariato – libri e mobili – nella cui vetrina facevano bella mostra di sé dei libri di Jules Verne risalenti ai primi anni del XX secolo. Malone conosceva bene quelle coloratissime edizioni. La porta era chiusa, ma un cartello fissato al vetro con nastro adesivo informava che quel giorno le vendite si effettuavano in Cours Jean Jaurés, alla fiera mensile del libro. Si fecero indicare da che parte si arrivava al mercatino all'aperto e lo trovarono a poca distanza, accanto a un viale. La piazzetta era occupata da lunghi tavoli di metallo smontabili. Su larghi vassoi di ceramica erano esposti in prevalenza libri francesi, ma non mancavano anche titoli in inglese, per la maggior parte libri illustrati che parlavano di cinema e di televisione. La fiera del libro sembrava attirare un tipo di clienti diverso dai soliti turisti: si vedevano ovunque capelli ben pettinati, gonne eleganti, occhiali, cravatte e barbe. In vista non c'era una Nikon né una telecamera.

Gli autobus che transitavano lì accanto erano gremiti di turisti diretti al palazzo papale, e i loro ruggenti diesel soffocavano la musica di un complesso di indiani che, dall'altra parte del viale, suonavano su scatole e bidoni vuoti. Un improvviso clangore fece sussultare Malone.

«Qualcosa non va?»

«Troppe distrazioni.»

Mentre s'incamminavano attraverso il mercato, il suo occhio di bibliofilo studiò la merce. Quella di qualche pregio era avvolta nella plastica. Un cartellino su ogni libro ne identificava la provenienza e il prezzo, che lui giudicò subito troppo elevato, rispetto alla qualità generalmente bassa. Da uno dei venditori vennero a sapere che la bancarella di Royce Claridon si trovava sul lato più lontano dalla strada. La donna che la gestiva era bassa e tozza, coi capelli biondi annodati in un concio. Portava occhiali da sole, e ciò che restava di visibile del suo volto era guastato dalla sigaretta incastrata tra le labbra. Il fumo era una cosa che Malone non aveva mai trovato attraente in una donna. Esaminarono i libri messi in vendita, disposti sopra larghi vassoi da cucina allineati su tovaglie sgualcite. Erano per la maggior parte volumi rilegati in stoffa, tutti in cattive condizioni. Malone fu stupito dal fatto che merce così malconcia trovasse dei compratori.

Alla fine si presentò. La donna non si preoccupò di fare altrettanto e continuò a fumare.

« Poco fa siamo passati dal suo negozio », disse Malone, in francese.

« Oggi è chiuso. » Il tono secco rese chiaro che, se non erano clienti, erano seccatori indesiderati.

« Non siamo interessati alla sua mercanzia », ammise Malone.

« Non siete i soli. »

« Gli affari vanno così male? »

Lei aspirò un'altra boccata. « Uno schifo. »

« Perché resta qui, allora? Perché non approfitta della bella giornata per fare una gita in campagna? »

La donna lo scrutò con aria insospettita. « Non mi piacciono le domande. Specialmente quelle degli americani che parlano un pessimo francese. »

« Credevo che il mio francese fosse buono. »

« Non lo è. »

Malone decise di andare al punto. « Stiamo cercando Royce Claridon. »

Lei ridacchiò. « E chi non lo cerca? »

« Sta dicendo che qualcun altro è venuto a cercarlo? » Quella tizia cominciava a dargli sui nervi.

La donna non rispose subito. Si voltò a guardare un paio di persone che si erano fermate a esaminare la sua mercanzia. Il complesso di bidoni e lattine dall'altra parte della strada passò a un'altra canzone. I due potenziali clienti si allontanarono.

« Devo tenerli d'occhio », borbottò lei. « Ruberebbero qualsiasi cosa. »

« Mi stia a sentire », fece Malone. « Le comprerò un vassoio intero, se risponderà a una domanda. »

La proposta sembrò interessarla. « Cosa vuole sapere? »

« Dove si trova Royce Claridon? »

« Non lo vedo da cinque anni. »

« Questa non è una risposta. »

« Se n'è andato. »

« E dov'è andato? »

« Le risposte che posso darvi per un vassoio di libri sono finite. »

Era chiaro che non avrebbero saputo altro da lei, e Malone non aveva intenzione di darle altro denaro.

Gettò sul tavolo una banconota da cinquanta euro e prese uno dei vassoi di libri. « La sua risposta è una presa in giro, ma io manterrò la mia parte del patto. »

Quindi s'incamminò verso il più vicino cassonetto per i rifiuti, alzò il coperchio e rovesciò i libri all'interno. Poi tornò indietro e rimise il vassoio sul tavolo. « Andiamocene. »

Prese Stephanie, e i due si allontanarono.

« Ehi, americano! »

Malone si fermò e si girò.

La donna si alzò dalla sedia. « Mi piace il tuo stile. »

Malone attese.

« Molti creditori stanno cercando Royce, ma trovarlo è facile. Domandate al sanatorio Villeneuve-les-Avignon. » Si batté un dito sulla tempia. « Fuori di testa, ecco cos'è successo a Royce. »

26

Abbaye des Fontaines,
ore 11.30

Il siniscalco sedeva nella sua camera. Quella notte aveva dormito poco, assillato dai suoi dilemmi. Fuori della porta erano di guardia due fratelli che non permettevano a nessuno di entrare, tranne che per portargli da mangiare. Essere in prigione non gli piaceva, anche se si trattava di una prigione comoda, almeno per il momento. Il suo alloggio non era spazioso come quelli del maestro e del maresciallo, tuttavia era sempre una stanza fornita di una finestra e di un bagno. Il pericolo che potesse fuggire dalla finestra non era stato considerato reale, visto che dal davanzale al terreno di nuda roccia grigia c'era uno strapiombo di trenta metri.

Tuttavia presto quei privilegi gli sarebbero stati tolti, perché de Roquefort non aveva intenzione di permettergli d'aggirarsi a suo piacere per l'abbazia. Probabilmente lo avrebbero trasferito in una delle stanze del sottosuolo adibite a magazzino per cibarie deperibili: un ottimo posto per tenere isolato un nemico. Il suo destino finale, comunque, era ancora un'ipotesi.

Era trascorso molto tempo dal giorno della sua accettazione.

La Regola era chiara: *Se un uomo desidera abbandonare il turbine della perdizione e lasciare la vita secolare per quella comunitaria, non sia accettato immediatamente, perché san Paolo disse: « Che egli metta alla prova la sua vocazione per vedere se essa viene da Dio ». Se la compagnia della confraternita gli è concessa, che gli sia letta la Regola, e, se egli desidera obbedire ai comandamenti della Regola, che i fratelli lo ricevano, affinché egli riveli i suoi desideri e le sue aspirazioni dinanzi a tutti e faccia la sua richiesta d'ammissione con cuore puro.*

La procedura era stata seguita e lui era stato accettato. Aveva prestato giuramento e cominciato il servizio con gioia.

Adesso era un prigioniero, accusato di false imputazioni da un politicante ambizioso. Non diversamente da quel suo antico fratello, caduto vittima della deprecabile avidità di Filippo il Bello. Il siniscalco aveva sempre considerato strano quel soprannome. In effetti, *il Bello* non aveva a che fare col carattere del monarca, poiché il re francese era un individuo freddo e riservato che voleva dominare la Chiesa Cattolica. Il soprannome si riferiva ai suoi capelli biondi e agli occhi azzurri. Un dettaglio estetico, che non corrispondeva a una bellezza interiore. Quasi come lui stesso, pensò.

Si alzò dalla scrivania e cominciò a camminare avanti e indietro, abitudine che aveva preso quando era in collegio. Muoversi lo aiutava a pensare. Sulla scrivania erano deposti i due libri che aveva prelevato dalla biblioteca due notti prima. Si rese conto che gli restavano poche ore e che quella avrebbe potuto essere la sua ultima possibilità di leggerli. Senza dubbio, quando alcune pagine fossero risultate mancanti, il furto di proprietà dell'Ordine sarebbe stato aggiunto alla lista delle accuse. La punizione prevista - la messa al bando - gli sarebbe giunta gradita, ma lui sapeva che la sua nemesi non gli avrebbe permesso di cavarsela così facilmente.

Raccolse il codice del XV secolo, un tesoro per cui ogni museo sarebbe stato disposto a pagare qualsiasi prezzo. Le pagine erano scritte nella calligrafia chiamata rotonda, comune in quell'epoca e usata nei manoscritti di gran pregio. La punteggiatura era assai scarsa, e ciò lasciava lunghe frasi di testo che riempivano ogni pagina da cima a fondo, da bordo a bordo. Uno scrivano aveva lavorato mesi per comporre quel manoscritto, chiuso nello scriptorium di un'abbazia con la penna d'oca in mano e gli occhi attenti alla lenta tracciatura delle lettere sulla pergamena. La rilegatura era segnata da tracce di bruciato e gocce di cera punteggiavano molte pagine, ma il codice era in ottime condizioni. Una delle grandi missioni dell'Ordine era la preservazione della conoscenza, e lui aveva avuto la fortuna d'imbattersi quell'oggetto, in mezzo alle migliaia di volumi conservati nella biblioteca.

Dovrai finire la ricerca. È il tuo destino. Che tu l'abbia capito o no. Quelle erano le parole del maestro, come gliele aveva riferite

Geoffrey. Però aveva detto anche: *Coloro che hanno camminato lungo il sentiero che tu stai per intraprendere sono stati molti, ma nessuno di loro ha avuto successo.*

Ma loro sapevano ciò che sapeva lui? Sicuramente no.

Prese l'altro volume. Anch'esso era scritto a mano, benché non da uno scrivano. L'opera infatti era stata eseguita nel novembre 1897 dall'allora maresciallo dell'Ordine, un uomo che aveva avuto contatti personali con l'abate Jean Antoine Maurice Gélis, parroco del paese di Coustausa, località situata nella valle del fiume Aude, non distante da Rennes-le-Château. Il loro era stato un incontro breve, tuttavia il maresciallo aveva appreso delle informazioni vitali.

Tornò a sedersi e cominciò a sfogliare il rapporto.

Alcuni brani attrassero la sua attenzione, parole che aveva già letto con interesse tre anni prima. Si alzò e andò vicino alla finestra, col libro in mano.

Sono stato sconvolto nell'apprendere che l'abate Gélis è stato ucciso nel giorno di Ognissanti. Lo hanno trovato completamente vestito, con in testa il suo cappello clericale, disteso in un lago di sangue sul pavimento della cucina. Il suo orologio si era fermato alle 12.15, ma l'ora della morte è stata individuata tra le 3 e le 4 di quella mattina. In quanto rappresentante del vescovo, ho parlato con gli abitanti del villaggio e col commissario della gendarmeria. Gélis era un uomo nervoso, noto perché teneva sempre le finestre chiuse, anche in estate. Non apriva mai la porta del presbiterio agli estranei e, poiché non c'erano segni di scasso, le autorità hanno concluso che l'abate conosceva il suo assassino.

Gélis è morto a settantun anni. È stato colpito alla testa con un attizzatoio del camino e poi mutilato con un'accetta. C'era molto sangue: ne sono state trovate chiazze sul pavimento e sul soffitto, ma in mezzo a queste pozzanghere non c'era neanche un'impronta di scarpa. Questo ha lasciato perplesso il commissario. Il corpo era stato intenzionalmente girato supino, con le braccia incrociate sul petto nella posa comune ai morti. In casa sono stati trovati seicentotré franchi in monete d'oro e banconote, più altri centosei franchi. È chiaro che il motivo del delitto non è stato il furto. L'unico elemento che può essere considerato un indizio era un pacchetto di cartine per sigarette. Scritte a penna su una di esse c'erano le parole Viva Angelina. *Questo è significativo, visto che Gélis non era un fumatore e detestava perfino l'odore del tabacco.*

A mio avviso, il vero movente dell'assassinio è stato rinvenuto nella camera da letto del prete. Qui l'aggressore ha aperto un cassetto. Le carte apparentemente sono al loro posto, ma è impossibile stabilire se sia stato asportato qualcosa. Dentro e intorno al cassetto sono state trovate delle macchie di sangue. Il commissario ha concluso che l'assassino stava cercando qualcosa, e forse io so di cosa si tratta.

Due settimane prima del delitto, mi ero incontrato con l'abate Gélis. Un mese prima di quella data, Gélis aveva comunicato per lettera col vescovo, a Carcassonne. Mi presentai a casa di Gélis e parlammo a lungo di ciò che lo preoccupava. Infine lui mi chiese di essere confessato. Poiché, a dire il vero, non sono un prete, e di conseguenza non sono obbligato al segreto, posso riferire ciò che mi fu detto.

Durante l'estate del 1896, Gélis scoprì nella sua chiesa una fiala di vetro. La balaustra del coro aveva dovuto essere sostituita e, quando gli operai avevano tolto il legno, era stato scoperto un nascondiglio contenente una fiala sigillata dalla ceralacca. Dentro di essa c'era un foglio di carta, che recava scritto quanto segue:

Y	E	N	S	Z	N	T	M	G	L	N	Y	Y	R	A	E	F	V	H	E
O	·	M	O	T	+	P	E	C	T	H	P	E	R	+	A	+	B	L	Z
V	O	U	P	H	R	E	I	+	D	U	S	T	L	E	G	R	,	D	F
L	P	O	R	X	F	O	N	S	R	T	V	H	V	G	+	C	R	K	R
R	D	E	U	M	A	E	T	R	+	R	O	A	U	·	S	M	B	A	Q
R	I	O	+	A	O	1	L	U	J	N	R	Z	K	M	A	O	X	E	M
T	N	A	F	O	G	R	N	E	O	Y	+	M	P	F	Q	L	É	,	+
K	X	V	O	,	L	T	K	Y	I	U	D	·	S	G	T	S	X	O	I
N	U	E	+	V	G	A	N	P	E	E	S	L	E	+	U	P	S	Q	M
S	N	L	I	N	G	,	L	O	+	P	A	Q	D	L	X	D	V	G	P
Y	V	E	K	C	·	T	U	B	G	,	H	S	M	S	C	·	L	Y	,
O	U	P	T	B	M	+	B	L	V	O	V	+	N	A	X	W	X	S	U
P	A	T	S	O	E	S	F	X	·	C	T	I	W	B	·	T	Y	+	O

Questo criptogramma è un comune sistema di codificazione abbastanza diffuso nel secolo scorso. Gélis mi disse che sei anni prima anche l'abate Saunière, di Rennes-le-Château, aveva trovato un simile criptogramma nella sua chiesa. Una volta confrontati, essi erano risultati identici. Saunière credeva che entrambe le fiale fossero state nascoste dall'abate Bigou, che prestò servizio a Rennes-le-Château durante la Rivoluzione Francese. Al tempo di Bigou, spesso accadeva che il parroco di Rennes venisse a dire messa nella chiesa di Coustausa. Così Bigou era un assiduo frequentatore dell'attuale parrocchia di Gélis. Anche Saunière pensò che ci fosse un collegamento tra i criptogrammi e la tomba di Marie d'Hautpoul de Blanchefort, che morì nel 1781. L'abate Bigou era stato il suo confessore e aveva provveduto sia alla sua sepoltura sia alla lapide, sulla quale era stata incisa una serie di parole e simboli abbastanza unica. Purtroppo Saunière non era stato in grado di decifrare niente, ma dopo un anno di lavoro Gélis risolse l'enigma del criptogramma. Mi disse che non si fidava molto di Saunière, poiché aveva motivo di pensare che gli scopi di questo abate fossero impuri. Così non rivelò al suo collega la soluzione cui era giunto.

L'abate Gélis voleva mettere al corrente il vescovo della soluzione completa, e pensava che avrebbe compiuto questo suo dovere comunicandola a me.

Sfortunatamente il maresciallo non aveva messo per iscritto ciò che gli era stato rivelato da Gélis. Forse pensava che l'informazione fosse troppo importante per scriverla, o forse anche lui era un cospiratore, come de Roquefort. Cosa strana, le Cronache riportavano che il maresciallo era scomparso un anno più tardi, nel 1898. Un giorno era uscito dall'abbazia per motivi di affari e non aveva più fatto ritorno. Le ricerche non avevano dato esito. Ma, grazie al cielo, aveva almeno registrato il disegno del criptogramma.

Le campane della Sesta cominciarono a suonare, chiamando i fratelli alla riunione di mezzogiorno. Tutti, fuorché il personale di cucina, si sarebbero recati in chiesa per la lettura dei salmi, gli inni e le preghiere fino all'una. Il siniscalco decise di trascorrere quell'ora in meditazione, ma fu interrotto da un leggero bussare alla porta. Si volse e vide entrare Geoffrey, col vassoio del cibo.

« Mi sono offerto volontario per portarti il pranzo », disse il giovane. « Mi è stato detto che hai saltato la colazione. Devi essere affamato. » Il tono di Geoffrey era stranamente spensierato.

La porta era rimasta aperta, e il siniscalco poté vedere le guardie, all'esterno.

« Ho portato qualcosa da bere anche per loro », proseguì Geoffrey, accennando ai due fratelli.

« Oggi sei d'umore generoso. »

« Gesù ha detto che il primo compito dell'uomo è la fede, il secondo l'amore e il terzo il lavoro ben fatto. Da ciò deriva la vita. »

« Hai ragione, amico mio », rispose il siniscalco nello stesso tono vivace, per tranquillizzare gli ascoltatori lì vicini.

« Come ti senti? » domandò Geoffrey.

« Come ci si può aspettare. » Prese il vassoio e lo depose sul tavolo.

« Ho pregato per te, siniscalco. »

« Oso dire che questo titolo non mi appartiene più. Sicuramente de Roquefort lo ha assegnato a qualcun altro. »

Geoffrey annuì. « Al suo luogotenente. »

« Che Dio ci aiuti... » S'interruppe quando vide uno degli uomini fuori della porta afflosciarsi al suolo. Un momento dopo, anche l'altro cadde sul pavimento. Il contenuto dei boccali si sparse sulle mattonelle.

« Ha agito in fretta », commentò Geoffrey.

« Cosa gli hai dato? »

« Un sedativo. Me l'ha procurato il medico. Inodore e insapore, ma rapido. Il medico è dalla nostra parte. Ti augura buon viaggio. Ora dobbiamo andare. Il maestro ha preparato un piano, ed è mio dovere accertarmi che si realizzi. »

Geoffrey tirò fuori due pistole da una tasca interna. « Anche l'addetto all'armeria è dei nostri. Di queste potremmo averne bisogno. »

Il siniscalco sapeva usare le armi: faceva parte dell'addestramento ricevuto da ogni fratello. Impugnò la pistola. « Stiamo per lasciare l'abbazia? »

Geoffrey annuì. « È necessario, per eseguire il nostro incarico. »

« Il *nostro* incarico? »

« Sì. Sono stato preparato a questo da molto tempo. »

Il siniscalco percepì il suo ardore e, sebbene fosse appena dieci anni più vecchio di Geoffrey, si sentì inadeguato. Quel giovane fratello si stava rivelando sorprendente. « Come ho detto ieri, il maestro sapeva ciò che faceva quando ti ha scelto. »

Geoffrey sorrise. « Credo che questo si possa dire anche di te. »

Il siniscalco prese uno zaino e lo riempì con alcuni oggetti da toeletta, gli effetti personali e i due libri prelevati dalla biblioteca. « Non ho altri abiti che questo saio. »

« Compreremo qualcosa quando saremo lontani. »

« Hai del denaro? »

« Il maestro era un uomo previdente. »

Geoffrey corse alla porta e guardò a destra e a sinistra. « Tutti i fratelli sono occupati con la Sesta. La strada dovrebbe essere sgombra. »

Prima di seguire Geoffrey nel corridoio, il siniscalco lanciò un ultimo sguardo al suo alloggio. Aveva trascorso lì alcuni dei momenti migliori della sua vita, ed era triste lasciarsi indietro quei ricordi. Ma un'altra parte della sua mente lo spingeva a uscire incontro all'ignoto, fuori, verso quella verità che, evidentemente, il maestro aveva già affrontato, qualunque fosse.

27

Villeneuve-les-Avignon,
ore 12.30

Malone osservò Royce Claridon. L'uomo indossava larghi pantaloni di velluto macchiati di quella che sembrava pittura turchese, e una camicia sportiva di flanella copriva il petto gracile. Era probabilmente vicino ai sessanta, magro come una mantide religiosa, con un volto dignitoso dai lineamenti piccoli e stretti. Gli occhi erano scuri e profondamente infossati, non più illuminati dalla presenza dell'intelletto, tuttavia penetranti. Aveva i piedi scalzi e impolverati, le unghie sporche, capelli e barba disordinati come cespugli grigi. L'infermiere li aveva avvertiti che Claridon era un allucinato, ma solitamente innocuo, e che quasi tutti nell'istituto lo evitavano.

« Voi chi sareste? » domandò Claridon in francese, scrutando Malone con uno sguardo tra distaccato e perplesso.

Il sanatorio occupava un enorme castello che – come informava una targa all'esterno – era di proprietà del governo francese fin dalla Rivoluzione. Varie ali erano state aggiunte all'edificio principale e molte delle antiche sale erano diventate corsie per i pazienti. Quella in cui si trovavano era un solarium, circondato da un perimetro di finestroni alti fino al soffitto che incorniciavano la campagna esterna. Un afflusso di nubi cominciava a velare il sole di mezzogiorno. Uno degli infermieri aveva detto che Claridon trascorreva lì la maggior parte delle sue giornate.

« Vieni dalla direzione? » domandò l'uomo. « Ti manda il maestro? Ho molte informazioni da passargli. »

Malone decise di dargli spago. « Veniamo da parte del maestro. Lui ci ha mandato a parlare con te. »

« Ah, finalmente. Ho aspettato tanto. » La sua voce vibrava di eccitazione.

Malone fece un cenno a Stephanie, e lei indietreggiò. L'individuo evidentemente si credeva un templare, e le donne non facevano parte della confraternita. « Dimmi, fratello, ciò che hai da dire. Dimmi tutto. »

Claridon palpeggiò i braccioli della sedia, poi balzò in piedi e cominciò a portare avanti e indietro la sua magra figura, scalzo com'era. « È stato terribile. Davvero terribile. Eravamo circondati da tutti i lati. Nemici a perdita d'occhio. Ci erano rimaste le ultime frecce, il cibo era guastato dal caldo, l'acqua finita. Molti erano morti di dissenteria. Nessuno di noi sarebbe vissuto a lungo. »

« Sembra drammatico. Cos'avete fatto? »

« Vedemmo accadere la più strana delle cose. Una bandiera bianca fu alzata oltre le mura. Noi ci guardammo, mormorando con aria sbalordita le parole che ciascuno pensava: *Vogliono parlamentare.* »

Malone sapeva che, al tempo delle crociate, avviare trattative era una pratica comune. Gli eserciti in stallo spesso decidevano di mettere fine al conflitto prendendo accordi, in base ai quali ciascuno potesse dichiarare di aver vinto.

« Avete intavolato trattative? »

L'uomo annuì, alzando quattro dita sporche. « Uscimmo a cavallo dalle mura, recandoci in mezzo alla loro orda. Essi ci ricevettero con cordialità, e la discussione non fu senza progressi. Alla fine stabilimmo i termini. »

« Dimmi, allora. Qual è il messaggio che il maestro dovrà sapere? »

Claridon lo guardò con una smorfia irosa. « Sei un insolente. »

« Cosa vuoi dire? Ho molto rispetto per te, fratello. È per questo che sono qui. Fratello Lars Nelle mi ha detto che sei un uomo fidato. »

Quel nome sembrò penetrare nel cervello di Claridon. Una luce si accese nei suoi occhi. « Lo ricordo. Un guerriero coraggioso, combatteva con molto onore. Sì, sì, lo ricordo. Fratello Lars Nelle. Dio accudisca la sua anima. »

« Perché dici questo? »

« Non l'avete saputo? » La sua voce era incredula. « È morto in battaglia. »

« Dove? »

Claridon scosse il capo. « Questo non lo so. So soltanto che ora abita col Signore. Celebrammo una messa in suo onore e gli dedicammo molte preghiere. »

« Hai spezzato il pane col fratello Nelle? »

« Molte volte. »

« Lui ti ha parlato della sua ricerca? »

Claridon si spostò più a destra, ma tenne lo sguardo su Malone. « Perché me lo domandi? »

Quel piccolo individuo cominciò a girargli intorno come un gatto. Malone decise di stare al gioco che la mente sconvolta dell'uomo immaginava, qualunque fosse. Lo afferrò per la maglietta, sollevandolo dal pavimento. Stephanie fece un passo avanti, ma con un'occhiata lui le fece capire di restare in disparte.

« Il maestro è dispiaciuto », affermò Malone. « Molto dispiaciuto. »

« Per quale motivo? » Sul volto di Claridon si soffuse il profondo rossore della vergogna.

« È dispiaciuto con te. »

« Io non ho fatto niente. »

« Non vuoi rispondere alle mie domande. »

« Cos'è che vuoi sapere? »

« Parlami della ricerca di fratello Nelle. »

Claridon scosse il capo. « Non so niente. Il fratello non si confidava con me. »

Malone vide paura e grande confusione negli occhi che lo fissavano. Lo lasciò andare. Claridon si voltò verso una finestra, raccolse un rotolo di tovaglioli di carta e una bottiglia di detersivo spray. Spruzzò il detersivo su un vetro dove non c'era neppure una macchia e cominciò a lavarlo.

Malone guardò Stephanie. « Qui stiamo perdendo tempo. »

« Cosa ti aveva fatto pensare il contrario? »

« Dovevo provarci. » Ripensò alla lettera spedita a Ernst Scoville e decise di fare un ultimo tentativo. Ripescò il foglio dalla tasca interna della giacca e si accostò a Claridon. Oltre i vetri, pochi chilometri a ovest, sorgevano i bastioni grigio pallido di Villeneuve-les-Avignon.

« I cardinali abitano laggiù », disse Claridon, senza smettere di pulire i vetri. « Principi insolenti, tutti quanti. »

Malone sapeva che un tempo i cardinali avevano costruito sfarzose residenze sulle colline fuori delle mura di Avignone, sia per sfuggire ai rumori di una città congestionata sia per tenersi lontani dagli occhi del papa. Quelle *livrées* erano ormai scomparse, ma restava ancora l'antica città, ormai quasi disabitata.

« Noi siamo i protettori dei cardinali », riprese Malone, continuando a recitare.

Claridon sputò sul pavimento. « La peste a tutti. »

« Leggi questo. »

Il piccolo individuo prese il foglio. Un'espressione di stupore gli spalancò gli occhi. « Io non ho rubato niente all'Ordine. Lo giuro. » La sua voce si alzò. « Questa accusa è falsa. Sono disposto a giurarlo davanti a Dio. Non ho rubato niente! »

L'uomo vedeva sulla pagina soltanto ciò che voleva vedere. Malone si riprese il foglio.

« Stiamo perdendo tempo, Cotton », affermò Stephanie.

Claridon si accostò a lui. « Chi è questa strega? Perché si trova qui? »

Malone fu sul punto di sorridere. « È la vedova di Nelle. »

« Non sapevo che il fratello fosse sposato. »

« Come sai, molti fratelli una volta erano sposati. Ma lei era una moglie infedele, così il loro matrimonio è stato sciolto e lei si è ritirata in un convento. »

L'uomo scosse il capo. « Sembra una donna difficile. Perché l'hai portata con te? »

« Anche lei cerca la verità su suo marito. »

Claridon si voltò a puntare un dito accusatore verso Stephanie. « Tu sei malvagia! Fratello Nelle è stato punito dalla confraternita per colpa dei tuoi peccati. Vergogna su di te. »

Stephanie ebbe il buonsenso di chinare la testa. « Io non cerco altro che il perdono. »

Alla vista della sua umiltà, Claridon si ammorbidì. « E avrai il mio, sorella. Vai in pace. »

Malone le fece un cenno e i due si avviarono verso la porta. Claridon tornò a sedersi.

« È così triste », commentò Stephanie. « Perdere la ragione è terribile. Lars parlava spesso della pazzia, ne aveva paura. »

« Tutti ne abbiamo paura. » Malone aveva ancora in mano la lettera trovata in casa di Ernst Scoville. Aprì ancora il foglio e lesse le ultime righe.

Ad Avignone cerca Claridon. Lui può indicare la strada. Ma prend garde l'Ingénieur.

« Mi chiedo quale strada possa indicare Claridon », disse. « Noi non ne abbiamo cavato niente. Questo indizio sembra un vicolo cielo. »

« Non è vero. »

Quelle parole, pronunciate in inglese, venivano dall'altro lato del solarium.

Malone si voltò mentre Claridon si alzava dalla sedia. La confusione era scomparsa dalla sua faccia barbuta. « Io posso indicare la direzione. E il consiglio di quella lettera va seguito. Dovete stare attenti all'ingegnere. Lei, insieme con altri, è il motivo per cui mi nascondo qui. »

28

Abbaye des Fontaines

Il siniscalco seguì Geoffrey attraverso l'intrico di corridoi dal soffitto a volta. Fortunatamente tutti i fratelli erano riuniti nella cappella per le preghiere del mezzogiorno. Fino a quel momento non avevano incrociato nessuno.

Svoltarono verso il *palais* che ospitava la sala dei convegni, gli uffici amministrativi e le stanze aperte al pubblico. In passato, quando l'abbazia era isolata da ogni contatto esterno, nessuno aveva il permesso di oltrepassare l'atrio del pianterreno. Ma con l'esplosione del turismo, nel XX secolo, quando altre abbazie avevano aperto le porte al pubblico, per non destare sospetti l'Abbaye des Fontaines si era allineata, offrendo visite guidate e conferenze informative, molte delle quali avevano luogo proprio nel *palais*.

I due entrarono nel vasto androne. La luce che filtrava dai vetri color verde marcio delle finestre si spandeva sulle mattonelle a riquadri bianchi e neri del pavimento. Una parete era dominata da un enorme crocifisso di legno, quella opposta era coperta dalla tappezzeria.

Trenta metri più avanti, all'ingresso di un corridoio, c'era Raymond de Roquefort, in compagnia di cinque fratelli armati di pistole.

« Ve ne andate? » domandò il nuovo maestro.

Il siniscalco si era irrigidito, ma Geoffrey alzò la pistola e sparò due volte. Gli uomini dall'altra parte dell'atrio si gettarono a terra, mentre le pallottole rimbalzavano sui muri.

« Da questa parte », disse Geoffrey, indicando un altro corridoio.

Due pallottole li mancarono di poco.

Geoffrey sparò ancora e spinse il siniscalco al riparo nella prima porta che vide, quella di un locale dove un tempo i mercanti portavano le loro merci per esporle.

« E va bene », gridò de Roquefort. « Avete la mia attenzione. È necessario spargere del sangue? »

« Questo sta a te deciderlo », ribatté il siniscalco.

« Credevo che il tuo giuramento significasse qualcosa. Non è tuo dovere obbedire al tuo maestro? Ti avevo ordinato di restare nel tuo alloggio. »

« Ah, sì? Devo essermelo dimenticato. »

« È interessante vedere come a te si applicano certe regole, mentre al resto di noi certe altre. Nonostante questo, sarebbe meglio essere ragionevoli, non sei d'accordo? »

Il siniscalco si chiese il perché di quella tattica così moderata. « Tu cosa proponi? »

« Immaginavo che avresti cercato di fuggire. La Sesta sembrava l'ora migliore, così ti ho aspettato. Vedi, io ti conosco bene. Il tuo aiutante, però, mi ha sorpreso. C'è coraggio e lealtà in ciò che ha fatto. Mi piacerebbe che voi due vi uniste alla mia causa. »

« E cosa vorresti che facessimo? »

« Aiutarmi a realizzare il mio destino, invece di mettermi i bastoni tra le ruote. »

C'era qualcosa di strano. De Roquefort stava recitando. Poi un pensiero lo colpì. Cercava di guadagnare tempo.

Si voltò di scatto.

Un uomo armato girò l'angolo, a quindici metri da lì. Anche Geoffrey lo vide. Il siniscalco sparò un colpo mirando alla parte più bassa del saio dell'aggressore. La pallottola squarciò la carne e l'uomo urlò, rotolando al suolo. Che Dio gli perdonasse quell'atto. La Regola proibiva di fare del male a un altro cristiano. Ma non c'era scelta. Doveva fuggire da quella prigione.

« Andiamocene », disse.

Geoffrey passò avanti e i due corsero via, saltando il corpo dell'uomo che si contorceva per il dolore.

Svoltarono l'angolo e continuarono a fuggire.

Dietro di loro echeggiò un rumore di passi.

« Spero che tu sappia cosa stai facendo », disse il siniscalco.

Oltrepassarono un'altra svolta del corridoio. Geoffrey si

fermò davanti a una porta semiaperta e i due scivolarono dentro, chiudendola dietro di loro. Un secondo più tardi gli inseguitori passarono oltre e il rumore di passi svanì in distanza.

«Quel corridoio finisce al gymnasium», affermò il siniscalco. «Non ci metteranno molto a scoprire che non siamo là.»

Tornarono in corridoio, col fiato mozzo per l'agitazione, e corsero verso il gymnasium, ma al primo incrocio, invece di girare a destra, presero a sinistra, in direzione della sala mensa. Il siniscalco si stava chiedendo come mai i colpi di pistola non avessero richiamato altri fratelli. La musica nella cappella era sempre ad alto volume e rendeva impossibile udire qualcosa oltre le mura. Tuttavia, se de Roquefort si aspettava che lui fuggisse, era ragionevole presumere che avesse scaglionato altri fratelli in tutta l'abbazia.

Le panche e i lunghi tavoli della mensa erano vuoti. Dalle cucine proveniva un odore di pomodori bolliti. Sul pulpito dell'oratore, al centro della parete sinistra, c'era un fratello in saio che imbracciava un fucile.

Il siniscalco si gettò sotto un tavolo, usando lo zaino come cuscino, mentre Geoffrey cercò rifugio sotto un altro tavolo.

Una pallottola si conficcò nello spesso piano di quercia.

Geoffrey si alzò a mezzo e sparò due colpi, uno dei quali centrò il bersaglio. L'uomo vacillò e cadde a terra.

«L'hai ucciso?» domandò il siniscalco.

«Spero di no. Credo di averlo colpito a una spalla.»

«Le cose ci stanno sfuggendo di mano.»

«Ormai è troppo tardi.»

Si alzarono. Alcuni uomini che portavano grembiuli sporchi corsero fuori delle cucine. Erano i cuochi e i loro assistenti. Non si trattava di una minaccia.

«Tornate dentro. Subito!» gridò il siniscalco, e tutti gli obbedirono.

«Siniscalco», lo chiamò Geoffrey, in tono impaziente.

«Vai avanti.»

I due lasciarono la mensa da un'altra uscita. Dietro di loro potevano udire delle voci e il rumore di suole di cuoio sulle mattonelle. Il ferimento di due fratelli avrebbe inferocito perfino il più mite dei loro inseguitori. Il siniscalco era irritato per essere caduto nella trappola che de Roquefort gli aveva preparato. Ogni credibilità che poteva aver avuto era svanita. Ora nessuno avrebbe più avuto fiducia in lui.

Entrarono nell'ala del dormitorio. La porta all'altra estremità del corridoio era chiusa.

« Sembra che le nostre scelte siano limitate », commentò il siniscalco.

« Vieni », disse Geoffrey.

Corsero nel dormitorio, un lungo locale che ospitava due file di letti a castello sui due lati del passaggio centrale, in stile militare, sotto una serie di finestre alte e strette.

Dal corridoio provenne un grido. Poi altre voci, eccitate. Un gruppo di persone veniva da quella parte.

« Da qui non c'è altra via d'uscita », sentenziò il siniscalco.

Erano a metà della fila di letti vuoti. Dietro di loro c'era l'ingresso, da cui tra poco sarebbero sbucati gli inseguitori. Più avanti c'erano i lavatoi.

« Nei gabinetti », disse il siniscalco. « Speriamo che loro tirino diritto. »

Geoffrey corse all'estremità del dormitorio, dove due porte conducevano ai lavatoi. « Qui dentro. »

« No, separiamoci. Tu vai di là. Nasconditi in uno stallo e sali in piedi sulla tazza. Io entro negli altri. Se non facciamo rumore, forse avremo fortuna. Comunque... » Esitò, nell'ammettere quella realtà spiacevole. « È l'unica mossa che ci resta. »

De Roquefort esaminò la ferita di proiettile. La spalla sanguinava e l'uomo soffriva, lottando per non soccombere allo shock. De Roquefort lo aveva fatto appostare nella mensa nel caso il siniscalco avesse tentato di passare di là. E aveva visto giusto. Ciò che aveva sottovalutato era stata la risolutezza del suo avversario. I fratelli facevano voto di non arrecare danno a un altro fratello. Aveva pensato che il siniscalco fosse così idealista da tenere fede a quel giuramento. E, invece, due uomini avrebbero dovuto essere ricoverati all'infermeria. Per evitare ulteriori complicazioni, si augurava che non fosse necessario trasferirli all'ospedale di Perpignano o di Mont Louis.

Il medico dell'abbazia era un chirurgo qualificato e disponeva di una sala operatoria ben attrezzata, una struttura già usata varie volte in passato, ma c'erano dei limiti alle sue possibilità.

«Portatelo dal dottore e ditegli di medicare sia lui sia l'altro», ordinò al luogotenente. Guardò l'orologio. Mancavano quaranta minuti alla fine delle preghiere della Sesta.

Un altro fratello si avvicinò. «La porta all'estremità del dormitorio è ancora chiusa, come tu avevi ordinato.»

De Roquefort sapeva che non erano tornati indietro attraverso la mensa, e ciò lasciava una sola alternativa. Prese la pistola dell'uomo.

«Resta qui e non far passare nessuno. Me ne occuperò io stesso.»

Il siniscalco entrò nel lavatoio. Il vasto locale era occupato da file di gabinetti, orinatoi e lavandini d'acciaio incorniciati di marmo. Aveva sentito Geoffrey, nel locale adiacente, che prendeva posizione in uno stallo. Si accorse di essere troppo agitato e cercò di calmarsi. Non si era mai trovato in una situazione come quella. Trasse qualche profondo respiro, poi si girò e abbassò la maniglia della porta, aprendola appena di una fessura per sbirciare fuori.

Il dormitorio era ancora vuoto.

Forse le ricerche si erano concentrate più avanti. L'abbazia era percorsa da corridoi come un formicaio. Tutto ciò di cui loro avevano bisogno per fuggire erano pochi, preziosi minuti. Imprecò ancora contro la sua stessa debolezza. Tutti quegli anni di meditazione e riflessione erano stati inutili. Adesso era un fuggiasco, con oltre quattrocento fratelli che lo consideravano un nemico. *Conosco il potere dei nostri avversari.* Era ciò che aveva detto al maestro solo pochi giorni prima. Scosse il capo. Quella era la dimostrazione che si era sbagliato. Fino a quel momento non aveva fatto nulla di molto intelligente.

La porta d'ingresso del dormitorio si spalancò. Raymond de Roquefort entrò e chiuse il grosso catenaccio dietro di sé.

Ogni speranza del siniscalco svanì.

La resa dei conti sarebbe avvenuta lì e subito.

De Roquefort aveva una pistola e, mentre esaminava il lungo locale, si stava certo chiedendo dove fosse la sua preda. Non erano riusciti a prendersi gioco di lui. Tuttavia il siniscalco non aveva intenzione di rischiare anche la vita di Geoffrey. Doveva attirare l'attenzione del suo nemico. Così lasciò andare la maniglia e permise alla porta di chiudersi con un lieve tonfo.

De Roquefort captò un accenno di movimento e udì il rumore di una porta toccare appena il montante metallico. Il suo sguardo saettò verso il fondo del dormitorio, su una delle porte dei lavatoi.

Aveva visto giusto.

I due si trovavano lì.

Era tempo di risolvere quel problema.

Il siniscalco studiò il lavatoio. La luce al neon ne illuminava a giorno ogni angolo. Il lungo specchio a muro sopra i lavandini faceva sembrare più larga la stanza. Il pavimento era rivestito di mattonelle e i gabinetti erano separati da muri rivestiti di marmo. Tutto era costruito con cura e fatto per durare.

S'infilò nel secondo stallo e chiuse lo sportello. Salì sul water e si sporse sopra il divisorio finché non riuscì a chiudere le porte del primo e del terzo stallo. Poi restò lì, senza scendere dalla tazza, e si augurò che de Roquefort abboccasse all'esca.

Gli serviva qualcosa per attirare la sua attenzione, così sfilò dalla nicchia il cilindro girevole col rotolo della carta igienica.

Il lavatoio fu percorso da una corrente d'aria quando la porta venne spalancata.

Rumore di passi.

Il siniscalco restò sul gabinetto, con la pistola in mano, e s'impose di respirare lentamente.

De Roquefort puntò l'automatica a canna corta verso gli stalli. Il siniscalco era lì, lo sapeva. Ma dove? Poteva correre il rischio di chinarsi a guardare sotto gli sportelli? Tre stalli erano chiusi, altri tre aperti.

No.

Decise di sparare.

Il siniscalco aveva riflettuto che ci sarebbe voluto solo un momento prima che de Roquefort aprisse il fuoco, così gettò nel primo stallo il cilindro e il rotolo di carta igienica.

Il metallo rimbalzò sulle mattonelle con un clangore secco.

De Roquefort sparò alcuni colpi nel primo stallo e spalancò lo sportello con un calcio. Nell'aria c'era una nuvoletta di polvere di marmo. Lui sparò un altro colpo, che sfondò il cassonetto dell'acqua e aprì una tacca nel muro.

L'acqua fiottò dalla spaccatura.

Ma il cubicolo era vuoto.

Un istante prima che de Roquefort capisse il suo errore, il siniscalco sparò da sopra il divisorio, conficcando due pallottole nel petto del suo nemico. I colpi riecheggiarono tra le pareti, così forti da scuotergli il cervello.

Vide de Roquefort cadere sulla tazza del water, piegato in due come se avesse ricevuto un pugno nello stomaco. Ma non scorse sangue. L'uomo sembrava soltanto stordito. Poi notò uno spesso orlo grigio-azzurro sotto il colletto del saio bianco.

Un giubbotto antiproiettile.

Modificò la mira e sparò alla testa.

De Roquefort intuì il pericolo e rotolò di lato prima che la pallottola lo ferisse. Si gettò fuori dello stallo, scivolando sul pavimento bagnato, e annaspò verso la porta del lavatoio.

Pezzi di maiolica bianca e di mattonelle schizzarono in aria dietro di lui. Lo specchio esplose con un gran fracasso, inondando di schegge i lavandini. Il lavatoio era relativamente piccolo, ma il suo avversario era stato inaspettatamente abile. De Roquefort raggiunse la porta e uscì appena prima che un altro colpo colpisse il muro, mancandolo di un soffio.

Il siniscalco uscì dal suo nascondiglio. Corse verso la porta e si preparò a sparare. De Roquefort era senza dubbio lì fuori, in attesa. Ma lui non si sarebbe defilato. Non ora. Quello scontro lo doveva alla memoria del suo maestro. I Vangeli erano chiari. Gesù non era venuto a portare la pace, bensì una spada. E così avrebbe fatto lui.

Si fece forza, tenne salda l'arma e spalancò la porta.

La prima cosa che vide fu Raymond de Roquefort. La seconda fu Geoffrey, con la pistola fermamente puntata al collo del nuovo maestro, mentre l'arma di quest'ultimo giaceva al suolo.

29

Villeneuve-les-Avignon

Malone guardò Royce Claridon e disse: « Molto convincente ».

« Ho fatto pratica. » Claridon si rivolse a Stephanie. « È la moglie di Lars? »

Lei annuì.

« Era un amico e un grand'uomo. Molto intelligente, ma anche ingenuo. Sottovalutò quelli che gli si opponevano. »

Erano ancora soli nel solarium, e Claridon notò le occhiate che Malone gettava in direzione della porta.

« Non verremo disturbati. Nessuno vuole ascoltare le mie divagazioni. Ho fatto in modo di diventare fastidioso. Tutti tirano un respiro di sollievo quando mi apparto qui. »

« Da quanto tempo è ricoverato? »

« Da cinque anni. »

Malone non nascose il suo stupore. « Perché? »

Claridon smise di camminare avanti e indietro. Fuori delle finestre, una torma di nuvole nere saliva da occidente. Il sole balenava tra gli squarci come fuoco dalla bocca di una fornace. « C'è gente che cerca ciò che cercava Lars. Non apertamente, per non attrarre l'attenzione del pubblico su questa ricerca. Ma trattano con spietata durezza chi si mette sulla loro strada. Così io sono venuto qui, e mi fingo malato. Mangio bene, si prendono cura delle mie necessità e, cosa più importante, non fanno domande. In questi cinque anni non ho mai parlato in modo razionale, fuorché a me stesso. E posso assicurarvi che alla fine ci si annoia. »

« Perché adesso parla con noi? » volle sapere Stephanie.

« Lei è la vedova di Lars. Per lui avrei fatto qualunque cosa. » Claridon puntò un dito verso Malone. « E quella lettera. È stata mandata da qualcuno che sa. Forse perfino da quella gente che, come ho detto, non sopporta che altri intralcino il loro cammino. »

« Lars era un pericolo per loro? » domandò Stephanie.

Claridon annuì. « Molti volevano sapere ciò che lui aveva scoperto. »

« Che tipo di rapporti aveva con lui? » lo interrogò Stephanie.

« Io ero un commerciante di libri e lui aveva bisogno di materiale difficile a trovarsi. »

Anche la libreria di Malone era frequentata da collezionisti e da studiosi.

« Alla fine diventammo amici e io cominciai a condividere la sua passione », proseguì Claridon. « Questa regione è la mia patria. La mia famiglia vi abita fin dal medioevo. Alcuni miei antenati erano catari, messi al rogo dai cattolici. Ma poi Lars purtroppo morì e, dopo di lui, anche altri perirono. Così io mi sono nascosto qui. »

« Quali altri? »

« Un commerciante di libri di Siviglia, un libraio di Marsiglia, uno studioso a Roma... Per non parlare di Mark. »

« Ernst Scoville è morto », affermò Stephanie. « Investito da un'auto la settimana scorsa, giusto dopo che io avevo parlato con lui. »

Claridon si fece subito il segno della croce. « Quelli che cercano pagano un duro prezzo. Mi dica, Madame, lei sa qualcosa? »

« Ho il diario di Lars. »

L'espressione dell'uomo si velò di preoccupazione. « Allora lei rischia la vita. »

« Per quale motivo? » domandò Malone.

« Terribile », disse Claridon. « Davvero terribile. Non è giusto che lei sia coinvolta. Ha già perso suo marito e suo figlio... »

« Cosa sa di Mark? »

« È stato proprio dopo la sua morte che sono venuto qui. »

« Mio figlio è stato travolto da una valanga. »

« Non è vero. È stato ucciso. Proprio come gli altri di cui ho parlato. »

Malone e Stephanie tacquero, aspettando che quello strano individuo si spiegasse.

« Mark stava seguendo una traccia scoperta da suo padre anni addietro. Non era appassionato come Lars, e gli occorsero anni per decifrare le sue note, ma alla fine scoprì in esse un significato. Si diresse a sud, sulle montagne, per cercare, ma non fece più ritorno. Proprio come suo padre.»

«Mio marito si è impiccato sotto un ponte.»

«Lo so. Tuttavia mi sono sempre chiesto cos'è veramente successo.»

Stephanie non replicò, ma il suo silenzio significava che anche lei si era posta la stessa domanda.

«Lei dice di essere venuto qui per sfuggire a *loro*», continuò Malone. «Chi sono *loro*? I Cavalieri Templari?»

Claridon annuì. «Mi sono trovato a faccia a faccia con loro in due occasioni. Non è stato divertente.»

Malone capì che non era ancora il momento di approfondire quell'aspetto. Aveva ancora in mano la lettera spedita a Ernst Scoville, a Rennes-le-Château. Fece un gesto col foglio. «In che modo può indicarci la strada? Dove dobbiamo andare? E chi è l'ingegnere da cui dovremmo guardarci?»

«Il suo nome è Cassiopea Vitt. Anche lei vuole ciò che cercava Lars.»

«È una che sa usare bene il fucile?»

«Ha molti talenti. Sono sicuro che tra essi c'è anche l'uso delle armi. Abita a Givors, un'antica cittadella. È una donna di colore, una musulmana, e possiede ingenti ricchezze. Sta facendo ricostruire un castello qui, nelle vicinanze, usando solo tecniche del XIII secolo. Sovrintende personalmente il progetto e si fa chiamare l'*Ingénieur*. L'avete incontrata?»

«Credo che mi abbia salvato la pelle a Copenhagen. È per questo che mi chiedo perché dovremmo guardarci da lei.»

«I suoi motivi sono sospetti. Lei cerca ciò che cercava Lars, ma per ragioni diverse.»

«Ma di cosa si tratta?» domandò Malone, stanco di giocare agli indovinelli.

«Quello che i templari hanno lasciato molto tempo fa. La loro Grande Eredità. Ciò che scoprì il prete, Saunière. Ciò che gli stessi fratelli del Tempio di Salomone stanno cercando da secoli.»

Malone non credeva a una sola parola, ma fece ancora un gesto col foglio. «Allora ci indichi la direzione giusta.»

«Non è così semplice. Il percorso si è fatto complicato.»

«Sa almeno da dove cominciare?»

« Se avete il diario di Lars, avete più informazioni di me. Mi ha parlato spesso del diario, ma non ho mai avuto il permesso di vederlo. »

« Abbiamo anche una copia di *Pierres Gravées du Languedoc* », affermò Stephanie.

« Non credevo che quel libro esistesse davvero », esclamò Claridon.

Stephanie aprì la borsetta e gli mostrò il volume. « Eccolo. »

« Posso vedere la pietra tombale? »

Lei sfogliò le pagine e gli mostrò il disegno.

Claridon lo studiò con interesse. La sua bocca si piegò in un sorriso. « Lars sarebbe stato felice di vederlo. È un buon disegno. »

« Ci saprebbe spiegare cosa significa? » domandò Malone.

« L'abate Bigou apprese un segreto da Marie d'Hautpoul de Blanchefort, poco prima che lei morisse. Quando fuggì dalla Francia, nel 1793, Bigou sapeva che non sarebbe mai tornato, così nascose quello che aveva scoperto nella chiesa di Rennes-le-Château. Quell'informazione fu poi trovata da Saunière nel 1891, dentro una fiala di vetro. »

« Questo lo sappiamo », disse Malone. « Ciò che non sappiamo è il segreto di Bigou. »

« Ah, ma voi lo sapete », replicò Claridon. « Lasciatemi guardare il diario di Lars. »

Stephanie gli porse il quaderno. Lui lo sfogliò rapidamente e mostrò loro una pagina.

Y	E	N	S	Z	N	I	M	G	L	C	Y	•	R	A	T	E	H	O	X
O	•	E	O	T	+	T	E	C	T	N	G	A	+	D	E	Z	B	O	F
V	O	U	P	H	R	P	A	+	D	Y	S	T	L	R	D	A	•	X	T
L	P	O	C	X	F	E	I	S	R	A	V	H	G	C	K	L	N	H	N
R	D	M	R	M	A	A	N	R	J	,	S	•	M	B	D	Q	A	D	P
R	I	E	U	Z	O	O	T	U	O	J	I	F	S	O	E	A	L	B	N
T	N	A	T	,	G	R	E	Y	I	O	E	,	T	R	U	X	,	W	H
K	X	V	E	V	L	A	L	P	E	N	+	L	O	Z	J	K	J	D	G
N	U	E	+	N	G	E	K	O	•	I	X	A	Z	V	R	+	S	I	Z
S	N	S	I	C	E	T	B	+	X	G	A	C	S	E	D	X	V	U	A
Y	V	L	K	B	•	,	N	B	W	V	K	T	P	I	B	•	J	T	Y
O	U	P	E	O	M	S	U	L	Z	R	V	,	J	R	S	B	+	C	E
P	A	T	S	X	E	•	F	X	,	H	N	M	Z	H	•	Y	T	B	C

« Si suppone che questo criptogramma fosse dentro la fiala di vetro. »

« Come lo sa? » domandò Malone.

« Per sapere queste cose, bisogna capire Saunière. »

« Ebbene? »

« Finché Saunière era vivo, non fu scritta una parola sul denaro che aveva speso per la chiesa e per gli altri edifici. Nessuno fuori di Rennes sapeva dell'esistenza di queste cose. Dopo la sua morte, nel 1917, fu completamente dimenticato. Le sue carte e i suoi oggetti personali furono rubati o distrutti. Nel 1947 la sua donna vendette l'intera proprietà a un uomo di nome Noël Corbu. La donna morì sei anni più tardi. La cosiddetta storia di Saunière e del grande tesoro da lui trovato fu resa pubblica per la prima volta nel 1956. Un quotidiano locale, *La Dépêche du Midi*, pubblicò in tre puntate la 'vera' storia. La fonte di quel materiale era Corbu. »

« Questo lo so », disse Stephanie. « Corbu s'inventò una leggenda, aggiungendo fatti e cambiandone altri. In seguito furono pubblicate altre versioni e, ogni volta, il racconto diventava sempre più fantasioso. »

Claridon annuì. « La fantasia ebbe completamente la meglio sui fatti. »

« Sta parlando delle pergamene? » domandò Malone.

« Quelle sono un ottimo esempio. Saunière non trovò nessuna pergamena nel pilastro dell'altare. Mai. Furono Corbu e gli altri a inventarsi quel particolare. Nessuno al mondo ha mai visto quelle pergamene, tuttavia il loro contenuto è stato stampato in innumerevoli libri, ciascuno dei quali affermava che contenessero un messaggio in codice di qualche genere. Erano controsensi, tutti quanti, e Lars lo sapeva. »

« Ma lo stesso Lars ha pubblicato il testo di quelle pergamene, nei suoi libri », replicò Malone.

« Lui diceva che la gente ama il mistero. Ma io so che questo lo preoccupava. »

Malone era confuso. « Allora la storia di Saunière è una bugia? »

Claridon annuì. « La versione moderna è per la maggior parte falsa. Molti dei libri scritti collegano inoltre Saunière ai dipinti di Nicolas Poussin, soprattutto ai *Pastori di Arcadia*. Si suppone che Saunière abbia portato le due pergamene a Parigi per farle decifrare, nel 1893, e che mentre era là abbia acquistato una copia di quel quadro, e di altre due opere, al Louvre. Pare che anch'essi nascondessero messaggi codificati. Il problema è che a quel tempo il Louvre non vendeva copie di quadri e che, dalle registrazioni, non risulta che *I pastori di Arcadia* fosse conservato al Louvre, nel 1893. Ma coloro che sostenevano questa fantasia non si preoccupavano molto delle incongruenze. Presumevano che nessuno sarebbe mai andato a controllare i fatti, e per qualche tempo ebbero ragione.»

Malone indicò il criptogramma. «Lars dove l'ha trovato?»

«Corbu compilò un manoscritto in cui rivelava tutto di Saunière.»

Alcune parole annotate nelle otto pagine mandate a Ernst Scoville si agitavano nella mente di Malone. In particolare, ciò che Lars aveva scritto della donna del prete: *A un certo punto lei rivelò a Noël Corbu uno dei nascondigli segreti di Saunière. Corbu riportò questo fatto nel suo manoscritto, che io sono riuscito a trovare.*

Claridon proseguì: «Mentre spendeva non poco tempo a raccontare ai giornalisti una storia tutta inventata, nel suo manoscritto Corbu riportò la vera storia, così come l'aveva saputa dalla donna di Saunière».

Malone ripensò ad altre annotazioni di Lars: *Ciò che Corbu scoprì, se pure scoprì qualcosa, non lo rivelò mai. Ma la gran quantità d'informazioni contenute nel suo manoscritto ci spinge a chiederci se davvero poteva aver saputo da lei tutto ciò che scrisse.*

«Corbu, naturalmente, non permise a nessuno di vedere il suo manoscritto, poiché la verità non era interessante come la fantasia. Morì verso la fine degli anni '60 in un incidente d'auto. Il suo manoscritto scomparve, ma Lars lo ritrovò.»

Malone studiò le file di lettere e simboli del criptogramma. «Allora questo cos'è? Un codice di qualche genere?»

«Uno stratagemma abbastanza comune nel XVIII e XIX secolo. Lettere e simboli a caso, disposti in una griglia. Da qualche parte in questo caos c'è un messaggio. Per la sua epoca era un codice difficile da decifrare. In effetti lo è anche oggi, se non si conosce la chiave.»

«Cosa vuol dire?»

«Per individuare le lettere giuste e assemblare il messaggio è necessaria una certa sequenza di numeri. A volte, per rendere più difficile la decrittazione, il punto d'inizio della griglia è casuale.»

«Lars l'ha mai decifrato?» domandò Stephanie.

Claridon scosse il capo. «No. Però, una settimana prima della sua morte, credeva di essere giunto in possesso di un nuovo indizio.»

La pazienza di Malone si stava consumando. «Suppongo che non le abbia detto di cosa si trattava.»

«No, Monsieur. Lui era fatto così.»

«Allora, da qui dove andiamo? Ci indichi lei la strada, se è vero che può farlo.»

«Tornate qui alle cinque del pomeriggio, sulla strada dietro l'edificio principale, e aspettate lì. Io verrò con voi.»

«Come pensa di uscire di qui?»

«A nessuno dispiacerà molto vedermi andar via.»

Malone e Stephanie si scambiarono un'occhiata. Entrambi si stavano chiedendo se sarebbe stata una buona idea seguire i suggerimenti di Claridon. Fino a quel momento, durante il loro cammino avevano incontrato individui pericolosi, paranoici e gente capace delle più bislacche speculazioni. Ma c'era qualcosa in ballo e, se volevano saperne di più, avrebbero dovuto giocare secondo le regole imposte dallo strano tipo che avevano davanti.

Tuttavia Malone non poteva rimanere completamente all'oscuro. «Dove andremo?»

Claridon si girò verso la finestra e indicò a est. A qualche chilometro di distanza, sulla collina che sovrastava Avignone, c'era un edificio fortificato dal profilo orientale, simile a un palazzo dell'antica Arabia. Nel suo vago bagliore dorato si stagliavano contro il cielo forme vaghe, diverse costruzioni ammucchiate una accanto all'altra, ciascuna radicata su quella roccia quasi in segno di sfida. Proprio come avevano fatto i suoi occupanti per poco meno di cent'anni, quando sette papi francesi avevano governato la cristianità dall'interno di quelle mura.

« Al *palais des papes* », annunciò Claridon.

Il palazzo dei papi.

30

Abbaye des Fontaines

Il siniscalco guardò negli occhi di Geoffrey e vi lesse l'odio. Non gli aveva mai visto quell'espressione.

« Ho pregato il nostro nuovo maestro di non fare un gesto », disse il giovane, premendo più forte la pistola sul collo di de Roquefort. « Altrimenti potrebbe partirmi un colpo. »

Il siniscalco scostò il saio bianco dell'uomo, scoprendo il giubbotto antiproiettile, e lo perquisì. « Anche se non avessimo aperto il fuoco noi, tu ci avresti sparato lo stesso, eh? L'idea era ucciderci durante un tentativo di fuga. Così il tuo problema sarebbe stato risolto. Io eliminato e tu alla guida dell'Ordine. »

De Roquefort non replicò.

« È per questo che sei entrato qui da solo, per finire il lavoro tu stesso. Ti ho visto chiudere la porta del dormitorio: non volevi testimoni. »

« Dobbiamo andarcene », intervenne Geoffrey.

Il siniscalco sapeva quanto fosse pericolosa la situazione, ma dubitava che i fratelli avrebbero messo a repentaglio la vita del maestro. « Dove si va? »

« Seguimi. » Con la canna dell'arma premuta sul collo di de Roquefort, Geoffrey spinse l'ostaggio attraverso il dormitorio.

Il siniscalco tenne la pistola in mano e, quando furono alla porta, tolse la sicura. Nel corridoio c'erano cinque uomini che, alla vista del loro capo, puntarono le armi, pronti a sparare.

« Abbassatele », ordinò de Roquefort.

Le pistole rimasero puntate.

« Vi ripeto di mettere giù le armi. Non voglio altri spargimenti di sangue. »

Quelle parole ottennero l'effetto desiderato.

« Allontanatevi », disse Geoffrey.

I fratelli indietreggiarono di qualche passo.

Geoffrey incitò de Roquefort a muoversi, e i due s'incamminarono nel corridoio. Il siniscalco li seguì. In distanza una campana suonò l'una del pomeriggio. Le preghiere della Sesta sarebbero finite di lì a poco e i corridoi si sarebbero di nuovo riempiti di fratelli.

« Dobbiamo fare in fretta », osservò il siniscalco.

Senza lasciare la presa sull'ostaggio, Geoffrey accelerò il passo. Il siniscalco continuava a guardarsi indietro, attento alle mosse degli altri cinque.

« Voialtri restate qui », li avvertì con voce dura.

« Fate come vi ha detto », aggiunse de Roquefort, mentre svoltavano l'angolo.

De Roquefort era curioso. Come s'illudevano di poter uscire dall'abbazia, quei due? Cos'aveva detto Geoffrey? *Seguimi*. Ormai il solo modo per scoprire il suo piano era andare con loro: per quel motivo aveva ordinato ai suoi uomini di restare in disparte.

Il siniscalco lo aveva centrato due volte. Se non fosse stato reattivo, la terza pallottola lo avrebbe colpito alla testa. Evidentemente erano pronti a tutto. I suoi nemici avevano una missione da compiere e, probabilmente, il mandante era il suo defunto predecessore. Doveva scoprire qual era il loro obiettivo. Il viaggio in Danimarca si era rivelato tutt'altro che produttivo. Fino a quel giorno non era venuto fuori niente neppure da Rennes-le-Château. E, sebbene fosse riuscito a screditare il defunto maestro, il vecchio gli aveva preparato una trappola.

Inoltre era contrariato dal fatto che due uomini fossero rimasti feriti. Non era il modo migliore di cominciare il suo mandato. I fratelli volevano ordine. Il caos era visto come segno di debolezza. L'ultima volta che la violenza aveva oltrepassato le mura dell'abbazia era stato durante la Rivoluzione Francese, quando una turba di popolani infuriati aveva cercato di fare irruzione in quel luogo sacro. L'abbazia era un santuario di tranquillità e isolamento. La violenza non era bandita, ma doveva essere temperata dalla disciplina. Il siniscalco, invece, aveva dimostrato una totale mancanza di autocontrollo. I pochi dissidenti che potevano aver conservato una certa lealtà nei suoi confronti ora, dinanzi a quella grave violazione dell'ordine, lo avrebbero abbandonato al suo destino.

Ma restava la domanda: dove intendevano andare?

Si lasciarono alle spalle le officine, la biblioteca e i corridoi vuoti. De Roquefort sentiva in distanza i passi dei cinque fratelli che li seguivano, pronti a passare all'azione appena ne avessero avuto l'opportunità. Tuttavia, se avessero interferito prima del dovuto, li avrebbe puniti severamente.

Si fermarono davanti a una porta dai montanti cesellati, fornita di una semplice maniglia di ferro.

L'alloggio del maestro.

« Entra », disse Geoffrey.

« Perché? » obiettò il siniscalco. « Saremo in trappola. »

« Per favore, entra. »

Il siniscalco aprì la porta e, quando furono dentro, tirò il catenaccio.

De Roquefort era stupito.

E curioso.

Il siniscalco non poté nascondere la sua preoccupazione. Erano imprigionati nell'alloggio del maestro, la cui unica uscita era una finestra rotonda che si apriva sul vuoto. Il sudore gli imperlava la fronte.

« Siedi », ordinò Geoffrey a de Roquefort, che si accomodò sulla poltroncina davanti alla scrivania.

Il siniscalco girò lo sguardo per la stanza. « Hai già cambiato l'arredamento. »

Lungo le pareti c'erano altre sedie imbottite e un bel tavolo campeggiava dove prima c'era solo uno spazio vuoto. Un elegante piumino copriva il letto, mentre nuovi oggetti e soprammobili decoravano il comodino e la scrivania.

« Questa è casa mia, ora », rispose de Roquefort.

Il siniscalco notò un foglio scritto a macchina sulla scrivania e riconobbe la firma del suo mentore. Il messaggio al successore, lasciato lì come richiedeva l'Ordine. Lo raccolse e lo lesse.

Pensi forse che ciò che hai creduto immortale non morirà? Tu basi le tue speranze sul mondo, e il tuo dio è questa vita. Non capisci che sarai distrutto. Vivi nella tenebra e nella morte, ubriaco di fuoco e pieno d'amarezza. Quel fuoco che arde in te ha fatto deragliare la tua mente, e gioisci avvelenando e abbattendo i tuoi nemici. Il buio incombe su di te al posto della luce, perché hai scambiato la libertà con la schiavitù. Fallirai, questo è certo.

« Il tuo maestro supponeva che queste parole ispirate dal Vangelo di Tommaso fossero molto significative », commentò de Roquefort. « Evidentemente sapeva che avrei indossato il mantello bianco. Senza dubbio, quelle parole non erano destinate al suo pupillo... »

No, non lo erano. Il siniscalco si chiese perché mai il suo mentore avesse avuto così poca fiducia in lui, specialmente quando, nelle ore prima della morte, lo incoraggiava a raggiungere alti obiettivi.

« Dovresti meditare su queste parole », ribatté.

« Il suo è il consiglio di un'anima debole. »

In quel momento bussarono alla porta. « Maestro? Sei qui? » Difficilmente i seguaci di de Roquefort sarebbero riusciti a forzare quel massiccio battente.

De Roquefort lo guardò.

« Rispondi », disse il siniscalco.

« Sto bene. State calmi. »

Geoffrey andò alla finestra e guardò la cascata, sul lato opposto della stretta valle.

De Roquefort accavallò le gambe e si appoggiò allo schienale. « Cosa sperate di ottenere? »

« Taci. » In realtà, il siniscalco stava pensando la stessa cosa.

« Il maestro ha lasciato scritto anche qualcos'altro », disse Geoffrey, dall'altra parte della stanza.

Il siniscalco e de Roquefort si voltarono e videro il giovane estrarre una busta da una tasca interna del saio. « Questo è il suo vero ultimo messaggio. »

« Dammelo », comandò de Roquefort, alzandosi dalla poltroncina.

Geoffrey puntò la pistola. « Siediti. »

De Roquefort restò in piedi. Il giovane abbassò l'arma, mirando alle gambe. « Il saio non ti proteggerà. »

« Mi uccideresti? »

« Ti azzopperò. »

De Roquefort sedette. « Hai un compagno coraggioso », disse al siniscalco.

« È un fratello del Tempio. »

« Peccato che non arriverà a prendere i voti. »

Se quella minaccia era destinata a provocare una reazione in Geoffrey, non funzionò.

« Non andrete da nessuna parte », proseguì de Roquefort.

Il siniscalco guardò il suo compagno. Geoffrey scrutava ancora fuori della finestra, come se aspettasse qualcosa.

« Sarà un piacere assistere alla vostra punizione », insinuò de Roquefort.

« Ti ho detto di chiudere la bocca », ripeté il siniscalco.

« Il vostro maestro credeva di essere furbo. Ma si sbagliava, e io lo sapevo. »

Il siniscalco intuì che de Roquefort voleva aggiungere qualcos'altro. « E va bene, abboccherò. Di che si tratta? »

« La Grande Eredità. È questo che ha consumato lui e gli altri maestri. Tutti hanno sperato di trovarla, ma inutilmente. Il vostro maestro ha sprecato un sacco di tempo a fare ricerche sull'argomento, con l'aiuto del tuo giovane amico. »

Il siniscalco scoccò uno sguardo a Geoffrey, ma il ragazzo restò girato verso la finestra. « Credevo che tu fossi sul punto di riuscirci », disse a de Roquefort. « O perlomeno è ciò che hai dichiarato al conclave. »

« È così. »

Il siniscalco non gli credette.

« Il tuo giovane amico e il vecchio maestro erano una buona squadra. Ho saputo che di recente hanno frugato negli archivi con rinnovato ardore, e questo ha risvegliato il mio interesse. »

Geoffrey si volse e attraversò la camera da letto, rimettendosi in tasca la busta. « Non saprai niente. » La sua voce si alzò quasi in un grido: « Quello che si può trovare là non è per te! »

« Davvero? » domandò de Roquefort. « E di cosa si tratta? »

« Non c'è trionfo per quelli come te. Il maestro aveva ragione. Sei ubriaco di fuoco e pieno d'amarezza. »

De Roquefort lo guardò con rigida padronanza di sé. « Tu e il maestro avete scoperto qualcosa, vero? So che hai spedito due buste e so anche a chi. Mi sono già occupato di una di quelle persone e, presto, sistemerò anche l'altra. Saprò tutto ciò che avete scoperto. »

Il braccio destro di Geoffrey compì un rapido semicerchio e la pistola che impugnava si abbatté sulla tempia di de Roquefort. Il maestro vacillò, stordito, poi cadde a terra privo di sensi.

« Era necessario? » domandò il siniscalco.

« Dovrebbe ringraziarmi se non gli ho sparato. Il maestro mi ha fatto promettere di non fare del male a quel criminale. »

« Credo che tu e io dovremo fare due chiacchiere. »

« Prima dobbiamo andarcene. »

« Non credo che i fratelli qui fuori saranno d'accordo. »

« Be', non è un problema nostro... »

« Hai un piano per uscire di qui? »

Geoffrey sorrise. « Il maestro è stato molto chiaro. »

PARTE TERZA

31

Abbaye des Fontaines,
ore 14.05

De Roquefort aprì gli occhi. Giurò a se stesso che fratello Geoffrey gliel'avrebbe pagata per quell'aggressione. Si tirò su e cercò di riprendersi dallo stordimento. Sentiva grida isteriche provenire fuori della porta. Si tamponò la tempia col polsino del saio e, abbassando il braccio, vide che la stoffa era sporca di sangue. Andò in bagno, inzuppò d'acqua uno straccio e ripulì la ferita.

Cercò di darsi un contegno. Doveva apparire padrone della situazione. Senza fretta attraversò la camera da letto e aprì la porta.

«Maestro, stai bene?» domandò il suo nuovo maresciallo.

«Vieni dentro.»

Gli altri quattro fratelli attesero in corridoio. Non erano così sciocchi da entrare nell'alloggio del maestro senza permesso.

«Chiudi la porta.»

Il suo luogotenente eseguì.

«Sono stato aggredito e ho perso i sensi. Da quanto tempo se ne sono andati?»

«Non abbiamo sentito nulla per venti minuti. È per questo che eravamo spaventati.»

«Cosa vuoi dire?»

Un'espressione stupita apparve sul viso del maresciallo. «Nessun rumore, niente.»

«Dove sono andati il siniscalco e fratello Geoffrey?»

«Maestro, loro erano qui con te. Noi eravamo fuori.»

«Guardati intorno, non mi sembra che siano ancora qui.»

«Sicuramente non sono usciti dalla porta...»

«Ma cosa stai dicendo?»

« Se l'avessero fatto, gli avremmo sparato, come tu hai ordinato. »

La testa ricominciava a fargli male, così de Roquefort si massaggiò la tempia con lo straccio bagnato. Si era chiesto perché Geoffrey fosse entrato lì.

« Ci sono notizie da Rennes-le-Château », gli comunicò il maresciallo. « Malone si è accorto della presenza dei nostri due fratelli e, come avevi previsto, li ha seminati sulla statale. »

Giustamente, de Roquefort aveva ipotizzato che il modo migliore per seguire Stephanie Nelle e Cotton Malone fosse di convincerli che nessuno li stava pedinando.

« E la persona che ieri sera ha sparato nel cimitero? »

« È fuggita su una motocicletta. I nostri uomini hanno visto che Malone le dava la caccia. Questo incidente e l'attacco ai nostri fratelli a Copenhagen sono chiaramente collegati. »

« Abbiamo un'idea di chi sia? »

« Non ancora. »

Quelle risposte lo rendevano sempre nervoso. « E oggi? Dove sono andati Malone e la Nelle? »

« Il segnalatore elettronico che abbiamo fissato all'auto di Malone funziona perfettamente. Sono andati ad Avignone. Hanno appena lasciato il sanatorio dov'è ricoverato Royce Claridon. »

De Roquefort sapeva di Claridon e non aveva mai creduto neppure un secondo che quell'uomo fosse malato di mente, perciò aveva infiltrato un informatore all'interno del sanatorio. Un mese prima, quando il maestro aveva mandato Geoffrey ad Avignone per spedire il pacco a Stephanie Nelle, de Roquefort aveva sospettato che sarebbe potuto avvenire un contatto. Ma Geoffrey non era andato al sanatorio. De Roquefort era convinto che la seconda lettera, quella spedita a Ernst Scoville, della quale purtroppo sapeva poco, avesse indirizzato Stephanie Nelle e Malone verso Claridon. Una cosa era certa. Claridon e Lars Nelle avevano lavorato insieme e, dopo la morte di quest'ultimo, quando il figlio aveva ripreso la sua ricerca, Claridon aveva aiutato anche lui.

Era evidente che il maestro aveva saputo tutto ciò. E adesso la vedova di Lars Nelle era andata da Claridon.

Era tempo di occuparsi di quel problema.

« Fra mezz'ora partirò per Avignone. Prepara una squadra di quattro fratelli. Prosegui con la sorveglianza elettronica e di' alla nostra gente di non farsi individuare. Quell'attrezzatura ha un raggio d'azione ampio, sfruttatelo a nostro vantaggio. » Ma c'era un'altra questione in ballo. « Ora lasciami solo. »

Il maresciallo fece un inchino e uscì dall'appartamento.

Con la testa ancora stordita e dolorante, de Roquefort studiò la lunga stanza. Due pareti erano di nuda pietra, le altre due erano rivestite con pannelli d'acero. Una di essa era dominata da un'armatura ornamentale, mentre davanti alle altre c'erano un guardaroba, una cassapanca, un tavolino e alcune sedie. Ma il suo sguardo si fermò sul caminetto. Sembrava il posto più logico. De Roquefort sapeva che nei tempi antichi nessun alloggio disponeva di una sola uscita. Quella stanza aveva ospitato i maestri fin dal XVI secolo e, se ricordava bene, il caminetto era stato rifatto nel XVII secolo, in sostituzione di quello più antico di pietra. Veniva acceso di rado, ora che l'intera abbazia era dotata del riscaldamento centralizzato.

Si avvicinò alla mensola e studiò i bassorilievi, poi esaminò con cura l'interno del caminetto e notò delle sottili linee bianche perpendicolari alla parete. Si chinò a guardare nell'oscurità della canna fumaria e allungò una mano per tastarne l'interno.

La trovò.

Una maniglia di vetro.

Cercò di girarla, ma non si mosse. La spinse in alto, poi in basso: ancora niente. Allora la tirò verso l'esterno, e la maniglia uscì. Non di molto, forse soltanto di due centimetri. Quindi ci fu uno scatto metallico. Lasciò la presa e si accorse di avere le dita scivolose: lubrificante. Qualcuno aveva preparato ogni cosa.

De Roquefort guardò dentro il caminetto.

Sulla parete posteriore si era aperta una fessura. Fece pressione e il pannello in muratura ruotò all'esterno. L'apertura era abbastanza larga da consentire il passaggio, così si chinò e c'entrò. Dietro il pannello si apriva un cunicolo alto quanto un uomo.

Si raddrizzò. Lo stretto passaggio terminava solo un paio di metri più avanti con una scala a chiocciola molto stretta. Senza dubbio c'erano altre vie di fuga come quella sparse in tutta l'abbazia. Lui era stato maresciallo per vent'anni e non aveva mai saputo dell'esistenza di un solo passaggio segreto.

Il maestro, invece, li conosceva, ed ecco come lo aveva saputo Geoffrey.

De Roquefort batté un pugno sulla pietra per sfogare la rabbia.

Doveva trovare la Grande Eredità. Tutta la sua capacità di governo si basava su quella scoperta. Il maestro aveva il diario di Lars Nelle, come de Roquefort sapeva da anni, ma non c'era stato modo di ottenerlo. Aveva pensato che con la scomparsa del vecchio sarebbe venuto il suo momento, ma il maestro aveva anticipato le sue mosse e spedito altrove il manoscritto. Ora la vedova di Lars Nelle e un suo ex agente operativo avevano incontrato Royce Claridon. Da quella collaborazione non sarebbe venuto niente di buono.

Si costrinse alla calma.

Per anni aveva lavorato nell'ombra del maestro, ma non avrebbe permesso a uno spettro di decidere il suo futuro.

Trasse alcuni respiri profondi e ripensò al Principio, all'anno del Signore 1118. La Terrasanta era stata finalmente strappata ai saraceni, erano sorti i Regni Cristiani, ma c'era ancora molto pericolo. Così nove cavalieri si erano associati e avevano promesso al nuovo re cristiano di Gerusalemme che le strade della Terrasanta sarebbero state sicure per i pellegrini. Ma come avrebbero potuto nove uomini di mezz'età, votati alla povertà, proteggere la lunga via tra Jaffa e Gerusalemme, specialmente quando a infestarla c'erano centinaia di banditi? Cosa ancor più stupefacente, durante i primi dieci anni di esistenza dell'Ordine, non era stato accolto nessun nuovo cavaliere, e le Cronache non registravano nessun tipo di aiuto dei fratelli a favore dei pellegrini. Quei nove, invece, si erano dedicati a un'impresa più grande. Il loro quartier generale si trovava dietro il vecchio tempio, in una zona che nell'antichità aveva ospitato le stalle del re Salomone, un locale lunghissimo con camere e soffitti ad arco, così vasto che un tempo ospitava duemila animali. Essi avevano scoperto passaggi sotterranei scavati nella roccia secoli addietro, molti dei quali contenevano rotoli di papiri, trattati, manoscritti di vario genere e molto altro materiale giudaico ed egiziano.

E il reperto più importante di tutti.

Gli scavi erano la vera missione di quei nove cavalieri. Poi, nel 1127, essi caricarono i loro preziosi ritrovamenti su alcune imbarcazioni e fecero rotta per la Francia. Ciò che avevano trovato portò loro fama, ricchezza e potenti alleanze. Molti vollero entrare a far parte del loro gruppo e, nel 1128, appena dieci anni dopo la loro fondazione, i templari ottennero dal papa un'autonomia senza precedenti nel mondo occidentale.

E tutto grazie a ciò che avevano scoperto.

Comunque gestirono con molta cautela il loro segreto. Soltanto coloro che salivano ai livelli più alti avevano il privilegio di esserne messi al corrente. Fino agli arresti del 1307, i maestri avevano il compito di trasmettere quella conoscenza ai loro successori. La catena si spezzò con la morte di de Molay e, in seguito, tutte le ricerche furono vane.

De Roquefort diede un altro pugno contro la pietra.

Al Principio i templari avevano forgiato il loro destino in caverne dimenticate, con la determinazione degli zeloti. Anche lui avrebbe fatto lo stesso. La Grande Eredità era là fuori, vicina. Lo sentiva.

E la soluzione era ad Avignone.

32

Avignone,
ore 17.00

Malone fermò la Peugeot. Royce Claridon stava aspettando sul ciglio della strada dietro il sanatorio, esattamente dove aveva detto. La barba scarmigliata, i pantaloni sporchi di vernice e il camiciotto di lana erano scomparsi. Aveva il viso ben rasato, le unghie pulite, e indossava un paio di jeans e una maglietta. I suoi capelli lunghi erano tirati all'indietro e legati in una coda di cavallo.

« Senza la barba mi sento meglio », disse, sistemandosi sul sedile posteriore. « Per fingere di essere un templare dovevo sembrare uno di loro. Come sapete, quelli non si facevano mai il bagno. La Regola lo proibiva. Niente nudità per i fratelli e tante altre sciocchezze. Che banda di puzzoni dovevano essere. »

Malone ingranò la prima e accelerò lungo la statale. Il cielo si era riempito di nuvole. Evidentemente il brutto tempo di Rennes-le-Château si stava spostando verso est. In distanza i fulmini si ramificavano minacciosi, seguiti dal brontolio dei tuoni. Non era ancora cominciato a piovere, ma ci mancava poco. Scambiò uno sguardo con Stephanie e lei capì che l'uomo sul sedile posteriore doveva essere interrogato.

La donna si voltò. « Mr Claridon... »

« Può chiamarmi Royce, Madame. »

« Va bene. Royce, può dirci qualcos'altro sul lavoro di Lars? »

« Non lo sa? »

« Lars e io non abbiamo parlato molto negli ultimi anni della sua vita. Ma di recente ho letto i suoi libri e il diario. »

« Posso chiederle, allora, perché è venuta qui? Suo marito è morto da molto tempo, ormai. »

« Diciamo che mi piace pensare che Lars avrebbe voluto vedere il suo lavoro finito. »

« Su questo ha ragione, Madame. Suo marito era un brillante studioso. Le sue teorie erano fondate, è per questo che credo che avrebbe avuto successo... se fosse vissuto abbastanza a lungo. »

« Mi parli di queste teorie. »

« Stava ricostruendo le tracce lasciate dall'abate Saunière. Quel prete era in gamba. Da una parte, voleva che nessuno venisse a conoscenza di ciò che sapeva. Dall'altra, ha seminato molti indizi. » Claridon scosse il capo. « Si dice che avesse raccontato tutto alla sua donna, ma lei morì senza rivelare nulla. Prima di morire, Lars pensava di aver finalmente fatto qualche progresso. Lei conosce la storia completa, Madame? La verità? »

« Temo che le mie conoscenze siano limitate a ciò che Lars ha scritto nei suoi libri. Ma nel suo diario ci sono alcuni riferimenti interessanti che non fece mai pubblicare. »

« Posso vedere quelle pagine? »

Lei sfogliò il diario, poi lo diede a Claridon. Nello specchietto retrovisore Malone notò che l'uomo leggeva con interesse.

« È meraviglioso », commentò Claridon.

« Può illuminarci? » domandò Stephanie.

« Naturalmente. Come ho detto oggi pomeriggio, le fantasie che Noël Corbu e altri inventarono su Saunière erano misteriose ed eccitanti. Ma per me, e per Lars, la verità lo era ancora di più. »

Saunière esaminò compiaciuto il nuovo altare. Il vecchio lastrone di marmo giaceva tra mucchi di materiale di scarto, nel cimitero, dove erano stati riallocati anche i pilastri visigoti.

Tre mesi prima, in giugno, l'abate aveva organizzato una fastosa cerimonia per la prima comunione dei bambini del paese. Gli uomini avevano portato una statua della vergine in processione solenne attraverso Rennes, poi la scultura era stata posta sopra uno dei pilastri scartati, nel cimitero. Per commemorare l'avvenimento Saunière ave-

va fatto scolpire PENITENZA, PENITENZA *sul pilastro, affinché i parrocchiani ricordassero l'umiltà, e* MISSION 1891, *per fissare la data di quell'opera collettiva.*

Il tetto della chiesa infine era stato riparato e i muri esterni puntellati. Il vecchio pulpito non c'era più, e un altro era in via di costruzione. Presto sarebbe stato installato un pavimento a mosaico e poi i banchi nuovi. Ma, prima, lo strato d'appoggio della pavimentazione richiedeva un intervento. L'acqua penetrata dal soffitto aveva destabilizzato le pietre. Qua e là alcune erano state rabberciate, ma serviva un intervento di consolidamento.

In quel ventoso mattino di settembre, l'aria era già molto umida. Saunière si assicurò l'aiuto di una mezza dozzina di uomini del paese: il loro compito era di scalzare via le pietre inutilizzabili e installarne altre prima che arrivasse il nuovo rivestimento, tra due settimane. Gli uomini si misero al lavoro in tre diverse zone della navata. Lo stesso Saunière s'impegnò a rimuovere la pietra scheggiata di fronte agli scalini dell'altare.

Era rimasto stupito dalla fiala di vetro trovata all'inizio di quell'anno. Dopo aver fuso la ceralacca ed estratto il foglio arrotolato, non aveva trovato un messaggio, bensì tredici file di lettere e simboli. Quando l'aveva mostrato all'abate Gélis, un prete di un paese vicino, questi gli aveva spiegato che era un criptogramma nel quale, presumibilmente, si nascondeva un messaggio. Tutto ciò che occorreva era la chiave matematica per decifrarlo, ma dopo mesi di tentativi Saunière non si era avvicinato di un passo alla soluzione. Voleva scoprire il suo significato e perché era stato nascosto lì. Era ovvio che si trattava di un messaggio di grande importanza. Ma occorreva pazienza. Era ciò che si diceva ogni sera, dopo aver cercato per l'ennesima volta invano la risposta. Se non altro era un uomo paziente.

Impugnò un martello dal manico corto e decise di capire se quella grossa pietra incassata nel terreno poteva essere spezzata. Ridotta a piccoli pezzi, sarebbe stato più facile rimuoverla. Si mise in ginocchio e sferrò tre martellate sulla pietra, lunga poco meno di un metro. Subito si formarono delle crepe che, dopo altri colpi, si allargarono sensibilmente. Saunière gettò da parte il martello e afferrò una sbarra di ferro per scalzare i frammenti. Infilò la sbarra in una fessura e fece leva sino a estrarre il pezzo di pietra dalla cavità. Infine lo spinse di lato con un piede.

Fu allora che notò qualcosa.

Depose la sbarra di ferro, spazzò cautamente i detriti e vide un cardine. Lo esaminò più da vicino e tolse di mezzo altra polvere. Le dita gli si sporcarono di ruggine.

Uno sportello di ferro.

Un ingresso.

Saunière si guardò intorno. Gli altri uomini stavano lavorando con impegno e parlavano tra loro. Quindi, con calma, rimise nella cavità i frammenti che aveva appena tolto.

«Il buon prete voleva tenersi per sé ciò che aveva scoperto», affermò Claridon. «Prima la fiala di vetro, poi un ingresso nascosto. La sua chiesa era piena di sorprese.»

«Un ingresso di cosa?» domandò Stephanie.

«Questa è la parte interessante. Lars non mi ha mai detto tutto. Ma ora, dopo aver letto il suo diario, ho capito.»

Saunière spazzò via la polvere dallo sportello di ferro. Le porte della chiesa erano sbarrate e il sole era tramontato da ore. Per tutto il giorno aveva pensato a ciò che poteva esserci lì sotto, ma non aveva detto niente agli altri uomini; si era limitato a ringraziarli per il lavoro svolto e aveva spiegato loro che intendeva prendersi qualche giorno di riposo e che perciò non avrebbe avuto bisogno di loro fino alla settimana successiva. Non aveva parlato di quel ritrovamento neppure alla sua fidata compagna. Le aveva detto soltanto che, dopo cena, avrebbe fatto un giro in chiesa prima di andare a letto.

La pioggia tamburellava sul tetto. Alla luce della lampada a olio, Saunière calcolò che lo sportello fosse lungo quasi un metro e largo la metà. Era appoggiato su una cornice piana ed era privo di serratura. Il problema erano i cardini, e per quel motivo aveva portato con sé un pentolino d'olio. Non si trattava del lubrificante migliore, ma era tutto ciò che aveva potuto trovare. Cosparse d'olio i cardini e sperò che la morsa del tempo si allentasse. Poi spinse l'estremità di una sbarra di ferro sotto un bordo del portello e cercò di sollevarlo.

Non si mosse.

Spinse più forte.

I cardini cominciarono a cedere.

L'abate fece ancora pressione, poi applicò altro olio. Dopo una lunga serie di sforzi, i cardini cigolarono e il portello si aprì di novanta gradi, restando fisso in posizione verticale.

Saunière abbassò la lampada nel buio dell'apertura. Una fila di scalini scendeva fino a un rozzo pavimento di pietra, cinque metri più in basso.

Un brivido d'emozione gli percorse la schiena. Aveva sentito altri preti raccontare di alcuni ritrovamenti nelle loro parrocchie. Per la maggior parte si trattava di oggetti risalenti al tempo della Rivoluzione, quando il clero nascondeva reliquie, icone e opere d'arte dai repubblicani. Molte chiese della Linguadoca avevano subìto saccheggi. Ma quella di Rennes-le-Château era già in un tale stato di degrado che non c'era niente da portar via.

Forse si erano sbagliati.

Posò un piede sul primo scalino e stabilì che la scala era intagliata nella roccia su cui erano poggiate le fondamenta della chiesa. Con la lampada in mano, scese in uno spazio rettangolare, anch'esso scavato nella nuda roccia. Un architrave divideva la cripta in due metà. Poi vide le ossa. Nelle pareti c'erano numerosi vani orizzontali, ciascuno occupato da uno scheletro con indosso i resti di abiti, scarpe, spade e sudari sepolcrali. Avvicinò la lampada e notò che sotto ogni salma era scolpito nella pietra il nome del defunto. Erano tutti d'Hautpoul. Le date andavano dal XVI al XVIII secolo. Le contò. Nella cripta ce n'erano ventitré. Saunière sapeva chi erano. I signori di Rennes.

Il suo sguardo fu attirato da un forziere con accanto un calderone, oltre l'arcata centrale.

Si avvicinò, alzando la lampada, e fu stupito nel vedere un luccichio. Dapprima pensò che gli occhi lo stessero ingannando, ma subito capì che la visione era reale.

Si chinò.

Il calderone di ferro era pieno di monete. Ne prelevò alcune e vide che si trattava di pezzi d'oro, quasi tutti con impressa una data: 1768. Non aveva idea del loro valore, ma doveva essere considerevole. Difficile dire quanti ne contenesse quel calderone, ma quando ne controllò il peso non fu capace di spostarlo di un millimetro.

Si girò verso il forziere e vide che alle flange non c'erano lucchetti. Alzò il coperchio e scoprì che all'interno c'erano, da una parte, alcuni manoscritti rilegati in pelle, mentre, dall'altra, un involto di stoffa. Con cautela tastò il fagotto e determinò che dentro c'erano molti piccoli oggetti. Depose la lampada sui manoscritti e aprì la stoffa.

Di nuovo la luce svegliò uno sciame di riflessi.

Diamanti.

Scostò la stoffa del tutto e gli si mozzò il fiato. Dentro il forziere c'era un'enorme quantità di gioielli.

Senza dubbio, i saccheggiatori repubblicani avevano fatto un grosso sbaglio, quando avevano giudicato indegna di una visita la chiesa di Rennes-le-Château. O, forse, la persona, o le persone, che avevano scelto quel nascondiglio erano state molto accorte.

« La cripta esisteva », spiegò Claridon. « Nel diario che avete qui, ho appena letto che Lars trovò il registro parrocchiale degli anni dal 1694 al 1726, nel quale si parlava di una cripta, ma sul registro non è detto dove fosse l'ingresso. Saunière annotò nel suo diario personale di aver scoperto una tomba. Poi scrisse, in una pagina successiva: *L'anno 1891 portò il maggiore dei frutti di cui ho parlato.* Lars aveva sempre ritenuto importante questa frase. »

Malone accostò al bordo della strada, fermò la macchina e si voltò a guardare Claridon. « Così, quell'oro e quei gioielli erano la fonte grazie alla quale Saunière finanziò la ristrutturazione della chiesa? »

Claridon rise. « Dapprima. Ma c'è dell'altro. »

Saunière si rialzò.

Non aveva mai visto tanta ricchezza. Che fortuna gli era caduta tra le braccia! Tuttavia doveva stare attento a non destare sospetti: avrebbe avuto bisogno di tempo. Ma non poteva permettere che qualcun altro scoprisse la cripta.

Raccolse la lampada e decise di cominciare quella stessa notte. Poteva portare via l'oro e i gioielli e nasconderli nel presbiterio. Come convertirli in denaro corrente l'avrebbe stabilito più tardi. Tornò verso la scala, girando lo sguardo sul resto del locale.

Una delle tombe attrasse la sua attenzione.

Si avvicinò e vide che la nicchia ospitava i resti di una donna. Il suo abito funebre si era appiattito; di lei restavano solo le ossa e il cranio. Accostò la lampada all'iscrizione e la lesse:

MARIE D'HAUTPOUL DE BLANCHEFORT

Sapeva molte cose di quella contessa. Era l'ultima degli eredi d'Hautpoul. Dopo la sua morte, nel 1781, la sua famiglia aveva perso il controllo del paese e delle terre circostanti. La Rivoluzione, giunta una dozzina d'anni più tardi, aveva definitivamente spogliato di ogni proprietà e privilegio gli aristocratici.

Ma lì qualcosa non tornava.

Saunière risalì in fretta a livello del suolo. Una volta fuori, chiuse le porte della chiesa e, sotto la pioggia battente, corse intorno all'edificio e s'inoltrò nel cimitero, dove le pietre tombali sembravano nuotare in una tenebra viva.

Si fermò davanti a una lapide, protese la lampada e lesse l'iscrizione.

«Marie d'Hautpoul de Blanchefort era sepolta anche nel cimitero», disse Claridon.

«Due tombe per la stessa donna?» domandò Stephanie.

«Evidentemente, ma il corpo era nella cripta.»

Malone ripensò a quello che Stephanie gli aveva detto il giorno prima, cioè che Saunière e la sua compagna avevano svuotato le tombe del cimitero e poi avevano cancellato l'iscrizione dalla lapide della contessa. «Così Saunière aprì la tomba nel cimitero.»

«Questo è ciò che credeva Lars.»

«E la trovò vuota?»

«Anche questa è una cosa che non sapremo mai, però Lars era convinto che fosse andata così. E la storia sembra supportare le sue conclusioni. Una donna del rango della contessa non sarebbe mai stata sepolta lì. L'avrebbero messa nella cripta, dove infatti fu trovato il suo corpo. La tomba all'esterno serviva a un altro scopo.»

«La tomba era un messaggio, lo sappiamo», commentò Stephanie. «Ecco perché il libro di Eugène Stüblein è così importante.»

« Però, a meno che uno non sappia dell'esistenza della cripta, la tomba del cimitero non genera il minimo interesse. È solo un monumento funebre come gli altri. L'abate Bigou era stato astuto: aveva nascosto il suo messaggio in piena vista. »

« E Saunière lo scoprì », commentò Malone.

« Lars pensava di sì. »

Malone ingranò la marcia e rimise in movimento l'auto. Percorsero l'ultimo tratto della statale, quindi girarono a ovest e attraversarono il Rodano. Più avanti c'erano le mura fortificate di Avignone, sovrastate dall'altura incoronata dal palazzo dei papi. Malone entrò nella città vecchia lungo un viale affollato e oltrepassò la piazza del mercato che ospitava la fiera del libro. Svoltò in direzione del palazzo ed entrò nello stesso parcheggio sotterraneo.

« Devo farle una domanda stupida », disse Malone. « Perché nessuno ha mai scavato sotto la chiesa di Rennes o usato il radar per localizzare la cripta? »

« Le autorità non lo permettono. Ci pensi. Se sotto la chiesa non ci fosse niente, cosa ne sarebbe del suo alone mistico? Rennes vive sulla leggenda di Saunière. L'intera Linguadoca ne trae dei vantaggi. Gli amministratori locali si riempiono le tasche grazie a questo mito. »

Malone si chinò a frugare sotto il sedile e ripescò la pistola che, la notte precedente, aveva preso all'aggressore. Controllò il caricatore. Restavano tre colpi.

« Ce n'è proprio bisogno? » domandò Claridon.

« Mi sento molto meglio in sua compagnia », rispose Malone. Aprì lo sportello e uscì, infilandosi l'arma nella cintura, sotto la giacca.

« Perché dobbiamo andare al palazzo dei papi? » volle sapere Stephanie.

« È là che troveremo l'informazione. »

« Le dispiace spiegarsi? »

Claridon scese dall'auto. « Venga con me e le farò vedere. »

33

Lavelanet, Francia.
ore 19.00

Il siniscalco parcheggiò l'auto nella piazza del paese. Nelle ultime cinque ore, lui e Geoffrey avevano viaggiato verso nord lungo un percorso tortuoso per tenersi alla larga dai centri abitati come Foix, Quillan e Limoux. Adesso avevano deciso di fare una sosta in un borgo fuori mano annidato in una piccola valle.

Dopo aver lasciato l'appartamento del maestro attraverso il passaggio segreto, erano usciti da una porta delle cucine, astutamente nascosta in un doppio muro di mattoni. Geoffrey gli aveva spiegato che era stato il maestro a rivelargli l'esistenza di quell'uscita, poiché, negli ultimi cent'anni, soltanto i capi dell'Ordine avevano avuto accesso a quei cunicoli.

Una volta fuori, si erano diretti al garage dell'abbazia per prendere una macchina. Quindi erano usciti dal cancello principale prima che i fratelli assegnati alla sorveglianza fossero tornati dalle preghiere del mezzogiorno.

« È ora di fare due chiacchiere », disse il siniscalco, col tono di chi non intende più rimandare le spiegazioni.

« Sono pronto. »

Uscirono dall'auto e presero un tavolo in un caffè all'aperto, dove pochi clienti anziani sedevano all'ombra di olmi fronzuti. Al posto delle tuniche, indossavano abiti civili che avevano acquistato un'ora prima, durante un'altra breve sosta. Il cameriere prese le loro ordinazioni. Era una serata calda e gradevole.

« Ti rendi conti di cos'abbiamo fatto? » domandò il siniscalco. « Abbiamo sparato a due fratelli. »

« Il maestro mi ha detto che la violenza sarebbe stata inevitabile. »

« Ma dove stiamo andando? »

Geoffrey tolse di tasca la busta che aveva mostrato a de Roquefort. « Il maestro mi ha chiesto di darti questa, non appena saremmo stati liberi. »

Il siniscalco prese la busca e la aprì, con un misto d'ansia e trepidazione.

Figlio mio – per molti versi, ti considero tale –, sapevo che de Roquefort avrebbe prevalso nel conclave, ma era importante che tu lo sfidassi. I fratelli se lo ricorderanno, quando arriverà il tuo momento. Per ora, il destino ti conduce altrove. Fratello Geoffrey sarà il tuo compagno.

Confido che prima di lasciare l'abbazia ti sia appropriato dei due volumi che attrassero la tua attenzione qualche anno or sono. Sapevo del tuo interesse. Anch'io li ho letti, molto tempo fa. Rubare oggetti di proprietà dell'Ordine è una grave infrazione alla Regola, ma noi non lo riterremo un furto, bensì un prestito, e sono certo che tu riporterai entrambi i libri. Le informazioni che contengono, assieme a ciò che sai già, sono di estrema importanza. Purtroppo esse non bastano a risolvere l'enigma. C'è di più in questo mistero, ed è ciò che tu dovrai scoprire. Contrariamente a quello che pensi, io non conosco la risposta. Ma non si può permettere che sia de Roquefort a ottenere la Grande Eredità. Lui sa molte cose, incluso tutto ciò che tu hai potuto apprendere dai nostri archivi, perciò non sottovalutare la sua determinazione.

Era vitale che tu lasciassi i confini della nostra vita di reclusione. Molte cose ti attendono. Anche se io scrivo queste parole nelle ultime settimane della mia vita, devo presumere che la tua partenza non sia avvenuta senza atti di violenza. Fai quanto è necessario per completare la tua ricerca. Per secoli i maestri hanno lasciato questo incarico ai loro successori, compreso colui che mi ha preceduto. Di tutti quelli venuti prima di me, nessuno aveva tutti i pezzi per ricostruire l'intero enigma. Tu solo li possiedi. Mi sarebbe piaciuto risolverlo con te nel corso della mia vita, ma il destino non lo ha voluto. De Roquefort non ci avrebbe mai permesso di raggiungere il successo. Con l'aiuto di fratello Geoffrey, ora tu puoi ottenerlo. Sii paziente col ragazzo, perché fa soltanto ciò che io gli ho imposto di fare.

Il siniscalco guardò Geoffrey. « Quanti anni hai? »

« Ventinove. »

« Hai molte responsabilità per essere così giovane. »

« Ho avuto paura quando il maestro mi ha detto cosa si aspettava da me. Non volevo questo compito. »

« Perché non si è rivolto direttamente a me? »

Geoffrey non rispose subito. « Il maestro ha detto che preferisci aggirare le controversie ed evitare i confronti diretti. Tu non conosci ancora pienamente te stesso. »

Il siniscalco fu sorpreso da quella critica, ma lo sguardo franco e innocente di Geoffrey addolcì la durezza delle parole. E, poi, era vero. Lui aveva sempre evitato qualsiasi tipo di contrasto.

Ma adesso sarebbe stato diverso.

Aveva affrontato de Roquefort e lo avrebbe ucciso a colpi di pistola se il francese non fosse stato svelto a reagire. Stavolta aveva scelto di combattere. Si schiarì la gola bloccata dall'emozione e domandò: « Cosa devo fare? »

Il cameriere tornò con due insalate, pane fresco e formaggio.

Geoffrey si sfregò le mani. « Prima mangiamo. Sto morendo di fame. »

Il siniscalco sorrise. « E poi? »

« Soltanto tu puoi dirlo. »

L'incrollabile fiducia di Geoffrey gli fece scuotere il capo. In realtà, durante il viaggio in macchina aveva già pensato alla mossa successiva. C'era un solo posto in cui andare.

34

Avignone,
ore 17.30

Malone alzò lo sguardo verso il palazzo dei papi, che si stagliava contro il cielo a un centinaio di metri da loro. Era seduto con Stephanie e Claridon in un caffè all'aperto, nell'affollata piazza davanti all'ingresso principale. Dalla pianura oltre il Rodano, un forte vento da nord - il mistral, come lo chiamava la gente del posto - attraversava la città senza trovare ostacoli. Malone ricordava un detto medievale che alludeva agli odori sgradevoli che un tempo opprimevano quelle strade. *Ventosa Avignone, col vento odiosa, senza vento velenosa.* E come l'aveva definita Petrarca? *La più puzzolente città della terra.*

Su una guida turistica aveva letto che l'imponente costruzione che incombeva sulla piazza - allo stesso tempo palazzo, fortezza e tempio - era in realtà composta da due edifici: il vecchio palazzo, la cui costruzione era stata iniziata da Benedetto XII nel 1334, e il nuovo palazzo, eretto sotto Clemente VI e finito nel 1352. Entrambi riflettevano la personalità dei due committenti. Il vecchio palazzo era un esempio di conservatorismo romano con pochi sprazzi di creatività, mentre il nuovo straripava di ornamenti gotici. Purtroppo quegli edifici erano stati devastati da un incendio e, durante la Rivoluzione, saccheggiati: le sculture erano state distrutte e gli affreschi ricoperti di pittura bianca. Nel 1810 il palazzo era stato trasformato in una caserma. La città di Avignone ne aveva preso il controllo nel 1906, ma l'opera di restaurazione era stata iniziata solo negli anni '60. Due ali erano state adibite a centro congressi, mentre il resto era un'attrazione turistica che offriva soltanto un'ombra della sua gloria passata.

« È ora di andare », affermò Claridon. « L'ultima visita guidata comincia tra dieci minuti. »

Malone si alzò. « Cosa dobbiamo fare? »

In lontananza echeggiò un tuono.

« L'abate Bigou, cui Marie d'Hautpoul de Blanchefort aveva confidato il grande segreto della sua famiglia, veniva ogni tanto a visitare il palazzo per ammirarne i dipinti. Questo accadeva prima della Rivoluzione, quando la maggior parte di essi era ancora qui. Studiando le carte di Bigou, e dopo essere venuto a conoscenza del criptogramma, Lars individuò un riferimento a un quadro in particolare. »

« Che genere di riferimento? » domandò Malone.

« Il giorno in cui partì per la Spagna, nel registro parrocchiale della chiesa di Rennes-le-Château, Bigou scrisse un'ultima nota, che dice: *Lizes les Règles du Caridad*. »

Malone tradusse mentalmente: Leggete le regole della Caridad.

« Saunière notò quell'annotazione e nascose il registro. Per fortuna esso non andò distrutto, e Lars finì per trovarlo. Evidentemente, Saunière scoprì che Bigou aveva visitato spesso Avignone. Al tempo di Saunière, alla fine del XIX secolo, il palazzo non era altro che un guscio vuoto. Ma lui potrebbe facilmente aver scoperto che all'epoca di Bigou c'era stato un quadro di Juan de Valdés Leal che si intitolava *Leggendo le regole della Caridad*. »

« Suppongo che il dipinto sia stato riportato nel palazzo, giusto? » domandò Malone.

Claridon scosse il capo. « È scomparso da tempo. Distrutto da un incendio, cinquant'anni fa. »

Altri tuoni.

« Allora perché siamo qui? » domandò Stephanie.

Malone gettò alcuni euro sul tavolo e si voltò verso un altro caffè, lì accanto. Mentre alcuni clienti si stavano allontanando, temendo l'arrivo di un temporale, una donna sedeva tranquillamente sotto un ombrellone sorseggiando un caffè. Lo sguardo di Malone indugiò su di lei solo per un attimo, ma gli bastò per prendere nota di un volto regolare e attraente. La donna aveva la carnagione scura e movenze molto eleganti. Lui l'aveva notata dieci minuti prima, quand'erano venuti a sedersi lì.

Era il momento di un piccolo test. Malone raccolse un tovagliolo di carta dal tavolo e lo appallottolò.

« In quel manoscritto mai pubblicato, il solo che, come vi ho detto, Noël Corbu scrisse su Saunière e Rennes, e che Lars trovò, Corbu annotò anche che una litografia del dipinto era ancora negli archivi del palazzo », stava dicendo Claridon. « Lui l'aveva vista. Una settimana prima di morire, Lars apprese finalmente dove si trovasse esattamente. Noi due avremmo dovuto venire qui ad Avignone per dare un'occhiata, ma Lars... »

« E non le ha detto dove si trova? »

« No, Monsieur. »

« Nel diario non si parla affatto del quadro », disse Malone. « Non c'è neppure una parola su Avignone. »

« Se Lars non le ha spiegato dov'è la litografia, perché andiamo nel palazzo? » domandò Stephanie. « Non sappiamo dove cercare. »

« Ma suo figlio lo sapeva. Sarei dovuto venire qui con lui, però, Madame, come lei sa... »

« Morì sui Pirenei. »

Malone notò che Stephanie si sforzava di nascondere le sue emozioni. Era brava, ma non tanto. « Perché non ci venne *lei*? »

« Pensai che restare vivo era più importante. Così mi feci ricoverare nel sanatorio. »

« Il ragazzo è morto sotto una valanga », chiarì Malone. « Non è stato assassinato. »

« Lei questo non lo sa », replicò Claridon. « Anzi non sa proprio niente. » Girò lo sguardo sulla piazza. « Dobbiamo sbrigarci. Qui sono pignoli, per quanto riguarda l'ultimo giro guidato. La maggior parte degli impiegati sono persone anziane, quasi tutti volontari. Chiudono il portone alle sette in punto. Nel palazzo non ci sono sistemi d'allarme o porte di sicurezza. Non è conservato niente di particolare valore e, comunque, le mura sono ancora la migliore protezione contro i furti. Ci allontaneremo di nascosto dal gruppo e aspetteremo finché tutto sarà tranquillo. »

S'incamminarono verso l'ingresso.

Alcune gocce di pioggia cominciarono a bagnare la testa di Malone. Dando sempre le spalle alla donna, che avrebbe dovuto essere ancora seduta a mangiare a una trentina di metri di distanza, aprì la mano e lasciò che il mistral si portasse via il tovagliolo appallottolato. Quindi si girò e finse d'inseguire il pezzo di carta che rimbalzava sul selciato. Quando lo raccolse per gettarlo in un cestino dei rifiuti, alzò lo sguardo verso il caffè.

La donna non era più al tavolino.

Stava camminando dietro di loro, diretta al palazzo.

De Roquefort abbassò il binocolo. Era sulla Rocher des Doms, il luogo più panoramico di Avignone. Nei giorni del dominio papale, la grande sporgenza rocciosa era servita come scudo naturale contro l'onnipresente mistral. Attualmente, la cima della rocca, situata proprio accanto al palazzo dei papi, ospitava uno splendido parco con laghetti, fontane, statue e grotte. Il panorama era eccezionale. Prima di entrare nell'Ordine, de Roquefort aveva lavorato in un seminario poco distante, e spesso era venuto lì per godersi quello spettacolo.

Colline e valli si estendevano a ovest e a sud. Il Rodano scorreva placido sotto il famoso Pont St. Bénézet, che un tempo collegava la città dei papi alla città del re, sull'altra riva. Quando, nel 1226, Avignone si era schierata al fianco del Conte di Tolosa contro Luigi VIII, durante la crociata contro gli albigesi, il re di Francia aveva distrutto il ponte. In seguito esso era stato ricostruito, e de Roquefort immaginò i cardinali del XIV secolo che lo attraversavano a dorso di mulo, provenienti dai loro palazzi di campagna di Villeneuve-les-Avignon. Ma nel XVI secolo le piogge e le inondazioni avevano fatto crollare un'estremità del ponte, lasciandone in piedi soltanto quattro campate. La costruzione non era mai stata riparata, perciò si ergeva ancora così, incompleta. Un altro fallimento di Avignone, pensava de Roquefort. Una città che sembrava destinata a non godere mai di un successo completo.

«Sono diretti al palazzo», disse al fratello al suo fianco. Guardò l'orologio: quasi le sei del pomeriggio. «Il portone chiude alle sette.»

Accostò di nuovo il binocolo agli occhi ed esplorò la piazza, distante circa mezzo chilometro, più in basso. Era arrivato in città solo quaranta minuti prima. Il dispositivo nascosto nell'auto di Malone aveva rivelato alcuni spostamenti a Villeneuve-les-Avignon. Evidentemente i due avevano prelevato Claridon e lo avevano poi portato ad Avignone.

De Roquefort aveva preferito posizionarsi sulla cima della rupe, che offriva una perfetta visuale della città vecchia. La fortuna gli aveva sorriso, perché poco dopo Stephanie Nelle e i suoi due compagni erano usciti dal parcheggio sotterraneo, molto vicino alla base della rocca, ed erano andati a sedersi in piena vista in un caffè all'aperto.

Abbassò il binocolo.

Il mistral infuriava intorno a lui. Quel giorno il vento ululava tra le rocce, scrollava gli alberi, increspava le acque del fiume e sospingeva nuvole tempestose che si stavano avvicinando sempre più.

« È chiaro che meditano di restare nel palazzo dopo la chiusura. Lars Nelle e Claridon hanno fatto la stessa cosa, una volta. Abbiamo ancora una chiave della porta? »

« Il nostro fratello che vive qui in città l'ha conservata per noi. »

« Vai a prenderla. »

Molto tempo prima, de Roquefort si era assicurato un modo per entrare nel palazzo dopo la chiusura, dalla parte della cattedrale. Gli archivi del palazzo avevano destato l'interesse di Lars Nelle e, di conseguenza, anche il suo. Per due volte aveva mandato dei fratelli a esplorarli, durante la notte, nel tentativo di capire cosa cercasse Lars. Ma la quantità di materiale catalogata era scoraggiante, e non aveva ottenuto nulla. Forse quella notte avrebbe scoperto qualcosa di più.

Si riportò le lenti agli occhi. Un pezzo di carta cadde dalle dita di Malone, e lui vide che l'ex agente correva a recuperarlo.

Poi le sue tre prede scomparvero alla vista.

35

Ore 21.00

Un brivido corse lungo la schiena di Malone, mentre camminava in quelle stanze disadorne, spettrali. A metà della visita guidata, avevano abbandonato il gruppo di nascosto e Claridon li aveva condotti ai piani superiori. Avevano aspettato fino alle otto e trenta, quando la maggior parte delle luci erano state spente e non si udiva più nessun rumore. Claridon sembrava conoscere bene la routine del personale, e aveva constatato con soddisfazione che dopo cinque anni era ancora la stessa.

Il labirinto di corridoi, scalinate e camere chiuse era adesso illuminato soltanto da deboli lampade molto distanziate. Malone stentava a immaginare come fosse stato ammobiliato il palazzo, guardando le pareti sontuosamente decorate con arazzi e affreschi dai colori vivaci, che raffiguravano i personaggi che un tempo avevano servito il pontefice o erano venuti a presentargli petizioni. C'erano gli inviati del Khan, dell'imperatore di Costantinopoli, perfino lo stesso Petrarca e santa Caterina da Siena, la donna che aveva convinto l'ultimo papa di Avignone a tornare a Roma. Tutti erano venuti lì. La storia affondava le sue radici in quelle sale e, tuttavia, assai poco ne era rimasto.

All'esterno, il temporale era finalmente arrivato e stava imperversando con violenza sui tetti, mentre i tuoni facevano tremare i vetri delle finestre.

«Una volta questo palazzo era grandioso come il Vaticano», mormorò Claridon. «Tutto sparito, distrutto dall'ignoranza e dall'avidità.»

Malone non era d'accordo. «Qualcuno potrebbe dire che sono state proprio l'ignoranza e l'avidità a farlo costruire.»

«Ah, Monsieur, lei è uno studioso di storia?»

« Ho letto qualche libro. »

« Allora lasci che le mostri qualcosa. »

Claridon li guidò attraverso altre stanze, ciascuna identificata da un cartellino. Si fermarono in un salone rettangolare chiamato Grande Tinello, sovrastato da un ricurvo soffitto a cassettoni.

« Questa era la sala dei banchetti. Poteva ospitare centinaia di persone », spiegò Claridon. « Clemente VI fece ricoprire il soffitto di stoffa azzurra ricamata con stelle d'oro per creare un firmamento celestiale. Le pareti erano ornate di affreschi. Il tutto fu devastato dal fuoco, nel 1413. »

« E mai più ricostruito? » domandò Stephanie.

« In quell'epoca i papi se n'erano ormai andati da Avignone, perciò questo palazzo non aveva più ragione di esistere. » Claridon indicò il lato più lontano. « Il papa mangiava da solo, laggiù, seduto su un trono, sopra una piattaforma sormontata da un baldacchino di velluto rosso e di ermellino. Gli ospiti occupavano sedili di legno lungo le pareti. I cardinali a sinistra, gli altri a destra. I tavoli collegati formavano una U, e il cibo veniva servito dal centro. Tutto era molto rigoroso e formale. »

« L'intero palazzo lo è », commentò Malone. « Qui dentro sembra di camminare in una città rasa al suolo dalle bombe. È un mondo chiuso in se stesso. »

« Questa era l'idea, infatti. I re di Francia volevano che i papi rimanessero segregati. Soltanto loro controllavano ciò che il pontefice pensava e faceva, perciò non era necessario che la sua residenza fosse un posto aperto e arioso. Nessuno di quei papi visitò mai Roma, perché gli italiani li avrebbero messi a morte. Così, i sette uomini che servirono qui come pontefici costruirono la loro fortezza e si piegarono ai voleri del trono francese. Dovevano la loro esistenza al re, e si godevano la vita in questo luogo di riposo... La cattività avignonese, come venne chiamato quel periodo. »

Nella sala successiva lo spazio era più ristretto. La cosiddetta Camera dei Paramenti era il luogo in cui il papa i e cardinali si riunivano in concistori segreti.

« È qui che veniva conferita la Rosa d'Oro », disse Claridon.

« Un gesto assai arrogante, da parte dei papi di Avignone. La quarta domenica della Quaresima, il papa rendeva onore a una persona speciale, di solito un sovrano, donandogli una rosa d'oro. »

« Una tradizione discutibile », commentò Stephanie.

« È vero, Cristo non aveva bisogno di offrire rose d'oro. Ma era solo uno dei tanti sacrilegi che accadevano qui. Clemente VI acquistò l'intera città dalla regina Giovanna di Napoli, che in cambio ottenne l'assoluzione per aver preso parte all'assassinio di suo marito. Durante la cattività avignonese trovarono asilo criminali, avventurieri, truffatori e manigoldi, a patto che prestassero doveroso omaggio al papa. »

Dopo aver attraversato un'altra stanza, passarono in quella che veniva chiamata la Stanza del Cervo. Claridon accese una fila di piccoli tubi al neon. Malone indugiò sulla soglia e lanciò un'occhiata alle sue spalle, nel Grande Tinello. Un'ombra si stagliò per qualche istante su un muro, abbastanza per confermargli che non erano soli. Lui sapeva chi c'era: una donna alta e attraente, atletica, *di colore*, come aveva detto Claridon in macchina qualche ora prima. La donna che li aveva seguiti nel palazzo.

« ... è qui che si congiungono il palazzo vecchio e quello nuovo », stava dicendo Claridon. « Il vecchio è dietro di noi, il nuovo oltre quella porta. Questo era lo studio di Clemente VI. Alcuni lo chiamano Clemente il Magnifico. Non aveva nessuna vocazione per la vita religiosa. Il condono delle penitenze, l'annullamento della scomunica, la remissione dei peccati, persino la decurtazione degli anni di purgatorio per i morti e per i vivi: tutto era in vendita. Notate la mancanza di qualcosa? »

Malone studiò gli affreschi. Molte scene di caccia decoravano le pareti, ma non notò niente di particolare.

Poi una cosa lo colpì.

« Dov'è Dio? »

« Lei ha occhi buoni, Monsieur. » Claridon allargò le braccia. « Da nessuna parte, nella dimora di Clemente VI, c'è un solo simbolo religioso. È un'omissione che parla chiaro. Questa era la camera da letto di un re, non di un pontefice. Ed era così che i papi di Avignone consideravano se stessi. Quelli furono gli uomini che distrussero i templari. A cominciare dal 1307, con Clemente V, il complice di Filippo il Bello, per finire con Gregorio XI, nel 1378, quegli individui corrotti annientarono l'Ordine.»

«Ma lei è convinto che i templari siano sopravvissuti, giusto?» domandò Stephanie.

«*Oui*. Io li ho visti. Cosa siano esattamente, non lo so. Ma esistono ancora.»

Malone non riuscì a capire se quella fosse una dichiarazione di fatto o la supposizione di un uomo che vedeva complotti dappertutto. Tutto ciò che sapeva era che una donna li stava pedinando, una donna che aveva piantato un proiettile nel tronco di un albero a pochi centimetri dalla sua testa, sparando da cinquanta metri di distanza, in una notte buia e ventosa. Poteva benissimo essere la stessa persona che gli aveva salvato la pelle a Copenhagen. Ed era reale.

«Proseguiamo», disse.

Claridon spense le luci. «Seguitemi.»

Attraversarono il vecchio palazzo fino all'ala nord e al centro congressi. Un cartello informava che la struttura era stata creata di recente dall'amministrazione comunale, come fonte di reddito per altre operazioni di restauro. L'antica Sala del Conclave, la Camera del Tesoriere e la Cantina Grande erano state equipaggiate con file di poltroncine, un palco e attrezzature audiovisive. Lungo altri corridoi erano allineate le statue dei papi di Avignone.

Alla fine, Claridon si fermò davanti a una porta di legno e controllò la serratura, che si aprì subito. «Bene. Continuano a lasciarla aperta anche di notte.»

«Perché non la chiudono?» chiese Malone.

«Qui non c'è niente di valore. Soltanto documenti.»

Avanzarono di due o tre passi in un vasto spazio completamente buio.

«Un tempo questa era la chiesa di Benedetto XII, il papa che fece costruire la maggior parte del palazzo vecchio», spiegò Claridon. «Alla fine del XIX secolo, questa sala e quella sovrastante furono unite e trasformate negli archivi del distretto. Anche l'archivio del palazzo si trova qui.»

La luce che entrava dal corridoio rivelò ai loro occhi una sala dal soffitto altissimo, gremita di file e file di scaffalature. Le pareti esterne erano anch'esse coperte di scaffali, una fila sopra l'altra, ciascuna con la sua lunga balconata metallica fornita di ringhiera. Dietro gli scaffali a livello del suolo si alzavano grandi finestre ad arco, i cui vetri erano tormentati da fitte raffiche di pioggia.

« Quattro chilometri di scaffali », annunciò Claridon. « Una bella quantità d'informazioni. »

« Ma lei sa dove guardare? » domandò Malone.

« Così spero. » Claridon si allontanò lungo il passaggio centrale.

Stephanie e Malone attesero sulla soglia, finché una ventina di metri più avanti si accese una lampadina.

« Da questa parte », li chiamò Claridon.

Malone chiuse la porta, chiedendosi come avrebbe fatto la donna a entrare senza farsi notare. Si avviò con Stephanie verso la luce e trovò Claridon accanto a un tavolo da lettura.

« Per fortuna degli storici », disse il francese, « tutti i manufatti del palazzo furono catalogati all'inizio del XVIII secolo. In seguito, verso la fine del XIX secolo, furono fatti disegni e fotografie del materiale sopravvissuto alla Rivoluzione. Lars e io ci siamo fatti una buona idea di come i documenti sono stati ordinati. »

« E lei, dopo la morte di Mark, non è più venuto qui perché pensava che i templari l'avrebbero ammazzata? » domandò Malone.

« Mi sembra di capire, Monsieur, che lei non crede ai miei timori. Ma le assicuro che ho fatto la cosa giusta. Questi documenti si trovano qui da secoli, non c'era ragione di avere fretta. Ho pensato che rimanere vivo mi era più importante. »

« E perché è venuto adesso? » volle sapere Stephanie.

« È passato un bel po' di tempo. » Claridon si allontanò dal tavolo. « Questo è l'inventario del palazzo. Mi basteranno pochi minuti per trovare ciò che cerco. Nel frattempo, vi consiglio di mettervi a sedere e di aspettare. » Poi estrasse di tasca una torcia elettrica. « L'ho presa al sanatorio. Sapevo che ne avremmo avuto bisogno. »

Malone prese una sedia e Stephanie fece lo stesso. Claridon scomparve nel buio. Poco dopo, Malone lo sentì che stava frugando negli scaffali, mentre il raggio della torcia ballava sulle pareti.

« Ecco cosa faceva mio marito », sussurrò Stephanie. « Rovistava come un ladro in un palazzo dimenticato, in cerca di stupidaggini. » La donna non riuscì a reprimere la sua irritazione. « Mentre il nostro matrimonio andava a rotoli, mentre io lavoravo venti ore al giorno... Ecco quello che faceva lui. »

Un lungo tuono fece tremare la sala.

« Per Lars era importante », replicò Malone. « E potrebbe esserci qualcosa di concreto, in questa storia. »

« Di che genere, Cotton? Un tesoro? Saunière trovò soldi e gioielli in una cripta, va bene. Ogni tanto capita che qualcuno abbia questi colpi di fortuna. Ma non c'è nient'altro. Bigou, Saunière, Lars, Mark, Claridon sono tutti dei sognatori. »

« A volte i sognatori cambiano il mondo. »

« Molto più spesso cambiano soltanto il loro destino, in peggio. »

Claridon emerse dal buio e depose sul tavolo uno scartafaccio polveroso. La copertina era chiazzata d'umidità. All'interno c'era una pila alta dieci centimetri di disegni a penna e fotografie in bianco e nero. « L'ho trovato accanto al punto segnalatomi da Mark. Grazie al cielo i vecchi che si occupano di questo posto sono piuttosto restii a fare cambiamenti. »

« Come ha fatto Mark a sapere di questa roba? » domandò Stephanie.

« Si occupava della ricerca nei week-end. Lui non era motivato come il padre, ma passava abbastanza spesso a casa sua, a Rennes. All'università di Tolosa scovò alcune notizie circa gli archivi di Avignone e fece i collegamenti giusti. Adesso abbiamo la risposta. »

Malone sparse il contenuto dello scartafaccio. « Cosa stiamo cercando? »

« Non ho mai visto quel dipinto. Possiamo solo sperare che qualcosa lo identifichi. »

Cominciarono a esaminare le immagini.

« Ecco! » esclamò Claridon, indicando una litografia.

Era un disegno in bianco e nero macchiato dal tempo e coi bordi sgualciti. Una nota scritta a mano sulla parte superiore diceva: *Don Miguel de Mañara mentre sta leggendo le regole della Caridad.*

L'immagine raffigurava un uomo anziano vestito in abito talare, con una corta barbetta e baffi sottili, che sedeva a un tavolo. Su una delle maniche era ricamato un emblema di forma complessa. La mano destra toccava un libro girato verso l'osservatore. La sinistra era protesa di lato, a palmo in su, in direzione di un'elaborata scrivania davanti cui sedeva, su un basso sgabello, un ometto in saio monacale, che si posava un dito sulle labbra come a invitare al silenzio. In grembo all'ometto c'era un libro aperto. Il pavimento era di mattonelle bicolori, simile a una scacchiera, e sullo sgabello dove sedeva l'ometto c'era una scritta:

ACABOCE A°
DE 1687

«Molto curioso», borbottò Claridon. «Guardate qui.»

Malone seguì il dito di Claridon e osservò la parte superiore sinistra del quadro dove, all'ombra dell'ometto, c'erano un tavolino e uno scaffale. Sul piano giaceva un cranio umano.

«Questo cosa significa?» domandò Malone.

«*Caridad* si traduce 'carità', ma può anche intendersi come 'amore'. L'abito talare nero dell'uomo seduto al tavolo è quello dell'Ordine dei Cavalieri di Calatrava, una società religiosa spagnola devota a Gesù Cristo. Questo posso dirlo grazie al ricamo sulla manica. *Acaboce* significa 'completamento'. Il simbolo A° potrebbe essere un riferimento all'alfa e all'omega, la prima e l'ultima lettera dell'alfabeto greco: l'inizio e la fine. Il cranio? Non ne ho idea.»

Malone ripensò a quello che si supponeva Bigou avesse scritto sul registro parrocchiale, prima di lasciare la Francia: *Leggete le regole della Caridad.* «Quali regole dovremmo leggere?»

Claridon studiò il disegno. «Osservate un particolare dell'uomo più piccolo, quello seduto sullo sgabello: le sue scarpe.

Ha i piedi sulle mattonelle quadrate del pavimento, in diagonale l'uno rispetto all'altro. »

« Il pavimento sembra una scacchiera », commentò Stephanie.

« E il vescovo si muove in diagonale, come indicano i piedi. »

« Allora l'uomo più piccolo è un vescovo? » domandò Stephanie.

« No », rispose Malone. « Nelle scacchiere europee il vescovo è chiamato 'alfiere'. Negli scacchi francesi, invece, il suo nome è 'il pazzo'. »

« Lei è un esperto di scacchi? » volle sapere Claridon.

« Ho giocato, qualche volta. »

Claridon batté di nuovo un dito sull'ometto seduto sullo sgabello. « Questo 'saggio pazzo', evidentemente, ha un segreto che riguarda l'alfa e l'omega. »

Malone capì cosa intendeva. « Questo è stato detto di Cristo. »

« *Oui*. E quando si aggiunge *acaboce*, si ha il completamento dell'alfa e dell'omega. Completamento di Cristo. »

« Ma cosa significa? » domandò Stephanie.

« Madame, posso vedere il libro di Stüblein? » Lei prese il volume e lo diede a Claridon. « La lapide e il dipinto sono collegati. Non dimenticate che fu l'abate Bigou a lasciare entrambi gli indizi. » Quindi depose il libro aperto sul tavolo. « Per capire questa lapide, dovete conoscere la storia. La famiglia d'Hautpoul ha origine nella Francia del XII secolo. Marie sposò François d'Hautpoul, l'ultimo della sua stirpe, nel 1732. Uno degli antenati dei d'Hautpoul stese un testamento, nel 1644, che doverosamente registrò e depositò presso un notaio, a Espéraza. Quando quest'antenato morì, tuttavia, il testamento non fu trovato. Poi, più di cent'anni dopo la sua morte, il testamento perduto ricomparve all'improvviso. Quando François d'Hautpoul andò a prelevarlo, il notaio non glielo consegnò, dicendo: 'Non sarebbe saggio per me separarmi da un documento di tale importanza'. François morì nel 1753 e, nel 1780, quel testamento fu infine dato alla sua vedova, Marie. Perché? Nessuno lo sa. Forse perché era, all'epoca, l'ultima d'Hautpoul rimasta. Ma lei morì un anno dopo. Si dice che affidò quel testamento e le informazioni in esso contenute – quali che fossero – all'abate Bigou, come parte del suo grande segreto di famiglia. »

« E fu questo che Saunière trovò nella cripta? Insieme con le monete d'oro e i gioielli? »

Claridon annuì. « Ma la cripta venne tenuta nascosta. Lars era convinto che i veri indizi fossero conservati nella tomba di Marie, nel cimitero. Bigou deve aver pensato che il segreto fosse troppo importante per non passarlo ad altri. Stava fuggendo dalla sua terra per non tornarci mai più, così lasciò un enigma che indicava la strada da seguire. In auto, quando mi avete permesso di guardare per la prima volta questa riproduzione della lapide, mi sono venute in mente molte cose. » Claridon raccolse il taccuino e la penna che si trovavano sul tavolo. « Ora sono certo che questa pietra tombale è una miniera d'informazioni. »

Malone studiò le lettere e i simboli sulle due lapidi.

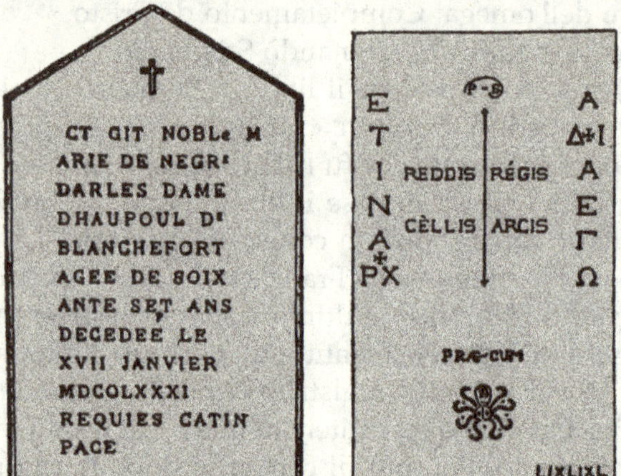

« La pietra rettangolare è il coperchio orizzontale della sepoltura di Marie, ma non vi appare nessuna delle iscrizioni che solitamente si trovano su una tomba. A sinistra c'è una scritta in latino. » Claridon riportò sul taccuino: *Et In Pax*. « La traduzione è 'e in pace'. Ma ci sono dei problemi. *Pax* è nominativo ed è grammaticamente scorretto dopo la preposizione *in*. La colonna di destra è scritta in greco, ma è priva di senso. Tuttavia credo di aver trovato la soluzione. In realtà, l'iscrizione è in latino, ma scritta con l'alfabeto greco. Quando la trasformiamo in caratteri romani, abbiamo le lettere E, T, I, N e A, e fin qui va bene. Ma la P è una R, la X diventa una K e... »

Claridon scrisse ancora sul taccuino, poi completò la traduzione in fondo alla pagina.

ET IN ARCADIA EGO

« E in Arcadia io », tradusse Malone. « Non ha senso. »

« Precisamente », confermò Claridon. « E ciò indurrebbe a concludere che le parole nascondano un altro significato. »

« Un anagramma? » suggerì Malone.

« Cosa abbastanza comune a quel tempo. Tuttavia non credo che Bigou avrebbe lasciato un messaggio così facile da decifrare. »

« E le parole al centro? »

Claridon le copiò sul taccuino.

REDDIS RÉGIS CÈLLIS ARCIS

« *Reddis* significa 'dare indietro', restituire qualcosa preso in precedenza. Ma è anche il nome latino di Rennes. *Regis* deriva da *Rex*, ovvero 're'. *Cella* è una stanzetta, o un piccolo magazzino. *Arcis* deriva da *arx*: una fortezza, una cittadella. Ogni parola, da sola, ha un significato, ma messe insieme non hanno senso. Poi c'è la freccia verticale che sembra unire la P e la S alla sommità con *Præ-Cum*. Non ho idea di cosa significa *P-S*. Il *Præ-Cum* si può tradurre 'pregate'. »

« Cos'è quel simbolo sul fondo? » chiese Stephanie. « Sembra un polipo. »

Claridon scosse il capo. « Un ragno, Madame. Ma il significato mi sfugge. »

« E la pietra di sinistra? » domandò Malone.

« Questa è la lapide. Tenete presente che Bigou servì Marie d'Hautpoul per molti anni e le era straordinariamente fedele.

Occorsero due anni per completare la lapide, eppure ogni riga contiene un errore. Gli scalpellini, a quell'epoca, erano degli illetterati, ma così tanti errori? L'abate non li avrebbe mai tollerati.»

«Quindi gli errori fanno parte del messaggio?» domandò Malone.

«Così sembrerebbe. Guardate qui, il nome è sbagliato. Lei non si chiamava Marie de Negre d'Arles dame d'Haupoul. Il suo nome era Marie de Negri d'Ables d'Hautpoul. Molte altre parole sono troncate. Ci sono lettere poste in apice e in pedice senza nessuna ragione. Però fate attenzione alla data.»

Malone esaminò i numeri romani.

MDCOLXXXI

«Si dovrebbe pensare che sia la data della sua morte, 1681. E questo se non contiamo la O, poiché lo zero non esisteva nel sistema numerico romano. Inoltre Marie morì nel 1781, non nel 1681. La O è stata messa per chiarire meglio che Bigou sapeva che la data era sbagliata? Inoltre è sbagliata anche l'età della defunta. Aveva sessantotto anni quando morì, non sessantasette com'è scritto qui.»

Malone indicò il disegno della pietra di destra e i numeri romani nell'angolo inferiore: LIXLIXL. «Cinquanta, nove, cinquanta, nove, cinquanta.»

«Molto strano», commentò Claridon.

Malone studiò la litografia. «Non vedo il collegamento tra questi due disegni.»

«È un enigma, Monsieur. Un enigma che non ha una soluzione facile.»

«Eppure mi piacerebbe conoscerla», disse una voce maschile, dal buio.

36

Malone si aspettava una mossa da parte della donna, ma quella, ovviamente, non era la sua voce. Mosse una mano verso la pistola.

« Non ci provi neanche, Mr Malone. Siete sotto tiro. »

« È l'uomo della cattedrale », disse Stephanie.

« Le avevo promesso che ci saremmo rivisti. E lei, Monsieur Claridon, non era poi così convincente, al sanatorio. Pazzo? Difficile. »

Malone scrutò nel buio. La forma della sala generava molte ombre, ma vide delle figure umane più in alto rispetto a loro, sulla prima balconata di scaffalature in legno.

Ne contò quattro.

« Devo anzi dire che sono impressionato dalla sua erudizione, Monsieur Claridon. Le sue deduzioni sulla lapide sembrano logiche. Ho sempre pensato che si potevano apprendere molte cose da quella pietra tombale. Anch'io sono stato qui, in passato, a rovistare tra questi scaffali. Un'impresa alquanto difficile. Troppe cose da esplorare. Apprezzo che lei abbia ristretto le mie ricerche. *Leggendo le regole della Caridad*, chi l'avrebbe pensato? »

Claridon si fece il segno della croce e Malone vide la paura nei suoi occhi. « Che Dio ci protegga. »

« Via, Monsieur Claridon! » esclamò l'uomo. « È proprio necessario chiamare in causa il cielo? »

« Voi siete i suoi guerrieri. » La voce di Claridon tremava.

« Cosa la porta a questa conclusione? »

« Chi altri potreste essere? »

« Forse la polizia? No, non ci credereste. Forse siamo avventurieri, cercatori... come voi. No. Perciò diciamo, per amore di semplicità, che siamo i suoi guerrieri. Come potreste, voi tre, aiutare la *nostra* causa? »

Nessuno gli rispose.

« Ms Nelle possiede il diario di suo marito e il libro dell'asta. Lei contribuirà con quelli. »

« Vada al diavolo », sbottò Stephanie.

Uno schiocco, come lo scoppio di un palloncino, sovrastò il rumore della pioggia, e un proiettile bucò il tavolo a mezzo metro da lei.

« Risposta sbagliata », replicò la voce.

« Daglieli », disse Malone.

Stephanie lo guardò sorpresa.

« La prossima volta ti sparerà addosso », le spiegò lui.

« Come lo sa? » domandò la voce.

« È quello che farei io. »

Una risatina. « Mi piace, Mr Malone. Lei è un professionista. »

Stephanie aprì la borsetta e prese il diario, poi afferrò il libro dal tavolo.

« Li getti verso la porta, tra gli scaffali », ordinò la voce.

Stephanie eseguì. Quindi spuntò un'ombra che li raccolse.

In silenzio, Malone aggiunse un altro uomo alla lista. Negli archivi ce n'erano almeno cinque. Sentiva la pressione della pistola alla cintura, sotto la giacca. Sfortunatamente non c'era modo di estrarla prima che almeno uno di loro fosse colpito. E nel caricatore gli restavano soltanto tre pallottole.

« Suo marito, Ms Nelle, riuscì a raccogliere molti indizi, e le sue deduzioni sugli elementi mancanti erano perlopiù corrette. Aveva un intelletto notevole. »

« Cosa state cercando? » domandò Malone. « Io mi sono aggiunto a questa squadra solo un paio di giorni fa. »

« Noi cerchiamo la giustizia. »

« Ed era necessario ammazzare un vecchio, a Rennes-le-Château, per ottenere giustizia? »

« E chi sarebbe costui? »

« Ernst Scoville. Lavorava con Lars Nelle. Senza dubbio lei lo conosceva. »

« Mr Malone, forse un anno d'inattività ha arrugginito le sue doti. Spero che fosse più abile negli interrogatori quando lavorava per il governo americano. »

« Visto che avete il libro e il diario, potreste anche andarvene. »

« Ho bisogno di quella litografia. Monsieur Claridon, sarebbe così gentile da darla al mio socio, laggiù, oltre il tavolo? »

Claridon non reagì prontamente a quella richiesta e un'altra pallottola colpì il tavolo.

« Detesto ripetermi. »

Malone prese il disegno e lo porse a Claridon. « Faccia come le ha detto. »

Claridon afferrò il foglio con mano tremante e fece qualche passo oltre il cerchio luminoso della piccola lampada. Un tuono scosse l'atmosfera e fece vibrare i muri. La pioggia continuava a cadere con furia.

Poi echeggiò un nuovo rumore.

Un'arma da fuoco.

E la lampada esplose in una vampata di scintille.

De Roquefort udì lo sparo e vide il lampo dell'arma non distante dalla porta. Dannazione. C'era qualcun altro.

La sala era piombata nel buio.

« Muovetevi », gridò ai suoi uomini sulla seconda balconata, sperando che sapessero cosa fare.

Malone immaginò che fosse stata la donna a sparare alla lampada. Evidentemente aveva trovato il modo di entrare.

Mentre il buio scendeva intorno a loro, afferrò Stephanie e la fece accovacciare sul pavimento. Si augurava che gli uomini sulla balconata fossero stati colti di sorpresa.

Estrasse la pistola.

Altri due colpi esplosero dal basso, e le pallottole costrinsero gli uomini sopra di loro a spostarsi. Sulla balconata di legno ci fu lo scalpiccio di passi in corsa. In realtà Malone era più preoccupato di quello che aveva raccolto i libri vicino a loro, ma non udì passi provenire dal punto in cui l'aveva visto l'ultima volta. Anche dalla parte di Claridon non si sentiva niente.

Lo scalpiccio si arrestò.

« Chi sei? » urlò l'uomo. « Perché devi sempre metterti di mezzo? »

« Potrei farti la stessa domanda », rispose la donna, con voce calma.

« Questi non sono affari tuoi. »

« Non credo proprio. »

« Hai aggredito due miei fratelli a Copenhagen. »

« Diciamo che ho messo termine alla vostra aggressione. »

« La pagherai! »

« Vieni a prendermi. »

« Fermatela! » gridò l'uomo.

Alcune forme scure si mossero in fretta, più in alto.

Gli occhi di Malone si erano adattati al buio, perciò scorse una scala all'estremità della balconata.

Consegnò la pistola a Stephanie. « Resta qui. »

« Dove vuoi andare? »

« A restituire un favore. »

Avanzò rapidamente piegato in due, girando a destra e a sinistra tra gli scaffali. Attese, poi fece lo sgambetto a uno degli uomini che scendeva dall'ultimo scalino. Gli affondò un ginocchio nello stomaco, poi lo colpì alla nuca col taglio della mano.

L'uomo cadde e rimase immobile.

Malone scrutò nel buio e sentì che qualcuno correva tra gli scaffali, a poca distanza.

« No, per favore, lasciatemi stare... »

Claridon.

De Roquefort si diresse verso l'ingresso degli archivi. Scendendo dalle scale, pensò che la donna avrebbe cercato di andarsene al più presto, ma non le sarebbe stato tanto facile. C'era una sola uscita, oltre a quella secondaria attraverso l'ufficio del curatore. Però l'uomo che aveva lasciato di guardia gli aveva appena comunicato via radio che nella sua zona era tutto tranquillo.

Ora sapeva che la donna era la stessa persona che aveva interferito a Copenhagen, e probabilmente era stata ancora lei a intervenire la notte precedente, a Rennes-le-Château. Quella constatazione gli mise le ali ai piedi. Doveva scoprire la sua identità.

La porta degli archivi si aprì e subito si chiuse. Nella lama di luce penetrata dal corridoio, de Roquefort vide due gambe distese sul pavimento, tra gli scaffali. Corse da quella parte e scoprì che si trattava di uno dei suoi assistenti, privo di sensi, con un piccolo dardo piantato nel collo. Era il fratello che aveva preso il diario, il libro e la litografia.

I tre oggetti non erano più lì.

Maledetta intrigante.

« Fate come vi ho detto! » gridò de Roquefort ai suoi uomini.

Poi corse alla porta.

Malone sentì l'ordine dell'uomo e tornò da Stephanie. Non aveva idea di cosa dovessero fare quegli scagnozzi, ma sicuramente non era niente di buono.

Tenne bassa la testa e si affrettò verso il tavolo.

« Stephanie », ansimò.

« Qui, Cotton. »

Le scivolò accanto. Tutto ciò che udiva, adesso, era la pioggia. « Dev'esserci un'altra via d'uscita. » Si fece restituire la pistola. « Qualcuno è uscito dalla porta, probabilmente la donna. Ho visto soltanto un'ombra. Gli altri devono aver inseguito Claridon, passando da un'altra uscita. »

La porta si aprì e si richiuse ancora.

« È uscito anche lui », disse Malone.

Si alzarono, attraversarono la sala di corsa e uscirono.

De Roquefort vide la donna che correva lungo il corridoio. A un tratto lei si girò e, senza perdere un passo, sparò nella sua direzione.

De Roquefort si buttò a terra e lei scomparve oltre un angolo.

Si rialzò e la inseguì. Prima che lei sparasse, le aveva visto in mano il diario e il libro.

Doveva fermarla.

Malone vide un uomo, in pantaloni neri e maglione scuro a collo alto, svoltare l'angolo una ventina di metri più avanti.

« La cosa si sta facendo interessante », commentò.

Lui e Stephanie corsero da quella parte.

De Roquefort non rallentò. La donna stava tentando di lasciare il palazzo, e sembrava conoscerlo molto bene. Ogni svolta che prendeva era quella giusta. Aveva già dimostrato un'abilità fuori del comune, perciò anche la sua fuga non era lasciata al caso.

Attraversò l'ennesima porta ed entrò in un salone dal soffitto a costole. La donna era già all'uscita e stava girando un angolo. Lui continuò a correre e vide una larga scalinata di pietra: la Grande Scalinata d'Onore. Un tempo, ornata di affreschi, interrotta da cancelli di ferro e pavimentata con tappeti persiani, aveva condotto i dignitari alla solenne maestosità delle cerimonie papali. Ora le rampe e le pareti erano spoglie. Sul fondo stagnava il buio più completo. De Roquefort sapeva che là sotto alcune porte davano sul cortile. Sentì i passi della donna che scendeva, ma non riuscì a distinguere la sua figura. Allora sparò a caso in quella direzione.

Dieci colpi.

Malone udì quelle che sembravano martellate battute su un chiodo. Uno sparo dopo l'altro, col silenziatore.

Rallentò la corsa e si avvicinò con cautela alla porta, tre metri più avanti.

Sul fondo buio della scalinata ci fu un gemito di cardini e de Roquefort sentì lo scricchiolio di una porta che si apriva. Lo scroscio della pioggia, all'esterno, si fece più forte. Evidentemente la raffica di colpi aveva mancato il bersaglio. La donna stava lasciando il palazzo. Accorgendosi che dietro di lui si avvicinavano dei passi, parlò sottovoce nel microfono fissato al colletto.

« Avete ciò che volevo? »

« Sì », fu la risposta.

« Mi trovo nella Galleria del Conclave. Malone e Stephanie Nelle sono dietro di me. Fermateli. »

Si precipitò giù per la scalinata.

Malone aveva visto l'uomo col maglione a collo alto uscire dalla sala che si apriva davanti a loro. Con la pistola in mano avanzò rapidamente, seguito da Stephanie. Tre uomini armati sbucarono all'improvviso da una porta laterale e bloccarono loro la strada.

Malone e Stephanie si fermarono.

« Per favore, getti la pistola a terra », disse uno degli uomini.

Non c'era modo di colpirli tutti senza il rischio che gli altri avessero il tempo di rispondere al fuoco. Malone lasciò cadere la pistola sul pavimento.

« E ora cosa facciamo? » domandò Stephanie.

« Sono aperto a ogni suggerimento. »

« Non c'è niente che possiate fare », disse un altro degli individui dai capelli corti.

I due rimasero immobili.

« Giratevi », fu loro ordinato.

Dopo aver obbedito, Malone guardò Stephanie. Si era già trovato in brutte situazioni, e sapeva che in quei momenti era meglio assecondare gli aggressori.

All'improvviso Stephanie emise un gemito e cadde a terra. Prima che Malone potesse chinarsi su di lei, fu colpito alla nuca con qualcosa di duro e tutto ciò che aveva davanti svanì.

De Roquefort inseguì la sua preda attraverso Place du Palais e lungo le strade deserte di Avignone. La pioggia cadeva fitta, in raffiche sferzanti. All'improvviso il cielo si spalancò, spaccato in due da un immenso lampo di luce che per un momento squarciò il coperchio di tenebra. Un tuono echeggiò fragoroso.

Arrivarono al fiume.

De Roquefort sapeva che, poco più avanti, il Pont St. Bénézet si allungava sul Rodano. Oltre il sipario di pioggia vide la donna dirigersi verso il ponte. Cosa intendeva fare? Perché andava da quella parte? Non aveva importanza, l'avrebbe seguita.

Quella sconosciuta si era impossessata del suo bottino, e non era nei suoi programmi andarsene da Avignone senza il libro e il diario. Per un attimo si chiese se la pioggia non stesse rovinando quelle preziose pagine. De Roquefort aveva i capelli incollati alla testa e i vestiti gli si appiccicavano addosso.

Ci fu un lampo cinquanta metri più avanti, quando la donna sparò alla serratura della porta che chiudeva l'ingresso del ponte.

La vide sparire nel piccolo edificio.

De Roquefort raggiunse la porta e, con cautela, sbirciò all'interno. Sulla destra c'era il bancone della biglietteria e a sinistra file di souvenir erano in bella mostra sugli scaffali. Un passaggio sbarrato da un cancelletto dava sul ponte, la cui campata incompleta era ormai soltanto un'attrazione turistica.

La donna era trenta metri più avanti e correva sul ponte, dritta verso il fiume.

Poi scomparve.

Lui si precipitò al cancelletto, lo saltò e continuò a inseguirla.

All'altezza del secondo pilone c'era una cappella gotica: la Chapelle Saint-Nicholas. I resti di san Bénézet, in onore del quale era stato costruito il ponte, un tempo erano conservati in quel luogo. Ma, durante la Rivoluzione, le reliquie erano andate perdute e ora restava solo la cappella, gotica nella parte superiore, romana in quella inferiore. Era là dentro che la donna era scomparsa. Giù per la scala di pietra.

Un altro lampo bluastro esplose nel cielo.

De Roquefort poggiò il piede sul primo scalino.

Poi la vide.

Non sotto la scala, ma ancora sul ponte, che correva verso la quarta e ultima campata, quella che ormai da trecento anni si apriva sul Rodano. Evidentemente la donna avrebbe usato la scala di ferro che scendeva sotto l'arcata, per tenersi al riparo nel caso che lui le avesse sparato ancora.

De Roquefort accelerò il passo in quella direzione, aggirando la cappella.

Non aveva intenzione di spararle. La voleva viva. La cosa più importante erano gli oggetti che lei aveva rubato. Così sparò sulla sinistra, a una ventina di centimetri dai suoi piedi.

La donna si fermò e si volse a fronteggiarlo.

De Roquefort avanzò con la pistola puntata.

La donna era all'estremità tronca della campata e, dietro di lei, non c'era niente se non le tenebre e l'acqua. Il rombo di un tuono violò l'aria. Il vento arrivava a raffiche selvagge e la pioggia gli inondava il volto.

«Chi sei?» le domandò.

La donna indossava una tuta di pelle nera che s'intonava alla sua pelle scura. Era snella e muscolosa, con la testa coperta da un cappuccio. Nella mano sinistra aveva una pistola, nell'altra un sacchetto di plastica da shopping, che protese nel vuoto sopra il parapetto.

«Non avvicinarti», gli disse.

«Potrei spararti.»

«Due ragioni perché non lo farai.»

«Sto ascoltando.»

«Primo, il sacchetto cadrà nel fiume e quello che cerchi sarà perduto per sempre. Secondo, io sono cristiana. Voi non uccidete i cristiani.»

«Come sai quello che farò?»

«Tu sei un templare, come gli altri. Dovete giurare di non fare del male ai cristiani.»

«Ma io non so se sei davvero cristiana.»

«Allora limitiamoci al sacchetto. Sparami, e i libri finiranno nel Rodano. La corrente è forte e li porterà via.»

«Evidentemente cerchiamo la stessa cosa.»

«Sei un tipo sveglio, eh?»

Il braccio della donna era sempre proteso nel vuoto. De Roquefort pensò a dove gli sarebbe convenuto spararle, ma lei aveva ragione: il sacchetto sarebbe sparito molto prima che lui potesse attraversare i tre metri che li separavano.

«Sembra che siamo in stallo», commentò de Roquefort.

«Non direi.»

La donna lasciò il sacchetto, che scomparve nelle tenebre. Poi sfruttò quel momento di sorpresa per alzare la pistola e sparare, ma de Roquefort si tuffò di lato e rotolò tra le pozzanghere. Un istante dopo, vide la donna saltare oltre il parapetto. Si alzò e corse a guardare, aspettandosi di vedere i gorghi del Rodano che la trascinavano via, ma sotto il parapetto, circa due metri e mezzo più in basso, c'era una piattaforma di pietra che sporgeva dal pilone di sostegno dell'ultima campata. La donna raccolse il sacchetto e sparì sotto l'arco del ponte.

De Roquefort esitò solo un istante, poi saltò.

Un motore ruggì e lui vide un motoscafo schizzare via dal lato più lontano del ponte e accelerare verso nord. Alzò la pistola per sparare, ma un lampo lo informò che anche lei stava facendo fuoco.

Si gettò lungo disteso sulle pietre bagnate.

Il motoscafo scomparve, ormai irraggiungibile.

Chi era quella donna? Sapeva che lui apparteneva all'Ordine, anche se non conosceva la sua identità. E senza dubbio era informata dell'importanza del diario e del giornale. Cosa più importante ancora, era a conoscenza di tutte le sue mosse.

Si alzò e andò sotto l'arcata del ponte, al riparo dalla pioggia, dove il motoscafo era stato ormeggiato. La donna aveva anche programmato una fuga ingegnosa. Stava per inerpicarsi sul ponte, usando la scaletta di ferro fissata sul pilone, quando qualcosa nel buio attrasse la sua attenzione.

Si chinò.

Sulle pietre battute dalla pioggia della piattaforma c'era un quaderno.

Lo prese e lo sfogliò.

Il diario di Lars Nelle.

La donna lo aveva perduto durante la sua frettolosa ritirata.

De Roquefort sorrise.

Adesso possedeva una parte del puzzle – non tutto, ma forse abbastanza – e sapeva senza ombra di dubbio come apprendere il resto.

37

Malone aprì gli occhi, si tastò la nuca dolorante e si massaggiò i muscoli irrigiditi per scacciare gli effetti dell'incoscienza. Guardò l'orologio: le undici e venti della sera. Era rimasto privo di sensi per quasi un'ora.

Stephanie giaceva a qualche passo di distanza. Si trascinò verso di lei, le sollevò la testa e la scrollò dolcemente. La donna sbatté le palpebre e cercò di mettere a fuoco lo sguardo.

« Mi fa male », mugolò.

« Lo dici a me. » Si guardò intorno nella vasta sala. All'esterno la pioggia era diminuita. « Dobbiamo andarcene da qui. »

« E i nostri amici? »

« Se ci avessero voluto uccidere, saremmo morti. Penso che abbiano chiuso con noi. Hanno il libro, il diario, e Claridon, noi due non gli serviamo più. » Si accorse che lì accanto c'era la pistola e la indicò. « Ecco quanto ci considerano pericolosi. »

Stephanie si sfregò la testa. « Questa faccenda è stata una cattiva idea, Cotton. Dovevo fregarmene del diario. Se non avessi telefonato a Ernst Scoville, probabilmente sarebbe ancora vivo. E non avrei mai dovuto coinvolgerti. »

« Se non sbaglio, ho insistito io. » Malone si alzò, lentamente. « Dobbiamo andare via. Prima o poi il personale di servizio verrà qui, e io non mi sento in vena di rispondere alle domande della polizia. »

Quindi aiutò Stephanie ad alzarsi.

« Grazie, Cotton. Per tutto. Apprezzo quello che hai fatto. »

« Lo dici come se fosse tutto finito. »

« È così. Qualunque cosa Lars e Mark cercassero, a trovarla sarà qualcun altro. Io me ne torno a casa. »

« E Claridon? »

« Cosa possiamo fare? Non sappiamo chi l'abbia portato via né dove sia. E cosa potremmo dire alla polizia? I Cavalieri

Templari hanno rapito un tizio fuggito dal sanatorio? Siamo realistici. Ho paura che dovrà cavarsela da solo.»

«Sappiamo il nome della donna», replicò Malone. «Claridon ha detto che si chiama Cassiopea Vitt. Ci ha detto che vive a Givors. Potremmo cercarla.»

«A che scopo? Per ringraziarla di averci salvato la pelle? Immagino che adesso si sia messa al sicuro e, comunque, mi sembra in grado di cavarsela da sola. Come hai detto tu, noi non siamo più importanti per nessuno.»

Aveva ragione.

«È meglio tornarcene a casa, Cotton. Qui non c'è niente per me *né* per te.»

Anche in quello aveva ragione.

Trovarono la strada per uscire dal palazzo e recuperarono l'auto a noleggio. Dopo aver seminato la macchina che li pedinava da Rennes, Malone era convinto che nessun altro li avesse seguiti ad Avignone, perciò, o quegli uomini li stavano già aspettando in città, cosa improbabile, oppure avevano usato un sistema di sorveglianza elettronica di qualche genere. E quello significava che l'inseguimento e la sparatoria con la Renault facevano parte di un piano per dargli l'illusione di essere al sicuro.

E aveva funzionato.

Ma loro due ormai non erano più i protagonisti della partita che si stava giocando, qualunque fosse, così decise di tornare a Rennes-le-Château, dove avrebbero trascorso la notte.

Il viaggio durò un paio d'ore. Quando passarono sotto l'arcata d'ingresso del paese erano circa le due del mattino. Un vento fresco spazzava la collina e la Via Lattea rischiarava il cielo. Dentro al paese non era accesa neppure una luce. Le strade erano ancora bagnate per la pioggia del giorno precedente.

Malone era stanco. «Riposiamoci un po', poi, verso mezzogiorno, ce ne andremo. Sono sicuro che a Parigi troverai un volo per Atlanta.»

Stephanie aprì la porta di casa. Una volta dentro, Malone accese la luce dello studio e notò subito, gettato su una sedia, uno zaino.

Estrasse la pistola e, con la coda dell'occhio, notò un movimento in camera da letto. Sulla soglia apparve un uomo che gli stava puntando addosso una Glock.

Malone alzò la pistola. « Chi diavolo sei? »

L'uomo era giovane, forse sui trent'anni, con gli stessi capelli corti e la corporatura robusta che aveva visto fin troppo spesso negli ultimi giorni. La faccia, benché attraente, aveva un'espressione battagliera - gli occhi erano freddi come marmo nero - e il giovane maneggiava l'arma con l'aria di saperla usare. Tuttavia Malone intuì in lui un'esitazione, come se non fosse sicuro di avere davanti un amico o un nemico.

« Ti ho chiesto chi sei. »

« Abbassa l'arma, Geoffrey », disse una voce dall'interno della camera da letto.

« Ne sei sicuro? »

« Per favore. »

L'uomo obbedì e anche Malone abbassò la sua pistola.

Un altro sconosciuto uscì dall'ombra.

Era alto e aveva un fisico robusto, con capelli castano chiaro tagliati corti. Anche lui portava una pistola. A Malone occorse solo un istante per riconoscere la fossetta sul mento, la pelle bronzea e gli occhi gentili della foto sul tavolino alla sua sinistra.

Sentì Stephanie che ansimava.

« Dio mio... » sussurrò la donna.

Anche lui era sbalordito.

Di fronte a loro c'era Mark Nelle.

Stephanie tremava. Il suo cuore batteva come un tamburo. Per un momento dovette costringersi a respirare. Dall'altra parte della stanza c'era il suo unico figlio.

Desiderava abbracciarlo, dirgli quanto fosse dispiaciuta per tutte le loro divergenze e quanto era felice di vederlo. Ma i suoi muscoli non volevano rispondere.

« Madre », esordì Mark. « Tuo figlio è uscito dalla tomba. »

Stephanie notò la freddezza del suo tono e subito capì che il suo cuore era ancora indurito. « Dove sei stato? »

« È una lunga storia. »

Neppure un'ombra di affetto temperava il suo atteggiamento. Stephanie attese che si spiegasse, ma lui non disse niente.

Malone venne verso di lei, le posò una mano su una spalla e ruppe quell'imbarazzante pausa di silenzio. « Perché non ti siedi? »

Stephanie era in balia di un groviglio di confusione e ansia che le deformava i pensieri. Ma, dannazione, lei era la direttrice di una delle più specializzate sezioni del governo degli Stati Uniti. Si occupava di situazioni critiche tutti i giorni. Certo, nessuna aveva a che fare con la sua vita personale, ma, se Mark voleva che il loro primo incontro fosse freddo e asettico, allora benissimo, lei non gli avrebbe dato la soddisfazione di constatare che era governata dalle emozioni.

Così sedette e disse: « Okay, Mark, sentiamo la tua lunga storia ».

Mark Nelle aprì gli occhi. Non si trovava più a duemilacinquecento metri di quota sui Pirenei francesi, con ai piedi scarponi da ghiaccio e in mano una piccozza, in cammino sul sentiero sconnesso che avrebbe dovuto portarlo al nascondiglio cercato da Bérengèr Saunière. Era dentro una stanza dalle pareti di pietra e legno, con un soffitto di travi annerite. L'uomo davanti a lui era alto e magro, con capelli grigi e una folta barba argentea. I suoi occhi erano di una particolare sfumatura viola che non ricordava di aver mai visto.

« Non ti sforzare », disse l'uomo, in inglese. « Sei ancora debole. »

« Dove sono? »

« In un posto che da secoli è un rifugio sicuro. »

« Ha un nome? »

« Abbaye des Fontaines. »

« È piuttosto distante da dove ero. »

« Due miei subordinati ti stavano seguendo e sono riusciti a salvarti dalla neve che ti aveva travolto. Mi hanno detto che è stata una valanga piuttosto grossa. »

Mark poteva ancora sentire il tremito della montagna, mentre la sua sommità si disintegrava come una grande cattedrale che crollava in pezzi. Un intero costone si era staccato e la neve era scivolata come sangue da una ferita aperta. Poi ricordava di essere stato travolto. Il gelo gli attanagliava ancora le ossa. Ma aveva capito bene le parole di quell'uomo?

« Qualcuno mi stava seguendo? »

« Per mio ordine. Come a volte è capitato con tuo padre, prima di te. »

« Lei conosceva mio padre? »

« Le sue teorie mi hanno sempre interessato. Così ho deciso di conoscerlo e di apprendere ciò che sapeva. »

Mark cercò di sedersi sul letto, ma un dolore lancinante nel lato destro del petto gli fece contrarre lo stomaco. Non poté reprimere una smorfia.

« Hai delle costole rotte. Anch'io, da giovane, ho riportato fratture costali. Fa male. »

Mark si abbandonò all'indietro. « Sono stato portato qui? »

Il vecchio annuì. « I miei fratelli sono addestrati e pieni di risorse. »

Guardò il saio bianco e i sandali di corda. « Questo è un monastero? »

« È il posto che stavi cercando. »

Mark non seppe cosa rispondere.

« Io sono il maestro dei Poveri Soldati di Cristo e del Tempio di Salomone. Siamo i templari. Tuo padre ci ha cercato per decenni. Anche tu ci stavi cercando, così ho pensato che fosse il momento giusto. »

« Per cosa? »

« Questo sta a te deciderlo. Io spero che ti unirai a noi. »

« Perché dovrei farlo? »

« La tua vita è, mi spiace dirlo, un completo caos. Sebbene sia morto da sei lunghi anni, tuo padre ti manca più di quanto riusciresti mai ad ammettere. Da tempo non parli con tua madre che, in effetti, è una donna oltremodo difficile e spigolosa. Insegni all'università, ma non sei soddisfatto del tuo lavoro. Hai tentato più volte di dimostrare che le teorie di tuo padre sono attendibili, però non hai fatto grandi progressi. È per questo che sei venuto sui Pirenei: vuoi scoprire la ragione per cui l'abate Saunière si recò da queste parti. Saunière un tempo esplorò questa regione, sperando di scoprire qualcosa. Immagino che tra le carte dell'abate tu abbia trovato le ricevute del noleggio della carrozza e del cavallo, che provano la presenza di Saunière in

questa zona. Sorprendente, vero, che un umile prete potesse permettersi lussi come una carrozza privata e un cavallo?»

«Lei cosa sa di mio padre e di mia madre?»

«Molte cose.»

«Si aspetta che creda che lei è il maestro dei templari?»

«Posso capire che sia difficile da accettare. Anch'io ebbi difficoltà a crederci, qualche decennio fa, quando i fratelli mi avvicinarono per la prima volta. Ma andiamo per gradi, adesso, e pensiamo innanzitutto a guarire le tue ferite.»

«Restai in quel letto per tre settimane», disse Mark. «In seguito, potei visitare solo alcune parti dell'abbazia, ma il maestro e io parlavamo spesso. Alla fine accettai di restare e presi i voti.»

«Perché hai fatto una cosa del genere?» domandò Stephanie.

«Non è stata una scelta così assurda. Papà era morto e noi non ci parlavamo da anni. Il maestro aveva ragione. Ero in un vicolo cieco. Papà cercava il tesoro dei templari, i loro archivi e i cavalieri stessi. All'improvviso, proprio i templari avevano trovato me. Volevo restare.»

Per placare la sua crescente agitazione, Stephanie cercò di distrarsi spostando lo sguardo sul giovane alle spalle di Mark. Emanava un'aura di freschezza, ma la donna notò anche il suo interesse, come se anche lui udisse quella storia per la prima volta. «Il tuo nome è Geoffrey?»

Il giovane annuì.

«Non sapevi che sono la madre di Mark?»

«Io so poco degli altri fratelli. È la Regola. Nessun fratello parla della sua vita agli altri. Facciamo parte della confraternita, da dove proveniamo è irrilevante.»

«Mi sembra un po' semplicistico.»

«Io lo trovo illuminante.»

«Geoffrey ti ha mandato un pacco», intervenne Mark. «Il diario di papà. L'hai ricevuto?»

«È per questo che sono qui.»

«Lo avevo con me, il giorno della valanga. Poi, quando diventai un fratello, lo prese il maestro. Dopo la sua morte mi sono accorto che era scomparso.»

«Il tuo maestro è morto?» domandò Malone.

«Abbiamo un nuovo capo», affermò Mark. «Ma è un demonio.»

Malone descrisse l'uomo che avevano affrontato nella cattedrale di Roskilde.

«Sì, è Raymond de Roquefort», confermò Mark. «Come mai lo conoscete?»

«Siamo vecchi amici», rispose Malone, e raccontò loro quello che era appena successo ad Avignone.

«Royce Claridon è sicuramente prigioniero di de Roquefort», disse Mark. «Che Dio lo aiuti.»

«Era terrorizzato dai templari», disse Malone.

«Aveva buone ragioni.»

«Ancora non mi hai detto perché sei rimasto nell'abbazia negli ultimi cinque anni», gli ricordò Stephanie.

«Là ho trovato quello che cercavo. Il maestro era diventato un padre per me. Era un uomo buono e gentile, pieno di compassione.»

«Al contrario di me?» chiese Stephanie

«Ora non è il momento di parlarne.»

«E quando sarebbe il momento adatto? Credevo che tu fossi morto, Mark. E adesso scopro che eri segregato in un'abbazia, a complottare coi templari...»

«Tuo figlio era il nostro siniscalco», la interruppe Geoffrey. «Lui e il maestro ci governavano bene. È stato una benedizione per il nostro Ordine.»

«Eri il secondo nella linea di comando?» domandò Malone. «Come hai fatto a salire di rango così in fretta?»

A rispondere fu Geoffrey. «Il siniscalco viene scelto dal maestro, è il solo che decide chi è qualificato. E il maestro ha scelto bene.»

Malone sorrise. «Hai un compagno devoto.»

«Geoffrey è una sorprendente fonte d'informazioni, anche se nessuno di noi apprenderà niente da lui finché non sarà pronto a parlare.»

«Ti spiace spiegarmi cosa significa?» chiese Malone.

Mark raccontò ciò che era successo nelle ultime quarantott'ore. Stephanie ascoltava con un misto di fascino e rabbia. Suo figlio parlava della fratellanza con riverenza.

« L'Ordine ebbe origine da un accordo tra nove cavalieri, che in teoria avrebbero dovuto proteggere i pellegrini sulla strada della Terrasanta », spiegò Mark. « Poi, negli anni, divennero una confraternita composta da decine di migliaia di fratelli sparsi in tutto il mondo conosciuto. Re, Regine e papi si piegavano davanti a loro. Nessuno, prima di Filippo IV, nel 1307, li aveva mai sfidati. Voi sapete il perché? »

« Capacità militari, suppongo », provò Malone.

Mark scosse il capo. « Non erano le armi a dar loro forza e autorità, ma la conoscenza. Essi disponevano di informazioni cui nessun altro aveva accesso. »

Malone sospirò. « Mark, noi due non ci conosciamo, ma è tardi, ho sonno e il mio collo mi fa un male cane. Potremmo sorvolare sui dettagli e arrivare al punto? »

« Nel tesoro dei templari c'era una prova collegata alla crocifissione di Cristo. »

Nella stanza piombò un silenzio irreale.

« Che genere di prova? » domandò alla fine Malone.

« Non lo so, ma è chiamata la Grande Eredità. La prova fu trovata nel Tempio di Gerusalemme. Vi era stata nascosta prima che il Tempio fosse distrutto, nel 70 d.C. I templari la trasportarono in Francia e la nascosero in un luogo conosciuto soltanto dai più alti ufficiali. Quando Jacques de Molay fu messo al rogo, nel 1314, il segreto del nascondiglio morì con lui. Filippo IV cercò di scoprire dove fosse, ma non ci riuscì. Papà credeva che l'abate Bigou e Saunière avessero avuto successo. Era convinto che Saunière avesse trovato il nascondiglio dei templari. »

« Anche il maestro lo era », affermò Geoffrey.

« Capisci cosa volevo dire, prima? » Mark gettò un'occhiata al confratello. « Pronuncia la parola magica e lui ti darà l'informazione. »

« Secondo il maestro, Bigou e Saunière erano nel giusto », chiarì Geoffrey.

« Riguardo a cosa? » domandò Mark.

« Il maestro non l'ha spiegato. Ha detto solo che erano nel giusto. »

« Come lei, Mr Malone, anch'io ho la mia parte di enigmi », commentò Mark.

« Chiamami Cotton. »

« Nome interessante. C'è una spiegazione? »

« È una lunga storia. Te la racconterò, una volta o l'altra. »

« Mark », intervenne Stephanie, « non puoi credere davvero che esista una prova definitiva collegata alla crocifissione di Cristo. Neppure tuo padre si è mai spinto così lontano. »

« E tu come lo sai? » La domanda tradiva una profonda amarezza.

« Io so che lui... »

« Tu non sai niente, madre, questo è il problema. Non hai mai saputo niente di ciò che papà pensava. Credevi che fossero tutte fantasie e che lui stesse sprecando il suo talento. Non lo hai mai amato abbastanza da permettergli di essere se stesso. Pensavi che cercasse la fama e un tesoro. No, lui cercava la verità. Cristo è morto, Cristo è risorto, Cristo tornerà ancora. Questo è ciò che gli interessava. »

Stephanie si sforzò di rimanere calma e di non reagire a quel rimprovero.

« Papà era un accademico serio. Il suo lavoro era rigoroso, solo che non parlò mai apertamente delle sue vere scoperte. Quando visitò Rennes-le-Château, negli anni '70, e decise di pubblicare la storia di Saunière, era soltanto un modo per fare soldi. La misteriosa storia di questo paese è affascinante. Milioni di persone si sono divertiti a leggerla, aldilà di quanto fosse attendibile. Tu sei una delle poche persone che non l'hanno apprezzata. »

« Tuo padre e io abbiamo cercato di appianare le nostre divergenze. »

« E come? Dicendogli che stava buttando via la sua vita e che faceva del male alla sua famiglia? Dicendogli che era un fallito? »

« E va bene, dannazione, ho sbagliato! » esclamò Stephanie, esasperata. « Vuoi che lo ripeta? Ho sbagliato! » La donna si alzò di scatto. « Ho commesso un errore madornale, è questo che vuoi sentirmi dire? Pensavo che mio figlio fosse morto e, ora che me lo ritrovo qui, vivo e vegeto, vuole soltanto che confessi le mie malefatte. Benissimo. E vuoi sapere un'altra cosa? Se potessi scusarmi anche con tuo padre, lo farei. Se potessi chiedere il suo perdono, lo farei. Ma non posso! » Parlava in fretta, l'emozione le dava la carica, e intendeva dire tutto finché ne aveva il coraggio. « Sono venuta qui per capire cos'avrei potuto fare, per proseguire il lavoro che *tu* e Lars giudicavate importante. Questa è la sola ragione per cui sono venuta. Ho capito che finalmente stavo facendo la cosa giusta. Ma non farmi passare come l'unica peccatrice della terra. Anche tu hai sbagliato. La differenza tra noi è che in questi cinque anni io ho imparato qualcosa. »

Stephanie ricadde esausta sulla sedia. In qualche modo, si sentiva meglio. Ma poi capì che l'abisso tra loro si era ancora allargato, e un brivido la scosse.

« È tardi », disse infine Malone. « Perché non andiamo a dormire? Possiamo riprendere il discorso domani. »

38

Abbaye des Fontaines,
domenica 25 giugno, ore 05.25

De Roquefort chiuse la porta dietro di sé. Il metallo risuonò contro il montante d'acciaio come lo sparo di un fucile. « È tutto pronto? »

« Come ordinato. »

Bene, era il momento di ottenere dei risultati. De Roquefort s'incamminò lungo il corridoio sotterraneo. Si trovava tre piani sotto il livello del suolo, in una parte dell'abbazia scavata secoli prima. Le continue modifiche avevano trasformato quel luogo in un labirinto di locali dimenticati, ora usati solo come deposito per i generi alimentari.

De Roquefort aveva fatto ritorno all'abbazia tre ore prima, con Royce Claridon e col diario di Nelle. La perdita di *Pierres Gravées du Languedoc*, il libro dell'asta, rappresentava un'irritante sconfitta. Poteva solo sperare che il diario e Claridon gli fornissero un numero sufficiente di tasselli mancanti.

Ma la misteriosa donna dalla pelle scura era un problema. Il suo mondo era marcatamente mascolino. I contatti con le donne erano ridotti al minimo. Si trattava di creature diverse, di quello era sicuro, ma la femmina che aveva affrontato al Pont St. Bénézet era qualcosa di alieno. Non aveva mostrato neppure un accenno di paura e si era comportata con l'astuzia di una leonessa. Si era lasciata seguire fino al ponte, dopo aver pianificato la fuga con precisione. Il suo unico errore era stato lasciar cadere il diario.

De Roquefort doveva conoscere la sua identità, ma c'erano altre priorità.

La stanza in cui entrò, col soffitto di travi di pino, non era stata modificata dal tempo di Napoleone. Royce Claridon era disteso su un lungo tavolo al centro del locale, con le braccia e le gambe fissate a pioli d'acciaio.

« Monsieur Claridon, ho poco tempo a disposizione e ho bisogno di sapere molte cose da lei. La sua collaborazione renderà tutto assai più semplice. »

« Cosa si aspetta che le dica? » La voce dell'uomo era roca per la disperazione.

« Solo la verità. »

« So poche cose. »

« Via, non cominciamo con una bugia. »

« Non so niente. »

De Roquefort scrollò le spalle. « L'ho sentita, negli archivi. Lei è un pozzo di notizie. »

« Allora ha già sentito tutto ciò che so. »

De Roquefort fece segno a un fratello che aspettava su un lato della camera. Questi venne avanti e depose sul tavolo un pentolino aperto, poi con tre dita prelevò una certa quantità di sostanza bianca.

De Roquefort tolse le scarpe e le calze a Claridon.

L'uomo alzò la testa per guardare. « Cosa sta facendo? Cos'è quella roba? »

« Grasso per cucinare. »

Il fratello cosparse di grasso i piedi nudi di Claridon.

« Cosa volete farmi? »

« Lei è una persona colta. Quando i templari furono arrestati, nel 1307, vennero usati molti mezzi per farli confessare. Per esempio venivano estratti i denti e s'infilavano punte metalliche nelle gengive, o si piantavano chiodi sotto le unghie. Anche il calore era utilizzato in una quantità di modi ingegnosi. Una tecnica consisteva nel cospargere di grasso i piedi per poi esporre alla fiamma la pelle unta. I piedi venivano cucinati lentamente e la pelle cotta si staccava come da una lombata di vitello allo spiedo. Molti fratelli morirono dopo una dolorosa agonia. Quelli che sopravvissero confessarono, tutti. Anche Jacques de Molay fu vittima di questo trattamento. »

Il fratello finì l'operazione e uscì dalla camera.

« Nelle nostre Cronache si racconta di un templare che, dopo essere stato sottoposto alla bruciatura dei piedi e aver confessato, fu portato davanti ai suoi inquisitori con una borsa contenente le ossa annerite dei suoi piedi. Gli fu permesso di tenerle, come ricordo di quell'esperienza. Non è stato gentile da parte degli inquisitori? »

De Roquefort si avvicinò a un braciere pieno di carboni ardenti, sistemato in un angolo. Aveva ordinato di prepararlo un'ora prima. « Suppongo che lei abbia pensato che questo braciere servisse per riscaldare la stanza. Qua sotto fa freddo. Ma in realtà è stato preparato appositamente per lei. » Spinse il carrello che sosteneva il braciere fino a mezzo metro dai piedi nudi di Claridon. « Il metodo, mi è stato detto, prevede l'applicazione di un calore basso, ma continuo. Non intenso, perché questo farebbe evaporare il grasso troppo in fretta. Proprio come per le bistecche alla brace, che a fuoco lento vengono meglio. »

Claridon sbarrò gli occhi.

« Quando i miei confratelli furono torturati, nel XIV secolo, si pensava che Dio avrebbe dato agli innocenti la capacità di sopportare il dolore, cosicché solo i colpevoli avrebbero confessato. Inoltre, cosa assai conveniente, devo aggiungere, non era concesso ritrattare la confessione estorta con la tortura. Così, quando una persona aveva confessato, il processo si concludeva. »

De Roquefort avvicinò il braciere a una ventina di centimetri dalla pelle nuda.

Claridon gridò.

« Così presto, Monsieur? Non è ancora successo niente... Lei non ha la minima capacità di sopportazione. »

« Cosa vuole sapere? »

« Possiamo cominciare col significato di *Don Miguel de Manara, mentre sta leggendo le regole della Caridad.* »

« È un indizio che collega l'abate Bigou alla tomba di Marie de Blanchefort. Lars Nelle trovò un criptogramma. Credeva che la chiave per decifrarlo fosse nel dipinto. »

« Questo l'ho già sentito negli archivi. Voglio sapere ciò che lei non ha detto. »

« Non so nient'altro. Per favore, i miei piedi stanno friggendo! »

« Questa è l'idea. » De Roquefort estrasse il diario di Lars Nelle da una tasca interna della giacca.

« Ce l'ha lei? » esclamò Claridon, sbalordito.

« Perché è così sorpreso? »

« La sua vedova... Lo aveva lei. »

« Non più. » De Roquefort lo aveva letto quasi tutto durante il viaggio di ritorno da Avignone. Lo sfogliò fino a trovare il criptogramma e tenne la pagina aperta perché Claridon lo vedesse. « È questo ciò che Lars Nelle ha trovato? »

« *Oui, oui.* »

« Qual è il messaggio? »

« Non lo so. Sul serio, non lo so. Non può spostare il braciere? Per favore, la prego. I piedi mi fanno male. »

De Roquefort decise che mostrandosi compassionevole gli avrebbe sciolto la lingua più alla svelta, perciò spinse il carrello trenta centimetri più indietro.

« Grazie, grazie... » Claridon respirava a fatica.

« Continui a parlare. »

« Lars Nelle trovò il criptogramma in un testo che Noël Corbu scrisse negli anni '60. »

« Nessuno ha mai trovato quel manoscritto. »

« Lars ci riuscì. Lo aveva un prete, cui era stato affidato da Corbu prima della sua morte, nel 1968. »

De Roquefort sapeva di Corbu dai rapporti di un suo predecessore. Anche quel maresciallo aveva cercato la Grande Eredità. « Cosa può dirmi del criptogramma? »

« Bigou citò il dipinto nel registro parrocchiale, prima di fuggire in Spagna, così Lars pensò che contenesse la chiave dell'enigma. Tuttavia morì prima di decifrarlo. »

De Roquefort non possedeva la litografia del dipinto. L'aveva portata via la donna, insieme al libro dell'asta. Ma era improbabile che quella fosse l'unica immagine registrata di *Leggendo le regole della Caridad*. Ora che sapeva cosa cercare, ne avrebbe trovato un'altra copia.

« E cosa sa il figlio? Mark Nelle, fino a che punto è informato? »

« Non molto. Lui insegnava a Tolosa e la ricerca era una

specie di hobby. Ma stava cercando il nascondiglio sulle montagne, come Saunière, quando una valanga lo ha travolto.»

«Non è morto.»

«Sì, invece. Cinque anni fa.»

De Roquefort si fece più vicino. «Mark Nelle ha vissuto qui, in questa abbazia, negli ultimi cinque anni. Fu tirato fuori dalla neve e portato qui. Il nostro maestro lo accolse e lo nominò siniscalco. Voleva perfino che diventasse il suo successore. Ma, grazie a me, questo non è accaduto. Mark Nelle è fuggito ieri pomeriggio. Per cinque anni ha studiato le nostre registrazioni in cerca di indizi, mentre lei si nascondeva in un manicomio come un rospo timoroso della luce.»

«Non è vero.»

«Sto dicendo la verità. È qui che è rimasto, mentre lei viveva nella paura.»

«Era di lei e dei suoi confratelli che avevo paura. Anche Lars vi temeva.»

«Aveva le sue ragioni per farlo. Mi mentì, più di una volta, e io detesto essere ingannato. Gli fu data un'opportunità di pentirsi, ma lui preferì dirmi altre bugie.»

«Siete stati voi a impiccarlo a quel ponte, vero? Io l'ho sempre saputo.»

«Lui era un ateo. Penso che lei capisca che farò quanto è necessario per raggiungere il mio scopo. Io indosso il saio bianco. Sono il maestro di questa abbazia e quasi cinquecento fratelli obbediscono ai miei ordini. La nostra Regola è chiara. L'ordine dato dal maestro è come un ordine di Cristo, perché fu Cristo che disse attraverso la bocca di David: *Ob auditu auris obedivit mihi*. 'Lui mi obbedì non appena mi ebbe udito.'» Puntò un dito sul diario. «Ora mi dica cos'è questo puzzle.»

«Lars pensava che rivelasse il nascondiglio trovato da Saunière.»

De Roquefort riprese il carrello. «Le giuro che i suoi piedi diventeranno moncherini neri, se non risponderà alle mie domande.»

Claridon aveva gli occhi spalancati. «Cosa devo fare per dimostrare la mia sincerità? Conosco solo una parte della storia.

Anche Lars non sapeva tutto e, inoltre, non mi ha rivelato ciò che aveva scoperto. Comunque lei ha il suo diario...»

Il tono disperato rivestiva di credibilità quelle parole. «Sto ascoltando.»

«Saunière trovò il criptogramma nella chiesa di Rennes, quando stava ricostruendo l'altare. Trovò anche una cripta, dove scoprì che Marie d'Hautpoul de Blanchefort non era sepolta nel cimitero della parrocchia, bensì sotto la chiesa.»

De Roquefort aveva letto tutto ciò nel diario, ma quello che voleva sapere era: «Come ne venne a conoscenza Lars Nelle?»

«Trovò le informazioni relative alla cripta in un vecchio libro scoperto a Monfort-Lamaury – il feudo di Simon de Monfort –, che descriveva in modo particolareggiato la chiesa di Rennes. Poi trovò altri riferimenti nel manoscritto di Corbu.»

De Roquefort detestava anche soltanto sentire il nome di Simon de Monfort: un altro opportunista del XIII secolo che aveva comandato la crociata albigese e saccheggiato la Linguadoca nel nome della Chiesa. Se non fosse stato per lui, i templari avrebbero ottenuto il governo di uno Stato autonomo e, così, avrebbero evitato la loro successiva caduta. L'unica pecca nell'esistenza dell'Ordine, ai suoi inizi, era stata la dipendenza dal potere secolare. Il motivo per cui i primi maestri si erano sentiti costretti a legarsi così strettamente ai re l'aveva sempre lasciato perplesso.

«Saunière apprese che il suo predecessore, l'abate Bigou, aveva costruito la tomba di Marie d'Hautpoul», proseguì Claridon. «Così pensò che le incisioni e il riferimento al dipinto scritto da Bigou sul registro parrocchiale fossero indizi.»

«Sono evidenti in modo ridicolo.»

«Non per il XVIII secolo», obiettò Claridon. «La maggior parte della gente non sapeva leggere né scrivere, a quel tempo. Quindi il più facile dei codici e perfino una semplice scritta potevano essere efficaci. E, in realtà, così è stato... Il segreto è rimasto celato per tutto questo tempo.»

Un'annotazione delle Cronache ritornò alla mente di de Roquefort, una notizia appartenente all'epoca successiva alle persecuzioni dell'Ordine. L'unico indizio registrato del luogo in cui era nascosta la Grande Eredità: *Qual è il posto migliore per nascondere un sasso?* All'improvviso la risposta gli fu chiara. « Per terra », mormorò.

« Come? »

De Roquefort tornò di colpo alla realtà. « Ricorda ciò che ha visto nel dipinto? »

« *Oui,* Monsieur. Ogni dettaglio », rispose Claridon.

Dunque lo sciocco aveva qualche qualità.

« E ho anche il disegno », precisò Claridon.

Aveva sentito bene? « Il disegno della lapide? »

« Il fascicolo che ho trovato negli archivi. Quando le luci si sono spente, ho preso il disegno dal tavolo. »

« Dov'è? »

« Ce l'ho in tasca. »

De Roquefort decise di fare un patto. « Che ne dice di collaborare? Forse è il caso di unire i nostri sforzi. »

« E io che ci guadagnerei? »

« Salvare i suoi piedi sarebbe quello più immediato. »

« È vero, Monsieur. Accetto. »

« Noi cerchiamo la Grande Eredità per ragioni diverse dalle sue. Una volta che l'avremo trovata, sono certo che una certa somma di denaro potrà ricompensarla per questi disagi. » Poi chiarì un punto. « Tuttavia, non la lascerò andare. E, se lei riuscisse a scappare, io la ritroverò. »

« Mi sembra di avere poca scelta. »

« Lei sa che i suoi amici l'hanno abbandonata... »

Claridon non disse niente.

« Malone e Stephanie Nelle. Non hanno fatto nessun tentativo di salvarla. Che egoisti! Ho sentito che lei supplicava l'aiuto di Dio, negli archivi. Ma non hanno alzato un dito per aiutarla. » De Roquefort diede un tono persuasivo alle sue parole, sperando di aver ben giudicato il carattere debole dell'uomo. « Insieme, Monsieur Claridon, potremo avere successo. Io possiedo il diario di Lars Nelle e dispongo di un archivio sterminato. Lei ha le informazioni sulla lapide e conosce fatti a me ignoti. Entrambi vogliamo la stessa cosa, dunque adoperiamoci per scoprirla. » Afferrò un coltello deposto tra le gambe aperte di Claridon e recise i legacci. « Andiamo, il lavoro ci aspetta. »

39

Rennes-le-Château,
ore 10.40

Malone seguì Mark alla chiesa di Santa Maria Maddalena. Durante l'estate non si tenevano servizi religiosi. La domenica evidentemente era un giorno troppo favorevole all'afflusso dei turisti e, infatti, intorno alla chiesa c'era già una folla di persone occupate a scattare fotografie e a girare video.

« Dobbiamo fare il biglietto », disse Mark. « Non si può mettere piede in chiesa senza pagare il pedaggio. »

Malone entrò a Villa Béthanie e si accodò alla breve fila davanti al botteghino. Quando tornò fuori, trovò Mark di fronte al giardinetto nel quale – come aveva detto Royce Claridon – era sistemato il pilastro visigoto e la statua della Vergine. Inciso sul pilastro si potevano leggere le parole PENITENZA, PENITENZA e MISSION 1891.

« Notre Dame de Lourdes », spiegò Mark, indicando la statua. « Saunière era affascinato da Lourdes, dove si verificò la prima visione mariana della sua epoca. Voleva che Rennes diventasse un centro di pellegrinaggio, così ripulì questo giardino e vi pose la statua e il pilastro. »

Malone accennò col capo verso la gente. « Ha ottenuto quello che voleva. »

« Già, ma non per le ragioni che immaginava. Sono sicuro che, tra quanti sono venuti oggi, neppure uno sa che il pilastro non è l'originale. È una copia, messa qui anni fa. Le intemperie hanno reso pressoché illeggibile l'incisione. Adesso si trova nel museo del presbiterio. Lo stesso vale per altri oggetti qua intorno. Ben poco è rimasto com'era al tempo di Saunière. »

Si avviarono al portone principale della chiesa. Sotto il timpano dorato, Malone lesse le parole TERRIBILIS EST LOCU ISTE. Dalla Genesi: *È terribile questo luogo*. Conosceva il racconto di

Giacobbe, il quale aveva sognato una scala su cui volavano gli angeli e che, dopo essersi svegliato da quel sogno, disse: « È terribile questo luogo ». Poi descrisse ciò che aveva sognato su Bethel, nome che significava Casa di Dio.

« Nel Vecchio Testamento, Bethel divenne una rivale di Gerusalemme, come centro religioso », affermò Malone.

« Proprio così. Un altro sottile indizio lasciato da Saunière. All'interno ce ne sono altri. »

Avevano dormito fino a tardi e si erano alzati circa trenta minuti prima. Stephanie aveva preso la camera da letto di suo marito: si trovava ancora là, con la porta chiusa, quando Malone aveva suggerito a Mark di andare in chiesa. Voleva parlargli senza Stephanie intorno, anche per dare alla donna più tempo per riflettere. Sapeva che l'amica stava cercando lo scontro e che, prima o poi, suo figlio avrebbe dovuto affrontarla. Ma aveva pensato che posticipare l'inevitabile sarebbe stata comunque una buona idea. Geoffrey si era offerto di accompagnarli, però Mark aveva rifiutato. Malone si era accorto che anche Mark Nelle voleva parlargli da solo.

Entrarono nella navata.

La chiesa era formata da un unico locale. Ad accoglierli c'era un orribile diavolo di pietra che sogghignava, piegato in due sotto il peso di un'acquasantiera.

« Questo è il demone Asmodeo, non il diavolo », precisò Mark.

« Un altro messaggio? »

« Probabilmente sai anche qual è. »

« Asmodeo era un custode di segreti, se ricordo bene. »

Sopra l'acquasantiera c'erano quattro angeli, ciascuno nell'atto di eseguire una delle quattro parti del segno della croce. Sotto di loro era scolpito il motto PAR CE SIGNE TU LE VAINCRAS. Malone tradusse dal francese: « Con questo segno tu lo vincerai ». Conosceva la storia di quelle parole: « Questo è il messaggio ricevuto da Costantino prima della battaglia contro Massenzio. Secondo la leggenda, vide una croce stagliata sul sole con quella frase incisa sotto. »

« Ma c'è una differenza. » Mark indicò le lettere scolpite.

« Nella frase originale non c'è *lo*. Soltanto: 'Con questo segno vincerai'. »

« Ed è importante? »

« Mio padre venne a conoscenza di un'antica leggenda ebraica, che racconta di come il re impedì ai demoni di ostacolare la costruzione del Tempio di Salomone. Uno di quei demoni, Asmodeo, poteva essere controllato costringendolo a trasportare acqua, l'unico elemento che odiasse. Come vedi, il simbolismo di questa fonte non è fuori luogo. Ma il *lo* nella citazione è chiaramente opera di Saunière. Alcuni dicono che *lo* si riferisce al fatto che, intingendo le dita nell'acqua santa per farsi il segno della croce, si scaccia *lui*, ovvero il diavolo. Ma altri hanno notato la posizione del pronome *le* nella frase francese: *Par ce signe tu le vaincras*. *Le*, cioè 'lui', rappresenta la tredicesima e la quattordicesima lettera. 1314. »

« L'anno in cui Jacques de Molay fu messo a morte », commentò Malone.

Mark si strinse nelle spalle. « Coincidenza? »

In quel momento erano una ventina le persone che si aggiravano nella chiesa, scattando foto e ammirando le opere che, in modo più o meno criptico, alludevano a un significato nascosto. Sulle pareti, le finestre erano ornate da vetri dipinti, vivacizzati dal sole, che rappresentavano Maria e Marta a Betania, Maria Maddalena che incontra il Cristo risorto e la resurrezione di Lazzaro.

« È come un luna park teologico », sussurrò Malone.

« Potrebbe essere una chiave di lettura. » Mark indicò il pavimento a scacchiera, di fronte all'altare. « La botola della cripta è lì, davanti al cancelletto di ferro, nascosta sotto le mattonelle. Qualche anno fa, alcuni geografi francesi eseguirono di soppiatto un esame radar del terreno sotto l'edificio e riuscirono a effettuare alcuni sondaggi, prima che le autorità locali li fermassero. I risultati indicano un'anomalia sub-superficiale sotto l'altare, che potrebbe essere una cripta. »

« Non è stato fatto nessuno scavo? »

« È stato impossibile convincere il consiglio comunale. Troppo rischioso per l'industria turistica. »

Malone sorrise. « La stessa cosa che Claridon ha detto ieri. »

Si sedettero in uno dei banchi.

« Una cosa è certa », disse Mark sottovoce. « Qui non c'è nessuna pista che conduca a qualche tesoro, ma Saunière usò questa chiesa per tramandare ai posteri le sue convinzioni. E, dopo aver studiato a fondo quell'uomo, posso affermare che quest'opera riflette la sua personalità sfrontata. »

Malone notò che intorno a lui non c'era niente di raffinato. I colori vivaci e le decorazioni dorate guastavano ogni elemento estetico. Niente era intonato a un contesto comune. Ogni manifestazione artistica, dalle statue ai bassorilievi, dalle pareti alle finestre, non creava nessuna armonia, come se avere un tema unico fosse in qualche modo offensivo.

Strani gruppetti di santi abbassavano su di lui sguardi sfuggenti, come se anch'essi fossero imbarazzati dai loro indumenti troppo vistosi: san Rocco esibiva una coscia ferita, santa Germana lasciava cadere una pioggia di rose dal suo grembiule, la Maddalena reggeva un vaso dalla forma strana. Per quanto si sforzasse, Malone non riusciva a sentirsi a suo agio. Aveva visitato molte chiese cattoliche, e nella maggior parte si percepiva il peso del tempo e della storia. Quella sembrava capace soltanto di respingere.

« Saunière supervisionò ogni dettaglio delle decorazioni », proseguì Mark. « Non fu fatto niente senza la sua approvazione. » Indicò una delle statue. « Sant'Antonio da Padova. È a lui che si rivolgono le preghiere quando si cerca qualcosa di perduto. »

Malone colse l'ironia del suo tono. « Un altro messaggio? »

« È ovvio. Osserva le stazioni della Via Crucis. »

I bassorilievi cominciavano dal pulpito. Ce n'erano sette lungo il muro settentrionale e altri sette su quello meridionale. Ognuno di essi, a colori, raffigurava un momento della crocifissione di Cristo. La patina brillante e i dettagli da cartone animato apparivano incongrui per un argomento così solenne.

« Strani, non ti pare? Quando i bassorilievi furono installati, nel 1887, erano comuni in questa regione. A Rocamadour ce n'è una serie quasi identica. A realizzare sia questi sia quelli fu la Casa Giscard, di Tolosa. Si è discusso molto di queste stazioni. Alcuni studiosi sono convinti che hanno un'origine massonica, oppure che sono in realtà una specie di mappa del tesoro. Nessuna delle due ipotesi è vera. Ma è certo che nascondono un qualche messaggio.»

Malone, in effetti, notò degli aspetti curiosi: il giovane schiavo nero che porge il catino dove Pilato si lava le mani, il velo indossato dallo stesso Pilato, una tromba che suona mentre Cristo cade sotto il peso della croce, tre dischi d'argento tenuti alti, il bambino che, avvolto in un lenzuolo di tartan scozzese, si accosta a Cristo, il soldato romano che getta il dado per giocarsi il mantello di Cristo e i numeri tre, quattro e cinque sulle facce del dado.

«Osserva la stazione quattordici», disse Mark, indicando la parete meridionale.

Malone si alzò e s'incamminò verso il fondo della chiesa. Passando davanti all'altare, si fermò un momento a esaminarlo. Era ornato da un bassorilievo che la luce palpitante delle candele impreziosiva di tremule ombre. Rappresentava una donna in lacrime, presumibilmente Maria Maddalena, inginocchiata in una grotta dinanzi a una croce formata da due rami. Alla base del ramo verticale c'era un cranio, e subito Malone ripensò al cranio della litografia trovata negli archivi del palazzo dei papi, ad Avignone.

Proseguì e andò a guardare l'ultima stazione della Via Crucis, la numero quattordici, che raffigurava la salma di Cristo trasportata da due uomini, mentre tre donne piangevano. Dietro di loro si alzava una parete rocciosa, sopra la quale campeggiava una luna piena nel cielo notturno.

«Gesù, portato alla tomba», sussurrò, girandosi verso Mark, che lo aveva raggiunto.

«Secondo la legge romana, agli uomini crocifissi non era concessa la sepoltura. Quella forma di esecuzione era riservata a chi si era reso colpevole di crimini contro l'impero. Lo scopo era di far morire il condannato dopo una lunga agonia. Di solito occorrevano alcuni giorni, e molte persone avevano modo di assistere al supplizio. Il cadavere veniva poi lasciato agli uccelli mangiatori di carogne. Tuttavia Pilato permise a Giuseppe di Arimatea di seppellire il corpo di Cristo. Ti sei mai domandato il perché?»

« No. »

« Altri l'hanno fatto. Non dimenticare che Cristo fu ucciso alla vigilia del sabbath. Per legge, non poteva essere sepolto dopo il tramonto del sole. » Mark indicò la stazione quattordici. « Però Saunière commissionò questa scena, che mostra chiaramente il corpo trasportato durante la notte. »

Malone non capiva ancora il significato.

« E se, invece di essere trasportato *nella* tomba, lo stessero portando *fuori* del sepolcro, protetti dalle tenebre? »

Malone non disse nulla.

« Hai mai sentito parlare dei Vangeli Gnostici? » domandò Mark.

Malone annuì. Quei testi erano stati rinvenuti presso il corso superiore del Nilo nel 1945. Durante degli scavi, sette manovali beduini avevano portato alla luce uno scheletro umano e un'urna sigillata. Pensando che contenesse oro, avevano spaccato l'urna e scoperto tredici papiri rilegati in cuoio. I testi erano scritti in lingua copta, probabilmente a opera dei monaci che avevano vissuto nel vicino monastero fondato da Pacomio nel IV secolo. Essi contenevano quarantanove testi d'ispirazione cristiana, composti approssimativamente nel II secolo, mentre i tomi erano stati confezionati almeno due secoli dopo. Alcuni furono usati per accendere il fuoco o furono gettati via, ma nel 1947 quelli che restavano vennero acquistati da un museo locale.

« Il motivo per cui i monaci seppellirono i tomi è molto semplice », proseguì Mark. « Nel IV secolo Athanasius, vescovo di Alessandria, scrisse una lettera che fu mandata a tutte le chiese d'Egitto. In essa decretava che soltanto i ventisette libri contenuti nel Nuovo Testamento, selezionati di recente, potevano essere considerati Sacre Scritture. Tutti gli altri libri dovevano essere distrutti perché *eretici*. Nessuno dei quarantanove testi dell'urna era conforme al decreto, perciò i monaci decisero di nasconderli, invece di bruciarli, forse in attesa di un cambiamento nella guida della Chiesa. Come sappiamo, non ci fu mai nessun cambiamento, anzi la Chiesa Cattolica Romana s'impose. Ma, grazie al cielo, quei tomi sopravvissero, così come altri testi apocrifi. In uno, il Vangelo di Pietro, è scritto:

'E mentre stanno raccontando ciò che hanno visto, di nuovo vedono uscire dal sepolcro tre uomini: due sostenevano l'altro'.»

Malone guardò ancora la stazione quattordici: due uomini che sostenevano il terzo.

«I Vangeli Gnostici sono testi straordinari», riprese Mark. «Molti studiosi sostengono che il Vangelo di Tommaso potrebbe essere la trascrizione più fedele delle reali parole di Cristo. Il termine deriva dal greco *gnosis*, che significa 'conoscenza'. Tuttavia la versione cattolica della cristianità alla fine cancellò tutti i pensieri e gli insegnamenti gnostici.»

«Invece i templari li tennero in vita?»

Mark annuì. «I Vangeli Gnostici, e parecchi altri che i teologi moderni non hanno mai visto, si trovano nella biblioteca dell'abbazia. I templari erano di mente aperta per quanto riguardava le Scritture. C'è molto da imparare dal cosiddetto pensiero eretico.»

«Com'è possibile che Saunière sapesse qualcosa di quei Vangeli? Furono scoperti decenni dopo la sua morte.»

«Forse aveva accesso a informazioni ancora migliori. Lascia che ti mostri qualcos'altro.»

Malone seguì Mark all'uscita della chiesa. Alla base del timpano, sopra il portale d'ingresso, era dipinta una scritta.

«Leggi quelle parole», disse Mark.

Malone socchiuse le palpebre per distinguere le lettere. Molte apparivano consunte, difficili da decifrare.

REGNUM MUNDI ET OMNEM ORNATUM SOECULI CONTEMPSI
PROPTER ANOREM DOMINI MEI JESU CHRISTI
QUEM VIDI QUEN AMAVI IN QUEM CREMINI QUEM DILEXI

«'Io disprezzo il regno di questo mondo, e tutti gli orpelli temporali, grazie all'amore di Gesù Cristo, che io vidi, che io amai, in cui credetti, e che adorai.' In questa sede è un'affermazione interessante, ma contiene alcuni errori grossolani, anche se da qui non è facile distinguerli.» Mark li indicò. «Le parole *soeculi, anorem, quen* e *cremini* sono sbagliate. Saunière spese centottanta franchi per questo timpano e per farvi dipingere la scritta, una bella somma per quell'epoca. Lo sappiamo perché esistono ancora le ricevute. Progettò con estrema cura quest'ingresso, ma lasciò gli errori d'ortografia. Sarebbe stato facile farli correggere, visto che le lettere erano soltanto dipinte.»

«Forse non le notò.»

«Saunière? Quell'uomo aveva una personalità eccezionale. Non gli sfuggiva niente.»

Un'altra ondata di turisti si accalcò sotto il portico, così Mark guidò Malone verso il giardinetto che ospitava il pilastro visigoto e la statua della Vergine.

«Quell'iscrizione non è una citazione biblica», precisò Mark. «La si trova in un responsorio scritto da un certo John Tauler agli inizi del XIV secolo. I responsori erano preghiere o poesie che si recitavano tra una lettura e l'altra delle Scritture, e Tauler era ben conosciuto al tempo di Saunière. Forse l'abate era rimasto semplicemente colpito da quella frase, ma non mi sembra plausibile.»

Malone annuì, convinto.

«Gli errori d'ortografia sono un messaggio di Saunière. Per esempio, le parole *quem cremini*, 'in cui credetti', mentre la dicitura esatta avrebbe dovuto essere *credidi*, significano forse che non credeva in Dio? E poi la più interessante di tutte: *quem vidi.*»

Malone comprese all'istante il significato. «Qualunque cosa abbia trovato, lo condusse a Cristo. E lui lo vide.»

«Questo è ciò che papà pensava, e io sono d'accordo. Sembra che Saunière fosse incapace di resistere alla tentazione di lasciare messaggi un po' ovunque. Voleva che il mondo sapesse ciò che aveva scoperto, ma è come se intuisse che nessuno della sua epoca avrebbe capito. E aveva ragione.» Mark alzò lo sguardo sull'antica chiesa. «Tutto questo posto è alla rovescia. Le stazioni della Via Crucis sono fissate ai muri al contrario, rispetto a ogni altra chiesa al mondo. Il demone all'ingresso, inoltre, è il contrario del bene.» Poi indicò il pilastro, a pochi passi di distanza. «Capovolto. Osserva la croce e le incisioni sul lato anteriore.»

« Saunière capovolse il pilastro prima di scolpire *Mission 1891* e *Penitence, Penitence* lungo la sommità. »

Nell'angolo inferiore destro, Malone notò una V con al centro un circolo. Inclinò la testa per farsi un'idea dell'immagine capovolta. « Alfa e omega? »

« Alcuni lo pensano. Papà era dello stesso avviso. »

« Un altro nome per Cristo. »

« Proprio così. »

« Perché Saunière capovolse il pilastro? »

« Nessuno lo ha mai capito. » Mark si scostò e permise ad altri visitatori di scattare alcune foto. Poi fece strada a Malone verso il retro della chiesa, in un angolo del giardino del Calvario, dove sorgeva una piccola grotta. « Anche questa è una replica per i turisti. La seconda guerra mondiale si è portata via l'originale. Saunière la costruì con rocce che aveva prelevato durante i suoi viaggi. Lui e la sua donna si assentavano per diversi giorni e tornavano con una gerla colma di pietre. Strano, non ti pare? »

« Dipende da cos'altro c'era nella gerla. »

Mark sorrise. « Un buon modo per trasportare un po' di monete d'oro senza destare sospetti. »

« Ma, visto che Saunière era un tipo a dir poco bislacco, forse gli piaceva raccogliere rocce. »

« Tutti quelli che vengono qui sono un po' bislacchi. »

« Compreso tuo padre? »

Mark lo guardò con serietà. « Senza dubbio. Era ossessionato, sacrificò la sua vita a questo posto. Amava ogni metro quadrato del paese. Era casa sua, in ogni senso. »

« Ma non è anche casa tua. »

« Ho cercato di proseguire la ricerca, però non avevo la sua passione. Forse avevo capito che l'intera faccenda era una farsa. »

« Se è così, perché ti sei nascosto in un'abbazia per cinque anni? »

« Avevo bisogno di solitudine e tranquillità. Ma il maestro aveva piani più grandi. Così, eccomi qui. Un fuggiasco ricercato dai templari. »

« Allora cosa stavi facendo sulle montagne, quando ti ha travolto la valanga? »

Mark non gli rispose.

« Come tua madre adesso, cercavi l'assoluzione per una colpa. Solo, non sapevi che altri ti stavano spiando. »

« Ringrazio il cielo che l'abbiano fatto. »

« Tua madre soffre », affermò Malone.

« Voi due avete lavorato insieme? »

« Sì, per molto tempo. È mia amica. »

« È una donna che si spezza ma non si piega... »

« Lo era, forse. Sta soffrendo molto a causa dei rimorsi e del senso di colpa. Questa potrebbe essere una seconda possibilità, per te e per lei. »

« La mia strada e quella di mia madre si sono separate molto tempo fa. È stato meglio così, per entrambi. »

« Allora cosa stai facendo, qui? »

« Sono venuto a casa di mio padre. »

« E quando sei arrivato hai visto che c'erano i bagagli di qualcun altro. Avevamo lasciato qui i passaporti e le nostre cose. Te ne sei sicuramente accorto, eppure sei rimasto. »

Mark gli voltò le spalle e Malone pensò che si stesse sforzando di nascondere l'imbarazzo. Era più simile a sua madre di quanto gli piacesse ammettere.

« Ho trentotto anni e mi sento ancora un ragazzino », affermò Mark. « Negli ultimi cinque anni ho vissuto al riparo di un'abbazia governata da una rigorosa Regola. Un uomo che consideravo un padre è stato buono con me e mi ha innalzato di rango conferendomi responsabilità che non avevo mai sperimentato. »

« Eppure adesso sei qui, nel bel mezzo di Dio-solo-sa-cosa. »

Mark sorrise.

« Tu e tua madre avete bisogno di chiarivi. »

L'altro restò qualche istante in silenzio, preoccupato. « La donna di cui hai parlato ieri sera, Cassiopea Vitt, io la conosco. Per anni, lei e mio padre si sono confrontati, o, per meglio dire, scontrati. Non dovremmo contattarla? »

Malone aveva notato che Mark rispondeva alle domande con altre domande, proprio come la madre. « Dipende. È una minaccia? »

« Difficile dirlo. Sembrava che fosse sempre intorno, e a mio padre non piaceva. »

« Non è piaciuta neppure a de Roquefort. »

« Ne sono sicuro. »

« Negli archivi, l'altra notte, de Roquefort ha chiesto chi fosse, quindi non la conosceva. Ma ora che ha catturato Claridon, sicuramente sa chi è. »

« È un problema di quella donna, giusto? » chiese Mark.

« Mi ha salvato la pelle due volte, le devo un favore. Claridon mi ha detto che vive a Givors. Tua madre e io avevamo intenzione di andarcene oggi. Pensavamo che per noi questa ricerca fosse finita. Ma adesso le cose sono cambiate. Devo fare una visita a Cassiopea Vitt, e credo che sia meglio che ci vada da solo. »

« Va bene. Nel frattempo, noi aspetteremo qui. Anch'io ho un impegno. Sono trascorsi cinque anni dall'ultima che ho fatto visita a mio padre. » Mark s'incamminò verso il cimitero.

40

Ore 11.05

Stephanie si versò una tazza di caffè e ne offrì dell'altro a Geoffrey.

Il giovane rifiutò. « A noi ne è concessa soltanto una tazza al giorno. »

Stephanie si sedette al tavolo della cucina. « Tutta la vostra vita è governata dalla Regola? »

« È la nostra usanza. »

« Credevo che anche la segretezza fosse importante nella confraternita. Perché ne parla così liberamente? »

« Il mio maestro, che oggi dimora col Signore, mi raccomandò di essere onesto con lei. »

Stephanie era perplessa. « Mi conosceva? »

« Il maestro ha seguito da vicino le ricerche di suo marito, e si sono incontrati più volte. Il maestro era il suo confessore. »

Quella notizia la sbalordì. « Lars aveva contatti coi templari? »

« In realtà erano stati i templari a contattare lui. Il maestro avvicinò suo marito, senza rivelargli di essere un templare, altrimenti Lars Nelle non si sarebbe mai aperto con lui e avrebbe interrotto i rapporti. Tuttavia, sicuramente suo marito aveva intuito la verità. »

« Si direbbe che il suo maestro fosse un tipo singolare. »

Il viso del giovane s'illuminò. « Era un uomo saggio, che cercava di fare il bene del nostro Ordine. »

« E mio figlio lo aiutava a perseguire il bene della confraternita? »

« È per questo che fu nominato siniscalco. »

« Il fatto che fosse figlio di Lars Nelle non ebbe nulla a che fare con questa nomina? »

« Sinceramente, non so rispondere a questa domanda. Ho

saputo l'identità del siniscalco solo poche ore fa, qui, in questa casa.»

«Voi confratelli non sapete niente l'uno dell'altro?»

«Molto poco. Alcuni faticano a adattarsi a questa realtà, altri rivelano il loro passato in privato. Ma trascorriamo la vita insieme, vicini, quasi come in una prigione. Troppa familiarità potrebbe causare difficoltà. Così la Regola proibisce un'eccessiva intimità con gli altri fratelli. Teniamo per noi i nostri fatti personali, servendo Dio nella quiete del silenzio.»

«Sembra una cosa difficile.»

«È la vita che abbiamo scelto. Ma questa avventura...» Geoffrey scosse il capo. «Il maestro mi aveva predetto che avrei scoperto molte cose nuove. Aveva ragione.»

Stephanie bevve un altro sorso di caffè. «Il suo maestro era sicuro che lei e io ci saremmo incontrati?»

«Le ha spedito il diario nella speranza che sarebbe venuta. Ha mandato una lettera anche a Ernst Scoville, insieme con alcune pagine del diario che potevano interessarle. Sperava che questo vi avrebbe spinti a mettervi in contatto. Sapeva che con Scoville non eravate in ottimi rapporti, ma era certo che voi due aveste grandi risorse. Voleva che voi due, insieme col siniscalco e con me, vi metteste alla ricerca della Grande Eredità.»

«L'Ordine crede davvero che nella storia di Cristo ci sia un segreto rimasto nascosto per due millenni?»

«Non ho ancora raggiunto un livello d'istruzione sufficiente a rispondere alla sua domanda. Dovranno trascorrere molti decenni di servizio, prima che io sia messo a parte di ciò che l'Ordine sa. Ma la morte, almeno per quanto mi è stato insegnato finora, è un evento definitivo. Molte migliaia di fratelli sono morti sui campi di battaglia della Terrasanta e nessuno di loro si è mai rialzato per andarsene con le sue gambe.»

«La Chiesa Cattolica la definirebbe un eretico.»

«La Chiesa è un'istituzione creata dagli uomini e governata dagli uomini. Qualunque cosa sia collegata a questa istituzione è anch'essa una creazione dell'uomo.»

Stephanie decise di rompere gli indugi. «Ma, allora, io cosa dovrei fare?»

«Aiutare suo figlio.»

« Come? »

« Lui deve finire ciò che suo padre ha cominciato. Non si può permettere che sia Raymond de Roquefort a trovare la Grande Eredità. Il maestro è stato chiaro su questo punto. Ecco perché ha pianificato tutto in anticipo e perché io sono stato addestrato. »

« Mark mi detesta. »

« Mark le vuole bene. »

« Come lo sa? »

« Me lo ha detto il maestro. »

« Lui non aveva modo di saperlo. »

« Il maestro sapeva tutto. » Geoffrey tirò fuori da una tasca dei pantaloni una busta sigillata. « Mi ha ordinato di darle questa, quando mi fosse sembrato il momento giusto. » Le consegnò la busta, un po' sgualcita, e si alzò da tavola. « Il siniscalco e Mr Malone sono andati in chiesa. Ora la lascio sola. »

Stephanie apprezzò la sensibilità del giovane. Non c'era modo di sapere quali emozioni quel messaggio avrebbe scatenato in lei, così aspettò che Geoffrey si fosse ritirato nello studio, poi aprì la busta.

Ms Nelle,

noi siamo due estranei, tuttavia sento di conoscerla, grazie a Lars, che mi ha parlato di ciò che gli appesantiva l'animo. Vostro figlio è diverso. Lui tiene dentro di sé i suoi tormenti, e ne condivide assai poco. In alcune occasioni ho tentato di capirlo meglio, ma le sue emozioni non sono trasparenti come quelle del padre. Forse ha ereditato questo carattere da lei? Ma non voglio essere invadente. Ciò che sta accadendo in questo momento è preoccupante. Raymond de Roquefort è un uomo pericoloso. È spinto da una cecità che, nel corso dei secoli, ha infettato molti membri del nostro Ordine. È come se avesse dei paraocchi che limitano la sua visuale. Vostro figlio è stato in competizione con lui per il posto di comando e ha perso. Purtroppo Mark non ha la risolutezza necessaria per portare a termine le sue battaglie. Cominciarle sembra facile, proseguirle ancora più facile, ma concluderle si è rivelato difficile per lui. La sua battaglia con lei. La sua battaglia con de Roquefort. Le battaglie con la sua coscienza. Molte sono le sfide che ha di fronte. Ho pensato che riunirvi potrebbe risultare decisivo per entrambi. Di nuovo, io non la conosco, ma penso di capirla. Suo marito è morto e molte cose sono rimaste non risolte. Forse questa ricerca risponderà finalmente a tutte le sue domande. Mi permetto di darle un consiglio: abbia fiducia in suo figlio, dimentichi il passato e pensi solo al futuro. Questo potrebbe esserle molto utile per trovare la pace. Il mio Ordine è unico in tutta la cristianità. La nostra fede è diversa, e ciò si deve a quello che i primi fratelli appresero e tramandarono. Questo ci rende più cristiani? O, forse, meno cristiani? Nessuna delle due cose, a mio parere. Trovare la Grande Eredità risponderà a molti interrogativi, ma temo che ne solleverà altri. Starà a lei e a suo figlio decidere cosa sarà meglio fare, quando verrà il momento critico. Mi auguro che tutto ciò alla fine accada, perché ho fiducia in entrambi. Vi è stata offerta una seconda possibilità. Il morto è risorto e ora cammina tra voi. Faccia buon uso di questo miracolo, ma l'avverto: liberi la mente dai pregiudizi nei quali ha imparato a adagiarsi. Si apra a prospettive più vaste e rifletta considerando punti di vista nuovi. Perché solo allora avrete successo. Possa il Signore essere con voi.

Una lacrima le scivolò lungo una guancia. Provò una sensazione strana, quasi sconosciuta. L'ultima volta che aveva pianto era una bambina: aveva un'istruzione di prim'ordine e un'esperienza di lavoro pluridecennale ai massimi livelli, la sua carriera era maturata affrontando situazioni critiche e più volte aveva preso decisioni che avevano comportato la vita o la morte per qualcuno. Ma niente di tutto ciò era paragonabile a quell'emozione. Per la prima volta, si sentiva capita. Quel maestro, un uomo che non aveva mai incontrato, sembrava aver compreso con precisione la sua angoscia.

E aveva ragione.

Il ritorno di Mark era una resurrezione. Un miracolo glorioso, che apriva infinite possibilità.

«Quelle parole l'hanno rattristata?»

Stephanie alzò lo sguardo. Sulla soglia c'era Geoffrey. Si

asciugò le lacrime. « In un certo senso. Ma in un altro mi hanno portato serenità. »

« Il maestro era un uomo fatto così. Aveva conosciuto la gioia e il dolore. Soprattutto dolore, però, nei suoi ultimi giorni. »

« Com'è morto? »

« Un cancro se l'è portato via, due notti fa. »

« Sente la sua mancanza? »

« Non ho mai avuto una famiglia. Sono stato allevato da monaci e suore. Erano buoni con me, ma nessuno mi ha mai amato. È duro crescere senza l'amore di un genitore. »

Quella confessione le diede una stretta al cuore.

« Il maestro mi ha trattato con bontà, forse perfino con amore, ma soprattutto ha posto in me la sua fiducia. »

« Allora non lo deluda. »

« Non lo deluderò. »

Stephanie mostrò la lettera. « Questa è mia? Posso tenerla? »

Geoffrey annuì. « Io ero solo il latore. »

« Perché Mark e Cotton sono andati in chiesa? »

« Ho avuto l'impressione che il siniscalco volesse parlare con Mr Malone. »

Stephanie si alzò. « Forse anche noi dovremmo... »

Qualcuno bussò alla porta. Lei s'irrigidì, mentre il suo sguardo correva al catenaccio aperto. Cotton e Mark sarebbero semplicemente entrati. Vide Geoffrey girarsi di scatto: impugnava una pistola. Stephanie si avvicinò alla porta e guardò fuori attraverso il vetro.

E scorse un volto noto.

Quello di Royce Claridon.

41

De Roquefort era furioso. Quattro ore prima l'avevano informato che la notte in cui il maestro era morto il sistema di sicurezza degli archivi aveva registrato una visita, alle ventitré e cinquantuno. Il siniscalco era rimasto venti minuti, poi era uscito con due libri. Le targhette di registrazione elettronica indicavano che i volumi asportati erano un codice del XIII secolo, che lui conosceva bene, e il rapporto di un maresciallo compilato alla fine del XIX secolo, che aveva già avuto occasione di leggere.

Mentre interrogava Royce Claridon, qualche ora addietro, de Roquefort non gli aveva lasciato capire che aveva già visto il criptogramma riportato nel diario di Lars Nelle. Anche nel rapporto del maresciallo era riprodotto il messaggio codificato, ed era specificato il luogo in cui era stato trovato: la chiesa dell'abate Gélis a Coustausa, non lontano da Rennes-le-Château. De Roquefort ricordava di aver letto che quel maresciallo aveva parlato con Gélis poco prima che il prete venisse ucciso, e gli era stato riferito che anche Saunière aveva scoperto un criptogramma nella sua chiesa. Una volta raffrontati, i due documenti erano risultati identici. Evidentemente Gélis aveva risolto l'enigma, rivelando poi il risultato al maresciallo, ma la soluzione non era stata annotata sul rapporto e, dopo la morte di Gélis, non era stata mai più trovata. La polizia e lo stesso maresciallo sospettavano che l'omicida avesse frugato nella borsa di Gélis. Il colpevole era Saunière? Difficile a dirsi. Il caso non era mai stato risolto. Tuttavia, da ciò che de Roquefort sapeva, il prete di Rennes avrebbe dovuto essere incluso nella lista dei sospetti.

Adesso il rapporto del maresciallo era scomparso. Per sua fortuna, però, de Roquefort disponeva del diario di Lars Nelle. Ma davvero, come affermava il maresciallo, il criptogramma di Saunière era identico a quello di Gélis? Non c'era modo di accertarlo senza il rapporto trafugato dal siniscalco.

Cinque minuti prima, ascoltando le chiacchiere di Stephanie Nelle e di fratello Geoffrey tramite una microspia applicata al vetro della finestra, aveva appreso che Mark Nelle e Cotton Malone si erano recati in chiesa. Stephanie Nelle aveva perfino pianto nel leggere ciò che l'ex maestro le aveva scritto. Molto commovente. Era chiaro che il maestro aveva pianificato tutto in anticipo e, adesso, l'intera faccenda rischiava di diventare incontrollabile. Così, mentre Claridon si occupava della donna e di Geoffry, lui avrebbe dovuto sistemare una volta per tutte gli altri due.

La trasmittente ancora applicata all'auto di Malone aveva rivelato che quest'ultimo e Stephanie Nelle erano tornati da Avignone a Rennes in piena notte. Mark Nelle, invece, doveva essere andato direttamente lì dall'abbazia.

Dopo ciò che era successo la notte precedente, de Roquefort aveva pensato che Malone e Stephanie Nelle non fossero più importanti, così aveva ordinato ai suoi uomini di lasciarli andare. Ammazzare una dirigente e un ex agente dei servizi governativi americani avrebbe senza dubbio attirato troppa attenzione. Aveva raggiunto tutti i suoi obiettivi e, in più, aveva ottenuto il diario di Lars Nelle. A conti fatti, era stata una notte di lavoro molto positiva. Era stato tentato persino di lasciar andare Mark Nelle e Geoffrey, dato che lontano dall'abbazia non rappresentavano una vera minaccia. Ma, dopo aver saputo della mancanza dei due libri, la strategia era cambiata.

« Siamo sul posto », disse una voce nel suo orecchio.

« Restate lì finché non vi chiamerò », sussurrò de Roquefort nel microfono fissato al bavero.

Aveva portato sei fratelli, che adesso si erano sparsi per il paese mescolandosi alla folla di turisti. Era una giornata soleggiata e, come al solito, spazzata dal vento. Mentre sulla valle del fiume Aude stagnava un'afa immobile, le colline circostanti erano molto ventose.

De Roquefort s'incamminò sulla strada principale verso la chiesa di Maria Maddalena, senza fare nessun tentativo di nascondere la sua presenza.

Voleva che Mark Nelle sapesse che lui era lì.

Mark stava di fronte alla tomba del padre. Era tenuta bene, come tutte le altre, dato che ormai il cimitero era diventata una tappa obbligata per i turisti. Nei primi sei anni dopo la morte del padre, Mark aveva provveduto personalmente alla manutenzione della tomba, cui faceva visita quasi ogni settimana. Suo padre era molto amato dagli abitanti di Rennes, poiché aveva reso il paese famoso in tutto il mondo. Forse era stata proprio quella la ragione per cui Lars, grazie ai suoi libri, aveva creato un alone di mistero intorno a Rennes pubblicizzando ipotesi a dir poco fantasiose. Non a caso, gli scrittori che avevano confutato le sue teorie non erano graditi in paese. Lars Nelle era considerato l'uomo che aveva portato quella strana faccenda all'attenzione del mondo, tuttavia Mark sapeva che, all'inizio, l'interesse del padre era stato solleticato da un libro francese relativamente sconosciuto, *Le Trésor Maudit*, di Gerard de Sede, pubblicato alla fine degli anni '60. Dopo la morte improvvisa del padre, Mark aveva spesso pensato che quel titolo – «Il tesoro maledetto» – fosse particolarmente adatto. Lui era un adolescente al tempo in cui erano stati pubblicati i primi libri di Lars Nelle, ma soltanto alcuni anni dopo, quando frequentava l'università e perfezionava le sue conoscenze di storia medievale e filosofia delle religioni, suo padre gli aveva rivelato quello che c'era realmente in palio.

«Il cuore della fede cristiana è la resurrezione di Gesù», aveva detto suo padre. «Se Cristo non fosse resuscitato, significherebbe che i Vangeli non sono altro che una menzogna. Anche altre religioni promettono il paradiso, ma soltanto il cristianesimo offre un Dio che diventa uomo, si sacrifica per redimere i peccati del mondo e resuscita dalla morte per regnare in eterno. Pensaci. I cristiani si dividono su molti dogmi, però tutti concordano sulla resurrezione. È il cardine della loro religione. Gesù ha sconfitto la morte per gli uomini e Cristo è vivo e sta operando per la *loro* redenzione. Il Regno dei Cieli li attende, perché anche loro saranno resuscitati dalla morte e vivranno per sempre insieme col Signore. Ogni tragedia ha un significato, poiché la resurrezione offre la speranza di una vita futura.» Poi suo padre gli aveva fatto la domanda che da quel giorno gli era rimasta nella mente. « E se non fosse successo? Se Cristo fosse rimasto un cadavere diventato polvere? »

Già, e se le cose stavano così?

« Pensa a tutti i milioni di esseri umani ammazzati nel nome del Cristo risorto », aveva proseguito Lars. « Durante la crociata contro gli albigesi, quindicimila tra uomini, donne e bambini furono messi al rogo solo per aver negato i dogmi cattolici. Nel corso della storia, l'Inquisizione ha ucciso migliaia di persone. Tutto per il cosiddetto Cristo risorto. Per secoli i papi hanno usato il sacrificio di Cristo come metodo per motivare chi andava in guerra. Se non ci fosse stata la resurrezione, e se non esistesse la promessa di una seconda vita, quanti di quegli uomini credi che sarebbero andati ad affrontare la morte? »

La risposta era semplice. Neppure uno.

E se la resurrezione non fosse mai avvenuta?

Mark aveva trascorso gli ultimi cinque anni in cerca di una risposta a quella domanda, all'interno di un Ordine che il mondo credeva fosse stato cancellato da settecento anni. Ma era ancora confuso e disorientato.

Cosa ci aveva guadagnato? Oppure, più importante ancora: cos'aveva perduto?

Scacciò quei pensieri e si concentrò sulla tomba del padre. Aveva commissionato quella lapide ed era stato presente quando l'avevano issata lì, in un triste pomeriggio di maggio. Lars Nelle era stato trovato una settimana prima impiccato sotto un ponte, mezz'ora di macchina a sud di Rennes. Mark era a casa sua, a Tolosa, quando la polizia gli aveva telefonato. Non poteva dimenticare il volto di suo padre, quando aveva identificato il cadavere: la pelle cinerea, la bocca aperta, gli occhi vacui. Una grottesca immagine che, temeva, non l'avrebbe mai lasciato.

Sua madre era tornata in Georgia subito dopo il funerale. Durante i tre giorni in cui era rimasta in Francia, avevano parlato poco. Mark aveva ventisette anni e aveva appena cominciato a lavorare all'università come assistente. Ora, a undici anni di distanza, si chiedeva se fosse più maturo e più saggio di prima. Il giorno precedente aveva cercato di ammazzare de

Roquefort. Cosa ne era stato di tutto ciò che gli avevano insegnato? Dov'era finita la disciplina che credeva di aver appreso? La meschinità di de Roquefort aveva un'origine chiara – un falso senso del dovere avvelenato dall'egoismo –, ma il proprio comportamento lo aveva completamente spiazzato. In tre giorni era passato da siniscalco a fuggiasco. Dalla sicurezza al caos. Dalla stabilità al vagabondaggio.

E per cosa?

Sentiva la pressione della pistola sotto la giacca. Il conforto che gli dava era preoccupante... Una sensazione strana e nuova, che lo rassicurava.

Si allontanò dalla tomba del padre e si diresse verso la sepoltura di Ernst Scoville. Aveva conosciuto quell'uomo solitario, e gli era piaciuto. Evidentemente anche il maestro lo conosceva, visto che soltanto una settimana addietro gli aveva spedito una lettera. Cos'aveva detto de Roquefort circa le due missive? *Mi sono già occupato di una di quelle persone*. Senza dubbio era così. Ma cos'altro aveva promesso? *E, presto, sistemerò anche l'altra*. Sua madre era in pericolo. Tutti loro rischiavano la vita, però si poteva fare ben poco. Andare alla polizia? Nessuno gli avrebbe creduto. L'abbazia era un luogo rispettabile e non un solo fratello avrebbe detto una parola contro l'Ordine. Inoltre, erano previste procedure per il mantenimento della segretezza di tutto ciò che riguardava la confraternita, e nessuno degli uomini all'interno dell'abbazia avrebbe trascurato di metterle in atto.

Di questo era sicuro.

No, loro erano soli.

Nel Giardino del Calvario, Malone aspettava che Mark tornasse dal cimitero. Non voleva intromettersi in qualcosa di così personale, poiché comprendeva bene le tensioni emotive da cui l'altro era sicuramente tormentato. Aveva soltanto dieci anni quando suo padre era morto, ma l'angoscia provata nel rendersi conto che non l'avrebbe più rivisto lo faceva ancora soffrire. A differenza di Mark, per lui non c'era un cimitero da visitare. La tomba di suo padre era sul fondale del Nord

Atlantico, dentro lo scafo contorto di un sommergibile affondato. Una volta aveva cercato d'informarsi sui particolari dell'accaduto, ma l'incidente restava un segreto militare.

Suo padre aveva amato la Marina e gli Stati Uniti, era stato un patriota, pronto a sacrificare la vita per la sua terra. E quella consapevolezza aveva sempre reso Malone fiero di lui. Mark Nelle era stato fortunato. Aveva condiviso col padre molti anni. Erano giunti a conoscersi l'un l'altro, vivendo insieme. Ma in molti sensi lui e Mark erano simili. Entrambi i loro padri si erano dedicati prevalentemente al lavoro ed entrambi erano morti in circostanze mai chiarite.

Malone lasciò vagare lo sguardo sui visitatori che continuavano a entrare e uscire dal cimitero. Alla fine vide Mark, che oltrepassava il cancello al seguito di un gruppo di giapponesi.

« È stata dura », disse Mark, mentre si avvicinava. « Sento la sua mancanza. »

Malone riprese il discorso da dove l'aveva lasciato. « Devi chiarirti con tua madre. »

« Ci sono troppi ricordi spiacevoli, qui, e rivedere la sua tomba li ha portati di nuovo alla luce. »

« Lei ha un cuore. È corazzato di ferro, lo so, ma c'è ancora. »

Mark sorrise. « Sembra che tu la conosca bene. »

« Ho dovuto frequentarla parecchio. »

« In questo momento dobbiamo concentrarci su ciò che il maestro ha pianificato, qualunque cosa sia. »

« Tutti e due sapete essere molto concreti. »

Mark sorrise ancora. « È una questione di geni. »

Malone guardò l'orologio. « Sono le undici e mezzo. Devo andare, voglio fare una visita a Cassiopea Vitt prima di sera. »

« Ti darò una cartina stradale. Non è lontano da qui. »

Uscirono dal Giardino del Calvario e si diressero alla strada principale. Malone notò che, a un centinaio di metri da loro, un uomo alto dall'aria severa, con le mani ficcate nelle tasche di una giacca di pelle, marciava dritto verso la chiesa.

« Abbiamo compagnia. »

Mark seguì il suo sguardo e vide de Roquefort.

Mentre pensava al da farsi, Malone notò la presenza di altri tre individui sospetti. Due sostavano davanti a Villa Béthanie, l'altro bloccava la strada che conduceva al parcheggio.

« Qualche suggerimento? »

Mark si avviò verso la chiesa. « Seguimi. »

Stephanie aprì la porta e Royce Claridon entrò in casa. « Da dove viene? » gli domandò, accennando a Geoffrey di abbassare la pistola.

« Ieri notte, dopo avermi portato via dal palazzo, sono venuti qui. Mi hanno tenuto prigioniero in un appartamento a due isolati di distanza, ma io sono riuscito a fuggire pochi minuti fa. »

« Quanti fratelli ci sono in paese? » domandò Geoffrey.

« Lui chi è? »

« Si chiama Geoffrey », spiegò Stephanie.

« Quanti fratelli ci sono? » chiese ancora Geoffrey.

« Quattro. »

Stephanie andò alla finestra della cucina e sbirciò fuori. La strada era deserta in entrambe le direzioni. Ma lei era preoccupata per Mark e Malone. « Dove sono questi fratelli? »

« Non lo so. Li ho sentiti dire che voi eravate in casa di Lars, così sono venuto subito qui. »

Quella risposta non era convincente. « Ieri notte non abbiamo potuto fare niente per aiutarla. Non avevamo idea di dove l'avessero portata. Siamo stati messi fuori combattimento mentre cercavamo di raggiungere de Roquefort e quella donna, poi quando abbiamo ripreso i sensi, erano andati via tutti. »

Il francese alzò le mani. « Va tutto bene, Madame. Non c'era niente che poteste fare. »

« De Roquefort è qui? » volle sapere Geoffrey.

« Chi? »

« Il maestro, c'è anche lui? »

« Non hanno fatto nomi. » Claridon si rivolse a Stephanie. « Ma li ho sentiti dire che Mark è vivo. È vero? »

Lei annuì. « È andato in chiesa con Cotton, ma dovrebbero tornare tra poco. »

« È un miracolo! Ero convinto che fosse morto. »

« Era quello che credevo anch'io. »

Lo sguardo dell'uomo percorse la stanza. « Non venivo in questa casa da anni. Lars e io trascorrevamo qui molto tempo. »

Stephanie gli offrì una sedia. Geoffrey si appostò accanto alla finestra e lei notò che al suo atteggiamento riservato si era sostituito uno stato di tensione.

« Cosa le hanno fatto? » domandò a Claridon.

« Sono rimasto incatenato fino a questa mattina, quando mi hanno slegato per permettermi di andare in bagno. Allora ho approfittato della situazione e mi sono calato dalla finestra, poi sono venuto subito qui. Mi stanno sicuramente cercando, ma non c'era altro posto dove potessi andare. Uscire da questo paese è piuttosto difficile, visto che c'è un'unica strada. » Claridon avvicinò la sedia al tavolo. « È troppo disturbo se le chiedo un po' d'acqua? »

Stephanie si alzò e gli riempì un bicchiere sotto il rubinetto. Claridon lo vuotò di un sorso e lei lo riempì di nuovo.

« Quella gente mi spaventa a morte », ammise Claridon.

« Cosa vogliono? » domandò Stephanie.

« Cercano la Grande Eredità, come Lars. »

« E lei cosa gli ha detto? » domandò Geoffrey, in tono sprezzante.

« Non gli ho detto niente, ma non mi avevano ancora chiesto molto. Li ho sentiti dire che prevedevano di interrogarmi oggi sul tardi, dopo essersi occupati di qualche altra faccenda. » Claridon guardò Stephanie. « Sa cosa vogliono da lei? »

« Hanno il diario di Lars, il libro dell'asta e la litografia del quadro, cos'altro potrebbero volere? »

« Credo che si tratti di Mark. »

Quelle parole fecero visibilmente irrigidire Geoffrey.

« Perché cercano Mark? » chiese Stephanie.

« Non ne ho idea, Madame. Ma mi chiedo se questa faccenda valga uno spargimento di sangue. »

« Negli ultimi novecento anni molti fratelli sono morti per quello in cui credevano », intervenne Geoffrey. « Ciò che accade oggi non è diverso. »

« Lei parla come se appartenesse all'Ordine. »

«Sto solo citando la storia.»

Claridon bevve ancora. «Lars Nelle e io abbiamo studiato l'Ordine per molti anni. Ho letto anch'io la storia di cui parla.»

«Cos'ha letto?» replicò Geoffrey, irritato. «Libri scritti da gente che non sapeva nulla, gente che scriveva di eresie, di adorazione di idoli, di fratelli che si baciavano sulla bocca, commettevano sodomia e rinnegavano Gesù Cristo. In questo non c'era una parola di vero. Tutte bugie il cui scopo era distruggere l'Ordine per confiscare le sue ricchezze.»

«Ora parla davvero come un templare.»

«Parlo come un uomo che ama la giustizia.»

«Un templare parlerebbe così.»

«Non dovrebbero parlare così tutti gli uomini?»

Stephanie sorrise: Geoffrey era decisamente astuto.

Malone seguì nuovamente Mark nella chiesa di Maria Maddalena. Percorsero in fretta la navata, poi Mark girò a destra ed entrò in una piccola anticamera. All'interno c'erano tre turisti muniti di telecamere.

«Vi spiace?» disse Mark, in inglese. «Lavoro qui e ho bisogno di questa stanza per qualche minuto.»

Nessuno si oppose al suo atteggiamento autoritario, quindi Mark chiuse con cortesia la porta dietro di loro. Malone si guardò intorno. Il locale era illuminato dalla luce che entrava attraverso i vetri colorati di una finestra. Una parete era occupata da una fila di armadi vuoti, mentre le altre tre erano rivestite di pannelli di legno. Non c'erano altri mobili.

«Questa era la sacrestia», spiegò Mark.

Probabilmente de Roquefort li avrebbe raggiunti entro pochi minuti, così Malone chiese: «Hai un piano, vero?».

Mark si accostò a un armadio e alzò una mano per frugare sopra di esso. «Come ti ho detto, quando Saunière sistemò il Giardino del Calvario, costruì anche la grotta. Lui e la sua donna scendevano a valle...» – Mark continuò a frugare in cerca di qualcosa – «... e tornavano indietro con la gerla piena di sassi. Ecco.»

Mark abbassò la mano e poi afferrò l'armadio, che ruotò su un angolo rivelando l'esistenza di una stanzetta priva di finestre. « Questo era il nascondiglio di Saunière. Ciò che nascondeva tra i sassi veniva messo qui. Pochi ne conoscono l'esistenza. Fu Saunière a crearlo, quando ristrutturò la chiesa. Il piccolo locale è presente solo nelle piante dell'edificio precedenti al 1891. » Mark tirò fuori da sotto la giacca una pistola automatica. « Aspettiamo qui e vediamo cosa succede. »

« De Roquefort conosce questo posto? »

« Lo scopriremo tra poco. »

42

De Roquefort si fermò davanti alla chiesa. Strano che le sue prede fossero fuggite dentro, ma non importava. Si sarebbe occupato personalmente di Mark Nelle. La sua pazienza era finita. Prima di lasciare l'abbazia, aveva preso la precauzione di consultarsi coi suoi ufficiali. Non avrebbe ripetuto gli errori dell'ex maestro. Il suo mandato avrebbe avuto almeno le apparenze di una democrazia. Grazie al cielo, la fuga del siniscalco e la sparatoria avevano galvanizzato la confraternita, unendola su una sola linea d'azione. Tutti erano del parere che l'ex siniscalco e il suo complice dovevano essere riportati all'abbazia per ricevere la giusta punizione.

E quello era ciò che lui intendeva fare.

Esaminò i dintorni: la folla stava aumentando, visto che la giornata calda aveva incoraggiato i turisti. Si rivolse al fratello che gli stava accanto. « Vai dentro e guarda com'è la situazione. »

Un cenno d'assenso, e l'uomo si avviò.

De Roquefort conosceva bene quella chiesa. C'era un solo ingresso e, ovviamente, le vetrate decorate non si potevano aprire. In giro non c'erano poliziotti. Di solito a Rennes non succedeva molto, oltre al commercio di souvenir. Quella commercializzazione lo disgustava. Se fosse dipeso da lui, le visite turistiche guidate dell'abbazia sarebbero cessate del tutto. Capiva che il vescovo avrebbe trovato da ridire a una mossa del genere, ma lui aveva già deciso di limitare l'accesso a poche ore, durante la domenica, con la scusa che i fratelli avevano bisogno di maggior tranquillità. Il vescovo non si sarebbe opposto. Nei suoi programmi c'era la piena restaurazione di molte antiche usanze, pratiche abbandonate da secoli, rituali che un tempo distinguevano i templari dagli altri ordini religiosi. Perciò era necessario che le porte dell'abbazia restassero chiuse il più possibile.

Il fratello che aveva mandato in chiesa uscì e gli si avvicinò. « Sono spariti. »

« Cosa vuoi dire? »

« Ho cercato anche in sacrestia e dentro i confessionali, ma non li ho trovati. »

« Non possono essere usciti. »

« Maestro, quei due non ci sono. »

De Roquefort fissò la chiesa. Nella sua mente si accavallavano varie possibilità. Poi la risposta fu chiara. « Vieni. So esattamente dove si sono nascosti. »

Ascoltando Royce Claridon, Stephanie era tornata a vestire i panni della direttrice di un servizio segreto governativo che si occupava quotidianamente di spionaggio e controspionaggio. Qualcosa non le tornava. L'improvvisa ricomparsa di Claridon era molto sospetta. Lei sapeva poco di de Roquefort, ma quel poco le bastava per capire che a Claridon era stato permesso di scappare, oppure - peggio ancora - che il nervoso individuo seduto davanti a lei era in combutta col nemico. In un caso o nell'altro, doveva analizzare ogni sua parola. Anche Geoffrey sembrava aver intuito qualcosa, visto che era restio a rispondere alle domande del francese... Troppe domande, per un uomo appena scampato a un pericolo mortale.

« La donna di ieri sera, nel palazzo, era Cassiopea Vitt, quella che nella lettera di Ernst Scoville era chiamata l'*Ingénieur*? » domandò Stephanie.

« Suppongo di sì. Un demonio... »

« È probabile che ci abbia salvato tutti quanti. »

« E perché avrebbe dovuto farlo? Era lì soltanto per i suoi interessi. »

« Lei adesso è vivo proprio grazie a quegli interessi. »

« No, Madame, io sono vivo perché quei tizi vogliono informazioni. »

« Quello che mi domando è perché lei è qui », intervenne Geoffrey, che stava in piedi accanto alla finestra. « Sfuggire a de Roquefort non è facile. »

« Be', voi ci siete riusciti. »

« E questo come lo sa? »

« Hanno parlato di lei e di Mark. Sembra che ci sia stata una sparatoria e che dei fratelli siano rimasti feriti. Erano piuttosto irritati. »

« Ha saputo che hanno cercato di ammazzarci? » chiese Geoffrey, ironico.

Un silenzio imbarazzato si prolungò per qualche momento.

« Royce », disse Stephanie, « cos'altro sta cercando quella gente? »

« Credo che dai loro archivi siano spariti due libri. »

« Ma se ha appena detto che non sa perché cercano Mark Nelle... » replicò Geoffrey.

« Infatti. Ciò non toglie che vogliano riprendersi questi due libri. »

Stephanie lanciò un'occhiata a Geoffrey. Se erano stati lui e Mark a rubare quei libri, stava ben attento a non lasciarlo capire.

« Ieri », riprese Claridon, rivolgendosi a Stephanie, « lei mi ha mostrato il diario di Lars e il libro... »

« Li ha presi de Roquefort. »

« No, li ha rubati Cassiopea Vitt. »

Sebbene sostenesse di non aver aperto bocca coi suoi rapitori, Claridon era venuto a sapere molte cose. Forse troppe.

« E de Roquefort ha deciso di cercarla », puntualizzò Stephanie. « Proprio come noi. »

« Sembra che su uno dei libri presi da Mark negli archivi sia riprodotto un criptogramma. De Roquefort rivuole quel libro. »

« Ha sentito qualcos'altro? »

Claridon annuì. « *Oui*, Madame. Credevano che dormissi, ma io stavo ascoltando. Uno dei loro marescialli, al tempo di Saunière, scoprì il criptogramma e lo registrò nel libro. »

« Noi non abbiamo libri », affermò Geoffrey.

« Come? » Il viso di Claridon era una maschera di stupore.

« Quando siamo fuggiti dall'abbazia, non abbiamo preso nessun libro. »

Claridon si alzò. « Lei è un bugiardo. »

« Parole audaci... Può dimostrarlo? »

«Lei è un uomo dell'Ordine, un guerriero di Cristo. Un templare. Il suo giuramento dovrebbe impedirle di mentire.»

«E cosa lo impedisce a lei?» domandò Geoffrey.

«Io non mento. Sono passato attraverso una dura prova. Ho dovuto trascorrere cinque anni in un manicomio per non essere catturato dai templari. Lo sa cosa volevano farmi? Volevano ingrassarmi i piedi, metterli sopra un braciere ardente e cucinarmi la carne fino all'osso!»

«Le ripeto che non abbiamo preso nessun libro. De Roquefort va a caccia di ombre.»

«No, non è così. Due uomini sono stati feriti durante la vostra fuga, ed entrambi hanno detto che Mark aveva uno zaino.»

A quella notizia, Stephanie sussultò.

«E lei come fa a saperlo?» domandò Geoffrey.

De Roquefort entrò in chiesa, seguito dal fratello che vi era stato poco prima. Attraversò la navata e andò nella sacrestia. Doveva ammettere che Mark Nelle era stato astuto. Pochi sapevano della stanza segreta. Soltanto gli studiosi esperti di Rennes sospettavano che esistesse un nascondiglio. Spesso si era chiesto perché le autorità locali non avessero esplorato le modifiche apportate da Saunière all'architettura della chiesa – i luoghi segreti aggiungevano fascino al mistero –, ma in quella chiesa e in quel paese c'erano molte cose che sfidavano ogni spiegazione.

«Quando sei venuto qui, prima, la porta di questo locale era aperta?»

Il fratello scosse il capo. «No, maestro.»

«Non far entrare nessuno», ordinò De Roquefort, richiudendo delicatamente la porta.

Si avvicinò agli armadi ed estrasse la pistola. Non aveva mai visto la stanza segreta, ma aveva letto numerosi resoconti di altri marescialli venuti a indagare a Rennes, che svelavano l'esistenza di un nascondiglio. Se ricordava bene, il meccanismo d'apertura era sopra l'angolo destro dell'armadio centrale.

Allungò un braccio e toccò una leva metallica. Sapeva che,

appena l'avesse fatta scattare, i due uomini dall'altra parte si sarebbero accorti della sua presenza. Oltretutto, quasi sicuramente erano armati. Malone era addestrato a difendersi e Mark Nelle aveva dimostrato di essere un uomo da non sottovalutare.

«Preparati», disse al sottoposto.

Il fratello estrasse un'automatica a canna corta e la puntò sull'armadio. De Roquefort tirò la leva e indietreggiò in fretta, alzando la pistola, in attesa.

L'armadio ruotò di qualche centimetro, poi si fermò.

De Roquefort si spostò sulla destra e, allungando un piede, lo aprì del tutto.

La stanza segreta era vuota.

Malone era stretto accanto a Mark, nel confessionale. Avevano aspettato solo un paio di minuti nella stanza segreta, controllando la sagrestia grazie a uno spioncino strategicamente piazzato nell'armadio. Mark aveva visto uno dei fratelli sbirciare dentro, prendere atto che il locale era vuoto e andarsene. Erano rimasti lì ancora qualche secondo, poi erano usciti e, dalla soglia, avevano visto l'uomo lasciare la chiesa. Approfittando del fatto che nella navata non c'erano altri fratelli, si erano quindi affrettati a trasferirsi nel confessionale, chiudendosi dentro proprio mentre de Roquefort si faceva accompagnare all'interno della chiesa.

Giustamente, Mark aveva supposto che, sebbene sapesse della stanza segreta, il nuovo maestro non avrebbe rivelato quell'informazione ad altri, a meno che non fosse stato assolutamente necessario. Quando avevano capito che de Roquefort era restato fuori e aveva mandato uno dei suoi accoliti a investigare, era stato facile prevedere che, non appena questi fosse tornato a fare rapporto, l'altro avrebbe subito capito dove si erano nascosti. Dopotutto, dalla chiesa c'era solo una via d'uscita.

«Conosci i tuoi nemici e conoscerai te stesso», sussurrò Mark, mentre de Roquefort e l'altro fratello entravano nella sacrestia.

Malone sorrise. «Sun Tzo era un uomo saggio.»
La porta della sacrestia si chiuse.
«Diamogli qualche secondo, poi usciamo di qui», suggerì Malone.
«Potrebbe esserci qualcun altro fuori.»
«Correremo il rischio. Io ho nove colpi.»
«Ti prego, non fare fuoco a meno che non ci sia altra scelta.»
La porta della sacrestia continuava a restare chiusa.
«Dobbiamo andare», disse Malone.
Uscirono dal confessionale, girarono a destra e si affrettarono verso il portone.

Stephanie si alzò lentamente, si avvicinò a Geoffrey e con calma gli prese la pistola di mano. Poi si voltò, avanzò rapidamente e premette la canna sulla nuca di Claridon. «Piccolo viscido bastardo, lei sta con loro.»
Claridon spalancò gli occhi. «No, Madame, lo giuro!»
«Aprigli la camicia», disse Stephanie.
Geoffrey gli fece saltare via i bottoni e mise allo scoperto un microfono incerottato al petto magro.
«Venite, presto! Ho bisogno di aiuto!» gridò Claridon.
Geoffrey sferrò un pugno al mento dell'infido ometto, facendolo finire lungo disteso a terra. Stephanie si voltò, con la pistola in mano, e attraverso la finestra vide un uomo dai capelli corti che correva verso l'ingresso della casa.
Un calcio, e la porta fu spalancata.
Geoffrey era pronto. Aveva preso posizione sul lato sinistro dell'ingresso e, quando l'altro si precipitò dentro, fu svelto a intercettarlo. Stephanie notò che quell'individuo impugnava un'arma, ma Geoffrey l'aveva afferrato per il polso e tenne la pistola puntata in basso, poi con una spallata lo mandò a sbattere contro il muro. Senza dargli il tempo di reagire, lo colpì al plesso solare con un poderoso gancio destro. Mentre l'uomo si piegava senza fiato, Geoffrey lo stese a terra privo di sensi con un pugno alla nuca.
«Te l'hanno insegnato all'abbazia?» domandò Stephanie, impressionata.

« Questo e altro. »

« Andiamocene di qui. »

« Un secondo. »

Geoffrey corse fuori della cucina ed entrò in camera da letto. Ne uscì quasi subito con lo zaino di Mark. « Claridon aveva ragione. Abbiamo quei libri. »

Stephanie si accorse che l'uomo neutralizzato da Geoffrey aveva un auricolare. « Stava ascoltando Claridon e senza dubbio era in comunicazione con gli altri. »

« De Roquefort è qui », replicò Geoffrey.

Stephanie prese il suo telefono intercontinentale dal bancone della cucina. « Dobbiamo trovare Mark e Cotton. »

Geoffrey andò alla porta e con cautela guardò a destra e a sinistra. « Pensavo che gli altri fratelli fossero già qui. »

Stephanie uscì dietro di lui. « Può darsi che siano occupati alla chiesa. Andiamo là anche noi, ma evitiamo la strada principale. » Gli restituì la pistola. « Tu guardami le spalle. »

Geoffrey sorrise. « Con piacere, Madame. »

Nella stanza segreta, de Roquefort si guardò intorno. Dov'erano andati? All'interno della chiesa non c'era nessun altro posto dove nascondersi. Con un tonfo rimandò l'armadio al suo posto.

L'altro fratello aveva senza dubbio notato la sua sorpresa quando avevano trovato il nascondiglio vuoto.

« Dove sono, maestro? » domandò.

Mentre rifletteva sulla risposta, de Roquefort si avvicinò alla finestra e guardò fuori. Il Giardino del Calvario, più in basso, era ancora gremito di visitatori. Poi vide Mark Nelle e Malone che correvano lungo un lato del giardino, in direzione del cimitero.

« Fuori », rispose con calma, avviandosi alla porta della sacrestia.

Mark era sicuro che de Roquefort non fosse venuto impreparato. Infatti, appena uscirono dalla chiesa, notarono tre fratelli appostati: uno sulla via principale, un altro sulla strada che portava al parcheggio, e il terzo di fronte a Villa Béthanie, per chiudere la via di fuga attraverso l'orto. In quanto al cimitero, evidentemente de Roquefort non lo riteneva importante, poiché sul lato opposto confinava con un burrone profondo cinquanta metri.

Ma quella fu proprio la direzione che prese Mark.

Aveva passato nottate intere in quel cimitero assieme a suo padre. Gli abitanti di Rennes ogni tanto si lamentavano vedendo che degli estranei andavano a visitare il cimitero dopo il tramonto, ma Lars Nelle era convinto che quella fosse l'ora migliore. Insieme avevano fatto molti giri alla ricerca d'indizi e delle spiegazioni di alcuni inesplicabili comportamenti di Saunière. Le prime volte, però, erano stati spesso interrotti e disturbati, così avevano cercato una via d'accesso alternativa al cancello sormontato dal teschio e dalle ossa incrociate.

Era tempo di fare buon uso di quella scoperta.

« E adesso come diavolo usciamo di qui? » chiese Malone.

« Se non soffri di vertigini, va tutto bene, non temere. »

Mark svoltò a destra e saltellò giù per la scala di pietra, verso la parte più bassa del cimitero, dove c'erano almeno cinquanta persone che stavano ammirando le tombe. Oltre il muro, il cielo senza nuvole era di un azzurro brillante, e il vento gemeva come un'anima in pena. Le giornate limpide erano sempre ventose a Rennes, ma nel cimitero stagnava un'aria immobile, perché la chiesa e il presbiterio schermavano le raffiche più forti che provenivano da sud e da ovest.

Mark si diresse senza esitare verso un monumento funebre adiacente al muro orientale, riparato dalle chiome di alcuni olmi che gettavano sull'erba lunghe ombre. La folla stazionava perlopiù sulla zona superiore, dove c'era la tomba della donna di Saunière. Saltò sopra un robusto sarcofago di marmo e s'inerpicò sul muro.

« Seguimi », disse a Malone. Saltò giù dall'altra parte, rotolò su se stesso e si rialzò, spazzolandosi via la terra.

Quando si voltò, vide Malone che saltava dall'altezza di due metri e mezzo, atterrando sullo stretto sentiero.

Si trovavano alla base del muro di cinta, su un lungo cornicione roccioso largo circa un metro e trenta. Faggi deformi e pini crescevano sul ripido pendio obliquo sferzato dal vento, coi rami intrecciati tra loro e le radici affondate nelle fessure della roccia.

Mark indicò a sinistra. « Il sentiero finisce poco più avanti, sotto il castello, e da lì non si può andare in nessun posto. » Si voltò. « Perciò bisogna seguirlo da questa parte. Ci porterà vicino al parcheggio delle auto. Là potremo risalire facilmente. »

« Qui non c'è vento, ma quando gireremo quell'angolo immagino che ci investirà con più forza. »

« Come un uragano. Ma non abbiamo alternative. »

43

De Roquefort entrò nel cimitero seguito da un fratello, mentre gli altri tre aspettarono fuori. Doveva ammettere che Mark Nelle era stato astuto e scaltro. Si fermò e con calma scrutò tra le tombe, ma non vide le sue prede. Si volse al fratello che gli stava accanto e gli disse di andare a guardare sulla sinistra, poi proseguì fino alla tomba di Ernst Scoville.

Quattro mesi prima, quando aveva scoperto che l'ex maestro si era interessato di quell'uomo, aveva mandato un fratello a monitorare le attività del belga. Tramite una microspia installata nel telefono di Scoville, il suo uomo era venuto a sapere che Stephanie Nelle intendeva recarsi in Danimarca e poi in Francia, e che voleva acquistare quel libro. Ma dopo essere stato informato che Scoville detestava la vedova di Lars Nelle e voleva soltanto ingannarla per mandare a vuoto ogni suo progetto, si era appostato con un'auto sulla salita che portava a Rennes, per risolvere quell'irritante problema. Scoville era un'inutile pedina della partita che si stava svolgendo. In quel momento, nessuno doveva ostacolare Stephanie. De Roquefort aveva condotto a termine personalmente l'eliminazione di Scoville, senza coinvolgere nessuno dell'abbazia, dato che non gli sarebbe stato facile spiegare perché aveva ritenuto necessario quell'omicidio.

Il fratello fece ritorno dal lato opposto del cimitero. « Niente. »

Dove potevano essere andati?

Il suo sguardo percorse il muro rossastro che delimitava la parte esterna e s'incamminò verso il punto in cui esso raggiungeva appena l'altezza del petto. Annidata sulla sommità rocciosa della collina, Rennes era chiusa su tre lati da pendii ripidi come le facce di una piramide. Le case e gli alberi nella valle sottostante erano perduti nella foschia grigia: il lago, le strade statali e i paesetti sembravano immagini su un atlante geografico. Il vento investiva de Roquefort in piena faccia, seccandogli gli occhi. Si sporse oltre il muretto e guardò a destra, ma sul pendio roccioso nulla si muoveva. Poi si voltò a sinistra e fece in tempo a vedere Cotton Malone che aggirava l'angolo settentrionale del muro, diretto al lato ovest.

« Sono sul cornicione, stanno andando verso la Tour Magdala. Fermateli. Io vado sulla panoramica. »

Stephanie precedeva Geoffrey lungo una viuzza inondata dal sole che seguiva il muro occidentale e portava a nord, verso il parcheggio e gli edifici costruiti da Saunière.

In quell'angolo del paese c'erano soltanto poche case solitarie. Sul cielo si stagliavano assembramenti di pini e abeti.

Qualcosa sibilò a poca distanza dall'orecchio destro di Stephanie e si schiantò sulla facciata in pietra di un edificio. Voltandosi, vide un uomo dai capelli corti appostato dietro una casa, a circa cinquanta metri di distanza, e si gettò al riparo di una macchina parcheggiata di fronte a un portone. Geoffrey si buttò a terra e sparò due volte, tra le sue gambe aperte. Gli schiocchi, secchi come mortaretti, si confusero tra gli ululati del vento. Una pallottola centrò il bersaglio. L'uomo lanciò un urlo di dolore, poi si afferrò una coscia e cadde.

« Bel colpo », si complimentò Stephanie.

« Non potevo ucciderlo. Ho giurato. »

Si rialzarono e corsero via.

Malone seguiva Mark. Il cornicione di roccia, orlato da ciuffi d'erba secca, si era ristretto, e il vento, che prima era solo un piccolo fastidio, adesso li scuoteva con forti raffiche ed era diventato un pericolo. Il suo fruscio sovrastava ogni altro rumore.

Si trovavano sul lato ovest del paese. Il sole pomeridiano riverberava su lastroni di roccia nuda, qua e là chiazzati di muschio e di erica.

La strada panoramica che Malone aveva percorso due notti prima dando la caccia a Cassiopea Vitt si trovava sei o sette metri sopra di loro. Più avanti c'era la Tour Magdala, da dove alcune persone stavano ammirando la vista della vallata. Malone non era molto affascinato dal panorama, le vertigini gli davano alla testa come il vino... Era una di quelle debolezze che aveva sempre nascosto agli psichiatri del governo, i quali periodicamente sottoponevano gli agenti operativi a esami per valutarne le capacità. Azzardò un'occhiata verso il basso. Radi cespugli punteggiavano la scarpata, lunga molte decine di metri. Sul fondo c'era un cornicione irregolare e poi un altro precipizio ancora più ripido.

Mark era tre metri più avanti. All'improvviso si voltò, si fermò ed estrasse la pistola, puntandola verso di lui.

« Ho fatto qualcosa di male? » gridò Malone.

Il vento scuoteva il braccio di Mark, facendo ondeggiare l'arma, perciò il templare alzò anche l'altra mano per prendere meglio la mira. Malone si accorse che guardava oltre le sue spalle e si girò di scatto. Uno degli uomini di de Roquefort li stava inseguendo.

« Fermati dove sei, fratello », gridò Mark.

L'uomo aveva in mano una Glock 17, simile alla sua.

« Se farai una mossa, dovrò spararti », lo avvertì Mark.

Il braccio dell'altro, che si stava muovendo verso l'alto, si arrestò.

Malone si trovava sulla linea di tiro, perciò si schiacciò contro la roccia.

« Questa non è la tua guerra, fratello. Capisco che tu debba fare ciò che il maestro ti ordina, ma se ti sparo, anche solo a una gamba, cadrai giù dal cornicione. Ne vale la pena? »

« Devo obbedire al maestro. »

« Il maestro vi porterà alla distruzione. Hai mai pensato a ciò che stai facendo? »

« Questo non è compito mio. »

« Salvarti la vita lo è », replicò Mark.

« Mi spareresti, siniscalco? »

« Senza esitare. »

« La tua missione è così importante che uccideresti un cristiano? »

Malone si chiese se la risolutezza che Mark aveva nello

sguardo sarebbe stata seguita dal coraggio di essere coerente. Anche lui aveva affrontato spesso un dilemma analogo. Sparare a qualcuno non era mai facile. Ma talvolta lo si doveva fare e basta.

Mark abbassò l'arma.« No, non vale una vita umana. »

Con la coda dell'occhio, Malone scorse un movimento. Si voltò e vide che l'uomo stava approfittando della scelta di Mark. La Glock cominciò ad alzarsi e anche l'altra mano balzò ad afferrare l'arma, senza dubbio per tenerla puntata con fermezza verso il bersaglio.

Ma non sparò mai.

Uno schiocco attutito dal vento esplose sulla sinistra di Malone, e l'uomo dai capelli corti fu spinto all'indietro dalla pallottola che lo aveva colpito al petto. Malone corse verso di lui nel tentativo di afferrarlo prima che cadesse, e notò il suo sguardo tranquillo. Gli ricordò l'espressione di Giacca Rossa, sulla cima della Torre Rotonda. Per raggiungerlo sarebbero bastati altri due passi, ma il vento spinse il fratello oltre il cornicione, e l'uomo rotolò giù come un tronco.

Dall'alto provenne un grido. Evidentemente uno dei turisti sulla strada panoramica aveva assistito alla scena. Malone seguì con lo sguardo il corpo finché non andò a fermarsi sull'altro cornicione, molto più in basso. Si girò verso Mark, che aveva ancora la pistola puntata.

« Tutto bene? »

Mark abbassò l'arma. « Non proprio. Ma dobbiamo proseguire. »

Malone annuì.

Ripresero a correre lungo il sentiero.

De Roquefort si affrettò a salire la scala che portava alla strada panoramica. Udì il grido di una donna e notò l'agitazione della gente che si affollava presso il muro. Si avvicinò e chiese: « Cos'è successo? »

« Un uomo è caduto nella scarpata. »

De Roquefort si fece largo tra la folla sino al muro. « Dov'è caduto? »

« Laggiù », rispose un uomo, indicando il punto esatto.

De Roquefort seguì l'indice proteso e vide una figura in giacca scura e pantaloni chiari, immobile. Sapeva chi era. Dannazione. Posò le mani sulla pietra ruvida e si sollevò sulla cima del muro. Con lo stomaco schiacciato contro lo spigolo, si voltò a sinistra e vide Mark Nelle e Cotton Malone. I due si stavano inerpicando sulla breve salita che portava al parcheggio.

Si lasciò ricadere giù e tornò sui suoi passi.

« Stanno venendo dalla vostra parte. Bloccateli », sussurrò nel microfono applicato al bavero della giacca.

Stephanie udì un colpo di pistola. Stranamente, sembrava provenire dall'altra parte del muro. Perché qualcuno avrebbe dovuto essere là? Lei e Geoffrey si trovavano a una trentina di metri dal posteggio, che in quel momento era gremito di veicoli, compresi quattro pullman allineati sotto la torre dell'acquedotto.

Rallentarono il passo, assumendo un atteggiamento tranquillo. Geoffrey si nascose la pistola dietro una coscia.

« Laggiù », mormorò il giovane.

Stephanie notò subito l'uomo: era in fondo alla strada e bloccava la traversa che portava alla chiesa. Si voltò e vide un altro individuo dai capelli corti che li seguiva a breve distanza.

Fu in quel momento che davanti a loro apparvero Mark e Malone, provenienti da un sentiero sul ciglio della rupe. I due scavalcarono un muretto e li videro.

Stephanie corse da loro. « Dove diavolo eravate andati? »

« A fare una passeggiata », rispose Malone.

« Ho sentito uno sparo. »

« Non adesso. » Malone aveva fretta d'andarsene.

« Abbiamo compagnia », li avvertì Stephanie, indicando i due uomini.

Mark studiò la situazione. « De Roquefort si è organizzato bene. Dobbiamo trovare il modo di allontanarci, ma io non ho le chiavi della nostra auto. »

« Io ho la mia », disse Malone.

Geoffrey mostrò a Mark lo zaino.

« Ottimo lavoro », si congratulò il siniscalco. « Andiamocene. »

De Roquefort aggirò in fretta Villa Béthanie e si fece strada tra i molti visitatori diretti alla Tour Magdala, al frutteto e alla strada panoramica.

All'altezza della chiesa svoltò a destra.

« Stanno cercando di fuggire in macchina », disse una voce nel suo auricolare.

« Lasciateli andare », ordinò.

Malone partì in retromarcia e zigzagò tra le altre auto per uscire sulla strada che portava alla via principale. Notò subito che gli individui dai capelli corti non facevano nessun tentativo di fermarli.

Quel fatto lo preoccupò.

Li stavano spingendo fuori.

Ma verso cosa?

Sulla strada laterale dovette procedere a passo d'uomo, poi oltrepassò i chioschi e svoltò a destra, restando in seconda marcia anche lungo la discesa che più avanti girava verso l'ingresso del paese.

Dopo il ristorante, la folla si diradò, e davanti a loro si aprì un tratto di strada sgombra.

A un tratto, Malone vide Raymond de Roquefort, fermo sotto l'arcata di pietra. L'uomo sembrava intenzionato a bloccarli col suo corpo.

« Ci sta sfidando », disse Mark, dal sedile posteriore.

« Se vuole dimostrarci che ha fegato da vendere, lo accontenterò. » Malone tenne il piede sul pedale del gas.

I cinquanta metri di distanza diventarono quaranta.

De Roquefort non si mosse.

Malone non vide armi. Evidentemente il maestro aveva deciso che la sua presenza sarebbe bastata a fermarli. Oltre l'arcata, c'era una curva a gomito, e Malone si augurò che nessuno sbucasse sulla corsia opposta nei prossimi secondi.

Schiacciò il pedale del gas a tavoletta.

I pneumatici stridettero e la macchina accelerò di colpo, con uno scossone.

Trenta metri.

« Vuoi ammazzarlo? » chiese Stephanie.

« Soltanto se sarò costretto. »

Quindici metri.

Malone guardò dritto in viso de Roquefort, mentre la forma dell'uomo diventava sempre più larga nel parabrezza. Poi s'irrigidì, preparandosi all'impatto, e tenne saldo il volante.

Una figura sbucò dalla destra e si tuffò addosso a de Roquefort, trascinandolo a terra sul ciglio della strada.

L'automobile passò sotto l'arcata con un ruggito.

De Roquefort ci mise qualche secondo per capire cos'era successo. Si era psicologicamente preparato a sfidare gli avversari e ad affrontare tutto ciò che poteva accadere, perciò quell'intrusione lo irritò.

Poi vide chi lo aveva salvato.

Royce Claridon.

« Quella macchina l'avrebbe ucciso », spiegò l'altro.

De Roquefort lo spinse via e si rialzò. « Questo resta da vedere. » Poi chiese ciò che voleva veramente sapere: « È riuscito a farsi rivelare qualcosa? »

« Mi hanno scoperto e ho dovuto chiamare aiuto. »

De Roquefort digrignò i denti dalla rabbia. Ancora una volta, aveva fallito. Poi una nota positiva gli risuonò nel cervello.

Erano fuggiti con la macchina di Malone, quella cui aveva fatto applicare il localizzatore elettronico.

Se non altro, avrebbe saputo esattamente dove sarebbero andati.

44

Durante la tortuosa discesa sino a fondovalle, Malone cercò di mantenere la velocità più elevata possibile. Poi prese la statale in direzione est e, dopo un paio di chilometri, girò a sud, verso i Pirenei.

« Dove stiamo andando? » domandò Stephanie.

« A parlare con Cassiopea Vitt. Ci sarei andato da solo, ma penso che sia l'ora che ci conosciamo tutti. » Malone aveva bisogno di qualcosa per distrarsi, così si rivolse a Mark: « Parlami di lei ».

« Non ne so molto. Ho sentito dire che suo padre era un ricco imprenditore spagnolo e sua madre una musulmana originaria della Tanzania. È una donna brillante. Laureata in storia, arte e religione. Ed è piena di soldi. Ha investito bene l'eredità della famiglia. Lei e mio padre hanno litigato molte volte. »

« Su cosa? » volle sapere Malone.

« Dimostrare che Cristo non morì sulla croce è un'ossessione per lei. Una dozzina d'anni fa, il fanatismo religioso aveva aspetti molto diversi. La gente non si preoccupava come oggi dei talebani o di Al Quaeda. All'epoca, Israele era la zona nevralgica del terrorismo e Cassiopea si offendeva per il modo in cui i musulmani erano sempre dipinti come estremisti. Odiava l'arroganza della cristianità e la presunzione dell'ebraismo. La sua era una ricerca di verità, avrebbe detto mio padre. Voleva strappare gli orpelli mitologici e vedere quanto erano simili in realtà Gesù Cristo e Maometto. Terreno comune, interessi comuni. Questo genere di cose. »

« Non è esattamente ciò che voleva fare anche tuo padre? »

« È la stessa domanda che gli rivolgevo io. »

Malone sorrise. « Quant'è lontano il suo castello? »

« Meno di un'ora. Tra qualche chilometro devi girare a destra. »

Malone scrutò nel retrovisore. Ancora nessuno li stava seguendo. Bene. Quando entrarono in un paesetto che un cartello identificava come St. Loup, rallentò. Essendo domenica, era tutto chiuso, fuorché un distributore di benzina e un emporio, alla periferia sud. Accostò e spense il motore.

« Aspettate qui », disse Malone, uscendo. « Devo fare una cosa. »

Malone lasciò la statale e proseguì a bassa velocità su una strada sterrata che si addentrava in una fitta foresta. Un cartello informava che Givors – UN'AVVENTURA MEDIEVALE NEL MONDO MODERNO – era un chilometro più avanti. Il viaggio era durato meno di cinquanta minuti. Per la maggior parte del tempo si erano diretti a ovest, oltrepassando la fortezza in rovina dei catari a Montségur e poi girando a sud verso le montagne, dove alture sempre più imponenti formavano valli alberate solcate da fiumi.

La strada, larga quanto una carreggiata a due corsie, era ben tenuta e immersa nel fogliame dei faggi, che con l'allungarsi delle ombre la chiudevano in una sognante immobilità. Più avanti si aprì in un'ampia radura d'erba bassa. C'erano automezzi sparsi ovunque. La zona era chiusa da un filare di pini e abeti. Malone fermò la macchina e tutti scesero. Un ampio cartello in francese e in inglese informava:

SITO ARCHEOLOGICO DI GIVORS.
BENVENUTI NEL PASSATO. A GIVORS, LOCALITÀ UN TEMPO OCCUPATA DA LUIGI IX, È IN COSTRUZIONE UN CASTELLO CON L'USO DI SOLI MATERIALI E TECNICHE DISPONIBILI NEL XIII SECOLO. LA TORRE IN MURATURA ERA IL SIMBOLO STESSO DEL POTERE DI UN NOBILE, E IL CASTELLO DI GIVORS FU PROGETTATO COME FORTEZZA MILITARE, FORNITO DI SPESSE MURA E ALTE TORRI AGLI ANGOLI. L'AMBIENTE CIRCOSTANTE OFFRIVA IN ABBONDANZA ACQUA, PIETRA, TERRA, SABBIA E LEGNAME, TUTTE COSE NECESSARIE PER LA SUA COSTRUZIONE. OPERAI, SPACCAPIETRE, MURATORI, CARPENTIERI, FABBRI E VASAI SONO OGGI QUI AL LAVORO, E VIVONO E VESTONO COME

AVREBBERO FATTO SETTE SECOLI FA. È UN PROGETTO A SOVVENZIONE PRIVATA, E LA STIMA ATTUALE È CHE OCCORRERANNO TRENT'ANNI PER COMPLETARE IL CASTELLO. BUON DIVERTIMENTO NEL XIII SECOLO.

« Cassiopea Vitt è l'unica a finanziare i lavori? » domandò Malone.

« Il medioevo è una delle sue passioni », rispose Mark. « All'università di Tolosa la conoscono bene. »

Malone aveva deciso che un approccio diretto era la soluzione migliore. Sicuramente la Vitt aveva previsto che alla fine lui l'avrebbe trovata.

« Dove abita? »

Mark indicò a destra, dove i rami dei faggi e degli olmi, chiusi come le mura di un convento, ombreggiavano un'altra strada. « Il castello è da quella parte. »

« Quei veicoli sono per i visitatori? » domandò Malone.

Mark annuì. « Offrono giri turistici per incassare un po' di soldi. Io ne ho fatto uno, anni fa, subito dopo l'inizio dei lavori. È impressionante ciò che la Vitt sta realizzando. »

Mark si avviò verso la strada che conduceva al castello. « Andiamo a salutare la padrona di casa. »

I quattro s'incamminarono in silenzio. Più avanti, sul pendio di una collinetta, Malone vide le spettacolari rovine di una torre di pietra, ingiallita dal muschio. L'aria era afosa, immobile. Le eriche purpuree, le ginestre e i fiori selvatici punteggiavano il terreno pianeggiante ai lati della strada. Malone immaginò le grida di guerra e i clangori delle armi che secoli addietro dovevano essere echeggiati in quella valle, quando gli uomini combattevano per il suo dominio. Sopra di loro passò in volo un rumoroso stormo di corvi gracchianti.

Un centinaio di metri più avanti, Malone vide il castello. Occupava un varco tra le alture che gli dava una parvenza d'isolamento. Mattoni rosso scuro e pietre erano disposti in disegni simmetrici a formare una costruzione a tre piani, fiancheggiata da torri aggredite dall'edera e coperta da tetti molto inclinati. I rampicanti verdi ne incrostavano la facciata come ruggine sul metallo. I resti di un fossato, ora ricoperto d'erba e foglie, la circondavano su tre lati. Sul retro sorgevano snelli pioppi, e la sua base era sorvegliata da siepi ben potate.

« Una casa impressionante », commentò Malone.

« XVI secolo », lo informò Mark. « Mi è stato detto che la Vitt ha acquistato insieme il castello e il sito archeologico circostante. Ha chiamato questo posto Royal Champagne, dal nome di uno dei reggimenti di cavalleria di Luigi XV. »

Davanti all'edificio erano posteggiate due auto. Una Bentley Continental GT ultimo modello - costo circa centosessantamila dollari, ricordava Malone - e una Porsche Cabrio, una vettura economica, al confronto. C'era anche una moto.

Malone si avvicinò a quest'ultima ed esaminò il pneumatico posteriore e il parafango. Sulla cromatura c'era una lunga tacca. Sapeva esattamente cosa l'aveva provocata. « È qui che l'ho colpita con un proiettile. »

« Proprio così, Mr Malone. »

Si voltò. La voce proveniva dal portico. Di fronte alla porta aperta c'era una donna alta e magra, coi capelli neri lunghi fino alle spalle. I suoi lineamenti ricordavano la bellezza felina di una dea egizia: sopracciglia sottili, zigomi pronunciati, naso camuso. La sua pelle era color mogano, e indossava un'elegante blusa con la scollatura a V, che metteva in risalto le spalle robuste, sopra una corta gonna di seta color safari. Ai piedi aveva sandali di pelle. L'insieme era casual, ma di buon gusto, come se stesse uscendo per una passeggiata sugli Champs-Élysées.

La donna gli lanciò un sorriso. « La stavo aspettando. »

« È interessante, perché ho deciso di venire soltanto un'ora fa. »

« Be', Mr Malone, ero certa di essere nella sua lista di priorità fin da quando ha sparato alla mia moto, a Rennes. »

« Perché mi ha chiuso dentro la Tour Magdala? » chiese Malone.

« Speravo di avere il tempo di andarmene in pace. Ma lei è stato molto veloce... »

« E allora perché mi aveva sparato, poco prima? »

« Non avrebbe appreso nulla dall'uomo che aveva aggredito. »

Malone notò il tono melodioso della sua voce, certo studiato per essere disarmante. « O forse non voleva che lo interrogassi? In ogni modo, grazie per avermi salvato la vita, a Copenhagen. »

Lei fece un gesto di noncuranza. « Sarebbe comunque riuscito a cavarsela da solo. Io ho soltanto accelerato le cose. » La donna guardò oltre le spalle di Malone. « Mark Nelle, sono lieta d'incontrarla ancora, e di vedere che non è morto sotto quella valanga. »

« Noto che lei sta ancora interferendo con gli affari degli altri. »

« Io non la considero un'interferenza. Mi limito a monitorare i progressi delle persone che m'interessano. Come suo padre. » Cassiopea passò accanto a Malone e porse la mano a Stephanie. « È un piacere incontrarla. Conoscevo bene suo marito. »

« A quanto ho capito, lei e Lars non eravate in rapporti molto amichevoli. »

« Non posso credere che qualcuno le abbia detto questo. » Cassiopea guardò Mark con evidente contrarietà. « È stato lei a raccontare a sua madre una cosa simile? »

« No », rispose Stephanie. « Me l'ha detto Royce Claridon. »

« Be', quello è un individuo da cui bisogna guardarsi. Riporre fiducia in lui può portare soltanto guai. Avevo avvertito Lars, ma non volle ascoltarmi. »

« Non posso darle torto », concordò Stephanie.

Malone presentò Geoffrey.

« Lei è della confraternita? » domandò Cassiopea.

Geoffrey non disse niente.

« No, non mi aspettavo una risposta. Tuttavia lei è il primo templare che mi si presenta come una persona civile. »

« Non proprio », replicò Geoffrey, accennando verso Mark. « Ha conosciuto il siniscalco prima di me. »

Malone si chiese perché le avesse rivelato quell'informazione. Fino ad allora il giovane aveva sempre tenuto la bocca cucita.

« Siniscalco? Sono sicura che questa è una storia interessante », disse Cassiopea. « Perché non entrate? Mi stavano preparando il pranzo, ma quando vi ho visto arrivare ho detto al ciambellano di far preparare altri coperti. Dovrebbero aver quasi finito.»

«Ottimo!» esclamò Malone. «Sto morendo di fame.»

«Allora andiamo a mangiare. Abbiamo molte cose di cui discutere.»

I quattro la seguirono, e Malone prese visione delle raffinate cassapanche italiane, delle preziose armature da cavaliere, dei sostegni per torce spagnoli, delle tappezzerie di Beauvais e dei dipinti fiamminghi che arredavano l'interno. Sembrava tutto disposto per impressionare gli esperti di storia medievale.

Entrarono in una spaziosa sala da pranzo tappezzata di pannelli in cuoio dorato. La luce del sole entrava da finestre incorniciate da elaborati tendaggi e sfiorava il tavolo apparecchiato con una tovaglia bianca, creando ombre sul pavimento di marmo verdolino. Il candelabro elettrico a dodici bracci era spento. Le cameriere stavano deponendo scintillanti posate d'argento accanto a ogni coperto.

L'ambiente era impressionante, ma ciò che attrasse subito tutta l'attenzione di Malone fu l'uomo seduto all'estremità più lontana del tavolo.

Forbes Europe lo definiva l'ottava persona più ricca del continente, con un'influenza e un potere proporzionali ai suoi miliardi di euro. Capi di Stato e teste coronate lo conoscevano bene. La regina di Danimarca lo considerava un amico personale. Organizzazioni benefiche di tutto il mondo contavano sulle sue generose elargizioni. Nell'ultimo anno Malone gli aveva fatto visita almeno tre volte alla settimana per discutere con lui di libri, di politica, e dei malinconici fatti della vita. Ormai entrava e usciva dalla sua casa come se fosse uno di famiglia, e in molti versi sentiva di esserlo.

A un tratto però tutto quello gli sembrava messo in discussione.

In realtà si sentiva uno sciocco.

Tuttavia Henrik Thorvaldsen lo accolse con un sorriso. «Era ora, Cotton. Sono due giorni che ti aspetto.»

PARTE QUARTA

45

Seduto accanto al posto di guida, de Roquefort era concentrato sullo schermo del GPS. La trasmittente applicata all'auto di Malone funzionava alla perfezione. Al volante c'era un fratello, mentre Claridon e l'altro fratello occupavano il sedile posteriore. De Roquefort era ancora irritato per l'interferenza di Claridon a Rennes. Lui non aveva affatto avuto l'intenzione di farsi ammazzare. All'ultimo momento si sarebbe messo in salvo con un salto, ma era curioso di sapere se davvero Cotton Malone avrebbe avuto il coraggio d'investirlo.

Il fratello precipitato giù per la scarpata era morto. Il giubbotto di kevlar lo aveva protetto dalla pallottola, però nella caduta l'uomo si era rotto l'osso del collo. Grazie al cielo, nessuno di loro aveva documenti, ma il giubbotto era un problema. Un equipaggiamento così sofisticato poteva insospettire la polizia, anche se niente collegava il cadavere all'abbazia. Tutti i fratelli conoscevano la Regola. Se uno di loro trovava la morte fuori dell'abbazia, nessuno doveva identificare il suo corpo. Come il fratello saltato giù dalla Torre Rotonda, l'uomo morto a Rennes sarebbe finito in un obitorio statale e sarebbe stato sepolto nelle tombe dei poveri. Ma prima di tutto ciò, la procedura richiedeva che il maestro mandasse sul posto un prete, il quale avrebbe chiesto le sue spoglie nel nome della Chiesa, e si sarebbe provveduto a una sepoltura cristiana senza nessuna spesa da parte dello Stato. Simili richieste non erano mai state rifiutate. E, pur non destando sospetti, quella soluzione assicurava al fratello un'inumazione decorosa.

De Roquefort non aveva avuto fretta di andarsene da Rennes e aveva perquisito le case di Lars Nelle ed Ernst Scoville, senza però trovare niente. I suoi uomini avevano riferito che Geoffrey portava con sé uno zaino, che poi aveva consegnato a Mark Nelle nel parcheggio. I due libri rubati erano sicuramente lì dentro.

« Qualche idea di dove stanno andando? » chiese Claridon.

De Roquefort indicò lo schermo. « Lo sapremo tra poco. »

Dopo aver interrogato il fratello che aveva fatto irruzione nella casa di Nelle, si era reso conto che Geoffrey era stato molto accorto, evidentemente perché sospettava del francese. Usare quel viscido individuo era stato un errore. « Lei mi aveva assicurato che sarebbe riuscito a trovare quei libri. »

« Perché le servono? Abbiamo il diario. Dovremmo concentrarci sulla decifrazione del materiale in nostro possesso. »

Forse, ma lo preoccupava che Mark Nelle avesse scelto proprio quei due volumi tra le migliaia conservate nell'archivio. « E se contenessero informazioni diverse da quelle del diario? »

« Lei sa quante versioni della stessa informazione mi sono capitate tra le mani? L'intera storia di Rennes è una serie di contraddizioni ammucchiate una sull'altra. Mi lasci studiare i vostri archivi. Mi dica ciò che sa, e poi vedremo cos'abbiamo noi due insieme. »

Una buona idea, ma purtroppo – contrariamente a quello che aveva fatto credere all'Ordine – lui sapeva ben poco. Aveva fatto conto sul messaggio che il maestro doveva lasciare al suo successore, grazie al quale le informazioni più segrete venivano trasmesse da un maestro all'altro, com'era stato fin dal tempo di de Molay. « Avrà la possibilità di farlo. Ma prima occupiamoci di questa faccenda. »

De Roquefort ripensò di nuovo ai due fratelli uccisi. La loro morte sarebbe stata percepita dalla comunità come un cattivo presagio. Per essere una setta religiosa addestrata alla disciplina, l'Ordine era sorprendentemente superstizioso. E, ovviamente, le morti violente non erano comuni. La sua autorità poteva essere messa in discussione. *Troppe disgrazie, troppo in fretta,* sarebbe stata la lamentela. E lui avrebbe dovuto ascoltare tutte le obiezioni, poiché aveva criticato apertamente l'operato dell'ultimo maestro, in particolare l'abitudine di quell'uomo di ignorare i desideri dei fratelli.

« Quanto sono lontani? » chiese al guidatore.

« Dodici chilometri. »

De Roquefort lasciò vagare lo sguardo fuori del finestrino,

sulla campagna francese. Un tempo non si poteva osservare il profilo di quel territorio, senza scorgere almeno una torre stagliata sull'orizzonte. Nel XII secolo i templari avevano fondato in quella regione oltre un terzo delle loro tenute. L'intera Linguadoca sarebbe dovuta diventare lo Stato dei templari. Lo aveva letto nelle Cronache: le fortezze, gli avamposti, i depositi di generi alimentari, le fattorie e i monasteri erano stati disposti strategicamente, collegati tra loro da una rete di strade ben tenute. Per duecento anni la forza della confraternita era stata preservata con cura, e quando l'Ordine aveva fallito nel compito di mantenere un feudo in Terrasanta, abbandonando di nuovo Gerusalemme ai musulmani, la Linguadoca era diventata l'obiettivo principale. Tutto stava andando bene in quel senso, fino a quando Filippo IV non aveva sferrato il suo colpo mortale. Cosa interessante, Rennes-le-Château non veniva mai menzionata nelle Cronache. Il paese non aveva avuto nessun ruolo nella storia dei templari. C'erano fortezze templari in altre parti della valle dell'Aude, ma nessuna a Rhedae, come si chiamava allora l'abitato in cima alla collina. Tuttavia oggi quel paesetto sembrava diventato un epicentro, e questo grazie a un prete ambizioso e alla curiosità di uno studioso americano.

«Ci stiamo avvicinando», disse il conducente.

De Roquefort aveva richiesto la massima cautela. Gli altri tre fratelli venuti con loro a Rennes stavano tornando all'abbazia, uno di loro con una pallottola in una coscia, a causa della sparatoria con Geoffrey. Ciò portava a tre il numero dei feriti, oltre ai due morti. Il maestro aveva già fatto sapere che appena rientrato all'abbazia avrebbe tenuto una riunione coi suoi ufficiali, allo scopo di placare l'insoddisfazione, ma prima doveva sapere dov'erano andate le sue prede.

«Qui davanti», aggiunse il conducente. «A cinquanta metri.»

De Roquefort si chiese perché Malone e gli altri fossero venuti a rifugiarsi lì. Strano, che avessero scelto quel posto.

Il conducente fermò la macchina e loro scesero.

C'erano automobili parcheggiate dappertutto.

«Prendi il localizzatore portatile», ordinò de Roquefort.

Si avviarono a piedi e, venti metri più avanti, l'uomo che aveva il ricevitore portatile si fermò. «Qui.»

De Roquefort guardò il veicolo. «Questa non è l'auto con cui hanno lasciato Rennes.»

«Il segnale è forte.»

A un gesto del maestro, l'altro fratello si chinò a guardare sotto i paraurti e trovò il trasmettitore magnetico.

De Roquefort scosse il capo e guardò le mura di Carcassonne, che si alzavano contro lo sfondo del cielo a dieci metri di distanza. Quel posto un tempo era il fossato che circondava la città. Ora serviva da parcheggio per le migliaia di turisti che venivano a visitare una delle ultime città esistenti ancora cinte da mura come nel Medioevo. Quelle pietre erose dal tempo si trovavano lì quando i templari dominavano le terre circostanti. Avevano visto la crociata albigese e le innumerevoli guerre che si erano succedute. E mai una volta erano state sfondate: un vero monumento alla forza.

Ma erano state protagoniste anche di capolavori d'astuzia.

De Roquefort conosceva le leggende locali, che si riferivano al breve periodo durante il quale la città era stata sotto il controllo dei musulmani, nell'VIII secolo. Alla fine i franchi erano scesi dal nord a reclamare quella terra e, com'era costume dell'epoca, avevano cominciato un lungo assedio. Durante una sortita, il re dei Mori fu ucciso, e il compito di difendere la città ricadde su sua figlia. Costei era una donna astuta: fece credere ai nemici di avere ancora truppe ingenti ordinando ai suoi uomini di correre da una torre all'altra e di riempire di paglia i vestiti dei morti. Alla fine entrambe le parti rimasero a corto di cibo e acqua. La donna fece prendere l'ultimo maiale, lo saziò con l'ultimo secchio di grano e poi ordinò di scaraventarlo oltre le mura. L'animale si sfracellò al suolo e dallo stomaco squarciato fuoriuscì il grano. I franchi ne furono sconvolti. Dopo un assedio così lungo, gli infedeli avevano ancora tanto grano da darlo perfino ai maiali. Così si ritirarono.

Una leggenda, niente di più, ma un interessante esempio di genialità.

Anche Cotton Malone si era mostrato astuto, spostando la trasmittente su un'altra macchina.

« Cos'è successo? » domandò Claridon.

« Siamo stati ingannati. »

« Questa non è la loro auto? »

« No, Monsieur. » De Roquefort si voltò e tornò alla macchina. Dov'erano andati? Poi ebbe un'idea e si fermò. « Mark Nelle conosce Cassiopea Vitt? »

« *Oui* », rispose Claridon.

Era possibile che fossero andati là? La Vitt aveva interferito tre volte, negli ultimi giorni, e sempre a favore di Malone. Forse l'americano la considerava un'alleata.

« Andiamo. » De Roquefort riprese il cammino verso la macchina.

« Ora cosa facciamo? » volle sapere Claridon.

« Pregheremo. »

Claridon non si era ancora mosso. « Per cosa? »

« Perché il mio istinto non m'inganni. »

46

Malone era furioso. Henrik Thorvaldsen sapeva molte cose, ma non gli aveva detto assolutamente nulla. « Lei è tua amica? » chiese, riferendosi a Cassiopea.

« La conosco da lungo tempo. »

« Da prima della morte di Lars Nelle, suppongo... »

Thorvaldsen annuì.

« E Lars sapeva dei vostri rapporti? »

« No. »

« Così, hai preso in giro anche lui. » La sua voce fremeva per l'ira.

Il danese fu costretto a passare sulla difensiva. « Capisco la tua indignazione, Cotton, ma uno non può sempre giocare allo scoperto. Bisogna tenere presenti i vari sviluppi di ogni situazione. Sono certo che quando lavoravi per il governo degli Stati Uniti tu facevi lo stesso. »

Malone non abboccò all'esca.

« Cassiopea sorvegliava l'attività di Lars. Per lui, era una seccatura. Ma la sua vera preoccupazione era quella di proteggerlo. »

« Perché non glielo avete detto? »

« Lars era un uomo testardo. Per Cassiopea era più semplice limitarsi a sorvegliarlo. Purtroppo non poteva proteggerlo da se stesso. »

Stephanie si fece avanti. « Questo è il motivo per cui era una persona diffidente: moventi ambigui, alleanze segrete, inganni. »

« Questo non posso accettarlo. » Thorvaldsen la guardò duramente. « Soprattutto perché Cassiopea ha protetto anche voi due. »

Su questo punto, Malone non poteva discutere. « Avresti dovuto dircelo. »

« A che scopo? Se ben ricordo, voi due eravate ormai decisi

a venire in Francia, specialmente lei, Stephanie. Dunque, cosa sarebbe cambiato? Invece mi sono assicurato che Cassiopea fosse sul posto, nel caso che aveste avuto bisogno di lei.»

Malone non era disposto ad accettare quella mezza spiegazione. «Per dirne una, Henrik, avresti potuto darci notizie di Raymond de Roquefort, che entrambi ovviamente conoscevate. Invece ci hai lasciato andare avanti al buio.»

«Non c'era molto da dirvi», rispose Cassiopea. «Quando Lars era vivo, i fratelli vegliavano anche su di lui. Non avevo mai avuto contatti con de Roquefort, prima di adesso. Di lui, io ne so quanto voi.»

«Allora come ha potuto anticipare le sue mosse a Copenhagen?»

«Non l'ho fatto. Mi sono limitata a seguirvi.»

«Non mi sono accorto della sua presenza.»

«Quando faccio una cosa, la faccio bene.»

«Ad Avignone non è stata così in gamba. L'ho vista, al caffè.»

«Sta parlando del trucchetto col tovagliolo di carta? Volevo che sapesse che ero lì. Quando ho visto Claridon, ho capito che de Roquefort non era molto lontano. Lui teneva d'occhio Royce da anni.»

«Claridon ci ha parlato di lei», riprese Malone, «ma non l'ha riconosciuta, ad Avignone.»

«Lui non mi aveva mai visto prima. Di me, sa solo ciò che Nelle gli ha raccontato.»

«Claridon non ce l'aveva detto», intervenne Stephanie.

«Non me ne stupisco. Lars non l'ha mai capito, ma Claridon era un pericolo, non io.»

«Mio padre la odiava», disse Mark in tono sprezzante.

Cassiopea lo guardò con fredda compostezza. «Suo padre era un uomo brillante, ma non sapeva niente della natura umana. La sua visione del mondo era semplicistica. Le cospirazioni su cui indagava, quelle che lei ha cercato di ricostruire dopo la sua morte, sono molto più complicate di quanto voi due avreste potuto immaginare. Questa è una ricerca su un argomento che ha portato alla morte molta gente.»

«Mark», aggiunse Thorvaldsen, «ciò che Cassiopea sta dicendo di suo padre è vero, e sono certo che anche lei lo capisce. »

« Era un brav'uomo che credeva in ciò che faceva. »

« Certo. Ma anche lui aveva dei segreti. Per esempio non le ha mai detto che eravamo amici, e mi spiace che questo ci abbia impedito di incontrarci prima. Ma suo padre voleva che i nostri rapporti restassero riservati, e io ho rispettato quel desiderio anche dopo la sua morte. »

« Avrebbe potuto parlarne con me », affermò Stephanie.

« No, non potevo. »

« Allora perché lo fa adesso? »

« Quando avete lasciato Copenhagen, sono venuto direttamente qui. Sapevo che alla fine avreste trovato Cassiopea. Questo è il motivo per cui è andata a Rennes due notti fa: per indurvi a muovervi verso di lei. Dapprima pensavo di tenermi sullo sfondo, senza mettervi al corrente dei nostri rapporti, ma poi ho cambiato idea. Le cose sono andate troppo avanti. Era necessario che voi sapeste la verità, così oggi sono qui per dirvela. »

« Gentile da parte sua », disse Stephanie.

Malone guardò gli occhi stanchi del vecchio. Thorvaldsen aveva ragione. Anche lui aveva truccato il mazzo di carte molte volte, e Stephanie poteva dire lo stesso. « Henrik, io non faccio questo genere di cose da oltre un anno. Ne sono uscito perché il gioco non mi piaceva più. Le regole sono sporche e alla fine non si vince mai. Ma in questo momento ho fame e, devo ammetterlo, sono curioso. Perciò mettiamoci a tavola, e poi ci dirai tutto sulle verità che abbiamo bisogno di conoscere. »

Vennero serviti coniglio arrosto in salsa di prezzemolo, timo e maggiorana, asparagi freschi, un'insalata e un dessert al ribes coperto di crema alla vaniglia. Mentre mangiavano, Malone cercò di farsi un quadro della situazione. La loro ospite sembrava molto rilassata, ma lui non si lasciò impressionare dalla sua cordialità.

« Lei ha volutamente sfidato de Roquefort, l'altra notte nel palazzo», le disse. «Dove ha imparato ad agire così abilmente?»

«Sono autodidatta. Mio padre mi ha trasmesso la sua destrezza e mia madre il dono d'intuire la mentalità degli uomini.»

Malone sorrise. «Un giorno o l'altro potrebbe intuire male.»

«È gentile a preoccuparsi del mio futuro. E lei, come agente segreto americano, ha mai *intuito male*?»

«Molte volte, e ogni tanto questo errore è costato la vita a qualcuno.»

«Il figlio di Henrik è su questa lista?»

L'insinuazione lo offese, soprattutto considerando che lei non sapeva niente di ciò che era accaduto. «A certe persone furono date informazioni errate, e le informazioni errate portano a decisioni errate.»

«Quel giovane è morto.»

«Cai Thorvaldsen si è trovato nel posto sbagliato, nel momento sbagliato», precisò Stephanie.

«Cotton ha ragione», intervenne Henrik. «Mio figlio è morto perché non fu informato della situazione pericolosa creatasi intorno a lui. Cotton ha fatto quello che ha potuto.»

«Non volevo insinuare che la colpa fosse sua», replicò Cassiopea. «È solo che sembrava ansioso di dirmi come devo condurre i miei affari. Mi chiedo semplicemente se lui sapeva condurre i suoi... Dopotutto si è messo a riposo.»

Thorvaldsen sospirò. «Devi scusarla, Malone. È una donna brillante, un'intenditrice di musica e collezionista di antichità. Ma ha ereditato la scarsa educazione del padre. Sua madre era molto più sensibile.»

«Henrik vorrebbe farmi da padre.»

«Le è andata bene», disse Malone, scrutandola con attenzione, «se non l'ho tirata giù dalla moto con quella pallottola, a Rennes.»

«Mi ha colto di sorpresa, in effetti.»

«Sto aspettando di sentire quella verità di cui ha parlato», disse Stephanie a Thorvaldsen. «In Danimarca mi ha chiesto di avere la mente aperta, su di lei e su ciò che Lars giudicava importante. Ora sappiamo che lei è coinvolto in questa storia molto più di quanto avremmo creduto. Comprenderà che questo ci rende sospettosi.»

Thorvaldsen depose la forchetta. «Molto bene. Fino a che punto lei conosce il Nuovo Testamento?»

Una strana domanda, pensò Malone. Ma sapeva che Stephanie era una cattolica praticante.

«Fra le altre cose, contiene i quattro Vangeli: Matteo, Marco, Luca e Giovanni. Sono il resoconto della vita e delle opere di Gesù Cristo.»

Thorvaldsen annuì. «Sappiamo con sicurezza che il Nuovo Testamento, così come lo conosciamo, fu assemblato durante i primi quattro secoli dopo Cristo, come strumento per divulgare l'emergente messaggio cristiano. Dopotutto, 'cattolico' significa proprio questo: universale. Non dimentichiamo che nel mondo antico, a differenza di oggi, politica e religione erano la stessa cosa. Mentre la religione romana era in declino e il giudaismo si ritirava in se stesso, la gente cominciò a volere qualcosa di diverso. I seguaci di Gesù, i quali altro non erano che ebrei in cerca di una prospettiva nuova, formularono la loro visione del mondo. Ma lo stesso fecero gli esseni, i naasseni, gli gnostici e un centinaio di altre sette emergenti. La prima ragione per cui la versione cattolica sopravvisse, mentre le altre sparirono, fu la sua capacità di esporre la fede in modo *universale*. I cristiani si attenevano alle Scritture con tanta decisione che alla fine nessuno poté più mettere in dubbio la loro validità senza essere accusato di eresia. Ma ci sono altri problemi col Nuovo Testamento.»

La Bibbia era uno dei libri preferiti di Malone. Aveva letto anche molti studi su di essa, e conosceva i suoi punti deboli. Ogni Vangelo era un nebuloso miscuglio di fatti, voci, leggende e miti sottoposti a innumerevoli traduzioni, edizioni e correzioni.

«Tenete presente che l'emergente Chiesa Cristiana operava nell'impero romano», intervenne Cassiopea. «Per attirare seguaci, i padri della Chiesa dovevano competere non solo con una grande varietà di credenze pagane, ma anche con la stessa fede ebraica. Avevano bisogno di superare la religione d'origine. Gesù doveva essere più che un semplice profeta. »

Malone stava diventando impaziente. « Questo cosa c'entra con tutte le nostre disavventure? »

« Pensate a cosa significherebbe per la cristianità il ritrovamento delle ossa di Cristo », rispose Cassiopea. « Il cristianesimo si basa sul fatto che Gesù è morto in croce, risorto e asceso al cielo. »

« Credere è un atto di fede », intervenne con calma Geoffrey.

« Proprio così », disse Stephanie. « La fede, non i fatti, è la base di tutto. »

Thorvaldsen scosse il capo. « Mettiamo un attimo da parte questo elemento dell'equazione, dato che la fede elimina anche la logica. Concentriamoci su un altro aspetto. Se è esistito un uomo di nome Gesù, in che coloro che hanno compilato il Nuovo Testamento potevano sapere qualcosa della sua vita? Consideriamo il dilemma della lingua. Il Vecchio Testamento è scritto in ebraico. Il Nuovo fu steso in greco, ma ogni fonte materiale, se mai ne esisteva una, sarebbe stata in aramaico. Ma le stesse fonti sono un problema. Matteo e Luca parlano delle tentazioni di Cristo nel deserto, ma Gesù era solo quando questo accadde. E le preghiere di Gesù nel Giardino di Getsemani? Luca dice che vi andò dopo aver lasciato Pietro, Giacomo e Giovanni *a un tiro di pietra*. Quando Gesù fece ritorno trovò i discepoli addormentati e fu immediatamente arrestato, poi crocifisso. Non c'è mai un accenno al fatto che Gesù abbia riferito ai discepoli le preghiere nel giardino o le tentazioni nel deserto, tuttavia noi le conosciamo in ogni dettaglio. Come mai? I Vangeli dicono che i discepoli fuggirono durante l'arresto di Gesù, ma in tutti e quattro i Vangeli ci sono resoconti particolareggiati della crocifissione. Da dove arrivano questi particolari? Ciò che fecero i soldati romani, ciò che fecero Pilato e Pietro... Come facevano a sapere queste cose gli scrittori dei Vangeli? Il fedele risponderebbe che è merito dell'ispirazione divina. Ma i quattro Vangeli sono in conflitto più spesso di quanto siano d'accordo. Perché Dio avrebbe distribuito tutta questa confusione? »

«Forse non spetta a noi domandarcelo», obiettò Stephanie.

«Oh, avanti!» replicò Thorvaldsen. «Ci sono troppi esempi di contraddizioni perché si possano semplicemente definire intenzionali. Il Vangelo di Giovanni dice molte cose che gli altri tre, i cosiddetti Vangeli sinottici, ignorano del tutto. Anche il linguaggio è più raffinato. Giovanni è un evangelista diverso dagli altri. Ma alcune delle contraddizioni più eclatanti sono in Luca e Matteo, che sono gli unici che parlano della nascita di Gesù e dei suoi antenati. Matteo dice che Gesù era un aristocratico, un discendente di David, nella linea degli eredi al trono. Luca è d'accordo sulla parentela con David, ma indica una classe sociale molto inferiore. Marco va in una direzione assai diversa e dipinge l'immagine di un povero falegname. Allo stesso modo, la nascita di Gesù è descritta da diversi punti di vista. Luca dice che vennero in visita dei pastori. Matteo li chiama 'uomini saggi'. Luca riferisce che la sacra famiglia abitava a Nazareth e fece un viaggio a Betlemme, dove la nascita avvenne in una mangiatoia. Matteo sostiene che la famiglia abitava a Betlemme e che Gesù nacque in una casa. Ma è intorno alla crocifissione che i racconti divergono nettamente. I Vangeli non sono d'accordo neppure sulla data. Giovanni parla del giorno prima di Pasqua, gli altri tre dicono il giorno dopo. Luca descrive Gesù come un mite, un 'agnello'. Matteo punta nella direzione opposta: per lui Gesù 'porta non la pace, ma la spada'. Persino le ultime parole di Gesù variano. Matteo e Marco sostengono che furono: 'Dio mio, Dio mio, perché mi hai abbandonato?' Luca dice: 'Padre, nelle tue mani consegno il mio spirito'. Giovanni è ancora più breve: 'Tutto è compiuto'.» Thorvaldsen fece una pausa e sorseggiò del vino. «Anche il racconto della resurrezione è un enigma. Ogni Vangelo dà una versione diversa di chi si recò alla tomba e di cosa vi trovò. Persino i giorni della settimana non sono chiari. E in quanto all'apparizione di Gesù dopo la resurrezione, nessun resoconto è d'accordo su un solo punto. Non è lecito pensare che Dio dovrebbe essere almeno coerente con le Sue Parole?»

«I Vangeli sono stati oggetto di migliaia di studi», affermò Malone.

«Vero», ammise Thorvaldsen. «E queste contraddizioni

sono lì fin dall'inizio, ma sono sempre state ignorate, soprattutto nei tempi antichi, poiché di rado i quattro Vangeli apparivano insieme. Essi furono disseminati in varie regioni della cristianità: un racconto funzionava meglio in certi posti che in altri. Non dimenticate che i Vangeli dovevano dimostrare che Gesù era il Messia annunciato dal Vecchio Testamento, quindi non era necessario che fossero una biografia inconfutabile.»

«I Vangeli non erano una trasposizione scritta di ciò che era stato tramandato oralmente?» domandò Stephanie. «Gli errori non dovrebbero essere normali?»

«Non c'è dubbio», rispose Cassiopea. «I primi cristiani credevano che Gesù sarebbe tornato subito e che poi il mondo sarebbe finito, perciò non c'era la necessità di mettere niente per iscritto. Ma dopo quarant'anni, quando si capì che il Salvatore non sarebbe tornato, diventò importante trasmettere la sua vita e i suoi insegnamenti. Fu allora che il primo Vangelo, quello di Marco, venne scritto. Quelli di Matteo – di cui noi conosciamo la versione in greco, visto che l'originale in aramaico è andato perduto – e Luca furono redatti qualche anno più tardi. Il Vangelo di Giovanni, invece, venne composto verso la fine del I secolo, e questo, probabilmente, è il motivo per cui differisce tanto dagli altri tre.»

«Non sarebbe ancora più anomalo se i Vangeli fossero del tutto privi di contraddizioni?» domandò Malone.

«Quei libri sono molto più che contraddittori», replicò Thorvaldsen. «Essi danno quattro diverse versioni del Verbo.»

«È una questione di fede», ripeté Stephanie.

«Ecco di nuovo questa parola!» esclamò Cassiopea. «Ogni volta che esiste un problema coi testi biblici, la soluzione è semplice: *fede*. Mr Malone, lei è un avvocato. Se le testimonianze di Matteo, Marco, Luca e Giovanni fossero date in un tribunale come prova che Gesù è esistito, una giuria sarebbe d'accordo su questo?»

«Sicuro, perché in tutti i Vangeli si parla di lui.»

«Ora, se lo stesso tribunale dovesse stabilire quale dei quattro è corretto, cosa decreterebbe?»

Malone sapeva la risposta giusta. «Che tutti sono corretti.»

«Allora, lei come risolverebbe le differenze tra i testimoni?»

Malone non rispose, perché non sapeva cosa dire.

«Ernst Scoville fece uno studio, una volta», intervenne Thorvaldsen. «Me ne ha parlato Lars. Determinò che ci sono dal dieci al quaranta percento di differenze tra i Vangeli di Matteo, Marco e Luca, qualsiasi passaggio si voglia confrontare. *Qualsiasi passaggio.* Con Giovanni, che non è uno dei sinottici, la percentuale è ancora più alta. Perciò la domanda di Cassiopea è giusta, Cotton. Questi quattro testimoni avrebbero qualche valore probatorio, a parte il fatto di aver stabilito che un uomo di nome Gesù può essere esistito?»

Malone era alle strette, così provò una soluzione. «Tutte queste contraddizioni non potrebbero essere spiegate col semplice fatto che gli scrittori si sono presi la libertà di interpretare una tradizione orale?»

Thorvaldsen annuì. «Questa spiegazione è sensata. Ma ciò che induce ad accettarla è sempre quella sgradevole parola: *fede*. Vedi, per milioni di persone i Vangeli non sono una storia tramandata oralmente da ebrei che, predicando una nuova religione, aggiungevano o sottraevano dettagli al racconto per adeguarlo alle necessità della loro epoca particolare. No. I Vangeli sono la Parola di Dio, e la resurrezione è la chiave di volta del loro credo.»

Malone si rivolse a Mark. «I templari credono in questo?»

«Nel credo templare c'è un elemento di gnosticismo. La conoscenza viene passata ai fratelli in diversi stadi successivi, e solo i più altolocati nell'Ordine sanno tutto. Ma nessuno ha posseduto quella conoscenza da quando andò persa la Grande Eredità, nel 1307. A tutti i maestri che vennero in seguito fu impossibile trovare gli archivi dell'Ordine.»

«Cosa pensano di Gesù Cristo, oggi?» insisté Malone.

«I templari guardano sia al Vecchio sia al Nuovo Testamento. Secondo loro, i profeti ebrei del Vecchio Testamento annunciarono il Messia e gli evangelisti confermarono quelle profezie.»

«È come per gli ebrei», disse Thorvaldsen, «dei quali io posso parlare perché sono uno di loro. Per secoli i cristiani hanno detto che gli ebrei non riconobbero il Messia quando egli venne, e che per questo Dio creò un nuovo Israele sotto forma della Chiesa Cristiana: per prendere il posto dell'Israele ebreo. »

« 'Il suo sangue ricadrà su di noi e sui nostri figli' », mormorò Malone, citando Matteo.

Thorvaldsen annuì. « Quella frase è stata usata per due millenni come motivo per eliminare gli ebrei. Cosa potrebbe aspettarsi un popolo da Dio, dopo aver rifiutato Suo figlio come il Messia? »

« Così, i cristiani alla fine si separarono per sempre dal passato », continuò Cassiopea. « Chiamarono Vecchio Testamento una parte della Bibbia e Nuovo Testamento l'altra. Una era per gli ebrei, l'altra per i cristiani. Le dodici tribù d'Israele del Vecchio furono rimpiazzate dai dodici apostoli del Nuovo. Credenze pagane e giudaiche furono assimilate e modificate. Gesù, attraverso le profezie del Vecchio Testamento, realizzò le profezie del Nuovo, e di conseguenza dimostrò la sua natura messianica. Un pacchetto perfettamente assemblato. Il messaggio giusto, confezionato per il giusto pubblico. E questo consentì alla cristianità di espandersi e dominare il mondo occidentale. »

Entrarono le cameriere e Cassiopea accennò loro di portare via i piatti del pranzo. I bicchieri furono riempiti di vino e venne servito il caffè.

Mentre l'ultima cameriera si ritirava, Malone domandò a Mark: « I templari credono davvero nella resurrezione di Cristo? »

« Quali templari? »

Una strana domanda. Malone si strinse nelle spalle.

« Quelli di oggi, sì, naturalmente. Con poche eccezioni, l'Ordine segue la tradizionale dottrina cattolica. Sono state fatte alcune variazioni per adattare la Regola, come accade in tutte le società monastiche. Ma nel 1307? Non ho idea di cosa credessero allora. Le Cronache di quell'epoca sono criptiche. Come ho detto, soltanto i più alti ufficiali dell'Ordine avrebbero potuto discutere di questo argomento. Quasi tutti i templari erano analfabeti. Perfino Jacques de Molay non sapeva leggere né scrivere. Erano pochi, all'interno dell'Ordine, a controllare il pensiero di tutti gli altri. Ovviamente allora esisteva la Grande Eredità, così presumo che credere significasse vedere.»

«Cos'è la Grande Eredità?»

«Vorrei saperlo anch'io. Quest'informazione è andata perduta. Le Cronache dicono poco in merito. Presumo che fosse la prova tangibile di ciò in cui l'Ordine credeva.»

«È per questo che la cercano?» domandò Stephanie.

«Fino a pochi anni fa, nessuno l'aveva davvero cercata. Ci sono pochissimi dati relativi al luogo in cui si troverebbe. Ma il maestro ha rivelato a Geoffrey di essere certo che papà fosse sulla pista giusta.»

«Perché de Roquefort la desidera con tanto accanimento?» domandò Malone.

«Ritrovare la Grande Eredità, qualunque cosa essa sia, potrebbe far riemergere in grande stile l'Ordine sulla scena mondiale. Questa conoscenza potrebbe inoltre cambiare in modo fondamentale la cristianità. De Roquefort vuole un risarcimento per ciò che è stato fatto all'Ordine. Vuole che la Chiesa Cattolica sia condannata per il suo errore e che la reputazione dell'Ordine sia mondata da ogni macchia.»

Malone era stupito. «Cosa significa?»

«Una delle accuse imputate ai templari nel 1307 fu l'adorazione di idoli pagani. Una specie di testa barbuta che si diceva l'Ordine venerasse, cosa però mai dimostrata. Tuttavia i cristiani oggi s'inginocchiano a pregare con naturalezza dinanzi a immagini di ogni genere, come per esempio la Sacra Sindone di Torino.»

Malone ripensò a ciò che uno dei Vangeli diceva sulla morte di Cristo: «Preso il corpo di Gesù, lo avvolsero in un candido lenzuolo». Un simbolismo così sacro che in seguito un papa decretò che l'altare fosse sempre coperto da una tovaglia di lino. La Sindone di Torino, nominata da Mark, era un drappo di lino tessuto a lisca di pesce su cui era rimasta l'immagine di un uomo alto poco più di un metro e ottanta, col naso adunco, capelli lunghi fino alle spalle, barba voluminosa, ferite da crocifissione sulle mani e sui piedi, lesioni sulla fronte e segni di frustate.

« L'immagine della Sindone non è quella di Cristo », proseguì Mark. « È di Jacques de Molay. Fu arrestato nel 1307 e nel gennaio 1308 venne inchiodato a una porta nel Tempio di Parigi, in modo simile a quello di Cristo. Lo dileggiarono per la sua mancanza di fede in Gesù come Salvatore. Il Grande Inquisitore di Francia, Guíllaume Imbert, orchestrò quella tortura. Poi de Molay fu avvolto in uno dei lenzuoli di lino che l'Ordine teneva nel Tempio per farne uso nelle cerimonie d'inumazione. Noi oggi sappiamo che l'acido lattico e il sangue del corpo di de Molay si mescolarono con l'incenso e stamparono quell'immagine nella stoffa. C'è anche un equivalente moderno del fenomeno. Nel 1981 un paziente malato di cancro, in Inghilterra, lasciò una simile impronta nelle lenzuola del letto. »

Malone ricordava che, alla fine degli anni '80, la Chiesa aveva finalmente consentito esami microscopici e la datazione al carbonio 14 della Sindone di Torino. I risultati avevano confermato che non si trattava di un disegno né c'era traccia di pennellate. Il colore era emerso dalla stoffa. La datazione rivelava che il lenzuolo non era stato tessuto nel I secolo, bensì in un periodo tra la fine del XIII e la metà del XIV secolo. Ma molti contestarono quei dati, dicendo che il campione di stoffa era stato alterato o che l'avevano prelevato da una delle pezze aggiunte in seguito per riparare i danni al lenzuolo originale.

« L'immagine della sindone corrisponde alle caratteristiche fisiche di de Molay », disse Mark. « Ci sono descrizioni dettagliate nelle Cronache. Durante il periodo in cui fu torturato, i suoi capelli erano cresciuti disordinatamente, come la barba. Il lenzuolo che avvolgeva il corpo di de Molay fu portato via dal Tempio di Parigi da un parente di Geoffrey de Charney. De Charney fu messo al rogo nel 1314 insieme con de Molay. La sua famiglia tenne il lenzuolo come una reliquia e, più tardi, notò che vi si era formata un'immagine. La prima comparsa della Sindone fu su un medaglione religioso datato 1338, ma il lenzuolo venne esposto solo nel 1357. La gente associò immediatamente quell'immagine al corpo di Cristo, e la famiglia de Charney non fece nulla per smentire quella supposizione. La cosa andò avanti fino agli ultimi anni del XVI secolo, quando la Chiesa prese possesso della Sindone definendola *acheropita,* cioè 'non fatta da mani umane', e la dichiarò una reliquia. De Roquefort vuole riavere la Sindone. È di proprietà dell'Ordine, non della Chiesa. »

Thorvaldsen scosse il capo. « Ma è una follia... »

« Lui la rivuole. »

Malone notò l'espressione irritata di Stephanie, che disse: « Questa lezione è stata affascinante, Henrik, ma io sto ancora aspettando la verità su quello che sta succedendo qui ».

Il danese sorrise. « Lei è davvero impagabile. »

« Sarà colpa della mia personalità spigolosa. » Stephanie prese il suo telefono. « Mi permetta di essere molto chiara. Se non avrò qualche risposta nei prossimi minuti, chiamerò Atlanta. Ne ho fin sopra i capelli di Raymond de Roquefort. Renderemo pubblica questa piccola caccia al tesoro e metteremo fine a tutte queste follie. »

47

Malone s'irrigidì alle parole di Stephanie, ma sapeva che prima o poi avrebbe perso la pazienza.

« Non puoi farlo », affermò Mark. « Coinvolgere il governo è la soluzione peggiore. »

« Perché? » replicò lei. « Quell'abbazia dovrebbe essere messa sotto indagine. Qualunque cosa stiano facendo non è certo un'opera pia. »

« Al contrario », intervenne Geoffrey. « I fratelli sono devoti al Signore e la loro vita è dedicata alla Sua adorazione. »

« E nel frattempo imparate a maneggiare esplosivi, a combattere a mani nude e a usare le armi come campioni di tiro a segno. È un po' strano, non ti sembra? »

« Non del tutto », dichiarò Thorvaldsen. « I templari originali erano devoti a Dio *e* un formidabile esercito. »

Stephanie non parve affatto impressionata. « Non siamo nel XIII secolo. De Roquefort persegue un piano eversivo e ha i mezzi per attuarlo. Oggi lo chiamiamo terrorismo. »

« Non sei cambiata neanche un po' », sbottò Mark.

« No, non sono cambiata. Continuo a essere convinta che le organizzazioni segrete fornite di denaro, armi e con una gran voglia di regolare i conti col resto del mondo rappresentino un problema. Il mio lavoro è occuparmi di loro. »

« Questo non è un affare che ti riguarda. »

« Allora perché il vostro maestro mi ha coinvolto? »

« Tu non capivi quando papà era vivo, e continui a non capire adesso. »

« Allora chiariscimi tu le idee. »

« Mr Malone », intervenne Cassiopea in tono calmo, « le piacerebbe vedere il progetto di ricostruzione del castello? »

Evidentemente la loro ospite voleva parlargli in privato, ma anche lui aveva qualche domanda da farle. « Certo, ne sarei onorato. »

Cassiopea si alzò da tavola. « Allora andiamo. Nel frattempo, gli altri potranno fare quattro chiacchiere... Vi prego di fare come se foste a casa vostra. Noi torneremo tra poco. »

Malone e Cassiopea s'incamminarono lungo la strada ombreggiata che portava al parcheggio e al cantiere.

« Quando avremo finito », disse Cassiopea, « il castello tornerà a essere esattamente com'era sette secoli fa. »

« Un'opera molto impegnativa. »

« Mi piacciono le grandi opere. »

Entrarono nel cantiere per un grande portone di legno e attraversarono quello che sembrava un granaio in pietra arenaria, in cui era allestito un moderno centro di ricevimento. Nell'aria c'era odore di polvere, cavalli e detriti, e nella zona si aggiravano un centinaio di persone.

« Le fondamenta sono state terminate, ora stiamo innalzando le mura del lato occidentale. Abbiamo cominciato a costruire le torri d'angolo e gli edifici centrali. Ma ci vorrà tempo. Dobbiamo fare i mattoni, lavorare il legno e scolpire la pietra proprio come lo si faceva settecento anni fa, usando gli stessi metodi e attrezzi, perfino indossando gli stessi abiti. »

« Gli operai mangiano anche lo stesso cibo? »

Cassiopea sorrise. « Facciamo qualche concessione alla modernità. » La donna lo guidò su per il ripido pendio di una collina, da cui si poteva vedere bene il cantiere. « Vengo qui spesso. Laggiù sono occupati a tempo pieno centoventi operai. »

« Un libro paga piuttosto oneroso. »

« È il prezzo da pagare per vedere la storia. »

« Perché la chiamano l'*Ingénieur*? »

« È stato il personale a darmi questo nome. Ho studiato le tecniche architettoniche medievali e ho ideato io il progetto. »

« Sa, lei è una donna arrogante, ma ogni tanto sembra una persona molto interessante. »

« Mi rendo conto che il mio commento su ciò che è accaduto al figlio di Henrik sia stato inappropriato. Perché non ha replicato a tono? »

« A che scopo? Lei non sapeva di cosa diavolo stava parlando. »

« La prossima volta cercherò di essere più accorta. »

Malone sorrise. « Ne dubito. Comunque io non sono poi così sensibile. Ho sviluppato una sorta di scudo protettivo molto tempo fa. Bisogna farlo, per sopravvivere in questo genere di affari. »

« Ma lei si è ritirato. »

« Non ci si riesce mai del tutto. Al massimo, si resta fuori della linea del fuoco più spesso di prima. »

« Così, lei sta aiutando Stephanie Nelle semplicemente per amicizia? »

« Stupefacente, vero? »

« Niente affatto. Anzi, è del tutto coerente con la sua personalità. »

Adesso Malone era curioso. « Cosa sa di me? »

« Quando Henrik mi ha chiesto di occuparmi di questa faccenda, ho raccolto molte informazioni su di lei. Ho degli amici nel suo vecchio ambiente di lavoro e tutti hanno parlato bene di lei. »

« È bello sapere che non mi hanno dimenticato. »

« Lei sa molte cose di me? »

« Soltanto l'essenziale. »

« Io ho molte caratteristiche peculiari. »

« Allora lei e Henrik siete ben accoppiati. »

Cassiopea sorrise. « Vedo che lo conosce bene. »

« Da quanto tempo lo frequenta? »

« Fin dall'infanzia, era amico dei miei genitori. Molti anni fa mi parlò del lavoro di Lars Nelle e ne rimasi affascinata. Così diventai il suo angelo custode, anche se Nelle pensava che fossi un pericolo. Purtroppo non ho potuto aiutarlo, l'ultimo giorno della sua vita. »

« Lei era sul posto? »

Cassiopea scosse il capo. « Nelle era andato a sud, tra le montagne. Io ero qui quando Henrik mi telefonò per informarmi che avevano trovato il suo corpo. »

« Secondo lei si è suicidato? »

« Lars era un uomo malinconico, questo è certo. Era anche

frustrato. Tutti quei dilettanti che si erano gettati sul suo lavoro, snaturandolo fino a renderlo irriconoscibile... E l'enigma che aveva cercato di risolvere era rimasto irrisolto. Perciò, sì, è possibile.»

«Da chi lo stava proteggendo?»

«Molti cercavano d'intromettersi nelle sue ricerche e di rubargli informazioni. Per la maggior parte si trattava di cacciatori di tesori, ambiziosi e opportunisti, ma alla fine spuntarono gli uomini di de Roquefort.»

«De Roquefort è il maestro, adesso.»

Cassiopea corrugò le sopracciglia. «Questo spiega l'insistenza con cui ha ripreso le ricerche. Ora dispone di tutte le risorse dei templari.»

Malone capì che quella donna non sapeva niente di ciò che era accaduto a Mark Nelle negli ultimi cinque anni, così glielo riferì, poi disse: «De Roquefort è stato eletto maestro dopo un duro scontro con Mark, che era l'altro candidato al titolo».

«Dunque c'è anche qualcosa di personale, tra loro.»

«È certamente parte dell'intera faccenda.» Ma non era tutto, pensò, guardando lo scenario sottostante. Un carro avanzava su uno spiazzo polveroso, verso le mura in fase di costruzione.

«Il lavoro di oggi è uno spettacolo per i turisti», spiegò Cassiopea, notando il suo interesse. «Domani riprenderemo il lavoro vero.»

«Il cartello all'ingresso dice che occorreranno trent'anni per finire.»

«Probabile. Ad Avignone ho volutamente abbandonato il diario di Lars, perché de Roquefort lo trovasse.»

Quella rivelazione sbalordì Malone. «A che scopo?»

«Henrik voleva parlare ai Nelle in privato. È per questo che noi due siamo qui. Ha detto anche che lei è un uomo d'onore. Le persone di cui mi fido sono poche, in questo mondo, ma Henrik è uno di loro. Quindi le rivelerò alcune cose che nessun altro conosce.»

Mark ascoltava le spiegazioni di Henrik Thorvaldsen. Anche sua madre appariva interessata, mentre Geoffrey si limitava a fissare il tavolo quasi senza sbattere le palpebre, come in trance.

« È tempo che capisca appieno ciò che Lars pensava », disse Henrik a Stephanie. « Contrariamente a ciò che lei può aver creduto, non era uno squinternato cacciatore di tesori. Le sue indagini avevano uno scopo importante. »

« Ignorerò le sue insinuazioni, dato che voglio sentire quello che ha da dire. »

Negli occhi di Thorvaldsen lampeggiò uno sguardo irritato. « La teoria di Lars era semplice, benché non fosse realmente sua. È stato Ernst Scoville a formulare per primo un'ipotesi che mirava a fare nuova luce sui Vangeli, soprattutto sul racconto della resurrezione. Cominciamo col Vangelo di Marco. Esso è composto di seicentosessantacinque versi, ma soltanto otto riguardano la resurrezione. A questo evento straordinario è dedicata soltanto una breve menzione. Perché? La risposta è semplice. Quando quel Vangelo fu scritto, la storia della resurrezione doveva ancora svilupparsi, e infatti il racconto termina senza accennare al fatto che i discepoli credevano che Gesù fosse risorto dalla morte. Esso ci dice invece che i discepoli fuggirono. Nella versione della storia data da Marco, appaiono solo le donne, che ignorano il comando di riferire ai discepoli di recarsi in Galilea, affinché il Cristo risorto possa incontrarli là, e non dicono a nessuno ciò che hanno visto. Non ci sono angeli, ma solo un giovane vestito di bianco che con calma annuncia: 'Lui è risorto'. Niente guardie, niente abiti da sepoltura e nessun Signore resuscitato. »

Mark sapeva che quanto Thorvaldsen aveva appena detto era vero. Anche lui aveva studiato i Vangeli nei più minimi particolari.

« La testimonianza di Matteo, mi riferisco alla versione in greco, è stata composta un decennio più tardi », riprese Thorvaldsen. « In quel periodo i romani avevano già saccheggiato Gerusalemme e distrutto il Tempio. Molti ebrei erano fuggiti e quelli rimasti in Terrasanta consideravano i cristiani un pericolo, almeno quanto lo erano i romani. C'era ostilità tra gli ebrei ortodossi e gli emergenti ebrei cristiani. Il Vangelo di Marco aveva lasciato molte domande senza risposta, perciò

Matteo cambiò la storia per adattarla a quel periodo travagliato. Così, il messaggero che annuncia la resurrezione diventa un angelo che discende dal cielo dopo un terremoto. Le guardie svengono, la pietra viene rimossa dalla tomba e l'angelo si sistema su di essa. Le donne sono ancora attanagliate dalla paura, ma ben presto questa paura si tramuta in gioia. Contrariamente alla versione di Marco, qui le donne corrono a dire ai discepoli cos'è successo e incontrano il Cristo risorto. È la prima volta che appare presso il sepolcro. E cosa fanno le donne? »

« Si chinano dinanzi ai Suoi piedi e lo adorano », disse sottovoce Mark. « Più tardi, Gesù appare ai suoi discepoli e proclama: 'Mi è stato dato ogni potere in cielo e in terra'. Poi assicura che sarà sempre con loro. »

« Con un cambiamento », aggiunse Thorvaldsen. « Il Messia ebraico di nome Gesù adesso è diventato il Cristo. In Matteo, tutto è più vivido e... miracoloso. Poi arriva il Vangelo di Luca. In quegli anni i cristiani si erano separati ancor di più dall'ebraismo, così Luca modifica in modo radicale la storia della resurrezione per adattarla a quel cambiamento. Le donne si recano al sepolcro, ma stavolta lo trovano vuoto e, dopo l'apparizione di due uomini dalle vesti splendenti, vanno a informare i discepoli. Pietro ritorna alla tomba e trova soltanto gli abiti funebri scartati. Poi Luca racconta una storia che non appare in nessun'altra parte del Nuovo Testamento. In questo racconto, Gesù viaggia travestito, incontra alcuni discepoli, condivide con loro il pasto e poi, quando viene riconosciuto, svanisce. Più tardi c'è l'incontro con gli apostoli, quando essi dubitano della sua carne, così lui mangia con loro. E soltanto in Luca troviamo la storia dell'ascesa di Gesù. Cos'era successo? Un senso di fascino era adesso stato accoppiato al Cristo risorto. »

Mark aveva letto lo stesso genere di analisi delle Scritture negli archivi dei templari. Fratelli istruiti avevano per secoli studiato il Verbo, annotando errori, valutando contraddizioni e facendo ipotesi sui molti conflitti circa i nomi, le date, i luoghi e i fatti.

« Infine c'è Giovanni », proseguì Thorvaldsen. « L'ultimo Vangelo, scritto intorno al 100 d.C. Sembra quasi che Giovanni parli di un Cristo completamente diverso. Gesù non nasce a Betlemme, ma a Nazareth. Gli altri tre parlano di un ministero di tre anni, Giovanni soltanto di uno. A differenza degli altri Vangeli, secondo Giovanni l'ultima cena si svolge il giorno prima di Pasqua e la crocifissione il giorno in cui l'agnello pasquale viene macellato. Giovanni sposta anche il momento della cacciata dei mercanti dal Tempio, dal giorno dopo la domenica delle palme a un periodo precedente, durante il ministero di Cristo. In Giovanni, Maria Maddalena si reca da sola alla tomba e la trova vuota. Non pensa affatto a una resurrezione, anzi le viene il timore che il corpo sia stato rubato. Soltanto quando torna con Pietro e con *l'altro discepolo,* vede due angeli. Poi appare Gesù. È interessante notare il fatto che in ogni racconto cambia chi c'era nella tomba. Il giovane biancovestito di Marco diventa l'abbagliante angelo di Matteo, che a sua volta Luca sdoppia in due angeli e Giovanni modifica in due angeli che vengono sostituiti da Cristo. E il Signore risorto viene forse visto nel giardino il primo giorno della settimana come ai cristiani è stato sempre raccontato? Marco e Luca dicono di no. Matteo, sì. Giovanni dapprima nega, ma riferisce che Maria Maddalena lo vede in seguito. Quello che succede è chiaro. Col trascorrere del tempo, la resurrezione viene dipinta come un evento sempre più miracoloso, per adattarsi ai cambiamenti del mondo.»

«Devo presumere che lei non aderisce al principio di nonfallacità biblica», affermò Stephanie.

«Nella Bibbia non c'è niente che possa essere preso alla lettera. È un racconto ambiguo ricco di contraddizioni, e l'unico modo di accettarlo è grazie alla fede. Tutto ciò aveva un significato un migliaio d'anni fa, o anche cinquemila anni fa, ma spiegazioni di questo genere non sono più accettabili. La mente umana, oggi, indaga. Suo marito indagava.»

«Ma cosa voleva fare Lars?»

«L'impossibile», mormorò Mark.

Sua madre lo guardò con occhi stranamente comprensivi. «Però questo non l'ha mai fermato.» La sua voce era bassa e melodiosa, come se avesse appena afferrato una verità che a lungo le era sfuggita. « Se non altro era uno splendido sognatore. »

« Tuttavia il suo sogno aveva basi concrete », replicò Mark. « I primi templari conoscevano ciò che papà voleva scoprire. Ancora oggi essi leggono e studiano le Sacre Scritture. Il Vangelo di Filippo, le Lettere di Barnabas, gli Atti di Pietro, le Epistole degli Apostoli, il Libro Segreto di Giovanni, il Vangelo di Maria e il Vangelo di Tommaso, che per loro è la testimonianza più autentica degli insegnamenti di Gesù, non essendo stato sottoposto a innumerevoli traduzioni. Molti dei cosiddetti testi eretici sono rivelatori. Ed è questo che rese i templari speciali, la vera fonte del loro potere. Non la ricchezza o la potenza, ma la conoscenza. »

Sulla cima della collina, Malone si godeva l'ombra dei pioppi. La fresca brezza che attenuava il calore dei raggi solari gli ricordava un pomeriggio d'autunno sulla spiaggia. Stava ancora aspettando che Cassiopea gli rivelasse ciò che nessun altro sapeva. « Perché ha permesso che de Roquefort prendesse il diario di Lars Nelle? »

« Perché è inutile. » Negli occhi scuri della donna brillò una scintilla maliziosa.

« Credevo che contenesse le informazioni che Lars non pubblicò mai. La chiave di tutto. »

« In parte è vero, ma non è la chiave di niente. Lars lo scrisse proprio a uso dei templari. »

« E Claridon non lo sa? »

« Probabilmente no. Lars era affezionato ai suoi segreti. Non raccontava niente a nessuno. Una volta disse che soltanto un paranoico poteva sopravvivere, in un'attività di quel genere. »

« E lei come lo sa? »

« Henrik ne era al corrente. Lars non si dilungò in particolari, ma gli riferì dei suoi incontri coi templari. Era realmente convinto di aver parlato col maestro dei templari. Ebbero numerose conversazioni, ma alla fine nel quadro entrò de Roquefort. E lui era un uomo del tutto diverso. Più aggressivo e meno tollerante. Così Lars scrisse il diario, come diversivo per de Roquefort. Un po' come gli specchietti per le allodole che usava Saunière.»

«Però forse anche il maestro venne ingannato? Quando Mark fu portato all'abbazia, aveva il diario con sé. Il maestro lo tenne nascosto fino a un mese fa, quando lo ha spedito a Stephanie.»

«Difficile a dirsi. Ma se ha mandato il diario a Stephanie, è possibile che avesse calcolato che de Roquefort gli avrebbe dato la caccia. È chiaro che voleva coinvolgere la moglie di Nelle, così quale modo migliore che allettarla con un'esca irresistibile?»

Era un'ipotesi plausibile.

«Senza dubbio il maestro sentiva che Stephanie avrebbe usato le considerevoli risorse a sua disposizione per aiutare la ricerca», continuò Cassiopea.

«Non conosceva Stephanie. È troppo testarda. È per questo che ha tentato di farcela da sola.»

«Ma poi ha trovato l'aiuto di un amico come lei.»

«Una colpo di fortuna, soprattutto per me...»

«Oh, non si lamenti. Non ci saremmo mai conosciuti, in caso contrario.»

«Come ho detto, una fortuna per me.»

«Lo considererò un complimento. Altrimenti potrei sentirmi ferita nella mia sensibilità.»

«Dubito che lei si lasci ferire tanto facilmente.»

«Lei ha saputo cavarsela bene a Copenhagen», disse Cassiopea. «E poi anche a Roskilde.»

«Era nella cattedrale?»

«Per un po', ma sono uscita quando è cominciata la sparatoria. Mi sarebbe stato impossibile aiutarvi senza rivelare la mia presenza, e Henrik voleva che la tenessi segreta.»

«E se non fossi riuscito a fermare quegli uomini?»

«Oh, andiamo. Lei?» Cassiopea sorrise. «Mi dica una cosa: è rimasto sconvolto quando quell'uomo è saltato giù dalla Torre Rotonda?»

«Non sono cose che si vedono tutti i giorni.»

«Lui ha mantenuto il suo giuramento. Messo in trappola,

ha scelto la morte piuttosto di rischiare che ci andasse di mezzo l'Ordine.»

«Suppongo che lei fosse lì perché avevo detto a Henrik che Stephanie mi avrebbe fatto visita.»

«In parte. Quando ho saputo della morte di Ernst Scoville, ho appreso da alcuni conoscenti di Rennes che aveva parlato con Stephanie e che lei stava per venire in Francia. Queste persone ne erano entusiaste, visto che non avevano altro da fare che giocare a scacchi e fantasticare su Saunière. Ognuno di loro vive un suo sogno cospiratorio. Scoville si era vantato che avrebbe potuto procurarsi il diario di Lars. Non si preoccupava affatto per Stephanie, anche se le aveva lasciato capire il contrario. Ovviamente, anche lui non immaginava che il diario fosse del tutto insignificante. La sua morte ha destato i *miei* sospetti, così ho contattato Henrik, e da lui ho saputo che Stephanie sarebbe andata a Copenhagen. Abbiamo deciso insieme che anch'io sarei andata in Danimarca.»

«E Avignone?»

«Avevo una fonte al sanatorio. Nessuno aveva mai creduto che Claridon fosse pazzo. Bugiardo, infido e opportunista, questo sì. Ma non pazzo. Così ho aspettato finché voi non siete tornati a prelevare Claridon. Henrik e io sapevamo che negli archivi del palazzo c'era qualcosa d'importante. Come ha detto Henrik a pranzo, lui e Mark non si erano mai conosciuti. Mark è un tipo molto più scostante e riservato di Lars. Anni fa, anche lui ha fatto qualche saltuaria ricerca. Cose dappoco, forse soprattutto per tenere viva la memoria di suo padre. Qualunque cosa abbia trovato, però, l'ha tenuta per sé. Per un po' aveva avuto contatti con Claridon, ma non molto stretti. Poi, quando è scomparso sotto una valanga e Claridon si è nascosto nel sanatorio, Henrik e io abbiamo lasciato perdere tutto.»

«Fino a oggi.»

«La ricerca è ricominciata, e stavolta potrebbe esserci una destinazione da raggiungere.»

Malone attese che Cassiopea si spiegasse.

«Abbiamo il libro con le lapidi e la riproduzione di *Leggendo le regole della Caridad*...»

« La litografia ce l'ha de Roquefort. »

« Quella non è l'unica in circolazione. Ne ho già trovate altre su internet. Insieme, dovremmo essere in grado di determinare ciò che Saunière scoprì, poiché siamo i primi a disporre di tante tessere del puzzle. »

« E cosa pensa che dovremmo fare, se trovassimo qualcosa? »

« Come musulmana? Mi piacerebbe rivelarlo al mondo. L'arroganza storica della cristianità è nauseante. Per essa, ogni altra religione è un'imitazione. C'è da restarne sbalorditi, sul serio. Tutta la storia occidentale è stata influenzata dai suoi dogmi bigotti. L'arte, l'architettura, la musica, la letteratura... perfino la stessa società è diventata serva della cristianità. Quello che era un semplice movimento ha finito col diventare la base della società occidentale, ma tutto ciò potrebbe essere fondato su una menzogna. A lei non piacerebbe sapere la verità? »

« Io non sono religioso. »

Le labbra sottili di Cassiopea si piegarono in un altro sorriso. « Ma lei è un uomo curioso. Henrik parla del suo coraggio e del suo acume in termini reverenziali. Un bibliofilo con una memoria eidetica. Una combinazione notevole. »

« E so anche cucinare. »

« Non mi prenda in giro. Trovare la Grande Eredità significherebbe molto anche per lei. »

« Diciamo che sarebbe una scoperta insolita. »

« Va bene, mettiamola pure in questo modo. Ma se avremo successo, m'interesserà vedere la sua reazione. »

« Lei è tanto sicura che ci sia qualcosa da trovare? »

Cassiopea allungò le braccia verso il lontano profilo dei Pirenei. « È laggiù, non c'è dubbio. Saunière la trovò. Anche noi possiamo farlo. »

Stephanie considerò ancora ciò che aveva detto Thorvaldsen sul Nuovo Testamento, e precisò: « La Bibbia non è un documento da prendersi alla lettera ».

Thorvaldsen scosse il capo. « Buona parte della fede cristiana è basata su quelle dichiarazioni. Per i fedeli, la Bibbia è la Parola di Dio. »

Stephanie si rivolse a Mark. « Tuo padre pensava che la Bibbia non fosse la Parola di Dio? »

« Abbiamo discusso spesso su questo punto. Dapprima io ero un credente, e cercavo argomenti contro di lui. Ma poi ho cominciato a cambiare idea. È un libro che racconta storie create per spingere la gente verso una vita positiva. C'è perfino della grandezza in quelle storie, se si mettono in pratica i loro insegnamenti. Io non credo che sia necessariamente la Parola di Dio. È già abbastanza che quelle parole rappresentino una verità senza tempo. »

« Elevare Cristo allo stato divino era semplicemente un modo per aumentare l'autorevolezza del messaggio », affermò Thorvaldsen. « Quando la Chiesa impose la sua autorità, nel III e IV secolo, al racconto è stato aggiunto tanto che non è più possibile conoscerne il cuore. Lars voleva cambiare tutto questo. Voleva trovare ciò che i templari un tempo possedevano. Quando apprese per la prima volta di Rennes-le-Château, si convinse subito che la scoperta di Saunière fosse la Grande Eredità dei templari. Così dedicò la vita a risolvere l'enigma di Rennes. »

Stephanie non era ancora convinta. « Cosa le fa pensare che i templari avessero qualcosa in mano? Non furono arrestati all'improvviso? Come trovarono il tempo di nascondere il loro segreto? »

« Erano preparati », rispose Mark. « Le Cronache lo dicono con chiarezza. La mossa di Filippo IV non era senza precedenti. Un centinaio d'anni prima, c'era stato un incidente con un altro sovrano. Nel 1228 Federico II arrivò in Terrasanta come scomunicato, quindi non poteva comandare una crociata. I templari e gli ospitalieri rimasero fedeli al papa e si rifiutarono di seguirlo. Soltanto i suoi cavalieri teutonici gli restarono accanto. Alla fine firmò coi saraceni un trattato di pace che divideva Gerusalemme in due. Il Monte del Tempio, dove c'era il quartier generale dei templari, faceva parte della zona assegnata ai musulmani. Perciò potete immaginare cosa pensavano di lui i templari. Era amorale come Nerone e universalmente odiato. Cercò perfino di rapire il maestro dell'Ordine. Quando lasciò la Terrasanta, nel 1229, gli abitanti di Acri gli tirarono addosso i loro escrementi. Federico II detestava i templari perché non gli erano stati fedeli e, giunto in Sicilia, sequestrò le loro proprietà e fece arrestare molti fratelli. Tutto questo è registrato nelle Cronache.»

«Così l'Ordine era preparato?» domandò Thorvaldsen.

«L'Ordine aveva già sperimentato, a sue spese, cosa poteva fare un governante ostile. Filippo IV era un uomo dello stesso genere. Da giovane aveva fatto richiesta di entrare nei templari, ma era stato respinto, così coltivò per tutta la vita rancore contro la confraternita. Nei primi anni del suo regno, inoltre, i templari gli salvarono la vita, quando svalutò il franco provocando una rivolta popolare. Ai monarchi non piaceva dovere dei favori a qualcuno. Perciò, sì, nell'ottobre 1307 l'Ordine era preparato. Sfortunatamente a noi non resta nessuna notizia sui dettagli di quei preparativi.» Lo sguardo di Mark si puntò su Stephanie. «Papà sacrificò la vita nel tentativo di risolvere questo mistero.»

«Amava questa ricerca, non è vero?» chiese Thorvaldsen.

Pur rispondendo al danese, Mark continuò a fissare sua madre. «Era una delle poche cose che lo aiutavano a sentirsi sereno. Avrebbe voluto rendere felice sua moglie e se stesso, ma, purtroppo, non riuscì a fare né l'una né l'altra cosa. Allora rinunciò e decise di lasciarci.»

«Non ho mai voluto credere che si sia suicidato», disse Stephanie.

«Ma non lo sapremo mai, vero?»

«Forse ti sbagli», intervenne Geoffrey, che per la prima volta alzò lo sguardo dal tavolo. «Il maestro ha detto che riuscirete a sapere la verità sulla sua morte.»

«Tu cosa sai?» domandò Stephanie.

«So soltanto ciò che il maestro mi ha detto.»

«Cosa ti ha raccontato di mio padre?» Il volto di Mark era contratto dalla rabbia.

«Questo dovrai scoprirlo da solo.» La voce di Geoffrey era conciliante. «Il maestro mi ha ordinato di essere tollerante con le tue emozioni. Ha precisato che tu sei più anziano di me e che io ti devo mostrare rispetto.»

«Ma sembra che tu sia l'unico a conoscere certe risposte», disse Stephanie.

«No, Madame. Io conosco solo dei punti di riferimento. Le risposte, ha detto il maestro, devono venire da tutti voi.»

48

Malone seguì Cassiopea in un'elegante stanza rivestita in pannelli di legno e decorata con arazzi che raffiguravano corazze, spade, lance e scudi. Un caminetto di marmo nero dominava il lungo locale illuminato dalle palpitanti fiammelle di un candeliere. Mentre gli altri li raggiungevano dalla sala da pranzo, Malone notò che tutti avevano espressioni serie. Davanti alle finestre a due luci c'era un tavolo di mogano su cui erano sparsi libri, documenti e fotografie.

« È tempo di scoprire se possiamo arrivare a qualche conclusione », disse Cassiopea. « Sul tavolo c'è tutto ciò che ho raccolto su questo argomento. »

Malone informò gli altri che alcune informazioni contenute nel diario di Lars erano false.

« Vale anche per le annotazioni personali? » domandò Stephanie. « Geoffrey mi ha mandato alcune pagine del diario... pagine che il suo maestro ha tagliato. Parlano di me. »

« Soltanto lei può sapere se sono sincere », rispose Cassiopea.

« È come dice lei », aggiunse Thorvaldsen. « Il diario è, per la maggior parte, un falso. Lars lo compilò come esca per i templari. »

« Un altro punto che ha ritenuto conveniente non menzionare, quand'eravamo a Copenhagen. » Il tono di Stephanie indicava che era ancora una volta irritata.

Thorvaldsen non fece una piega. « Era più importante che de Roquefort continuasse a credere che fosse attendibile. »

Stephanie adesso era furiosa. « Razza di figlio di puttana, abbiamo rischiato la vita per quel diario! »

« Ma siete ancora vivi. Cassiopea vi teneva d'occhio. »

« E con questo? »

« Stephanie, lei non ha mai evitato di dare certe informazioni a uno dei suoi agenti? » domandò Thorvaldsen.

Lei tenne a freno la lingua.

« Ha ragione lui », convenne Malone. « Quante volte mi hai tenuto all'oscuro delle nostre operazioni? E quante volte, in seguito, mi sono lamentato, dicendoti che rischiavo la vita? Ma tu cosa rispondevi? 'Abituati.' Qui è la stessa cosa, Stephanie. A me non piace più di quanto non piaccia a te, ma io mi sono abituato. »

« Perché non la smettiamo di litigare e non cerchiamo di scoprire il segreto di Saunière? » intervenne Cassiopea.

« E da dove ci suggerisce di cominciare? » domandò Mark.

« Direi che la tomba di Marie d'Hautpoul de Blanchefort sarebbe un punto eccellente, visto che abbiamo il libro di Stüblein. » Cassiopea indicò il tavolo. « Ecco il disegno. »

Tutti si accostarono a guardare lo schizzo.

« Ad Avignone, Claridon ce ne ha spiegato il contenuto », disse Malone, e parlò agli altri della data di morte errata - il 1681 invece del 1871 - del numero romano - MDCOLXXXI - contenente uno zero, e dell'altro numero - LIXLIXL - scolpito nell'angolo inferiore destro.

Mark prese una penna dal tavolo e su un taccuino scrisse 1681 e 59, 59, 50. « Questa è la conversione dei numeri. Senza considerare lo zero del 1681. Claridon aveva ragione, nel sistema numerico romano lo zero non esiste. »

Malone indicò le lettere greche della lapide di sinistra. « Claridon sostiene che sono parole latine scritte in alfabeto greco: *Et in Arcadia ego*. E in Arcadia io. Pensava che potrebbe essere un anagramma, visto che la frase ha poco senso. »

Mark studiò le parole, poi chiese a Geoffrey lo zaino, da cui tirò fuori un involto di stoffa. Lo srotolò con cautela, rivelando un piccolo codice. Le pagine erano piegate e cucite insieme. Pergamena, se Malone non andava errato. Non aveva mai visto né toccato un libro di quel genere.

« Proviene dagli archivi dei templari », spiegò Mark. « L'ho scoperto alcuni anni fa, giusto prima di diventare siniscalco. Fu compilato nel 1542 da uno degli scrivani dell'abbazia. È un'eccellente riproduzione di un manoscritto del XIV secolo, e racconta di come i templari si riorganizzarono dopo le persecuzioni dell'Ordine. Tratta anche del periodo tra il dicembre

1306 e il maggio 1307, quando Jacques de Molay era in Francia e poco si sapeva di ciò che gli stava accadendo.»

Mark aprì con attenzione l'antico volume e sfogliò delicatamente le pagine finché non trovò quello che stava cercando. Malone notò che la calligrafia latina era ricca di riccioli e fioriture, con lettere unite da una penna che non si era mai staccata dal foglio.

«Ascoltate.»

Il nostro maestro, il reverendissimo e devoto Jacques de Molay, ricevette l'inviato del papa il 6 giugno 1306 col decoro e la cortesia riservate ai nobili d'alto rango. Il messaggio diceva che Sua Santità Clemente V convocava in Francia il maestro de Molay. Il nostro maestro decise di ottemperare alla richiesta e fece tutti i preparativi, ma prima di lasciare l'isola di Cipro, dove l'Ordine aveva stabilito il suo quartier generale, il nostro maestro apprese che il capo degli ospitalieri era stato convocato anch'egli, ma aveva respinto la richiesta, adducendo la necessità di restare col suo Ordine in un periodo di conflitto. Questo destò un grave sospetto nel nostro maestro, che si consultò coi suoi ufficiali. Sua Santità aveva inoltre istruito il nostro maestro di viaggiare in incognito e con un seguito ridotto. Questo fece nascere altre domande sul perché Sua Santità si preoccupava del modo in cui il nostro maestro doveva spostarsi attraverso le terre. Poi al nostro maestro fu portato uno strano documento intitolato De recuperatione Terrae Sanctae. *«Sulla riconquista della Terrasanta». Il documento era stato scritto da un notabile di Filippo IV e delineava una nuova grande crociata che sarebbe stata condotta da un re Guerriero, allo scopo di strappare la Terrasanta agli infedeli. Questa proposta era un affronto grave ai piani del nostro Ordine, e indusse il maestro a mettere in discussione la sua convocazione alla corte del re. Il maestro rese noto che diffidava grandemente del monarca francese, sebbene fosse imprudente e inappropriato dare voce a quella sfiducia fuori delle mura del nostro Tempio. Spinto quindi dalla cautela, non essendo un uomo avventato e ricordando il tradimento di Federico II di molto tempo addietro, il maestro fece in modo che le nostre ricchezze e conoscenze fos-*

sero salvaguardate. Egli pregava di essere in errore, ma non vide motivo di essere impreparato. Fratello Gilbert de Blanchefort fu convocato, ed ebbe l'ordine di portare via in anticipo il tesoro dal tempio. Il nostro maestro disse quindi a de Blanchefort: « Noi che siamo alla guida dell'Ordine potremmo essere in pericolo. Così nessuno di noi dovrà sapere ciò che tu farai, e dovrai assicurarti che ciò che tu sai sia trasmesso ad altri in un modo appropriato ». Fratello de Blanchefort, essendo un uomo istruito, provvide a compiere la sua missione e in segreto nascose tutto ciò che l'Ordine aveva acquisito. Quattro fratelli erano i suoi alleati, ed essi usavano quattro parole, una ciascuno, come loro segnale: Et in Arcadia ego. *Ma queste lettere non sono che una maschera per il vero messaggio. Se si dispongono diversamente si legge:* I tego arcana Dei.

« 'Vattene, io nascondo i segreti di Dio' », concluse Mark, traducendo l'ultima frase. « Gli anagrammi erano comuni anche nel XIV secolo. »

« Così de Molay era pronto? » domandò Malone.

Mark annuì. « Andò in Francia con sessanta cavalieri, centocinquantamila fiorini d'oro e dodici cavalli da soma carichi di lingotti d'argento. Sapeva che lo aspettavano dei guai. Quel denaro doveva essere usato per comprarsi il permesso di tornare indietro. Ma questo libro rivela altri particolari poco conosciuti. Il comandante del contingente dei templari in Linguadoca era Seigneur de Goth. Clemente V, l'uomo che convocò de Molay, si chiamava Bertrand de Goth. La madre del papa era Ida de Blanchefort, una parente di Gilbert de Blanchefort. Dunque de Molay disponeva di buone informazioni dall'interno. »

« Il che aiuta sempre », commentò Malone.

« De Molay sapeva anche alcune cose di Clemente V. Prima della sua elezione a papa, Clemente si era incontrato con Filippo IV. Il re aveva il potere di far ascendere al soglio pontificio chiunque volesse. Impose sei condizioni a Clemente. Quasi tutte avevano a che fare con la facoltà di Filippo di fare ciò che gli pareva, ma la sesta riguardava i templari. Filippo voleva lo scioglimento dell'Ordine, e Clemente accettò. »

« Tutto molto interessante », disse Stephanie. « Ma ciò che al momento mi sembra più importante è quello che sapeva l'abate Bigou. È lui l'uomo che commissionò la lapide di Marie. Sapeva del collegamento tra la famiglia di Marie e i templari? »

« Senza dubbio », affermò Thorvaldsen. « I segreti di quella famiglia furono rivelati a Bigou dalla stessa Marie d'Hautpoul de Blanchefort. Suo marito era un diretto discendente di Gilbert de Blanchefort. Dopo che l'Ordine fu soppresso, Gilbert de Blanchefort non volle comunicare a nessuno il nascondiglio della Grande Eredità. Quel segreto di famiglia non può che essere collegato ai templari. »

Mark assentì. « Le Cronache parlano di carri coperti di paglia che viaggiavano nella campagna francese, ciascuno diretto a sud, verso i Pirenei, con la scorta di uomini armati travestiti da contadini. Tutti, salvo tre, terminarono il viaggio senza difficoltà. Purtroppo non si parla della loro destinazione finale. Nelle Cronache c'è soltanto un indizio: *Qual è il posto migliore per nascondere un sasso?* »

« In mezzo a un mucchio di pietre », rispose Malone.

« Questo è ciò che sosteneva anche il maestro », convenne Mark. « Per la mentalità del XIV secolo, il luogo più sicuro era il più ovvio. »

Malone guardò ancora il disegno della lapide. « Così Bigou fece scolpire questa lastra per rivelare, in codice, di aver nascosto i segreti di Dio, e si prese il disturbo di metterla lì, in un luogo pubblico. Qual è il punto? Cosa ci sta sfuggendo? »

Mark aprì lo zaino e ne estrasse un altro piccolo volume. « Questo è il rapporto di un maresciallo dell'Ordine, scritto nel 1897. Indagando su Saunière, incontrò un altro prete di un villaggio vicino, l'abate Gélis, che aveva trovato un criptogramma nella sua chiesa. »

« Com'era successo a Saunière », intervenne Stephanie.

« Proprio così. Gélis decifrò il criptogramma e decise di far sapere al vescovo ciò che aveva scoperto. Il maresciallo finse di essere il rappresentante del vescovo e copiò il codice, ma non annotò la soluzione. »

Mark mostrò loro il criptogramma, e Malone studiò le file

di lettere e simboli. « Può essere decifrato con una chiave numerica? »

Mark annuì. « Non si può risolverlo senza la chiave. Ci sono miliardi di combinazioni possibili. »

« C'era uno di questi anche nel diario di tuo padre », affermò Malone.

« Lo so. Lo trovò nel manoscritto non pubblicato di Noël Corbu. »

« Claridon ce ne ha parlato. »

« Questo significa che adesso ce l'ha de Roquefort », disse Stephanie. « Ma è un falso, giusto? »

« Tutto ciò che proviene da Corbu è sospetto », precisò Thorvaldsen. « Lui abbellì la storia di Saunière per promuovere la sua dannata locanda. »

« Eppure mio padre ha sempre creduto che il suo manoscritto fosse attendibile », replicò Mark. « Molti credono che l'amante di Saunière gli abbia rivelato qualcosa, prima della sua morte, nel 1953. È per questo che Corbu non pubblicò mai il manoscritto. Contraddiceva la *sua* versione abbellita della storia. »

« Tuttavia il criptogramma del diario è sicuramente falso, no? » disse Thorvaldsen. « E quel criptogramma era l'unico motivo per cui de Roquefort voleva il diario. »

« Possiamo solo augurarcelo », affermò Malone. Notò che sul tavolo c'era una riproduzione di *Leggendo le regole della Caridad*. Prese il foglio e studiò la scritta sotto l'uomo più piccolo, vestito col saio monacale, che seduto su uno sgabello si portava un dito sulle labbra per invitare al silenzio.

ACABOCE A°
DE 1681

Qualcosa non tornava, e subito si ricordò che la data sulla litografia conservata nel palazzo di Avignone era 1687.

Rivelò quel particolare agli altri.

« Ho passato la mattinata a informarmi su questo quadro », disse Cassiopea. « Fu distrutto da un incendio alla fine degli anni '50, ma in precedenza la tela era stata ripulita per metterla in mostra. Durante quel processo di restauro si scoprì che il numero 1687 era in realtà 1681. Naturalmente la litografia conservata nel palazzo dei papi è stata realizzata quando la data era ancora semicancellata.»

Stephanie scosse il capo. « È un enigma senza soluzione. Tutto cambia da un minuto all'altro.»

«State facendo proprio ciò che il maestro voleva», affermò Geoffrey.

Tutti loro lo guardarono.

«Ha detto che quando avreste agito insieme, ogni cosa sarebbe stata rivelata.»

Malone era confuso. «Ma il tuo maestro ci ha messi sull'avviso, scrivendo: *Attenti all'ingegnere.*»

Geoffrey accennò a Cassiopea. «Forse dovreste stare attenti a lei.»

«Questo cosa significa?» domandò Thorvaldsen.

«La sua razza ha combattuto i templari per due secoli.»

«In effetti, i musulmani sconfissero i templari e li cacciarono dalla Terrasanta», dichiarò Cassiopea. «E i mori di Spagna costrinsero l'Ordine a restare in Linguadoca quando cercò di espandere la sua sfera d'influenza a sud, oltre i Pirenei. Perciò il vostro maestro aveva ragione. Attenti all'ingegnere.»

«Lei cosa farebbe, se trovasse la Grande Eredità?» le domandò Geoffrey.

«Dipende da cosa si tratta.»

«Qualunque cosa sia, che le importa? L'Eredità non le appartiene.»

«Lei è un po' presuntuoso per essere un semplice fratello dell'Ordine.»

«Non credo che la sua ambizione di dimostrare che la cristianità è una menzogna sia una priorità.»

«Non ricordo di aver detto che questa è la mia ambizione.»

«Il maestro lo sapeva.»

Cassiopea s'irrigidì. Era la prima volta che Malone la vedeva così irritata. «Il vostro maestro non sapeva niente delle mie motivazioni.»

«E tenendole nascoste», replicò Geoffrey, «lei non ha fatto che confermare i suoi sospetti.»

Cassiopea si rivolse a Henrik. « Questo giovane potrebbe essere un problema. »

« È stato inviato dal suo maestro », replicò Thorvaldsen. « Non dovremmo litigarci. »

« Porta guai », dichiarò Cassiopea.

« Forse è così », affermò Mark. « Ma c'è dentro anche lui, perciò ci si abitui. »

Lei si mantenne calma, imperturbabile. « Vi fidate di lui? »

« Non importa », rispose Mark. « Thorvaldsen ha ragione. Il maestro si fidava di lui e questo è ciò che conta. Anche se il bravo fratello può essere irritante. »

Cassiopea non volle insistere, ma sulla sua fronte era rimasta un'ombra di sospetto.

Malone non era completamente in disaccordo con lei. Riportò la sua attenzione sul tavolo e osservò le foto a colori della chiesa di Maria Maddalena. Notò il giardino con la statua della Vergine e le parole MISSION 1891 e PENITENZA, PENITENZA scolpite sul pilastro visigoto capovolto. Diede un'occhiata alle inquadrature ravvicinate delle stazioni della Via Crucis, fermandosi qualche momento sulla stazione numero dieci: un soldato romano si stava giocando la tunica di Cristo e sulle facce del dado risaltavano i numeri tre, quattro e cinque. Poi fece una pausa sulla stazione quattordici, che rappresentava il corpo di Cristo portato via nel buio da due uomini.

Ripensò a quello che aveva detto Mark in chiesa, e non poté fare a meno di domandarsi: erano diretti *nella* tomba o *fuori* di essa?

Scosse il capo.

Cosa diavolo stava succedendo?

49

Ore 17.30

De Roquefort aveva trovato il sito archeologico di Givors e si avvicinava con la dovuta cautela. Non voleva annunciare la sua presenza. Così, appena arrivato, ordinò al conducente di attraversare lentamente il prato usato come parcheggio finché non trovò la Peugeot col contrassegno dell'autonoleggio sul parabrezza.

«Sono qui», annunciò. «Parcheggia.»

Il conducente obbedì.

«Io andrò in esplorazione», disse agli altri due fratelli e a Claridon. «Aspettate qui e non fatevi vedere.»

Quando scese dall'auto era tardo pomeriggio, e il sole stava già sparendo dietro le colline circostanti. Scorse una stradina ombreggiata e pensò che fosse la via da seguire, ma si tenne fuori del suo percorso e avanzò tra gli alberi, sul tappeto di fiori e di erica che ricopriva il terreno violaceo. Il territorio intorno a lui era stato dominio dei templari, un tempo. Una collinetta là vicino aveva ospitato una delle fortificazioni principali. Si trattava di un'antica fabbrica, il cui perimetro racchiudeva molte botteghe dove i fratelli lavoravano giorno e notte alla produzione di armi per l'Ordine. Occorreva una grande abilità per lavorare il legno, il cuoio e il metallo, e per realizzare scudi che non si spaccassero facilmente. Ma la migliore amica dei fratelli cavalieri era stata la spada. Spesso i baroni amavano le loro spade più delle loro mogli, e cercavano di conservare la stessa arma per tutta la vita. Anche i fratelli avevano quella stessa passione, incoraggiata dall'Ordine. Se da un uomo ci si aspettava che mettesse in gioco la sua vita, il minimo che si poteva fare era concedergli un'arma di sua scelta. Le spade dei templari, però, non erano come quelle dei baroni. Niente else fasciate d'oro o punteggiate di perle. Nessun pomo di cristallo contenente qualche reliquia. I fratelli cavalieri non avevano bisogno di nessun talismano, poiché la loro forza veniva dalla devozione a Dio e dall'obbedienza alla Regola. L'altro strumento indispensabile era il cavallo, un animale scelto per l'intelligenza e la velocità. A ogni cavaliere erano assegnati tre cavalli, che venivano nutriti e strigliati ogni giorno, e che diventavano quasi un segno di riconoscimento dello stesso cavaliere.

Ed erano sempre stalloni. Cavalcare una puledra era impensabile. Cos'aveva detto un cavaliere? *Le femmine alle femmine.*

Continuò a camminare. L'odore dei cespugli e delle cortecce stimolava la sua immaginazione, e gli sembrava quasi di sentire i pesanti tonfi degli zoccoli che un tempo avevano calpestato i licheni e i fiori. Tese le orecchie per captare qualche rumore, ma il frinire dei grilli era troppo intenso. Stava attento a eventuali segni di sorveglianza elettronica, tuttavia fino a quel momento non aveva visto niente. Si fece strada tra i pini, nel profondo del bosco, allontanandosi sempre più dal vialetto d'ingresso. Aveva caldo, e il sudore gli imperlava la fronte. Alti sopra di lui alcuni corvi gracchiavano nel vento.

Monaci guerrieri, ecco cos'erano diventati i fratelli.

Quella definizione gli piaceva.

San Bernardo in persona aveva giustificato l'esistenza dei templari glorificando l'uccisione degli infedeli. *Né dare la morte né morire, quando sia fatto nel nome di Cristo, contiene nulla di criminoso, ma anzi merita la gloria in premio. Il soldato di Cristo è salvo quando uccide e ancor più salvo quando muore. Non senza motivo egli porta la spada. Egli è lo strumento di Dio per punire i malfattori e difendere i giusti. Allorché egli uccide i malvagi non è un omicida, ma è considerato l'esecutore legale di Cristo.*

De Roquefort conosceva bene quelle parole. Venivano insegnate a ogni novizio. Le aveva ripetute mentalmente quando aveva assistito alla morte di Lars Nelle, Ernst Scoville e Peter Hansen. Erano tutti eretici. Uomini che ostacolavano il cammino dell'Ordine. Agenti del male. Adesso c'erano altri nomi da aggiungere a quella lista: gli uomini e le donne che si trovavano in quel castello, tra gli alberi, in una rientranza della collina riparata tra creste rocciose.

Nel XVI secolo era stata una residenza reale, una delle molte dimore di Caterina de Medici, e l'isolamento l'aveva risparmiata dalle distruzioni della Rivoluzione. Così l'edificio restava un monumento al Rinascimento, un pittoresco insieme di torrette, balconi e tetti perpendicolari. Cassiopea Vitt evidentemente era una donna molto ricca. Ma quella era anche la residenza di una persona che cercava l'isolamento, una persona che per tre volte aveva interferito nei suoi affari e di cui bisognava sbarazzarsi.

Ma de Roquefort doveva riprendersi i due libri rubati da Mark Nelle. Perciò le iniziative avventate erano fuori questione.

Il giorno stava morendo rapidamente, e le ombre già cominciavano ad avvolgere il castello. La sua mente esaminava una possibilità dopo l'altra.

Doveva essere sicuro che fossero tutti là dentro, però da lì non aveva un'ottima visuale. Notò che a duecento metri di distanza c'era un fitto assembramento di faggi, da dove l'occhio poteva spaziare senza ostacoli sulla facciata della casa.

Doveva dare per certo che loro si aspettassero il suo arrivo. Dopo ciò che era accaduto a casa di Nelle, avevano sicuramente capito che Claridon lavorava per lui. Ma forse non si aspettavano che arrivasse così presto. Tuttavia i suoi ufficiali lo stavano aspettando. Era stata indetta una riunione che richiedeva la sua presenza.

Decise di lasciare lì di sentinella i due fratelli che erano in macchina. Sarebbe stato sufficiente, per il momento.

Ma sarebbe tornato.

50

Ore 20.00

Stephanie non riusciva a ricordare l'ultima volta che lei e Mark si erano seduti a parlare. Forse non era più successo da quando lui era un adolescente. Ecco quanto era profondo l'abisso tra loro.

Erano in una stanza alla sommità di una delle torri del castello. Prima di sedersi, Mark aveva spalancato tutte e quattro le finestre, lasciando che l'aria della sera entrasse a rinfrescare la camera.

« Puoi crederci o no, ma ho pensato a te e a tuo padre ogni giorno. Amavo tuo padre, ma lui, dopo essersi imbattuto nella storia di Rennes, non fu capace di pensare ad altro. E io la considerai un'offesa al nostro matrimonio. »

« Posso comprenderlo, davvero. Ciò che non capisco è perché lo costringesti a scegliere tra te e il suo lavoro. »

Stephanie dovette fare uno sforzo per restare calma. « Il giorno del funerale, seppi quanto avevo avuto torto. Ma questo non poteva più riportarlo indietro. »

« Quel giorno ti odiai. »

« Lo so. »

« Però tornasti a casa, lasciandomi in Francia. »

« Pensavo che fosse ciò che volevi. »

« Infatti, ma negli ultimi cinque anni ho avuto molto tempo per riflettere. Il maestro ti difendeva, anche se soltanto ora comincio a capire cosa intendeva con molti dei suoi commenti. Nel Vangelo di Tommaso, Gesù dice: 'Chi non odia, come me, suo padre e sua madre non potrà essere mio discepolo'. Poi aggiunge: 'Chi non ama, come me, suo padre e sua madre non potrà essere mio discepolo'. Ora comprendo il significato di queste frasi contraddittorie. Ti ho odiato, madre. »

« Però al contempo mi ami? »

Il silenzio diventò pesante, e lei si sentì stringere il cuore.

Alla fine, Mark rispose: « Tu sei mia madre ».

« Questa non è una risposta. »

« È tutto ciò che avrai. »

Il volto di Mark, così simile a quello di Lars, era una maschera di emozioni contrastanti. Stephanie non volle fargli pressione. Il suo diritto di pretendere affetto era scaduto da un pezzo.

« Dirigi ancora la sezione Magellano? » domandò Mark.

« Sì, ma negli ultimi giorni ho chiesto un po' troppo alla fortuna. Cotton e io non siamo passati inosservati. »

« Sembra un brav'uomo. »

« Il migliore. Non volevo coinvolgerlo, ma ha insistito. Ha lavorato per me molto tempo. »

« È bello avere amici come lui. »

« Anche tu ne hai uno. »

« Geoffrey? È più il mio oracolo che il mio amico. Il maestro gli ha fatto promettere di proteggermi. Non so perché. »

« Sacrificherebbe la vita per te. Questo è chiaro. »

« Non sono abituato ad avere gente disposta a dare la vita per me. »

Stephanie ripensò alle parole che il maestro le aveva scritto nella sua lettera, sul fatto che Mark non aveva la determinazione necessaria a portare a termine le sue battaglie. Gli ripeté i giudizi del vecchio, senza saltare una virgola. Mark ascoltò in silenzio.

« Cos'avresti fatto se ti avessero eletto maestro? » domandò Stephanie.

« Una parte di me è stata lieta di aver perso. »

« Perché? »

« Sono un insegnante, non un capo. »

« Sei un uomo nel mezzo di un conflitto importante. Uno che altri uomini si aspettano di vedere risoluto. »

« Il maestro aveva ragione. »

Stephanie lo guardò senza nascondere la sua delusione. « Tuo padre si vergognerebbe nel sentirti parlare così. » Attese che il figlio reagisse con rabbia, ma lui si limitò a restare seduto in silenzio.

« Probabilmente oggi ho ucciso un uomo », sussurrò Mark. « Papà cos'avrebbe pensato di questo? »

Stephanie si aspettava quella confessione. Dopo aver lasciato Rennes, suo figlio non aveva aperto bocca su ciò che era successo. « Cotton mi ha raccontato tutto. Non potevate far altro. A quell'uomo è stata data una scelta, ma lui ha deciso di spararti. »

« L'ho guardato mentre rotolava giù. È strana la sensazione che si prova, sapendo di aver privato un essere umano della vita. In un certo senso, ho provato sollievo, perché io ero ancora vivo. Ma una parte di me era sgomenta, perché lui non lo era più. »

« La vita è una successione di scelte, e lui ha fatto quella sbagliata. »

« Tu fai queste cose di continuo, vero? Prendi decisioni. »

« Succede ogni giorno. »

« Io non ho la freddezza necessaria per farlo. »

« Invece io sì? » Stephanie si offese per l'allusione.

« Dimmelo tu. »

« Io faccio il mio lavoro, Mark. È stato quell'uomo a scegliere il suo destino, non tu. »

« No, a scegliere è stato de Roquefort. Lo aveva mandato lui verso quel precipizio, sapendo che sarebbe avvenuto uno scontro. Ha scelto lui. »

« È questo il problema del vostro Ordine, Mark. La fedeltà incondizionata non è una buona cosa. I miei agenti hanno la libertà di fare scelte. »

Trascorse un momento di silenzio teso.

« Hai ragione », replicò infine Mark. « Papà si sarebbe vergognato di me. »

Stephanie decise di rischiare. « Mark, tuo padre non c'è più. È morto da molto tempo. Ma tu sei qui, ora. Dentro di te non c'è spazio per il perdono? » La speranza le lacerava l'anima.

Mark si alzò. « No, madre. »

E uscì dalla stanza.

Malone si era accomodato all'aperto, sotto una pergola sovraccarica di rampicanti. Solo gli insetti disturbavano la sua tranquillità, mentre guardava i pipistrelli che svolazzavano nel cielo sempre più scuro. Poco prima, Stephanie gli aveva detto di aver telefonato ad Atlanta per chiedere un dossier completo sulla loro ospite, ma il nome di Cassiopea Vitt non appariva in nessuno dei database sul terrorismo internazionale compilati dal governo degli Stati Uniti. Il suo curriculum era privo di note particolari, benché fosse musulmana e in quegli anni ciò bastasse a destare i sospetti di qualsiasi servizio segreto. Era proprietaria di una multinazionale, con sede a Parigi, che trattava affari per miliardi di euro. Suo padre aveva fondato la compagnia e lei ne aveva ereditato il controllo, benché fosse poco coinvolta nella sua gestione. Era anche presidente di una fondazione tedesca che collaborava strettamente con le Nazioni Unite per combattere l'AIDS e la fame in Africa. Nessun governo straniero la considerava una minaccia.

Malone, però, non ne era troppo sicuro. Ogni giorno germogliavano minacce nuove dai posti più strani.

« Immerso in pensiero profondi? »

Alzò lo sguardo e vide Cassiopea. Indossava un completo da cavallerizza nero che le donava molto.

« A dir la verità, stavo pensando a te, se posso permettermi la confidenza. »

« Ne sono lusingata. »

Malone sorrise e indicò il suo abito. « Mi chiedevo dove fossi scomparsa. »

« Vado a cavallo ogni sera. Mi aiuta a pensare. »

Cassiopea si sedette su una panchina di fronte a lui. « Questo posto l'ho fatto costruire qualche anno fa, come tributo a mia madre. Lei amava stare all'aperto. »

Malone avrebbe scommesso che nella sua visita c'era uno scopo.

« Prima ho notato che hai dei dubbi su tutta questa faccenda. È perché rifiuti di mettere in discussione i Vangeli? »

Malone non aveva molta voglia di parlare di quell'argomento, ma sembrava che Cassiopea fosse ansiosa di farlo. « Niente affatto. È perché *tu* hai deciso di metterla in discussione. Sembra che tutti quelli coinvolti in questa ricerca abbiano un conto in sospeso col mondo. Tu, de Roquefort, Mark,

Saunière, Lars, Stephanie. Perfino Geoffrey, che è un tipo a dir poco particolare.»

«Lascia che ti dica alcune cose, e forse capirai che questa non è una faccenda personale. Almeno, non per me.»

Malone ne dubitava, ma voleva sentire cosa avesse da dire.

«Lo sapevi che, a quanto ne sappiamo, soltanto uno scheletro di un uomo crocifisso è stato trovato in Terrasanta? La crocifissione non era praticata dagli ebrei. Loro lapidavano, bruciavano, decapitavano o strangolavano, per eseguire le condanne a morte. La Legge consentiva che soltanto un criminale già giustiziato fosse appeso al legno, come punizione addizionale.»

«'Perché il cadavere appeso è maledetto da Dio'», recitò Malone, citando il Deuteronomio.

«Sorprendente.»

«Qualcuno ogni tanto studia, laggiù in Georgia.»

Cassiopea sorrise. «La crocifissione, però, era una forma di esecuzione comune per i romani. Varo, nel 4 a.C., crocifisse più di duemila persone. Florio, nel 66 d.C., ne mise a morte cinquecento ogni giorno. Tuttavia soltanto uno scheletro di un uomo crocifisso è stato rinvenuto in Israele. Successe nel 1968, poco a nord di Gerusalemme. Le ossa erano del I secolo, il che suscitò l'acceso interesse di molti. Ma il defunto non era Gesù. Il suo nome era Yehochanan, altezza uno e sessantacinque, età dai ventiquattro ai ventotto anni. Lo sappiamo grazie ai dati scritti sul suo ossario. Anche lui fu issato sulla croce, ma non inchiodato, e non aveva nessuna gamba rotta. Capisci il significato di questi dettagli?»

«Certo. È la soffocazione la causa di morte, sulla croce.»

«La crocifissione era un'umiliazione pubblica. L'idea era di non far morire i condannati troppo presto. Così, per ritardare la morte, c'era un cuneo inchiodato al legno per dare appoggio alle natiche e un altro sotto i piedi. Grazie a ciò, il condannato poteva sostenere il peso del suo corpo e respirare. Dopo alcuni giorni, se non aveva esaurito le forze, le guardie gli spaccavano le gambe. A quel punto, non poteva più sostenersi e la morte sopravveniva in fretta.»

Malone ripensò ai Vangeli. «Un uomo crocifisso non poteva corrompere il sabbath con la sua presenza. Gli ebrei volevano che i corpi di Gesù e dei due criminali condannati con lui fossero tolti dalla croce prima del tramonto. Così Pilato ordinò di spezzare le gambe ai due criminali. »

Cassiopea annuì. « 'Venuti però da Gesù e vedendo che era già morto, non gli spezzarono le gambe.' Così scrive Giovanni. Ti sei mai chiesto perché Gesù morì così in fretta? Era stato messo in croce solo da poche ore. Solitamente occorrevano giorni. E perché i soldati romani non gli ruppero comunque le gambe, tanto per essere sicuri? Invece, dice Giovanni, trafissero il suo costato con una lancia, da cui sgorgarono sangue e acqua. Però Matteo, Marco e Luca non menzionano questo fatto. »

« Dove vuoi arrivare? »

« Di tutte le decine e decine di migliaia di persone crocifisse, solo uno scheletro è stato ritrovato. E la ragione è semplice. Al tempo di Gesù, la sepoltura era considerata un onore. Non c'era niente di più orribile del pensiero che il proprio corpo fosse lasciato agli animali. Tutte le pene capitali dei romani - essere bruciati vivi, dati in pasto alle bestie feroci o essere crocifissi - avevano una cosa in comune: non restava un corpo da seppellire. Le vittime della crocifissione venivano lasciate appese finché gli uccelli ripulivano le ossa dalla carne, poi i resti finivano in una fossa comune. Ma tutti e quattro i Vangeli sostengono che Gesù morì alla nona ora, le tre del pomeriggio, e che poi fu sepolto. »

Malone cominciò a capire. « I romani non avrebbero agito così. »

« È qui che la storia diventa complicata. Gesù fu condannato a morte a poche ore di distanza dal sabbath, tuttavia si decretò la crocifissione, uno dei modi più lenti di uccidere una persona. Come potevano credere che sarebbe morto prima del tramonto? Il Vangelo di Marco dice che perfino Pilato fu sorpreso di una morte così rapida e che domandò a un centurione se tutto fosse in ordine. »

« Ma Gesù non era stato flagellato prima di essere inchiodato alla croce? »

« Gesù era un uomo robusto, nel fiore degli anni. È vero, subì la fustigazione. La legge prevedeva trentanove frustate. Ma non ci viene detto in nessuna parte dei Vangeli se a lui ne furono somministrate così tante. E, comunque, dopo il supplizio era abbastanza in forze da rivolgersi ai suoi accusatori con energia. Non ci sono molte prove che fosse fisicamente debilitato. Tuttavia morì in tre ore appena, senza che gli fossero spezzate le gambe, e col fianco colpito da una lancia.»

«La profezia dell'Esodo. Giovanni ne parla nel suo Vangelo. Dice che tutte queste cose accaddero affinché si sapesse che le profezie delle Scritture si erano compiute.»

«L'Esodo parla delle restrizioni della Quaresima: la carne deve essere mangiata in casa e *senza rompere le ossa*. Questo non ha niente a che fare con Gesù. Gli accenni di Giovanni sono un debole tentativo di creare un legame col Vecchio Testamento. Tuttavia, come ho detto, gli altri tre Vangeli non menzionano affatto la lancia.»

«Presumo che la conclusione sia che i Vangeli sono sbagliati.»

«I loro racconti non hanno senso. Contraddicono non solo se stessi, ma anche la storia, la logica e la ragione. Ci viene fatto credere che un uomo crocifisso morì dopo sole tre ore, e che poi gli fu conferito l'onore della sepoltura. In realtà, da un punto di vista religioso, tutto questo ha un senso preciso. La Chiesa faceva proselitismo e aveva bisogno di elevare Gesù allo stato divino. I compilatori dei Vangeli redassero il testo in greco, e quindi probabilmente conoscevano la mitologia tramandata dalla cultura ellenica. Osiride, consorte della divinità Iside, morì per mano di un demone il venerdì e risorse dalla morte tre giorni dopo. Perché non avrebbe potuto farlo anche Cristo? Naturalmente, perché Cristo risorgesse, occorreva avere un corpo ancora identificabile. Nessuno scheletro scarnificato dagli uccelli e gettato in una fosse comune sarebbe servito allo scopo. Ecco spiegata la sepoltura.»

«È questo che Lars Nelle stava cercando di provare? Che Cristo non resuscitò dalla morte?»

Cassiopea scosse il capo. «Non ne ho idea. Tutto ciò che so è che i templari custodivano un segreto che aveva trasformato una banda di nove oscuri cavalieri in una potente organizzazione militare e religiosa. Quella conoscenza fu la causa della loro espansione. Una conoscenza che Saunière recuperò. Io voglio quella conoscenza.»

«Ma dove sono le prove?»

«Devono esserci. Hai visto la chiesa di Saunière. Ha lasciato molti indizi, e tutti puntano in una direzione. Deve esserci qualcosa di concreto...»

«Secondo me, stiamo sognando.»

«Ne sei convinto?»

Malone notò che il crepuscolo si era finalmente dissolto nelle tenebre. Adesso le colline e la foresta intorno a loro erano un'informe massa oscura.

«Abbiamo compagnia», sussurrò Cassiopea. «Mentre cavalcavo, sono salita su una di quelle alture e ho visto due uomini. Uno a nord, l'altro a sud. Di guardia. De Roquefort non ci ha messo molto a trovarvi.»

«Non m'illudevo che il trucco del trasmettitore l'avrebbe rallentato a lungo. Era logico supporre che saremmo venuti qui. Claridon gli avrà mostrato la strada. Quei due ti hanno vista?»

«Ne dubito. Sono stata prudente.»

«La situazione potrebbe diventare pericolosa.»

«De Roquefort è un uomo spinto dalla fretta. È impaziente, soprattutto se si sente ingannato.»

«Ti riferisci al diario?»

«Esatto. Claridon deve sapere che è pieno di errori.»

«Ma de Roquefort ci ha trovato e ci tiene sotto osservazione.»

«Credo che non sappia molto. Altrimenti, perché preoccuparsi? Potrebbe sfruttare ciò che ha scoperto e continuare la ricerca da solo. No, ha bisogno di noi.»

Cassiopea aveva ragione. «Sei uscita a cavallo per controllare, non è così?»

«Pensavo che fossimo sorvegliati.»

«Sei sempre così sospettosa?»

Cassiopea lo fronteggiò. «Solo quando la gente ha intenzione di ferirmi.»

«Suppongo che hai un piano.»

«Oh, sì.»

51

Abbaye des Fontaines,
lunedì 26 giugno, ore 0.40

De Roquefort stava dinanzi all'altare, vestito ancora una volta col suo formale saio bianco. I fratelli riempivano i banchi della cappella, cantando inni che risalivano al Principio. Claridon era nell'archivio, immerso nei documenti. Il maestro aveva ordinato all'archivista di accontentare qualunque richiesta di quello sciocco, ma anche di controllarlo da vicino. Inoltre gli era stato riferito che a Givors la situazione era immutata, così, mentre non gli restava troppo da fare, de Roquefort aveva deciso di occuparsi dei suoi doveri.

Una nuova anima stava per essere accolta nell'Ordine.

Settecento anni addietro, ogni iniziato doveva essere un figlio legittimo, esente da debiti e fisicamente adatto all'arte della guerra. Per la maggior parte erano celibi, ma a molti uomini sposati era stato concesso lo stato onorario. I criminali non erano un problema, né gli scomunicati. Entrambi avrebbero avuto l'occasione di redimersi. Il dovere di ogni maestro era d'assicurarsi che la confraternita prosperasse. La Regola parlava chiaro: *Se un cavaliere, o un altro uomo, desidera lasciarsi alle spalle gli abissi della perdizione e la sua vita secolare, non gli sia negato l'ingresso*. Ma erano state le parole di san Paolo a fissare i requisiti moderni dell'accettazione: *Accetta lo spirito, se esso viene da Dio*.

Il candidato in ginocchio dinanzi a lui rappresentava il suo primo tentativo di eseguire quella consegna. Lo disgustava il pensiero che una cerimonia così gloriosa dovesse aver luogo nel mezzo della notte, a porte chiuse. Ma quelle erano le usanze dell'Ordine. La sua missione – ciò che voleva restasse scritto nelle Cronache per molto tempo dopo la sua morte – sarebbe stata il ritorno alla luce.

Il canto tacque.

De Roquefort si alzò dallo scranno di quercia che il maestro usava fin dal Principio. « Buon fratello », disse al candidato, che teneva le mani su una Bibbia. « Tu chiedi una grande cosa. Del nostro Ordine vedi soltanto la facciata. Noi viviamo in questa splendida abbazia, mangiamo e beviamo bene. Abbiamo abiti, medicine, istruzione e pienezza di spirito. Ma la nostra vita è regolata da duri comandamenti. È difficile rendersi servo di qualcun altro. Se dormissi, potresti essere svegliato. Se fossi sveglio, potrebbe esserti ordinato di dormire. Forse non vorrai andare dove sarai mandato, ma dovrai. Raramente potrai fare le cose che desideri. Saprai sopportare questi sacrifici? »

L'uomo, probabilmente prossimo alla trentina, aveva già i capelli tagliati corti e il volto pallido ben rasato. Alzò lo sguardo e rispose: « Sopporterò tutto ciò che a Dio piacerà ».

De Roquefort era convinto che quello fosse un ottimo candidato. Era stato individuato all'università parecchi anni prima: uno dei precettori dell'Ordine aveva controllato i suoi progressi e si era informato sul suo passato e sul suo albero genealogico. Meno legami uno aveva meglio era, e grazie al cielo il mondo abbondava di anime alla deriva. Alla fine l'osservatore aveva preso contatto con lui e, poiché si era dimostrato disponibile, l'aveva informato sulla Regola e gli aveva fatto le domande che si facevano agli iniziati da secoli. Era sposato? Fidanzato? Aveva mai preso i voti o fatto giuramento ad altre associazioni religiose? Aveva debiti che non poteva pagare? Aveva malattie nascoste? Aveva degli obblighi di qualche genere verso un uomo o una donna?

« Buon fratello », riprese de Roquefort, « in nostra compagnia, tu non dovrai cercare la ricchezza, né l'onore, né le comodità. Tre sono i tuoi doveri. Primo, il rifiuto e la rinuncia ai peccati del mondo. Secondo, prestare servizio a nostro Signore. E terzo, essere povero e fare penitenza. Prometti a Dio e alla nostra Signora che per tutta la vita obbedirai al maestro del Tempio? Che vivrai in castità, senza proprietà personali? Che rispetterai i costumi di questa casa? Che non lascerai l'Ordine né per forza né per debolezza, né in tempi peggiori né migliori? »

Quelle parole erano sempre le stesse fin dal Principio, e de Roquefort ricordava quando erano state pronunciate per lui, trent'anni addietro. Ancora sentiva la fiamma che gli avevano acceso dentro: un fuoco che ora bruciava con rabbiosa intensità. Essere un templare era importante, significava qualcosa. Ed era deciso ad assicurarsi che ogni iniziato che avrebbe indossato il saio durante il suo mandato capisse quella devozione.

Si rivolse all'uomo inginocchiato. « Cosa rispondi, fratello? »

« *De par Dieu.* » « Per Dio, lo farò. »

« Capisci che potrebbe esserti chiesto di dare la vita? » Dopo ciò che era successo negli ultimi giorni, quella domanda non era più una formalità.

« Capisco perfettamente. »

« E perché offriresti la tua vita per noi? »

« Perché il mio maestro lo ordina. »

Era la risposta corretta. « E lo farai senza discutere? »

« Discutere sarebbe una violazione della Regola. Il mio compito è obbedire. »

De Roquefort fece un cenno al guardarobiere, che aprì un forziere e ne tirò fuori una lunga pezza di lino.

« Alzati », disse al candidato.

Il giovane si alzò. Indossava una sottana nera che lo copriva dal collo ai piedi, ed era scalzo.

« Togliti la veste », ordinò de Roquefort.

Il candidato si sfilò la sottana dalla testa. Sotto indossava una camicia bianca e pantaloni neri.

Il guardarobiere si fermò accanto al giovane.

« Ti sei spogliato del mondo materiale », gli spiegò de Roquefort. « Ora ti abbracceremo con la veste della nostra confraternita, e celebreremo la tua rinascita come fratello nel nostro Ordine. »

Fece un cenno al guardarobiere, che venne avanti e avvolse la lunga pezza di lino intorno all'iniziato. De Roquefort aveva visto molti uomini piangere in quel momento. Anche lui aveva dovuto reprimere le sue emozioni, quando quella stoffa gli era stata avvolta intorno. Nessuno sapeva quanto fosse antico quel sudario, ma una di quelle pezze era conservata nel forziere dell'iniziazione fin dal Principio.

De Roquefort conosceva bene la storia di uno di quei lenzuoli. L'avevano usato per avvolgere de Molay dopo che il maestro era stato inchiodato a una porta, nel Tempio di Parigi. De Molay era rimasto disteso avvolto dal lino per due giorni, incapace di muoversi a causa delle ferite, troppo debole perfino per alzare il capo. In quell'occasione, batteri e sostanze chimiche prodotte dal suo corpo avevano impregnato le fibre generando un'immagine che, cinquant'anni più tardi, alcuni sempliciotti avevano cominciato a venerare credendola l'immagine del corpo di Cristo.

In un certo senso, quel culto era giustificato e meritato. Il maestro dei Cavalieri Templari era diventato il modello da cui tutti gli artisti avevano preso spunto per raffigurare il volto di Cristo.

De Roquefort si volse a guardare l'assemblea. « Dinanzi a voi vedete il nostro nuovo fratello. Egli indossa il sudario che simboleggia la rinascita. È un momento che tutti noi abbiamo vissuto e che ci unisce uno all'altro. Quando sono stato scelto come vostro maestro, vi ho promesso un nuovo giorno, un nuovo Ordine, una nuova direzione. Vi ho detto che era finito il tempo in cui i pochi sapevano più dei molti. Vi ho detto che avrei trovato la nostra Grande Eredità. » Fece un passo avanti. « Nel nostro archivio, in questo momento, c'è un uomo che possiede le conoscenze di cui abbiamo bisogno. Purtroppo, mentre il nostro vecchio maestro viveva nell'accidia, altri hanno cercato. Quando ero maresciallo, ho seguito i loro progressi, sorvegliato e studiato le loro mosse, in attesa del giorno in cui ci saremmo uniti a quella ricerca. » Fece una pausa. « Quel giorno è venuto. Molti fratelli sono già al lavoro fuori dell'abbazia, e molti altri di voi presto li seguiranno e li aiuteranno. »

Nel parlare, il suo sguardo si era puntato sul cappellano. Costui era un italiano dall'aspetto solenne e il più alto in grado tra i sacerdoti appartenenti all'Ordine, che costituivano all'incirca un terzo della confraternita: uomini i quali avevano scelto una vita dedicata soltanto a Cristo. Le parole del cappellano avevano un forte peso, anche perché quell'uomo era molto parco nei discorsi. Poco prima, alla riunione del consiglio, quell'uomo aveva espresso le sue preoccupazioni circa le recenti perdite.

« Ti sei mosso troppo in fretta », aveva dichiarato il cappellano.

« Sto facendo ciò che l'Ordine desidera. »

« Stai facendo ciò che tu desideri. »

« C'è qualche differenza? »

« Parli come il maestro precedente. »

« Su questo punto aveva ragione. E, sebbene io fossi in disaccordo con lui molto speso, gli obbedivo. »

De Roquefort si era irritato per la franchezza di quell'uomo, più giovane di lui, specialmente perché parlava di fronte al consiglio, ma sapeva che il cappellano era rispettato da molti.

« Cosa vorresti che facessi? » aveva chiesto de Roquefort.

« Preservare la vita dei fratelli. »

« I fratelli sanno che possono essere chiamati a morire. »

« Non siamo nel medioevo e non stiamo facendo una crociata. Questi uomini sono devoti a Dio e hanno giurato obbedienza a te, come prova della loro devozione. Tu non hai il diritto di prendere le loro vite. »

« Voglio trovare la Grande Eredità. »

« A quale scopo? Ne abbiamo fatto a meno per settecento anni. Non è importante. »

De Roquefort era rimasto sconvolto. « Come puoi dire una cosa simile? È la nostra Eredità. »

« Cosa potrebbe significare, oggi? »

« La salvezza. »

« Noi siamo già salvi. Gli uomini che sono qui hanno anime pure. »

« Quest'Ordine non merita la clandestinità. »

« Ma è una nostra scelta, di cui siamo felici. »

« Io no. »

« Allora questa è la tua battaglia, non la nostra. »

De Roquefort stava perdendo la pazienza. « Non sopporto di essere sfidato. »

«Maestro, è passata meno di una settimana, e hai già dimenticato da dove vieni», aveva replicato il cappellano.

Guardando quell'uomo, de Roquefort cercò di interpretare l'espressione del suo volto rigido. Aveva detto la verità: non sopportava di essere sfidato. La Grande Eredità doveva essere recuperata. La risposta l'avrebbero trovata Royce Claridon e le persone nel castello di Cassiopea Vitt.

Alla fine, de Roquefort ignorò lo sguardo freddo del cappellano e si concentrò sulla folla davanti a lui. «Fratelli miei. Preghiamo per il successo.»

52

Ore 1.00

Malone era nella chiesa di Maria Maddalena, a Rennes, e i vistosi ornamenti gli davano ancora la stessa sensazione di disagio. La navata era vuota, a parte un uomo in abito talare che se ne stava da solo davanti all'altare. Il prete si voltò.

Bérengèr Saunière.

« Perché sei qui? » domandò Saunière, con voce acuta. « Questa è la mia chiesa. La mia creazione. È mia e di nessun altro. »

« Come puoi dire che è tua? »

« Io mi sono assunto il rischio. Soltanto io. »

« Rischio di cosa? »

« Quelli che sfidano il mondo rischiano sempre. »

Poi Malone notò il largo nel pavimento, proprio di fronte all'altare, e gli scalini che scendevano nel buio. « Cosa c'è là sotto? »

« Il primo passo sulla via della verità. Dio benedica tutti coloro che vedono la verità. Dio benedica la loro generosità. »

La chiesa si dissolse all'improvviso e intorno a lui si aprì la piazza alberata davanti all'ambasciata americana di Città del Messico. La gente si affrettava in tutte le direzioni: c'era il suono dei clacson, lo stridore di pneumatici e il rombo sempre più forte di motori diesel.

Poi, colpi d'arma da fuoco.

Venivano da una macchina. Sbucarono degli uomini. Sparavano verso una donna di mezz'età e un giovane diplomatico danese che si stavano godendo il pranzo, all'ombra. I marines di guardia all'ambasciata reagirono, ma erano troppo lontani.

Malone estrasse la pistola e sparò.

Dei corpi caddero sull'asfalto. La testa di Cai Thorvaldsen esplose, quando un proiettile destinato alla donna lo colpì.

Malone sparò a due degli uomini che avevano cominciato quella carneficina. Poi sentì un dolore a una spalla mentre una pallottola gli attraversava la carne.

Il dolore gli intorpidì i sensi.

Dalla ferita sgorgò sangue.

Malone vacillò, ma riuscì a sparare all'aggressore. La pallottola penetrò nel volto scuro, che diventò ancora una volta quello di Bérengèr Saunière.

« Perché mi hai sparato? » domandò con calma il sacerdote.

Si riformarono i muri della chiesa e apparvero le stazioni della Via Crucis. Malone vide che su un banco c'era un violino. Sulle corde era deposto un piatto metallico. Saunière fluttuò in quella direzione e sparse sabbia sul piatto. Poi passò l'archetto sulle corde, una nota trillante risuonò e la sabbia si assemblò in un disegno nitido.

Saunière sorrise. « Dove il piatto non vibra, la sabbia resta ferma. Cambia la vibrazione e si crea un altro disegno. Ogni volta uno diverso. »

La statua dell'Asmodeo sogghignante prese vita. La forma diabolica lasciò il contenitore dell'acqua santa presso la porta e volò verso di lui.

« Terribile è questo luogo », disse il demone.

« Tu non sei il benvenuto! » urlò Saunière.

« Allora perché sono qui? »

Saunière non rispose. Dall'ombra emerse un'altra figura. Il piccolo uomo di *Leggendo le regole della Caridad*. Aveva ancora un dito sulle labbra e portava con sé lo sgabello su cui era scritto ACABOCE A° DE 1681.

Il dito si spostò, e l'ometto disse: « Io sono l'alfa e l'omega, il principio e la fine ». Poi svanì.

Comparve una donna dal volto oscurato, vestita di un abito nero dai dettagli imprecisi. « Tu conosci la mia tomba. »

Marie d'Hautpoul de Blanchefort.

« Hai paura dei ragni? » domandò. « Non ti faranno del male. »

Sul suo petto apparvero dei numeri romani, luminosi come il sole: LIXLIXL. Poi si materializzò un ragno, lo stesso dell'incisione sulla sua tomba. Tra le zampe comparvero sette punti, ma i due spazi vicino alla testa rimasero vuoti. Con le dita, Marie si tracciò una linea dal collo lungo il petto, tra le lettere sfolgoranti, fino all'immagine del ragno. Dov'erano passate le sue dita apparve una freccia.

La stessa freccia a due punte della lapide.

Malone stava fluttuando, attraverso i muri della chiesa e fuori, nel cortile, poi nel giardino dove la statua della Vergine era posizionata sopra il pilastro. La pietra non era più di un colore grigio sporco, consumata dalle intemperie. Anzi, le parole PENITENCE, PENITENCE e MISSION 1891 scintillavano.

Riapparve Asmodeo, che annunciò: « Con questo segno lo vincerai ».

Disteso davanti al pilastro c'era Cai Thorvaldsen. I suoi arti erano piegati ad angolature anomale, come Giacca Rossa sotto la Torre Rotonda. I suoi occhi erano spalancati e immobili.

Malone udì una voce. Secca, nitida, meccanica. Vide un televisore sintonizzato sul notiziario. Il giornalista stava parlando dell'uccisione di un avvocato messicano e di un diplomatico danese durante una sparatoria.

E le conseguenze.

« Sette morti, nove feriti. »

Malone si svegliò.

Aveva già sognato la morte di Cai Thorvaldsen - parecchie volte, in effetti - ma mai in relazione a Rennes-le-Château. Evidentemente, era colpa del turbinio di pensieri che gli riempiva la testa quando si era messo a letto. Alla fine era riuscito a prendere sonno, comodamente ospitato in una delle molte camere da letto della dimora di Cassiopea Vitt. La donna gli aveva assicurato che i due templari all'esterno sarebbero stati tenuti d'occhio e che, comunque, erano pronti a reagire nel caso de Roquefort avesse tentato qualcosa durante la notte.

Perciò Malone aveva potuto riposare, ma la sua mente aveva continuato ad arrovellarsi sul puzzle.

La maggior parte del sogno era svanita, ma lui ne ricordava la conclusione: il resoconto del giornalista televisivo sull'incursione armata a Città del Messico. L'avvocato ucciso era una donna dura e decisa che investigava su una misteriosa organizzazione criminale. La polizia locale aveva saputo che c'era qualcosa in preparazione, ma lei aveva ignorato la minaccia. Nella zona c'erano degli agenti, però, fatto strano, nessuno di loro si trovava nelle vicinanze quando i sicari erano scesi dal fuoristrada. Lei e il giovane Thorvaldsen si erano seduti a mangiare su una panchina. Malone stava passando di lì diretto all'ambasciata, dove lo attendeva un incarico. Aveva usato la sua automatica per colpire due sicari, prima che gli altri si accorgessero della sua presenza. Non aveva mai visto il terzo e il quarto uomo, uno dei quali lo aveva ferito alla spalla sinistra. Prima di perdere conoscenza, era riuscito a colpire il suo aggressore, mentre l'ultimo uomo era stato ucciso da un marine di guardia all'ambasciata.

Ma non prima che una raffica di pallottole centrasse molta altra gente.

Sette morti e nove feriti.

Si alzò a sedere sul letto.

Aveva appena risolto l'enigma di Rennes.

53

Abbaye des Fontaines,
ore 1.30

De Roquefort passò la carta magnetica e la serratura elettronica si aprì. Entrò nell'archivio e, attraversando gli stretti passaggi tra gli scaffali, raggiunse Claridon. Sul tavolo erano ammucchiate pile di volumi. L'archivista sedeva in disparte e osservava pazientemente, come gli era stato ordinato. De Roquefort gli fece segno di allontanarsi.

« Cosa ha scoperto? » domandò a Claridon.

« Il materiale è interessante. Non immaginavo che l'Ordine avesse assunto queste dimensioni, dopo le persecuzioni del 1307. »

« La nostra è una storia ricca di avvenimenti. »

« Ho trovato un resoconto della morte di de Molay. Sembra che molti fratelli assistettero al rogo, a Parigi. »

« Il 13 marzo 1314, avanzò a testa alta e disse alla folla: 'È giusto che in un momento così solenne, quando mi resta ormai poco da vivere, io smascheri l'inganno che è stato messo in atto e riveli la verità'. »

« Ha imparato a memoria le sue parole? »

« Era un uomo che mi sarebbe piaciuto conoscere. »

« Molti storici incolpano de Molay per la rovina dell'Ordine. Si dice che fosse debole e permissivo. »

« E cosa dice il resoconto che ha letto? »

« Sembra che fosse un uomo forte e deciso, e che avesse un piano quando partì da Cipro per la Francia, nell'estate del 1307. In realtà aveva previsto ciò che Filippo IV intendeva fare. »

« La nostra ricchezza e le nostre conoscenze furono messe in salvo grazie a de Molay. »

« La Grande Eredità. » Claridon scosse il capo.

« I fratelli la misero in salvo, secondo gli ordini del maestro.» Era tardi e Claridon aveva gli occhi stanchi. De Roquefort invece era più efficiente durante la notte. «Ha letto le ultime parole di de Molay?»

Claridon annuì. «'Dio vendicherà la nostra morte. La disgrazia si abbatterà su quelli che ci hanno condannato.'»

«Si riferiva a Filippo IV e Clemente V, che cospirarono contro l'Ordine. Il papa morì meno di un mese dopo, e Filippo trovò la morte sette mesi più tardi. Nessuno degli eredi di Filippo ebbe un figlio maschio, così la sua discendenza reale si estinse. Quattrocentocinquanta anni dopo, durante la Rivoluzione, la famiglia reale fu imprigionata, proprio come de Molay, nel Tempio di Parigi. Quando infine la ghigliottina mozzò la testa a Luigi XVI, un uomo intinse una mano nel sangue del re morto e lo schizzò sulla folla, gridando: 'Jacques de Molay, tu sei vendicato'.»

«Uno dei vostri?»

De Roquefort annuì. «Un fratello. Era lì per assistere alla decapitazione del monarca francese.»

«Tutto questo è molto importante per lei, giusto?»

De Roquefort non aveva troppa voglia di condividere i suoi sentimenti con quell'estraneo, ma volle essere chiaro. «Io sono il maestro.»

«No, c'è di più.»

«È un esperto di psicologia?»

«Lei era pronto a farsi investire, per sfidare Malone. E sarebbe stato capace di arrostirmi la carne dei piedi senza rimorsi.»

«Monsieur Claridon, migliaia di miei fratelli furono arrestati e torturati a causa dell'avidità di un re. Parecchie centinaia vennero messi al rogo. Ironicamente, soltanto la menzogna li avrebbe salvati. La verità fu la loro sentenza di morte, poiché l'Ordine non era colpevole di nessuna delle imputazioni che gli vennero contestate. Sì, questa è anche una faccenda personale.»

Claridon prese il diario di Lars Nelle. «Brutte notizie. Ho letto le note di Lars e credo ci sia qualcosa di strano. Ci sono errori, date sbagliate e fonti citate in modo inesatto. Cambiamenti sottili, ma a un occhio esperto sono evidenti.»

Sfortunatamente, de Roquefort non aveva la conoscenza necessaria per notare quelle differenze. Aveva sperato che il diario fosse una fonte attendibile. « È possibile che siano semplici errori di distrazione? »

« All'inizio, l'ho pensato anch'io. Poi, notandone altri e altri ancora, ho cominciato a dubitarne. Ho aiutato Lars a mettere insieme molte delle informazioni del diario. Questi errori sono intenzionali. »

De Roquefort prese il diario e lo sfogliò fino a trovare il criptogramma. « Questo è esatto? »

« Non ho modo di saperlo. Lars non mi ha mai detto se aveva trovato la chiave per decifrarlo. »

De Roquefort era preoccupato. « Sta dicendo che il diario è inutile? »

« Ciò che sto dicendo è che ci sono degli errori. Anche alcune citazioni dal diario personale di Saunière sono sbagliate. Io stesso le ho lette, molto tempo fa. »

De Roquefort era confuso. Cosa stava succedendo? Ripensò all'ultimo giorno di vita di Lars Nelle e a ciò che l'americano gli aveva detto.

« Lei non potrebbe trovare niente, neanche se ce l'avesse davanti agli occhi. »

L'atteggiamento di Nelle lo irritava, ma dovette ammirare il coraggio di quell'uomo, considerando che aveva una corda intorno al collo. Pochi minuti prima, aveva assistito al momento in cui l'americano aveva assicurato la corda a un supporto del ponte e aveva preparato il nodo scorsoio. Fatto ciò, Nelle era salito sulla balaustra di pietra e aveva guardato le acque scure del fiume, più in basso.

De Roquefort aveva pedinato Nelle tutto il giorno, chiedendosi cosa fosse venuto a fare sui Pirenei. Il paese più vicino non aveva nessun nesso con Rennes-le-Château. Era quasi mezzanotte e il buio avvolgeva il mondo intorno a loro. Soltanto il gorgoglio dell'acqua che scorreva sotto il ponte disturbava il silenzio delle montagne.

De Roquefort uscì dal sottobosco e s'incamminò verso il ponte.

« Mi chiedevo se si sarebbe fatto vedere », disse Nelle, volgendogli

le spalle. « Ho pensato che una frase offensiva l'avrebbe spinta a uscire allo scoperto. »

« Sapeva che ero qui? »

« Sono abituato a essere seguito dai fratelli. » Finalmente Nelle si voltò verso di lui e gli indicò la corda che aveva al collo. « Se non le spiace, sto per suicidarmi. »

« Evidentemente la morte non le fa paura. »

« Sono morto molto tempo fa. »

« Non teme il suo Dio? Lui non permette il suicidio. »

« Quale Dio? Polvere alla polvere, questo è il nostro destino. »

« E se lei si sbagliasse? »

« Non mi sbaglio. »

« E la sua ricerca? »

« Non ha portato altro che sofferenza. Ma perché la mia anima dovrebbe preoccuparla? »

« Non mi preoccupa. Ma la sua ricerca è un'altra faccenda. »

« Lei mi spia da molto tempo. Ho parlato anche col vostro maestro. Peccato che l'Ordine dovrà continuare la ricerca senza che ci sia io a indicare la strada. »

« Sapeva di essere sorvegliato? »

« Naturalmente. I fratelli hanno cercato per mesi di rubarmi il diario. »

« Mi è stato detto che lei è un tipo strano. »

« Io sono un misero uomo che semplicemente non vuole più vivere. Una parte di me soffre per questo. Per mio figlio, che amo. E per mia moglie, che a suo modo mi ama. Ma non ho più nessun desiderio di vivere. »

« Non ci sono modi più rapidi per morire? »

Lars si strinse nelle spalle. « Detesto le armi e non apprezzo i veleni. Dissanguarmi a morte non mi attrae, così ho optato per l'impiccagione. »

« Mi sembra un atto di egoismo », replicò de Roquefort.

« Egoismo? Le dirò io cos'è egoista: ciò che la gente mi ha fatto. Credono che a Rennes sia nascosto di tutto, dai monarchi francesi reincarnati agli alieni. Quanti ricercatori hanno dissacrato quella terra? Sono stati abbattuti muri, aperte buche, scavati tunnel. Hanno perfino profanato tombe e riesumato cadaveri. Gli studiosi hanno

escogitato ogni più folle teoria concepibile, tutto allo scopo di fare soldi.»

Uno strano discorso, per un suicida, pensò de Roquefort.

«Sono stato a guardare mentre i medium tenevano sedute spiritiche e i chiaroveggenti parlavano coi morti. Sono state inventate tante fantasie che al loro confronto ogni verità è banale. Mi hanno costretto a scrivere un mucchio di sciocchezze. Ho dovuto abbracciare il loro fanatismo per vendere dei libri. La gente voleva leggere di emozionanti misteri. È ridicolo. Egoismo? È a tutti quegli idioti che dovrebbe affibbiare quest'etichetta.»

«E qual è la verità su Rennes?» domandò de Roquefort.

«Sono sicuro che le piacerebbe saperlo.»

De Roquefort decise di tentare un altro approccio. «Si rende conto di essere l'unica persona che potrebbe risolvere il mistero di Saunière.»

«Potrei? Io l'ho già risolto.»

De Roquefort ripensò al criptogramma che aveva visto nel rapporto del maresciallo, custodito nell'archivio dell'abbazia, quello che Gélis aveva trovato nella sua chiesa e che forse stava per risolvere prima della sua morte.

«Non può dirmi la verità?» C'era quasi un tono di supplica nella sua voce, e la cosa non gli piacque.

«Lei è come tutti gli altri: in cerca di risposte facili. Dov'è il gusto della sfida? Io ho impiegato anni per decifrare quel codice.»

«E presumo che abbia messo qualcosa per iscritto. È così?»

«Questo sta a lei scoprirlo.»

«Lei è un uomo arrogante.»

«No, sono un uomo che non ne può più. C'è una differenza. Vede, tutti quegli opportunisti che cercavano soltanto fama e denaro mi hanno insegnato qualcosa.»

De Roquefort attese una spiegazione.

«Non c'è assolutamente niente da trovare.»

«Sta mentendo.»

Nelle scrollò le spalle. «Forse. O forse no.»

«Le auguro di trovare la pace.» De Roquefort gli diede le spalle e si allontanò.

«Templare», lo chiamò Nelle.

De Roquefort si fermò e si voltò.

« I suoi fratelli mi hanno causato molte difficoltà, ma il vostro Ordine non meritava la persecuzione. Così le darò un indizio che le sarà d'aiuto. Non è scritto da nessuna parte. Neppure nel diario. Soltanto lei lo avrà e, se sarà intelligente, potrà perfino risolvere l'enigma. Ha carta e matita? »

De Roquefort tornò accanto al muretto, si frugò in tasca e tirò fuori una penna e un taccuino, che porse a Nelle. L'uomo scrisse qualcosa, poi gli riconsegnò i due oggetti.

« Buona fortuna », disse Nelle. Poi l'americano saltò giù dal ponte.

De Roquefort sentì la corda tendersi e un lieve schiocco quando il collo si spezzò. Avvicinò il taccuino agli occhi e, nella debole luce lunare, lesse ciò che Lars Nelle aveva scritto.

GOODBYE STEPHANIE

La moglie di Nelle si chiamava Stephanie. De Roquefort scosse il capo. Non era un indizio. Solo l'ultimo saluto di un marito innamorato.

Adesso non ne era più tanto sicuro.

Aveva pensato che lasciare quel foglietto sul cadavere avrebbe avvalorato la tesi del suicidio. Così aveva tirato su il corpo e messo il foglio nel taschino della camicia.

Ma quelle parole erano davvero un indizio?

« La notte in cui morì, Nelle mi disse che aveva risolto il criptogramma e mi dette questo. » Prese una penna dal tavolo e scrisse *Goodbye Stephanie* su un taccuino.

« E questa sarebbe la soluzione? » domandò Claridon.

« Non lo so. Non ho mai pensato che lo fosse, fino a oggi. Se il diario è veramente disseminato di errori intenzionali, allora l'obiettivo era che noi lo trovassimo. Ho cercato questo diario quando Lars Nelle era vivo e, dopo, quando lo aveva il figlio. Però Mark Nelle lo teneva al sicuro. Poi, quando suo figlio venne portato qui all'abbazia, seppi che aveva il diario con sé il giorno dell'incidente in montagna. Lo prese il maestro, che lo tenne sottochiave fino a poche settimane fa. » Ripensò a quello che gli era parso un passo falso di Cassiopea Vitt, ad Avignone. Ora sapeva che non era stata una distrazione. « Ha ragione. Il diario non vale niente. » Indicò il taccuino. « Ma forse queste due parole hanno un significato. »

« O forse sono un altro specchietto per le allodole. »

Quello era possibile.

Claridon le studiò con interesse. « Cosa disse Lars, di preciso, quando le diede questo? »

Lui gli ripeté le parole esatte e terminò con: « Un indizio che le sarà d'aiuto. Se sarà intelligente, potrà perfino risolvere l'enigma ».

« Ricordo che un giorno Lars mi disse una cosa. » Claridon rovistò sul tavolo finché non trovò alcuni fogli ripiegati. « Queste sono le note che ho preso ad Avignone dal libro di Stüblein, sulla tomba di Marie d'Hautpoul. Guardi qua. » Indicò una serie di numeri romani: MDCOLXXXI. « Era scolpita sulla lapide, e si deve supporre che sia la data della morte: 1681. A patto di eliminare la O, poiché non corrisponde a nessun numero romano. Tuttavia Marie morì nel 1781, non nel 1681. E c'è un errore anche per quanto riguarda l'età. Quando morì, aveva sessantotto anni, non sessantasette, come è scolpito qui. » Claridon prese la penna e scrisse sul taccuino *1681, 67*, e *Goodbye Stephanie*. « Non nota niente? »

De Roquefort studiò la scritta, ma lui non era mai stato bravo con gli indovinelli.

« Deve pensare come un uomo del XVIII secolo », spiegò Claridon. « La persona che commissionò le pietre tombali era Bigou. La soluzione può essere semplice in un senso, ma difficile in un altro, perché le possibilità sono infinite. Divida la data 1681 in due numeri, 16 e 81. Uno più sei, uguale sette. Otto più uno, uguale nove. Sette, nove. Passiamo al 67. Non si può rovesciate il sette, ma il sei diventa un nove quand'è capovolto. Così, ancora sette e nove. Adesso conti le lettere scritte da Lars. Sette per Goodbye, nove per Stephanie. In effetti, credo che sia un indizio. »

« Apra il diario alla pagina del criptogramma e provi. »

Claridon sfogliò le pagine e trovò il disegno.

Y	E	N	S	Z	N	I	M	G	L	C	Y	•	R	A	T	E	H	O	X
O	•	E	O	T	+	T	E	C	T	N	G	A	+	D	E	Z	B	O	F
V	O	U	P	H	R	P	A	+	D	Y	S	T	L	R	D	A	•	X	T
L	P	O	C	X	F	E	I	S	R	A	V	H	G	C	K	L	N	H	N
R	D	M	R	M	A	A	N	R	J	,	S	•	M	B	D	Q	A	D	P
R	I	E	U	Z	O	O	T	U	O	J	I	F	S	O	E	A	L	B	N
T	N	A	T	,	G	R	E	Y	I	O	E	,	T	R	U	X	,	W	H
K	X	V	E	V	L	A	L	P	E	N	+	L	O	Z	J	K	J	D	G
N	U	E	+	N	G	E	K	O	•	I	X	A	Z	V	R	+	S	I	Z
S	N	S	I	C	E	T	B	+	X	G	A	C	S	E	D	X	V	U	A
Y	V	L	K	B	•	,	N	B	W	V	K	T	P	I	B	•	J	T	Y
O	U	P	E	O	M	S	U	L	Z	R	V	,	J	R	S	B	+	C	E
P	A	T	S	X	E	•	F	X	,	H	N	M	Z	H	•	Y	T	B	C

« Ci sono parecchie possibilità. Sette, nove. Nove, sette. Sedici. Uno, sei. Sei, uno. Comincerò con la più ovvia. Sette, nove. »

De Roquefort restò a guardare mentre Claridon contava sulle file di lettere e simboli, fermandosi alla settima casella, poi alla nona, e annotandone i caratteri. Quando finì, apparve ITEGOARCANADEI.

« È latino: *I tego arcana dei*. 'Vattene, io nascondo i segreti di Dio.' »

Dannazione.

« Questo diario è inutile! » esclamò de Roquefort. Ma un altro pensiero gli attraversò la mente. Il rapporto del maresciallo. Anch'esso riproduceva un criptogramma. Quello trovato dall'abate Gélis e che secondo il maresciallo era identico a quello di Saunière.

Doveva averlo.

« Esiste un altro disegno, in uno dei libri che ha Mark Nelle », dichiarò de Roquefort.

Claridon aveva gli occhi accesi. « Suppongo che andrà a prenderlo. »

« Quando sorgerà il sole. »

54

Givors, Francia,
ore 1.30

Malone era nella sala da pranzo, insieme con tutti gli altri. Era stato lui stesso a svegliarli, pochi minuti prima.

«Conosco la risposta», annunciò.

«La soluzione del criptogramma?» domandò Stephanie.

Malone annuì. «Mark mi ha detto che Saunière era un uomo sfacciato ed estroverso. E sono d'accordo con ciò che hai detto tu l'altro giorno, Stephanie. La chiesa di Rennes non è la mappa per arrivare a un tesoro. Saunière non avrebbe mai avuto il coraggio di essere così esplicito, ma non ha resistito alla tentazione d'indicare la direzione giusta. Il guaio è che c'è bisogno di molte tessere per assemblare questo puzzle. Per fortuna, noi ne abbiamo la maggior parte.» Prese il libro *Pierres Gravées du Languedoc,* ancora aperto al disegno delle pietre tombali di Marie d'Hautpoul. «L'uomo che ha lasciato i veri indizi è Bigou. Stava fuggendo dalla Francia per non tornare mai più, così nascose i criptogrammi in due chiese e commissionò la tomba per una sepoltura vuota. Abbiamo la data di morte sbagliata, 1861, e l'età sbagliata, sessantasette. Osservate questi numeri romani sul fondo - LIXLIXL - cinquanta, nove, cinquanta, nove, cinquanta. Se li sommate, ottenete centosessantotto. Fece anche riferimento al quadro *Leggendo le regole della Caridad,* nel registro della parrocchia. Tenete presente che al tempo di Bigou la data non era semicancellata. Così lui lesse 1681, non 1687. Qui c'è uno schema.»

Malone indicò il disegno delle pietre tombali.

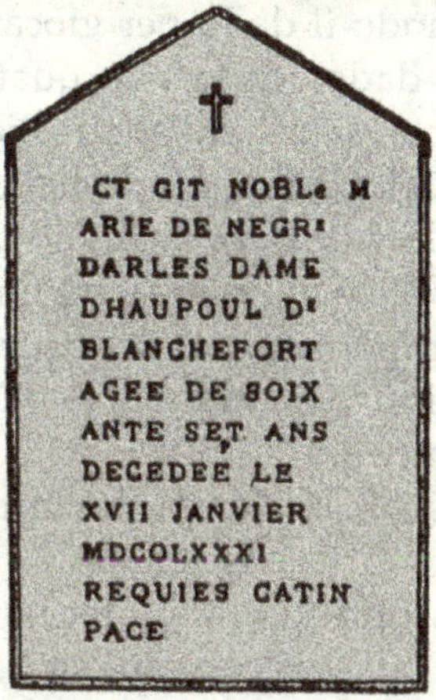

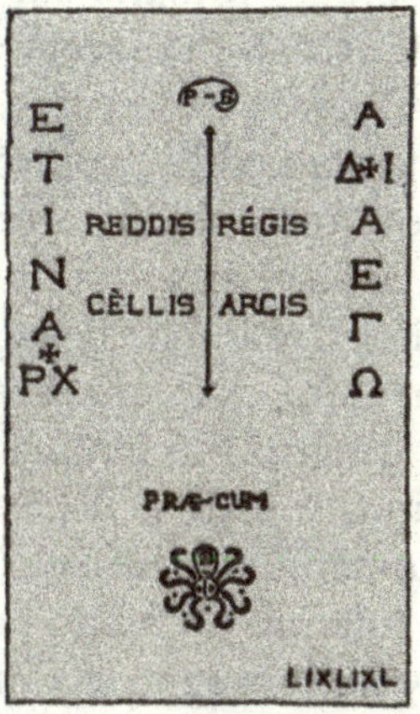

«Guardate il ragno scolpito in basso. Tra le zampe sono stati intenzionalmente incisi sette punti, con due spazi lasciati in bianco. Perché? Poi pensate al giardino, fuori della chiesa. Saunière prese il pilastro visigoto, lo capovolse e scolpì MISSION 1891 e PENITENCE, PENITENCE. So che sembra pazzesco, ma ho appena sognato il collegamento tra queste cose.»

Tutti sorrisero, ma nessuno lo interruppe.

«Vedi, Henrik, dopo che Cai e gli altri restarono uccisi a Città del Messico, ogni tanto ho sognato quell'episodio. È difficile togliersi dalla mente una scena del genere. Ci furono molti morti e feriti, quel giorno...»

«Sette morti e nove feriti», mormorò Stephanie.

La stessa intuizione illuminò i volti di tutti.

«Cotton, potresti avere ragione.» Mark sedette al tavolo. «1681. Sommiamo le prime due cifre e le ultime due: sette e nove. Passiamo al pilastro. Saunière lo capovolse per mandare un messaggio. Lo incise nel 1891, ma girate la data e avrete 1681. Ancora sette e nove.»

«Poi contate le lettere», riprese Malone. «Sette in *Mission* e nove in *Penitence*. E il centosessantotto dei numeri romani sulla pietra tombale? Il totale è lì per una ragione. Aggiungete l'uno al sei e all'otto, e avrete sette e nove. Questo schema è dappertutto.» Prese la foto a colori della Stazione numero dieci, all'interno della chiesa di Maria Maddalena. «Guardate qui, dove il soldato romano sta tirando il dado per giocarsi la tunica di Cristo. Sulla faccia del dado: un tre, un quattro e un cinque. Quando ero in chiesa con Mark, mi sono chiesto perché erano stati scelti proprio quei numeri. Mark, hai detto che Saunière supervisionò personalmente ogni dettaglio dei lavori eseguiti nella chiesa, dunque volle quei numeri per una ragione precisa. Credo che il dato importante sia la sequenza. Prima viene il tre, poi il quattro e infine il cinque. Tre più quattro fa sette, quattro più cinque fa nove.»

«Quindi il sette e il nove sono la chiave del criptogramma?» domandò Cassiopea.

«C'è soltanto un modo per scoprirlo.» Mark fece un gesto e Geoffrey gli consegnò lo zaino. Lui aprì con cautela il rapporto del maresciallo e trovò il disegno.

Y	E	N	S	Z	N	T	M	G	L	N	Y	Y	R	A	E	F	V	H	E
O	•	M	O	T	+	P	E	C	T	H	P	E	R	+	A	+	B	L	Z
V	O	U	P	H	R	E	I	+	D	U	S	T	L	E	G	R	,	D	F
L	P	O	R	X	F	O	N	S	R	T	V	H	V	G	+	C	R	K	R
R	D	E	U	M	A	E	T	R	+	R	O	A	U	•	S	M	B	A	Q
R	I	O	+	A	O	I	L	U	J	N	R	Z	K	M	A	O	X	E	M
T	N	A	F	O	G	R	N	E	O	Y	+	M	P	F	Q	L	É	,	+
K	X	V	O	,	L	T	K	Y	I	U	D	•	S	G	T	S	X	O	I
N	U	E	+	V	G	A	N	P	E	E	S	L	E	+	U	P	S	Q	M
S	N	L	I	N	G	,	L	O	+	P	A	Q	D	L	X	D	V	G	P
Y	V	E	K	C	•	T	U	B	G	,	H	S	M	S	C	•	L	Y	,
O	U	P	T	B	M	+	B	L	V	O	V	+	N	A	X	W	X	S	U
P	A	T	S	O	E	S	F	X	•	C	T	I	W	B	•	T	Y	+	O

Poi cominciò ad applicare la sequenza di sette e di nove, annotando le lettere corrispondenti.

TEMPLIERTRESORENFOUIAULAGUSTOUS

«È francese», disse Cassiopea. «La lingua di Bigou.»

Mark annuì. «Logico.» Aggiunse gli spazi per dare un significato al messaggio.

TEMPLIER TRESOR EN FOUI AU LAGUSTOUS

«Il tesoro dei templari può essere trovato a lagustous», tradusse Mark.

«Cos'è lagustous?» domandò Henrik.

«Non ne ho idea», rispose Mark. «E non ricordo che un posto del genere sia menzionato nei documenti conservati nell'archivio dei templari.»

«Io ho vissuto in questa regione tutta la vita», disse Cassiopea, «ma non conosco una località con questo nome.»

Mark era frustrato. «Le Cronache dicono chiaramente che i carri con l'Eredità si diressero verso i Pirenei.»

«Perché l'abate dovrebbe aver reso la cosa tanto semplice?» domandò con calma Geoffrey.

«Hai ragione», affermò Malone. «Bigou potrebbe aver escogitato un trucco, affinché risolvere la sequenza non bastasse.»

Stephanie era perplessa. «Non direi che finora sia stato facile.»

«Solo perché i pezzi erano sparsi e alcuni sono andati persi per sempre», replicò Malone. «Ma al tempo di Bigou tutto esisteva ancora, e lui costruì la tomba perché tutti la vedessero.»

«Ma Bigou nascose l'altro indizio», disse Mark. «Il rapporto del maresciallo riferisce con chiarezza che Gélis trovò nella sua chiesa un criptogramma identico a quello di Saunière. Nel XVIII secolo Bigou aveva servito sia in quella chiesa sia in quella di Rennes, così nascose un indizio in entrambe.»

«Sperando che una persona curiosa ne avrebbe trovato uno», intervenne Henrik. «Il che è proprio quanto è accaduto.»

«Gélis in effetti risolse l'enigma», proseguì Mark. «Lo rivelò al maresciallo. E gli disse anche che aveva dei sospetti su Saunière. Poi, qualche giorno dopo, fu ucciso.»

«Da Saunière?» domandò Stephanie.

Mark si strinse nelle spalle. «Nessuno lo sa. Ho sempre pensato che il maresciallo avesse un comportamento sospetto. Scomparve dall'abbazia poche settimane dopo l'omicidio di Gélis ed evitò di annotare nel suo rapporto la soluzione del criptogramma.»

Malone indicò il taccuino. «Ora l'abbiamo. Ma bisogna scoprire cos'è *lagustous*.»

« È un anagramma », affermò Cassiopea.

Mark annuì. « Proprio come la pietra tombale, dove Bigou usò *Et in Arcadia ego* come anagramma di *I tego arcana dei*. Potrebbe aver fatto la stessa cosa qui. »

Cassiopea studiò il taccuino e il suo viso si illuminò.

« L'hai risolto, non è vero? » domandò Malone.

« Credo di sì. Nel X secolo, un ricco barone di nome Hildemar conobbe un uomo di nome Agulous. I parenti di Hildemar s'irritarono per l'influenza che Agulous aveva su di lui, ma, nonostante l'opposizione della sua famiglia, Hildemar donò tutte le terre che possedeva ad Agulous, il quale trasformò il castello in un'abbazia. Hildemar ne fu entusiasta. Mentre pregavano, inginocchiati nella cappella dell'abbazia, Agulous e Hildemar furono uccisi dai saraceni. Entrambi vennero poi fatti santi dalla Chiesa. Nella zona c'è ancora un paese. A circa centoquaranta chilometri da qui. St. Agulous. » Prese la penna e trasformò *lagustous* in *St. Agulous*.

« C'era una fortezza dei templari, laggiù », disse Mark. « Una grossa caserma, ormai scomparsa. »

« Quel castello, che diventò un'abbazia, è ancora là », precisò Cassiopea.

« Dobbiamo andarci », suggerì Henrik.

« Non è così semplice. » Malone scambiò uno sguardo con Cassiopea. Non avevano ancora detto agli altri che fuori c'erano degli uomini di de Roquefort, così li informò.

« De Roquefort si metterà in azione », affermò Mark. « Cassiopea gli ha lasciato il diario di mio padre. Quando saprà che non vale niente, il suo atteggiamento cambierà. »

« Dobbiamo andarcene senza che se ne accorgano », disse Malone.

« Siamo in troppi », replicò Henrik. « Uscire sarà un'impresa difficile. »

Cassiopea sorrise. « Le imprese difficili mi eccitano. »

55

Ore 7.30

De Roquefort si stava aprendo la strada attraverso la boscaglia, su un terreno argentato dall'erica bianca. Nell'aria del mattino c'era odore di miele. Le collinette di arenaria rossastra intorno a lui erano offuscate da refoli di nebbia. Un'aquila entrava e usciva lentamente da quella foschia, esplorando il terreno in cerca di una preda.

Doveva riconoscere a Claridon i suoi meriti. Aveva decifrato il criptogramma con la combinazione di sette e di nove. Purtroppo il messaggio era inutile. Claridon gli aveva detto che Lars Nelle aveva trovato il criptogramma nel manoscritto mai pubblicato di Noël Corbu, l'uomo che aveva pubblicizzato la maggior parte delle fantasie nate intorno a Rennes alla metà del XX secolo. Ma chi aveva modificato il criptogramma? Era stata quella frustrante soluzione a condurre al suicidio Lars Nelle? Tutta quella fatica e, quand'era finalmente riuscito a decifrare ciò che aveva lasciato Saunière, il risultato non gli aveva rivelato niente. Era questo che intendeva, quando aveva detto: *Non c'è assolutamente niente da trovare*?

Non poteva ancora saperlo, ma ormai era sulla buona strada.

In lontananza risuonò un corno, dalla parte del castello. Forse il segnale che la giornata lavorativa stava per cominciare. Più avanti vide una delle sue sentinelle. Durante il viaggio dall'abbazia aveva telefonato col cellulare ai suoi uomini e aveva saputo che tutto era tranquillo. Attraverso gli alberi intravide il castello, a circa duecento metri di distanza, immerso nella luce del mattino filtrata dalla foschia.

Appena raggiunse il fratello, questi gli riferì che circa un'ora prima un gruppo di undici uomini e donne, vestiti con indumenti medievali, era sopraggiunto a piedi dal cantiere. Adesso si trovavano all'interno. La seconda sentinella aveva riferito che sul retro dell'edificio tutto era rimasto immobile. Nessuno era entrato o uscito. Due ore prima c'era stata parecchia attività: luci accese nelle stanze e servitù in movimento. Cassiopea Vitt in persona era uscita per andare nella scuderia, rientrando subito dopo.

« Ho visto attività anche verso le una del mattino », riferì il fratello. « Si sono accese le luci nelle camere da letto, poi anche in una stanza del pianterreno. Circa un'ora dopo, le hanno spente. Sembra che si siano svegliati tutti per un po' e che alla fine siano ritornati a letto. »

Forse la loro nottata era fruttuosa come la sua. « Ma nessuno ha lasciato la casa, giusto? »

L'uomo scosse il capo.

De Roquefort prese la radio e si mise in comunicazione col capo della squadra di dieci cavalieri che aveva portato con sé. Avevano parcheggiato le macchine a meno di un chilometro da lì e stavano attraversando a piedi il bosco in direzione del castello. Aveva ordinato loro di circondare in silenzio l'edificio e di attendere le sue istruzioni. Poco dopo, fu informato che tutti e dieci erano in posizione. Contando le due sentinelle e lui stesso, erano tredici uomini armati: più che sufficienti per portare a termine il lavoro.

Ironico, pensò de Roquefort. I templari erano di nuovo in guerra contro un'infedele. Settecento anni prima, i musulmani avevano sconfitto i cristiani e riconquistato la Terrasanta. Ora un'altra musulmana, Cassiopea Vitt, si era intromessa negli affari dell'Ordine.

« Maestro. » La sua attenzione fu richiamata sull'ingresso principale del castello, dove stava uscendo della gente che indossava coloriti abiti medievali di panno pesante. Gli uomini indossavano giubbe marroni strette alla vita da un giro di corda, calzoni scuri e scarpe sottili. Alcuni avevano anche grembiuli di cuoio legati alla vita. Le donne portavano lunghe gonne grigie, grembiuli di stoffa e informi camicie a maniche larghe. In testa avevano cappelli di paglia, berretti a tesa larga, cuffie e cappucci. Il giorno prima, de Roquefort aveva notato che tutti gli operai del sito di Givors indossavano abiti d'epoca, come parte dell'atmosfera antica che quel luogo era destinato a rievocare. Un paio di operai dall'umore allegro cominciarono a scherzare tra loro, mentre il gruppo girava l'angolo e s'incamminava senza fretta sulla stradina che portava al castello in costruzione.

« Forse una riunione di qualche genere », azzardò il fratello accanto a lui. « Sono venuti qui e ora tornano al loro posto di lavoro. »

De Roquefort annuì. Cassiopea Vitt sovrintendeva personalmente al progetto, perciò era probabile che gli operai venissero a consultarsi con lei.

« Quanti sono entrati? »

« Undici. »

De Roquefort li contò. Anche quelli usciti erano undici. Bene. Era il momento di agire. Si portò la radio alle labbra e disse: « Andate dentro ».

« Quali sono i tuoi ordini? » domandò una voce dall'altro capo della linea.

De Roquefort era stanco di giocare. « Fate il necessario per neutralizzarli finché non arriverò anch'io. »

De Roquefort entrò attraverso la cucina, una stanza enorme piena di utensili d'acciaio inossidabile. Erano trascorsi quindici minuti da quando aveva dato l'ordine d'irrompere nell'edificio, e l'azione era terminata senza che fosse stato sparato un colpo. Tutti quelli che erano in casa stavano facendo colazione quando i fratelli avevano preso il controllo del pianterreno. Le sentinelle di guardia alle uscite del salone avevano prevenuto ogni possibilità di fuga.

Bene. De Roquefort non voleva attirare l'attenzione.

Mentre attraversava le numerose stanze della dimora, poté ammirare le pareti tappezzate di vivaci broccati, i soffitti dipinti, le colonne intagliate, i candelieri di cristallo e le poltrone ricoperte di stoffe damascate. Cassiopea Vitt aveva buon gusto.

Trovò la sala da pranzo e si preparò al confronto con Mark Nelle. Gli altri sarebbero stati uccisi e seppelliti nella foresta, ma Nelle e Geoffrey dovevano essere riportati all'abbazia per essere puniti. Intendeva usarli come monito. La morte del fratello, a Rennes, doveva essere vendicata.

De Roquefort oltrepassò lo spazioso salotto ed entrò nella sala da pranzo.

I fratelli erano disposti tutt'intorno alla stanza, con le armi in pugno. Il suo sguardo percorse il lungo tavolo e registrò sei facce.

Non ne riconobbe neppure una.

Invece di trovarsi davanti Cotton Malone, Stephanie Nelle, Mark Nelle, Geoffrey e Cassiopea Vitt, gli uomini e le donne seduti al tavolo erano degli sconosciuti, tutti e sei vestiti con jeans e magliette.

Operai.

Dannazione.

Gli erano sfuggiti sotto il naso.

Tenne sotto controllo la rabbia. «Tratteneteli qui finché non farò ritorno.»

Lasciò la casa e con calma s'incamminò sulla strada alberata che portava al parcheggio. A quell'ora c'erano poche auto. Ma quella affittata da Cotton Malone, che si trovava lì quando lui era arrivato, non c'era più.

Scosse il capo.

Ora era in svantaggio. Non aveva la minima idea di dove fossero andati.

Uno dei fratelli che aveva lasciato al castello lo raggiunse di corsa. De Roquefort si chiese perché avesse abbandonato il suo posto.

«Maestro», disse l'uomo. «Uno degli operai mi ha detto che Cassiopea Vitt ha chiesto loro di venire al castello un po' prima, oggi, vestiti con gli indumenti da lavoro. Sei di questi si sono cambiati d'abito e la Vitt ha detto loro di godersi la colazione.»

Quello l'aveva già immaginato da solo. Cos'altro poteva essere accaduto?

L'uomo gli porse un telefono cellulare. «Sempre lo stesso operaio ha detto di aver trovato un biglietto che lo avvertiva che tu stavi per arrivare. Avrebbe dovuto darti il telefono e questo messaggio.»

De Roquefort aprì il foglio e lesse.

La soluzione è stata trovata. Chiamerò prima che tramonti il sole per aggiornarti.

Doveva saperne di più. « Chi l'ha scritto? »

« L'operaio ha detto di averlo trovato assieme al suo cambio di vestiti, con l'istruzione di consegnarlo a te. »

« Tu come l'hai avuto? »

« Quando ha fatto il tuo nome, io gli ho semplicemente detto che ero te e lui me l'ha dato. »

Cosa stava succedendo? Tra i suoi avversari c'era un traditore? Evidentemente sì. Visto che lui non sapeva dove fossero andati, non gli restava molta scelta.

« Riunisci i fratelli e torniamo all'abbazia. »

56

Ore 10.00

Malone si meravigliò alla vista dei Pirenei, così simili alle Alpi nell'aspetto e nella maestosità. Le creste rocciose che separavano la Francia dalla Spagna sembravano susseguirsi all'infinito, ogni picco incoronato di neve scintillante, mentre le cime più basse erano una mescolanza di verdi pendii e burroni rossastri. Tra le montagne s'insinuavano valli bruciate dal sole, profonde e boscose, un tempo percorse dai visigoti, da Carlo Magno e dai Mori.

Avevano preso due macchine, la sua e la Land Rover di Cassiopea, che era parcheggiata vicino al cantiere. La loro fuga era stata astuta - a quanto pareva lo stratagemma aveva funzionato, visto che nessuno li seguiva - e, una volta al sicuro, Malone aveva controllato con cura entrambe le auto in cerca di trasmettitori GPS. Doveva ammettere che Cassiopea aveva fantasia.

Un'ora addietro, prima d'inoltrarsi tra le montagne, si erano fermati a cambiarsi in un supermarket alla periferia di Axler-Thermes, un'attraente cittadina termale dov'era in vendita materiale per escursionisti e alpinisti. Le giubbe colorate e le lunghe gonne avevano incuriosito la gente del posto, ma ora vestivano in jeans, maglioni, stivali e giacche a vento.

St. Agulous era appollaiato sull'orlo di un precipizio, tra versanti di colline coltivati a terrazze e all'estremità di una valle che risaliva tortuosamente verso un passo coperto dalle nuvole. Il paese, non più grande di Rennes-le-Château, era un ammasso di edifici d'arenaria corrosi dal vento, che si confondevano con la roccia dei monti.

Malone fermò la macchina prima di entrare nell'abitato, in una stradina sterrata. Cassiopea parcheggiò dietro di lui.

Quando scesero, furono investiti dall'aria fredda della montagna.

«Non credo che sia una buona idea entrare in macchina», affermò Malone. «Non sembra un posto abituato a ricevere turisti.»

«Hai ragione», assentì Mark. «Mio padre si avvicinava sempre con cautela a questi paesetti. È meglio che andiamo solo Geoffrey e io. Sembreremo due escursionisti. Non è insolito, in estate.»

«Pensi che io non farei buona impressione?» domandò Cassiopea.

«Il tuo problema non è fare cattiva impressione», replicò Malone con un sogghigno. «Ma far dimenticare alla gente l'impressione che fai.»

«E chi ti ha promosso comandante?» insisté Cassiopea, rivolgendosi a Mark.

«Io», dichiarò Thorvaldsen. «Mark conosce queste montagne e parla la lingua. Lascia che vadano lui e il fratello.»

«Quand'è così, per quello che conta, andate», concluse la donna.

Passarono sotto l'arcata principale delle mura e proseguirono nella piccola piazza circondata dagli alberi. Geoffrey portava lo zaino coi due libri, così sembravano due escursionisti in gita. I piccioni giravano in cerchio sui neri tetti d'ardesia, lottando con le raffiche di vento che sibilava tra le rupi, spazzando le nuvole a nord, sopra le montagne. Al centro della piazza, l'acqua gorgogliava in una fontana, verde di antiche incrostazioni. Non si vedeva un'anima viva.

Dalla piazza partiva una strada acciottolata, ben tenuta e rallegrata qua e là dai raggi di sole. Un ticchettio di zoccoli annunciò la comparsa di una capra spelacchiata, che scomparve giù per un'altra viuzza. Mark sorrise. Come molti altri posti della zona, quel paese non era dominato dalla fretta e dall'ansia.

Un ricordo dell'antica gloria trapelava dalla chiesa, che sorgeva in fondo alla piazza. Scalini lunghi e stretti conducevano alla porta romanica. L'edificio nel suo complesso era però d'aspetto gotico, con una torre campanaria a pianta ottagonale che attrasse subito l'attenzione di Mark. Non ricordava d'averne vista una simile in tutta la regione. Le dimensioni e la grandiosità della chiesa indicavano una prosperità e una potenza ormai perdute.

« È interessante che un borgo sperduto come questo abbia una chiesa così grande », considerò Geoffrey.

« Non è il primo che vedo. Cinquecento anni fa, questo era uno snodo commerciale molto frequentato. Perciò la chiesa era adeguata. »

Apparve una giovane donna. Una mascherina di lentiggini le dava l'aria di una ragazza di campagna. Fece un sorriso ed entrò in un piccolo emporio. Accanto a esso c'era un ufficio postale. Mark si meravigliò dei capricci del caso, che sembravano aver preservato St. Agulous dai saraceni, dagli spagnoli, dai franchi e dai crociati.

« Cominciamo da qui », disse, accennando verso la chiesa. « Il prete del posto potrebbe esserci d'aiuto. »

L'interno della chiesa era imponente, e il soffitto era un vivido cielo azzurro ornato di stelle. Una croce di legno sovrastava l'altare, semplice e liscio. Il pavimento era rivestito di consunte tavole di legno, larghe ciascuna oltre mezzo metro, che scricchiolavano a ogni passo. Mentre la chiesa di Rennes era vivacizzata da decori vistosi, in questa regnava una quiete innaturale.

Mark notò che Geoffrey era interessato al soffitto. Sapeva cosa stava pensando. Nell'ultimo giorno della sua vita, il maestro aveva indossato una veste azzurra punteggiata di stelle d'oro.

« Coincidenza? » domandò Geoffrey.

« Ne dubito. »

Dalle ombre intorno all'altare emerse un uomo anziano. Le sue spalle contorte erano a malapena coperte da una larga tonaca marrone. Camminava con un'andatura curva e scattante che ricordò a Mark le movenze di una marionetta.

« Lei è il parroco? » domandò, in francese.

« *Oui*, Monsieur. »

« Qual è il nome di questa chiesa? »

« Cappella di St. Agulous. »

Mark si accorse che Geoffrey si era avvicinato alla prima fila di banchi davanti all'altare. « È un posto tranquillo. »

« Quelli che vivono qui appartengono solo a loro stessi. È vero, è una località tranquilla. »

« Da quanto tempo ne è il parroco? »

« Oh, da molti anni. Sembra che nessuno voglia servire qui. Ma a me piace. »

« Un tempo questa zona era un rifugio per i briganti spagnoli, vero? Penetravano in Spagna, terrorizzavano la gente e rapinavano le fattorie, poi tornavano di nuovo al sicuro qui in Francia, fuori della portata delle autorità spagnole. »

Il prete annuì. « Per depredare in Spagna dovevano vivere in Francia. E non toccarono mai un francese. Ma questo era molto tempo fa. »

Mark continuò a studiare l'austero interno della chiesa. Niente faceva supporre che quell'edificio nascondesse un grande segreto.

« Padre, lei ha mai sentito il nome di Bérengèr Saunière? »

Il vecchio ci pensò un momento, poi scosse il capo.

« È un nome che qualcuno ha mai menzionato, in questo paese? »

« Non è mia abitudine ascoltare le conversazioni dei miei parrocchiani. »

« Non volevo insinuare niente di male. Ma è un nome che lei può aver udito? »

Lui scosse ancora il capo.

« Quando è stata costruita questa chiesa? »

« Nel 1732. Ma il primo edificio venne eretto nel XIII secolo. Purtroppo non rimane nulla di quelle antiche costruzioni. »

L'attenzione del vecchio si spostò su Geoffrey, che si stava ancora aggirando presso l'altare.

« Si preoccupa di lui? » domandò Mark.

« Cosa sta cercando? »

Buona domanda, pensò Mark. « Forse vuole soltanto essere vicino all'altare, per pregare. »

Il prete lo fissò. « Lei non sa mentire bene. »

Mark si rese conto che l'anziano sacerdote era molto più

sveglio di quanto volesse far credere. « Perché non mi dice ciò che voglio sapere? »

« Sembra proprio uguale a lui. »

Mark si sforzò di nascondere la sua sorpresa. « Ha conosciuto mio padre? »

« Venne da queste parti molte volte. Lui e io parlavamo spesso. »

« Le ha detto qualcosa? »

Il prete scosse il capo. « Dovrebbe sapere che non l'avrebbe fatto. »

« Lei sa cosa voglio? »

« Suo padre mi disse che se lei fosse venuto qui, significava che sapeva già cosa fare. »

« Ha saputo che è morto? »

« Naturalmente. Si è tolto la vita. »

« Forse non è andata così. »

« Questo è un pio desiderio. Suo padre era un uomo infelice. Venne qui a cercare qualcosa, ma purtroppo non trovò niente. Ne rimase distrutto. Quando seppi che si era tolto la vita, non ne fui sorpreso. Non c'era pace per lui, nel suo cuore. »

« Le parlò di queste cose? »

« Molte volte. »

« Perché mi ha mentito, dicendo che non aveva mai sentito il nome di Bérengèr Saunière? »

« Non ho mentito. Non ho mai sentito questo nome. »

« Mio padre non lo pronunciò mai? »

« Neppure una volta. »

Dinanzi a lui c'era un altro enigma, frustrante e irritante come il comportamento di Geoffrey, che ora stava tornando verso di loro. Era chiaro che quella chiesa non nascondeva un segreto, così domandò: « E l'abbazia di Hildemar? Il castello che donò ad Agulous nel X secolo, ne è rimasta una parte ancora in piedi? »

« Oh, sì. Le rovine esistono ancora. Sulla montagna. Non lontano. »

« Non è più un'abbazia? »

« Bontà divina, no. Nessuno la occupa più da trecento anni. »

« Mio padre non ha mai nominato quel posto? »

« Lo ha visitato molte volte, ma senza trovare niente. E ciò non ha fatto che aumentare la sua frustrazione. »

Dovevano andarsene. Ma c'era una cosa che voleva sapere. « Chi possiede quelle rovine? »

« Sono state acquistate anni fa da un danese. Henrik Thorvaldsen. »

PARTE QUINTA

57

Abbaye des Fontaines,
ore 11.40

De Roquefort guardò il cappellano, seduto dall'altra parte del tavolo. Dopo il confronto del giorno prima, aveva bisogno di parlargli.

«Non devi mai mettere in discussione i miei ordini», sentenziò de Roquefort. Il maestro aveva l'autorità di rimuovere il cappellano dalla sua posizione, se, come diceva la Regola: *Egli causa disturbo, oppure è più un ostacolo che un aiuto.*

«Essere la tua coscienza è il mio lavoro. È così che i cappellani hanno servito i maestri, fin dal Principio.»

La tradizione però voleva che la decisione di sostituire il cappellano dovesse essere approvata dalla confraternita. Cosa che avrebbe potuto rivelarsi difficile, visto che quell'uomo era molto popolare. Così de Roquefort fece un passo indietro. «Comunque non devi sfidarmi davanti ai fratelli.»

«Non ti ho sfidato. Mi sono limitato a rimarcare che la morte di due uomini grava pesantemente sull'animo di tutti noi.»

«E non sul mio?»

«Tu devi comportarti con cautela.»

Erano seduti nel suo alloggio, e dalla finestra entrava il lontano ruggito della cascata. «Questo approccio non ci porta da nessuna parte.»

«Che tu lo capisca o no, la morte di quegli uomini ha scosso la tua autorità. Girano già molte voci, e sei maestro solo da pochi giorni.»

«Non tollero il dissenso.»

Un sorriso triste ma tranquillo piegò le labbra del cappellano. «Parli proprio come l'uomo che avversavi tanto. Cos'è successo? Il siniscalco ti preoccupa molto?»

«Lui non è più siniscalco.»

« Purtroppo non conosco il suo nome. Tu ne sai di più, evidentemente. »

De Roquefort si chiese se quel cauto veneziano che gli sedeva di fronte era sincero. Aveva sentito indiscrezioni, confermate dalle sue spie, secondo le quali il cappellano fosse interessato alla sua attività. Assai più di quanto avrebbe dovuto esserlo un consigliere spirituale. Si chiese se quell'uomo, che si professava suo amico, ambisse a una carica più importante. Dopotutto lui aveva fatto la stessa cosa, anni addietro.

In realtà, de Roquefort sentiva la necessità di parlare del suo dilemma, spiegare cos'era successo e chiedere un consiglio, ma condividere i suoi problemi sarebbe stata una follia. Farlo con Claridon era già abbastanza irritante, ma lui almeno non apparteneva all'Ordine. Con quell'uomo era del tutto diverso. Aveva il potenziale per diventare un nemico. Così confessò ciò che già tutti sapevano: « Sto cercando la Grande Eredità, e sono vicino a trovarla ».

« Al prezzo di due morti, però. »

« Molti hanno perso la vita per ciò in cui crediamo », ribatté de Roquefort, alzando la voce. « Nei primi due secoli della nostra esistenza, ventimila fratelli perirono in battaglia. Due morti in più non significano niente. »

« La vita umana ha molto più valore oggi che allora. » La voce del cappellano si era abbassata in un sussurro.

« No, il valore è lo stesso. A cambiare è stata la nostra mancanza di dedizione. »

« Questa non è una guerra. Non ci sono infedeli che occupano la Terrasanta. Stiamo parlando di trovare una cosa che molto probabilmente non esiste. »

« Queste sono parole blasfeme. »

« Sono parole vere, e tu lo sai. Pensi che trovare la Grande Eredità cambierà tutto? Non è così. Devi ancora guadagnarti il rispetto di coloro che ti servono. »

« Mantenendo la mia promessa conquisterò quel rispetto. »

« Hai riflettuto bene su ciò che stai facendo? Le conseguenze oggi sarebbero molto più vaste rispetto ai tempi del Principio. Oggi il mondo non è più ignorante e analfabeta. Tu ti confronti con forze più potenti di quelle che affrontarono i fratelli di allora. Per tua sfortuna non esiste menzione dell'esistenza di Gesù Cristo in nessun documento ufficiale greco, romano o ebreo. L'unica testimonianza è il Nuovo Testamento. E questo perché? Conosci la risposta. Se Gesù è davvero vissuto, egli predicò il suo messaggio nell'oscurità della Giudea. Nessuno gli prestò attenzione. Né i romani né gli ebrei. Gesù venne e se ne andò. Non produsse nessuna conseguenza. E tuttavia ora egli è la guida di miliardi di persone. Il cristianesimo è la maggiore religione del mondo. E Gesù, in ogni senso, è *il loro* Messia. Il Signore risorto. Qualunque cosa scoprirai, non potrà cambiare questo fatto. »

« E se ritrovassi le sue ossa? »

« Come faresti a sapere che quelle sono le ossa di Cristo? »

« Come facevano a saperlo i primi nove cavalieri? Eppure re e regine s'inchinavano alla loro volontà. In quale altro modo può essere spiegato un tale potere? »

« E tu pensi che abbiano condiviso la loro conoscenza? Cos'avrebbero dovuto fare, mostrare le ossa di Cristo a ogni re, a tutti quelli che potevano offrire loro del denaro, a tutti i fedeli? »

« Non ho idea di come fecero, ma, qualunque fosse, il loro metodo si dimostrò efficace. Gli uomini accorsero all'Ordine, avidi di farne parte. Le autorità secolari si contendevano il suo favore. Perché non potrebbe essere di nuovo così? »

« Potrebbe, ma non nel modo che pensi. »

« Questa situazione è come una spina nella carne per me. Dopo tutto ciò che abbiamo fatto per la Chiesa: ventimila fratelli e sei maestri, tutti uccisi mentre difendevano Gesù Cristo. I sacrifici dei Cavalieri Ospitalieri sono niente in confronto. Eppure tra i santi non c'è un solo templare, mentre molti ospitalieri sono stati canonizzati. Voglio vendicare quest'ingiustizia. »

« Come? » Il cappellano non attese la sua risposta. « Ciò che è non cambierà. »

De Roquefort ripensò ancora al biglietto: *La risposta è stata trovata*. E al telefono che aveva in tasca. *Chiamerò prima che tramonti il sole per aggiornarti*. Il cappellano stava borbottando qualcosa sulla « ricerca per niente ». Royce Claridon era ancora in archivio, a caccia d'indizi.

Ma un unico pensiero si agitava nella sua mente.
Perché il telefono non squillava?

«Henrik!» esclamò Malone. «Non posso più tollerare il tuo comportamento.» Aveva appena saputo da Mark che le rovine appartenevano a Thorvaldsen.

Erano a meno di un chilometro da St. Agulous, dove avevano parcheggiato le auto.

«Cotton, non avevo idea di averle acquistate.»

«E noi dovremmo crederci?» chiese Stephanie.

«Non importa che voi mi crediate o no. La verità è questa.»

«Come lo spieghi, allora?»

«Non lo so. Posso soltanto dirti che Lars mi chiese in prestito centoquarantamila dollari, tre mesi prima di morire. Non mi disse mai a cosa gli serviva quel denaro, e io non glielo chiesi.»

«Gli diede tutti quei soldi senza far domande?» domandò Stephanie.

«Ne aveva bisogno e mi fidavo di lui.»

«Il parroco ha detto che le rovine sono state acquistate dal governo regionale, che voleva sbarazzarsene da tempo perché si trovano in alto sulle montagne e sono in pessime condizioni. Sono state messe all'asta qui, a St. Agulous.» Mark si rivolse a Thorvaldsen. «La sua è stata l'offerta più alta. Il prete conosceva mio padre ed è sicuro che l'acquirente non fosse lui.»

«Allora Lars ha ingaggiato qualcuno, visto che io non c'entro niente. Poi ha registrato la proprietà a mio nome per mantenere l'incognito. Lars era piuttosto paranoico. Se io avessi saputo di possedere quelle rovine vi avrei avvertiti, ieri sera.»

«Non ne sono così sicura», borbottò Stephanie.

«Senta, io non ho paura di lei e di nessuno di voi. Non devo giustificarmi. Ma vi considero miei amici, perciò, se avessi saputo d'aver acquistato quella proprietà, ve l'avrei detto.»

«Perché non diamo a Henrik almeno il beneficio del dubbio e non ce ne andiamo da qui?» propose Cassiopea. Era stata zitta durante quel dibattito, cosa insolita per lei. «Sulle montagne fa buio presto. E io voglio vedere cosa c'è lassù.»

« Ha ragione, andiamocene », concordò Malone. « Potremo riprendere questa discussione più tardi. »

La salita durò un quarto d'ora, e richiese nervi saldi e freni efficienti. Seguendo le indicazioni del parroco, giunsero infine in vista delle rovine, appollaiate tra le rupi come un nido d'aquila, con la tozza torre quadrangolare proprio sul ciglio di un vertiginoso precipizio. La strada finiva a circa un chilometro dalle rovine, e la camminata, lungo un impervio sentiero tra cespugli di timo ombreggiato da pini secolari, richiese altri dieci minuti.

Entrarono nell'antica abbazia.

Ovunque c'erano segni d'abbandono. Le spesse mura erano nude: Malone sfiorò con le dita le pietre di granito grigioverde, ognuna delle quali era stata sicuramente ricavata da quella stessa montagna e squadrata con paziente tenacia da mani abili. Un corridoio, che doveva essere stato grandioso, si apriva al cielo lasciando scoperte colonne e capitelli, che le intemperie avevano corroso sino a togliere loro ogni forma. Muschi, licheni arancione e una dura erba grigia tappezzavano il pavimento, un tempo rivestito di lastre di pietra ormai sgretolate. I grilli frinivano come cori di nacchere.

Le stanze erano difficili da identificare nei punti dove il soffitto e la maggior parte dei muri erano crollati, ma le celle dei monaci erano quasi intatte, come anche un largo corridoio e uno spazioso locale che poteva essere stato una biblioteca o uno scriptorium.

Malone immaginava che la vita in quel luogo doveva essere stata semplice e austera. « Caro Henrik, sei il proprietario di un posticino davvero allegro », scherzò.

« Stavo giusto pensando a cosa si poteva comprare con centoquarantamila dollari dodici anni fa. »

Cassiopea sembrava affascinata. « Pensate a quale magro raccolto ottenevano i monaci da questo fazzoletto di terreno. Qui le estati sono brevi e le giornate corte. Mi sembra quasi di sentire i loro canti corali. »

« Questo posto è più che isolato », commentò Thorvaldsen. « Una vera e propria clausura. »

« Lars deve aver avuto un motivo valido per comprare questo posto a suo nome », disse Stephanie. « Dev'esserci qualcosa. »

« Forse », replicò Cassiopea. « Ma il parroco del paese ha detto che Lars non trovò niente. Questo potrebbe essere solo una tappa della sua interminabile ricerca. »

Mark scosse il capo. « Il criptogramma ci ha portato qui. Mio padre non ha trovato niente, ma giudicava le rovine abbastanza importanti da comprarle. Il posto dev'essere questo. »

Malone sedette su una grossa pietra e guardò il cielo. « Dovremmo avere ancora cinque o sei ore di luce. Suggerisco di sfruttarle al meglio. Possiamo star certi che qui di notte fa un freddo cane, e queste giacchette imbottite non ci basteranno. »

« In macchina ho delle torce elettriche, delle lampade alogene e un piccolo generatore », disse Cassiopea.

« Non sei il tipo che si fa cogliere impreparata, eh? » commentò Malone.

« Da questa parte », li chiamò Geoffrey.

Malone scrutò tra i muri semicrollati: non si era accorto che il giovane si fosse allontanato.

Tutti si affrettarono e trovarono Geoffrey davanti a quella che era stata una porta in stile romanico. Poco restava delle sculture sui montanti, a parte alcune consunte immagini di tori dalla testa umana, leoni alati e un motivo a foglie di palma.

« La chiesa è scavata nella roccia », spiegò Geoffrey.

In effetti le mura non erano opera dell'uomo, bensì parte della rupe granitica che torreggiava sull'antica abbazia.

« Avremo bisogno delle torce elettriche », disse Malone a Cassiopea.

« Non credo », lo corresse Geoffrey. « C'è luce, là dentro. »

Malone li precedette nell'interno. Tra le ombre ronzavano le api. Polverose lame di luce penetravano nella navata a varie altezze, da finestrelle evidentemente studiate per sfruttare il sole lungo tutto il suo arco. Qualcosa attrasse lo sguardo di Malone. Si avvicinò a una delle pareti di granito, ben levigata ma priva di ogni decorazione, a parte un bassorilievo situato a circa tre metri d'altezza. Raffigurava un elmo con due drappi che scendevano ai lati di un viso maschile. I lineamenti erano ormai scomparsi: del naso restava solo una sporgenza, gli occhi erano vacui e senza vita. Poco più in alto c'era una sfinge. In basso, uno scudo con tre martelli.

« È un emblema templare », spiegò Mark. « Ne ho visto uno identico nella nostra abbazia. »

« Cosa ci fa qui dentro? » domandò Malone.

« I catalani che abitavano questa regione nel XIV secolo non amavano molto i re di Francia. I templari erano ben accolti, anche dopo il 1307. Questa è una delle ragioni per cui la zona fu scelta come rifugio. »

Le poderose mura si levavano fino a un soffitto arrotondato. Di certo, un tempo tutto era ornato da affreschi, ma ora non ne restavano neppure le tracce. Filtrando dalla roccia porosa, l'acqua aveva ormai lavato via ogni residuo artistico.

« È come una caverna », disse Stephanie.

« Direi una fortezza », replicò Cassiopea. « Questa potrebbe essere stata l'ultima linea difensiva dell'abbazia. »

Malone aveva pensato la stessa cosa. « Ma c'è un problema. Nessuna via d'uscita. »

Qualcos'altro attrasse la sua attenzione. Si accostò a una parete del tutto in ombra e cercò di osservarla meglio. « Dovevamo portare una torcia elettrica. »

Gli altri si avvicinarono.

A un'altezza di circa tre metri, Malone aveva notato alcune lettere consunte.

« P, R, N, V, I, R... »

« No », disse Cassiopea. « C'è dell'altro. Un'altra I, poi forse una E e ancora una R. »

Malone si sforzò di leggere la scritta.

PRIER EN VENIR

Ripensò alle parole al centro della pietra tombale di Marie d'Hautpoul, REDDIS RÉGIS CÉLLIS ARCIS, e a ciò che aveva detto Claridon. Reddis *significa 'dare indietro', restituire qualcosa preso in precedenza.* Regis *deriva da* Rex*, ovvero 're'.* Cella *è una stanzetta, o un piccolo magazzino.* Arcis *deriva da* arx*: una fortezza, una cittadella.*

Le parole erano parse senza significato. Ma forse andavano semplicemente assemblate in modo diverso.

Magazzino, fortezza, restituire qualcosa preso in precedenza, re.

Aggiungendo alcune preposizioni, il messaggio poteva essere: *In un magazzino, in una fortezza, restituire qualcosa preso in precedenza al re.*

E la freccia verticale a due punte al centro della lapide, tra le parole, indicava le lettere P e S e finiva a PRÆ-CUM.

Præ-cum. In latino significava all'incirca « pregate ».

Esaminò ancora la scritta.

PRIER EN VENIR

Era francese, e poteva essere tradotto con « pregate ».

Malone sorrise e rivelò agli altri ciò che stava pensando. « L'abate Bigou era un tipo in gamba, bisogna riconoscerlo. »

« La freccia sulla pietra tombale doveva avere un significato », disse Mark. « È giusto nel centro, in un punto molto visibile. »

Malone era ormai attento a qualsiasi dettaglio, e cominciò a studiare anche il pavimento. Mancavano molte pietre, le altre erano spaccate e deformate, ma lui notò uno schema. Una serie di rettangoli, incorniciati da una sottile linea di pietra, correva dall'ingresso al fondo, dalla parete destra alla sinistra.

Li contò.

In un rettangolo erano contenute sessantatré pietre, un lato di sette e l'altro lato di nove. Contò un'altra sezione. Stesso risultato. Poi un'altra. « Il pavimento è suddiviso in schemi di sette e nove. »

Mark e Henrik s'incamminarono verso l'altare, anch'essi contando.

« E ci sono nove sezioni dalla porta posteriore all'altare », disse Mark.

« E sette trasversali », aggiunse Stephanie, mentre finiva di rintracciare l'ultima sezione presso una parete laterale.

« Okay, sembra che siamo nel posto giusto », affermò Malone. Pensò di nuovo alla pietra tombale. *Pregate*. Guardò le parole scritte sulla roccia, poi il pavimento. Intorno all'altare continuavano a ronzare le api. « Andiamo a prendere le lampade e il generatore. Dobbiamo vedere quello che stiamo facendo. »

« Credo proprio che stanotte dovremo rimanere qui », disse Cassiopea. « La locanda più vicina è a cinquanta chilometri, a Elne. »

« Abbiamo il necessario? » domandò Malone.

« Dovremo procurarcelo », rispose Cassiopea. « Elne è una cittadina piuttosto grande. Possiamo acquistare là quello che ci serve, senza attirare l'attenzione. Ma io non voglio andarci. »

Malone si accorse che nessuno degli altri voleva andare via. Stavano fremendo dall'eccitazione. L'enigma non era più qualcosa di astratto e sfuggente. La risposta si trovava da qualche parte intorno a loro. E, contrariamente a quello che aveva detto il giorno prima a Cassiopea, lui voleva trovarla.

« Andrò io », disse Geoffrey. « Ognuno di voi ha un motivo per restare, io no. »

« Grazie », disse Thorvaldsen.

Cassiopea infilò una mano in tasca e tirò fuori una mazzetta di euro. « Ti servirà del denaro. »

Geoffrey prese le banconote e sorrise. « Fatemi una lista e sarò di ritorno prima che sia buio. »

58

Malone girò il fascio di luce della torcia elettrica all'interno della chiesa, illuminando il muro alla ricerca di altri indizi. Avevano sistemato nell'abbazia l'equipaggiamento portato da Cassiopea. La giovane donna e Stephanie erano fuori e stavano preparando il campo, mentre Henrik si era offerto di raccogliere legna da ardere. Malone e Mark invece erano tornati dentro per vedere se si fossero lasciati sfuggire qualcosa.

« Questa chiesa è abbandonata da molto tempo », osservò Mark. « Trecento anni, a quanto dice il prete del paese. »

« Doveva essere molto bella. »

« Costruzioni di questo genere non sono insolite. Esistono chiese scavate nella roccia un po' in tutta la Linguadoca. A Vals, dalle parti di Carcassonne, c'è la più famosa. È in buone condizioni e ha ancora gli affreschi. Tutte le chiese di quella regione sono interamente decorate: purtroppo è rimasto molto poco anche a causa della Rivoluzione. »

« Dev'essere stata dura la vita, quassù. »

« I monaci erano una razza particolare. Non avevano svaghi di nessun genere, solo pochi libri e gli affreschi delle loro chiese. »

Malone continuò a studiare le ombre che li circondavano. La luce riflessa dalla roccia dava ai pochi dettagli toni gessosi, come se all'interno ci fosse un pesante strato di neve.

« Dobbiamo presumere che il criptogramma riportato dal maresciallo sia autentico », affermò Mark.

« Però il maresciallo è scomparso poco tempo dopo aver consegnato il suo rapporto. »

« Credo che quell'uomo coltivasse le stesse ambizioni di de Roquefort. Dopo aver scoperto il segreto della famiglia de Blanchefort, probabilmente è andato alla ricerca del tesoro. Le Cronache non escludono che l'abate Bigou fosse riuscito a svelare il mistero, e forse il maresciallo ha capito che era stato proprio Bigou a nascondere i criptogrammi e che essi conducevano alla Grande Eredità.»

«Allora perché ha riprodotto il criptogramma?»

«Cosa importava? Aveva la soluzione datagli dall'abate Gélis, ma nessun altro poteva sospettarne il significato. Così, perché non stilare il suo rapporto e dimostrare al maestro che aveva fatto il suo lavoro?»

«Allora il maresciallo potrebbe aver ucciso Gélis e poi essere tornato a consegnare il rapporto all'abbazia, come espediente per nascondere le sue responsabilità.»

«È senz'altro possibile.»

Malone si avvicinò alle lettere – PRIER EN VENIR – scritte sul muro. «Qui non c'è altro.»

«Sembra proprio di no, purtroppo.»

«Ma se gli affreschi sono andati distrutti, perché questa scritta è ancora leggibile?»

«In realtà, si scorge a malapena.»

«Ma è leggibile», ripeté Malone, sospettando che fosse opera di Bigou. Ripensò alla pietra tombale di Marie de Blanchefort. La freccia a due punte e le parole PRÆ-CUM. Pregate. Guardò il pavimento e lo schema sette-nove. «Qui devono esserci degli inginocchiatoi, giusto?»

«Certo. Con tutta probabilità erano di legno.»

«Se Saunière ha avuto la soluzione del criptogramma da Gélis, o l'ha scoperto da solo...»

«Nel suo rapporto, il maresciallo ha scritto che Gélis non si fidava di Saunière.»

Malone scosse il capo. «Forse il maresciallo voleva sviare le indagini. È chiaro che Saunière era a conoscenza di qualcosa che il maresciallo ignorava. Supponiamo che abbia trovato la Grande Eredità. Da quello che sappiamo, Saunière se ne occupava con una certa regolarità. A Rennes mi hai detto che lui e la sua amante lasciavano spesso il paese e per raccogliere le pietre per la costruzione della grotta. Potrebbe essere venuto qui, a fare prelievi dalla sua banca privata.»

«Ai tempi di Saunière, il viaggio sarebbe stato possibile anche in treno.»

« In questo caso, doveva avere la possibilità di accedere al nascondiglio, mantenendone però segreta l'esistenza. »

Malone guardò ancora quelle parole: PRIER EN VENIR. Pregate. Quindi s'inginocchiò.

« È possibile. Ma adesso cosa speri di trovare? » domandò Mark.

Malone studiò la chiesa. Era completamente vuota, se si escludeva l'altare, distante circa sei metri da lui. Il lastrone superiore, di granito, era spesso una decina di centimetri ed era sostenuto da una massiccia base a pianta rettangolare costruita con blocchi di roccia. Malone contò i blocchi in senso orizzontale: nove. Poi li contò verticalmente: sette. Diresse il raggio della torcia sulle pietre incrostate di licheni. Erano visibili le spesse linee chiare della calcina, ancora a posto. Malone ne esaminò alcune, quindi alzò il raggio verso la faccia inferiore del lastrone di granito.

E vide.

Sorrise.

Pregate.

Astuto.

De Roquefort non stava ascoltando i discorsi del tesoriere: qualcosa circa i fondi a disposizione e le spese fuori controllo. L'abbazia era finanziata da donazioni che ammontavano a milioni di euro, fondi acquisiti da lungo tempo e investiti per assicurare all'Ordine una certa solidità finanziaria. L'abbazia era quasi autosufficiente. I campi coltivati e gli allevamenti fornivano la maggior parte dei generi alimentari primari, mentre la vigna e la latteria provvedevano alle bevande. L'acqua era così abbondante che la si convogliava attraverso la valle fino a uno stabilimento che la imbottigliava e la vendeva in tutta la Francia. Com'era ovvio, tutti gli oggetti d'altro genere e i pezzi di ricambio dovevano essere acquistati. Ma gli introiti della vendita del vino e dell'acqua minerale, oltre al biglietto d'ingresso dei visitatori, bastava e avanzava per il necessario. Dunque, cosa significava questo eccesso di spesa?

« Abbiamo bisogno di denaro? » domandò de Roquefort, interrompendo il tesoriere.

« No, maestro. »

« Allora perché vieni a seccarmi? »

« Il maestro dev'essere informato di tutte le decisioni finanziarie. »

Quell'idiota aveva ragione, ma lui non voleva essere disturbato. Tuttavia il tesoriere avrebbe potuto essere d'aiuto. « Hai studiato la nostra storia finanziaria? »

Quella domanda parve prendere l'uomo alla sprovvista. « Naturalmente, maestro... È un obbligo per chiunque diventi tesoriere, che lo deve trasmettere ai suoi aiutanti. »

« E prima delle persecuzioni del 1307, a quanto ammontava la nostra ricchezza? »

« Incalcolabile. L'Ordine possedeva oltre novemila grandi tenute, con entrate che è oggi impossibile stabilire. »

« La nostra disponibilità di denaro? »

« Anche quella non è calcolabile. C'erano dinar d'oro, monete bizantine, fiorini d'oro, dracme, marchi e un'immensa quantità d'argento e d'oro. Quando de Molay venne in Francia, nel 1306, aveva dodici cavalli carichi di tanto argento che il suo valore era inimmaginabile per quell'epoca. Poi c'erano beni conservati nei depositi. »

De Roquefort sapeva a cosa si riferiva il tesoriere. L'Ordine era stato un pioniere del sistema dei depositi di sicurezza, che custodivano testamenti e documenti preziosi per i loro ricchi proprietari, gioielli e oggetti personali di grande valore. La confraternita si era guadagnata una proverbiale reputazione d'affidabilità, grazie alla quale offriva quel servizio in ogni parte del mondo cristiano. Ovviamente a pagamento.

« I beni tenuti in deposito andarono perduti », proseguì il tesoriere. « L'inventario era nei nostri archivi, che però è scomparso. Così non c'è modo di fare una stima precisa. Ma possiamo supporre che il valore complessivo, rapportato al giorno d'oggi, fosse quantificabile in miliardi di euro. »

De Roquefort sapeva dei carri condotti a sud da un gruppo di fratelli comandati da Gilbert de Blanchefort, al quale era stato ordinato di non rivelare a nessuno il nascondiglio e d'assicurarsi che quel segreto fosse *trasmesso ad altri in un modo appropriato.*

Cosa aveva nascosto Jacques de Molay?

De Roquefort si poneva quella domanda da trent'anni.

Il telefono nella tasca della sua giacca vibrò, facendolo sussultare.

Finalmente.

« Che c'è, maestro? » domandò il tesoriere.

« Lasciami solo, adesso », replicò de Roquefort.

L'uomo si alzò, s'inchinò e uscì.

De Roquefort premette il tasto del cellulare e disse: « Spero che tutto questo non sia una perdita di tempo ».

« Come può la verità essere una perdita di tempo? »

Riconobbe la voce all'istante.

Geoffrey.

« Perché dovrei avere fiducia in te? »

« Perché sei il mio maestro. »

« Sei leale soltanto al mio predecessore. »

« Lo *ero*. Dopo la sua morte, il mio giuramento alla confraternita ordina che io sia fedele a chi indossa la toga bianca... »

« Anche se non approvi la sua guida? »

« Tu hai fatto lo stesso per molti anni. »

« E aggredire il tuo maestro è un modo di dimostrare la tua fedeltà? » De Roquefort non aveva dimenticato il colpo alla tempia col calcio della pistola, prima che Geoffrey e Mark Nelle fuggissero dall'abbazia.

« Una dimostrazione per il siniscalco. »

« Come hai avuto questo telefono? »

« Me lo ha dato il defunto maestro. Doveva servire durante i nostri viaggi, ma io ho deciso di farne un uso diverso. »

« Tu e il tuo maestro avete fatto bene i vostri piani. »

« Per lui era fondamentale che avessimo successo. È per questo che ha coinvolto Stephanie Nelle, inviandole il diario. »

« Il diario è privo di valore. »

« Così mi è stato detto. È stata una sorpresa anche per me. »

« Hanno risolto il criptogramma? Quello nel rapporto del maresciallo? »

« Sì. »

« Bene, fratello. Dove ti trovi? »

« A St. Agulous. All'abbazia in rovina poco a nord del paese. Non lontano da voi. »

« La Grande Eredità è là? »

« Gli indizi ci hanno condotto qui. In questo momento gli altri stanno cercando di localizzare il nascondiglio. Io sono a Elne per acquistare il necessario per la notte. »

De Roquefort stava cominciando a fidarsi di Geoffrey, ma si chiedeva se fosse per disperazione o per acutezza di giudizio. « Fratello, se mi stai mentendo, ti ucciderò. »

« Non ne dubito. Hai già ucciso altri uomini. »

De Roquefort sapeva che non avrebbe dovuto chiederlo, ma lo fece. « E chi avrei ucciso? »

« Senza dubbio sei responsabile della morte di Ernst Scoville. Per quanto riguarda Lars Nelle, non ne ho le prove. »

De Roquefort avrebbe voluto incalzare Geoffrey, ma sapeva che, mostrando interesse, avrebbe implicitamente ammesso le proprie responsabilità, così disse soltanto: « Sei un sognatore, fratello ».

« Sono stato chiamato in modi peggiori. »

« Perché mi stai aiutando? »

« Voglio diventare cavaliere, e solo tu puoi accordarmi questa nomina. Qualche sera fa, quando hai arrestato il siniscalco, mi hai giurato che non avrei mai avuto questa soddisfazione. Allora ho deciso di scegliere un percorso diverso, una strada che il vecchio maestro non avrebbe approvato. Così sono scappato col siniscalco per apprendere il più possibile e per poi offrirti ciò che desideri. In cambio, ti chiedo soltanto il perdono. »

« Se ciò che hai detto è vero, lo avrai. »

« Fra poco ritornerò alle rovine. Hanno deciso di accamparsi là, per questa notte. Hai già sperimentato quanto siano pieni di risorse, sia individualmente sia collettivamente. Anche se non pretendo di sostituire la mia capacità di giudizio alla tua, ti raccomando un'azione decisiva. »

« Ti assicuro, fratello, che la mia mossa sarà assolutamente decisiva. »

59

Malone si avvicinò all'altare. Illuminando con la torcia elettrica il lastrone orizzontale, aveva notato che sotto non c'era calcina.

Davanti all'altare si chinò e lo illuminò da vicino. «Questa lastra non è cementata.»

«Non vedo la ragione per cui dovrebbe esserlo», replicò Mark. «Si regge sul peso. Guardala. La lastra è spessa almeno dieci centimetri, ed è lunga quasi due metri.»

«Bigou ha nascosto il criptogramma nel sostegno dell'altare, a Rennes. Mi sono chiesto perché avesse scelto quel posto in particolare. Per arrivarci ha dovuto sollevare il lastrone abbastanza da estrarre il fermo, per poi far scivolare la fiala nella cavità. Un ottimo nascondiglio, che secondo me è anche un ulteriore messaggio.» Malone depose la torcia. «Dobbiamo spostare quest'affare.»

Mark andò a un'estremità e Malone prese posizione all'altra. Afferrando i lati del lastrone lo scossero per controllare se si muoveva.

«Hai ragione, è soltanto appoggiato», disse Mark. «Non vedo perché dovremmo essere delicati. Sbattiamolo giù.»

Insieme, i due uomini fecero oscillare la pietra a destra e a sinistra, spostandola sempre più di lato finché il lastrone non cadde sul pavimento.

Malone guardò dentro la cavità rettangolare che avevano appena aperto, ma vide che era piena di pietre.

«Ci sono un bel po' di sassi», affermò Mark.

Malone sorrise. «Così pare. Togliamoli.»

«A che scopo?»

«Se tu fossi Saunière e non volessi che qualcuno seguisse le tue tracce, questo lastrone sarebbe un buon deterrente, ma i sassi sarebbero ancora meglio. Come hai detto ieri, dobbiamo pensare come le perosne di un centinaio d'anni fa. Guardati intorno. Nessuno verrebbe qui a cercare un tesoro. Non c'è altro che macerie. E chi penserebbe di smontare questo altare? Si trova qui da secoli senza che nessuno l'abbia disturbato. Ma perché non celare ulteriormente il nascondiglio? »

Si affrettarono a tirar fuori tutte le pietre dall'interno del basamento, che era alto all'incirca un metro. Dieci minuti dopo, la cavità era vuota. Il fondo era pieno di terriccio.

Malone ci saltò dentro e gli parve di percepire una lieve vibrazione. Si chinò a scavare con le dita. Il terriccio non era più consistente della sabbia del deserto. Malone si fece dare la torcia elettrica e lo spazzò via con le mani. Dopo aver scavato per una ventina di centimetri, sentì qualcosa. Continuò a scavare e alla fine vide delle assi di legno.

Alzò lo sguardo e sorrise. « È gratificante avere ragione, non trovi? »

De Roquefort entrò nel salone e scrutò i suoi consiglieri. Dopo la conversazione telefonica con Geoffrey, aveva convocato d'urgenza gli ufficiali dell'Ordine.

« La Grande Eredità è stata trovata », annunciò.

I presenti rimasero sbalorditi.

« L'ex siniscalco e i suoi complici hanno localizzato il nascondiglio. Ho un fratello infiltrato tra loro, come spia. Mi ha riferito che hanno avuto successo. È tempo di reclamare la nostra Eredità. »

« Cosa proponi? » domandò uno di loro.

« Li raggiungeremo con un contingente di cavalieri e li sottometteremo. »

« Un altro spargimento di sangue? » domandò il cappellano.

« Non necessariamente, se l'azione sarà condotta con cura. »

Il cappellano non parve impressionato. « L'ex siniscalco e Geoffrey, che evidentemente è la tua spia, hanno già ferito due fratelli, qui nell'abbazia. Nulla fa pensare che non reagiranno. »

De Roquefort aveva sentito abbastanza. « Cappellano, questo non è un problema religioso. La tua opinione non è necessaria. »

« La salvezza dei membri dell'Ordine è una mia responsabilità. »

« Vuoi insinuare che non mi preoccupo della salvezza del nostro Ordine? Metti in discussione la mia autorità, criticando le mie decisioni? Rispondi, cappellano. »

Il veneziano mantenne un'espressione tranquilla e sicura. « Tu sei il mio maestro e ti devo obbedienza. Che io concordi con le tue decisioni non ha importanza. »

A de Roquefort non piacque il suo tono insolente.

« Tuttavia, maestro », continuò il cappellano, « non sei stato tu a sostenere che dovremmo contribuire tutti a decisioni di tale importanza? » Alcuni ufficiali annuirono. « Non hai detto al conclave che volevi seguire una politica nuova? »

« Cappellano, stiamo per dare inizio alla più grande missione che quest'Ordine abbia intrapreso da secoli. Non ho tempo di discutere con te. »

« Pensavo che pregare il Signore fosse la nostra missione più importante. E questa è una questione religiosa, della quale sono qualificato a parlare. »

« Puoi andartene », tagliò corto de Roquefort.

Il cappellano non si mosse.

« Se non te ne vai immediatamente, ti farò portare via e sarai ricondotto dinanzi a me più tardi per avere una punizione. » Fece una pausa. « Che non sarà piacevole. »

Il cappellano si alzò e chinò la testa. « Obbedisco ai tuoi comandi. »

« Ne riparleremo più tardi, te l'assicuro. » De Roquefort attese finché il cappellano non fu uscito, poi disse agli altri: « Abbiamo cercato a lungo la Grande Eredità. Ora è alla nostra portata. Ciò che è custodito in quel nascondiglio appartiene a noi e a nessun altro: la nostra Eredità. Io, sia chiaro, intendo reclamare ciò che ci spetta. Dodici cavalieri mi assisteranno. Lascio a voi l'incarico di scegliere questi uomini. Fateli armare di tutto punto e riuniteli nel gymnasium entro un'ora ».

Malone chiamò Stephanie e Cassiopea e chiese loro di portare il badile che avevano scaricato dalla Land Rover. Quando entrarono nella chiesa insieme con Henrik, furono subito messe al corrente di ciò che Malone e Mark avevano scoperto.

«Sei stato molto intuitivo», commentò Cassiopea.

«Ho anch'io i miei momenti fortunati.»

«Dobbiamo togliere il resto del terriccio», disse Stephanie. «Passami quel badile.»

Malome gettò via la polvere secca e, pochi minuti dopo, ripulì tre assi di legno annerito. Per metà della lunghezza erano unite da flange metalliche, mentre l'altra metà era un portello che si apriva verso l'alto.

«Il ferro è corroso e i cardini sono andati», affermò Malone. «Un centinaio d'anni di esposizione all'umidità si sono fatti sentire.»

«Cosa intendi con *un centinaio d'anni*?» domandò Stephanie.

«Questo portello l'ha costruito Saunière», intervenne Cassiopea. «Il legno è in buono stato, certo non vecchio di secoli. E sembra che sia stato tagliato e levigato a macchina, cosa impossibile nel legname risalente al medioevo. Saunière doveva trovare un modo facile per entrare e uscire, così, quando trovò questo ingresso, ricostruì il portello.»

«Sono d'accordo», annuì Malone. «Scostava il lastrone sul basamento solo per metà, toglieva i sassi e scendeva, per poi rimettere tutto a posto quando aveva finito. Da quello che ho saputo, era un uomo robusto e decisamente abile.»

Spinse l'orlo del badile nella fessura del portello e fece leva verso l'alto. Mark si sporse per afferrarne il bordo. Malone mise da parte il badile e unendo le loro forze i due uomini staccarono il portello dall'intelaiatura.

Thorvaldsen lanciò un'occhiata nell'oscurità della botola. «Stupefacente... Questo potrebbe essere il posto giusto.»

Stephanie puntò una torcia elettrica. Appoggiata a una parete, c'era l'estremità di una scala a pioli. «Che ne pensate, reggerà?»

«C'è un solo modo per scoprirlo.» Malone allungò una gamba e con cautela posò il piede sul primo piolo. La scala era costituita di spessi pali di legno, l'importante era che i chiodi non fossero troppo arrugginiti. Appoggiò di più il peso, tenendosi con le mani al bordo del basamento dell'altare nell'eventualità che la scala cedesse. Ma il piolo lo sostenne. «Mi sembra che regga.»

«Io sono più leggera», disse Cassiopea. «Mi piacerebbe scendere per prima.»

Malone sorrise. «Se non ti spiace, vorrei avere io l'onore.»

«Vedi che avevo ragione?» replicò la donna. «Anche tu vuoi sapere.»

Era la verità. Ciò che si trovava laggiù lo eccitava, come la ricerca di libri rari in anonime collezioni private: non si sapeva mai cosa si poteva trovare.

Sempre reggendosi al supporto dell'altare, posò tutto il peso sul secondo piolo. Distava circa quarantacinque centimetri dal primo. In fretta trasferì le mani sul legno della scala e scese ancora.

«Sembra okay», confermò.

Continuò a scendere, saggiando per prudenza ogni punto d'appoggio. Sopra di lui, Stephanie e Cassiopea squarciavano le tenebre con le loro torce, grazie alle quali si accorse di essere vicino al fondo. Mancava ancora un piolo. Il pavimentato era di ghiaia fine e di sassi.

«Datemi una torcia», disse Malone.

Thorvaldsen ne lasciò cadere una. Malone la prese al volo e girò il raggio intorno a sé. La scala era lunga circa quattro metri e mezzo. La botola da cui era sceso si trovava al centro di un corridoio naturale, uno di quelli che milioni di anni di piogge e disgeli delle nevi avevano scavato nell'arenaria. Lui sapeva che i Pirenei erano traforati da caverne e tunnel.

«Perché non salti giù dalla scala?» domandò Cassiopea.

«Meglio essere prudenti. Adesso mi sposto di lato. Buttate giù una pietra.»

«Ti sei spostato?» domandò Stephanie.

«Sì.»

Malone seguì la discesa della pietra e la vide colpire il terreno... per poi continuare più in basso.

Gli altri illuminarono il punto dell'impatto.

«Avevi ragione», commentò Cassiopea. «C'era una buca nascosta sotto la superficie.»

« Lanciate altre pietre, così vediamo dove inizia il pavimento vero. »

Altri quattro pezzi di roccia caddero dall'alto e rimbalzarono sulla dura terra. Ora sapeva dove saltare, così scese dalla scala e usò la torcia per esaminare la trappola. La cavità era larga un metro e profonda almeno altrettanto. Allungò una mano e recuperò un frammento della tavola di legno che ne aveva mimetizzato l'apertura. Era troppo sottile per sostenere il peso di un uomo, ma abbastanza robusta da poter essere coperta di polvere e sassi. Sul fondo della buca erano conficcati lunghi spunzoni di metallo. Il tempo li aveva coperti di una patina nera, ma non aveva diminuito la loro efficacia.

« Saunière ha preparato tutto con molta cura », commentò Malone.

« Dev'essere una trappola dei templari », osservò Mark. « È ottone? »

« Bronzo. »

« L'Ordine era esperto in metallurgia. Ottone, bronzo, rame... lavorava di tutto. La Chiesa proibiva la sperimentazione scientifica, ma loro impararono le nuove tecniche dagli arabi. »

« Quello strato di legno non può avere settecento anni », disse Cassiopea. « Saunière deve aver riparato anche la trappola dei templari. »

« Ciò significa che questa è solo la prima... » sentenziò Malone.

60

Malone attese che Stephanie, Mark e Cassiopea scendessero lungo la scala. Thorvaldsen rimase in chiesa ad aspettare il ritorno di Geoffrey, tenendosi pronto a calare gli strumenti necessari in caso di bisogno.

« Ciò che ho detto poco fa è vero », ribadì Mark. « I templari erano dei pionieri in fatto di trappole mortali. Nelle Cronache ho letto il resoconto delle tecniche ideate dall'Ordine. »

« Tenete gli occhi bene aperti », consigliò Malone. « Se vogliamo terminare questa ricerca, dobbiamo stare attenti a tutto. »

« Sono le tre passate », disse Cassiopea. « Fra due ore calerà il sole. Qui sotto fa già freddo adesso e dopo il tramonto saremo sottozero. »

La giacca teneva sufficientemente caldo, ma un paio di guanti e dei calzini termici avrebbero fatto comodo, ma quegli indumenti erano tra l'equipaggiamento che Geoffrey avrebbe dovuto acquistare. Solo la luce che scendeva dalla botola illuminava il passaggio, che si perdeva nel buio in entrambe le direzioni.

« Non è la luce del giorno quella che conta », disse Malone. « Quaggiù occorre comunque quella artificiale. Abbiamo bisogno che Geoffrey ci porti qualcosa da mangiare e degli indumenti più pesanti. Henrik! Appena il bravo fratello ritorna, faccelo sapere. »

« Va bene. Buona caccia, Cotton », replicò Thorvaldsen.

« Voi che ne pensate di questo posto? » domandò Malone.

« Potrebbe essere parte di un *horreum* », rispose Cassiopea. « Quando i romani governavano questa regione, costruirono magazzini sotterranei per la conservazione del cibo. Una versione primitiva delle celle frigorifere. Ne sono sopravvissuti parecchi. Forse ci troviamo in uno di essi. »

« E i templari sapevano della loro esistenza? » domandò Stephanie.

«Li usavano anche loro», disse Mark. «Avevano imparato dai romani. Quello che ha detto Cassiopea ha senso. Quando de Molay ordinò a Gilbert de Blanchefort di portare via il tesoro dal Tempio, il suo ufficiale potrebbe aver scelto un posto di questo genere. Sotto la chiesa di un'abbazia sconosciuta, senza nessun collegamento con l'Ordine.»

Malone puntò il raggio della torcia davanti a sé, poi si voltò a illuminare l'altra direzione. «Da che parte?»

«Buona domanda», rispose Stephanie.

«Tu e Mark andate di là. Cassiopea e io andremo di qua.» Malone si accorse che né Mark né Stephanie gradivano quella decisione. «Non c'è tempo per i vecchi rancori. Rimandate i litigi a dopo e fate il vostro lavoro. Non mi dicevi sempre così, Stephanie?»

«Hai ragione. Andiamo, Mark.»

Malone attese finché non li vide sparire nelle tenebre.

«Sei stato astuto», sussurrò Cassiopea. «Ma non è una mossa rischiosa? Tra loro ci sono troppi motivi di disaccordo.»

«La tensione li aiuterà ad apprezzarsi a vicenda.»

«Vale anche per noi due?»

Malone le puntò la torcia in faccia. «Lo sapremo presto. Vai avanti tu.»

De Roquefort e i dodici fratelli si stavano avvicinando alle antiche rovine da sud. Avevano evitato il paese di St. Agulous e parcheggiato le loro auto a un chilometro di distanza, nel folto della boscaglia. Si erano poi incamminati tra cespugli e rocce rossastre. Intorno a loro c'erano pendii verdeggianti e burroni purpurei, ma il sentiero era ben tracciato, forse grazie ai pastori locali che portavano al pascolo le pecore, e in breve li portò a meno di un chilometro dal mucchio di macerie che un tempo era stato un luogo di devozione.

Fece fermare la squadra e controllò l'orologio. Quasi le quattro del pomeriggio. Geoffrey aveva detto che sarebbe tornato proprio a quell'ora. Si guardò intorno. Le rovine erano appollaiate su una spianata rocciosa, un centinaio di metri più in alto. L'auto di Malone, invece, era parcheggiata più in basso.

« Al riparo tra gli alberi », ordinò de Roquefort. « E tenetevi nascosti, tutti. »

Pochi momenti dopo, una Land Rover arrivò lungo la salita sassosa e si fermò dietro la macchina di Malone. De Roquefort vide Geoffrey uscire dal fuoristrada e notò che il giovane controllava i dintorni con attenzione. Lui però non si fece vedere, poiché non era ancora sicuro che non si trattasse di una trappola.

Geoffrey esitò ancora accanto alla Land Rover, poi aprì il bagagliaio e tirò fuori due scatoloni. Infine s'incamminò lungo la salita, verso l'abbazia. De Roquefort attese finché Geoffrey non passò oltre, quindi uscì sulla stradicciola e disse: « Ti stavo aspettando, fratello ».

Geoffrey si voltò, sorpreso.

Sul volto pallido del giovane c'era un'espressione fredda e decisa. Non disse niente. Si limitò a deporre al suolo i due scatoloni, poi infilò una mano nella giacca a vento e ne tirò fuori una nove millimetri automatica. De Roquefort riconobbe l'arma. Era di fabbricazione australiana, uno dei numerosi modelli che si trovavano nell'arsenale dell'abbazia.

Geoffrey infilò un caricatore nel calcio. « Allora chiama i tuoi uomini e andiamo a concludere questa faccenda. »

Malone era invaso da una tensione insopportabile. Stava seguendo Cassiopea lungo il cunicolo sotterraneo, largo circa un metro e ottanta, e alto due metri e mezzo. Tra loro e la superficie c'erano cinque metri di roccia. Non amava i luoghi chiusi e opprimenti. Cassiopea, invece, sembrava avere nervi molto saldi, quasi fosse un agente abituato a lavorare in condizioni difficili e sotto pressione.

Malone procedeva con estrema cautela, i sensi tesi alla ricerca di altre trappole. Aveva sempre trovato divertente il fatto che, nei film d'avventura, i complicati trabocchetti, vecchi di centinaia o migliaia d'anni, funzionassero come se fossero stati ingrassati il giorno prima. Il ferro e la pietra erano sensibili all'aria e all'acqua, mentre col bronzo era un'altra faccenda: resisteva all'umidità, ed era proprio per quel motivo che veniva usato. Perciò le buche con gli spunzoni acuminati potevano essere un problema.

Cassiopea si fermò, puntando la torcia tre metri più avanti.

« Cosa c'è? » domandò Malone.

« Dai un'occhiata. »

Malone sovrappose il suo raggio luminoso a quello di lei. E lo vide.

Stephanie odiava gli spazi chiusi, ma non voleva confessare quella debolezza al figlio, che aveva già una così scarsa opinione di lei. Così cercò di controllarsi e domandò: « Come hanno fatto i cavalieri a nascondere il tesoro quaggiù? »

« Portandocelo un po' per volta. Niente li avrebbe fermati, se non la cattura o la morte. »

« Dev'essere stato molto faticoso. »

« Certo non avevano fretta. » Prima di ogni passo, Mark metteva un piede avanti a tastare il terreno. « I loro trabocchetti saranno pure poco sofisticati, ma sono efficaci. L'Ordine gestiva depositi di oggetti preziosi in tutta Europa. La maggior parte erano difesi da guardie e da trappole anti-uomo. Visto che questo posto doveva rimanere segreto, evidentemente hanno soltanto seminato il cammino di trappole. L'ultima cosa che avrebbero voluto era un via vai di cavalieri che avrebbe attirato l'attenzione. »

« A tuo padre sarebbe piaciuto... » si lasciò sfuggire Stephanie.

« Lo so. »

Stephanie illuminò qualcosa su una parete. « Guarda. »

NON NOBIS DOMINE.

NON NOBIS SED NOMINI TUO DA GLORIAM.

PAUPERS COMMILITONES CHRISTI TEMPLIQUE SALAMONIS

« Cosa dice? » domandò Stephanie.

« 'Non a noi, o Signore, non a noi, ma al tuo nome dà gloria.

Poveri Soldati di Cristo e del Tempio di Salomone.' È il motto dei templari. »

« Allora è vero. Il posto è questo. »

Mark rimase in silenzio.

« Che Dio mi perdoni », mormorò Stephanie.

« Dio ha poco a che vedere con questa situazione. È stato l'uomo a crearla, e toccherà all'uomo metterci rimedio. » Mark mosse la torcia per indicare più avanti lungo il cunicolo. « Guarda là. »

Nell'alone di riflessi, Stephanie vide una griglia metallica, che dava su un altro passaggio. « È laggiù che hanno immagazzinato tutto? »

Senza aspettare la risposta, aggirò Mark e proseguì. Ma dopo pochi passi lo sentì gridare: « No! »

Poi il terreno scivolò via.

Malone studiò l'oggetto illuminato dal raggio delle torce. Uno scheletro. Giaceva semidisteso sul pavimento, con le spalle, il collo e il cranio appoggiati alla parete.

« Diamo un'occhiata più da vicino », suggerì.

Mentre si accostavano con cautela, Malone notò una leggera depressione nel suolo e afferrò Cassiopea per una spalla.

« L'ho vista », affermò lei, fermandosi. « È lunga almeno un paio di metri. »

« Per fortuna il legno che copre queste dannate fosse si è deformato, altrimenti sarebbero invisibili. »

Si avvicinarono allo scheletro aggirando la trappola.

« Guarda il torace, le costole e la faccia. Le ossa sono bucate. Quest'uomo è caduto nella trappola e gli spunzoni hanno provocato le fratture. »

« Chi può essere? »

Qualcosa attrasse lo sguardo di Malone. Chinandosi, notò una collana d'argento annerito tra le ossa. L'afferrò e, appeso alle maglie, dondolò un medaglione. « Il sigillo dei templari. Due uomini in groppa a un solo cavallo. Rappresenta il voto di povertà. Secondo me questi sono i resti del maresciallo che incontrò Gélis. Non appena ha avuto la soluzione del criptogramma, è venuto qui e ha scoperto l'ingresso, ma non è stato abbastanza cauto. Probabilmente anche Saunière ha trovato il cadavere e lo ha lasciato dove stava.»

«Ma com'è possibile che Saunière sia arrivato fino a qui? Come ha fatto a risolvere il criptogramma? Mark mi ha lasciato leggere quel rapporto e, secondo la testimonianza di Gélis, Saunière non aveva idea di quale fosse la chiave del codice.»

«Sempre che il rapporto del maresciallo sia veritiero. Uno dei due - o Saunière o il maresciallo - ha ucciso Gélis per impedire che rivelasse ad altri ciò che aveva decifrato. Se è stato il maresciallo, cosa che mi sembra probabile, il rapporto è un depistaggio, un modo per impedire che, lasciando l'abbazia, i suoi fratelli sospettassero che era venuto qui a impadronirsi della Grande Eredità. E cosa importa che abbia annotato il criptogramma? Non c'era modo di risolverlo senza la giusta sequenza numerica.» Malone distolse la sua attenzione dal cadavere e puntò la torcia lungo il corridoio. «Guarda.»

Cassiopea si alzò e i due andarono a osservare la croce coi quattro bracci uguali, dalle estremità svasate, scolpita nella roccia. «La croce dei templari. Quella che, per decreto papale, soltanto loro potevano portare.»

«Le croci erano rosse in campo bianco per simbolizzare la volontà di soffrire il martirio durante la lotta contro gli infedeli.» Malone alzò la torcia a illuminare la scritta sopra la croce.

PAR CE SIGNE TU LE VAINCRAS

«*Con questo segno lo vincerai*», tradusse Malone. «Queste stesse parole sono dipinte sopra l'acquasantiera, all'ingresso della chiesa di Rennes.»

«È ciò che venne annunciato a Costantino prima della battaglia contro Massenzio.»

«Con una differenza. Mark mi ha fatto notare che non c'era il pronome *lo* nella frase originale. Solo: *Con questo segno vincerai.*»

«Hai ragione.»

«Saunière inserì il *le* dopo il *tu*, come tredicesima e quattordicesima lettera nella frase: 1314.»

« L'anno in cui de Molay fu messo al rogo. »

« Sembra che a Saunière piacesse un tocco d'ironia nei suoi simbolismi, e fu da qui che prese l'idea. »

Malone illuminò il passaggio e notò che, a pochi metri di distanza, c'era una griglia metallica chiusa da una catena e da un lucchetto.

« Sembra che lo abbiamo trovato », affermò Cassiopea.

Dietro di loro ci fu un tonfo, e una voce gridò: « No! »

I due si voltarono.

61

De Roquefort si fermò all'ingresso delle rovine e accennò ai suoi uomini di disporsi ai lati. Quel posto era sgradevolmente silenzioso. Nessun movimento. Niente. Geoffrey era al suo fianco.

De Roquefort aveva portato con sé una nutrita squadra di uomini ben armati per essere sicuro di portare a termine la missione. I suoi consiglieri avevano scelto ottimi elementi: quegli uomini erano i migliori, combattenti esperti, d'indiscutibile destrezza e coraggio.

Sbirciò oltre un mucchio di macerie incrostate di licheni. Il cielo si stava scurendo e il sole batteva in ritirata dietro le montagne. Presto sarebbe arrivato il buio. E la situazione meteorologica non lo lasciava tranquillo. Sui Pirenei, i temporali estivi potevano sopraggiungere senza preavviso.

De Roquefort fece un gesto e i suoi uomini cominciarono ad avanzare, inerpicandosi su macigni e sezioni di muri crollati. Notò che Malone e gli altri avevano preparato un piccolo campo, fra tre pareti ancora parzialmente intatte. La legna era pronta per un fuoco che aspettava solo di essere acceso.

« Io vado dentro », sussurrò Geoffrey. « Mi stanno aspettando. »

De Roquefort annuì.

Geoffrey s'incamminò con calma e attraversò il campo. Nei dintorni non si vedeva ancora nessuno. Poi il giovane scomparve nel profondo delle rovine. Pochi momenti dopo ne uscì, facendo segno ai fratelli di raggiungerlo.

De Roquefort ordinò ai suoi uomini di aspettare e uscì allo scoperto.

« Nella chiesa c'è soltanto Thorvaldsen », lo informò Geoffrey.

« Quale chiesa? »

« I monaci hanno scavato una chiesa nella roccia. Malone ha

scoperto sotto l'altare una botola che porta nel sottosuolo. Gli altri adesso stanno esplorando quei cunicoli. Ho detto a Thorvaldsen che tornavo fuori a prendere i rifornimenti. »

« Voglio conoscere Henrik Thorvaldsen. »

Con la pistola in mano, seguì Geoffrey. Thorvaldsen dava loro le spalle, intento a guardare all'interno di quello che un tempo era stato il basamento di sostegno dell'altare.

Il vecchio si voltò.

De Roquefort puntò la pistola. « Non dica una parola. »

Stephanie stava scivolando in una delle trappole. Come aveva fatto a essere tanto sbadata? Quando aveva letto le parole incise nella roccia e aveva visto il cancello, si era resa conto che suo marito aveva ragione. Così, abbandonando ogni cautela, si era precipitata verso la griglia. Mark aveva cercato di fermarla, ma era già troppo tardi.

Ora stava cadendo.

Alzò le braccia per tentare di mantenere l'equilibrio e cercò di prepararsi all'impatto con gli spunzoni di bronzo. Ma a un tratto sentì un braccio cingerla intorno al petto. Poi cadde all'indietro sbattendo la schiena a terra, mentre un altro corpo ammortizzava l'impatto.

Un secondo più tardi, era tutto finito.

Mark si mosse accanto a lei.

« Tutto bene? » domandò Stephanie, scostandosi da lui.

« Questi sassi hanno dato un dolce benvenuto alla mia schiena », rispose suo figlio, alzandosi.

Il buio venne squarciato dai bagliori di due luci oscillanti, e apparvero Cassiopea e Malone.

« Cos'è successo? » domandò quest'ultimo.

« Non sono stata molto prudente », ammise Stephanie, spazzolando via la polvere dai vestiti.

Malone illuminò l'interno della buca rettangolare. « Gli spunzoni sono ancora affilatissimi... Potevi morire. »

Stephanie si avvicinò alla fossa, poi si voltò verso il figlio. « Grazie. »

Mark si stava massaggiando i muscoli del collo. « Di niente. »

« Malone », intervenne Cassiopea. « Dai un'occhiata. »

Stephanie si accostò agli altri due, che stavano studiando la scritta trovata da lei e da Mark. « Volevo andare verso quel cancello, quando sono caduta nella buca. »

« Ce ne sono due », mormorò Malone. « Alle estremità opposte di questo corridoio. »

« C'è un cancello anche laggiù? »

« Con un'altra iscrizione. »

Stephanie ascoltò mentre Malone riferiva quello che avevano trovato.

« Sono d'accordo con te », affermò Mark. « Lo scheletro dev'essere quello del maresciallo. » Estrasse una collana dalla scollatura della maglia. « Tutti noi portiamo il medaglione. Ci viene consegnato durante la cerimonia d'iniziazione. »

« A quanto pare i templari ci hanno lasciato due scelte. » Malone indicò la trappola. « E hanno reso il cammino molto accidentato... Il maresciallo avrebbe dovuto essere più cauto. » Poi guardò Stephanie. « Tutti dovremmo esserlo. »

« Hai ragione », ammise la donna. « Ma, come tu non hai ancora smesso di rammentarmi, io non sono un agente operativo. »

Malone sorrise. « Allora vediamo cosa c'è dietro quel cancello. »

De Roquefort puntò la pistola dritta contro le sopracciglia corrugate di Henrik Thorvaldsen. « Mi è stato detto che lei è uno degli uomini più ricchi d'Europa. »

« E a me hanno detto che lei è uno dei più ambiziosi prelati di cui si abbia memoria. »

« Lei non dovrebbe ascoltare Mark Nelle. »

« Non lo faccio. È stato suo padre a dirmelo. »

« Lars Nelle non mi conosceva. »

« Io non ne sarei così sicuro. Lei lo seguiva dappertutto. »

« E ho solo perso tempo. »

« Perciò è stato più facile ucciderlo? »

« Pensa veramente che io abbia assassinato Lars Nelle? »

« Lui ed Ernst Scoville. »

« Non ha capito niente. »

« Ho capito che lei è un problema per la società. » Thorvaldsen indicò Geoffrey. « E so che lui è uno che tradisce i suoi amici e il suo Ordine. »

Geoffrey incassò l'insulto con un'ombra sdegnosa nei pallidi occhi grigi, che però si dissolse subito. « Io ho giurato di essere fedele al maestro. »

« E ci hai venduti per non tradire un giuramento? »

« Non mi aspetto che lei capisca. »

« Non posso e non voglio. »

De Roquefort abbassò l'arma, poi fece un gesto ai suoi uomini. Mentre entravano nella chiesa, accennò loro di fare silenzio. Pochi segnali manuali e tutti capirono all'istante che sei di loro dovevano appostarsi fuori e gli altri sei occupare l'interno.

Malone girò intorno alla trappola e si avvicinò al cancello, seguito dagli altri. Appeso alla catena c'era un lucchetto a forma di cuore. « Ottone. » Posò una mano sulle sbarre. « Ma il cancello è di bronzo. »

« Il lucchetto e la catena risalgono all'epoca di Saunière », disse Mark. « L'ottone era raro nel medioevo. È una lega per cui occorre lo zinco, e allora non era facile procurarselo. »

« Il lucchetto è un *coeur-de-brass* », spiegò Cassiopea. « Un tempo in questa regione si usavano per chiudere le catene degli schiavi. »

Nessuno di loro si mosse per aprire il cancello: poteva esserci un altro trabocchetto.

Con uno stivale, Malone scostò cautamente la ghiaia e saggiò il terreno che aveva davanti. Teneva. Usò la torcia per esaminare l'esterno del cancello. Due cardini di bronzo erano fissati al montante destro. Diresse la luce oltre le sbarre. C'era un corridoio che dopo poco più di un metro faceva una brusca svolta a destra.

Rigirò tra le dita il lucchetto e la catena. « Non credo che riusciremo a forzarlo. »

« Che ne pensi di tagliare la catena? » domandò Cassiopea.

« Sarebbe l'unica soluzione. Ma con cosa? »

« Ho portato le cesoie. Sono nella cassetta degli attrezzi, di sopra, accanto al generatore. »

« Vado a prenderle io », propose Mark.

« C'è qualcuno lassù? »

Il richiamo che echeggiò dal basamento dell'altare fece sussultare de Roquefort. Poi si rese conto che era la voce di Mark Nelle. Thorvaldsen fece per rispondere, ma lui lo afferrò e gli tappò la bocca con una mano. Quindi fece un cenno a uno dei fratelli, che si precipitò a imbavagliare il vecchio che cercava di divincolarsi. Un altro cenno col capo, e il prigioniero fu trascinato in un angolo della chiesa.

« Rispondigli », sussurrò a Geoffrey. Era un'ottima occasione per saggiare l'affidabilità del nuovo alleato.

Geoffrey s'infilò la pistola nella cintura e si avvicinò all'altare. « Ci sono io. »

« Sei tornato, bene. Qualche problema? »

« Nessuno. Ho comprato tutto il necessario. Cosa state facendo là sotto? »

« Abbiamo trovato qualcosa, ma ci servono le cesoie. Sono nella cassetta degli attrezzi, vicino al generatore. »

Cos'avevano trovato?

Geoffrey lasciò cadere le cesoie.

« Grazie », esclamò Mark. « Vieni anche tu? »

« È meglio che rimanga qui con Thorvaldsen a tenere d'occhio la situazione. »

« Buona idea. Dov'è Henrik? »

« Sta sistemando la roba che ho comprato e poi approntera il campo per la notte. Il sole è quasi tramontato. Io gli darò una mano. »

« Prepara anche il generatore. Potremmo avere bisogno delle lampade alogene, tra poco. »

« Va bene. » Geoffrey attese un momento, poi si allontanò dall'altare e sussurrò: « Se n'è andato ».

De Roquefort sapeva cosa fare. « È ora di prendere in mano la situazione. »

Malone impugnò le cesoie e piazzò le due tozze lame intorno a un anello d'ottone, poi fece forza e la catena e il lucchetto piombarono a terra.

Cassiopea si chinò a raccoglierli. « Alcuni musei pagherebbero una bella somma di denaro per avere questi oggetti. Non è facile trovarli in queste condizioni. »

« E noi abbiamo spaccato la catena », considerò Stephanie.

« Non è che ci fosse molta scelta », osservò Malone, puntando la torcia oltre le sbarre. « State indietro. Io aprirò lentamente. Sembra tutto a posto, ma non si sa mai. »

Fissò le cesoie intorno a una sbarra, poi indietreggiò il più possibile, accostandosi al muro. I cardini erano molto duri, ma alla fine il cancello si aprì.

Stava per avanzare all'interno, quando dall'alto echeggiò una voce.

« Mr Malone, Henrik Thorvaldsen è nelle mie mani. Sarebbe opportuno che lei e i suoi compagni veniste fuori. Subito. Vi do un minuto, poi ucciderò questo vecchio. »

62

Malone fu l'ultimo a risalire. Quando emerse dalla botola, si accorse che la chiesa era tenuta sotto controllo da sei uomini armati, oltre a de Roquefort. Fuori, il sole era tramontato. La navata ora prendeva luce da due piccoli fuochi, il cui fumo fuggiva nella notte attraverso le feritoie aperte nei muri.

« Mr Malone, finalmente ci incontriamo di persona », disse Raymond de Roquefort. « Se l'è cavata bene, nella cattedrale di Roskilde. »

« Mi lusinga che lei sia un mio ammiratore. »

« Come hai fatto a trovarci? » domandò Mark.

« Certo non grazie al diario di Lars Nelle. Quando Monsieur Claridon ha decifrato il criptogramma, il messaggio non ci è stato di nessun aiuto, naturalmente. Tuo padre affermava di aver nascosto i segreti di Dio. Dimmi, visto che sei sceso là sotto, ha davvero nascosto quei segreti? »

« Mio padre non ha mai avuto la possibilità di scoprirli », rispose Mark.

« Allora ci penseremo noi. Ma per rispondere alla tua domanda... »

« Geoffrey ci ha tradito », intervenne Thorvaldsen.

« Cosa? » esclamò Mark.

Malone si era già accorto che Geoffrey aveva una pistola in mano. « È vero? »

« Io sono un fratello del Tempio, fedele al maestro. Ho fatto il mio dovere. »

« Il tuo dovere? » sbottò Mark. « Tu, ingrato bugiardo. » Si scagliò verso il traditore, ma due fratelli gli bloccarono la strada. Geoffrey non fece una piega. « Mi hai liberato solo perché de Roquefort potesse avere la meglio? È questo che il nostro maestro ti ha insegnato? Lui si fidava di te. Anch'io mi fidavo di te. »

« Sospettavo che saresti stato un ostacolo », disse Cassiopea. « Te lo leggevo in faccia. »

« Chi di spada ferisce... » ironizzò de Roquefort. « Anche lei mi ha preso in giro, lasciandomi il diario di Nelle, ad Avignone. Pensava che mi avrebbe tenuto occupato per un po'. Ma come vede la lealtà della confraternita non conosce limiti. » De Roquefort si rivolse a Malone. « Ho sei uomini qui e altri sei fuori. Voi non avete armi, o almeno così mi ha detto fratello Geoffrey. Ma per essere più sicuri... » Fece un cenno e uno degli uomini perquisì prima Malone, poi tutti gli altri.

« Cos'hai fatto? Hai chiamato l'abbazia quando sei andato in città? » domandò Mark a Geoffrey. « Mi chiedevo perché ti fossi offerto volontario. Negli ultimi due giorni non ti eri mai allontanato da me. »

Geoffrey continuò a fronteggiarlo, impassibile.

« Sei un individuo disgustoso! » sbottò Mark.

« Sono d'accordo », affermò de Roquefort. Puntò la pistola e sparò tre colpi al petto di Geoffrey. Le pallottole fecero barcollare il giovane all'indietro, poi l'altro completò l'esecuzione con un colpo alla testa.

Mark fissò de Roquefort, attonito.

Il maestro gli puntò la pistola contro. « Geoffrey mi ha aggredito, all'abbazia. L'aggressione a un maestro è un'infrazione alla Regola punibile con la morte. »

« Non negli ultimi cinquecento anni! » urlò Mark.

« Era un traditore. Prima ha tradito me, poi anche te. Questo è il rischio che corre chi fa la spia. Senza dubbio, lui lo sapeva. »

« Sai anche quello che stai rischiando tu? »

« Una strana domanda, da parte di un uomo che ha ucciso un fratello dell'Ordine. Anche quell'atto è punibile con la morte. »

Malone capì che quella discussione era a uso dei presenti. De Roquefort aveva bisogno di un nemico, almeno per il momento.

« Ho fatto ciò che dovevo », replicò Mark.

De Roquefort tirò indietro il percussore della sua automatica. « Anch'io. »

Stephanie si interpose tra i due uomini, riparando Mark col suo corpo. « Dovrà uccidere anche me. »

« Se sarà necessario... »

« Ma io sono cristiana, e non ho fatto del male a nessun fratello. »

« Parole, soltanto parole. »

Stephanie mostrò la medaglia che portava al collo. « La Vergine. » Con quella mossa, la donna voleva smascherare la sceneggiata del maestro dinanzi ai suoi uomini.

De Roquefort adesso non aveva più alibi per giustificare le sue azioni. Ammirò il coraggio di Stephanie. Bisognava avere un grande sangue freddo per mettersi davanti a una pistola puntata. Non male, per una che aveva trascorso la vita dietro la scrivania. Abbassò l'arma.

Malone si avvicinò al corpo sanguinante di Geoffrey. Uno degli uomini alzò una mano per fermarlo.

« Io non lo farei, se fossi te », lo avvertì lui.

« Lascialo passare », disse de Roquefort.

Chinandosi sul cadavere, Malone notò che il viso di Henrik era contratto dal dolore.

Il vecchio stava piangendo.

« Tu e io scenderemo là sotto, così mi mostrerai ciò che avete trovato », disse de Roquefort a Mark. « Gli altri resteranno qui. »

« Vai a farti fottere. »

De Roquefort scrollò le spalle e puntò la pistola contro Thorvaldsen. « Lui è ebreo... »

« Non provocarlo, Mark », intervenne Malone. « Fai quello che dice. » Si augurava che capisse che quello era il momento di assecondare il nemico.

« Va bene », disse Mark.

« Vorrei venire con voi », propose Malone.

« No », replicò de Roquefort. « Questa è una faccenda della confraternita. Anche se non ho mai considerato Nelle un vero templare, perlomeno ha preso i voti, e questo conta qualcosa. Inoltre, la sua esperienza potrebbe essere utile. Lei, invece, è soltanto un problema. »

« Come sa che Mark le obbedirà? »

« Lo farà. Altrimenti, cristiani o no, morirete tutti, a uno a uno. »

Mark scese la scala a pioli, seguito da de Roquefort, poi indicò a sinistra.

De Roquefort infilò la pistola nella fondina a spalla e puntò la torcia elettrica davanti a sé. «Fammi strada. E ricordati quello che succederà, se mi giocherai qualche scherzetto.»

Mark accese la sua torcia e si avviò. Rallentarono in prossimità della fossa che per poco non aveva inghiottito Stephanie.

«Ingegnoso», commentò de Roquefort.

Si avvicinarono al cancello, ancora aperto.

Mark ripensò all'avvertimento di Malone sulla possibilità che ci fossero altre trappole, così procedette con molta cautela. Poco più avanti, il passaggio si restringeva a una larghezza di appena novanta centimetri, poi voltava bruscamente a destra. Successivamente faceva un'altra svolta, a sinistra.

Mark avanzò lentamente, oltrepassò l'ultima curva e si fermò.

Davanti a lui si aprì una camera quadrata, con un soffitto alto e arrotondato. Quel luogo era un magazzino perfetto. Mentre il raggio luminoso scioglieva la tenebra, apparve una moltitudine di oggetti stupefacenti.

Dapprima Mark vide le statue. Lungo la parete in fondo, ordinati in file, come soldati, erano allineate rappresentazioni della Vergine col Bambino, angeli e mezzobusti di santi. Poi notò lo scintillio dell'oro nelle casse rettangolari. Alcune erano ricoperte di piastre d'avorio, altre rivestite di mosaici d'onice e d'oro, altre ancora rinforzate in rame e decorate con bassorilievi. Probabilmente, quelle casse così preziose erano state create per ospitare sacre reliquie, ma, data la situazione, erano state utilizzate come semplici contenitori.

De Roquefort poggiò a terra lo zaino che aveva a tracolla e, all'improvviso, la camera fu inondata dalla vivida luce delle lampade alimentate a batteria. L'uomo gliene consegnò una. «Queste funzionano meglio.»

Mark prese la lampada e, insieme col maestro, si apprestò a scoprire il tesoro nascosto in quella stanza.

« Posso coprirlo? » chiese Malone a uno dei fratelli, accennando al cadavere di Geoffrey.

« Con che cosa? »

« I cavi elettrici per le lampade sono avvolti in un telo. Potrei usare quello. » Indicò dall'altra parte della navata, oltre uno dei fuochi accesi.

L'uomo considerò la richiesta un momento, poi disse: « Va bene ».

Malone prese il telo e avvolse il corpo di Geoffrey. Tre guardie si erano spostate accanto all'altro fuoco. Le altre tre avevano preso posizione presso l'uscita.

« Non era un traditore », mormorò Henrik. Tutti lo guardarono. « È entrato qui da solo e mi ha detto che fuori c'era de Roquefort. Gli aveva telefonato lui. Era stato costretto a farlo. Il defunto maestro gli aveva fatto giurare che, una volta trovata l'Eredità, avrebbe informato de Roquefort. Non aveva scelta. Non avrebbe voluto farlo, ma aveva fede nel vecchio maestro. Mi ha chiesto di recitare la parte, mi ha supplicato di perdonarlo e ha promesso che mi avrebbe difeso. Purtroppo io non ho potuto restituirgli il favore. »

« È stato stupido da parte sua », commentò Cassiopea.

« Forse », replicò Thorvaldsen. « Ma la parola data significava qualcosa per lui. »

« Ha detto perché gli è stato imposto di chiamare de Roquefort? » chiese Stephanie.

« Ha detto solo che il maestro voleva che Mark e de Roquefort si confrontassero. Il compito di Geoffrey era assicurarsi che ciò avvenisse. »

« Mark non può affrontare quell'uomo », disse Malone. « Ha bisogno d'aiuto. »

« Sono d'accordo », aggiunse Cassiopea, parlando tra i denti, senza muovere la bocca.

« Le probabilità non sono buone », continuò Malone. « Loro sono armati, mentre noi no. »

« Io non ci scommetterei », sussurrò Cassiopea.

Mark ammirò l'immenso tesoro che lo circondava. Gli scrigni contenevano un'incredibile quantità d'argento e d'oro, sia in monete sia in lingotti. C'erano dinari d'oro, dracme d'argento e monete bizantine. E gioielli. Tre casse scintillavano colme di pietre preziose. Troppe perfino per l'immaginazione. Il suo sguardo si spostò sui calici e sulle urne reliquiarie, per la maggior parte d'avorio, di cristallo, d'argento e laminato in oro. Alcune erano lavorate a sbalzo con figure umane e incastonate di pietre preziose. Si domandò di chi fossero i resti umani che probabilmente contenevano. Su una di esse non poteva avere dubbi. Lesse il nome inciso, *De Molay*, con gli occhi fissi sul tubolare in cristallo.

De Roquefort si avvicinò.

Nell'urna c'erano frammenti di ossa annerite. Jacques de Molay era stato bruciato vivo su un'isola della Senna, all'ombra di Notre Dame, mentre gridava la sua innocenza e malediceva Filippo IV, che assisteva spassionatamente all'esecuzione. Durante la notte, alcuni fratelli avevano attraversato a nuoto il fiume e avevano cercato tra le ceneri calde. Poi erano tornati indietro portando le ossa di de Molay in bocca. Ora lui stava osservando proprio quelle reliquie.

De Roquefort si fece il segno della croce e mormorò una preghiera. «Guarda cos'hanno fatto.»

«Questo significa che qualcuno ha visitato questo posto, dopo il marzo 1314. Devono aver continuato a venire qui finché non morirono tutti. Erano in cinque a conoscere questo nascondiglio. Sicuramente, la Morte Nera se li portò via dal primo all'ultimo, alla metà del XIV secolo. Ma non hanno mai rivelato niente ad anima viva, e questa cripta è andata perduta per sempre.»

Si voltò e la sua lampada rivelò, allineati lungo una parete, crocifissi e statue d'ebano, almeno una quarantina, in stili che andavano dal romanico al tedesco, dal bizantino al gotico. I dettagli erano così curati che quelle statue sembravano quasi respirare.

«È spettacolare», commentò de Roquefort.

La quantità di oggetti era incalcolabile. Le nicchie scavate nella roccia erano stracolme. Mark aveva studiato a fondo l'arte medievale, e si rese conto che lì era raccolta la più vasta collezione di capolavori e opere d'artigianato di quell'epoca.

Alla sua destra, sopra un leggio di marmo, c'era un grosso libro. La copertina scintillava - probabilmente era rivestita d'oro - ed era costellata di perle. Evidentemente qualcuno aveva già aperto quel libro, perché lì sotto c'erano pezzi di pergamena decomposta, sparsi come foglie. Si chinò, accostò la lampada ai frammenti e scorse delle lettere latine. Riuscì a leggere alcune frasi e subito capì che era un inventario.

De Roquefort notò il suo interesse. « Di che si tratta? »

« Un elenco. Probabilmente Saunière cercò di esaminarlo, quando trovò questo posto. Ma bisogna andarci cauti con la pergamena. »

« Un ladro, ecco cos'era. Nient'altro che un comune ladro. »

« E noi cosa siamo? »

« È roba nostra. Lasciata a noi dallo stesso de Molay. Tutto questo è *nostro*. »

L'attenzione di Mark fu attirata da una cassa semiaperta. Accostò la lampada e vide altre pergamene. Con cautela aprì del tutto il coperchio. Non osava toccare i fogli accatastati con ordine, così si sforzò di decifrare quello che c'era scritto sulle copertine. Antico francese, stabilì subito. Da quello che poté leggere, comprese che si trattava di un testamento.

« Documenti che l'Ordine aveva in custodia. Questa cassa dev'essere piena di testamenti e donazioni del XIV secolo. » Mark scosse il capo. « I fratelli si accertarono di fare il loro dovere sino alla fine. Quante cose potremmo apprendere da questi documenti. »

« Qui non c'è tutto », affermò de Roquefort. « Non ci sono libri, neppure uno. Dov'è la fonte della conoscenza dei templari? »

« È ciò che vedi. »

« No, c'è dell'altro. Ma dove? »

Mark fronteggiò de Roquefort. « Questo è tutto. »

« Non fare il finto tonto con me. I nostri fratelli nascosero anche i libri, e tu lo sai. Filippo il Bello non li trovò mai, perciò devono essere qui. C'è dell'altro, te lo leggo in faccia.. » De Roquefort estrasse la pistola e la puntò contro la fronte di Mark. « Parla. »

« Preferisco morire. »

« E se fosse tua madre a morire? O i tuoi amici? Perché li ucciderò tutti, davanti a te, finché non mi dirai ciò che voglio sapere. »

Mark non aveva paura di de Roquefort, ma anche lui voleva sapere. Suo padre aveva cercato quel tesoro per anni, senza trovare niente. Cos'aveva detto il defunto maestro di lui a sua madre? *Non ha la risolutezza necessaria per portare a termine le sue battaglie.* Sciocchezze. L'oggetto della ricerca di suo padre si trovava a pochi passi da lì.

« Va bene. Vieni con me. »

« Si sta facendo buio », disse Malone al fratello che sembrava al comando. « Possiamo avviare il generatore per accendere quelle lampade? »

« Dobbiamo aspettare il ritorno del maestro. »

« Anche loro avranno bisogno di queste lampade, e per mettere tutto in funzione occorrono alcuni minuti. Se non sbaglio, al vostro maestro non piace aspettare. »

« Va bene, fai pure. »

Malone si avvicinò agli altri. « L'ha bevuta. Prepariamo tutto. »

Stephanie e Malone s'incamminarono verso una delle unità, che consisteva in due lampade alogene, montate su tripodi arancione, mentre Henrik e Cassiopea prendevano l'altra. Piazzarono i tripodi ai lati opposti della chiesa e orientarono le lampade verso l'alto. Poi collegarono i cavi al generatore, presso l'altare. Accanto al generatore c'era la cassetta degli attrezzi. Cassiopea ci stava frugando dentro, quando una delle guardie la fermò.

« I contatti dei cavi vanno fissati con dei bulloni. Non si possono usare pinze a molla con questo amperaggio. Sto soltanto cercando un cacciavite. »

L'uomo esitò, poi si fece da parte. Aveva la pistola in una fondina alla cintura, e sembrava pronto a usarla. Cassiopea rovistò nella cassetta e tirò fuori il cacciavite, tenendolo bene in vista. Alla luce del fuoco collegò i cavi ai contatti del generatore.

« Controlliamo che i cavi siano allacciati bene alle lampade », disse la giovane donna a Malone.

I due si avviarono con aria indifferente verso uno dei tripodi.

« La mia pistola a dardi è nella cassetta degli attrezzi », sussurrò lei.

« Suppongo che sia lo stesso simpatico giocattolo che hai usato a Copenhagen », replicò Malone.

« Sono dardi ad azione rapida. Ho soltanto bisogno di qualche secondo per spararli. » Cassiopea armeggiò intorno al tripode per prendere tempo.

« E quanti colpi hai? »

Cassiopea finse di terminare quello che stava facendo. « Quattro. »

Andarono verso l'altro tripode. « I nostri amici sono sei. »

« Gli altri due sono un problema tuo. »

Si fermarono accanto al secondo tripode. « Dobbiamo coglierli di sorpresa. Ho un'idea. »

« Era ora. »

63

Mark e de Roquefort proseguirono oltre la scala, verso il lato del passaggio sotterraneo che Malone e Cassiopea avevano soltanto cominciato a esplorare. Dalla chiesa non filtrava nessuna luce. Dopo aver lasciato la camera del tesoro, Mark aveva raccolto le cesoie, nell'ipotesi che anche l'altro cancello fosse chiuso con una catena.

Giunsero all'altezza della frase incisa sul muro.

« Con questo segno lo vincerai », lesse de Roquefort. Il raggio della sua torcia illuminò il secondo cancello. « È quello? »

Mark annuì, poi gli indicò lo scheletro disteso contro il muro. « È il maresciallo... »

« Ha avuto quello che si meritava », affermò de Roquefort.

« Tu invece sei nel giusto? »

« Io sono in missione per l'Ordine. »

Mark notò una leggera depressione nel terreno, più avanti. Senza dire una parola, passò rasente al muro ed evitò la trappola. De Roquefort lo seguì come se non l'avesse neppure notata, con gli occhi incollati sullo scheletro.

Mark aprì il cancello e notò che c'erano le stesse due svolte a gomito dell'altro cunicolo. Procedette con estrema cautela, ma, nel bagliore dorato della lampada, non vedeva altro che roccia nuda. Oltrepassò la prima svolta, poi la seconda. De Roquefort era alle sue spalle. Infine entrarono in un altro locale, ancora più ampio della prima camera del tesoro.

Quella stanza era gremita di plinti in pietra, con sostegni di tutte le forme e dimensioni, su cui erano accatastati con ordine centinaia di libri.

Mark ebbe subito la sensazione che, purtroppo, quei manoscritti fossero rovinati. Benché la camera fosse fresca e asciutta, il trascorrere degli anni aveva sicuramente danneggiato le pagine e l'inchiostro. Sarebbe stato meglio sigillare quei volumi in qualche contenitore, ma i fratelli che li avevano nascosti certo non potevano immaginare che sarebbero passati sette secoli prima che fossero ritrovati.

Si avvicinò a una pila di libri ed esaminò la copertina del primo. Quello che era stato argento cesellato su un supporto di legno era diventato nero. L'immagine raffigurava Cristo, forse in compagnia di Pietro e Paolo. Mark aprì con delicatezza la copertina e avvicinò la lampada. I suoi sospetti furono confermati. Non riuscì neppure a distinguere le parole.

«Si legge?» domandò de Roquefort.

Mark scosse il capo. «Questi libri devono essere restaurati. Non dovremmo neppure toccarli.»

«Sembra che qualcuno l'abbia già fatto.»

Guardando dove de Roquefort puntava la lampada, Mark vide una catasta di libri sparsa sul pavimento. Pezzi di pagine giacevano tutt'intorno, come carta incenerita dal fuoco. «Ancora Saunière. Ci vorranno anni per ricavare qualcosa di comprensibile da questi volumi. Sempre che contengano informazioni utili: a parte un certo valore storico, è probabile che il contenuto sia privo d'interesse.»

«Sono *nostri*», replicò de Roquefort.

Mark non badò a quell'affermazione, anche perché nella sua mente turbinavano diverse ipotesi. Senza dubbio, Saunière era entrato in quel posto. La sua ricchezza proveniva sicuramente dalla camera del tesoro. Doveva essere stato facile tornarci ogni tanto per portare via lingotti d'oro e d'argento. Le monete avrebbero potuto insospettire qualcuno: gli impiegati di banca o i cambiavalute avrebbero voluto conoscere la loro provenienza. Mentre i lingotti erano il mezzo di scambio più sicuro nei primi anni del XX secolo, quando l'economia di molte nazioni si basava sull'oro o sull'argento.

Tuttavia l'abate era andato un passo oltre.

Saunière aveva usato quella ricchezza per edificare una chiesa le cui decorazioni alludevano a qualcosa in cui credeva fermamente. *Con questo segno lo vincerai.* Parole incise non solo lì nel sottosuolo, ma anche nella chiesa di Rennes. Mark visualizzò la scritta dipinta alla base del timpano: *Io disprezzo il regno di questo mondo, e tutti gli orpelli temporali, grazie all'amore di Gesù Cristo, che io vidi, che io amai, in cui credetti, e che adorai.*

Oscure parole di un antico responsorio? Forse. Ma Saunière le aveva scelte intenzionalmente.

Che io vidi.

Mark percorse la camera studiando i piedistalli.

Poi lo vide.

Dove si può nascondere un sasso?

Già, dove?

Malone tornò accanto al generatore, dove si trovavano Stephanie e Henrik. Cassiopea stava ancora « lavorando » sul tripode. Malone controllò che nel serbatoio ci fosse il gasolio.

« Quest'affare farà abbastanza rumore? » domandò Stephanie, sottovoce.

« Possiamo solo sperarlo. Sfortunatamente i generatori moderni sono piuttosto silenziosi. »

Malone non voleva attirare l'attenzione sulla cassetta degli attrezzi, perciò non la toccò. Fino a quel momento le guardie non si erano preoccupate di perquisirla. Sembrava che l'addestramento dell'abbazia lasciasse molto a desiderare...

« Tutto pronto », esclamò Cassiopea, per farsi sentire da tutti.

« Devo raggiungere Mark », sussurrò Stephanie.

« Ti capisco », replicò Malone. « Ma dobbiamo procedere un passo alla volta. »

« Credi davvero che de Roquefort lo lascerà uscire vivo? Ha sparato a Geoffrey senza esitazione. »

« So perfettamente che la situazione non è rischiosa », affermò Malone. « Cerca di mantenere la calma. »

Anche lui voleva de Roquefort. Per Geoffrey.

« Sono quasi pronta », sussurrò Cassiopea, mentre si chinava per riporre il cacciavite nella casetta degli attrezzi. Quattro templari si trovavano sul lato opposto della chiesa, oltre uno dei fuochi. Due si erano spostati sulla sinistra, accanto all'altro fuoco. Non sembravano fare molto caso ai loro movimenti, sicuri di avere il controllo della situazione.

Cassiopea restò china, con una mano ancora dentro la cassetta, e rivolse a Malone un cenno d'assenso. Lui si alzò e disse ad alta voce: « Ora accendiamo il generatore ».

L'uomo al comando annuì.

Malone si girò verso Stephanie e sussurrò: « Li vedi quei due uomini? Io mi occuperò di uno, a te toccherà l'altro ».

« Con piacere. »

« Calma. Non è semplice come pensi. »

« Vedremo. »

Mark si accostò a uno dei plinti in pietra. Mentre gli altri erano sostenuti da piccoli pilastri, singoli o a coppie, quello era sorretto da una larga base rettangolare, simile all'altare della chiesa. Ciò che aveva attirato il suo sguardo era la disposizione delle pietre: nove blocchi in un senso, sette nell'altro.

Si chinò a illuminare la parte inferiore. Non c'era calcina, proprio come nell'altare.

« Bisogna togliere i libri accatastati qua sopra. »

« Hai detto che non vanno toccati », replicò de Roquefort.

« Ciò che stiamo cercando è qui sotto. »

Depose la lampada e afferrò una pila di manoscritti, da cui si sollevò una nuvola di polvere. Poi li depose con delicatezza sul terreno sassoso. De Roquefort lo aiutò finché non ebbero finito.

« Dovrebbe scivolare di lato », disse Mark.

Afferrarono il coperchio alle due estremità e, appena fecero forza, il lastrone si mosse. Quando piombò a terra, la pietra andò in pezzi. Incuneato all'interno del plinto, Mark vide un altro contenitore, più piccolo, lungo circa sessanta centimetri, largo la metà e profondo forse quarantacinque centimetri. Sembrava in ottime condizioni.

Mark raccolse la lampada e illuminò l'interno del sarcofago maggiore. Proprio come si aspettava, su un lato c'era una scritta.

« È un'urna per le ossa », disse de Roquefort. « C'è il nome? »

Mark studiò la scritta: era in aramaico. L'usanza di deporre i cadaveri in cripte sotterranee, aspettare che rimanesse solo lo scheletro e poi raccogliere le ossa in un'urna di pietra era comune tra gli ebrei del I secolo. Erano sopravvissute migliaia di quelle urne, ma solo alcune recavano scritte che ne identificassero il contenuto, anche perché la maggior parte della gente era analfabeta. Nel corso dei secoli erano apparsi molti falsi, tra cui un'urna che avrebbe dovuto conservare le ossa di Giacomo, il fratellastro di Gesù. Un primo parametro di autenticità poteva essere il tipo di materiale usato – per esempio l'arenaria gessosa delle cave presso Gerusalemme –, oltre allo stile delle incisioni.

Mark aveva studiato l'aramaico all'università. Una lingua difficile, resa più complicata dall'esistenza di molti dialetti e dai molti errori degli antichi scribi. Tuttavia era facile comprendere quei segni. Lui li aveva già visti. Come da prassi, li lesse da destra a sinistra.

YESHUA BAR YEHOSEF

«*Gesù, figlio di Giuseppe.*»

«Sono le sue ossa?»

«Questo resta da vedere.» Mark esaminò il coperchio. «Aiutami a sollevarlo.»

De Roquefort obbedì e depose la lastra verticalmente contro l'ossario.

Mark trattenne il fiato.

Dentro l'urna c'erano delle ossa.

Alcune si erano trasformate in polvere. Molte apparivano ancora intatte: un femore, una tibia, qualche costola, le ossa pelviche, parti della colonna vertebrale...

E un cranio.

Era quello ciò che Saunière aveva trovato?

Sotto il cranio c'era un piccolo libro, in buone condizioni. La copertina era di squisita fattura, in sfoglia d'oro e cosparsa di pietre preziose disposte a forma di croce. Steso sulla croce c'era Cristo, anch'esso sbalzato in oro. Intorno alla croce erano incastonate altre pietre.

Mark prese il libro, soffiò via dalla copertina la polvere e i detriti, e lo depose sull'angolo superiore del supporto. De Roquefort si avvicinò con la lampada.

Mark aprì la copertina e lesse l'*incipit*, scritto in lingua latina con lettere gotiche, senza punteggiatura, con l'uso misto di due inchiostri, azzurro e cremisi.

QUI COMINCIA IL RESOCONTO TROVATO DAI FRATELLI FONDATORI DURANTE LA LORO ESPLORAZIONE DEL MONTE DEL TEMPIO CONDOTTA DURANTE L'INVERNO DEL 1121 ESSENDO L'ORIGINALE IN STATO DI DECOMPOSIZIONE ESSO FU COPIATO ESATTAMENTE COSÌ COME APPARIVA IN UNA LINGUA CHE SOLTANTO UNO DI NOI QUATTRO POTEVA CAPIRE PER ORDINE DEL MAESTRO WILLIAM DE CHARTRES IN DATA 4 GIUGNO 1217 IL TESTO È STATO TRADOTTO NELLE PAROLE DEI FRATELLI E PRESERVATO AFFINCHÉ TUTTI SAPPIANO

De Roquefort lesse da sopra la sua spalla e disse: « L'hanno messo dentro l'ossario per una ragione ».

Mark annuì.

« Vediamo quello che segue? »

« Credevo che fossi qui per i fratelli. Questo libro non dovrebbe essere portato all'abbazia e letto a tutti? »

« Devo prima sapere cosa racconta. »

Mark si chiese se i fratelli sarebbero mai venuti a conoscenza di quel ritrovamento. Comunque anche lui voleva sapere, così guardò la scrittura della pagina successiva e riconobbe l'intrico di forme e segni. « È aramaico. Io so leggerne solo poche parole. »

« L'*incipit* parla di una traduzione. »

Mark voltò cautamente le pagine: l'aramaico ne occupava quattro. Poi trovò *le parole dei fratelli*. Latino. I fogli di pergamena erano in condizioni eccellenti e l'inchiostro colorato era nitido. Il testo era preceduto da un titolo.

LA TESTIMONIANZA DI SIMONE.

Cominciò a leggere.

64

Malone si avvicinò a uno dei fratelli. Come gli altri cinque, l'uomo indossava jeans, una giacca di lana e un berretto sui capelli tagliati corti. Fuori ce n'erano altri sei – così aveva detto de Roquefort – ma lui si sarebbe preoccupato di loro dopo aver reso innocui quelli all'interno della chiesa.

A quel punto sarebbe stato, se non altro, armato.

Guardò Stephanie, che aveva raccolto un badile e lavorava vicino a uno dei fuochi, radunando le braci e ravvivando la fiamma. Cassiopea stava ancora accanto al generatore con Henrik, in attesa che lui e Stephanie prendessero posizione.

Malone si volse verso Cassiopea e annuì.

La donna tirò il cordone dell'avviamento.

Il generatore tossicchiò, poi si spense. Dopo altri due tentativi, il pistone prese il via e il motore lanciò un ruggito. Le lampade sui due tripodi diffusero una luce che s'intensificò man mano che il voltaggio aumentava. I bulbi alogeni si riscaldarono in fretta, e la condensa salì dal vetro in refoli di nebbia che subito svanivano.

Malone notò che quell'operazione aveva distratto le guardie. Un errore. Ma occorreva qualcosa di più per dare a Cassiopea il tempo di sparare quattro dardi ad aria compressa.

Il generatore continuava a borbottare.

Cassiopea era sempre chinata, con la cassetta degli attrezzi ai suoi piedi, in apparenza occupata a regolare le manopole del motore.

La luce raggiunse l'intensità massima e le guardie parvero perdere interesse.

Uno dei due gruppi di lampade esplose.

Poi l'altro.

Una fiammata bianca lampeggiò verso l'alto e, in un istante, scomparve. Malone usò quel secondo per sferrare un gancio alla mandibola del fratello vicino a lui.

L'uomo crollò al suolo e Malone si chinò a disarmarlo.

Stephanie usò il badile per raccogliere la brace dal fuoco, poi si girò verso la guardia distante solo pochi passi, la cui attenzione si era spostata sulle lampade esplose.

« Ehi! »

L'uomo si voltò e lei gli gettò addosso la brace. La guardia alzò una mano per deviarlo, ma un tizzone ardente lo colpì al petto.

L'uomo gridò e Stephanie lo colpì col piatto del badile in piena faccia.

Malone vide Stephanie scaraventare la brace contro la guardia e poi abbattere quest'ultima col badile. Il suo sguardo saettò verso Cassiopea, che stava usando con calma la pistola ad aria compressa. Aveva già sparato un colpo, e soltanto tre uomini erano in piedi. Poi uno di loro si portò una mano a una coscia, mentre un altro s'inarcò e si tastò la giacca all'altezza della schiena.

Entrambi caddero al suolo.

L'ultimo, presso l'altare, vide ciò che stava accadendo ai compagni e si voltò verso Cassiopea che, accovacciata a sei metri di distanza, ora puntava la pistola contro di lui.

L'uomo si tuffò dietro il basamento dell'altare.

Il colpo andò a vuoto.

Malone sapeva che Cassiopea aveva finito i dardi. Entro pochi istanti il fratello avrebbe sparato.

Sentì il peso della pistola che aveva in mano. Il rumore avrebbe certo messo in allarme non soltanto de Roquefort, ma anche i fratelli all'esterno. Così attraversò la chiesa di corsa, piantò i palmi delle mani sul basamento dell'altare mentre il fratello si rialzava con l'arma in pugno e sfruttò lo slancio per colpirlo con un calcio al volo.

« Non male », commentò Cassiopea.

«Credevo di aver capito che di solito non sbagli mai un colpo.»

«Si è spostato.»

Cassiopea e Stephanie disarmarono gli uomini a terra.

Henrik gli si avvicinò e chiese: «Stai bene?»

«I miei riflessi sono un po' arrugginiti.»

«Non del tutto, per fortuna. Come siete riusciti a fare quello scherzetto con le lampade?» domandò Henrik.

Malone sorrise. «Basta aumentare il voltaggio. Funziona sempre.» Esaminò la chiesa. Qualcosa non andava: perché nessuno dei fratelli rimasti fuori aveva reagito allo scoppio delle lampade? «Dovrebbero essere già qui.»

Cassiopea e Stephanie si avvicinarono, armi in pugno.

«Forse sono fuori tra le rovine, sul davanti», suggerì Stephanie.

Malone guardò l'uscita. «O forse non esistono.»

«Esistono, glielo assicuro», disse una voce maschile.

Un uomo avanzò lentamente, il volto nascosto nell'ombra.

Malone alzò la pistola. «E lei chi è?»

L'uomo si fermò accanto a uno dei fuochi. Lo sguardo dei suoi occhi seri, infossati, si fermò sul corpo di Geoffrey avvolto nel lenzuolo. «Il maestro gli ha sparato?»

«Senza scrupoli.»

Il volto dell'uomo si contrasse in una smorfia e le sue labbra mormorarono qualcosa. Poi disse: «Sono il cappellano dell'Ordine. Fratello Geoffrey mi ha chiamato dopo aver telefonato al maestro. Sono venuto per prevenire la violenza, ma non sono riuscito ad arrivare in tempo.»

Malone abbassò la pistola. «Quindi la sua presenza si deve a Geoffrey?»

L'uomo annuì. «Lui non avrebbe voluto contattare de Roquefort, ma aveva dato la sua parola al vecchio maestro. Adesso ha dato anche la sua vita.»

«Ma si può sapere cosa sta succedendo?» sbottò Malone.

«Capisco la sua frustrazione.»

«No, lei non capisce», intervenne Henrik. «Quel povero giovane è morto.»

«Pregherò per lui. Ha servito l'Ordine con grande onore.»

« Chiamare de Roquefort è stata una stupidaggine », disse Cassiopea. « Ha combinato un bel guaio. »

« Durante l'ultimo mese della sua vita, il nostro defunto maestro ha messo in moto una complessa catena di eventi. Mi ha accennato al suo progetto. Mi ha rivelato chi fosse in realtà il siniscalco e perché lui lo aveva accolto nell'Ordine. Mi ha parlato di Lars Nelle e di ciò che sarebbe accaduto. Così io gli ho giurato obbedienza, come Geoffrey. Noi sapevamo cosa stava accadendo, mentre il siniscalco non sapeva nemmeno che fossimo coinvolti. A me era stato detto di non intervenire finché fratello Geoffrey non avrebbe richiesto il mio aiuto. »

« De Roquefort è di sotto, con mio figlio », affermò Stephanie. « Cotton, dobbiamo scendere laggiù. »

« Il siniscalco e de Roquefort non possono coesistere », replicò il cappellano. « Essi sono le estremità opposte di un lungo spettro. Per il bene della fratellanza, soltanto uno di quegli uomini può sopravvivere. Ma il mio defunto maestro si chiedeva se il siniscalco avrebbe potuto farcela da solo. » Guardò Stephanie. « Ed è per questo che lei è qui. Lui credeva che la sua presenza gli avrebbe dato forza. »

Stephanie non sembrava dell'umore adatto per i misticismi. « Mio figlio potrebbe morire, per colpa di questa follia. »

« Per secoli l'Ordine è sopravvissuto attraverso battaglie e conflitti. Era il nostro modo di essere. Il defunto maestro ha semplicemente forzato un confronto. Sapeva che tra de Roquefort e il siniscalco ci sarebbe stata guerra. Ma voleva che la guerra conducesse a un risultato concreto. Così li ha messi entrambi sulle tracce della Grande Eredità. Era convinto che esistesse, nascosta da qualche parte, ma dubito che credesse davvero che uno di loro l'avrebbe trovata. Sapeva tuttavia che, prima o poi, lo scontro sarebbe avvenuto e aveva previsto che, se de Roquefort fosse stato il vincitore, si sarebbe presto alienato i suoi alleati. La morte di due fratelli ha pesato gravemente sull'Ordine. Tutti hanno compreso che ci sarebbero stati altri morti... »

« Cotton », ripeté Stephanie. « Io vado. »

Il cappellano non si mosse. « I fratelli all'esterno sono stati neutralizzati, perciò fate ciò che dovete. Ma quassù non dovrà più esserci spargimento di sangue. »

Malone immaginò le parole che quell'uomo così severo non aveva pronunciato.

Là sotto, però, è tutta un'altra cosa.

65

LA TESTIMONIANZA DI SIMONE

Sono rimasto in silenzio, pensando che fosse meglio lasciare ad altri il compito di raccontare i fatti. Ma nessuno lo ha fatto. Così è stato scritto questo, affinché voi sappiate ciò che è accaduto.

Per molti anni l'uomo Gesù diffuse il suo messaggio nelle terre di Giudea e Galilea. Io ero il primo dei suoi seguaci, ma il nostro numero aumentò, poiché molti credevano che nelle sue parole ci fosse un grande significato. Noi viaggiammo con lui, guardandolo mentre dava sollievo ai sofferenti, portava speranza e offriva la salvezza. Egli era sempre se stesso, qualunque cosa succedesse e dovunque si trovasse. Quand'era circondato dall'ostilità, non mostrava rabbia né paura. Ciò che gli altri pensavano, dicevano o facevano non aveva nessun effetto su di lui. Una volta disse: « Tutti noi siamo fatti a immagine di Dio, tutti meritiamo di essere amati, tutti possiamo crescere nello spirito di Dio ». Io lo vidi abbracciare i lebbrosi e gli immorali. Le donne e i bambini erano preziosi per lui. Mi mostrò che tutti erano meritevoli d'amore. Egli diceva: « Dio è il nostro padre. Lui si cura di noi, ci ama e ci perdona tutti. Nessuna pecora sarà mai perduta per quel pastore. Sentitevi liberi di dire tutto a Dio, perché solo nella sincerità il cuore può ottenere la pace ».

L'uomo Gesù m'insegnò a pregare. Egli parlava di Dio, del giudizio finale e della fine del tempo. Io cominciai a pensare che potesse comandare perfino al vento e alle onde, tanto stava più in alto di noi. I religiosi anziani insegnavano che il dolore, la malattia e la tragedia erano il giudizio di Dio, e che noi dovevamo accettare la sua ira con l'umiltà dei penitenti. L'uomo Gesù diceva che questo è sbagliato, e offriva ai malati il coraggio di stare meglio, ai deboli la capacità di fortificarsi nello spirito e ai non credenti la possibilità di credere. Il mondo sembrava aprir-

si al suo arrivo. L'uomo Gesù aveva uno scopo, egli visse la sua vita per adempiere a quello scopo, e quello scopo era chiaro a coloro che lo seguivano.

Ma nei suoi viaggi l'uomo Gesù si fece dei nemici. Gli anziani lo ritenevano un pericolo, poiché offriva valori diversi, nuove regole, e minacciava la loro autorità. Essi temevano che se all'uomo Gesù fosse stato permesso di muoversi in libertà e predicare cambiamenti, Roma avrebbe inasprito la sua morsa e tutti avrebbero sofferto, in particolare gli alti prelati che dipendevano dal favore di Roma. Così accadde che Gesù fu arrestato per sacrilegio, e Pilato decretò che fosse messo in croce. Io ero là quel giorno, e Pilato non mostrò nessuna gioia per quella decisione, ma gli anziani domandavano giustizia e Pilato non poteva negargliela.

In Gerusalemme l'uomo Gesù e altri sei furono condotti su per la collina e inchiodati alle croci. Più tardi, quel giorno, le gambe di tre di loro furono spezzate e al tramonto essi perirono. Altri due perirono il giorno successivo. All'uomo Gesù fu imposto di resistere fino al terzo, quando infine gli furono spezzate le gambe. Non andai da lui mentre soffriva. Io e gli altri che lo seguivano ci eravamo nascosti, temendo di essere condannati. Dopo la sua morte, l'uomo Gesù fu lasciato sulla croce per altri sei giorni, mentre gli uccelli beccavano la sua carne. Infine fu tolto dalla croce e deposto in una buca scavata nel terreno. Io vidi accadere questo, poi fuggii da Gerusalemme per la via del deserto, fermandomi a Betania, nella casa di Maria detta Maddalena e di sua sorella Marta. Esse avevano conosciuto l'uomo Gesù e furono rattristate dalla sua morte. S'irritarono con me perché non lo avevo difeso, perché non lo avevo riconosciuto, perché ero fuggito quando egli soffriva. Io domandai loro cos'avrebbero voluto che facessi, e la loro risposta fu chiara. « Unirti a lui. » Ma quel pensiero non mi era mai venuto. Invece, dinanzi a coloro che mi ponevano domande, io avevo rinnegato l'uomo Gesù e tutto ciò che aveva insegnato. Lasciai la loro casa, e alcuni giorni più tardi tornai nella Galilea per godere del conforto di coloro che conoscevo.

Due di quelli che avevano viaggiato con l'uomo Gesù, Giacomo e Giovanni, tornarono anch'essi nella Galilea. Insieme ci rattristammo della perdita dell'uomo Gesù e riprendemmo la nostra vita di pescatori. La tenebra che sentivamo ci consumava, e il tempo non alleviò il nostro dolore. Mentre pescavamo nel mare della Galilea, parlavamo dell'uomo Gesù, di ciò che aveva fatto e di ciò cui avevamo assistito. L'avevamo conosciuto sul lago, anni prima, ed egli aveva predicato dalla nostra barca. I suoi ricordi sembravano essere ovunque sulle acque, e ciò rendeva il nostro dolore impossibile da scacciare. Una notte, mentre una tempesta infuriava sul lago e noi sedevamo sulla riva a mangiare pane e pesce, pensai di aver visto l'uomo Gesù nella foschia. Ma, quando andai a controllare, seppi che la visione era stata solo nella mia mente. Ogni mattina spezzavamo il pane e mangiavamo il pesce. Ricordando ciò che l'uomo Gesù aveva fatto, ognuno di noi benediceva il pane e lo offriva in omaggio a Dio. Questo ci faceva sentire meglio. Un giorno Giovanni commentò che il pane spezzato era come il corpo spezzato dell'uomo Gesù. In seguito, tutti cominciammo ad associare il pane col corpo.

Quattro mesi trascorsero, e un giorno Giacomo ci ricordò che la Torah proclamava che l'uomo appeso a un albero è maledetto. Io gli dissi che questo non poteva essere vero per l'uomo Gesù. Quella fu la prima volta che uno di noi mise in discussione le parole antiche. Esse semplicemente non potevano essere applicate a uno buono come l'uomo Gesù. Come poteva uno scriba di molto tempo addietro sapere che tutti gli uomini appesi a un albero sarebbero stati maledetti? Nella battaglia tra l'uomo Gesù e le parole antiche, l'uomo Gesù fu il vincitore.

Il nostro dolore continuava a tormentarci. L'uomo Gesù non c'era più. La sua voce taceva. Gli anziani sopravvivevano e il loro messaggio si udiva. Non perché essi fossero nel giusto, ma semplicemente perché erano vivi e parlavano. Gli anziani avevano trionfato sull'uomo Gesù. Ma come poteva uno così buono essere nel torto? Perché Dio aveva permesso che tanta bontà sparisse?

Finì l'estate e venne la festa del tabernacolo, in cui si celebrava la gioia del raccolto. Noi pensammo che non ci sarebbe stato pericolo se avessimo viaggiato fino a Gerusalemme, per prendervi parte. Una volta che fummo là, durante la processio-

ne all'altare, fu letto dai Salmi che il Messia non sarebbe morto, ma avrebbe vissuto per raccontare gli atti del Signore. Uno degli anziani proclamò che sebbene il Signore avesse castigato il Messia dolorosamente, Lui non lo aveva consegnato alla morte. Ma, anzi, la pietra rifiutata dai costruttori era diventata quella più alta dell'angolo. Nel Tempio ascoltammo le letture di Zaccaria, il quale profetizzò che un giorno il Signore verrà e le acque viventi sgorgheranno da Gerusalemme, e il Signore regnerà su tutta la terra. Lui parlò di un discendente della casa di David, e di uno spirito di compassione e di supplica. Fu detto che quando noi guarderemo colui che essi hanno colpito, soffriremo per lui, come uno soffre per il proprio primogenito.

Ascoltando, pensai all'uomo Gesù e a ciò che gli era accaduto. Il lettore sembrava parlare direttamente a me, quando disse del piano di Dio per colpire il pastore, affinché le pecore potessero disperdersi. In quel momento fui preso da un amore che non volle lasciarmi. Quella notte mi recai fuori da Gerusalemme, sul posto dove i romani avevano sepolto l'uomo Gesù. M'inginocchiai sui suoi resti mortali, e mi chiesi come un semplice pescatore avrebbe potuto essere la fonte di tutta la verità. L'alto sacerdote e gli scribi avevano giudicato una frode l'uomo Gesù. Ma io sapevo che essi sbagliavano. Dio non ha chiesto l'obbedienza alle antiche leggi allo scopo di ottenere la salvezza. L'amore di Dio è senza condizioni. L'uomo Gesù aveva detto questo molte volte, e, accettando la morte con grande coraggio e dignità, egli diede un ultimo insegnamento a tutti noi. Nella fine della vita noi troviamo la vita. Amare è essere amati.

Tutti i dubbi mi lasciarono. La sofferenza sparì. La confusione diventò chiarezza. L'uomo Gesù non era morto. Era vivo. Dentro di me c'era il Signore risorto. Io sentii la sua presenza chiaramente, come quando un tempo stava accanto a me. Ripensai a ciò che mi aveva detto molte volte. « Simone, se tu mi ami, troverai le mie pecore. » Finalmente compresi che amare come lui amava consente a tutti di conoscere il Signore. Fare ciò che lui faceva consente a tutti di conoscere il Signore. Vivere come lui viveva è la via della salvezza. Dio scese dal cielo per dimorare nell'uomo Gesù, e attraverso i suoi atti e le sue parole il Signore sarà conosciuto. Il messaggio era chiaro. Prenditi cu-

ra dei bisognosi, conforta i disperati, accogli i reietti. Fai queste cose e il Signore si compiacerà di te. Dio prese la vita dell'uomo Gesù perché tutti potessimo vedere. Io ero soltanto il primo ad accettare questa verità. Il compito diventò chiaro. Il messaggio dovrà vivere attraverso di me e di coloro che credono.

Quando dissi a Giacomo e Giovanni della mia visione, anch'essi videro. Prima di partire da Gerusalemme, ritornammo sul luogo della mia visione, scavammo la terra e prendemmo i resti dell'uomo Gesù. Li portammo con noi e li deponemmo in una caverna. L'anno successivo tornammo là e raccogliemmo le sue ossa. Poi ho scritto questo racconto che depongo con l'uomo Gesù, perché insieme essi sono il Verbo.

66

Mark era sbalordito.

Simone era chiamato dapprima Cephas, in aramaico, e poi Petros, « pietra », in greco. Alla fine era diventato Pietro e, secondo i Vangeli, Cristo aveva detto: « Su questa pietra costruirò la mia chiesa ».

Quella testimonianza era l'unico resoconto antico sensato che Mark avesse mai letto. Nessun evento soprannaturale o apparizione miracolosa. Nessun avvenimento contrario ai costumi dell'epoca romana. Nessun dettaglio inconsistente che gettasse dubbi sulla sua credibilità. Soltanto la testimonianza di un semplice pescatore che aveva visto coi suoi occhi un grande uomo, le cui opere e le cui parole avevano continuato a vivere oltre la sua morte, abbastanza da spingerlo a continuarne la sua missione.

Certo Simone non possedeva l'intelletto o la capacità di elaborare le idee religiose che sarebbero venute molto più tardi. La sua comprensione era limitata all'uomo Gesù, che aveva conosciuto e che Dio aveva richiamato a sé attraverso una morte violenta. Per conoscere Dio, per essere parte di Lui, a Simone era chiaro che doveva emulare l'uomo Gesù. Il messaggio avrebbe potuto vivere soltanto se lui e altri dopo di lui vi avessero infuso vita. In quel modo, la morte sarebbe stata sconfitta dall'uomo Gesù. Una resurrezione. Non letterale, ma spirituale. Nella mente di Simone, l'uomo Gesù era risorto – viveva di nuovo – e da quel singolare inizio, in una notte d'autunno sei mesi dopo l'esecuzione dell'uomo Gesù, era nata la Chiesa cristiana.

« Quegli arroganti bastardi », borbottò de Roquefort. « Tutto ciò che predicano è falso. »

« Non è vero. »

« Come puoi dirlo? Non c'è stata nessuna crocifissione anomala, nessuna tomba vuota, nessun angelo ad annunciare la resurrezione di Cristo. Queste sono fantasie, create dagli uomini per i loro scopi. Questa testimonianza è fondamentale. Tutto è cominciato con un uomo che ha influenzato la vita di altri uomini. Il nostro Ordine è stato spazzato via dalla faccia della terra, i nostri fratelli torturati e uccisi, nel nome del cosiddetto Cristo risorto.»

«L'effetto sarebbe stato lo stesso. La Chiesa era nata.»

«Pensi davvero che la Chiesa sarebbe fiorita, se le sue fondamenta fossero state soltanto gli insegnamenti di un semplice uomo? Quanti proseliti avrebbe fatto nel corso dei secoli?»

«Ma è esattamente ciò che è successo. Gesù era un uomo comune.»

«Che è stato elevato alla condizione divina da uomini arroganti. E se qualcuno poneva in dubbio quel dogma, veniva accusato di eresia e messo al rogo. I catari furono annientati proprio qui, nei Pirenei, perché non credevano.»

«I Padri della Chiesa dovettero abbellire la verità per sopravvivere.»

«Giustifichi il loro operato?»

«Ormai è tardi per recriminare.»

«No, possiamo ristabilire la verità.»

Mark fu colpito da un altro pensiero. «Saunière ha sicuramente letto questo documento.»

«E non ne ha parlato con nessuno.»

«Proprio così. Anche lui ha capito che sarebbe stato inutile.»

«Non ne ha parlato con nessuno perché avrebbe perduto il suo tesoro. Era un ladro.»

«Forse, ma questa testimonianza ovviamente lo ha colpito. Ha disseminato la chiesa di Rennes d'indizi. Eppure non ha mai toccato le ossa e le ha lasciate nascoste qui.» Lanciò un'occhiata all'ossario: erano veramente i resti mortali di Gesù? Un'onda di tristezza lo sommerse quando pensò che poche ossa erano tutto ciò che restava anche di suo padre.

Guardò negli occhi de Roquefort e gli domandò ciò che voleva davvero sapere: «Hai ucciso mio padre?»

Stephanie s'incamminò verso la scala, con in mano una pistola.

« Vai da qualche parte? » le domandò Malone.

« Può darsi che mi detesti, ma è sempre mio figlio. »

« Vengo con te. »

« Preferisco occuparmene da sola. »

« Non m'importa un accidente di quello che preferisci. Scendo con te. »

« Vengo anch'io », disse Cassiopea.

Henrik la prese per un braccio. « No, lasciali andare. È necessario che la risolvano da soli. »

« Risolvano cosa? » domandò Cassiopea.

Il cappellano si fece avanti. « Il siniscalco e il maestro devono affrontarsi. La madre del siniscalco è stata coinvolta per una ragione. Lasciatela andare. Il suo destino si deciderà là sotto, con loro. »

Stephanie scomparve giù per la scala. Malone la seguì, con una lampada in una mano e una pistola nell'altra.

« Da che parte? » sussurrò la donna.

Lui le accennò di tacere. Poi sentì le voci. Venivano dal cunicolo di sinistra.

« Da questa parte », mormorò.

Malone sapeva che il percorso era privo di trappole fin quasi all'ingresso della camera, tuttavia procedettero lentamente. Quando vide lo scheletro e le parole incise sulla parete, seppe che da lì in avanti avrebbe dovuto essere estremamente prudente.

Le voci erano più chiare, adesso.

« Ti ho chiesto se sei stato tu a uccidere mio padre », ripeté Mark, senza moderare il tono.

« Tuo padre era un'anima debole. »

« Questa non è una risposta. »

« Io c'ero, la notte in cui pose fine alla sua vita. L'avevo seguito al ponte. E parlammo. »

Mark gli fece cenno di proseguire.

« Era frustrato. Irritato. Aveva risolto il criptogramma, quello nel suo diario, ma non l'aveva portato da nessuna parte. A tuo padre mancava semplicemente la forza di andare avanti. »

« Tu non sai niente di mio padre. »

« Al contrario. L'ho spiato per anni. Si muoveva da un indizio all'altro, senza mai risolverne uno. E questo gli ha causato difficoltà professionali e personali. »

« Però gli indizi che ha scoperto ci hanno condotto fino a qui. »

« No, sono stati altri a individuarli. »

« Non hai fatto nessun tentativo per impedirgli di impiccarsi? »

De Roquefort scrollò le spalle. « Perché avrei dovuto? Era la sua volontà... Quale vantaggio avrei ottenuto fermandolo? »

« Così ti sei limitato ad andartene e a lasciarlo morire? »

« Non ho voluto intromettermi in una faccenda che non mi riguardava. »

« Bastardo... » Fece un passo avanti, ma de Roquefort alzò la pistola. Mark aveva ancora in mano il libro dell'ossario. « Sparami. »

De Roquefort non fece una piega. « Hai ucciso un fratello. Conosci la pena. »

« È morto a causa tua e dei tuoi ordini. »

« Ci risiamo. Una legge per te, un'altra per il resto di noi. Tu hai tirato il grilletto. »

« Dovevo difendermi. »

« Metti giù il libro. »

« Cosa vuoi farne? »

« Lo userò contro Roma, come fecero i primi maestri. Adesso, finalmente, sappiamo qual era la fonte del potere dell'Ordine. Un libro e un mucchietto d'ossa. La Chiesa non poteva correre il rischio che ne fosse rivelata l'esistenza. Immagina ciò che pensarono quei papi medievali, quando seppero che la resurrezione di Cristo è una leggenda. Naturalmente, queste prove avrebbe potuto essere fasulle, come i Vangeli. Tuttavia, la testimonianza sembra sincera, autentica, e le ossa sono pur sempre qualcosa di tangibile. Quella era un'epoca dominata dalla superstizione, e le reliquie erano una parte fondamentale della religiosità del popolo. Perciò non c'era ragione di pensare che queste ossa sarebbero state ignorate. Così la minaccia dei maestri funzionò.»

«E oggi?»

«È tutto diverso. La gente non crede più a niente. Questa prova, però, avrebbe comunque un effetto dirompente.»

«Vorresti diventare un moderno Filippo IV?»

De Roquefort sputò a terra. «Ecco cosa penso di lui. Voleva conoscere il segreto dei templari per controllare la Chiesa. Ma pagò per la sua avidità. Lui e tutta la sua famiglia.»

«Credi davvero che potresti controllare qualcosa?»

«Io non desidero controllare niente. Ma vorrei vedere la faccia di quei pomposi prelati, mentre spiegano che la testimonianza di Pietro non vale niente. Dopotutto, le sue ossa riposano nel cuore del Vaticano. Hanno costruito una cattedrale sulla sua tomba, e le hanno dato il suo nome. È il loro primo santo, il loro primo papa. Come faranno a spazzare via le sue parole? Non ti piacerebbe ascoltarli, mentre ci provano?»

«Chi lo dice che siano parole sue?»

«Chi dice che i Vangeli siano stati scritti da Marco, Matteo, Luca e Giovanni?»

«Cambiare tutto potrebbe non essere un bene.»

«Tu sei un uomo debole, come tuo padre. Seppelliresti questa prova e non ne parleresti con nessuno? Lasceresti languire l'Ordine nella clandestinità? Gli uomini deboli come te sono il motivo per cui ci troviamo in questa situazione. Tu e il tuo maestro eravate proprio una bella coppia.»

Mark aveva sentito abbastanza. Alzò la mano sinistra, quella con cui teneva la lampada, angolandola in modo che il raggio di luce colpisse per un momento gli occhi di de Roquefort. Il francese fu costretto a sbattere le palpebre e, mentre sollevava una mano per ripararsi gli occhi, abbassò leggermente la pistola.

Con un calcio, Mark gli fece cadere l'arma dalle dita e corse fuori della camera. Sbucò dal cancello aperto, poi svoltò a sinistra, verso la scala.

Tre metri più avanti vide Malone e sua madre.

Dietro di lui uscì de Roquefort. «Fermati!»

Mark obbedì. Mentre de Roquefort si avvicinava, vide sua madre puntare la pistola.

« Abbassati! » gridò la donna.

Ma lui rimase in piedi.

Adesso de Roquefort era alle sue spalle. Sentì la canna della pistola a contatto della nuca.

« Metta giù quell'arma », disse de Roquefort a Stephanie.

Malone estrasse una pistola. « Non può colpirci entrambi. »

« No, ma posso sparare a lui. »

Malone non poteva sparare a de Roquefort senza colpire il figlio di Stephanie. Ma perché Mark si era fermato? Così aveva permesso all'avversario di prenderlo in ostaggio.

« Abbassa la pistola », disse Malone a Stephanie, con calma.

« No. »

« Io lo farei », intervenne de Roquefort.

Stephanie non si mosse. « Quell'uomo sparerà a Mark in ogni caso. »

« Forse, ma non provochiamolo », suggerì Malone. Sapeva che Stephanie, avendo già perduto suo figlio una volta a causa dei propri errori, non voleva vederselo togliere di nuovo. Studiò Mark: non un'ombra di paura. Accennò con la lampada al libro che aveva in mano. « È quello la causa di tutto? »

Mark annuì. « La Grande Eredità, insieme a un tesoro di oggetti preziosi e documenti. »

« Ne valeva la pena? »

« Questo non sta a me dirlo. »

« Sì, ne valeva la pena », dichiarò de Roquefort.

« E ora? » domandò Malone. « Lei non ha nessun posto dove andare. I suoi uomini sono stati neutralizzati. »

« Siete stati voi? »

« Sì, ma anche grazie all'aiuto del vostro cappellano. È qui con un contingente di cavalieri. Sembra che ci sia una ribellione. »

« Questo rimane da vedere », replicò de Roquefort. « Glielo dirò solo un'altra volta, Ms Nelle, abbassi la pistola. Come Mr Malone ha giustamente osservato, cos'ho da perdere, se sparo a suo figlio? »

Malone si guardò intorno e alla fine la individuò: una leggera depressione nel terreno. La trappola occupava buona parte della larghezza del corridoio e si estendeva da lui a dove stava Mark. Si affrettò a guardare altrove, ma, lanciando un'occhiata a Mark, capì che anche lui aveva notato l'antica trappola templare. Un impercettibile movimento del capo, e capì perché Mark si era fermato. Aveva voluto farsi raggiungere da de Roquefort.

Evidentemente quello era il momento della resa dei conti.

Malone strappò la pistola dalle dita di Stephanie.

« Cosa stai facendo? »

Dando le spalle a de Roquefort, lui sussurrò: « Il terreno ».

« Saggia decisione », affermò il maestro templare.

Stephanie taceva, con l'aria di aver capito. Tuttavia Malone poteva soltanto sperare che fosse davvero così. Si rivolse a de Roquefort, sebbene le sue parole fossero indirizzate a Mark. « Va bene. Adesso tocca a lei. »

Mark sapeva cosa fare. Il suo maestro aveva costruito il palcoscenico e gli attori avevano recitato la loro parte. Adesso era giunto il momento della scena finale. De Roquefort era una minaccia: due fratelli avevano perso la vita per causa sua, e non c'era modo di capire se e quando quell'uomo avrebbe interrotto quella spirale di violenza e follia. Era impossibile che lui e de Roquefort coesistessero nell'Ordine. A quanto pareva, il vecchio maestro l'aveva sempre saputo. Dunque, uno di loro doveva sparire dalla scena.

Mark aveva visto che a pochi passi di distanza c'era una trappola. Nella foga di andare avanti, senza preoccuparsi di ciò che lo circondava, de Roquefort non si era reso conto di quel pericolo. Un ottimo esempio di come il suo avversario avrebbe governato l'Ordine. I sacrifici fatti da migliaia di fratelli in settecento anni sarebbero stati annullati dalla sua arroganza.

Quando aveva letto la testimonianza di Simone, Mark vi aveva trovato la conferma storica del suo scetticismo religioso, dovuto alle numerose contraddizioni e assurdità contenute nella Bibbia. Temeva che la religione fosse uno strumento usato dagli uomini per manipolare altri uomini. Il bisogno della mente umana di avere risposte, anche per domande cui non si poteva rispondere, aveva permesso all'incredibile di diventare Vangelo. Resuscitando, Cristo aveva sconfitto la morte e aveva promesso la salvezza a tutti i credenti.

Ma non c'era nessuna vita dopo la morte.

Non nel senso letterale.

Il modo in cui una persona viveva la propria vita, tuttavia, dipendeva da come avevano vissuto gli altri. Nel ricordare ciò che l'uomo Gesù aveva detto e fatto, Simone aveva capito che le convinzioni dell'amico morto erano davvero resuscitate dentro di lui. E nel predicare quel messaggio, nel ripetere ciò che Gesù aveva fatto, stava la misura della salvezza di Simone. Nessuno dovrebbe giudicare gli altri. La vita non è infinita. Tutti noi siamo definiti entro un tempo limitato... Poi, come dimostravano le ossa di Gesù, si torna polvere.

Mark poteva soltanto sperare che la sua vita avesse significato qualcosa e che gli altri lo avrebbero ricordato per ciò che aveva fatto.

Trasse un lungo respiro, poi lanciò il libro a Malone.

« Perché l'hai fatto? » domandò de Roquefort.

Mark era convinto che Malone avesse capito ciò che stava per fare.

Ma, all'improvviso, lo capì anche sua madre, che cominciò a piangere. Mark avrebbe voluto dirle che gli dispiaceva, che si era sbagliato, che non avrebbe dovuto giudicarla. Come se avesse letto i suoi pensieri, lei fece per avanzare, tuttavia Malone la fermò con un braccio.

« Togliti di mezzo, Cotton », disse Stephanie.

Mark sfruttò quel momento per fare un passo avanti, sul terreno ancora solido.

« Muoviti », gli disse de Roquefort. « Riprendi il libro. »

« Certamente. »

Un altro passo.

Ancora solido.

Poi, invece di avanzare verso Malone, Mark si chinò per scostare la testa dalla canna della pistola e girò su se stesso, affondando un gomito tra le costole di de Roquefort. Sapeva di non essere robusto come quel lottatore addestrato, perciò, mentre de Roquefort si aspettava altri colpi, lui lo afferrò all'altezza del petto e, con una torsione, lo trascinò con sé verso la depressione del terreno.

Sentì sua madre gridare: «*No!*», poi la pistola di de Roquefort esplose un colpo.

Mark aveva scostato la mano che impugnava l'arma, ma non c'era modo di sapere dove fosse andata la pallottola. Urtarono il falso suolo e, sotto il loro peso, la copertura cedette come se non esistesse. Mentre sprofondavano nella fossa, Mark lasciò la presa intorno al corpo di de Roquefort e allargò le braccia per frenare la caduta.

Gli spunzoni acuminati penetrarono nella schiena del suo avversario.

«Il giorno in cui hai contestato il maestro, ti avevo promesso che te ne saresti pentito», disse Mark. «Il tuo mandato è finito.»

De Roquefort cercò di parlare, ma dalle sue labbra usciva soltanto sangue.

Poi il corpo diventò inerte.

«Tutto bene?» domandò Malone, dall'alto.

Mark si tirò fuori della buca, poi si spazzolò via di dosso la polvere e la ghiaia. «Ho appena ucciso un altro uomo.»

«Lui voleva ammazzarti», disse Stephanie.

«Non è una buona ragione, ma è l'unica che ho.»

Il viso della donna era rigato di lacrime. «Temevo che ti avrei perso di nuovo.»

«Speravo di evitare quegli spunzoni. Fortunatamente de Roquefort ha collaborato...»

«Ucciderlo era l'unica soluzione», affermò Malone. «Non si sarebbe fermato mai.»

«E quel colpo di pistola?» domandò Mark.

«Mi ha sfiorato», rispose Malone. Poi sollevò il libro. «È questo che cercavi?»

Mark annuì. «E c'è dell'altro.»

«Te l'ho già chiesto: ne valeva la pena?»

Mark indicò verso il fondo del corridoio. «Vieni a dare un'occhiata.»

67

Abbaye des Fontaines,
mercoledì 28 giugno, ore 12.40

Mark girò lo sguardo sulla sala circolare. I fratelli indossavano ancora una volta gli abiti cerimoniali: erano riuniti in conclave per scegliere il nuovo maestro. Il corpo di de Roquefort era stato trasferito la sera precedente nella Sala dei Padri. Al funerale, il cappellano aveva contestato la memoria di de Roquefort e una votazione unanime gli aveva negato gli onori funebri. Ascoltando l'orazione del cappellano, Mark aveva compreso che quanto era accaduto negli ultimi giorni era stato necessario. Purtroppo aveva ucciso due uomini: uno con rammarico, l'altro senza rimorso. Aveva chiesto perdono a Dio per la prima delle due morti, ma provava soltanto sollievo per la scomparsa di de Roquefort.

Ora il cappellano stava tenendo il suo discorso davanti al conclave. « Mi rivolgo a voi, fratelli. Il destino ha dipanato la sua trama, ma non come il defunto maestro aveva previsto. La strada che aveva intrapreso era sbagliata. La Grande Eredità è tornata a noi grazie al siniscalco. Lui era il successore prescelto dal vecchio maestro. Lui è stato quello inviato alla ricerca. Lui ha fronteggiato il suo avversario, anteponendo il bene comune all'ambizione personale. E, alla fine, ha completato la missione che i nostri maestri avevano tentato invano di compiere per secoli. »

Mark vide centinaia di teste annuire. Non gli era mai accaduto d'influenzare in quel modo la vita di altri uomini. La sua era stata un'esistenza solitaria: a scuola, durante le escursioni nei fine settimana col padre e durante gli anni trascorsi nell'abbazia.

La Grande Eredità era stata prelevata in segreto il giorno precedente. Lui e Malone avevano personalmente portato via l'ossario e la testimonianza di Simone. Li aveva mostrati al cappellano, col quale avevano stabilito che il nuovo maestro avrebbe deciso il da farsi.

Adesso quella decisione era vicina.

Stavolta Mark non era con gli ufficiali dell'ordine. Essendo un semplice fratello, aveva preso posto tra la silenziosa folla dei presenti. Non era stato scelto per il conclave, così osservava i dodici svolgere il loro compito.

« La questione è semplice », affermò uno dei membri del conclave. « L'ex siniscalco dev'essere il nostro maestro. »

Silenzio.

Mark avrebbe voluto protestare, ma la Regola lo proibiva, e lui l'aveva già infranta in misura sufficiente per il resto della sua vita.

« Sono d'accordo », disse un altro membro del conclave.

I restanti dieci annuirono uno dopo l'altro.

« Allora, così sia », sentenziò il nominatore. « Colui che era il nostro siniscalco sarà il nostro maestro. »

Oltre quattrocento fratelli espressero la loro approvazione con un applauso fragoroso.

Cominciò il canto.

Beauseant.

Non era più Mark Nelle.

Era il maestro.

Tutti gli occhi erano puntati su di lui. Si staccò dalla folla ed entrò nel circolo del conclave. Guardò gli uomini che ammirava. Si era unito all'Ordine soltanto per realizzare il sogno di suo padre e per sfuggire a sua madre. Tuttavia aveva finito per amare i suoi fratelli e il maestro.

Gli sovvennero le parole di Giovanni.

In principio era il Verbo, il Verbo era presso Dio e il Verbo era Dio. Egli era in principio presso Dio: tutto è stato fatto per mezzo di lui, e senza di lui niente è stato fatto di tutto ciò che esiste. In lui era la vita e la vita era la luce degli uomini; la luce splende nelle tenebre, ma le tenebre non l'hanno accolta... Egli era nel mondo, e il mondo fu fatto per mezzo di lui, eppure il mondo non lo riconobbe. Venne tra la sua gente, ma i suoi non l'hanno accolto. A quanti però l'hanno accolto, ha dato potere di diventare figli di Dio: a quelli che credono nel suo nome.

Simone lo riconobbe e lo accolse, come tutti coloro che vennero dopo di lui, e la loro tenebra diventò luce. Forse, grazie alla singolare intuizione di Simone, tutti loro erano adesso figli di Dio.

Il canto terminò.

« Avevo pensato che per me fosse giunto il momento di lasciare questo posto », esordì a bassa voce. « Durante gli ultimi giorni, ho dovuto prendere decisioni difficili, a causa delle quali credevo che la mia vita come fratello fosse conclusa. Ho ucciso un uomo appartenente all'Ordine, e di questo sono addolorato. Però non avevo scelta. Ho ucciso il maestro, ma non provo nessun rimorso. » La sua voce si alzò. « Lui contrastava tutto ciò in cui crediamo. La sua avidità e ambizione sarebbero state la nostra rovina. Era mosso dalle *sue* necessità, dai *suoi* desideri, non dai *nostri*. » Acquistò forza e sicurezza ripensando alle parole del suo mentore: *Ricorda tutto ciò che ti ho insegnato.* « Come vostra guida, indicherò una nuova strada. Noi usciremo dall'ombra, ma non per cercare vendetta o chiedere giustizia, bensì per reclamare un posto in questo mondo come Poveri Soldati di Cristo e del Tempio di Salomone. Questo è ciò che siamo. Questo è ciò che saremo. Grandi cose ci attendono. I poveri e i perseguitati hanno bisogno di difensori. Noi possiamo essere i loro salvatori. »

Gli tornò in mente una cosa scritta da Simone: *Tutti noi siamo fatti a immagine di Dio, tutti meritiamo di essere amati, tutti possiamo crescere nello spirito di Dio.* Lui era il primo maestro in settecento anni a essere ispirato da quelle parole.

E intendeva seguirle.

« Ora, è il momento di dare l'ultimo saluto a fratello Geoffrey, il cui sacrificio ha reso possibile questo giorno. »

Malone era impressionato dall'abbazia. Insieme con Stephanie, Henrik e Cassiopea era stato accolto di buon'ora e poi condotto in un giro completo della sede dell'Ordine. La loro guida, il cappellano, aveva mostrato ogni recesso e si era dilungata nel narrare la storia dell'edificio. Poi li aveva lasciati per partecipare al conclave. Pochi minuti prima, aveva fatto ritorno per scortarli nella cappella. Grazie al ruolo determinante svolto nel ritrovamento della Grande Eredità, avevano avuto il permesso di partecipare al funerale di Geoffrey.

Sedettero in prima fila, proprio di fronte all'altare. La cappella era magnifica, una vera e propria cattedrale, un luogo che per secoli aveva ospitato i Cavalieri Templari.

Stephanie era accanto a Malone, con Henrik e Cassiopea dall'altra parte. Lui la sentì restare col fiato mozzo quando il coro tacque e Mark entrò da dietro l'altare. Mentre gli altri indossavano un saio rosso col cappuccio che nascondeva la testa, lui portava la toga bianca del maestro. Malone le strinse una mano e sentì che stava tremando. Stephanie gli sorrise e gli restituì la stretta.

Mark si avvicinò alla bara di Geoffrey. « Questo fratello ha dato la vita per noi. Ha mantenuto il suo voto. Perciò avrà l'onore di essere sepolto nella Sala dei Padri. Prima d'ora, era un privilegio riservato soltanto ai maestri. Oggi, essi saranno affiancati da questo eroe. »

Nessuno protestò per quella decisione.

« Inoltre, la contestazione portata contro il defunto maestro dal fratello de Roquefort è annullata. Il suo posto onorevole nelle Cronache gli viene restituito. Ora diciamo addio al fratello Geoffrey. Attraverso di lui, noi siamo nati di nuovo. »

Al termine del servizio funebre, Malone e gli altri seguirono i fratelli nella Sala dei Padri: la bara fu deposta in un *loculus* accanto a quella del vecchio maestro.

Poi si diressero all'uscita, per tornare alle loro auto.

Malone notò in Mark un atteggiamento più pacato nei confronti della madre.

« E ora cosa farai, Malone? » domandò Cassiopea.

« Tornerò a occuparmi della mia libreria. Poi trascorrerò un mese con mio figlio. »

« Un figlio? Quanti anni ha? »

« Ne compirà quattordici alla fine del mese. È un ragazzo molto indipendente. »

Cassiopea sorrise. « Somiglia al padre, allora. »

« Più a sua madre. »

Negli ultimi giorni aveva pensato molto a Gary. Lo scontro tra Mark e Stephanie l'aveva fatto riflettere sui suoi fallimenti come padre. Ma con Gary poteva essere diverso. Mark aveva vissuto nel rancore, mentre Gary non aveva mai obiettato al suo trasferimento a Copenhagen. Anzi lo aveva incoraggiato ad andare, consapevole che anche lui aveva bisogno di cercare la felicità. Tuttavia Malone si sentiva in colpa per quella decisione e non vedeva l'ora di trascorrere un po' di tempo con suo figlio. L'estate precedente era stata la loro prima in Europa. Quell'anno avevano in progetto un viaggio in Svezia, Norvegia e Inghilterra. Gary amava viaggiare: un altro tratto che avevano in comune.

« Sarà una bella vacanza », disse.

Malone, Stephanie e Henrik sarebbero andati in macchina a Tolosa, dove avrebbero preso un aereo per Parigi. Da lì, Stephanie sarebbe tornata ad Atlanta, mentre Malone e Henrik avrebbero viaggiato insieme fino a Copenhagen. Cassiopea sarebbe rientrata a Givors con la Land Rover. La giovane donna stava salendo in macchina, quando Malone le passò accanto.

Erano circondati dalle montagne. Tra un paio di mesi, l'inverno avrebbe ricoperto tutto con un manto di neve. Era parte di un ciclo, inevitabile in natura come nella vita. Buono, poi cattivo, poi buono, poi più cattivo, poi più buono. Quando si era ritirato, Malone aveva annunciato a Stephanie che ne aveva abbastanza delle atrocità e delle ingiustizie. Lei aveva sorriso della sua ingenuità e aveva detto che finché la terra fosse stata abitata non sarebbe esistito un posto tranquillo. Il gioco era lo stesso, ovunque. Solo i giocatori cambiavano.

L'esperienza dell'ultima settimana gli aveva insegnato che lui era un giocatore, e che lo sarebbe sempre stato. Ma se qualcuno gliel'avesse chiesto, avrebbe comunque risposto che era un commerciante di libri.

« Abbi cura di te, Malone », disse Cassiopea. « Non ci sarò più io a guardarti le spalle. »

« Invece ho la sensazione che ci rivedremo ancora. »

« Non si sa mai, è possibile... »

Malone si diresse alla sua macchina. « E Claridon? » domandò a Mark.

« Ha chiesto di essere perdonato. »

« E tu l'hai gentilmente accontentato. »

Mark sorrise. « Ha detto che de Roquefort gli voleva arrostire i piedi. Un paio di fratelli lo hanno confermato. Vuole unirsi a noi. »

Malone ridacchiò. « Pensi che riuscirete a sopportarlo? »

« Nei nostri ranghi sono stati accolti uomini peggiori. Sopravviveremo. Farà parte della mia penitenza personale. »

Stephanie e Mark si sussurrarono qualche parola. Si erano già detti addio in privato. Lei appariva calma e rilassata. Evidentemente si erano accomiatati in termini cordiali. Malone ne fu felice.

« Cosa ne farete dell'ossario e della testimonianza? » domandò a Mark. Nelle vicinanze non c'era nessun fratello, perciò si sentì libero di discutere quel particolare.

« Resteranno segreti. Non ho nessuna intenzione di distruggere le fondamenta della cristianità. »

Malone annuì. « Buona idea. »

« Ma l'Ordine riemergerà. »

« Giusto », concordò Cassiopea. « Ho già proposto a Mark di unirsi all'organizzazione assistenziale che dirigo. La lotta contro l'AIDS e la fame nel mondo ha bisogno di fondi, e quest'Ordine adesso ha la possibilità di gestire molto denaro. »

« Anche Henrik mi ha chiesto di partecipare ai suoi progetti benefici », disse Mark. « E io ho accettato di dargli un aiuto. Così le capacità dei Cavalieri Templari saranno messe a frutto. »

Malone gli porse la mano e Mark la strinse. « Credo che i templari siano in buone mani. Ti auguro tutta la fortuna possibile. »

« Altrettanto a te, Cotton. E ricordati che mi devi ancora spiegare l'origine del tuo nome. »

« Chiamami uno di questi giorni e ti dirò tutto. »

Malone e Stephanie salirono in macchina.

Mentre si allacciavano le cinture, Stephanie disse: «Sono in debito con te».

«Questa è una novità.»

«Non farci l'abitudine.»

Malone sorrise.

«Fanne buon uso.»

«Sì, signora.»

E ingranò la marcia.

NOTA DELL'AUTORE

Mentre ero seduto in un caffè a Høibro Plads, decisi che la mia storia sarebbe dovuta iniziare a Copenhagen, una delle più importanti città del mondo. Così Cotton Malone, libraio, è diventato un nuovo acquisto di quella piazza animata. Ho anche trascorso qualche tempo nella Francia meridionale, scoprendo molte cose sulla storia dei luoghi che sarebbero finiti in questo romanzo. Ho elaborato la maggior parte della trama mentre viaggiavo, fatto comprensibile, date le capacità ispiratrici della Danimarca, di Rennes-le-Château e della Linguadoca. Ma è tempo di svelare dove si situa il confine tra realtà e fantasia.

La crocifissione di Jacques de Molay, com'è descritta nel prologo, e la possibilità che la sua immagine sia quella impressa sulla Sacra Sindone di Torino (capitolo 46) sono ipotesi di Christopher Knight e Robert Lomas, ipotesi che ho letto nel loro libro *The Second Messiah* (tr. it. *Il secondo Messia*, Milano, Mondadori, 1998) e che poi ho deciso d'intrecciare con la mia storia. Molto di ciò che Knight e Lomas sostengono – come riferito da Mark Nelle nel capitolo 46 – è sensato, ed è allo stesso modo coerente con tutti i dati scientifici sulla sindone accumulatisi negli ultimi vent'anni.

L'Abbaye des Fontaines non esiste, tuttavia è largamente basata su spunti che ho tratto da molti luoghi monastici sui Pirenei. Le località della Danimarca esistono tutte. La cattedrale di Roskilde e la cripta di Cristiano IV (capitolo 5) sono davvero magnifiche, e la vista che si gode dalla Torre Rotonda di Copenhagen (capitolo 1) riporta realmente a un altro secolo.

In Lars Nelle si rispecchiano molti uomini e molte donne che hanno scritto di Rennes-le-Château. Ho esaminato molte di queste fonti: alcune sconfinano nel bizzarro, altre nel ridicolo, eppure ciascuna di esse, a suo modo, offre una peculiare visione di questo luogo davvero misterioso. A tale proposito, inoltre, vorrei chiarire diversi punti.

Il libro *Pierres Gravées du Languedoc* di Eugène Stüblein (che viene citato nel capitolo 4 e che appare in vari punti del romanzo) fa parte del folclore di Rennes, benché nessuno ne abbia mai visto una copia. Come riferito nel capitolo 14, esso è presente nel catalogo nella Bibliothèque Nationale di Parigi, ma il libro, nella biblioteca, non c'è.

La pietra tombale originale di Marie d'Hautpoul de Blanchefort è scomparsa, molto probabilmente distrutta dallo stesso Saunière. Tuttavia si pensa che, il 25 giugno 1905, una associazione scientifica in visita al sito ne abbia fatto un disegno, pubblicato nel 1906. Ma esistono almeno due versioni di quel « disegno », quindi è difficile sapere per certo qualcosa sull'originale.

Tutti i fatti rilevanti sulla famiglia d'Hautpoul e sui suoi legami coi templari sono reali. Come si afferma nel capitolo 20, l'abate Bigou era il confessore di Marie e commissionò la pietra tombale dieci anni dopo la morte della donna. Analogamente, fuggì da Rennes nel 1793 e non tornò mai più. Se si sia lasciato dietro dei messaggi segreti è una congettura (che fa parte del mistero di Rennes), eppure tale possibilità dà origine a una storia affascinante.

L'omicidio dell'abate Antoine Gélis avvenne nel modo descritto nel capitolo 26. Gélis era in effetti collegato a Saunière, e alcuni hanno creduto che questi fosse coinvolto nella sua morte. Ma non esiste prova di questo coinvolgimento e il crimine resta tuttora irrisolto.

Se ci sia una cripta sotto la chiesa di Rennes, nessuno lo saprà mai. Come scrivo nei capitoli 32 e 39, le autorità locali non permettono che il luogo sia esplorato. Ma i nobili di Rennes devono essere stati sepolti da qualche parte, e finora la loro cripta non è stata localizzata. Gli accenni del registro parrocchiale al supposto ritrovamento della cripta sono reali.

Il pilastro visigoto di cui parlo nel capitolo 39 esiste ed è in mostra a Rennes. Saunière, in effetti, capovolse il pilastro e vi incise alcune parole. Il collegamento tra 1891 (1681 capovolto) e la lapide di Marie d'Hautpoul de Blanchefort (e il riferimento in essa a 1681) supera i limiti della coincidenza. Perciò, da qualche parte, forse si cela un messaggio.

Tutti gli edifici e tutto ciò che Saunière costruì in relazione alla chiesa di Rennes sono reali. Decine di migliaia di visitatori ogni anno esaminano la dimora di Saunière. Lo schema numerico del sette e del nove è una mia invenzione, basata su un'osservazione da me fatta studiando il pilastro visigoto, le stazioni della Via Crucis e vari altri oggetti nella chiesa di Rennes e intorno a essa. A mia conoscenza, nessuno ha ancora scritto qualcosa sulla ricorrenza dei numeri sette e nove. Forse questo sarà il mio personale contributo al mistero di Rennes.

Noël Corbu visse a Rennes, e il suo ruolo di creatore di molte delle leggende su quel luogo è vero (capitolo 29). Un libro eccellente - *The Treasure of Rennes-le-Château: A Mistery Solved*, di Bill Putnam e John Edwin Wood (tr. it. *Il tesoro scomparso di Rennes-le-Chateau*, Roma, Newton & Compton, 2004) - parla proprio di questo. Corbu acquistò le proprietà di Saunière dall'amante del prete, ormai anziana. Molti sono del parere che, se Saunière avesse saputo qualcosa, potrebbe averne parlato alla sua donna. Una parte della leggenda (probabilmente anch'essa fabbricata da Corbu) afferma che la donna gli rivelò la verità prima di morire, nel 1953. Ma non lo sapremo mai. Ciò che sappiamo è che Corbu approfittò del mito di Rennes e che fu la fonte, nel 1956, dei primi articoli riguardanti il presunto tesoro. Come racconto nel capitolo 29, Corbu fu autore di un manoscritto su Rennes, ma quel testo scomparve dopo la sua morte nel 1968.

La leggenda di Rennes fu analizzata in un libro del 1967, *Le Trésor Maudit de Rennes-le-Château*, di Gérard de Sède, considerato il primo libro sull'argomento. Esso contiene molte fantasticherie e, per buona parte, è una rielaborazione della storia di Corbu. In seguito, Henry Lincoln, un produttore cinematografico inglese, si interessò a questa vicenda e a lui va il merito di aver reso popolare il paese di Rennes.

Il dipinto *Leggendo le regole della Caridad*, di Juan de Valdés Leal, si trova nella chiesa capitolare spagnola di Santa Caridad. Per sfruttare la sua portata simbolica, l'ho spostato in Francia. Di conseguenza, la sua presenza nella storia di Rennes è una mia invenzione (capitolo 34). Il palazzo dei papi ad Avignone è descritto con cura, a parte gli archivi, « costruiti » da me.

I criptogrammi sono parte effettiva della storia di Rennes. Quelli contenuti nel romanzo, tuttavia, sono un prodotto della mia immaginazione.

Il castello in costruzione a Givors è basato su un progetto reale attualmente in fase di realizzazione a Guèdelon, in Francia, dove gli artigiani stanno edificando un edificio del XIII secolo usando utensili e materiali dell'epoca. Sebbene l'impresa richiederà decenni per essere compiuta, il sito è aperto al pubblico.

I templari naturalmente sono esistiti, e la loro storia è riportata con cura. Anche la loro Regola è citata con precisione. La poesia del capitolo 10 è di un autore sconosciuto. Le cose che descrivo come realizzate dall'Ordine sono vere e testimoniano di un'organizzazione incredibilmente in anticipo sui tempi. In quanto alla perduta ricchezza e alla conoscenza dei templari, tutto è scomparso dopo il 13 ottobre 1307, giorno in cui Filippo IV ordinò il loro arresto (e sebbene il re abbia cercato a lungo tale ricchezza). La vicenda dei carri diretti verso i Pirenei (capitolo 48) è basata su un'antica notizia storica, benché nulla si possa sapere per certo.

Purtroppo non ci sono cronache dell'Ordine. Ma forse questi documenti attendono il momento in cui qualcuno, dotato di un particolare spirito avventuroso, troverà il perduto nascondiglio dei templari. La cerimonia di accettazione del capitolo 51 è riprodotta con cura seguendo le indicazioni della Regola. Ma la cerimonia funebre del capitolo 19 è di mia invenzione, benché gli ebrei del I secolo seppellissero effettivamente i loro morti in modo simile.

Il Vangelo di Simone è una mia creazione. Ma le ipotesi alternative di come Cristo possa essere « risorto » provengono da un ottimo libro: *Resurrection, Myth or Reality*, di John Shelby Spong.

Le differenze tra i quattro passi del Nuovo Testamento relativi alla resurrezione (capitolo 46) hanno sfidato gli studiosi per secoli. Il fatto che sia stato trovato soltanto uno scheletro di un uomo crocifisso (capitolo 50) solleva interrogativi, come altri commenti e dichiarazioni fatti lungo il corso della storia. Uno in particolare, attribuito a papa Leone X (1513-1521), ha attirato la mia attenzione. Leone era un Medici, un uomo potente sostenuto da alleati potenti, e guidava una Chiesa che, a quell'epoca, regnava suprema. La sua dichiarazione è breve, semplice e strana per un capo della Chiesa Cattolica Romana.

In effetti, è stata la scintilla che ha generato questo romanzo.

Ci ha servito bene, questo mito di Cristo.

RINGRAZIAMENTI

Sono stato fortunato. Il gruppo di persone che ha seguito la lavorazione del mio primo romanzo, *The Amber Room*, nel 2003, è ancora unito. Pochi scrittori hanno questo privilegio. Perciò, ancora una volta, mille grazie a tutti loro. A Pam Ahearn, la mia agente, che ha creduto in me fin dall'inizio. Ai magnifici professionisti della Random House: Gina Centrello, un editore straordinario; Mark Tavani, un editor molto più saggio ed esperto di quanto si possa immaginare data la sua età (oltretutto è un grande amico); Ingrid Powell, una persona sulla quale si può sempre contare; Cindy Murray, che è miracolosamente riuscita a crearmi una buona immagine sulla stampa; Kim Hovey, che pianifica con la precisione di un chirurgo; Beck Stvan, l'artista che ha realizzato la copertina per l'edizione americana; Laura Jorstad, una redattrice dagli occhi di falco che mi ha messo in riga; Crystal Velasquez, la segretaria di redazione, che ha controllato tutto; Carole Lowenstein, che ha composto il testo in modo che le pagine risplendessero; e, per concludere, a coloro che lavorano nel reparto Commerciale, senza i quali non sarebbe stato possibile raggiungere i risultati auspicati.

Un ringraziamento speciale va a una delle «ragazze», Daiva Woodxorth, che ha battezzato Cotton Malone. Ma non posso trascurare anche altre due «ragazze», Nancy Pridgen e Fran Downing. Il loro aiuto e incoraggiamento lo conservo nel mio cuore.

Una confidenza personale: mia figlia Elizabeth (che sta crescendo a vista d'occhio) mi ha regalato momenti di gioia durante le fasi più difficili e scoraggianti della composizione di questo libro. È un tesoro.

Il romanzo è dedicato a lei.

Sempre.

Fotocomposizione Editype S.r.l.
Agrate Brianza (MB)

Finito di stampare
nel mese di agosto 2019
per conto della TEA S.r.l.
da Rotolito S.p.A. – Seggiano di Pioltello (MI)
Printed in Italy